国家出版基金项目
NATIONAL PUBLICATION FOUNDATION

外国文学学术史研究

主编

陈众议

列夫·托尔斯泰研究文集

Критические статьи о творчестве
Л. Толстого

陈建华 等 编选

译林出版社

图书在版编目（CIP）数据

列夫·托尔斯泰研究文集 / 陈建华等编选. -- 南京 : 译林出版社, 2025. 8. --（外国文学学术史研究 / 陈众议主编）. -- ISBN 978-7-5753-0799-4

Ⅰ. I512.064

中国国家版本馆CIP数据核字第2025RQ7384号

列夫·托尔斯泰研究文集　陈建华 等／编选

责任编辑　张　晨　宗育忍　刘自然
装帧设计　孙逸桐
校　　对　王　敏
责任印制　颜　亮

出版发行　译林出版社
地　　址　南京市湖南路1号A楼
邮　　箱　yilin@yilin.com
网　　址　www.yilin.com
市场热线　025-86633278
排　　版　南京展望文化发展有限公司
印　　刷　江苏凤凰通达印刷有限公司
开　　本　652毫米×960毫米　1/16
印　　张　27.5
插　　页　2
版　　次　2025年8月第1版
印　　次　2025年8月第1次印刷
书　　号　ISBN 978-7-5753-0799-4
定　　价　136.00元

总序

在众多现代学科中有一门过程学。在各种过程研究中，有一种新兴技术叫生物过程技术，它的任务是用自然科学的最新成就，对生物有机体进行不同层次的定向研究，以求人工控制和操作生命过程，兼而塑造新的物种、新的生命。文学研究很大程度上也是一种过程研究。从作家的创作过程到读者的接受过程，而作品则是其最为重要的介质或对象。问题是，生物有机体虽活犹死，盖因细胞的每一次裂变即意味着一次死亡，而文学作品却往往虽死犹活，因为莎士比亚是“说不尽”的，“一百个读者就有一百个哈姆雷特”。

换言之，文学经典的产生往往建立在对以往经典的传承、翻新，乃至反动（或几者兼有之）的基础之上。传承和翻新不必说，但奇怪的是，即使反动，也每每无损以往作品的生命力，反而能使它们获得某种新生。这就使得文学不仅迥异于科学，而且迥异于它的近亲——历史。套用阿瑞提的话说，如果没有哥伦布，迟早会有人发现美洲；如果伽利略没有发现太阳黑子，也总会有人发现。同样，历史可以重写，也不断地在重写，用克罗齐的话说，“一切历史都是当代史”。但是，如果没有莎士比亚，又会有谁来创作《哈姆雷特》呢？有了《哈姆雷特》，又会有谁来重写它呢？即使有人重写，他们缘何不仅无损于莎士比亚的光辉，反而能使他获得重生，甚至更加辉煌灿烂呢？

这自然是由文学的特殊性所决定的，盖文学是加法，是并存，是无数“这一个”之和。鲁迅谓文学最不势利，马克思关于古希腊神话的“童年说”和“武库说”更是众所周知。同时，文学是各民族的认知、价值、情感、审美和语言等诸多因素的综合体现。因此，文学既是民族文化及民族向心力、认同感的重要基础，也是使之立于世界之林而不轻易被同化的鲜活基因。也就是说，大到世界观，小到生活习俗，文学在各民族文化中起到了染色体的功用。独特的染色体保证了各民族在共通或相似的物质文明进程中保持着不断变化却又不可淹没的个性。唯其如此，世界文学和文化生态才丰富多彩，也才需要东西南北的相互交流和借鉴。同时，古今中外，文学终究是一时一地人心的艺术呈现，建立在无数个人基础之上，并潜移默化、润物无声地表达与传递、塑造与擢升着各民族活的灵魂。这正是文学不可或缺、无可取代的永久价值与恒久魅力之所在。

于是，文学犹如生活本身，是一篇亘古而来、今犹未竟的大文章。

此外，较之于创作，文学研究则更具有意识形态和上层建筑属性，因而更取决于生产力和社会形态、社会发展水平。这也是马克思主义的基本观点之一。如是，我国现代意义上的文学研究起步较晚，外国文学研究更是如此。虽然以鲁迅为旗手的新文学运动十分重视外国文学，但从实际成果看，1949年前的外国文学研究却基本上属于旁批眉注、前言后记式的简单介绍，既不系统，也不深入。因此，我国的外国文学研究几乎可以说是在新中国成立以后全面展开的。而系统的外国文学学术史研究，这还是第一次。

一

学术史研究也是一种过程学，而且是一种相对纯粹的过程学。不具备一定的学术史视野，哪怕是潜在的学术史视野，任何经典作家作品研究几乎都是不能想象的。

然而，后现代主义解构的结果是绝对的相对性取代了相对的绝对性。于是，许多人不屑于相对客观的学术史研究而热衷于空洞的理论了。在一些人眼里，甚至连相对客观的真理观也消释殆尽了。

于是，过去的“一里不同俗，十里言语殊”成了如今的言人人殊。于是，众生喧哗，且言必称狂欢，言必称多元，言必称虚拟和不确定。这对谁最有利呢？也许是跨国资本吧。无论解构主义者初衷何如，解构风潮的实际效果是：不仅相当程度上消解了真善美与假恶丑的界限，甚至对国家意识形态，至少是某些国家的意识形态和民族凝聚力都构成了威胁。然而，所谓的“文明冲突”归根结底是利益冲突，而“人权高于主权”这样的时鲜谬论也只有在跨国公司时代才可能产生。

且说经典在后现代语境中首当其冲，成为解构对象。因此它们不是被迫“淡出”，便是横遭肢解。所谓的文学终结论也正是在这样的背景下提出来的。它与其说指向创作实际，毋宁说是指向传统认知、价值和审美取向的全方位颠覆。因此，经典的重构多少具有拨乱反正的意义。

正是基于上述缘由，中国社会科学院外国文学研究所于2004年着手设计“外国文学学术史研究工程”计划，并于翌年将该计划列入中国社会科学院“十一五规划”。这是一项向着重构的整合工程，它的应运而生标志着外文所在原有的“三套丛书”（即20世纪60年代至90年代——“文革”时期中断——的“外国文学名著丛书”、“外国古典文艺理论丛书”和“马克思主义文艺理论丛书”）等工作的基础上又迈出了新的一步，也意味着我国的外国文学研究已开始对解构风潮之后的学术相对化、碎片化和虚无化进行较为系统的清算。

由是，关乎经典的一系列问题将在这一系统工程中被重新提出。比如，何为经典？经典是必然的还是偶然的？经典重在表现人类的永恒矛盾（用钱锺书的话说是“两足动物的基本根性”）呢，还是主要指向时代社会的现实矛盾？它们在认知方式、价值判断、审美取向方面有何特征？经典及经典批评与时代社会的生产力和生产关系、经济基础和上层建筑等关系何如？批评及批评家的作用（包括其立场、观点和方法及其与时代社会的一般和特殊关系）又如何？此外，经典作家的遭际与性情、阅历与禀赋，经典的内容与形式、继承与创新，以及文学的一般规律和文学经典的特殊性等诸如此类的问题，都将是本工程需要展示并探讨的。

且说世界文学一路走来，其规律并非羚羊挂角，无迹可寻。童年的神话、少年的史诗、青年的戏剧、中年的小说、老年的传记是一种概括。由高向低、由外而内、由强至弱、由大到小，等等，也不失为一种轨辙。如是，文学从模仿到独白、从反映到窥隐、从典型到畸形、从审美到审丑、从载道到自慰、从崇高到渺小、从庄严到调笑……终于一头扎进了个人主义和主观主义的死胡同。小我取代了大我，观念取代了情节；“阿喀琉斯的愤怒”变成了麦田里的脏话；“路漫漫其修远兮，吾将上下而求索”变成了“我做的馅饼是世界上最好吃的”；诸如此类，不一而足。当然，这不能涵盖文学的复杂性和丰富性。事实上，认知与价值、审美与方法等的背反或迎合、持守或规避所在皆是。况且，无论“六经注我”还是“我注六经”，经典是说不尽的，这也是由时代社会与经典本身的复杂性和丰富性所生发的。

二

众所周知，文学是人类文明的重要组成部分。马克思主义的经典作家向来重视文学，尤其是经典作家在反映和揭示社会本质方面的作用。马克思在分析英国社会时就曾指出，英国现实主义作家“向世界揭示的政治和社会真理，比一切职业政客和道德家加在一起所揭示的还要多”。恩格斯也说，他从巴尔扎克那里学到的东西，要比从“当时所有职业的历史学家、经济学家和统计学家那里学到的全部东西还要多”。列宁则干脆地称托尔斯泰是俄国革命的一面镜子。这并不是说只有文学才能揭示真理，而是说伟大作家所描绘的生活、所表现的情感、所刻画的人物往往不同于一般抽象的概括、数据的统计。文学更加具体、更加逼真，因而也更加感人、更加传神。其潜移默化、润物无声的载道与传道功能更不待言。站在世纪的高度和民族立场上重新审视外国文学，梳理其经典，展开研究之研究，将不仅有助于我们把握世界文明的律动和了解不同民族的个性，而且有利于深化中外文化交流，从而为我们借鉴和吸收优秀文明成果、为中国文学及文化的发展提供有益的“他山之石”。习近平总书记提出的“不忘本来，吸收外来，面向未来”与“洋为中用”“古为今用”思想一脉相承。

“观乎天文以察时变，观乎人文以化成天下”；文学作为人文精神的重要基础和介质，既是人类文明的重要见证，同时也是一时一地人心、民心的最深刻，也最具体的体现，而外国文学则是建立在各民族无数外国作家基础上的不同时代、不同民族的认识观、价值观和审美观的形象反映。研究人心自然不能停留在简单抽象的理念上。因此，走进经典永远是了解此时此地、彼时彼地人心民心的最佳途径。换言之，文学创作及其研究指向各民族变化着的活的灵魂，而其中的经典（包括其经典化或非经典化过程）恰恰是这些变化着的活的灵魂的集中体现。

如是，“外国文学学术史研究”立足国情，立足当代，从我出发，以我为主，瞄准外国文学经典作家作品和思潮流派，进行历时和共时双向梳理。目前共四辑，由二十五部学术史研究专著、二十五部配套译著组成：第一辑涉及塞万提斯、歌德、雨果、左拉、庞德、高尔基、肖洛霍夫和海明威；第二辑包括普希金、茨维塔耶娃、康拉德、狄更斯、哈代、菲茨杰拉德、索尔·贝娄和芥川龙之介；第三辑为乔叟、简·奥斯丁、陀思妥耶夫斯基、泰戈尔和希伯来经典；第四辑涵盖《一千零一夜》、巴尔扎克和列夫·托尔斯泰。

三

格物致知，信而有证；厘清源流，以利甄别。“外国文学学术史研究”中的经典作家作品学术史研究系列顾名思义都是学术史研究（或谓研究之研究）。学术史研究既是对一般博士论文的基本要求，也是一种行之有效的文学研究方法，更是一种切实可行的文化积累工程，同时还可以杜绝有关领域的低水平重复。每一部学术史研究著作通过尽可能竭泽而渔式的梳理，即使不能见人所未见、言人所未言，至少也能老老实实地将有关作家作品的研究成果（包括有关研究者的立场、观点和方法）公布于众，以裨来者考。如能温故知新，有所创建，则读者幸甚，学界幸甚。相配套的经典论文翻译，则遴选有关作家作品研究的标志性成果，其形式类似于外文所先前出版的“外国文学研究资料丛书”。

同时，每一部学术史研究著作将由三部分组成。第一部分为经典作家（作品）的学术史梳理。这是相对客观的，但其中的艰难也不可小觑。首先，学术史梳理既不像平素泛舟书海，拾贝书滩，尽意兴而为之地俯拾由己和随心所欲；其次，牵涉语种繁多，而且经过20世纪的形形色色的方法论和批评思潮的浸染，用汗牛充栋来形容经典作家作品研究成果已不为过。因此，要在浩如烟海的研究史料中攫取最有代表性的观点和方法，实在是件考验耐心和毅力的事情。战战兢兢，生怕挂一漏万，自不待言，且挂一漏万在所难免。因此，我们只能择要概述，甚至把侧重点放在经典作家的代表作上。不然纵使篇幅再大，也难以涵括浩瀚的文献资料。换言之，去芜杂的枝蔓和重复的敷衍，留精粹要义和真知灼见是必然的，但也是不容易做到的。它考验我们涉猎的深度和广度，而且也是检验我们学术水准和价值判断的重要环节。

第二部分研究之研究何啻是一大考验。都说20世纪是批评的世纪，在经历了现代主义的标新立异和后现代主义的解构风潮之后，在各种思潮、各种方法杂然纷呈的情况下，如何言之有物、言之成理、不炒冷饭，殊是不易；如何在前人的基础上有所发现、有所前进，就更是难上加难。但反过来看，正因为文化相对主义的盛行和批评的多元，也才有了我们展示立场、发表见解的特殊理由和广阔余地。举个简单的例子，解构主义针对二元论的颠覆虽然是形而上学的，却不可谓不彻底。其结果是相当一部分学者怀疑甚至放弃了二元思维。但事实上二元思维不仅难以消解，而且在可以想见的未来仍将是人类思维的主要方法。真假、善恶、美丑、你我、男女、东方和西方等实际存在，并将继续存在。与此同时，作为中国学者，面对西方话语，我们并非无话可说。总之，从文学出发，关心小我与大我、外力与内因、形式与内容、反映与想象、情节与观念，以至物质与精神、肉体与灵魂、西方与东方等诸如此类的二元问题，以及经典在民族和人类文明进程中的地位和作用，依然可以是我们的着力点。当然，二元论绝不是排中律，更非二元对立，而是在辩证法的基础上融会二元关系及二元之间所蕴藏的丰富内涵和无限可能性。毋庸讳言，改革开放以来，学术界解放思想，广开言路，但日新月异中不乏矫枉过正、时髦是趋。比如大到存在与意识、物质与精神的辩证关系，小到客观与主观、客体与主体等，都大有乾坤倒转、黑洞化吸之势。至于意识形态"淡化"之后，跨国资本主义的一元化意识形态更是有增无已；真假不辨、善恶不论、美丑混淆的现象所在皆是；个人主义大行其道，从而使抽象的人性淹没了社会性；普世主义势不可挡，以致文化相对主义甚嚣尘上。文学从大我到小我，从外向到内倾，从模仿到虚拟，从代言到众声喧哗；真实给虚幻让步，艺术向资本低头；对妖魔鬼怪和封建迷信津津乐道，任帝王将相和无厘头充斥视域，能不发人深省？

然而，经典作家是说不尽的，以上的任何一位作家都是无法穷尽的。用巴尔加斯·略萨的话说，伟大的经典具有"自我翻新"的本领。至于何为经典，虽然也是个说不尽的话题，但用简单的方式综观前人的观点，也许可以用三句话来概括：一是它们必须体现时代社会（及民族）的最高认知和一般价值（包括人类永恒的主题、永恒的矛盾）；二是其方法的魅力及审美的高度不会随着岁月的更迭而褪色或销蚀；三是其情感表达能够长久地引起共鸣和共振。当然这是将复杂问题简单化的一种说法。而本课题便是关乎经典之所以成为经典的一种较为复杂的论证方式。需要说明的是，经典不等于市场。用桑塔亚那的话说，经典不在于一时一地喜欢者的多寡，而在于喜欢者的喜欢程度。如果在此基础上再加上一个历史的维度，那么这话也就更加全面了。

学术史研究的最后部分为文献目录。它在尽可能详尽的基础上，还要有所选择。不然，展示一个经典作家的学术史，光文献目录就可以编辑厚厚的几大本。因此，去粗存精，是为重要或主要文献目录。

总之，在逆全球化抬头、AI迭代发展的今天，重新拥抱经典不仅是一种持守，而且彰显了语言文学如何作为不同国族精神主权的鲜明特质。然而，奇妙的是，各民族文学经典最容易为全世界读者所喜爱，这也是文明互鉴成为可能、人类命运共同理念成为共识的有力证据，更是马克思主义国际主义和世界人民大团结等美好愿景对人同此心、心同此理的最好注解。

最后需要说明的是，"外国文学学术史研究"的中长期目标是在作家作品和流派思潮研究的同时，进行更具问题意识的学术史乃至学科史研究，以期点面结合，庶乎"既见树木，又见森林"；若能密切联系实际，促进中华学术的繁荣、发展和创新，则读者幸甚，我等幸甚。无疑，此工程面向全国高校及科研机构，希望有志于外国文学学术史的同仁踊跃加盟、不吝赐教。

陈众议

2025年元月修订

目 录

编选者序

外国文学源远流长，优秀作家群星灿烂，但能进入“经典”之列的为数不多，“经典”是一个很高的标准。有人称“文学经典”是指那些在历史长河中形成的、最能体现各民族核心文化和情感纽带的、能让人领略到一个时代最有活力的呼吸的作品。创造出这种作品的列夫·托尔斯泰自然可以进入“经典作家”之列。

和所有的经典作家一样，托尔斯泰受到世人关注，世界各国关于托尔斯泰及其作品的评论浩如烟海。目前，国内已有关于托尔斯泰的评论文选三种：倪蕊琴编选的《俄国作家批评家论列夫·托尔斯泰》（1982）、陈燊编选的《欧美作家论列夫·托尔斯泰》（1983）、陈建华编选的《文学的影响力——托尔斯泰在中国》（2009）。前两本书分别收录了俄国和欧美早中期的不少重要文献，后书主要收录了20世纪上半期中国思想文化界关于托尔斯泰批评的相关文献，三种选本有百余万字的篇幅。

上述选本有重要价值，与本书相关的主要是前两种。《俄国作家批评家论列夫·托尔斯泰》一书收录45篇文章，其中除了“马克思主义的评论从列宁、普列汉诺夫、高尔基到卢那察尔斯基等”“作家的夫人、儿子、秘书以及所写的回忆录、日记和文学写照”[1]以外，基本上都是与托尔斯泰同时期（或相近时期）的作家和批评家，如涅克拉索夫、

1 引自倪蕊琴主编《俄国作家批评家论列夫·托尔斯泰》，北京：中国社会科学出版社，1982，第8—9页。

车尔尼雪夫斯基、德鲁日宁、屠格涅夫、安年科夫、皮萨列夫、斯特拉霍夫、柯罗连科、契诃夫等人的文章，这些文章涵盖面颇广。《欧美作家论列夫·托尔斯泰》收录文章87篇，涉及法英美德等国家和地区的59位作家，如福楼拜、罗曼·罗兰、普罗斯特、王尔德、德莱塞、托马斯·曼、布莱希特、易卜生等。这些文章出自"具有深湛细腻的艺术鉴赏力"[1]的作家手笔，文字出彩。

本书的定位是在前人的基础上有所补充。由于《俄国作家批评家论列夫·托尔斯泰》一书选择的文章，写作时间基本上处于旧俄时期；而《欧美作家论列夫·托尔斯泰》一书选择的文章，作者身份基本上是作家，写作时间80%以上也在早中期。为此，本书在写作时间和作者身份的选择上有所不同。

本书在编选时做如下安排：

1. 本书选择的国家仅涉及俄美英法德奥日诸国，虽然与上述两个选本相似，但相对聚焦。上述两个选本中的文章写作时段集中在世界"托学"兴起的早中期，本书则以现当代为主，早中期的文章只占全书不到10%的篇幅，绝大部分选文问世于20世纪下半叶至21世纪初期。现当代"托学"处于繁荣期，本书的选文只是为读者提供这种繁荣的一个小小的侧影。

2. 本书偏重选择学者的文章，这一方面是与前选本偏重作家有所区别，另一方面也与半个多世纪以来"托学"学者大量涌现有关。书中的学者主体是文艺学家，如安德烈·萨布罗夫、谢尔盖·鲍恰罗夫、德米特里·利哈乔夫、哈罗德·布鲁姆、大卫·斯图亚特、威廉·莱滕鲍尔、米歇尔·奥库丘里耶、玛丽·塞蒙、柳富子和藤沼贵等。也有哲学家和史学家，如瓦连京·阿斯穆斯、艾伦·福勒斯特等。这些学者的文章学理色彩相对较浓。本书也选了少量作家的文章，如日本的正宗白鸟和武者小路实笃等。

---

1 引自陈燊主编《欧美作家论列夫·托尔斯泰》，北京：中国社会科学出版社，1983，第1页。

3. 本书在注重选文角度的多样性的同时，侧重于对作家创作的艺术问题研究。俄苏部分的选文中既有对托尔斯泰作品的体裁、语言、原型、心理描写等方面的研究，也有阐述托尔斯泰的美学观、托尔斯泰与俄罗斯文学传统的关系的文章，还有对托尔斯泰的民间故事、《战争与和平》中的“和平”等问题的专题讨论等。美英法德奥日部分的选文内容也较丰富，如论述托尔斯泰在欧洲文学中的地位、托尔斯泰戏剧在法德英首都的境遇、托尔斯泰与镜头之眼、托尔斯泰与铁路、托尔斯泰的哲学、托尔斯泰的个性，以及关于托尔斯泰具体作品的讨论等。本书选文所持观点和结论可以商榷，但不少文章独到的视角和有创见的阐释能给人以启发。

4. 选本分两辑，第一辑俄苏部分，译文11篇；第二辑美英德奥法日部分，译文22篇；第一辑译者为：张兴宇、王希悦、谢春艳、胡学星、刘锟、李新梅、王盈、益影、余芳；第二辑译者为：陈豪、严忠志、徐嘉妮、林辰、马特、刘苏周、张佳玲、张硕、孟小果、王祎慈、陈凌虹、隋源远、刘孟琦、庹雯靓等；张兴宇、陈豪、范劲、田洪敏、王祎慈、陈凌虹和林辰等为本书编选工作做出了贡献。因篇幅所限，文章多为节选，个别另拟题目；统稿时部分译文有所删减。

在文集付梓之际，谨向众议先生表示感谢，谢谢他的一贯信任！向参与本书编选和翻译工作的优秀学者表示感谢，谢谢各位的精诚合作！向译林出版社及诸位编辑表示感谢，谢谢他们的热情支持！希望本书能助力中国“托学”的发展。选文和译文存在的不当之处，恳请学界朋友指正。

陈建华

于2024年元月

第一辑

俄 苏 部 分

Л.托尔斯泰伯爵的长篇小说《安娜·卡列尼娜》

作者　[俄罗斯]弗拉基米尔·崔科

译者　王希悦

像列·托尔斯泰伯爵这样拥有巨大文学天赋的人，一般的评论是不适合的，所以，开门见山，我首先转述一下小说《安娜·卡列尼娜》第一部分的内容。

事情发生在我们当今的莫斯科。"所有幸福的家庭都是相似的，每一个不幸的家庭都各有各的不幸。"作者以这句格言开始了他的小说。奥布隆斯基的家中发生了不幸。他的妻子达里娅·亚历山德罗夫娜得知她的丈夫与他们家以前一位法籍女家庭教师有了暧昧关系，她告诉丈夫她不能和他住在同一屋檐下了。……需要从小说摘录一段话："这种情况已经持续到第三天，夫妇本身以及家庭所有成员和家里的仆人都觉得备受折磨……"这段话以此结束："那么，该怎么办！怎么办呢？"他绝望地问自己，找不到答案。

斯捷潘·阿尔卡季耶维奇是一个诚实的人：他不能欺骗自己并保证对自己的行为悔改。生活又怎么样呢？他几乎还是年轻多情的、英俊的男人，而他的妻子已不漂亮，毫不出众。理应对他宽容些，对吧？结果却完全相反。但"没有被抓——也不是小偷"，只是在这个意义上，他悔改了。今天早晨他寻求和解的尝试并不成功，他带着罪感来到他妻子身边，但这样做使他更加慌张。

丈夫郁闷地去上班了，他的妻子开始梳理以前谈话的记忆。"他走了！但他和她以什么方式结束的呢？她想着。难道他会出卖她吗？我为什么不问问他呢。不，不，不能走到一起了。如果我们还住在同一座房子里——我们也是陌生人”。达里娅·亚历山德罗夫娜沉浸在一天的琐事中，借以摆脱自己的悲伤。

斯捷潘·阿尔卡季耶维奇赢得普遍尊重。第一，在于他对认识到自己缺点的人极其宽容；第二，他持有完美的自由主义思想，这不是他在报纸上读到的，而是融入他血液里的东西，他能完全平等地对待所有人，无论他们拥有什么地位和什么头衔；第三，最主要的是：他对所从事的事业完全漠不关心，因此他既不痴迷也没犯过错。

在局里休息期间，他的朋友列文来了，他刚从村里出来，常住在乡村，不喜欢城市的喧嚣和大都市的风习。事实上，列文来到莫斯科向斯捷潘·阿尔卡季耶维奇的妻妹谢尔巴茨卡娅求婚。列文是个古怪的人。在大学读书时，他差点爱上老公爵之女多莉，但她嫁给了奥布隆斯基。后来，他开始坠入第二段爱河。他似乎觉得自己应该爱上她的一个妹妹，只是不知为什么，她嫁给了外交官利沃夫。

列文大学毕业时，吉蒂还是个孩子。但今年初冬，列文来到莫斯科参加一个展览，看到吉蒂已经穿着一件紧边长裙，他意识到他注定要爱上三姐妹当中的一个。早上乘火车到达后，列文去看望同母异父的兄长科兹内舍夫——一个著名作家。他那里坐着一位哈尔科夫大学哲学教授，就一个哲学问题两人进行着激烈争论：人类活动的心理和生理现象之间有没有区别？区别在哪儿？列文对最新的哲学一点也不感兴趣。对他来说，所有这些关于作为动物的人类的起源，关于精神反射、生物学和社会学的问题——似乎都是非常无聊的，因为以这样或那样的方式解决这些问题，无助于解决他最近更经常想到的关于生与死的意义的问题。听到兄长和教授的谈话，他注意到，他们几乎谈到了他所感兴趣的领域；但每次当他们接近主要问题时，他似乎觉得，他们紧接着就退回去，又再次深入到这部分，修正、引述、暗示和援引权威，他几乎不明白他们在说什么。然而，他不得不听着争论，然后，在与兄长交谈之后，他去了斯捷潘·阿尔卡季耶维奇那里。四点钟，列文从那里去了动物园，并在那里得知吉蒂正在滑冰……随后写道："他走在溜冰场的小路上，自言自语道：'不要激动，要镇定'……"结尾写道："……记得和在童年一些日子里所感觉的一样。"

可以这么说，从这段话里能看到《童年》和《少年》的作者是一个细微的心灵波动的智性观察者，能感受到他精神世界中既温柔又深刻的诗性。事实上，托尔斯泰伯爵始终是一个心理学家，他尤其擅长分析温柔的心灵的波动，是早春和青年的伟大诗人。因此，要传达他小说的内容是很难的。他的小说中有很多生动情节，生活充满复杂性；小说中的外部事件并非起到最终作用；您会不由自主地停留在他惊人的心理分析上，不由自主地忘了外在的要点，与作者一起着手关注心灵和性格的合理展现，就像跟随陀思妥耶夫斯基痛苦地研究病态的行动，病人的几乎疯狂的行为。无法讲述列夫·托尔斯泰伯爵长篇小说的内容，如同无法讲述陀思妥耶夫斯基的小说——可以做到的只是关注细节，欣赏人物性格的建构。

这是在"英吉利"酒店，从动物园出来之后列文和奥布隆斯基在这里吃午饭。更鲜活、更真实地传达场景是不可能的：这里无论用什么字行，都难以整体展现所观察的世界。从重要人物奥布隆斯基开始，他写着午餐的菜单，一个鞑靼人穿着装了餐巾纸的燕尾服，一个戴着丝带、满头卷发的女人坐在柜台后面——她整个人似乎是用香粉、化妆水和假发组成的。以充满困惑的列文结束了场景描写。接下来有一段文字："如果您喜欢，大人，一个单间马上就要空出来：戈利岑公爵和一位夫人就要走了……"结束的话是："嗯，是的，帕尔马干酪。或者你喜欢别的什么？……"

吉蒂·谢尔巴茨卡娅公爵小姐十八岁。她被介绍给两个人：列文和伏伦斯基伯爵。列文的频繁拜访引起吉蒂的父母第一次认真谈论她的未来。公爵站在列文这边；公爵夫人不喜欢列文：她认为吉蒂应该不仅有好的，而且是出色的配偶，她选择了伏伦斯基，一个非常富有的年轻人。吉蒂起初犹豫不决，但在列文离开后，她爱上了伏伦斯基伯爵。当列文再次出现时，情况就是这样，但公爵夫人的立场仍然很微妙。她看到，最近社会风习发生了很大变化，母亲的责任变得更加困难。“她看到吉蒂的同龄人组成了什么团体，去一些培训班，与男人自由地交往，独自驱车上街，许多人不行屈膝礼，最重要的是，每个人都坚信选择丈夫是她们自己的事，而不是父母的事。”所有这些年轻女孩，甚至长辈都这么认为并且说：“现在她们不再像以前那样结婚了”。但是她们一嫁出去，公爵夫人就无法从任何人那里找到答案。法国由父母决定孩子命运的习俗不被接受，遭到非难。英国女孩完全自由的习俗在俄罗斯社会也不被接受，也是不可能的。俄罗斯的相亲习俗被认为是丑陋的东西，每个人包括公爵夫人自己都在嘲笑它。但没有人知道究竟如何嫁出去。

每一个与公爵夫人碰巧解释过这一点的人，对她说的只有一句话：“算了吧，在我们这个时代，是该放弃这些陈规旧习了。毕竟，是年轻人结婚，而不是他们的父母，因此，正如他们所知道的那样，有必要让年轻人安定下来。”但对那些没有女儿的人说这些风凉话当然容易，公爵夫人明白，当男女互相接触时，她的女儿可能会坠入爱河，爱上一个不想结婚的人，或者一个不适合做丈夫的人。现在她担心伏伦斯基不只局限于向她女儿求爱。傍晚，列文早早来到谢尔巴茨基家，然后……向她表明他的爱。“她呼吸急促，没有看他。她经历欣喜。她的心里充满了幸福。她没想到，他所表达的爱会给她留下如此深刻的印象。但这只持续了片刻。她想起了伏伦斯基。她抬起头，用她明亮而诚实的眼睛看着列文，看到失望的脸，急忙回答说：‘这不可能……原谅我。’”接下来的那个晚上，公爵和公爵夫人之间的对话是小说精彩的内容之一。第二天，伏伦斯基前往圣彼得堡铁路的站台迎接他的母亲，斯捷潘·阿尔卡季耶维奇去接他的妹妹安娜·卡列尼娜。安娜·卡列尼娜还是一个没被介绍的人，但可能是小说的主要人物，目前这一刻，关于这个人物还没有介绍，一切仍在迷雾中。安娜·卡列尼娜凭借她的智慧和机智，使斯捷潘的妻子与丈夫和解。她遇到了伏伦斯基，后者被她的美丽所震撼。在舞会上，他们更好地了解了彼此，伏伦斯基爱上了卡列尼娜。小说的第一部分以这个舞会结束。这只是故事的开端。在小说第一部分，到目前为止，仅勾勒了一些状况，并描绘了某些性格特征。吉蒂可能是《战争与和平》中娜塔莎这个出色形象的再现：已经可以发现两人的共同特征——相同的精神动力，相同的精神气质。

作者仍然是人类多样性的独特研究者，与其说是典型类型的研究者，不如说是人类发展中各种心理时刻的分析者。在这方面，他可以与另一位伟大的心理学家——海因里希·贝尔（司汤达）相提并论。他们研究的对象是相同的，都同样深入地窥视着灵魂的深处，两人都同样具有原创性，如此新颖独特以至于他们显得奇特和矛盾；两人都不喜欢走平坦的艺术之路，都开辟了新的艺术分析领域；除了才华之外，两人都拥有巨大的系统知识理论基础，这就是为什么两人与我们这个时代的大多数小说作家如此不同。但是，如果主题对象和手法是相同的，那么，贝尔和列夫·托尔斯泰伯爵的技巧却是不同的。对于贝尔来说，理论和精确的知识超过了创造力，相反，对于列夫·托尔斯泰伯爵来说，与其说他是一个思想家，不如说是一个艺术家，他置于第一层面的是创造力，就像陀思妥耶夫斯基先生一样；但是创造力限制在始终存在的严谨思维的范围内，而不是散在模糊的形象和痛苦的欲望中。列夫·托尔斯泰伯爵将生命和人放在第一层面；他以艺术家的所有激情和强烈的感受力热爱这些生命和这些人；他的作品不是一个理论过程，而是生命本身，正如他的思想所反映的那样。但是思想从不打盹，因此时不时地，突然间遇到一个简短的、看似空洞的短语，从全新的方面说明这个典型人物，指向这样一个只有理论思维才能注意到的心理特征。在这一点上，列夫·托尔斯泰伯爵是一位无与伦比的大师，甚至欧洲作家也很难设想一位真正伟大的艺术家在这方面可以与他相提并论。

编后记

弗拉基米尔·维克托罗维奇·崔科（Владимир Викторович Чуйко，1839—1899），文学批评家、翻译家。该文发表于俄国《呼声报》（Голос）1875 年第 37 期。

列夫·托尔斯泰

作者 ［俄罗斯］尤里·艾亨瓦尔德
译者 张兴宇

他的艺术包罗万象，他的创作是一部百科全书，人、动物、一棵要死的树等都是他笔下描写的对象；他对上帝世界中所有生物的一应状态都描述得惟妙惟肖，人们对之如醉如痴。他根本就不是一个文学家，也没有文学专长。他世事通达，这点于他毫不费力；他创造的领域茫无际涯，让人吃惊。从拿破仑到霍尔斯托梅尔，从浩荡大军，绵延数俄里的栩栩如生的“画布”“军队的海洋”到普拉东·卡拉塔耶夫的那只淡紫色的狗，当病倒的卡拉塔耶夫被法国人射杀时，它呜呜叫着。从出生和死亡、战争和激情、杀戮和怜悯这部神秘剧，从被人群撕扯的韦列夏金，到为新婚的列文开始按照新方法熬制果酱而苦恼的阿加菲娅·米哈伊洛夫娜，所有这些千差万别的跨度，托尔斯泰下笔所用的力道、重视程度和兴致没有厚此薄彼之分，而且写起来乐此不疲、挥洒自如，一点也不让人觉得矫揉造作。一个要睡着的孩子的梦和一个濒死之人最后的幻觉；疯狂和炎热的谵妄，恋爱中女孩初次在舞会上抛头露面，或者《两个骠骑兵》中这个可怜的丽莎，这个在爱他人同时也被爱的氛围中长大的纯洁女孩子，在一个月夜里，在夜莺的啼啭中，伴着口中的祈祷而睡着；自己年轻时的快乐意识和这种“期待春天的感觉”，年轻人对即将开始的事情，对“在我不在的地方已经开始”的事情的恐惧；一个战士的感觉，在战场上，冒烟的手榴弹陀螺般在他脚下打转，他“用完全新的、羡慕的”眼光看着青草，看着苦艾，在想：“难道这就是死亡……我不能死，不愿意死，我爱生活，爱这青草，爱大地，爱空气。”[1]在一瞬间，他脑海里涌现了成千上万的回忆，看到了所爱的女人，她戴着配着紫色丝带的帽子，看到了五年前侮辱他而没有受到惩罚的男人的形象，他听到了熟悉的茨冈人的曲子，就在这一瞬间，拥抱着“感情、思想、希望和回忆的整个世界”[2]，倒下死去了。女人所喜欢的枝叶繁茂的夏天，安娜·卡列尼娜美丽白皙的手上戴着戒指，当她把长着美丽黑发的头放在铁轨上时，熟悉的十字架手势，她生命中最后一个十字架手势，唤起了她内心中一系列少女和童年时的回忆，“笼罩着一切的黑暗突然破裂了，转瞬间生命以它过去的全部辉煌的欢乐呈现在她面前”[3]，从精神上意气相投、才华惺惺相惜这层而言，与安娜一起，托尔斯泰也同样体验到了这种快乐。老博尔孔斯基公爵躺在自己上年纪后所用的硬板床上，闭上眼睛，他刚闭上，“想象中出现了多瑙河，晴朗的中午，芦苇，俄国营地，他这个年轻的将军，脸上没有一丝皱纹，精力充沛，兴致勃勃，面色红润，走进波将金的彩饰帐篷，对朝廷这个宠臣如火烧一般的嫉妒心理如此强烈，现在仍然像当时一样使他激动。……他眼前又出现那位皇太后，她第一次接见他时所说的亲切的话以及她那微笑”[4]。另一个生活在自己时代的人是丽莎的母亲，那位老太太，她希望再一次在女儿的灵魂中活出她溜走的青春，望着与老伯爵一起跳华尔兹在转圈的自己，望着自己丰满雪白的双肩，她感觉到有人在上面亲吻，这是很久以前的事了，她想到那时自己是一朵小花，“但不是玫瑰花，而是一朵绚丽的、没有香味的浅粉红色的野花，孤零零地生长在一个非常遥远的地方的一尘不染的雪堆里”[5]。

---

1 列夫·托尔斯泰：《列夫·托尔斯泰文集》，人民文学出版社，2000，第 7 卷，第 1075 页。

2 同上，第 2 卷，第 150 页。

3 同上，第 10 卷，第 1027 页。

4 同上，第 7 卷，第 919 页。

5 同上，第 2 卷，第 292 页。

所有这些和其他无数的各种各样的内心活动都被托尔斯泰所理解，所吸收，并变成现实。他比世界上其他所有的艺术家都更好地展示了心理学上的守恒定律，并且展现出，在内心中他什么都没有遗漏：任何一个瞬间，任何一个痕迹都保留在他心中，就像他的女主人公在一个安静的房间里，“从各个角落里，从墙壁上和窗帘上便突然浮现出旧时的、被忘却的青年时代的幻影”[1]。他展示了生命的无限完整，展示了生命中的每颗露珠如何闪烁和发光。这样一个巨匠，他不仅把重大的东西，而且把非常微不足道的东西带进了文学。而他的微观分析，以及他有别于他人的对内心的非凡关注，他的创作中大量的让人惊讶的心理学的发现，所有这些都是无尽的生命的表现，这种生命充斥了与他的外在世界相仿佛的内心世界。

他把所有的存在理解为战争与和平这两个不可避免的范畴，在这两个领域，他无不擅场；所在各处，他从不缺席。他将《奥德赛》和《伊利亚特》合并为一部作品。娜塔莎唱歌，或赤脚穿着便鞋在夜里去母亲房间，或跳俄罗斯舞，在这位“何时何地又是怎样汲取了这种精神的伯爵小姐”身上，流淌着欢快的生命激情；在“天鹅绒般的”黑夜里，她的才艺表现得淋漓尽致，在她敏感和富有创造力的灵魂中、在她这种尽情享受存在之美好的内心中，洋溢着快乐的细胞。因此，这一切都被幸福所笼罩，似乎世界向安宁祥和俯身屈就，似乎除了快乐，除了这个焕发着生命激情、敞开胸膛尽情呼吸的女孩，再没有别的；但托尔斯泰挥动他的魔杖，把我们从和平的一幕带到了战争面前，于是乎，“大地上炮声隆隆”，死亡和痛苦的地狱帷幔被拉开，所有这些濒死的一幕幕浮现在我们面前，死亡呈现了青春和希望的完美；想着现在就要为死亡献身，娜塔莎的弟弟彼佳，不久前还喜欢吃葡萄干的男孩，死去了；“穿着青灰色大衣的沉默的尸体”血淋淋地堆叠在一起，而这原本就是那个在战斗中质疑自己到底是胆小还是勇敢的人的尸体。此外还有给人带来致命危险的敌人，在托尔斯泰笔下常常会遇到，作家对

1 列夫·托尔斯泰：《列夫·托尔斯泰文集》，第 3 卷，第 163 页。

之不吝笔墨：这些敌人处处藏身，处处设伏。而在这一切之上伸展开来的，则是流着鲜血的安德烈·博尔孔斯基所眺望的高远的、平静的天空。

无论在战争期间还是在和平时刻，同样充满生命激情的托尔斯泰在身边并没有发现这一生命激情的令人满意的表现，他因此回望过去，转向历史；不过，在没有让渡历史的习见基调的同时，他为历史注入了当下的所有人情世故和热情。他使暂时的东西成为永恒。他的历史小说是对死亡的一种胜利。托尔斯泰赋予笔下人物生命永恒、美好，把完美的不朽馈赠给他们，在这种不朽中，诗人则洒脱不拘，运筹帷幄。人，在他笔下总是永恒常在，他挥动那富有创造力的手，阻止了他的游离，让人铭记于心，即如恩思河桥上的这些士兵，他们带着“既单调而又复杂的表情”[1]，说着笑话和脏话，他们各种各样的感受一无遗漏地呈现出来。对于正在重生、复活的托尔斯泰，对于写出《复活》的托尔斯泰来说，任何人都不会死去。从统帅到士兵，再到这个出席菲利军事会议的女孩玛拉莎，她像托尔斯泰本人一样，站在“老爷爷”（库图佐夫）一方，通过她的视角观察世界性事件——所有这些人物都在人们眼前鱼贯而过，从古老的坟墓中走出，获得永生。对托尔斯泰来说，世上没有墓地。

如此一来，他使地球上的生命增多，他是上帝的助手和帮工，是造物主的合作者。为了他人的灵魂他倍增自己的灵魂。作为俗世的长期见证者，宇宙的老居民，他以艺术巡视这一世间，洞察一切：一切细节，一切事物，一切生命体。在这里，在被放弃的童山，“一个老头依旧无动于衷，像叮在死人脸上的苍蝇似的，坐着敲打着树皮鞋楦”[2]，安德烈在这里碰到的两个小姑娘渴望一件事：带走并吃下从老爷的树上采摘下来、兜在衣襟里的青涩的李子；她们，小女孩们，带着这些未成熟的李子走进历史，介入拿破仑的远征，存留在

1 列夫·托尔斯泰：《列夫·托尔斯泰文集》，第 5 卷，第 189 页。

2 同上，第 7 卷，第 934 页。

托尔斯泰的视野中，被永久传递给阅读的人们。或者，他为自己途中所遇到的每一个现象注入灵魂，他谈及这个脖子细长、锁骨突出的男孩，他与父母和妹妹乘坐一辆富丽堂皇的马车经过时，想到了把路挡住的那批囚犯；男孩没有垂下眼睛，而是看着这支可怕的队伍。“他直接从上帝那儿得到启示，极其坚定而且毫无疑问地知道他们也是人，跟他自己一模一样，跟所有的人一模一样，所以必是有人对他们做了什么坏事，做了什么不应当做的事。他不由得怜惜他们，……正是出于这个缘故，男孩的嘴唇才撇得越来越厉害，他费了很大的劲才没有哭出来，认为在这种情况下哭出来是丢脸的。”[1]这辆马车走过去了，消失在行进的队伍中，但谁会不记得那个戴着水手帽的男孩？托尔斯泰的手停在他那里并注意到他，谁也不清楚他未来生活的可能前景，但谁会不记得他那像所有孩子一样“直接从上帝那里知道”的真理？

在世界轨道上缓慢地进行着其生机勃发的运动，在所有存在的表现形式上驻足，托尔斯泰这么做并没有淡化他所欲表达的普遍性的意义，为了生活而不错过存在，并且在每一个细枝末节上感知存在。他在世界的具体方面上没有惘然无措。对他人危险的显微镜，对他则没有带来任何损害。他使灵魂破碎，但也复原、组合它。独具特色的“分而治之”[2]可以适用于他：他分而治之是为新的和更高的综合而分，他笔下所呈现的每一滴心理机制都闪耀着本质上一体的和不可分割的整个灵魂的光辉，慷慨的、不担心文思枯竭的威胁，从不会变得贫乏的他甚至能听到索尼娅衣服上的丝带被别针别住时所发出的窸窣声，总的来说，他对细节给予了许多时间和关注，把它看作创作上的珍珠，并不急于转到另外的方面。他可以极尽铺排之能事。这就是为什么整幅整幅页面——但又是怎样的一页页啊——描写打猎、刈草、赛马、命名日宴会、婚礼等。

1 列夫·托尔斯泰：《列夫·托尔斯泰文集》，第 11 卷，第 438—439 页。

2 原文为拉丁文“divide et impera”。

而从所有这一切中，从寻常和琐细中，一种崇高的美被奇妙地烘托出来。在不知不觉间，托尔斯泰的日常变成了伟大。他从尘埃中创造，从无中生有，以其最纯粹的激动让人心潮澎湃。在日常生活中，在生活的质料中，他创造了一个精神的节日；从他的散文中萌发出芬芳的诗歌——讴歌爱情、童年、自然的诗歌，让人心醉神迷，以及形形色色的悲剧、各种各样的来自生活的感动和圣事活动，不虞匮乏的情感和激情的隐曲——因此想要感谢他，想要祝福他。像他笔下的多莉一样，他在生活的撒哈拉沙漠中，发现了别人都没有注意到的快乐和所有崇高的人性，就像发现了沙子里的金子。他用一个微不足道的女人微不足道的话引入了《战争与和平》的世界性的重大意义所在（请想想小说开头的几句话）。他是一个无畏的自然主义者，不回避任何事情，话题无所不包，日常生活中没有任何他无法涉及的方面，于此，可读读《伊万·伊里奇之死》和《浆果》这两部小说！然而，他的自然主义是与在浪漫主义最空灵的高度上无法企及的那种更澄澈的纯洁、不被玷污的纯粹联结在一起的。他无可辩驳地证明，在左拉的精神中，自然主义和无耻的手法之间没有必然的联系。他也会把我们领到一个产妇的床上，但从美学和伦理上讲，他在任何地方都没有让人感觉不适，即如他的生理学哪怕在《霍尔斯托梅尔》中也没有让人感觉不适一样。不折不扣地忠于自然，同时又保持自己的羞耻感，这是被赋予他的最高境界，使得他能够以如此真实、克制和纯粹的语气写出聂赫留朵夫对卡秋莎引诱的场景，或写出安娜·卡列尼娜被伏伦斯基征服后，“低下她那曾经是非常自负的、快乐的但现在却羞愧得无地自容的头”[1]……

1 列夫·托尔斯泰：《列夫·托尔斯泰文集》，第 9 卷，第 196 页。

编后记

尤里·伊萨耶维奇·艾亨瓦尔德(Юлий Исаевич Айхенвальд, 1872—1928),俄国文学批评家。著有《俄罗斯作家剪影》(Силуэты русских писателей, 1906—1910)、《西方作家短评》(Этюды о западных писателях, 1910)、《普希金》(Пушкин, 1908, 1916)等著作。本文选自《俄罗斯作家剪影》(第一册, 2017年)一书第546—589页。

论托尔斯泰的语言（五十至六十年代）

作者　［苏联］维克托·维诺格拉多夫
译者　益影
译校　张兴宇

嵌入叙事性结构中的“内心独白（внутренний монолог）”，其语义形式与作者言语的语法构造融为一体。这类语义形式失去了个人言语和思想的典型特征，变成了富有表现力和具有象征意味的文学性描述的“棱镜”。借助这样的“棱镜”，托尔斯泰将“客观形象”与对它们的主观情感接受和阐释结合在一起。在这一语义氛围下，琐细的细节便获得了概括的象征意义。

……在俄罗斯文学中，托尔斯泰第一次做出了艺术加工，将内在言语形式转化成了文学散文的语言，并在内在言语的基础上构建了“内心独白”的原创风格。从语言心理学可知，内在言语在其构造和运作方法上形成了一种特别的、独具一格的言语领域。当然，从内在言语到外在言语的转化并不是把声音简单地加诸无声言语上，而是将言语思维中特殊的内在层面向为外在言语所特有的其他结构形式进行复杂的质的转变。因此，内在言语的文学再现总体而言不可能与自然毫无二致。即便努力做到最大可能地准确反映心理活动，但这种再现将总是有条件的、有分量的掺杂物。

内在言语有以下几个基本的标志和特征：

（一）内在言语的句法结构具有独特性，其特点是时断时续、片段化和不可拆分，看起来（从执行交际功能的外在言语规则甚或是口头语规则来看）前后无联系、有省略。内在言语，就像凝聚在一起，在其片断的、省略的句法切分中表现并表达出一个完整的意识流、一系列不同的内心体验、领悟和回忆。托尔斯泰通过口头语形式使内在言语的流动服从于文学的整饬性（литературное упорядочение）……

（二）由于内在言语得以实现是在一个个体封闭的、不期待他人理解的单独一个人的心理语境中，因此，这里的句法完整性与语义融合和“思想的绝对浓缩”（指几乎不借助字眼，使简明清晰地理解最复杂思想成为可能的那种思想浓缩）相适应。其自身不仅可以通过片言只语、一个暗示来理解，甚至可以在词语之外来理解，尽管词语有其所指意义。在封闭的个人语境中，单独的字眼成为个人内容的一种全方位表达。字眼、句子可以从一个人的整体心理语境、从他的全部内在体验，并根据容量多寡和组合复杂性程度汲取任何智性或情感性内容。语境或随机的、富有表现力的联想赋予词汇的个体化意义可以弱化它们所被习惯接受的词汇意义。作为一种内在的象征性姿态，词语常常从内在言语转化为外在言语。在《战争与和平》中，有一个用象征手法运用词汇的很好的例子，它以非同寻常的艺术力量描绘出娜塔莎的无聊和内心的烦恼状态。娜塔莎一再重复的、无实际意义并且脱离了原本意思的“马达加斯加”这个词，被认为是她内在言语的回声、一种独特的心理姿态和复杂思想和体验的表达……与有声的口头言语相较，内在言语在更大程度上实现了词义潜在的不可穷尽性，及其为语境所决定的变化性。在内在言语中，词语几乎可以无限拓宽其语义的可能性范围。

（三）然而，在内在言语中，词汇意义的个体化会导致内在言语的封闭性，导致其对于他人、对于无关的人来说的“不可理解性”。内在言语的词汇意义与它们在外在言语中的意义和运用的环境并没有共同之处。每个人的内在言语都充满只有在所给心理语境下才能被直接理解的个体化特征。毕竟，内在言语的目的不是交际，而是自我表达。因此，它时刻封闭在个人的内在方言范围内，也因此并不受制于普通语言的逻辑规则。根据托尔斯泰的描绘，妻子与丈夫之间的亲密对话便与这种不合逻辑的、“自我中心”的内在言语结构相类似。……在托尔斯泰的艺术体系中，这种个体化的、不合逻辑的人物内在言语，尽管处在戏剧化语言的文学样式中，但只有在揭示该人物内心世界的整个语汇上下文背景下才能被理解……

（四）受内在言语所特有的语义凝聚（семантическая конденсация）的影响，词语慢慢分解为独立的语义外壳。在这种情况下，通常会出现真空，有时甚至“变暗”，并且，在任何情况下，言语的语音方面会发生弱化。意义像是要从词汇的“外部”覆盖物中摆脱出来。“在内在言语中，我们总是处在吉蒂与列文谈话的情境中”（交谈通过词汇的首字母进行，亦即借助言语的单个声音要素表达完整的句子和话语）[1]。在内在言语中，没有必要完完整整地把词汇说出来。意图几乎取代了对意图的贯彻。不过，从另一方面来看，词汇的“语音形象（звукообраз）”在内在言语中可以成为任何意义的直接表达手段，因为在这里，词汇并不担负对外在言语而言必要的逻辑所指意义（предметно-логические значения）功能。在《战争与和平》中，托尔斯泰以非同寻常的艺术力量和心理真实再现了那种在模糊和“昏暗”的意识状态下，譬如微睡、呓语时，由“语音形象”的联想交织所产生的内在言语的无序打转（беспорядочное кружение）。在这里，词汇不但以未被表达出的口头语的随意性（语法和逻辑层面），而且以仿佛脱离了其词汇意义的所指语义场域方式快速游移和彼相替换。词汇通过谐音和语音联想的方式被激发出来。……

（五）特殊的情节语义动态变化（сюжетно-семантический динамизм）可能隐藏在内在言语之中。内在言语与话语思维的语言规范并不相关。如果内在言语的词汇和习语的语义丰富性是无穷尽的，那么它们的结构联系，它们通过自身的运动、交织和替换表达内心生活变化的能力，以及

1 Выготский Л. С. Мышление и речь, М., 1934. Ср. также: Lemaître A. Observations sur le langage intérieur des enfants // Archives de Psychologie. 1905. N 4. P. 5.

对瞬间感知和回忆的快速游移和联想富集程度则是无限的。如此一来，此处在托尔斯泰面前便展现出对精神生活进行文学表达的新天地。有必要找到新的、规避传统口头独白言语概念的修辞形式。如果“从内在言语到外在言语的转化是一个复杂的动态变化，即把谓语和成语性言语（предикативная и идиоматическая речь）变为句法上可切分并为他人所理解的言语”，那么托尔斯泰的艺术任务的核心就在于，从外在形式、主要是从口语的形式中，建构文学上的逼真性和内在言语的相似性，弱化所有那些外在言语结构性要素的功能，因为这些要素不可避免地与言语思维的内在层面相抵牾。应当创造性地再现为内在言语典型的“像从外部走向内部那样，言语挥发为思想的过程”这一特征。有必要通过口头言语甚至部分书面言语——以现实主义风格的形式——建构一个动态的、不稳定的、流动的内在言语思维层面，建构那种富于变化和快速的个体化意识流，在这种意识流中，词汇和思想在其中碰撞、交织和缠绕。自 50 年代以来，托尔斯泰便致力于解决这一修辞任务（стилистическая задача）的工作。

内在言语的特征，即便被文学记录形式和口语的修辞手段所整饬或遮蔽，仍然需要在一种特别的心理动机中体现出来。列夫·托尔斯泰只有在刻画模糊、昏暗的意识状态——半睡半醒、呓语、亢奋或濒死之际所受折磨时，才使用这些“内心独白”的新手法。继托尔斯泰之后，契诃夫在戏剧领域拓展了与内在言语形式相关的语言手法的运用，后者笔下主要人物的言语风格常常被认为是间歇性的、双重分化的言语流，其内在言语流要么向外喷发，要么进入内部，在出声的词汇文本之下以隐蔽的、“水下的”流动状态快速行进。

但是，列夫·托尔斯泰第一次在俄罗斯文学中发现了从陈旧的文学书面程式摆脱出来、进而表达内在言语即“内心独白”的修辞形式。托尔斯泰笔下“孤立独白（уединенный монолог）”中的词汇和思想以急速、无序迸发的方式运动，仿佛部分地从文学表达的逻辑句法和所指意义的形式中挣脱出来。它们旋结在一起，以个人稀奇古怪的联想呈现出来，破坏了习惯上句法和成语顺序上的语义连续性。有时候，它们涡旋般的转动（вихревое кружение）会以一种主题或句子的复现形式构成一个独特的旋涡。在这类孤立性独白的结构中，“听不见的”言语（«неслышная» речь）的无中介性及其语义流个体化特征达到了口头“非人为性（безыскусственность）”的限度，达到了最大程度的心理“真实”。

因此，列夫·托尔斯泰在情感的个体化表达层面创造了戏剧化言语富有表现力——句法上和语义上——色彩的非同寻常的多样性。托尔斯泰吸收了普希金在诗歌领域这一倾向上的做法，在“散文”、口头语方面拓展了一个独特的个人精神生活的表达体系，不过这一体系是通过其他方法和手段来实现的。首先，托尔斯泰构建了新型的富有表现力的词汇组合方式，用以反映思想的快速活动、时断时续的非连贯性、矛盾、无序的涡旋运动亦或让人眼花缭乱的思绪的闪现、省略式内在言语的“短路”等。在这种情况下，在托尔斯泰的“内心独白”中，逻辑顺序的陈旧形式或公认的、既定的不合逻辑顺序的陈旧形式在语言要素的运动和交织中彻底发生了变化。细节的完满性、矛盾的复杂性、省略的浓缩性和语汇流运动中表现内心波动的心理正当性，赋以每一个仿佛反映内在言语中思想匪夷所思交替的这类表达方式以现实主义的深度和个体呈现的完结性（индивидуальная законченность）。词汇的逻辑所指形式在这里不再发挥其基本的构造功能。艺术家深刻的内心体验和他的情感直觉，绘制出了一个别出心裁的联想游戏，这一体验和直觉大胆操纵着这种间断性的、反映起伏不定心理下自然混乱状态的运动，支配着逻辑上无约束力的词汇——在他们的个体性组合中——的碰撞、缠绕。因此，在中篇小说《两个骠骑兵》中，赌输了钱的枪骑兵少尉伊利英的“内心独白”与他闲逛时粗略感知到的城镇生活场景一并得到建构。

这样一种缺乏条理性、断断续续、变得越来越没有相互联系的内在言语，亦在安娜·卡列尼娜莫名兴奋的、精神紧张的状态中得到了反映，在她从多莉家坐马车回来的路上，作家对她在马车上的所思所想给予描写，后者内在言语的动态过程被非常清晰地刻画出来。……

《战争与和平》中的一些“内心独白”（安德烈·博尔孔斯基、皮埃尔、尼古拉·罗斯托夫的独白）以风格化的内在言语表现出来，而另一些（例如，彼佳·罗斯托夫在游击队突袭前的幻想或娜塔莎的想法和梦想）则以“被体验的”或间接的作者话语形式再现出来，亦即，这些内心独白表现为叙述语言与人物本身内心思维形式的复杂结合。

“内心独白”的广泛运用，为托尔斯泰开辟了内在言语独特的“对话化”的途径。内在言语被分解为“声音”。人不仅能够想象“他人”的言语，而且还能对话式地把自己一分为二。例如：“‘唔，这就是我！’她望着镜子里的自己，她的表情似乎说：‘好哇。我谁也不需要。’男仆要进大厅收拾东西，但时，她不让进，让仆人出去，又把门关上，继续踱步。这天早晨她又恢复了自我陶醉的状态——她爱慕自己，对着镜子欣赏自己。‘这个娜塔莎多么美！’她又用第三人称男性口吻评论自己：‘她长得多好，嗓子也好，又年轻，她不妨碍任何人，任何人也别打扰她。’但是，尽管人们不打扰她，她仍然不能平静。而且，她立刻感到这一点。”又比如：“‘我是多么聪明，多么……简直令人惊奇，她是多么可爱。’她用第三人称谈论自己，她心中想象谈论她的人是一个非常聪明、聪明透顶、最好的男人……‘她身上什么都有，什么都有，’这个男人继续说，‘非常聪明，可爱，而且漂亮，非常漂亮，灵活——游泳、骑马都擅长，还有那副嗓子！可以说，是一副奇妙的嗓子！’”可以与《伊万·伊里奇之死》里的伊万·伊里奇内心各种“声音”的斗争做一比较。然而，除了这种将“有关自己的言语”进行内在的对话化，除了把言语分成不同的“声音”，托尔斯泰有时会独出心裁地将“内心独白”层面与外在声音的反应相碰撞。无意中渗透到内在言语语境中的他人的应答，便在这里产生了其语义回声。前面进行的整个内心思维过程为其他外部词汇特色鲜明的统觉（апперцепция）做好了准备。

那些出现于一种意识到另一种意识、一种统觉环境到另一种统觉环境的词汇转换时的具有表现力的语义色彩（экспрессивно-смысловой оттенок），其艺术变体原则在出声言语（звучащая речь）的回声和映射这一手法中得到独具特色的表达，这些回声和映射渗透在内在言语之中，渗透到正在熟睡或濒死之际人物的“内心独白”之中。……

内在言语和外在言语（特别是在其文学书面的各种变体中）的对立在托尔斯泰的语言中可以采用另外的修辞形式，并寻得另一种思想依据。因为，作为对意识的直接和即时反映，作为“意识的微观世界”，内在言语在更大程度上从“句子”的权力、词汇错觉、艺术游戏的外部传统、演员的拿腔作调，以及总体而言外在语言的所有约束和程式中摆脱出来。只有在这里，在内在言语中，能够听到直接的、纯粹的、真实的意识的声音。但是，可以理解，在这种情况下，词汇、思想与体验之间的不相一致好似被克服了。在内在言语中，根据托尔斯泰的做法，纯粹的思想开始发出光亮、映射出来。自然，从文学风格的视角来看，词汇和思想的这种一致性可以通过文学书面语言以最清晰的方式表达出来。因此，在托尔斯泰的笔下，也会遇到这样的“内心独白”，它们当中内在言语的自然形式及其前后无联系的句法和具有个体评价色彩的语义全然不存在，而存在的则是充满非同寻常的句法张力、语义上的言简意赅以及充满能量的、独具特色的文学语言的逻辑化风格。正是由于这种类型的“无声”的独白语言，斯塔索夫对托尔斯泰提出批评[1]。这些“无声”独白的修辞结构尤其显得奇怪，在它们的功能上，在它们结构运用的手法上，托尔斯泰风格的主要悖论——醒目、矛盾的语义组合——以非比寻常的明显和力量呈现出来。这些独白的抽象逻辑性的、箴言般准确的语言与它们的内在声音的环境形成了对比。

1 除此之外，在托尔斯泰的语言中还存在着一组文学类型的“内心独白”，并带有莱蒙托夫风格的印记（例如《哥萨克》和《卢塞恩》）。

正是在“理性”受到约束时，在其行为脱离了日常逻辑规则时，比如在梦中、在临死前的痛苦中，据托尔斯泰的做法，此时词汇和思想之间的不一致和割裂才被克服，就像渗透在人的意识深处并从这一深处发声的内在声音开始说话一样。正是在那时，出现了纯粹的内在言语、纯粹的思想。对博罗季诺战役之后皮埃尔的梦境便是这样描写的：“有的只是可以用言语清楚地表达出来的思想，某人说的或者皮埃尔反复思索的思想。后来皮埃尔在回忆这些思想的时候，虽然这些思想是当天的印象引起的，但是他相信它们是他身外什么人对他说的。他觉得，他在清醒的时候，永远不能够这样想和表达这种思想。”令人好奇的是，在这些情况下会出现一种独特的风格，它没有修饰词，简明扼要，富有哲理，充斥着许多独特的定义和雷同的句子。例如：“‘战争，是人类自由对上帝法律的服从，而且是最艰难的服从。’有一个声音这样说。‘朴实是对上帝的顺从。他们是朴实的。他们不说，只是做。说出的话是银，没说出的话是金。人怕死，就得不到任何东西。谁不怕死，一切都属于他。不经历一番忧患，人就不知道自己的局限，就不认识自己。’”

在普拉东·卡拉塔耶夫被射杀后，对皮埃尔在梦中发生的事情的描述也是如此：“他又像在博罗季诺战役后在莫扎伊斯克那样睡着了。……又有人，是他自己或者是别人，对他谈思想，甚至就是在莫扎伊斯克对他所谈的那些思想。”

还有一种言简意赅的风格，充斥着相同的判断和圣经式箴言的回归和重复：“生命是一切。生命是上帝。一切都在变迁和运动，这个运动就是上帝。……爱生命，爱上帝。最困难同时也是最幸福的是在苦难中、在无辜受苦时爱这个生命。”可以对比一下安德烈公爵濒死之际所思考的语言：“爱干扰死。爱是生。只是因为我爱，我才明白一切，一切。只是由于我爱，才有一切，才存在一切。……爱是上帝，而死，意味着我这个爱的小小粒子回到万有的、永恒的本源。……我死了，于是我醒了。是的，死就是醒。”

可以提及一些有趣的方面，即《战争与和平》中作者本人的“预言性”、“彼世的”、揭示生命规律的声音，完全以这样的修辞形式表现出来。例如：“理性表达出必然性的法则，意识表达出意志自由的实质。不受任何限制的自由是人类意识中的生活实质。没有内容的必然性是三种形式的人类理性。自由是受考察的对象。必然是考察的对象。自由是内容。必然是形式。”等等。在所有这些情况下，言语具有“启示”或顿悟的特点。而用于描写不同“人物”的这三种“风格”的相近性、几乎同一性展现出，在《战争与和平》的结构中，皮埃尔和安德烈·博尔孔斯基的形象与作者的联系多么紧密。难怪这些人物在19世纪初的思想文化背景下出现，在小说情节发展中他们逐渐成长并具备五十至六十年代贵族知识阶层的意识、体验和思想，但并没有完全切断与他们自己时代的联系。

编后记

维克托·弗拉基米罗维奇·维诺格拉多夫（Виктор Владимирович Виноградов，1894—1969），苏联语言学家、文艺学家、科学院院士。主要著作有《论艺术散文》（О художественной прозе，1930）、《论文学语言》（О языке художественной литературы，1959）、《作者问题与风格理论》（Проблема авторства и теория стилей，1961）、《情节与风格》（Сюжет и стиль，1963）、《修辞学·诗学言语理论·诗学》（Стилистика. Теория поэтической речи. Поэтика，1963）等。本文选自其所著《俄国作家的语言和风格：从果戈理到阿赫玛托娃》（Язык и стиль русских писателей. От Гоголя до Ахматовой，2003）一书的第229—238页。《论托尔斯泰的语言（五十至六十年代）》共七章，本处节译自第六章。

列夫·托尔斯泰创作中的心理描写

作者 ［苏联］亚历山大·斯卡弗特莫夫
译者 余芳

十九世纪四五十年代，在整个欧洲社会运动的影响之下，作家的创作意识转向表现现实中具体的问题。对“鲜活的人”的再现表现得尤其迫切。文学作品很容易展现生活的外部形式，如日常生活的环境、人物所处的环境、外在的社会地位、服装和住宅等，所有这些元素都被敏锐的眼睛捕捉到了。但是把握人物的心理状态极其困难。

从十八世纪开始，文学中出现了现实主义的书写方式。这种在心理领域的经验能给我们带来什么呢？除了日常生活的描写，冒险小说要么是赋予了鲜明的讽刺色彩，要么是劝谕风格。对引人入胜冒险情节的追求抑制了对人内心世界的兴趣。……以沃尔特·斯各特为代表的浪漫主义历史小说极具影响力，但是历史小说的心理描写完全停留在增强抒情的传统之上，不能保证主人公外部生活环境的充实。

作为一位对心理描写和社会现实感兴趣的作家，司汤达觉得，不能容忍沃尔特·斯各特为了新的创作目的而采用的心理描写。他对斯各特的热情很快就熄灭了，并且认定斯各特作品的体裁具有欺骗性。比起揭示人物内心的波动，描写中世纪奴隶的服装和项链更容易。……司汤达要求艺术家（其中也包括自己）传达感受的真实性。他还把创造具有典型特色的日常生活细节看作长篇小说家最重要的优点。但所有这些更多地停留在概念层面上，而在自己的艺术实践中他并不是一个大的创新者。……他遵循围绕一个占主导地位的心理特性凝聚形象的古老方法。他最善于描写"激情"。为了清晰地叙述，他选用极其强烈的情感和英雄式的灵魂。人物心理状态的分析主要是通过人物的议论和自我诉说来实现。他不仅没有改变内心独白的古老传统，而且在更大程度上使其合理化。……

在巴尔扎克和狄更斯笔下，心理状态和日常生活之间有着紧密又深刻的联系。但是，在他们笔下……人物的外表、住所及所有的细节都聚集于一个主要的心理点周围。……这里的心理描写鲜明又简洁，但缺少详细及细微的差别，充满了现实主义所特有的抽象性及概括性。修辞手法上存在两种独立又矛盾的类型：崇高语体，指的是华丽的辞藻和丰富的情感，相反则是怪诞和讽刺。果戈理的心理描写就具有这样的特性。他笔下人物的特点是围绕占主导地位的特征心理和物体的聚合性。……

陀思妥耶夫斯基在很多方面接近于果戈理，但其进入到了分析的深度和广度之中。屠格涅夫和冈察洛夫则在寻找普希金和果戈理创作手法的综合。这些艺术家的创作中有着对心理时刻复杂状态进行观察的才能。……但是，新艺术的杰作中仍留有旧的传统。……屠格涅夫在《猎人笔记》中也主要聚焦于特殊情况上，在描写人物肖像时倾向于综合心理的聚集。……

托尔斯泰进入到对时间探寻的现实主义普遍主流之中，并最终打破了过去的传统。

托尔斯泰的心理描写的突出特点，首先表现于在经常的、不断变化的心理流中努力揭示人物的内心世界。……在托尔斯泰笔下，人物一刻都没有停止，他在每个时刻都是不同的。托尔斯泰经常关注不稳定的心理流中不停息的运动状态及瞬间形成的复杂状态。车尔尼雪夫斯基在对托尔斯泰为数不多的早期作品进行观察的基础上，确定了其心理描写的特性，把它称为"心灵辩证法"。……

事实上，托尔斯泰所有的作品都可以看作某个时间段的"心灵史”。在这个时间段发生了什么？主人公经历了一系列的心理变化。而且，这些状态相互之间有着紧密的联系。它们不仅相互交替，而且还处于相互的评价对比之中。它们通过应该和不应该、虚伪的和自然的、真的和假的来进行展示。每种状态通过不同的艺术手法来表现，且都具有一定的评价判断。通过相互之间的对比，它们指向了作者最终的评判和需求体系。……

人是不断发展变化的。这一状态对作为道德学家的托尔斯泰具有重要的意义。在寻找永恒的道德支撑时，需要不断变化的心理流，或者用其他的发现来克服这一心理流，再或者完全拒绝任何的可能性。托尔斯泰不断地聚焦和展示流动性，在其创作的所有阶段，争论流动性的道德意义。用“人物的心灵史”来向自己和读者证明“应当”的根深蒂固的思想。描写复杂及相互矛盾状态的意义，最终在于展现人是如何生活，被抑制或是被激励，在合唱中是异律或是高音的、安静的或是响亮的，是否回响着“真实的”、真诚的声音。……

如果我们看到安德烈·博尔孔斯基公爵在奥斯特利茨旷野，并且深入其内心世界，那么我们就会和安德烈一起感受。以前的事情，以及现在发生的事情是多么微不足道，他想成为类似于土伦的拿破仑的虚荣梦想是多么可笑。按照符合作者创作意图的描写结构，读者应该和安德烈一起摈弃这个充满竞争、流血冲突的虚伪世界。最后，在感触最终的真理之后，安德烈回归到内在的心理平静。……

托尔斯泰把注意力集中在与人的内在生活源泉相联系的问题上，以及描写人物在这一时刻所处的外部环境对心理状态的动态影响。

托尔斯泰创作的特点是作品中含有大量围绕主人公日常生活的陪衬。这一陪衬始终伴随着人物生活中所有时刻的内在感受。

早在托尔斯泰之前，日常生活的琐事就进入到文学之中，有时候甚至比托尔斯泰作品中的参与程度更高。例如，巴尔扎克、狄更斯，而我们这里有果戈理、冈察洛夫，他们都在描写主人公身处的外部物质世界，而且比托尔斯泰描写得更加详细。[1]

对托尔斯泰而言，这些细节本身并不具有典型性，而是他赋予它们以使用价值。日常生活和心理状态之间处于静态的综合之中，而在托尔斯泰笔下则是另外一番情景。……出现了状态、思想、感受及愿望等的转变。但是这一转变是由什么引起的呢？这个世界是由什么所推动的呢？什么激发了之前一直沉默且又一无所知的沉睡潜能？在这里产生了日常细节前所未有的现实化，在托尔斯泰之前没有任何一个艺术家了解这一点。

在托尔斯泰笔下，不会对感受进行这样的描写。从本质上来讲，他所展现的情感状态是由一系列的效果组成：什么东西来自外部世界，然后触碰到灵魂。灵魂在这一刻现实的、无数的，有时是难以察觉的、听不见的手指下回响。

例如，安娜和儿子见面时的感受。这一感受有一系列不断加强的高潮，这一高潮与来自外表的推动力相联系。她对谢廖沙的了解来自外部感受。听到了孩子的哈欠声，“从哈欠声她知道是儿子，好像活生生地站在她面前”。接下来描写，她是如何慢慢地看他，仿佛重新发现了他。他的微笑、迷迷糊糊的眼睛。他在迷迷糊糊中倚偎在她的怀抱里，“倚靠着她，给她感受着只有孩子才拥有的亲切如梦幻般的气息和温暖。用脸磨蹭着她的脖子和肩膀”。她知道他的脚从被子里伸出来，消瘦的脸颊，后脑勺上的一缕卷发。“她注视着所有这一切，什么都说不出来，她哭得快窒息了。”对情感过程的描述包括一系列与这种情感相关的外部影响。谢廖沙受到安娜的影响，慢慢地把什么东西踢开，打开门，释放准备好的情感能量。她微笑起来。“‘妈妈，宝贝，心肝！’他哭了，冲到她身边拥抱她。仿佛直到现在，看到她的笑容，他才清楚地明白发生了什么事。——‘这个不要。’他说，摘下她的帽

1 在四十年代，很多作家都习惯于描写人物和他的处所之间的相互关系，就像蜗牛和它的壳一样。这是巴尔扎克、狄更斯、果戈理（《死魂灵》）、冈察洛夫后期作品（《奥勃洛莫夫》）显著的特点。

子。而且，看见她不戴帽子，就像重新看见她一样，他又扑上去吻她。”

如果仔细研究人物思想和心理的转折，那么在托尔斯泰笔下它们经常同外部世界紧密地联系在一起。

皮埃尔站在濒于死亡的别祖霍夫伯爵旁边，冷淡又漠然。但是，当他看到伯爵徒劳地抬起虚弱无力的手，看到他痛苦的微笑，好像是在嘲笑自己的无力——“突然，在看到这笑容时，皮埃尔觉得心在颤抖，鼻子发酸，泪水模糊了他的视线。”……

在离开莫斯科回乡下的车厢里，列文“被满脑子的混乱思绪、自怨自艾的情绪，以及一种莫名其妙的羞耻感折磨着。直到他在家乡车站下了车，认出外套领子竖起的独眼车夫伊格纳特，看见车站朦胧灯光下他那辆垫着毛毯的雪橇，他那几匹系住尾巴、套着饰有铃铛和璎珞的马具的马，车夫伊格纳特一面安放行李，一面告诉他村里的消息，告诉他包工头来过了，巴瓦生了小牛——直到这时，他才觉得头脑清醒了一些，羞耻感和自怨自艾的情绪也逐渐消失了”。

在旅途中，安娜内心升起了没有原因的羞耻感，回到家里这个感觉就消失了。“在习惯的生活环境中，她又觉得心安理得，无可厚非。”“她在火车上认为不平凡的遭遇，其实只是社交界一件平凡的小事，她没有理由要在人家面前和自己面前感到害臊。”……

托尔斯泰笔下人物复杂的心理状态，(人身上有无限的可能性)，日常感受的分配，所有这一切建立了这一印象，即不允许从抽象理想的视角来讲述他笔下作为主人公的人物。托尔斯泰笔下没有英雄式的主人公。他心理描写的特性来自他对心理状态理解的衍生，即来自心理状态的复杂性、动态性、特定的多样性、日常分布。

当然，托尔斯泰笔下的每个人物都不同于其他任何人。但是在托尔斯泰笔下这种特殊性从来不会转化为突出的特征。托尔斯泰笔下人物的个性特征从来不会掩盖其与他人相似的地方。因为，在他的笔下个性的发展并不是因为其被撕裂或与其他一切隔离开来，而是建立在许多特性、习惯、爱好和细节的基础上。这些东西使得人物进入到日常生活之中，使其成为普遍的单位。……不断地参与到日常生活之中，心灵的闪光同最普通的日常生活状态相联系，形成了“普通”的印象。甚至在独特的时刻也是如此。在托尔斯泰笔下罕见、奇怪的人物、事件甚至是个人情绪，也总是与生活中日常习惯方面及普遍的日常心理特征密切相关。在这之前，对于所有普遍的日子来说，同当前的进程紧密地联系在一起，稠密地塞入到当前的日常关系之中。在小说五彩缤纷的图案中，所有这些“古怪的”“罕见的”“独特的”事物都不会组成独特的斑点。因此，罕见、鲜明的时刻和事物，放置于自己自然的环境之中，在任何其他的时刻和事物的流动中，它们在不断地消失。

托尔斯泰笔下人物内心世界的改变都有着自己的特点和极致的范围。改变发生在某种不变的基础之上。……因此，尽管人处于不断的变化之中，但处处都还是自己。……托尔斯泰在寻求自主的、永恒不变的价值时，克服了人的反复无常、顺从和不稳定性。在人的“流动性”中，他看到的不是自身道德伦理倾向和观点的坍塌，相反，是真理和胜利的保证。……

早在托尔斯泰之前，人们就知道，人物外貌的描述可以成为一种指明和揭示人物内在面貌的手段。……在其他作家笔下，肖像经常是静止的，聚集在对人物最初的展示上。某些特征的心理意义是存在的，或被离谱地夸大了，或者被完全遗忘，肖像被机械化了。……托尔斯泰把注意力集中在人身上不变的，刹那间出现和消失的东西：姿势、眼神、面部表情的扭曲及身体线条瞬间的改变等。同时代的批评家把托尔斯泰创作中身体语言独特的表现力看成独具特色的特征。……

在寻找“真正的人”的可能性时，托尔斯泰致力于把人放置于其所看不见的地方，观察人最不能控制自己的地方。他会抓住人身上被掩盖的任何真正的闪光。……托尔斯泰知道，人可能会利用身体撒谎，但是在这种情况下身体也会暴露他。“他把头缩在肩膀里，竭力装出驯顺的可怜相，但整个人还是显得容光焕发，精神饱满。”“她原想摆出一副严肃果断的样子，结果却露出困惑痛苦的神色。”……

托尔斯泰发明新的心理描写手段时的创作探索，历史地完成了现实主义艺术所交代的任务，与此同时，也提出了由他个人决定的社会、思想倾向。

编后记

亚历山大·帕夫洛维奇·斯卡弗特莫夫（Александр Павлович Скафтымов，1890—1968），文艺学家、民族学家。著有《壮士歌的诗学和起源》（Поэтика и генезис былин: очерки，1924）、《俄国作家的道德探索》（Нравственные искания русских писателей，1972）、《文学作品的诗学》（Поэтика художественного произведения，2007）等作品。该文写作于1929年，节选自《俄国作家的道德探索》一书的第134—164页。

列夫·托尔斯泰的民间故事

作者 ［苏联］利娅·梅什科夫斯卡娅
译者 谢春艳

无论我们选取托尔斯泰创作中的哪一个阶段，都会发现他的作品充满了激烈的心理斗争，直面各种尖锐的问题，带有为重大的社会和哲学问题寻找答案的印记。正因如此，托尔斯泰才能够创作出人的灵魂的百科全书，向我们展现人的童年、青年、中年和老年——上述各阶段人的心灵世界里所有最曲折最复杂的部分和最细微的变化，探索具有普世价值的重大问题。

托尔斯泰创作的后期与前期相比，初看起来似乎迥然不同，事实上，其前后创作阶段之间是密切相关的。仔细研读托尔斯泰自 19 世纪 80 年代开始创作的一系列民间故事的特点和思想意义，我们便可以确认这一点。

80 年代及随后几十年间，托尔斯泰的很多日记和书信文笔生动，饱含激情。这些日记和书信关涉到始终折磨着他的一个问题——与农民的关系问题，托尔斯泰总是用他当时所推崇的道德和哲学观点来解决这个问题。“昨天去巴卜利诺村，意外地遇到正在耕地的 80 岁的阿基姆，还有雅列米切夫的妻子，她家里没有一件皮衣，只有一件长衫。随后碰见了玛丽亚，她的丈夫冻死了，家里没有人去拉运黑麦，孩子们忍饥挨饿。还有特罗菲姆和哈里雅夫卡，一对奄奄一息的夫妻，他们的孩子也就要死去了。可是我们却在欣赏贝多芬，我祈祷过，要上帝[1]把我从这种生活中拯救出来。我又祈祷起来，大声呼求，痛苦万分。我迷失了方向，陷入危机，不能自拔，我恨我自己，憎恶自己的生活”[2]（53，102）[3]。此前托尔斯泰也曾这样写道：“昨天把费特的长、中篇小说和诗歌重读了一遍。回想起在雅斯纳亚·波利亚纳[4]我们通宵达旦，直到凌晨4点还在弹奏钢琴的情景。我非常清楚地感到，所有这一切——小说、诗歌和音乐全都不是什么重要的、人们普遍需要的东西，而是与生活毫不相干的强盗和寄生虫们的游戏：长篇小说和中篇小说写的是他们如何淫荡、堕落，坠入情网，诗歌写的是同样内容，或者写他们如何苦闷无聊，忧愁烦恼。音乐也是如此。然而，生活，全部生活总是充满了各种问题：衣食住行、劳作问题、信仰问题、人与人之间的关系问题……我感到羞愧、难堪和厌烦。”（53，101）

对于文学家托尔斯泰来说，亟须借助艺术形式全面提出和解答困扰他的所有问题。然而，这些错综复杂的问题使托尔斯泰对于艺术和艺术创作的思考变得更加尖锐而深刻。果真需要这种沦为强盗和寄生虫之娱乐的艺术吗？托尔斯泰给自己提出了这个问题，同时毫不犹豫地将自己、家人及其雅斯纳亚·波利亚纳的社交圈全部划入到强盗和寄生虫的范围里。托尔斯泰对于贝多芬、费特与雅斯纳亚·波利亚纳那些食不果腹的农民之间的是非曲直完全不是站在前者的立场去评判的。

艺术应该有益于劳动人民，对他们进行启蒙并教导他们生活。什么样的艺术是真正的人——劳动人民所需要的？托尔斯泰始终坚持不懈、如饥似渴地探寻这个问题的答案。

贝多芬、费特、诗歌、小说——所有这一切都被托尔斯泰视为虚伪

1 此处原文为大写。——译者注

2 列·尼·托尔斯泰：《托尔斯泰日记》，1896年7月26日，载《托尔斯泰全集（90卷本）》，莫斯科：文学出版社，1935—1958。

3 此处前一个数字53为《托尔斯泰全集（90卷本）》中的卷别，后一个数字102为该卷页码，下文此类注释不再另行说明。——译者注

4 雅斯纳亚·波利亚纳庄园（俄文全称 Музей-усадьба Л.Н. Толстого “Ясная Поляна”）距莫斯科190公里，托尔斯泰诞生于此，大半生都在这里度过。——译者注

的，并非真正的艺术，进而对其进行彻底否定。因为艺术的真正目的是为大众服务：改善大众的生活，在精神生活和日常生活中帮助他们，对他们进行道德启蒙。但是，应该注意到，这一根本性问题促使托尔斯泰提出了新的要求：艺术只面向大众。艺术不是为具有永恒价值的美服务，而是为提升人的精神境界的事业服务，为培养人追求真理和高尚的道德品格服务（按照托尔斯泰的理解），从托尔斯泰文学生涯的最开始这一思想便成为其创作的动力，不止一次地反映在其早期作品，及其青年和成熟时期的许多言论中。

为了解答关于艺术的新形式和新内容的问题，80 年代托尔斯泰转向民众这一本源。后者成为托尔斯泰在这一时期及随后几十年判定一切重大问题的标尺。对于托尔斯泰而言，民众主要特指其本人所理解的农民。这一具有托尔斯泰式特定范畴的民众成为其生活导师，真理的化身和“Le vrai grand monde”[1]的至高准则。对于青年托尔斯泰而言，这个“Le vrai grand monde”便是贵族上流社会。由于托尔斯泰的思想转到了民众的立场上，他坚信，他的首要任务是创造为大众理解和有益于大众的艺术，借助艺术形式探讨人的行为活动，揭示人的行为规范。

在 60 年代创作《战争与和平》期间，托尔斯泰便已开始探讨关于民众在道德方面的优势和民众对上层阶级的“教益”问题。卡拉塔耶夫这一人物正是根据这一理念塑造而成的。他是后来托尔斯泰笔下所有农民形象，其中包括民间故事中主人公的原型。对于皮埃尔·别祖霍夫而言，普拉东·卡拉塔耶夫永远是最理想的生活导师和最完美的行为典范。然而，在 60 年代创作《战争与和平》期间托尔斯泰还没有如此强烈地感受到贵族和农民阶层之间横亘着一道巨大的鸿沟，没有认识到贵族的“罪过”，即贵族在道德上的不完善。此时在托尔斯泰的观念中宗法制等级关系占主导地位。尽管在 50 年代和 60 年代初的一系列作品（《一个地主的早晨》《波利库什卡》《三死》）中托尔斯

1 真正的贵族上流社会。

泰悉心体察农民的生活，但显而易见，彼时关于民众、民众的作用、贵族知识分子与民众之间关系的问题并未像在其80年代及随后几十年的生活和创作中那样显得极其尖锐和突出。谁应该从谁那里学习如何生活，谁是对的——从80年代开始直到生命的尽头，托尔斯泰怀着极大的热情和旺盛的艺术创造力在所有作品中探索这一问题，使这一问题变得愈来愈错综复杂。在托尔斯泰晚年最重要的作品《复活》中更为全面深刻地提出了这一尖锐的社会问题。

如果说皮埃尔·别祖霍夫的形象在很大程度上是60年代托尔斯泰精神探索的体现，那么聂赫留朵夫这一人物同样如此，其反映了托尔斯泰晚年的精神探索。皮埃尔极度敬仰普拉东·卡拉塔耶夫，将其视为民众精神的化身，但皮埃尔并未受到农民这一问题的困扰。然而，在《复活》中则完全不同。对于聂赫留朵夫而言，关于土地、农民的问题是一个最难解的困扰。

毋庸置疑，过去20年资本主义的发展大大加剧了农民的贫困程度，民粹派运动和20年间俄罗斯社会所经历的一切引发和加深了托尔斯泰对上述所有问题的探索，其中一个基本问题是：艺术应该是怎样的，应该如何进行艺术创造。

早在60年代初，虽然托尔斯泰对民众和艺术问题的探索尚未如此深入，但是在雅斯纳亚·波利亚纳从事教育活动时期托尔斯泰在《谁应向谁学习写作：农家子弟应向我们学习写作，还是我们应向农家子弟学习？》一文中指出：农家子弟敏锐鲜活的、天然的感知力比作家的写作才能更高超、更有价值。70年代初托尔斯泰为《识字课本》所写的短篇小说《高加索俘虏》和《上帝看得见真情，只是不马上施报应》风格质朴，凸显出深刻的人民性，成为其80年代一系列民间故事的序篇。

据托尔斯泰在雅斯纳亚·波利亚纳的学校从事教育活动时其追随者之一证实，托尔斯泰曾对后者说过："我正在检验自己对生活的认知是否准确，在向他们[1]学习写作。这是创作民间文学的唯一方法。

1 指农家子弟。——译者注

短篇小说《上帝看得见真情，只是不马上施报应》也正是这样写成的。这是一个学生讲述的故事。”[1]

1875年托尔斯泰在一封信中提及大众杂志时道出了其此时思想观念的特点：“如果我是大众杂志的创办者，”他写道，“我就对我的合作者说，你想写什么就写什么，你可以宣扬共产主义，鞭身派，新教，写什么都可以。但唯一要求是，必须让印刷厂运送杂志的车夫能够读懂每一个词，而且我相信，除了诚实的、健康的、美好的东西，杂志里不会有任何其他内容。我不是在开玩笑，也不想发表什么标新立异的观点，但根据我的经验我深知这一点。用完全朴素明了的语言是写不出任何坏东西的。一切不道德的东西都会显得极其丑恶而应该立即被抛掉。一切宗派的，新教的也好，鞭身派的也好，即使文字让人看得懂，也都是虚伪的。一向充斥大众杂志的种种虚伪的说教和并不严肃、多半是虚伪的科普文章，如果不用华丽的辞藻，而是用易懂的语言去写，就会显得非常愚蠢和平淡，人们同样会抛开。如果大众杂志果真要成为大众的杂志，那么它唯有努力做到通俗易懂。达到这个要求并不难：一方面，只要所有的文章通过看门人、马车夫和厨娘的检查就可以了。如果读者看不懂，但他们的目光没有停留在任何一个词上，那么文章就是好的。如果读过一篇文章后，任何人都不能讲出他们读到了什么，那么这篇文章就是毫无用处的……。但是，另一方面，出版通俗易懂的杂志是非常难的事情。问题在于，适合刊用的材料太少。编辑部视为charmant[2]的文章将会不断出现，但这种文章在厨房里很快就被认为一无所用，或者30页的**词语**中有效的**内容**只有10行。”（62，143—144）

可见，此时对于托尔斯泰来说，大众的意见和观点就是至高无上的法则。

70年代末至80年代初托尔斯泰的一些生平资料和笔记充分说明

---

1 依·捷涅罗莫：《与托尔斯泰的谈话》，《世界全景》，1911年第97、98期，第1—3页。

2 极好的。

这一时期其对于民间创作怀有极大的兴趣。他仔细阅读和研究民间文学，兴致勃勃地倾听和记录奥洛涅茨省[1]农民谢戈廖诺克讲述的壮士歌和神话故事。他常常在雅斯纳亚·波利亚纳附近与路人交谈，将听到的许多词汇和短语写到本子上。托尔斯泰在70年代末至80年代初记下的许多内容构成了其民间故事之一《人靠什么活着》的写作提纲。这篇故事的内容是托尔斯泰从谢戈廖诺克那里听到的，类似的故事曾被收录到《阿法纳西耶夫民间故事集》中。这篇故事也是一个古代宗教道德寓言的众多版本之一。托尔斯泰的另一篇关于三位长老的故事同样也是从奥洛涅茨省民间说书人谢戈廖诺克那里听到和记录下来的。托尔斯泰整理和编撰的大部分民间故事都是对流传甚广的神话传说进行的加工和改写。如《哪里有爱，哪里就有上帝》即改编自一篇法国宗教道德题材的短篇小说。这篇小说被译为俄语，并以匿名形式发表在杂志上。托尔斯泰根据自己的创作目的将这篇作品的内容植入其短篇小说中。民间广泛流传的关于两个兄长和弟弟傻瓜伊万的故事也同样被托尔斯泰用作短篇小说《傻瓜伊万的故事》的主要框架。

托尔斯泰热衷于道德劝谕性民间故事、神话传说和寓言，原因不言而喻：民间文学作品情节简单，通常使用箴言警句，这些特点与托尔斯泰的说教倾向极其吻合——民间文学形式有助于托尔斯泰完成自己的创作任务。

值得注意的是，托尔斯泰民间故事的说教性、思想道德倾向，以及为了解决与其全部思想体系紧密相关的所有社会问题（不以暴力抗恶、对压迫和欺辱的忍让顺从）而提出的处事良方在一定程度上也是托尔斯泰对80年代初的政治事件所做的回应。

根据既定的创作目的，托尔斯泰民间故事的写作手法在很多方面不仅与其此前的作品，而且与其彼时创作的其他作品都迥然不同。仔细研读托尔斯泰的民间故事，可以发现其显著特征是缺少托尔斯泰惯

1 位于俄罗斯卡累利阿共和国，俄罗斯北方最古老的省份之一。——译者注

常使用的一个最强有力的、基本的创作手法——展现人的内在本质、分析人的精神生活、揭示人的精神生活发展和变化的过程。由此，在托尔斯泰的创作中我们可以读到不同年龄阶段、各种状态下人的内在精神世界难以揭示的隐秘故事。

这种用于塑造皮埃尔·别祖霍夫、安德烈·博尔孔斯基、安娜·卡列尼娜和其他人物的手法在托尔斯泰的民间故事中完全不复存在。如果在其他作品中托尔斯泰的创作任务是塑造复杂的人物形象，描写他们的心理感受，那么在民间故事里托尔斯泰的创作任务则截然不同——摈弃一切复杂的人物形象。

这些民间故事里的人以及人的形象不是通过表现人的个性特征，而主要借助按部就班、渐进展开的主人公的行为活动揭示出来（如在《两个老人》《傻瓜伊万的故事》和《人靠什么活着》中）。在这些故事里主人公自身的个性特点并不重要，重要的是象征至高行为理想（温顺、仁爱）的主人公的一系列活动，或者相反，其远远偏离理想行为标准的活动（在关于三勇士的神话中几个兄弟的行为活动，或《纵火容易灭火难》中邻里们的行为表现）。在一些未经艺术加工的民间故事里我们也可以看到类似的现象：其中重要的不是展现主人公个体的自我价值，在大多数情况下并不存在这种人物形象。在民间故事中主人公是善举或恶行的化身，由此构成了理想的或反面的行为模式。正因这些故事中主人公的行为活动是按部就班、渐次展开的，所以在这些作品中人物之间的对话占有非常重要的地位。

这种循序渐进、有条不紊的情节发展方式使托尔斯泰在其民间故事中往往使用神话传说中惯常出现的三次重复结构或平行式句法。在《人靠什么活着》这篇民间故事中三个主要事件构成了情节发展的基础。鞋匠谢苗和他的妻子收留了一个无家可归的陌生人，将仅剩的一块面包拿给了后者。鞋匠脱下自己的全部衣服和鞋，替后者穿上，——于是，神情严肃、沉默寡言的陌生人脸上第一次浮起了微笑。这是故事情节发展的第一段。第二段讲的是一个老爷的故事，他给自己定做了一双几年穿不坏的靴子，但当天便死去了，——此时陌生人第二次露出了笑脸。陌生人的最后一次微笑出现在整个故事的结尾，情节的高潮部分：一个女人牵着两个小姑娘来到鞋匠家，她讲述了如何用自己的奶水把眼前两个孤女抚养长大的故事，——此时陌生人第三次现出了笑容。故事结尾揭示了陌生人被上帝派到人间为三个问题寻找答案——人心里有什么，什么是人无能为力的和人靠什么活着。三个故事令陌生人分别懂得了三个道理。于是，依次展开的三个主干情节揭示了作品的主题思想和道德寓意。这种推动故事情节发展和揭示全文主旨的平行式三次重复手法，以及故事结构均取自民间神话。在民间神话里我们常常可以看到这种带有同样情节发展脉络和结尾的平行式三次重复手法，借此给出解决所有问题或揭示作品哲理寓意的钥匙。

与未经艺术加工的民间神话（关于狠毒的继母和温顺的继女的故事，关于真理与谬误的故事）相同，托尔斯泰在其民间故事中对主人公着墨不多，极少采用正面的、直接描写人物的手法；关于主人公的外貌有时仅用三言两语一带而过，有时甚至只字不提。《两个老人》中对主人公外貌的描写可谓托尔斯泰民间故事中最为详细的一篇：

"以利沙是个开朗豁达、和蔼可亲的人。他喝伏特加酒，闻鼻烟，也喜欢唱歌，他温顺善良，与家人和邻里和睦相处。以利沙是个农夫，个子不高，皮肤微黑，留着卷曲的胡须，他与同名的神圣先知以利沙一样——是个秃头"。

但如此简洁的主人公肖像描写在托尔斯泰的民间故事中也并不常见。

值得注意的是，这里缺少托尔斯泰笔下人物一个十分常见的、显著的外貌特征。在托尔斯泰的其他作品中往往更注重主人公-农夫的外貌描写（《主人与雇工》中的尼基塔，《伊万·伊里奇之死》中的仆人等），而不是内在心理世界。此时通常在其他细节之外总是明显存在一个独具托尔斯泰创作个性的、重复出现的细节描写（洁白整齐的牙齿，或弯曲的双腿等）。

在托尔斯泰的民间故事中也没有其带有强烈批判性和深刻揭露

性质的作品中最常出现的大量详尽的环境描写（《复活》中的法庭场景、聂赫留朵夫和伊万·伊里奇的住所）。在民间故事中我们常常可以发现托尔斯泰对生活场景的描绘（与对主人公的描写一样）极其简洁：

“从前有一个鞋匠，同妻儿们住在向农民租来的屋里。他无房无地，靠手艺过活。粮食贵，手工贱，他挣的钱刚够糊口。夫妻俩只有一件皮袄，就连这件皮袄也穿得破破烂烂，他想买块羊皮来做新袄已经想了一年多。”（《人靠什么活着》）

另一篇民间故事里的环境描写也同样如此——其中几乎没有任何对具体物品的描写：“从前，村里有个叫伊万·谢尔巴科夫的农民，日子过得挺好，是村里有名的能干活的好手。他有三个儿子，都已长大成人，老大娶了亲，老二订了婚，老三虽未成年，也会赶车、耕地了……”（《纵火容易灭火难》）

所有这些传统的开篇方式都与民间故事相同——“从前有一个……”——同时使用农民日常口语，没有任何艺术加工的痕迹，这是大多数托尔斯泰民间故事的特点。然而，不仅这些作品的开篇近似神话故事（“从前，城里有个鞋匠，名叫马丁”，“从前有个王国，那里住着一个富人”等），结尾也同样如此。与一般民间文学作品一样，托尔斯泰民间故事的结局总是圆满的，而且总是直言不讳地发出强烈的劝谕。在结尾总是明确揭示故事的寓意：

“伊万现在还活着，人们都迁居到他的王国里去，两个哥哥也去了，伊万养着他们。只要有人来，说一句：‘养活我们吧。’——他都回答道：‘好吧，住下吧，我们样样都有，多得很。’但是，这个王国有一条规矩：谁手上有茧子，请上桌吃饭；谁手上若是没有茧子，就请用残汤剩饭吧。”

同寓言一样，这种必须以格言警句做结尾、总有一个揭示寓意的重要段落是托尔斯泰民间故事的显著特征。因为托尔斯泰民间故事的创作目的也正在于此，即通过渐次展开的一系列事件和活动展现人的理想行为标准，进而从托尔斯泰的道德哲学立场来阐释和理解人的生活。

因此，托尔斯泰民间故事与作家其他作品艺术手法之不同在于结构简单、事件依次展开、常采用平行式三次重复手法、开篇往往使用“从前有个……”这样的语句，结尾部分通常揭示故事的寓意——所有这些手法都接近民间文学的创作特点，其直接目的在于：摈弃曲折复杂的结构和情节，使故事更加通俗易懂，贴近大众。这些作品不是重在塑造具有鲜明个性化特征的人物形象，而是有意强调构建和偏离人格理想的一系列事件，这完全符合托尔斯泰旨在借助民间故事对大众进行道德教育的思想倾向。

托尔斯泰民间故事的所有风格要素：语言、句法结构和诗学手段都符合托尔斯泰的这一创作任务——构建没有复杂情节和晦涩语句的故事。这一时期托尔斯泰民间故事的创作目的在于尽可能摆脱那种“老爷式的”“低俗的”文学语言。托尔斯泰总是避免使用优雅的词语和艺术手法，认为质朴粗粝的民间语言富有强大的表现力，对于反映人与人之间真挚自然的情感具有极其重要的意义。

为了寻求清楚明了和富于表现力的词语，托尔斯泰把创作视野转向民间文学语言和鲜活的民间口语。我们可以阿法纳西耶夫民间文学作品集（《俄罗斯民间传说》）中一则关于天使降临人间的故事为例（题目是《天使》），其内容取材于一个古老的宗教道德寓言，是托尔斯泰从奥洛涅茨省民间说书人那里听到和记录下来的，后被托尔斯泰用作《人靠什么活着》这篇作品的基本情节。

“一个女人一胎生了两个女儿。上帝派天使去取她的灵魂。天使降到地上：他可怜两个幼小的孩子，没有取走女人的灵魂，又升到上帝那里去。上帝问他：‘怎么，取到灵魂了？’天使对上帝说：‘我不能取一个产妇的灵魂。’上帝问：‘为什么？’天使说：‘她一胎生了两个：孩子没爹没娘活不成啊。’”[1]

下面是 70 年代末至 80 年代初托尔斯泰笔记中的部分内容：

“天使城里有个女人病在床上，她一胎生了两个女儿。上帝派天

1 亚·尼·阿法纳西耶夫：《俄罗斯民间传说》，莫斯科，1859。

使去取这个女人的灵魂。天使看见两个小东西在母亲身边蠕动。天使动了恻隐之心,回到上帝身边。产妇躺在角落里。于是上帝又派天使来取女人的灵魂,天使又升到上帝那里。上帝再派天使来取女人的灵魂。孩子没爹没娘可以长大,但如果没有上帝的恩典活不下去。天使完成了上帝交给他的任务,折断了翅膀,落到地上。为了填饱肚子,天使来到鞋匠家里干活”等(25,666)。

显然,在上述故事中天使扮演着主要角色。

托尔斯泰在创作民间故事时始终力求从各方面接近民间文学。在这些作品中托尔斯泰也时常使用一些奇幻元素——与民间故事和神话传说完全相同,在托尔斯泰的作品里魔鬼和天使都积极参与到人的活动中,给人带来帮助或危害。与常常在创作中加入奇幻元素的果戈理不同,托尔斯泰在其他作品中从不使用这些手段,他始终力求做一名彻底的现实主义者,总是避免作品中出现任何非自然的、虚构的成分。然而,托尔斯泰在民间故事中则完全有意识地植入了奇幻元素,显然,托尔斯泰认为,民间故事中常见的形象(魔鬼、天使、傻瓜伊万努什卡和两个刻薄的兄长等)有助于其进行宗教哲学和道德说教。

虽然在一些民间故事中托尔斯泰也借用了神话传说中现成的情节,但是鉴于托尔斯泰确定的民间文学创作任务——力求清晰简洁、通俗易懂,及其尖锐的思想倾向性,对神话传说的整理和加工花费了托尔斯泰很多心血。其中,《人靠什么活着》这篇作品的手稿便可以证明这一点。手稿中有许多修改和补充的痕迹。

在最初的手稿中托尔斯泰这部作品的开篇与其从说书人那里听到的故事和阿法纳西耶夫民间传说集中的内容一样,从天使降临人间讲起——一个关于产妇、两个幼小的孩子和被上帝派到人间的天使的故事。故事题为《天使》。但是很快托尔斯泰便对故事的开篇不甚满意。正如他通常的做法一样,他始终在探求灵活有效、引人入胜的开篇方式——故事从中段、从现时,而不是从过去讲起,目的在于随后再回到过去的情节,使过去的故事在作品结构和思想意义方面发挥更大的作用。在这篇民间故事的创作中托尔斯泰正是采用了这样的写法。

关于产妇及其留下的两个孤儿的故事直到结尾才和盘托出，目的在于通过这个故事最终揭示全篇的中心思想和寓意。作品一开篇便采用了传统神话故事中惯用的叙述手法"从前有个"。在创作过程中托尔斯泰不可避免地遇到了一些难于解决的问题，这些问题源自托尔斯泰既定的民间故事写作手法。

从托尔斯泰一些民间故事的终稿中可以看出，其民间故事里语言使用的基本原则是简洁平实、清晰准确，使用接近神话传说的民间口语词汇。

"早晨谢苗醒来，孩子们还睡着，妻子到邻居家里去借面包。昨天来的陌生人裹着旧包脚布，穿着一件衬衫，独自在板凳上坐着，两眼向上望。他的气色比昨天好。"(《人靠什么活着》的终稿)

如果我们将这一段与托尔斯泰其他大部头作品——中长篇和短篇小说中的任一片段进行比较，则不能不发现一个极其显著的差别。托尔斯泰通常擅于使用复杂的长句，每一个词前往往带有大量形容词定语，此外，还惯于使用大量复合句式，总之，惯常使用圆周句[1]。但是，在托尔斯泰的民间故事中随处可见独立的短句，简单明了，几乎没有复合句式。上述句式的使用目的在于达到完全通俗易懂的效果。但是显然，正是语言的简洁精练和缺少能够引起读者对事物产生清晰感知的诸多常用确切定语，很难立刻使托尔斯泰接受和领会。因此，托尔斯泰在对民间故事的手稿进行反复推敲和仔细修改时所持的目的和其他作品截然不同。通常后者旨在增加一系列细节描写，目的是使作品中的人物形象更加立体可感。相反，从上述写作原则出发，托尔斯泰总是力求删除民间文学作品中冗余的细节。

在托尔斯泰的一篇手稿中可以读到下面的内容：

"从前村里有个鞋匠。他娶了妻，有三个孩子。他没有地，靠手艺为生——上鞋脸，钉鞋掌，打补丁，如果有人定做，就缝双新的。他没

1 把主要信息和实质部分在句子的前面首先提出来，随后句子后面附加大量修饰语或补充细节的说明。——译者注

钱给自己买东西。日子就这样一天天过着，他挣的钱刚够糊口。一个阔佬拿着自己的皮料来找鞋匠做靴子。鞋匠缝好了靴子，理了又理，把鞋包了起来，剩下的料子也放到了里边，穿上了自己最好的呢袍……”(25,555)。

随即上述内容几乎全部被删除。显然，在作家看来这段叙述篇幅过长，细节描写过多(钉鞋掌、打补丁等)。于是，托尔斯泰将其改得极为短小精悍、简洁凝练。在经过多次修正后，取而代之的是下面的几行：“从前有个鞋匠，同妻儿们住在向农民租来的屋里。他无房无地，靠手艺为生。粮食贵，手工贱，他挣的钱刚够糊口。”

故事结尾也同样经历了多次修改。在终稿中我们读到的故事绝非是一蹴而就的：女人牵着两个孩子到鞋匠家来做鞋，雇工讲述了自己为什么前后笑了三次。所有这些内容都经历了不止一次的反复推敲和修改润色。起初篇幅冗长，辞藻华丽。托尔斯泰始终专注于打磨和凝练雇工的语言(他是一个违背了上帝的旨意，请求上帝宽恕的天使)，直到雇工的语言变得简洁明快，生动自然。

托尔斯泰始终对语言的加工和修改赋予特别重要的意义，努力寻求最简单平实、最富表现力的民间词语。“日子一天一天、一星期一星期地过去，看看已是一年”，——在作品中我们可以读到这样的句子。“看看”是托尔斯泰从奥洛涅茨民间说书人那里听来的词语。

“阿廖什卡从小帮父亲干活……他没有力气，但动作倒挺麻利。”“‘我还以为你带个像样的人来顶替谢苗呢，’——商人打量了一下阿廖沙说，——‘你却给我弄来个拖鼻涕的娃娃。他能干什么？’——‘他干什么都行，套车也好，驾马也好，干起来可有劲了。他就是样子长得难看，力气倒是挺大的。’”——托尔斯泰在短篇小说《瓦罐阿廖沙》中写道，虽然它不属于托尔斯泰的民间故事系列作品，但在很多方面与后者十分接近。

这篇小说中的词汇具有鲜明的民间口语特征：“从小”“动作麻利”“顶替”“有劲”“力气大”等。从这里可以明显看出，托尔斯泰力求使用让大众一目了然，同时又可触可感的词语。还有一个显著特点是，作家有意不使用在某种程度上使语言变得繁琐、接近小说文体的各种修饰语和比喻手法。即使有时偶尔出现一些修饰语、比喻和比拟辞格，那么通常也是选取最常用的、典型的民间语言：

“要是没有这两个丫头，我一个人日子怎么过啊！我怎么能不爱她们！她们是我的心肝宝贝！”（《人靠什么活着》）“他下令全国，每十户人家派一人当兵，当兵的人要身材魁梧，肌肤白净，五官端正。”（《傻瓜伊万的故事》）“回想起他是怎么笑的，她的心情也欢快起来。”

但是，这些修饰语和比拟的手法在托尔斯泰的民间故事中也并非十分常见。此外，在其民间故事里很少有景物描写。特别是如果注意到在托尔斯泰其他作品中往往运用大量景物描写，以达到极其复杂多样的创作目的——或为了更全面地展现主人公的内心世界，或旨在强调某一事件的戏剧性和重要性，或有助于某种思想的扩展，那么这一点显得尤为突出。在托尔斯泰的民间故事中只是偶尔可以读到类似景物描写的语段——简洁、紧凑，用词极少。

“这年复活节来得非常早。雪橇刚刚停止行驶，村外还铺着白雪，村里的雪水已开始流淌。两座农舍之间的小巷里有个粪堆，下面积了一个水洼。两个小姑娘从水洼两边的农舍里走出来。”（《比大人聪明的小女孩》）

托尔斯泰常常把自己的民间故事寄给“媒介”出版社[1]，列斯科夫也为该出版社写过一系列短篇小说。一次，托尔斯泰在给后者的作品写的评语中清晰地阐明了其对大众文学语言的要求：

“我一开始读就非常喜欢小说的风格和非凡的语言技巧，但是……后来便发现您的作品中有一个特别的缺点，它看来似乎很容易

1 80年代托尔斯泰与志同道合者（切尔特科夫、比留柯夫等）共同创办了“媒介”出版社，在平民中传播道德启蒙文学。出版社经营管理方面的事务交由曾将大量通俗读物推向市场的著名出版商瑟京负责。后者采取与营销通俗读物同样的途径着手推售“媒介”的出版物——通过遍及乡间的书贩网络售卖。“媒介”出版物的售价极低（每本几戈比），与通俗读物类似，带有彩色插图，为的是与通俗读物展开竞争，打入民间书刊市场。

纠正，而且它本身是一种写作特色，并非不足之处——在形象和生动逼真的独特语句方面的exuberance[1]，它使您陶醉、着迷。此外，许多地方画蛇添足、很不相称，但是veve[2]和写作风格令人惊叹。这篇神话故事不失为一部佳作。但遗憾的是，如果它不是一部才华过溢之作会更加出色。”[3]（65，198）

可见，丰富的形象和大量生动逼真的独特语句，总之“才华过溢”是列斯科夫这些作品的不足之处。显然，按照托尔斯泰所坚守的创作理念，列斯科夫的上述所有写作特点是不符合要求的。托尔斯泰明确提出，民间文学的创作任务是摈弃小说中常用的诗意表达手段——不使用任何文学作品中常见的华丽辞藻和生动形象、富有表现力的句子，没有景物描写，没有复杂的句法结构，没有文学语汇，总之摈弃审美性叙事方法，采用不加修饰的、平铺直叙的叙事方式。结构简单、主人公没有突出的个性化特征、情节老套、经常运用奇幻元素、注重说教（这一点甚至比一般民间文学创作突出得多）和宗教道德寓意——这一切证明，在民间故事的创作中托尔斯泰力求继承简朴自然、不事雕琢的民间文学传统，认为应该同在道德方面一样，在艺术创作中也要向民众学习。为人民大众的艺术，——而且也根本不应有另外一种其他的艺术，——彼时托尔斯泰认为，——应该与人民大众自己的艺术一样。托尔斯泰认为后者是自己的道德哲学导师，也将后者视作自己在艺术创作方面的教导者。深入研究托尔斯泰的民间故事及其主题、情节、语言和整体风格特征即可得出这一结论。

由于托尔斯泰一贯坚持自己的创作立场，因此其极易贴近民间文学传统。托尔斯泰的许多创作原则和思想观念都应用到自己的创作实践中，进而使其产生了要像大众一样写作的构想。

在此首先应该注意到，托尔斯泰在创作时总是遵循某种社会-哲

1 过度，过分。

2 高昂的激情。

3《托尔斯泰书信》，1890年12月3日。

学理念，这些理念在其写作过程中不断拓展和深化，成为其艺术创作的主要源动力，控制和平衡其中每一个要素，使之符合整体创作的需要。“这是真正的艺术作品，——在谈及一部长篇小说时托尔斯泰写道，——因为其中有一个决定人物形象、性格和事件发展的核心要素。”[1] 在托尔斯泰的创作中这个“核心要素”始终以令其烦恼和困惑的道德哲学和社会思想的形式存在，并借助艺术形象展现出来。就此，托尔斯泰很少掩饰其作品的思想倾向，这些思想倾向清晰地反映在其生活和创作的所有方面，不仅常常体现在其作品的个别要素里，而且蕴含在其一系列毫不隐讳的政论观点中。

由此，托尔斯泰的创作极其接近民间故事的说教性，而且在其作品中这一点体现得更为突出，也更彻底。托尔斯泰的第二个创作特点使其贴近简朴自然、不事雕琢的民间文学叙事风格，——其常常不刻意追求华丽的辞藻。在所有创作中托尔斯泰都极少使用修饰语，而且作家通常在其他作品中使用的修饰语也极其简单，旨在尽可能准确地描述事物。在托尔斯泰笔下月是新的，草是光滑的，河水是棕色的，老马的头是瘦瘦的，[2]——总之，每部作品中的修饰语都十分简单、粗糙，但同时又处处富有艺术感染力。在此托尔斯泰将自己的这一创作倾向应用到自己的文学实践中，力求在作品中只使用真正的民间语言表达方式。

正如托尔斯泰在评论一部长篇小说的语言艺术时[3] 所说，从其文学创作生涯的开始，民众的语言、“农夫们粗鄙的劳动语言”（34，521）便强烈地吸引着他。

毋庸置疑，托尔斯泰贴近民间叙事风格和特点的源动力是其坚信艺术应该是大众的、应通俗易懂和有益于大众（从托尔斯泰的理想化角度）。

---

1 德国浪漫主义作家威廉·冯·波伦茨长篇小说《农民》的序言（草稿），第 34 卷，第 520 页。

2 在前几章里我们提及过这一点。

3 指波伦茨长篇小说的语言艺术。

然而，作为托尔斯泰在新的创作道路上试笔的这些民间故事也同样达到了至臻完美的艺术水平。托尔斯泰提供了一个独特的民间神话范本，语言极简、朴实清晰——可见，托尔斯泰的作品是对民间神话叙事风格的一种独特的继承和发展。

与此同时，有一个问题摆在我们面前：托尔斯泰在摈弃其创作中惯用的、特有的、复杂的心理描写手法的情况下，在民间故事里必须展现主人公内心世界的段落中，托尔斯泰是否成功地做到了这一点？在这一对托尔斯泰来说崭新的文学体裁里，作家为此运用了哪些手法？

就此，短篇小说《破罐子阿廖沙》（前文我们已提及过这部作品）是一部极其有趣的作品，其中存在许多戏剧性元素。在这篇微型小说里可以读到几处这样的情节。破罐子阿廖沙忽然发现，厨娘-孤女乌斯季尼娅“疼爱”他。小说通篇讲述了两个相爱又温顺的主人公之间充满戏剧性的故事，但托尔斯泰决然没有使用“爱情”或“爱慕”两个词——显然，在文中使用这两个词语是不相适宜的，出离了作者以主人公的口吻叙事的整体风格。虽然在这篇作品中个别情节只占寥寥几行，但托尔斯泰总是能够向读者传达出主人公内在的真情实感。

起初，当阿廖沙意识到乌斯季尼娅“疼爱”他时，他感到害怕，可随后他还是很高兴。每当他想起乌斯季尼娅时，他都会笑起来。——在描述两个不幸的主人公生命中仅有的一点幸福时刻时，托尔斯泰如此写道。

乌斯季尼娅“给他在罐子里留一点油炒饭。他吃东西的时候，她把下巴搁在衣袖卷起的胳膊上瞧着他。他对她也看了一眼，她就笑，他也笑起来”。

在此托尔斯泰**语言**的**简洁**、明晰甚至超越了契诃夫，同时托尔斯泰以其特有的敏锐的洞察力展现了两位主人公的内心世界、无以言表的情感和幸福的瞬间（《他对她也看了一眼，她就笑，他也笑起来》）。托尔斯泰丝毫不允许自己的创作逾越微型民间故事特有的体裁范围，其作品中通篇使用民间口语和主人公个性化的语言。

这里还有一个有趣的现象。托尔斯泰一向擅长深刻细腻的**心理**

描写，但是在这篇小说中托尔斯泰刻画人物情感的方式不是从内在心理世界入手，而是采取将主人公对所发生事件的反应表象化的方法——通过人物的手势、此时此刻心理感受的某种外化表现揭示出来。我们已不止一次地发现托尔斯泰使用了这一手法——不是借助人物的语言，而是通过人物激情流露的瞬间、手势、动作来展现其内在精神世界。但是，托尔斯泰在这篇小说里进行上述描写时用词不多，极其精练，语言符合其对民间故事创作的要求。

阿廖沙和乌斯季尼娅打算结婚，但幸福不掌握在他们手中。阿廖沙的父亲来领儿子的工钱，从商人那里得知，后者不会收留结过婚的人，老头不许阿廖沙再有想娶乌斯季尼娅的念头。温顺的阿廖沙听从了父亲的话。“咱俩的事不行了，没成功”，阿廖沙对乌斯季尼娅说，“她默默地用围裙捂着脸哭起来”。但是傍晚，当商人的妻子问他：“怎么样，听了父亲的话，把你的傻念头丢掉啦？”他说：“看样子丢掉啦。”他“笑笑，接着又立刻哭起来”。

如此写法唯有出自托尔斯泰之笔（我们应该注意到，关于安德烈·博尔孔斯基，托尔斯泰这样写道：“他是幸福的，同时他又是忧伤的。”），这也是一种独特的“心灵辩证法”，这种“心灵辩证法”与主人公的气质和秉性，以及小说的整体风格特征相一致。

小说的结尾和托尔斯泰在结尾处采用的艺术手段也极具特色。

瓦罐阿廖沙很快便死了（他爬到屋顶铲雪，从屋顶上摔了下来）。死前他做了祷告——只是“用手和心……他话说得很少，只是要求喝水，不知对什么事一直感到困惑。他不知对什么事感到困惑，终于两脚一伸死了”。

托尔斯泰不止一次地描写过死亡。主人公的性格特点和故事情节不同，托尔斯泰对死亡的描写也各不相同，但托尔斯泰总是从主人公的内在心理世界出发，展现其思想和情感，甚至在写到马的时候也同样如此。（如我们前文提到的霍尔斯托梅尔之死。）在这篇小说中我们没有看到这一点，但值得注意的是有一个词反复出现了两次——“困惑”，该词在《霍尔斯托梅尔》中也使用过（在马死去的那一刻）：

"它与其说困惑，不如说害怕……一切都变得如此新鲜，他感到困惑，向前、向上猛劲一冲……"。同霍尔斯托梅尔一样，瓦罐阿廖沙并未感受到死亡的恐惧，但其对死亡感到困惑和不解。这个反复出现两次的词也强调了与霍尔斯托梅尔一样温顺的瓦罐阿廖沙濒临死亡时的感受。阿廖沙的生命从未属于自己，而总是属于他人。

总之，我们认为，尽管托尔斯泰在创作民间故事这种新体裁时摈弃了一切其惯用的、复杂的心理描写手段，但在必要的情况下，托尔斯泰常常变换此前使用过的心理描写手法，使其适用于民间故事的体裁特点。

编后记

利娅·莫伊谢耶芙娜·梅什科夫斯卡娅（Лия Моисеевна Мышковская，1887—1959），文艺学家、文学批评家。撰有《普希金时期文学问题》（Литературные проблемы пушкинской поры，1934）、《列夫·托尔斯泰：工作与风格》（Л. Толстой. Работа и стиль，1938）、《Л. Н. 托尔斯泰的艺术》（Мастерство Л. Н. Толстого，1958）等著作。本文选自《Л. Н. 托尔斯泰的艺术》一书的第 369—389 页。

托尔斯泰：文学体裁的革新者

作者 ［苏联］安德烈·萨布罗夫
译者 王希悦

在作家托尔斯泰的创作中，没有约定俗成，没有对特定文学形式的要求，这种情形令人吃惊。列夫·托尔斯泰创作的文学艺术性是在工作过程中自然形成的。开始自己的工作，他记录下思考和日常观察，与朋友进行书信交谈，当采用文学形式时，那么，这种形式特点是不由自主地形成的，显然，与现有的规范不相宜。托尔斯泰最终自我确证为作家、"文学家"只是在《战争与和平》的创作中，但在这里，他仍然是一个"安静的文学家"，只是对自己和为数不多的几个朋友而言，是避开其他人，秘而不宣的。"好似马将我摔到地上，折了手臂，我昏厥之后醒来，告诉自己，我是一个文学家。我是一个文学家，但是孤独的、安静的文学家……以前发表的我认为只是笔下的试验……"[1]

没有"文学性"以及外在的职业性要求使托尔斯泰完全不受文艺作品的体裁制约。与其说托尔斯泰是遵循形式，不如说他创造了形式。托尔斯泰的创作加强了与文学传统的关联。托尔斯泰是普希金、莱蒙托夫和果戈理的真正继承者，但这种关联不是通过遵从既定的形式，而是做到与老一辈作家自然而然的内在统一。

1 列·尼·托尔斯泰致阿·阿·费特，1865 年 1 月 23 日，载《托尔斯泰全集》，青年图书馆，第 61 卷，第 72 页。

由于这些特点，托尔斯泰被认为是俄罗斯散文几乎所有最重要体裁的真正革新者。他的第一部中篇小说《童年》以及随后的故事（《少年》《青年》）结合了对环境与人类性格史的广泛观察，完全是新体裁的样本，新体裁生成的示范。卡拉姆津在其中篇小说《当代骑士》中打算做的和没有实现的，一定程度上在19世纪上半叶俄罗斯文学的一系列伟大作品（《上尉的女儿》《当代英雄》《平凡的故事》）中得以实现，而在托尔斯泰这里，作为始于人类灵魂形成之时的历史，作为人类生活的内部和外部的历史，得到最充分的实现。

这种文艺作品的体裁既不是俄罗斯文学所熟知的，在西欧文学中也没有。自传纪事的经典例证——《家庭纪事》（1856）和《孙子巴格罗夫的童年》（1858）——是真实家庭和自传资料相结合的艺术形式。内容上个人的、主观的东西获得一个客观的审美形式，个人现象和特点逐渐类型化了。因此，经典的编年史是一种常见的回忆录体裁。托尔斯泰的《纪事》在内容和构思上都是客观的。其主题的心理层面和日常生活层面是经过概括和类型化的结果。托尔斯泰采用主观回忆录的形式，但填补了客观类型化的材料。第一，传统的情形，主观内容通过艺术加工达到客观性。第二，客观内容通过主观形式达到艺术性的实现。阿克萨科夫的编年史和托尔斯泰的三部曲之间的根本区别就在于此。

托尔斯泰三部曲之后，一个人生活中的典型故事成为长篇小说的必备元素，成为规范体裁的组成部分。托尔斯泰的《纪事》对屠格涅夫、冈察洛夫以及19世纪下半叶作家的长篇小说的结构有着不可置疑的影响。一个人的生活故事，从他出生或年轻时开始，成为宏大史诗风格的必备元素。

如果说三部曲影响了其他作者小说的创作风格，那么，三部曲的创作过程也极大地影响了托尔斯泰本人。托尔斯泰的小说不是针对主人公生活普通观察下的一系列细节的加工，而是全面分析他的生活之路。托尔斯泰第一次在《战争与和平》中完全做到了这一点，这一理念也进入了他随后创作的小说，以及陀思妥耶夫斯基和后来的小说家——高尔基、罗兰、高尔斯华绥的小说中。作为小说，《战争与和平》是对一大段时间内获得的人类生活故事的描写——这是在托尔斯泰的创作中形成并且已经在他的三部曲中勾勒出来的一个体裁的突出特征。

托尔斯泰创造了艺术随笔体裁。在托尔斯泰之前，别林斯基曾指出宏大文学与小说之间的显著区别。文学——广泛概括的事情、宏大的艺术规模。小说——反映当前生活现象的日常阅读材料。尽管别林斯基捍卫小说作品的崇高思想-艺术水平，但它并非总能达到。风俗随笔[1]以及其他种类的随笔很少能克服其本性固有的不足。

与中篇小说一起，托尔斯泰开始的文学活动还有随笔。与《童年》同一年他写了《袭击》。1852 年 12 月 26 日，托尔斯泰成为《现代人》杂志的作者。随着《袭击》之后发表的是一系列篇幅不长的作品。1855 年他创作了《塞瓦斯托波尔故事集》。不难发现，托尔斯泰 1852—1855 年间的大多数作品源于简单的随笔体裁，源于旅行或是对当时生活的日常观察。作者并非开始于广泛概括的任务——思想和观察是自然跃然纸上的。他记录了他亲眼所见的周围积聚的新事物，并将笔记寄给杂志，以便使他的观察可能成为有益的和有趣的。但由于巨大的概括力，由于巧妙地深入到“事物根部”，在托尔斯泰这里，简单的随笔化为“宏大的”文学新体裁。作者首次把人民的问题、俄罗斯军事英雄主义的问题置于其中，以全新的方式表现俄罗斯民族性格的独特性，尽管审查条件尤为恶劣，《现代人》编辑部还是运用多种艺术形式，不惜一切代价刊发了托尔斯泰寄来的随笔，至少是以最残酷的书报检查没收为代价。[2]

《塞瓦斯托波尔故事集》，除了它的独特意义，对托尔斯泰来说，它还是《战争与和平》军事故事的草图。士兵的场景、描写战事的情节，

1 风俗随笔（физиологический очерк），19 世纪 30—40 年代流行的描写日常生活细节的随笔。

2 参见《托尔斯泰全集》，第 3 卷，第 299 页。

所有汇聚到最终文本的一切，都源于若干独立片段组成的素描。就其结构而言，《战争与和平》非常接近随笔体裁，接近《塞瓦斯托波尔故事集》。《战争与和平》的体裁是通过逐渐吸收创造性的、结构的资源而形成的，这些资源在文学的整体发展过程中，在托尔斯泰本人创作的发展中奠定了基础。

托尔斯泰的后半生作为一名剧作家广为人知。他的戏剧《黑暗的势力》《教育的果实》《活尸》不仅仅是具有重大社会意义的生动艺术作品：托尔斯泰完成了始于普希金的戏剧体裁的根本性转变，这影响了俄罗斯和世界戏剧的整个未来命运。只是在托尔斯泰的笔下才最终形成了一种既不是喜剧也不是悲剧的戏剧体裁。普希金将喜剧和悲剧性的“场景”整合到一部多情节线索的作品中。但这些矛盾的元素在普希金这里保留了其固有的独创性：它们或是悲剧或是喜剧。直到奥斯特洛夫斯基，喜剧或悲剧元素在戏剧的构成中仍然是主要的，并在行动的高潮时突显到首要层面（如《大雷雨》）。

在托尔斯泰这里戏剧行动的这种不可避免的两极终于消失了。在他的戏剧中，存在喜剧和悲剧的主题，但它们不知不觉地与许多其他艺术色调一起交织于戏剧主要行动的焦点，它们给其他因素让出重要位置。托尔斯泰展现的并不排除有趣的或是可怕的，——而是描写寻常的、现实中应有尽有的。这些寻常的在他那里经常如同日常的、普通平凡的一样表现出来，平凡性本身既有趣又可怕。难怪《教育的果实》在某种程度上是果戈理《仆室》的发展，谢·尼·杜雷林令人信服地这样表明。[1]

但比起可怕的和可笑的情景，托尔斯泰在日常中看到的是更具本质的特征，他以客观描写的目的接近它，撕下各种面具，愤怒地揭露，这里指的是他评价所描写的现象带有社会的、公民的和道德的观点。在托尔斯泰笔下生活剧体裁终于被创造出来，它的形成早在 18 世纪就已

---

1 参见谢·尼·杜雷林：《列·尼·托尔斯泰的创作》，莫斯科：科学院出版社，1954，第 325—330 页。

经开始了。直到奥斯特洛夫斯基之前，包括他在内，保留在剧中的喜剧的和悲剧的元素，在这种体裁中消融在戏剧行动中。所有随后的戏剧，俄罗斯的和世界的，在托尔斯泰之后彻底改变了自己的发展方式。

但不要以为剧作家托尔斯泰出现在文学舞台上只是在相应的戏剧体裁作品中。托尔斯泰在 50—60 年代的一系列戏剧和舞台素描中对戏剧的兴趣极大地影响了他的叙事作品。剧作家托尔斯泰的造诣是在他《战争与和平》的创作中以及其他许多早期作品的写作中形成的。《战争与和平》为研究创造新的戏剧种类的进程提供了丰富材料，与此同时，这部作品也成为最伟大的语言艺术家的创作达到各艺术门类综合的一个鲜明例证。

这就是为什么托尔斯泰在长篇小说体裁的变革中展现出特别鲜明而令人信服的创造力。就《战争与和平》的创作缘由，他写道，“自普希金时代以来，俄罗斯文学中不仅有许多背离欧洲形式的例子，而且找不到一个与此相反的例子。从果戈理的《死魂灵》开始到陀思妥耶夫斯基的《死屋手记》，在俄罗斯文学的新时期没有一部稍许超脱于平庸的艺术散文作品，采用的形式是长篇小说、诗歌或是中篇小说”。[1]托尔斯泰曾不止一次对《战争与和平》的体裁做出过类似坦言。在觉察到不可能勉强将自己的作品归入长篇小说形式后，他决定按照自己的构思写作。

长篇小说《战争与和平》吸纳了巨大的历史叙事场面。对一个时代的直接描述成为他小说结构的主要元素之一。这个时代的图景不是作为叙事的背景，而是成为情节的一个独立意义元素——成为叙事的对象。在故事情节的中心不是一个或两个主人公，而是几个独立的主要人物，他们的个人命运彼此关联。他们每一个人可以没有实质改变地与其他人分开而单独出现，作为宏大叙事中一个独立的故事情节的中心。与主要人物一起，托尔斯泰还引入了一系列次要人物，他们每一个人在叙事的某个阶段获得故事情节以及作品主题中的独立意

1 列·尼·托尔斯泰：《谈〈战争与和平〉一书的缘由》，载《托尔斯泰全集》，第 16 卷。

义。但所有这些人物,主要的和次要的,尽管有其巨大意义体现在思想意图和作品的结构上,但与人民相比也退居于第二层面,人民是历史行动的主角。托尔斯泰提供了许多群众性场景,人民展现在第一层面,单独的个人离开第一层面与人民融合。

《战争与和平》完全打破长篇小说的主要范式,形成了复杂的结构,这是由这部作品的主题决定的。但是,《战争与和平》的作品形式,在很大程度上影响了长篇小说的后续发展,无论在托尔斯泰本人的创作中,还是在整个俄罗斯以及世界文学中。在《战争与和平》之后,在进步文学的主流中,一个时代已然成为长篇小说的一个主题。这在世界文学的一些主要作品——《克里姆·萨姆金的一生》以及伊·瓦佐夫、阿·吉拉塞克、路·阿拉贡等人的作品中被证实。如果在这之前,时代主要是通过个别形象,通过少许人的命运——奥涅金、毕巧林、罗亭等得以揭示,那么,在《战争与和平》之后,在长篇小说中一个时代的广泛扩展则成为必要的。长篇小说,首先是托尔斯泰的长篇小说——《安娜·卡列尼娜》《复活》——开始包含诸多人物命运。在这方面,从传统的角度来看,《安娜·卡列尼娜》是关于安娜和列文的两部小说。每个主角都有许多次要人物围绕着,他们并非无足轻重,而是作为宏大的故事情节和主题的补充。长篇小说广阔地展示不间断运动的生活。长篇小说是场景化的,运用戏剧性行动的一切手段。它充满了所有可能的组成成分,不仅有艺术的,而且包括哲学的、政论的等。长篇小说成为一本关于人类命运的书,这个时代也成为它的一个重要主题。

托尔斯泰在艺术文学体裁中所做出的巨大改革的总轮廓就是这样的。

对《战争与和平》艺术方法的分析是由托尔斯泰作品的基本原则决定的:艺术形式、描写技巧、主题揭示的方法完全取决于构思、作者摆在自己面前的思想任务。托尔斯泰以及他致力于提出社会生活和哲学思考的最重要问题的艺术方法的根基就是现实主义。托尔斯泰的创作是批判现实主义的高级阶段。在一个伟大作家的现实主义创作中，尤其突出的是揭露意向、撕毁一切面具的倾向，以及教育意义、渴望找到规范、人类生活的范例。托尔斯泰的现实主义因揭露和教育倾向的巨大张力，获得心理现实主义的主要特征，这影响了描写的主体和描述方法。动态原则是托尔斯泰的现实主义作为批判性现实主义最高阶段的一个本质特征，这一原则也影响了描写对象的选择和体裁、结构形式。这一动态原则渗透着托尔斯泰的思想和创作方法，影响到他的风格、语言、结构以及作品体裁种类等许多特征。作家托尔斯泰历来的创新取决于构思，引发了最重要的文学体裁的根本性改革。托尔斯泰完成了文学体裁的革命，这始于普希金对俄罗斯文学的创新，并与批判现实主义的方向和风格有着密不可分的联系。

编后记

安德烈·亚历山德罗维奇·萨布罗夫（Андрей Александрович Сабуров，1902—1959），文艺学家。撰有《Л. Н. 托尔斯泰的〈战争与和平〉：问题与诗学》（«Война и мир» Л. Н. Толстого. Проблематика и поэтика，1959）等著作。本文节选自该书第九章第 519—525 页。

列夫·托尔斯泰创作中原型的意义

作者 ［苏联］阿列克谢·奇切林
译者 胡学星

在《俄国经典作家散文札记》中，维克多·什克洛夫斯基非常坚决地反对研究任何人物形象的原型。

“就方法论而言，探究原型是行不通的，通常不是弄明白，而是搞乱作品的创作历史。”什克洛夫斯基说道。并且，什克洛夫斯基指责全体文艺学家以及 H.K. 古济，认为他们处理文学和现实之间的关系时过于“简单化”。

“支持原型理论的人”的过错在于，他们“把艺术理解为是对生活的复制，而不是创造性再现……”[1]

然而，世上是否真有“支持原型理论的人”？是否存在什克洛夫斯基所说的理论呢？谁会这么浅薄，将典型人物形象视作个别人物的照片？为什么会存在多个原型，这一点更让什克洛夫斯基想不通，而这恰恰可以解释典型、具体而概括性的人物形象是怎么塑造而成的。

对于上文所提到的那本书的读者，这一切仍是模糊的，书中谈的主要是怪诞言论和名言警句，而明确无误的那些论断和证明所采用的方法多是过时的。托尔斯泰说自己“写的是小说，而不是传记”，也

1 维·鲍·什克洛夫斯基：《俄国经典作家散文札记》，载《苏联作家》，莫斯科，1953，第 14 页。

不是在描写“现实存在”的人。为什么要引用他的这些话？难道有人认同相反的看法吗？难道一个好学生会不了解小说和传记之间的区别吗？

“T.A. 库兹明斯卡娅有部三卷本的作品——《我居家及在雅斯纳亚·波利亚纳的生活》，”什克洛夫斯基接着说道，“T.A. 库兹明斯卡娅在这本书里确认，她本人就是娜塔莎·罗斯托娃……她在写给波利瓦诺夫的信中称，罗斯托娃伯爵夫人对应的则是她的母亲，鲍里斯就是波利瓦诺夫本人等。以这些言论为依据，一些文学研究者就得出了结论，确定塔季扬娜·库兹明斯卡娅就是娜塔莎这个人物的原型……”[1]

那么，什克洛夫斯基完全否定娜塔莎·罗斯托娃这一人物形象和别尔斯（后来的库兹明斯卡娅）之间的任何联系吗？不，他没有否定，只是表示怀疑，认为无关紧要，不值一提。

“我不认识 T.A. 库兹明斯卡娅，即便认识，也不会这样看她，不会像 Л. 托尔斯泰那样去把握和再现（依她的说法）她的性格。关键在于，另外一种方法才是托尔斯泰的写作特点。”[2]

这就让人觉得迷惑了。首先，“一些文学研究者”是否真这么轻率，仅仅依据库兹明斯卡娅本人的两个说法就下结论？无论是就思维方式，还是就整体个性而言，《我居家及在雅斯纳亚·波利亚纳的生活》的作者与娜塔莎·罗斯托娃十分相似，这种说法不也很明显吗？其次，为何忽略托尔斯泰那句耳熟能详的话，即娜塔莎这一形象由索菲娅·安德烈耶芙娜和塔季扬娜·安德烈耶芙娜混合而成？还有，为什么忽略 60 年代初的日记？里面经常这样写：“我仍旧在端详塔尼娅。”“在自私和鉴别力方面塔尼娅的幼稚太可爱。”[3] 在同一时期的书信中，塔季扬娜·安德烈耶芙娜被描述得与巨著中的娜塔莎·罗斯托娃一模一样：“在这件事上我也看到了你奇妙而可爱的天性，欢笑之

---

1 什克洛夫斯基：《俄国经典作家散文札记》，载《苏联作家》，第 17 页。

2 同上。

3《托尔斯泰全集》，第 48 卷，第 47、50 页。

中兼有诗人的严肃。如此与众不同的塔尼娅，说实话，不会马上就让托尔斯泰这样的鉴赏家满意。”“恭喜您，”托尔斯泰开玩笑地对自己可爱的妻妹以“您”相称，“您在一个美妙的日子看到了上帝创造的世界，祝您永远用现在这种眼光去看它。”“这封信让我感觉到，给你写信是多么愉悦和轻松……我很爱你，非常爱。我知道，你和索［尼娅］一样爱他人，也希望被人爱，因此我写这封信。”[1]

“我不认识 T.A. 库兹明斯卡娅……”什克洛夫斯基说道（他甚至每次把“库兹明斯卡娅”写成“库滋明斯卡娅”）。这很怪异！好比一个论述普希金的人，不认识普希金或 B.Φ. 拉耶夫斯基、A.O. 罗塞特或 A.Φ. 扎克列夫斯卡娅。

为让自己的观点更具说服力，维克多·什克洛夫斯基还谈到了未完成的长篇小说《十二月党人》中纳塔利娅·尼古拉耶夫娜·拉巴佐娃这一人物形象。通过展示最初的构思和罗斯托娃形象之间的联系，他得出了以下结论：

“在我们看到皮埃尔和娜塔莎还年轻，且互不相识，还没有爱上对方之前，他们已经以西伯利亚归来的老人模样出现在托尔斯泰的意识之中了。设想一下，托尔斯泰选了一个年轻姑娘作为原型，却莫名其妙地先去描写她年迈时的样子，这显然不太可能。”[2]

在这件事上什克洛夫斯基看到的矛盾甚至荒唐，完全是臆想出来的。认为人物形象便是取自原型拍出的相片，从这一假命题出发，什克洛夫斯基让他提出的这个问题最大程度地简单化了。实际上，作者对原型的看法，仅是他与现实之间不计其数的关联之一，是其深入了解现实的表现之一，是其认知世界的具体而重要的方法之一。

巴尔扎克曾描述过所有创作的第一步——去认识人，他说过：“听这些人说话，我便能深入了解他们的生活，会感觉身上穿着他们那破烂不堪的衣服，脚上穿着他们的破鞋子；对他们的愿望，他们的需求，

1《托尔斯泰全集》，第 60 卷，第 447、450、460 页。

2 什克洛夫斯基：《俄国经典作家散文札记》，载《苏联作家》，莫斯科，1953，第 18 页。

我全部了然于心，或者说——我已走进了他们的内心。”[1]

这是一段经典的描述，讲了作家研究人物的过程。

不知道为何有一件事常会被忘掉，即作家要创作一部小说，并非一开始就要坐到写字台前，也并不是从握笔在手开始，而是从研究人、研究社会、深入生活开始。作家对社会现实在整体上有了深刻认识，对某一阶层及其大量代表人物有了深入了解，在此基础上人物形象才会浮现出来。这些各自独立的具体人物的意义会很悬殊。三个或两个，有时是一个社会典型人物会具有特别的意义，部分原因是得考虑作家是否有可能去仔细观察他。

文学史家有时会遇到成堆的手稿、草稿和作品的不同版本。然而，对于作品创作过程中最重要的这个初始阶段，有时却无迹可寻。或者仅能知道一些不相连贯的个别环节。但也不能不重视这些散乱的环节，毕竟从中可见作家和现实之间的联系，并能对艺术作品的诞生过程做出很多解释。

在这件事上颇有意思的是，纳塔利娅·尼古拉耶芙娜·拉巴佐娃这一形象最初出现于五十年代末，身为十二月党人的妻子，跟随丈夫去了西伯利亚，在那里成了丈夫和所有需要道义支持者的精神支柱和安慰。1856 年她回到了莫斯科，当时十二月党人已经服完三十年的苦役，那些活下来的开始返回莫斯科。

有些事实是无可争辩的，即《十二月党人》中塑造的人物形象不仅仅与十二月党人妻子这个群体有关，还与一个具体的原型人物——玛丽亚·尼古拉耶芙娜·博尔孔斯卡娅（拉耶夫斯卡娅）公爵夫人有关。就在这一时期，托尔斯泰遇见了她和她的丈夫谢尔盖·格里高利耶维奇·博尔孔斯基。

五十年代末所想到的那一切，以及在 64 岁的纳塔利娅·尼古拉耶芙娜身上所体现的那些东西——属于其天性的自我牺牲精神和时常关爱他人的品质、庄重的心灵、优雅的外表，甚至包括一些细

---

1 H. de Balzac, *L'auberge rouge*, *Facino cane* (Moscou, 1953), p.44.

微的外形特征，——全都转移到了娜塔莎·罗斯托娃这一形象之中。重要的是，将涅克拉索夫所说的那种俄国女性的思想内涵保留了下来。

为了让作品中的这一形象有生活，需要让人物有一些新发现，与人打交道更活跃一些。在1858年1月25日的日记里，我们读到了六个女性名字，还有一句真诚的坦白："我爱上了每个人。"[1] 然而，我们无从得知，《战争与和平》的作者从这些交往中汲取了多少。毫无疑问的是，在这一类交往中，也有尖锐的评价分析；譬如，下面这段记事："带着对丘特切娃的爱一起走，一个冷漠、庸俗、矫揉造作的人。"[2] 显而易见，为做到将俄罗斯女性的思想具体化（与"冷漠、庸俗、矫揉造作"完全对立的品质），与T.A.别尔斯之间友好而亲切的频繁交往发挥了重要的作用。

与此同时，个人的生活很大程度上建立在内心深处不断成熟的创作计划上。基于个人对博尔孔斯卡娅-拉巴佐娃类型俄国女性的观念，托尔斯泰远离了"冷漠、庸俗、矫揉造作"的圈子，别尔斯家的人、医生一家因无与伦比的朴质和真诚而对他有吸引力。

因此，在创造性糅合而成的娜塔莎·罗斯托娃这一人物形象中，作为原型的M.H.博尔孔斯卡娅和T.A.别尔斯发挥的作用是相同的，都有助于理解作家和现实世界的联系，有助于把握这部巨著的创作过程。存在两个和更多的原型，这不仅不会带来任何矛盾，而且相反，这在创建典型形象时很常见。

将与托尔斯泰相近的那些人物形象的来源全归于自我剖析，这样做是不对的。在皮埃尔·别祖霍夫这一形象中，存在很多与《战争与和平》的作者个性相反的东西：皮埃尔的漫不经心，他的天真、轻信和善心，以及将很多性格特点暴露出来的整个外表。最初的原型C.Г.博尔孔斯基，外加那些十二月党人，揭示的仅是这一人物形象的思想内

1《托尔斯泰全集》，第48卷，第5页。

2 同上。

核。皮埃尔这一形象的艺术完整性，是包罗万象的综合的结果。

托尔斯泰不同年代的日记能够证实，他经常性地深入研究农民，去和农民一起劳作，看望他们，并同他们交谈。从早期创作中篇小说到晚年的民间故事，托尔斯泰塑造了一系列地地道道、富有个性并且具有典型意义的农民形象。

众所周知，中篇小说《哥萨克》中的叶罗什卡，就是以作者与哥萨克叶彼什卡的长期交往为基础塑造而成的。“他经常陪托尔斯泰去狩猎，在斯塔罗戈拉德集镇与之聊天。”[1]

难道这不重要吗？托尔斯泰在描写老猎人这个人物时，采取的方法不同于他的哥哥 H.H. 托尔斯泰，后者在随笔《在高加索狩猎》中也写过这个猎人，效果是后来见到叶彼什卡的人能据此认出他来。这件事对于把握托尔斯泰的艺术手法难道不重要吗？这足以说明，托尔斯泰在塑造现实且具有哲理意义的人物形象时，要借助该形象来传达个人的思想，为此他要从生活中、从俄罗斯现实中走出来，要从俄国人民的生活中发掘出思想来。

我们现在来看一下库图佐夫、拿破仑、亚历山大一世和斯佩兰斯基等人物形象。根据什克洛夫斯基的观点，难道说他们也与历史上的同名人物没有任何关系吗？当然，史诗巨著中的库图佐夫形象具有综合的哲理和爱国主义意义，体现的是托尔斯泰在高加索和塞瓦斯托波尔亲眼所见的那种俄罗斯英雄气概，这种气概他在 1812 年的历史中见过，在伟大统帅的个性中也见到过。

但值得注意的是，这一形象的所有力量都源于它与真实历史人物米哈伊尔·伊拉里奥诺维奇·库图佐夫的接近，而这一形象的弱点则表现为对原型人物缺乏正确理解。

与所有研究拿破仑入侵的资本主义历史学家相反，托尔斯泰首次展现了击败拿破仑的俄国统帅所具有的大格局、惊人智慧和过人的辨

1 P.Б. 扎博罗娃：《中篇小说〈哥萨克〉的主要人物形象》，参见苏联科学院的论文集《列夫·尼古拉耶维奇·托尔斯泰》，莫斯科，1951，第 366 页。

别力。在库图佐夫身上,托尔斯泰看到了专注和对胜利的渴望、对全体俄国人民之祖国的热爱,还天才般地证明,胜利取决于俄罗斯统帅与俄国人民内心的高度统一。

在这方面,托尔斯泰一定程度上超前理解了库图佐夫的个性,而苏联历史学家最近才正确把握了库图佐夫的个性。尽管托尔斯泰给这个形象添加的都是一些表面和补充性特点,但由于他的历史观特殊,还是对形象造成了歪曲并对艺术表现力带来影响。

需要指出的是,在早期的版本中,托尔斯泰曾尖刻或者说是不厌其烦地在谈论能干而深邃的统帅装出来的愚钝与冷漠。在后续加工过程中,与原型明显不符的一些方面都被删掉了。恰恰相反,能反映库图佐夫本人的一些特征多了起来。

尤为重要的是,将库图佐夫与拿破仑进行对比的最初倾向遭到彻底根除。这种对比起因于这样一种怪诞的想法:“如果将您和我置于库图佐夫和拿破仑的位置,也会发生同样的事情。”在终稿中,这些形象反而明确是相互尖锐对立的。

拿破仑这一人物形象和他的历史原型之间究竟有什么样的联系呢?当然,在拿破仑这一人物形象中,首先是大胆揭露的思想。这个形象如此浓缩和概括,以至于小人的自满、个人主义、厚颜无耻和卑鄙成了对这种资产者的绝妙理解,成了对虚假理想的无情揭露,尽管这种理想拥有数不清的崇拜者如朱利安·索列尔、马里尤斯和拉斯柯尔尼科夫。这种揭露还在进行:在世界文学中首次曝光这样一位征服者——自诩为大规模屠杀和流血事件的组织者。这样,读者便不仅要相信假英雄犯下的罪行,还会相信这个人是可怜而无助的。假天才和假伟人的所有色彩都会遭到洗刷。

因此说,这个人物形象也不仅仅是一个具体人物的肖像那样简单。或者说,这是一幅肖像,如列奥纳多·达·芬奇、伦勃朗和谢罗夫的肖像画那样,饱含着尖锐而明确的思想。

不过,人物形象的哲学内涵未能解决人物形象与历史原型之间的关系这一问题。托尔斯泰采用过一些历史学家和传记作者的著述,这些人研究过拿破仑战争和拿破仑的个性，他们让作家对这个人物产生了全然不同的理解。梯也尔就不用说了，拿破仑的死对手基佐在谈论1815年变革时，采用当时典型的说法来评价拿破仑："从未见过有人会拥有如此炫目的光芒。"[1]

但同时应注意到，在历史学家，尤其是那些正统派的专家作者那里，拿破仑的高尚、爱国主义以及正派不仅会遭到质疑，还会被人用一些大大小小的事实来诋毁。那个基佐经常列举事实，论述拿破仑这位暴君（他常这样称呼拿破仑）虚伪、喜欢弄权、对民生问题无动于衷。在自己记述当代事件的笔记中，梅特涅经常提到这个人"好大喜功"，总是戴着面具，虚伪，撒谎。[2]

塔列兰在回忆录中首次提到拿破仑时，将之描写成一个安插在某一未知领域的人，对他有个明确的目标要求——镇压革命。[3]

除了这些史料，托尔斯泰还有一些实在的资料，用来批判性地把握拿破仑的性情。

拿破仑的一些战友详细地记述了他们的见闻，不由自主地揭发自己的英雄。阿尔曼·德·科兰古是拿破仑身边的人，经常与之交谈，每天都写日记，并在拿破仑下台后对日记做过修订，在很多方面提供了具体且令人信服的资料，帮助人们了解这个历史人物的个性，托尔斯泰对拿破仑就有过这种了解。在近臣们警告入侵俄国会带来风险、深入俄罗斯腹地会格外危险时，身为皇帝的他并未反驳，只是冲他们喊叫："你们什么都不懂。"[4]

科兰古讲述的很多小插曲，在托尔斯泰塑造的这个形象身上也颇为典型，这与回忆录中的那个人非常吻合。譬如，科兰古记述过自己与拿破仑的一次谈话："为了避免和我起冲突，皇帝快速提出一个问

---

1 M. Guisot, *Memoires pour servir à l'histoire de mon temps*, t.1, (Leipzig, 1858), p.60.

2 *Aus Metternich's nachgelassenen Papieren*, Wien, 1880, Band 2, pp. 94—194.

3 *Memoires du prince de Talleyrand*, P. 1891, v.1, p. 214.

4 科兰古：《回忆录》，莫斯科：国家政治书籍出版社，1943，第24、71、108页。1837年在法国出了第一版（非完整版）。

题，接着很快给出符合他心意的答复，并装出等不及我回答的样子，每分钟都在问我，好似我不同意他的意见，却根本不让我插话。”[1]

但是，科兰古的回忆录展示出的不仅仅是这个孤芳自赏、缺少远见之人的内心孤立。在他的描述中，拿破仑是一个光鲜的资产者，还保留着商人的派头：“难道我没给他讲过，让他占领芬兰、摩尔达维亚和瓦拉几亚这几个对他有利的地方？难道我没跟他说要瓜分土耳其？”[2]——他这是在说亚历山大。在科兰古的描述中，拿破仑是伪君子（第23、69页）、演员（第15页），他经常撒谎（第72页），擅长讹诈（第57页），经常耽于幻想（第108页），陶醉于个人的才华（第89—90页）。

在科兰古的回忆录中，也不止一次地提到，拿破仑在极度自信的同时，会觉得自己是周围环境的奴隶：“他说自己对西班牙事件遵循的那条道路很在意，昧着自己的心愿”，“……阻止这件事，这不取决于我”（第21页）。

托尔斯泰真正的错误在于否定了拿破仑作为统帅的作用。但为了反对将波拿巴说成是能支配各民族命运、随心创造历史的天才，《战争与和平》的作者不仅拥有理论和历史依据，还拥有指向这个人物原型的十分具体的支撑材料。

那么，这是否意味着，在《战争与和平》这部史诗中，历史人物拿破仑就得到了准确的反映呢？不，不会完全反映。为了让思想更加敏锐和有力，典型人物形象身上有些方面会被放大，有些则会被减掉。现实中的波拿巴为人更积极，更激进，更有才华。遗憾的是，认为拿破仑充当统帅有些寒碜的偏见减弱了对其残暴野蛮的曝光程度，正是波拿巴下令烧毁城市和村庄，纵火烧掉负责炸毁克里姆林宫的俄国俘虏存身的大教堂。但托尔斯泰笔下这一人物形象的本质与原型是完全相符的。

---

1 科兰古：《回忆录》，第86页。

2 科兰古：《回忆录》，第53页。

为了突出人物的典型性，让人物思想具有确定性，会对原型进行重要的改造。在塑造一些与历史人物无关的人物形象时，托尔斯泰经常会采取改造处理的方式。

什克洛夫斯基在个人著作的另一章中，谈论过史诗性巨著《战争与和平》中的拿破仑形象。他甚至还提到过这个问题："这个寒碜的拿破仑形象……是否与拿破仑本人有相似之处呢？"[1] 但什克洛夫斯基本人对此并未给出明确的回答，他书中的这一章节有很多内容都写得很模糊。

什克洛夫斯基没有回答他自己提出的问题（"这个寒碜的拿破仑形象……是否与拿破仑本人有相似之处呢？"），但实际上他给出了否定的答案。在他的理解中，《战争与和平》中的拿破仑形象已与现实脱离开来："拿破仑就像是被剥夺了心理活动……他坐在儿子的画像前，虽有表情，但却没有任何感觉……他整个人好像都是由假话和浮夸动作编织而成。"[2]

如果这个形象真的是一个由作者臆想出来的浮夸动作和虚伪假话缝制而成的滑稽人偶，那么他就会与小说严谨、现实主义风格、讲求真实的艺术结构格格不入。实际上恰恰相反，《战争与和平》的作者非常深入地感知该人物形象的心灵生活，不仅描写了他的各种不同的心理状态，并使之总能展示个体特征，而且还揭示出个性的内在结构，而这些感受的特点正是源于这一结构："显而易见，拿破仑很早就坚信自己不会犯错，而且按他的理解，他所做的一切都是好的，而且这并非是因为行为符合好与坏的观念，而是因为这事是他做的。"[3]

在什克洛夫斯基所说的那个场景中，拿破仑不仅没有"被剥夺了心理活动"，而且相反，在表现情感及其色彩的不断变化时，托尔斯泰

1 什克洛夫斯基：《俄国经典作家散文札记》，载《苏联作家》，第 231 页。

2 同上，第 236 页。

3《托尔斯泰全集》，第 11 卷，第 29 页。

表现出高超的现实主义手法：从擦身体和喷香水而获得“生理满足”的状态开始描写，一直写到拿破仑因为没有俘虏而压抑着的懊丧。他“坚定而快速”的步伐极具表现力。当发现亲信们在为他准备惊喜时，“他不想让他们扫兴……会假装自己没看到”。听到西班牙战事不利的消息，拿破仑不无嘲讽，“觉得这事缺了他，必然会遭遇这种结局”。但这并不会破坏拿破仑的情绪：战事不利的消息让他开心——只有他本人参加的事，才有可能成功。拿破仑心情很好。波塞关于巴黎问题的回答尽管明显出于恭维，他还是感到非常高兴。“虽然拿破仑明白波塞应该这样说话，且清醒时也知道这不是真的，但他仍然喜欢从波塞口中听到这些话。”

因此，托尔斯泰对拿破仑精神生活的描写并不局限于各种感觉的变化，还包括对其最隐秘意识的洞察。

说拿破仑在儿子的画像前好像“没有任何感觉”也是不对的。“他感觉到了，”列夫·托尔斯泰说，“他觉得现在所说和所做的都将载入史册。”

从回忆录和史料中，托尔斯泰提炼出能真切反映拿破仑的历史作用和个性的所有内容，塑造出这一揭示性极强的讽刺形象。这一讽刺形象具有深厚的哲学内涵和饱满的生命力，对一些外国经典作品中的人物形象塑造，如左拉的《毁灭》中的拿破仑三世，产生了深刻影响。不过，这些人物形象仍与各自的原型保持着不可分割的联系。

在塑造与历史人物无关的典型人物时，托尔斯泰的做法要自由得多，可以将人物原型进行变形处理，或者将不同类型的人物原型糅合到一起。在这方面，谢尔盖·伊万诺维奇·科兹内舍夫的形象很值得关注。谢尔盖·利沃维奇·托尔斯泰这样评价科兹内舍夫这一形象：“在我看来，科兹内舍夫具有鲍·尼·奇切林的特征。”[1] 鲍·艾兴包姆得出了同样的结论，他详细阐述了托尔斯泰和奇切林之间的友

1 谢·利·托尔斯泰：《论〈安娜·卡列尼娜〉对生活的反映》，载《文学遗产》，第37—38卷，苏联科学院编，莫斯科，1939，第571页。

谊与分歧，并指出列文和科兹内舍夫之间的关系与这段历史很相似。

然而，鲍·艾兴包姆对这个问题的解释仍过于简单，尽管这种解释本身已很繁难，很有意义，且对列夫·托尔斯泰的创作方法做出了不少解读。诚然，艾兴包姆指出作家有可能将两个人物原型合二为一，但他的这一想法还只是一种模糊的暗示："看起来，《安娜·卡列尼娜》中的谢尔盖·伊万诺维奇·科兹内舍夫教授的形象是由奇切林和尤里·萨马林二人合成的，托尔斯泰像通常那样，将他们'捣碎'之后再组合。这一人物既不抱怨也不发火，只是有点儿喜欢嘲讽人。很多细节的来源是一目了然的，显然是取自奇切林。科兹内舍夫花费了六年时间，完成的著作名称为《欧洲和俄国的国家形式及基础考察》，这很像是对奇切林著作的改称。这些著作包括1858年出版的《俄国法律史论稿》、1866年出版的《论全民选派代表的制度》，以及多卷本的鸿篇巨制《政治学说史》……这些恰好都是在托尔斯泰创作《安娜·卡列尼娜》期间问世的。"[1]

在托尔斯泰和奇切林的相互关系方面，最鲜明的一个特点就是彼此之间的态度具有双重性且充满对立。在托尔斯泰1858年3月20日的日记中，就有很典型的这样一段话："读了奇切林一篇关于英国工业的文章。非常有趣。一段时间以来，对待任何问题我都从大处着眼。很多方面这要归功于奇切林。现在，对任何新事物和新事件，除掌握事物和事件本身的情况外，我还会不自觉地探索其在永恒以及在历史中的地位。"[2]

但就在这一时期，稍早和稍晚时候，托尔斯泰曾这样写道："与奇切林待在家里。他的全部哲学——都是生活和诗歌的敌人。越公正，就越空泛，越冷漠；越虚伪，就越喜欢（？）。"[3]"奇切林就是个古希腊人，但人还不错。""独有奇切林。非常狭隘，但很强硬。""奇切林很

1 鲍·艾兴包姆：《列夫·托尔斯泰》，第2卷，莫斯科、列宁格勒：国家文学出版社，1931，第35—36页。

2《托尔斯泰全集》，第48卷，第10页。

3 同上，第4页。（最后一个词看不清。）

狭隘，不讨人喜欢。”[1]

从有时推心置腹且始终坦诚的通信中，可以发现二人之间越来越深刻的分歧，从中可见二人完全相反的本性[2]。而且，从奇切林的表现可见，他对托尔斯泰的个性特点完全不理解。在通信时，甚至在后来的《回忆录》中，当然还包括两人私下交流时，奇切林都始终坚持认为，托尔斯泰不应该去探讨哲学问题，不应该去关注教育，更不应该去干农活儿。托尔斯泰最看重、觉得最重要的一切，在奇切林看来都是在浪费时间。托尔斯泰丝毫不重视意大利绘画的珍品，这让奇切林很烦心；他非常注重培养年轻小说家的审美情趣，但是从非常传统的意义上：一个有才华的作家应该去创作精致的作品，而不应花时间去教那些在雅斯纳亚·波利亚纳学校上学的农村男孩。

在捍卫自己的文学和生活道路时，托尔斯泰表现得很坚定，有时候甚至有些激动。他有两封信在这方面表现得尤为明显。其中的第一封信写于 1860 年 3 月 1 日：“如果你的这封信是想激我进行回应，那么，它的目的达到了。它甚至已经把我惹火了。你轻率而又亲切地给我提了一些建议，诸如艺术家应该怎么发展，意大利对人的影响有多好，古迹，天空……全是陈腐的废话。还说，在乡下游手好闲多么有害——安逸，我应该结婚，应该创作迷人的小说等。无论我觉得你的行为有多渺小和虚伪，我都不会去建议你该做什么。我知道，一个人（作为自由生活的生物）在每一种东西那儿，在每一种想法之中，都会有别人未见之所见，而正是这种独特见解才令他为自己的事业而甘愿奉献。”[3]

第二封信写于 1861 年 4 月 6 日或 18 日，托尔斯泰并未寄出。或许，他觉得这封信写得过于尖锐了，从这封信之后，托尔斯泰和奇切林之间的通信就变得不那么推心置腹了，大部分都是谈工作，但晚年的那些书信除外：“我们把友谊当成了儿戏。我们两个如此不同的人之

1《托尔斯泰全集》，第 48 卷，第 9、11 页。

2《托尔斯泰写给别人及收到的书信》，苏联列宁公共图书馆编著，莫斯科、列宁格勒：国家出版社，1928。（收录了托尔斯泰与奇切林之间近 50 年的全部通信。）

3《托尔斯泰全集》，第 60 卷，第 327 页。

间不可能存在友谊。也许你能平衡对一个人的好感和对他信念的蔑视，但我做不到。我们互相鄙视对方的心志和观念。那些并非来自教条和规矩的信念，它们源自生活的苦难，源自对真理孜孜不倦的追求，但在你看来，只不过是过于自尊和思想贫乏的表现，而在我看来，在学校背过的知识和分类法都是儿时玩具，无法满足我对真理的热爱……你很奇怪，如何教脏兮兮的孩子学习。我搞不懂，为何在尊重自己的情况下，去写一篇论述解放的文章——难道能在这种文章中说出哪怕一点点儿你所知道的、你应该说的东西吗……我们可以互相尊重，互生兴趣，互相讨论；但一旦我们像别人那样试图寻找认同——我们之间就会出现一道深渊。"[1]

很明显，列文和科兹内舍夫的关系非常准确地再现了托尔斯泰和奇切林之间关系的本质，唯一的区别是列文不是作家，而只是一个按照自己的方式生活和思考的地主。"奇切林，我看不惯他。"托尔斯泰在1858年4月1日这样写道。在《安娜·卡列尼娜》中也提到过：列文在乡下跟他的哥哥待在一起时很不自在。"'我不明白，在这儿谈哲学有什么用。'谢尔盖·伊万诺维奇这样说道。列文感觉，谢尔盖的这种语气好像就是在否定他有谈论哲学的权利。这让列文非常恼火。"[2]

列文天性活泼，干练，豁达，喜欢经营管理，热爱体力劳动，喜欢跟普通人保持淳朴的关系，这些都与博学的书呆子科兹内舍夫"有条理的思想"和观察事物的"狭隘"眼光相反。

在《安娜·卡列尼娜》草稿中，列文与他哥哥的对立，像极了托尔斯泰日记以及他与奇切林通信中描写的那种情形："他感觉到他们站在两种不同的高度上……并且很明显，他们的前途也各有特色，对一个人来说无法明了的事情，对另一个人来说却一目了然；对一个人来说微不足道的事情，对另一个人来说却无比重要，反之亦然。"

科兹内舍夫有一个特点与其人物原型非常相像：同科兹内舍夫一

1《托尔斯泰全集》，第60卷，第380页。

2《托尔斯泰全集》，第18卷，第259页。

样，奇切林也为自己的学术活动能否有所收获而心存疑虑。后来在《回忆录》中他曾这样说过：“……我发现多年的研究活动并未产生什么影响……书一本接一本地出版，却没有得到任何反馈和认可。我没发现有人去掌握或发扬光大我曾阐述过的、在有些方面全新的思想。”[1]

艾兴包姆未曾指出这个问题的复杂性，只有谢·利·托尔斯泰大致提到过。这种复杂性在于，奇切林和科兹内舍夫之间的联系仅限于上文所讲的那些内容。科兹内舍夫的优柔寡断，他与现实生活的脱节，他的摇摆不定，所有这些非但不是鲍·尼·奇切林的特点，甚至还与其本性截然相反。奇切林是一个意志坚强、性格坚毅和目标明确的人，表现得很自信，甚至有些自以为是，按托尔斯泰的说法，生活中是一个“干劲十足”“坚定不移”的人。

将科兹内舍夫刻画得格外生动形象的场景有如下两个：第一个场景——他关上窗户，免得苍蝇飞进来，翻阅着杂志，想着下象棋的事儿；同一时刻，列文在割草，干得热火朝天。第二个场景——尽管想好了求爱时要说的每一个词，但谢尔盖·伊万诺维奇仍然说不出口，准备好的话说出来便走了样：他问瓦莲卡，白木耳和桦树菇有什么不同。

科兹内舍夫的这些特征显然来自另外的很多观察，与上文提到的原型没有任何关系。

因此，假如看不到奇切林与科兹内舍夫在性格上有相同点，在翻阅托尔斯泰的书信和日记以及鲍·尼·奇切林的《回忆录》时，本应出现的对比也就无人留意了。法律史学家就没有考虑过这种对比。或许，鲍里斯·尼古拉耶维奇本人也没有注意到这一点。

尽管上文提到的两个场景极具表现力和真实性，但我们仍然认为，科兹内舍夫形象的这种“莫里哀”式的塑造过于逻辑化和直接，导致从整体上减弱了该形象的重要性。在创建这一人物形象时，遵循的大概是这样一种思路：他是个很理性的人，也就是说，是个读书人；读

1《鲍里斯·尼古拉耶维奇·奇切林回忆录》，第4卷，莫斯科：“北方”联合出版社，1934，第310—311页。

书人——脱离现实生活；脱离现实生活——意志薄弱；意志薄弱——无助，摇摆不定，举手无措。

在托尔斯泰的小说中，会通过一些矛盾的联合出现，让主要人物形象得到有力表现。在科兹内舍夫这一形象中没有这类矛盾。

艾兴包姆提出过一种假设："《安娜·卡列尼娜》中的谢尔盖·伊万诺维奇·科兹内舍夫教授的形象明显是奇切林和尤里·萨马林形象的结合。"这种假设的理由是否充分，仍然是一个值得思考的问题。

我们认为，关于萨马林的这种假设是没有根据的。尤里·萨马林热衷于社会政治活动，办事干练，头脑务实，而且还是一名狂热的斯拉夫主义者。因此，尤里·萨马林不适合作为科兹内舍夫这一形象的来源，而且就心志而言他更接近于列文，更接近于列文对唯理性形式的排斥以及他特有的实践主义。这在萨马林的书信（尤其是写给霍米亚科夫的信）以及他那坚定不移的政论作品中都有反映。1872—1875年，在卡维林和萨马林之间发生了一场论战[1]。这场论战鲜明地反映出那个时代特有的两种截然不同的心理状态，让人联想到科兹内舍夫和列文之间的差异，而萨马林相当于后者。他说的这些话非常典型："我所说的良心是指一种极为罕见的品质，即不想用言辞去填补概念堆砌存在的漏洞（尽管这种想法十分正常，且经常是无意识的），不用花言巧语去伪装思想所欠缺的完整性。"[2]

并且，在创作《安娜·卡列尼娜》之前的一段时期，列·尼·托尔斯泰本人不是简单地将萨马林看作一个有用、有趣、出色但内心充满敌意之人（这也是他对奇切林的看法），而是将他视为一个与自己有共鸣的人："我觉得，您就是那个我要找的人，一个我所不及的人——一个天生的聪明人。"[3] 在这件事上，艾兴包姆沿用了一种错误的传统做法——他将在心理和思想上与托尔斯泰相似的人物形象，都作为作家

1 起因于卡维林的著作《心理学的任务》。

2《卡维林文集》，第 VI 卷，1887，第 358 页。

3《托尔斯泰全集》，第 61 卷，第 156 页。

的自画像来考察。与此同时，拓展并全面阐释别祖霍夫、列文和涅赫留朵夫的多样化原型基础也非常重要。

毫无疑问，科兹内舍夫还有另外一些人物原型，他们具有跟奇切林差不多或者更细微的特征。在科兹内舍夫身上，甚至还有卡维林与屠格涅夫的特征，但萨马林与此事无关。

对安娜·阿尔卡季耶芙娜·卡列尼娜的原型这一问题，研究得已经相当详尽了。这种研究提供了不少重要信息，帮助人们去了解伟大作家的思想。皮罗戈娃因吃醋而卧轨自杀一事，季亚科娃的离婚和再婚，普希金女儿玛·亚·加尔通卡迷人而独特的外表（托尔斯泰只见过她一次），这一切都在证明，艺术家的创造性思维能从各不相同的人身上提炼出自己所需要的东西，并融汇生成一种完整的性格。

什克洛夫斯基对这个问题的忽视显然是不对的，因为这属于作家与他所研究的现实之间关系这一普遍问题的一部分。令人惊讶的是，尼·卡·古济在其《〈安娜·卡列尼娜〉的创作史及出版史》[1]这篇文章中，曾被要求完全绕过这个问题。

原型问题应当在文学史上居于从属和次要地位，但这个问题应该弄清楚，而且由此所获知识的辅助意义本身也很重要。

编后记

阿列克谢·弗拉基米罗维奇·奇切林（Алексей Владимирович Чичерин，1899—1989），文艺学家。撰有《思想与风格》（Идеи и стиль，1965）、《形象的韵律》（Ритм образа，1973）、《俄罗斯文学风格史概论：叙事小说与抒情诗》（Очерки по истории русского литературного стиля: Повествовательная проза и лирика，1977）等著作。本文选自布拉戈伊（Д. Д. Благой）所编《Л. Н. 托尔斯泰的创作：论文集》（Творчество Л. Н. Толстого. Сборник статей，1959）第369—387页。

1《托尔斯泰全集》，第20卷，第577—643页。

列夫·托尔斯泰的美学观

作者 ［苏联］瓦连京·阿斯穆斯
译者 张兴宇

一、艺术是社会生活的必要条件

托尔斯泰在创作中为自己提出了现实主义写作任务，这一任务的重大性，使其对艺术问题、艺术在社会生活中的意义、艺术性标准、艺术完善的条件和艺术衰退的条件等产生了浓厚的兴趣。托尔斯泰逐渐意识到，他本人与那些没有给自己提出这种重要任务的艺术家（包括那些杰出艺术家）存在分歧，随着这一意识的强化，在十九世纪的最后四分之一时间里，他的这种兴趣便愈加浓厚。西方和俄罗斯的艺术生活中颓废现象初现端倪时，托尔斯泰便以越来越严厉的方式抵制这种颓废艺术。与之同时，从自己同时也从社会层面考虑，托尔斯泰内心中的一个想法日渐成熟，即明确提出自己的艺术概念，并就艺术的使命和当代艺术如何实现这一使命做一回答。

这也是托尔斯泰笔下出现美学论著的原因。这些著作当中最重要的便是《什么是艺术？》一书。归诸这类内容的尚有篇幅不大的文章、为其他作者的图书和作品集写出的序言、在众多书信中有关艺术问题的言论等。

存在一种认识，认为托尔斯泰的美学观点全然由其道德学说决定，这种认识有其部分合理性。其正确之处在于，托尔斯泰对一部文学作品内容的评价确实是以该作品是否符合其所坚持的道德原则为条件。

但是，除了根据作品的**道德**[1]内容来确定其价值这一问题之外，托尔斯泰认为对另一个问题的解决也是必要和非常重要的，即判定一件艺术作品好坏的程度，取决于艺术家在其中所表达的道德观。在托尔斯泰的美学思想中，不难将代表托尔斯泰道德立场和偏见的论著与托尔斯泰因密切关注艺术本身的事实，首先是他自己观察现实的方式和描写现实的方式而发现的东西区分开。

托尔斯泰的宗教和道德倾向不能削弱与这种倾向相抵牾的他的美学思想，也不能削弱现实主义概念的意义和价值，正如不以暴力抗恶的学说不能削弱《塞瓦斯托波尔故事集》和《战争与和平》的艺术力量、美和真实性一样，托尔斯泰写出这些作品的时候已经在其思维中出现这一学说的萌芽，部分甚至体现在它们的内容中（《战争与和平》中普拉东·卡拉塔耶夫形象）。即便在这里，托尔斯泰的艺术才华表现得也要比他抽象的、理性的不抵抗思想——这种敌视生命的思想要强大、深刻、睿智得多。只有在这种情形下，即理性的图解和理性的虚假之物压制了托尔斯泰作为异常敏锐的艺术家的接受能力，听之未闻一颗热情和激情四射的内心的节奏，钝化了其对人民生活的感同身受的时候，死气沉沉的不以暴力抗恶的学说——宣扬消极无为和个性融消于整体的毫不作为和顺从——才占据了上风，在此时，托尔斯泰才口无遮拦地说出了无法让人信服的，苍白的，远离现实、生活和历史的那些谴责一切战争、一切斗争和一切暴力的话。

但是，正如在《袭击》《伐林》《哥萨克》《塞瓦斯托波尔故事集》《战争与和平》中所呈现的那样，伟大的现实主义艺术家的智慧和坦荡无隐的真诚、对生活复杂性和矛盾性的意识，以及最重要的，他对人民炽热的爱、对人民历史的自豪感、对人民的伟大和光荣未来的深信不疑，战胜了不抵抗的道德观。托尔斯泰不仅以无与伦比的艺术力量和真实描绘了战争现象，而且他是作为一个真正的俄罗斯爱国者，作

1 着重字形为原文所有，下同。

为一个热切关心国家和人民的命运，作为对侵犯俄罗斯人民和俄罗斯国家的自由与独立的敌人充满痛恨的俄罗斯人而意识到这些现象的。

只有托尔斯泰身上的那种爱国主义力量、深刻性和纯洁性使其看到了 1812 年卫国战争的这些方面，对于它们的描写，仅凭艺术才具，即便如托尔斯泰那样的才华，也是不够的。在对 1812 年战争（以及 1855 年战争中保卫塞瓦斯托波尔的场景）的描写中，托尔斯泰艺术中的现实主义与托尔斯泰作为伟大的爱国者的某种意识和信念密不可分，正是得益于后者，使其描绘且弄清楚了这些俄罗斯军事史上的伟大事件。

在《战争与和平》中，托尔斯泰实际上描绘了两场战争：以奥斯特利茨战役为核心事件的 1805 年战争和以博罗季诺战役为核心事件的 1812 年战争。第一次战争，即 1805 年战争，在托尔斯泰看来是一场非人民性的，亦即其目标与人民格格不入的战争，它与人民的切身利益相去甚远，因此他们无法理解；而第二次战争，也就是 1812 年的战争，在托尔斯泰笔下被表现为一场真正的卫国的、全体俄罗斯人民的战争，在这场战争中人民挺身捍卫自己神圣的、人道的和民族的权益：他们的自由、土地、家园、精神和道德财富。

对 1812 年战争中人民性特点高屋建瓴的洞察，使得托尔斯泰能够注意到参与打击外国入侵者游击运动的那些为许多历史学家和军事专家所忽略的特点，后者只是从自己既定的理论观念这一角度对游击斗争的事实做出判断，而没有考虑到人民性的特点和人民斗争的目标。托尔斯泰把握住了游击战为俄罗斯和世界军事史的经验所带来的**前所未有的**、不为任何理论所预见的东西。

托尔斯泰的激情，毫不容忍，执着的追求，立足于某种观点并大胆地对之寻根究底直至得出最彻底的结论，他的这种特点使人们易于避免把其艺术观念中与其道德学说局限性有关的东西跟天才艺术家对艺术本质深刻洞察的结果混为一谈。

在对宗教、道德的探索时期，托尔斯泰对其同时代的艺术所做出的批判无论再彻底，他的这种批判也从来不会转化为对艺术的全面否定。托尔斯泰之所以无法否定艺术，是因为他总是把其看作“人类生活的条件之一”（30,63）[1]。托尔斯泰明确而果决地驳斥了柏拉图、早期基督教徒、恪守教规的穆罕默德信徒和佛教徒们否定艺术的观点。“否认所有艺术的这些人，”托尔斯泰写道，“显然是错误的，因为他们否定了不应否定的东西，即必要的交流手段之一，没有这种交流手段人类就无法生存。”（30,67）

作为人类生活的一个必要条件，即人类交流的条件，艺术，正如托尔斯泰所表明的那样，是一种活动，这种活动远非局限于那些通常被认作有资格称之为艺术的表现形式。

“我们，”托尔斯泰写道，“习惯于只把在剧院、音乐会和展览会所读到、听到和看到的建筑、雕像、诗歌、小说……看作艺术。但所有这些只是我们在生活中用来相互交流的艺术的最小部分。整个人类生活都充满了形形色色的艺术作品：从摇篮曲，滑稽剧，讽刺性模仿，住宅、衣服、器皿的装饰到教堂仪式、庄严的游行等，所有这些都是艺术的活动。”（30,66—67）

在这一思想中，托尔斯泰部分地预见了当代语言学和美学的一个结论，即艺术活动不是一个孤立的领域，艺术产生于那些用以表达与表现的手段和要素，这些手段和要素为司空见惯的生活言语和普通、日常思维所常见。

托尔斯泰认为，艺术家需要说出最重要的东西，即他们对生活的思考，这样才能让作品存在下去，按照这种特征，基于艺术活动的某些表现形式从大量类似事实中分离出来获得了艺术作品的称呼。

托尔斯泰在许多作品中表达了这一观点，不过，或许在一篇关于莎士比亚的文章中这一观点表达得最强烈、最尖锐。“应写戏剧的，”托尔斯泰说，“只能是有东西要对人说，而且要为人说出某些最重要东西的人。”（35,267）没有这种内在的内容，没有谈出自己对生活最重

1 此处这种标注形式为原文所有，括号中前一个数字代表《托尔斯泰全集（百年纪念版）》（莫斯科：苏联科学院出版社，1928—1958）中的卷别，后一个数字为所在该卷的页码。译文依原文给出，下同。

要现象和问题态度的需要，“便没有从事写作的必要”。“作家需要做到两件事，”托尔斯泰说，“明了人，明了人与人之间应该具备的东西，并且对应当具备的东西深信不疑，喜欢这么做，以便做到就像在自己面前看到必须具备的东西和偏离它的东西。”（64，36）“为了创作出称之为艺术作品的东西，”他向画家 H. H. 格[1]解释说，“应当使人清楚地、无可置疑地知道什么是善，什么是恶，敏锐地看到把两者区分开来的特征……。”（64，15）

“艺术，”托尔斯泰曾教导名气不大的作家 Φ. Φ. 季先科[2]说，“是一项伟大的事业，人们不应以玩笑的态度或怀着艺术之外的目的去从事它。”（63，425）托尔斯泰欣赏甚至喜爱伟大作家萧伯纳的才华，但他并没有对其持宽容态度，在托尔斯泰看来，后者对所涉及的生活中最重要的问题，态度不够严肃，“亲爱的萧先生，”托尔斯泰写道，“生活是一项重大而严肃的事情，而我们所有人一般都应在这给予我们的短暂时间内努力找到自己的使命，并尽最大可能完美实现它……不应玩世不恭地谈论诸如人类生活使命、使命被歪曲的原因和在我们人类生活中充满恶的原因等这类话题。”（78，202）

托尔斯泰在其论文《那么我们应该怎么办？》中写道：“思想家和艺术家从来不会像我们习惯性所想象的那样，端坐在奥林匹斯之巅；思想家和艺术家应当和人们一起受苦，以寻得拯救或安慰。此外，他受苦还因为他总是、永远处于焦虑和不安之中：他能够决定并说出哪怕给予人们福祉的东西，哪怕把他们从痛苦中解救出来，给他们以安慰，但他并未曾这样说，也没有以应有的方式描述；他根本没有做出过决定，没有说出过，而明天或许就来不及了，因为他已处在弥留之际。因此，痛苦和自我牺牲将一直是思想家和艺术家的宿命。”（25，373）

艺术家在这方面的最微不足道的失误，对所描绘生活现象缺乏或

1 格（Николай Николаевич Ге，1831—1894），俄国杰出画家。格与托尔斯泰 1882 年结识，自那时起直到画家去世，两人一直保持密切的通信往来。

2 季先科（Федор Федорович Тищенко，1858—？），俄国农民作家，曾写过有关托尔斯泰的报道。

弱化明晰表达的严肃态度，在托尔斯泰看来，都是艺术家及其作品的重大缺陷。

托尔斯泰发现，除了《一生》这部小说外，莫泊桑的大部分小说缺乏其对所描写对象坚定不移的、表达明晰的、激情迸发的态度。“在随后写出的几部小说，如《皮埃尔和若望》、《如死一般强》和《我们的心》中，”托尔斯泰写道，“作者对其笔下人物的道德态度更加混乱，而在最后一部作品中这种态度以至于全都丧失了。冷漠、草率、臆造，主要是，还缺乏他早期作品中那种对生活正确、道德的态度，在所有这些小说中都留下了痕迹。”（30，11）

在基于艺术家对生活的道德态度这一视野而被审视的所有情形中，托尔斯泰指的是那种构成托尔斯泰主义观点体系的对待生活的宗教态度及他本人认为唯一正确的宗教态度。当然，在这一点上，托尔斯泰大错特错了。

托尔斯泰美学的主要思想要求艺术家对其作品中所描绘的生活重要现象不是漠不关心，而是持热情、自觉、信念坚定的态度，它与托尔斯泰本人的宗教和道德学说的内容没有必然联系。正是在这个意义上，托尔斯泰要求艺术家对所描写的事物要充满炽热的爱。这种爱，不仅不排斥对那些违逆和对抗常理的东西的憎恨，而且这种报之以憎恨的爱也是必要的。“为了真诚地说出他要表达的内容，”托尔斯泰在写给 B. A. 格利采夫[1]的信中说，“一个艺术家必须热爱他所创作的对象。为此，你不要一上来就谈论让你无动于衷和无话可说的事情，而只应去谈论……你所热切喜欢的事情……。艺术的动力（нерв искусства）来自艺术家对他所描绘对象的充满激情的爱，如果这一点存在了，那么作品便总会达到另外的要求：思想充实和美。之所以会达到思想充实，是因为一个人不可能热烈地爱一个微不足道的对象，而达到美是因为，在热爱笔下对象的同时，艺术家会不遗余力地把所

1 格利采夫（Виктор Александрович Гольцев，1850—1906），俄国作家、文学批评家、社会活动家。

喜欢的内容以最好的形式表现出来。”(30,436)

对创作对象的热爱不仅提示艺术家选择恰如其分的情节和对象:爱,也只有爱,才有可能做到对描写东西的认知。托尔斯泰在给斯特拉霍夫的信中说:“我们知道我们只去爱的是什么。”(62,290)“没有爱的力量,”他写给费特,“便没有诗歌……在《烟》[1]中没有对任何东西的爱,也几乎没有诗意。”(61,172)

90年代,托尔斯泰回忆起格里戈罗维奇的中篇小说《苦命人安东》在早年留给他的印象,托尔斯泰把这种印象的力量——“大为感动和兴奋”——首先归功于格里戈罗维奇对其创作的对象和笔下主人公所充满的爱的力量。对于当时16岁的托尔斯泰来说,这是一个“快乐的发现”,“可以而且应当好好写一写俄国农民,不仅带着爱,而且要带着尊重甚至敬畏”(66,409)。

托尔斯泰首先要求艺术家应该具备这种“爱的力量”,不过,艺术家一旦偏离了其所了解、所热爱的完美典范的事物,非完美典范的东西成为其所描写的对象,这种“爱的力量”便会变成仇恨的力量。正是在这个意义上,托尔斯泰指责屠格涅夫在其小说《前夜》中对反面人物的描写了无生气和无动于衷,他解释说,“……如果对自己笔下最无足轻重的人并不心怀怜悯,那就可劲责骂,骂得天昏地暗;或者卖力嘲笑他,笑到肚皮痉挛,而不是像悒郁不乐和被消化不良所困扰的屠格涅夫所做的那样”(60,325)。

二、真正艺术中创新的必要性

从这个对艺术家所提出的基本要求中,托尔斯泰总结出所有真正艺术与这一基本要求息息相关的一个特征,即艺术家能够在其所描绘的生活关系和事实中看到此前任何人都没有看到过的**某种新东西**

1《烟》为屠格涅夫创作的长篇小说。

（нечто новое）。

在托尔斯泰的美学中，“新”是一个极其重要的概念。这一概念是托尔斯泰判断艺术家是否具备艺术才华的核心标准。在托尔斯泰看来，才华是一种特殊的禀赋，“它是鉴于作者对某种创作对象的趣味而表现出来的一种有力、紧张的关注能力；得益于这种才华，具有这种能力禀赋的人，在他所关注的对象中，看到了别人看不到的新东西”。在托尔斯泰看来，“为了让艺术家知道他应该说什么，他必须知道全人类所特有的，同时他，亦即人类，还不知道的东西”（30，435）。托尔斯泰认为，通过艺术发现并展现新事物，并不是那种有则好，没有也能应付得过去的艺术条件：它是一个完全必要的条件。没有这个条件，作品就不是真正的艺术作品：“正如一件思想作品只有在它传达新观念和新思想，而不是重复已知的东西时，才是一件思想作品，同样，一件艺术作品只有在把新情感（无论它是多么微不足道）引入人类日常生活中来，才是一件艺术作品。”（30，85）

托尔斯泰认为，所有主流美学理论的错误就在于，这些理论，在他看来，低估了艺术的意义，亦即艺术家借助艺术手段能够展现他在人类生活现象中发现的**新东西**。“所有这些理论，”托尔斯泰写道，“忘记了一个重要所在：无论重要性大小，美感和真实性并不是艺术作品的条件，艺术作品的基本条件是艺术家对某个新的和重要东西的意识。

“因此，对于一个真正的艺术家而言，无论过去常有情形还是将来亦应如此，他需要能够看到某种全新的东西。而要使一个艺术家能够看到新东西，他必须观察和思考，而不是抓住生活中的琐事不放，这些琐事阻碍了他对生活现象的仔细观察和深入思考。首先，为了使他所看到的新东西对人们来说是重要的，他必须放弃利己主义的生活，参与到人类的共同生活中去。”（30，224）

托尔斯泰强调，“没有什么比艺术中的保守主义更有害。艺术是人们精神生活的表现之一，因为，就像动物活着要呼吸、释放呼吸物一样，人类生存，也会呈现为艺术的活动。因此，在每一个这样的时刻，艺术应当是当代的、我们这个时代的艺术。人们只需要知道它在哪里。(不是在写出音乐、诗歌、小说的颓废派人士那里。)不过,不要到过去,而是在当下去寻找它。那些乐于以艺术专家自居的人赞扬过去的古典艺术,贬斥当代艺术,这只能表明,他们对艺术根本没有敏锐感受”(53,81)。

托尔斯泰认为,艺术对人们的影响力量是由艺术作品所表达的情感及艺术家对所描绘现象表达的立场的新颖程度决定的。托尔斯泰解释说,“这就是为什么儿童、年轻人对艺术作品的感受如此强烈,这些作品第一次向他们传达了其未曾体验过的感受”(3,85)。

托尔斯泰认为,对自己发现新事物和未知事物的能力的意识,是区分真正艺术家和伪艺术家的一个特征。托尔斯泰在《安娜·卡列尼娜》中描绘了这种差异。真正的艺术家米哈伊洛夫在这里与不懂装懂的伏伦斯基形成了对比。“关于他那幅现在正放在画架上的画,他内心里抱着一个信念——就是,像这样的画从来没有人画过。他并不认为他的画比拉斐尔所有的画都好,但是他知道他在那幅画里所要表现的意境从来还没有人表现过。这点,他确切地知道,而且很早以前,从他开始画的时候就知道了。”[1](19,37—38)相反,伪专家不仅自己没有能力发现和传达新的、未知的东西,而且也无法评价所呈现出来的真正艺术品质。伏伦斯基和他的朋友、与他一样对艺术一知半解的戈列尼谢夫以及安娜都认为,伏伦斯基画的那幅画“很不错,因为它比米哈伊洛夫的画更像名画”[2](19,46)。

只有这样的艺术家所认识到的来自生活的前所未有的观点才是创作手段独创性的前提,借助这种手段,这一观点在艺术作品中得以传达。

通过对艺术流派立场的考察,艺术家可以了解,其他艺术家如何解决他们自己所提出的与众不同的任务。不过,一旦他那里所出现的任务,与其他艺术家所提出的任务都不相符合,他就必须为之寻找自己

1 此处译文出自《列夫·托尔斯泰文集》,第10卷,第610—611页。

2 同上,第610—621页。

的、在其之前从未有人尝试过和经历过的解决方案。因此，真正的艺术总带有冒险和未知成分，因为，艺术家着手其特殊的、独一无二的任务时，并不能确切知道他的探索和他在不熟悉道路上的前行会带来什么样的结果。无论陌生道路多么困难和令人生畏，对于艺术家来说，如果他是一个真正的艺术家，除了义无反顾地沿着自己的道路走下去，别无出路，“做的时候，”托尔斯泰向 Е. И. 波波夫[1]解释说，“我们并不能知道会有什么样的结果。”（65，90）“人要大胆地沿着向他打开的未知之路前行，经历之后，才会知道这是一条什么样的路。”（65，147）

甚至对那些最为重要的、无可置疑的艺术家，托尔斯泰也不原谅他们**陈腐**的弊病（порок банальности），他们缺少表达方式的独特性，这种独特性要求以新颖的方式传达为他们所发现和所认知到的东西。“……一直出乎我意料，”托尔斯泰写道，“屠格涅夫以他的才华和诗意的敏锐感受力，却对陈腐力不从心，甚至在手法上也是如此。无足称道的手法，让人想到了果戈理，他那里的这种陈腐则更多。”（60，325）

三、艺术是对劳动人民生活的描写

要求艺术家心无旁骛地探索新东西，托尔斯泰并不是说，无论艺术家有否能力在他所描绘的生活中发现新的、值得描写的内容，只是借助扩展艺术手法似乎便能找到新的、任何人还没有尝试过的描写和表达手段。

托尔斯泰断定，人民生活就其整体和各种表现形式的多样性而言，是内容永不枯竭的源头，而且这一内容是用推陈出新的手法和表达手段表现出来的。

1 波波夫（Евгений Иванович Попов，1864—1938），教育家、翻译家。托尔斯泰的朋友和研究者，与托尔斯泰保持了 24 年通信往来。

托尔斯泰的这个观点对于美学和整个世界观而言具有根本性意义,他以鞭辟入里的见解与“上层阶级(высшие классы)”的美学观点构成对比,后者对诗人、艺术家所展现的人民生活内容的丰富性并不怀疑。“我们圈子里的人,也就是美学家,”托尔斯泰写道,“通常会有相悖的想法和说法。我记得,作家冈察洛夫,一个睿智的、受过良好教育、不折不扣的城里人和美学家,如何告诉我,在屠格涅夫写出《猎人笔记》之后,人民的生活便没有什么可写的了。把一切都穷尽了。劳动人民的生活在他看来是如此简单,以致在屠格涅夫写出有关下层百姓的小说之后,关于他们再也没有什么可写的了。富人们的生活,满眼皆是爱情和不知餍足,对他来说似乎具有取之不竭的丰富内容。一个人物亲吻了一位女士的手,另一位亲吻了她的胳膊肘,第三位如何如何。一个因懒惰而憔悴,另一个为没人爱而憔悴。而且在他看来,这方面的花样应有尽有。正是这样,有种说法,认为劳动人民的生活内容贫乏,而我们这些无所事事的人的生活充满了趣味,对之我们圈子里有很多人都深以为然。劳动者的生活,以其形形色色的劳动形式和与之相关的海上和矿场生活的危险性,与旅行、沟通、主人、上司、同好,以及其他教派和民族的人的相关性;以其与自然、野兽的抗争,与家畜的关系;以其在森林、草原、田野、花园、菜园的劳动;以其对待妻子、子女的态度——不仅是如何对待亲人、所喜爱的人,而且如何对待劳动中的同伴、帮手、代工;以其对所有经济问题的认识——不是如何对待不切实际的或虚荣的问题,而是如何对待自己和家庭的生活问题;以其对自给自足和服务他人的自豪感;以其劳作之余的快乐;以其所有这些与之休戚与共的东西……,对我们并无这些利害相关的人来说……,与这些并不起眼的乐趣相比,与我们对自己不是劳动和创造的生活、而是利用和破坏别人为我们所做的事情这种生活而付出的不值一提的心心念念相比,人民的生活在我们看来是单调的。”(30,86—87)

但是,如果只有从人民生活中汲取的内容才是真正的新内容,如果艺术的意义在于它能够成为人类交流的手段,那么,由此而言,真正的艺术不应是**排他性的**(исключительное),亦即不应是一个**特殊**群体或阶级,及以其地位和特殊生活条件脱离人民的这些人的表达和交流手段,也不应是不为人民所理解、只被置于特殊条件下、使自己脱离人民生活条件的狭隘圈子的人所理解的艺术。

托尔斯泰以其批评的全部激情和力量抨击其同时代的艺术,即十九世纪末和二十世纪初上层阶级的艺术,这种激情和力量并不是针对艺术创新者,而是针对**排他性和不可理解性**的艺术,及非人民的、**小团体**的和圈子的艺术,这是与艺术中的创新混为一谈的艺术。

在这里,托尔斯泰的才华表现在他批评的倾向上。托尔斯泰针对的不是某些部分的、特殊的、因之总是争议的情形,或对排他性和不可理解性的揭露。他的批评揭示了他在艺术中观察到的排他性和不可理解性的最深层、最普遍的根源——艺术与人民生活的脱节,以及将重大、严肃的全民的艺术事业转变为旨在给某个圈子的人带来最大乐趣的活动,而这些人身居统治地位,奢侈、游手好闲,他们与人民相分离。

托尔斯泰无意宣布他个人所反感的艺术,例如颓废派的艺术,是糟糕的,只是因为它对他所属的那一代人和他属于的那个圈子的人来说是不可理解的,而他这一代人都受到过十九世纪初的艺术熏陶。

问题的关键不是某个总是相对的、不可理解的程度,而是艺术发展的总趋势,这种趋势就其根本而言是与人民生活相分离的上层阶级的艺术排他性。

"一旦上层阶级的艺术从全民的艺术中分离出来,"托尔斯泰写道,"就会滋生这样的观念,即艺术可以是艺术,同时也可以是大众所无法理解的艺术。"(30,106)

托尔斯泰认为,这种认识对艺术而言是最荒谬和最有害的美学上的舛讹。如果只是承认,艺术可以是艺术,同时又是人们无法理解的艺术,"那么,任何观念扭曲之人的圈子便没有理由不去创作满足于他们荒诞不经情感、除了他们自己外没有人能够理解的作品,并称这些作品为艺术，这就是现在所谓的颓废派在做的事情”（30，111）。

托尔斯泰认为，“伟大的艺术事物之所以伟大，乃因为它们可以被所有人接受和理解”（30，109）。“艺术的全部要义，”托尔斯泰解释说，“只在于可理解性，在于借助情感感染这一构成艺术活动特点的、特别的、直接的途径使无法理解的东西成为可理解的东西，或者使半可理解的东西变成完全可以理解的东西，艺术家的所有努力都必须以让大家理解为目标。”[1]

似乎艺术作品不为人所理解，也能成为杰出的艺术作品，托尔斯泰认为，这种假设本身就是一种矛盾，显然是无稽之谈：“……说一件艺术作品好，但人们理解不了，就像说某种食物非常好，但人们却不能去吃它。人们不会喜欢变质的奶酪、腐坏的松鸡等类似的食物，它们被口味反常的美食家所看好，但面包和水果只有在人们喜欢的时候才是好东西。艺术也是如此：荒谬的艺术会使人无法理解，但好的艺术总为人所理解。”（30，108）

可理解性的性质和真实性的性质之间的深刻联系，使可理解性变成了一种近乎衡量作者**道德性**的特征。

与对可理解性要求密切相关的是对**真实性**的要求。为人所理解的艺术是真实的，真实性是生活和艺术的必要条件。在艺术中的真实性甚至比生活中的真实性更有必要，托尔斯泰如此认为。他在写给斯特拉霍夫的信中说：“生活中，谎言是令人讨厌的，但讨厌并不会消灭谎言，不过在谎言之下终究还存在生活的真实，因为人总有其所希望得到的东西，总有使其痛苦和快乐的东西，但在艺术中，谎言把现象之间的所有联系消除殆尽：一切碎如齑粉。”

真实性、对所描绘的真实之物的忠实是艺术的本质属性，这种属性对艺术的重要性，使得托尔斯泰本着米开朗基罗在其十四行诗中著名思想的精髓，将创造艺术形象的过程视为去除蒙在人物身上遮蔽物

---

1 列·尼·托尔斯泰：《托尔斯泰论艺术论文》，载《文学遗产》，第37—38卷，1939，第67页。

的过程，这一过程独立于艺术家的眼睛而存在，也独立于艺术家在大理石上所呈现的艺术而存在。比如，艺术家米哈伊洛夫借助一次幸运的偶然性捕捉到了他所画的人物的特质，认识到，他对人物所做的一切工作——无论后面运笔的某些细节发生怎样的变化——在于“剥去”遮蔽观察者视线的东西：“那画像可以按照需要略加修改，两腿可以而且必须叉开一些，左臂的位置也该改变一下；头发也不妨掠到后面去。但是在做这些修改的时候，他并没有改变整个姿势，只是除去了遮掩住它性格的东西。他好像是剥去了使它不能清楚地显现出来的遮布。”[1]（19，37）

四、关于艺术中的现实主义

根据托尔斯泰的观点，艺术家在作品中描绘的对象，仿佛已经存在于现实和艺术的材料中，因此，艺术家的任务只在于巧妙地、小心翼翼地将描绘对象从覆盖着它的遮蔽物中摆脱出来，这种观点直接涉及托尔斯泰对**现实主义**的问题、对艺术与现实关系的问题的思考。

托尔斯泰的现实主义的特点在于，它不是直接描写一个对象或现象，而是通过传达对象对作者引起的情感来描绘它们。众所周知，托尔斯泰认为，艺术是一种活动，这种活动通过对每一艺术而言特有的手段有意再现作者曾经体验过的感受，以便将这些感受传递给其他人。这个定义非常准确地表达了托尔斯泰对现实主义的理解。托尔斯泰的艺术宏伟博大，它以对现实的特别想象，描绘了大自然、人的外在生活和内心世界，但他对这一切的描写都没有超出对事物**情感**展现的范围。托尔斯泰的才智，如果借用托尔斯泰和费特之间通信中彼此理解的术语来说，不是“头脑的才智（ум ума）”，而是“从心的才智

1 此处译文出自《列夫·托尔斯泰文集》，第10卷，第610页。

(ум сердца)”。

托尔斯泰对艺术的定义的片面性和不充分性早已为美学家和批评家们厘清。众所周知,这一定义的狭隘性导致托尔斯泰低估了艺术的认知力量(познавательная сила),忽视了艺术的智性手段(интеллектуальные средства)。

艺术的意义不仅是像托尔斯泰所片面认为的那样,艺术是用艺术家所体验过的感情“感染”人,艺术家在体验过这些感情之后,有意把它们在自己的作品中再现。除了艺术对情感的作用和托尔斯泰对情感的特别强调之外,艺术还借助其中的形象影响我们的整个观念和思想领域。艺术不仅可以改变我们的**情感**结构(строй наших чувств),还可以改变我们的**思想**结构(строй наших мыслей)。艺术改变了我们对生活及其现象的**认知**程度和深度。除此之外,艺术拥有特殊的、为其所独有的认知手段,其力量在某些方面甚至**超过了科学**认知所给予的东西。恩格斯指出了艺术认知的这种优势。譬如,他解释说,他从阅读和研究巴尔扎克的《人间喜剧》中“甚至在经济细节方面(如革命以后动产和不动产的重新分配)所学到的东西,也要比从当时所有职业的历史学家、经济学家和统计学家那里学到的全部东西还要多”[1]。艺术的认知力量使艺术成为**思想**教育最重要和最强大的手段之一。

托尔斯泰也谈到了艺术的这种认知功能。但他在醉心于证明艺术对情感的作用的重要性时,并不是在其艺术活动中,而是在他的美学思想中低估了艺术的认知功能。这个缺点其时为普列汉诺夫所留意到。他对托尔斯泰的艺术定义的批评指出了托尔斯泰艺术理论认识的片面性。托尔斯泰的错误不在于他强调艺术对情感的影响能力,而在于正确地强调了这种能力,却没有在其关于艺术的文章中充分强调艺术给认知领域带来的新东西。但这种在托尔斯泰的美学公式中明显呈现出的片面性,在托尔斯泰的现实主义艺术实践中却少得多,

1 译文出自《马克思恩格斯全集》,第 37 卷,人民出版社,1971,第 42 页。

几乎感觉不到。托尔斯泰的作品是艺术认知经验最丰富的源泉，这种经验远远超出了仅对情感影响的范围。托尔斯泰的艺术才华比他的理性公式要明智得多。

作为现实主义者，托尔斯泰要求艺术作品能带来对真正生活的想象（иллюзия）。在他的论文《论莎士比亚和戏剧》中，他甚至将想象定义为“艺术的主要条件”：“艺术的、情感丰富的作品，尤其是戏剧，首先应当为读者或者观众带来想象，使他们认为出场人物的经历和体验也是他们本人的经历和体验。为此，对戏剧家来说，让笔下出场人物做什么和说什么，不让他们说什么和做什么，以免破坏读者或观众的想象，同样重要。”（35，250）

艺术想象的前提是艺术家所有太多个人的、主观的、先入为主的偏见不再发挥作用，艺术想象意味着能够在所描绘的内容中发现事物本然的面貌。“艺术家所以是艺术家，”托尔斯泰在为莫泊桑作品所写序言中指出，“只是因为他不是以他所期望的方式，而是以事物原本的样子看它们。拥有才华的人，可能会犯错，但是才华一旦被发动起来，像莫泊桑在其短篇小说中所做的那样，它将揭示、暴露事物，并使人爱它值得爱的，恨它值得恨的。”（30，20）

五、对艺术中自然主义的批评及艺术作品中的细节功能

对想象的充实性和完美性的要求，并不意味着艺术家对事物描写本身必须固守面面俱到，照它原本的样子。如实地看事物，还不意味着在艺术作品中如实地、自然主义地描写它。艺术家应当从其主观性中摆脱出来，清除那种遮蔽、妨碍看到事物的东西。但这并不意味着艺术家对其通过艺术所看到和所展现的事物的态度应当或有权置之不理或回避阐明。相反，没有对现实的想象便没有艺术，但这种对现实的想象，在托尔斯泰看来，只有在作者对事物具有坚强的、道德的（即如托尔斯泰所称）态度的时候，才会出现。托尔斯泰写道：“那

种将任何艺术作品结合成一个整体,从而产生反映生活的想象的凝聚物,并不是人物和环境的统一,而是作者对事物的独特的道德态度的统一。”(30,18—19)

但正因为如此,艺术家在克服了主观偏见,看到了事物的本然面目之后,他不能满足于对它以原本的样子描绘。因为并不是所有的事物都以其原应具有的样子存在。

“一切文学作品要成为好的和被需要的,”托尔斯泰解释说,“不在于它们描写了存在过什么,而在于展现应当存在的东西;不在于它们讲述了人们做了什么,而在于对好和坏做出评价。”(26,308)“不应只描写社会上常有的事物……。如果你描写社会的本来面目,你将描写很多谎言,你的语言将失去真实。为了使你所描述的内容具有真实性,有必要不写现在有什么,而写应当有什么……。这就是为什么会有大量的书籍讲述过去确实出现过或可能出现的事情;但如果写这些书的人自己都不知道什么是好的,什么是糟糕的,那么所有这些书都是谎言”。“这种情形也常见,即童话、讽喻故事、寓言和传说描述了那些从未有过或不可能有的奇妙的事情;而在这些传说、童话和寓言中存在真理……”。“这样的故事让人难以置信,因为所描述的一切都没有发生过,也不可能发生;但它们当中存在真理,因为它们展现了什么是应当永远存在的东西,什么是善,什么是恶……”。(26,309)“……为了创作被称为艺术作品的东西,其一,应当让人清楚地、无可置疑地知道什么是善,什么是恶,准确地看到用以区分的特征,因此应当不去写原本具有的,而是写应该具有的东西。”(64,19)

才华,在托尔斯泰看来,是“透过本质看事物”的能力,正因为这一点,真正的艺术不可能是自然主义的。认清事物本质的能力的前提,是所有次要的、辅助的,亦即恰恰在自然主义的直接感知中常常被放到第一层面并遮蔽本质的东西,应当服从主要的、基本的、起决定作用的东西。因此,与这一称谓相匹配的艺术作品不是自然主义式的复制,不过总也一定要具有某种从属关系,或者如托尔斯泰所说的“层次(иерархия)”,即对作品中所描绘事物的安排要和谐妥帖

(гармоническая правильность)。

托尔斯泰高度评价普希金的小说，特别是他的别尔金作品集，也推重荷马的史诗，正是由于它们实现了这种“层次”安排而得到的高度完善。“诗歌的领域是无限的，就像生活一样，”托尔斯泰在写给戈洛赫瓦斯托夫[1]的信中说，“但所有诗歌内容都永恒地按照一定层次谋篇布局，而把最低层次和最高层次混杂在一起，或者把最低层次的当成最高层次，是主要的障碍之一。在伟大的诗人普希金那里，这种内容安排的和谐妥帖被发挥到淋漓尽致……阅读有才情作家的不和谐的作品（音乐、绘画亦然），刺激并好像鼓励你去大显身手，拓展领域，但这总会出错；不过，阅读荷马、普希金，会感到诗歌的领域所剩无几，如果也一试身手，则总不致出错。”（62，22）

托尔斯泰不仅欣赏过去伟大诗人身上的这种属性，他在自己的艺术实践中亦努力达到这种基本要求，即对事物的和谐安排。他向费特解释说：“主要在于有关核心部分的安排，一旦安排妥当，所有不必要的和多余的东西都会自动消失，在很大程度上一切都会迎刃而解。”（62，441）

托尔斯泰拒绝自然主义的细节，认为它与真正的艺术作品各部分的“层次”或和谐安排不相容，但他并没有否定细节是加强整体效果的手段之一。在托尔斯泰看来，细节可以成为艺术中极具价值的工具，只要它不是毫无意义的自然主义复制，而是一个由艺术家有意彰显的特征，因为细节揭示整体，帮助理解就其意义而言比细节本身更大、更广泛、更重要的东西。

只要借助对整体意义的考察便能证明艺术中细节存在的合理性。“在诗歌中，这种对存在事物描写的激情缘于，艺术家希望在清楚看到这些存在物之后，把它们牢牢记下来，理解它们的意义。”

在分析波伦茨的长篇小说《农民》中的一个场景时，托尔斯泰注意

1 戈洛赫瓦斯托夫（Павел Дмитриевич Голохвастов，1838—1892），俄国档案学家、文化学者。

到作者引入场景中的一个细节。“这种细节，”托尔斯泰解释说，“展现了这位妻子和这位丈夫的内心生活，向读者阐明了千百万以前生活过和现在生活着的这样的丈夫和妻子的内心生活。”（34，272）托尔斯泰不仅认为这类细节应该存在，而且还极为赞赏。在这一意义上，托尔斯泰给 E. И. 波波夫的信中提及：“细节、场景越多越好。”（67，122）

相反，任何导致读者从场景、环境、动作、作品的基本意义偏离的细节，或掩盖这种意义的细节，都被托尔斯泰视为艺术家和艺术不可原谅的错误。“在讲述约瑟的故事中，”托尔斯泰解释说，“没有必要像现在作家们做的那样，详细描述约瑟血淋淋的衣服、雅各的住所和衣服，以及波提乏的妻子的姿势和装束，写她如何整了整左手上的手镯，说‘到我房间来’等等，因为这个故事中的情感如此强烈，以至于所有细节，除了约瑟到另一个房间去哭这个最必要细节之外，其余细节都是多余的，它们只会妨碍传达情感，因为这个故事人人能懂，感动了各种国家、阶层和年龄的人，流传到我们现在，还将存在数千年。但是，要是把当代最好的小说中的细节拿掉，还会剩下什么呢？”（30，162）

正是为了获得对现实的想象（иллюзия реальности）这一艺术的必要条件，应当把自然主义的细节从作品中驱离出来。“在不破坏想象的情况下，可以不必讲尽说透，读者或观众自己会讲清楚，有时这样反倒会使他的想象更强烈，但言语太多就像把用碎片拼合在一起的雕像推得支离破碎或把灯泡从幻灯中取出，读者或观众的注意力会被分散，读者就会看到作者，观众看到演员，想象消失了，而重新恢复想象有时常常不再可能了。”（35，257）

这些思想是托尔斯泰评价最重大艺术家作品的尺度。因此，托尔斯泰晚年非常喜爱列斯科夫，赞赏他的才华、灵感，责备他的“滥用才华”。“……您与众不同的缺点，”他在信中对列斯科夫说，“……图像、色彩、特征表现斑斓多姿，它使你陶醉和着迷。过多不必要的、不协调的东西……。”（65，198）

但托尔斯泰自己的创作原则无他，是现实主义，而不是自然主义，这种现实主义创造性地与筛选出的典型的、遵从情感节奏的印象结合在一起，托尔斯泰从希腊人、古典主义时期的法国人以及普希金那里学到了这些。

托尔斯泰以一个真正伟大的艺术家的自豪感，否定了一些读者对其小说中人物肖像的天真猜度。“安德烈·博尔孔斯基，”他向沃尔孔斯卡娅公爵夫人解释说，“与小说家笔下的人物没有什么不同，是个虚构的人物，而非人物传记或回忆录作家笔下的人物。如果我所有的劳动就在于摹写肖像、调查、记忆，我将耻于写作。”（61，80）

在托尔斯泰看来，自然主义的摹写不仅在本质上是错误的事情，而且，它过于不费力气，与构成真正艺术家骄傲、快乐和痛苦的那种严肃性及艰辛并不匹配。相反，在真正现实主义艺术的作品中，托尔斯泰看重它们拓展生命体验、获得生活知识的能力，在方法上，并不是借助展示任何人都不需要的、微不足道的细节，不是简单重复生活中发生的事情，而是以让人接近对生活现象的理解而做出的描写，而且这种描写与生命体验本身无关。据托尔斯泰解释，艺术作品所带来的快乐在于，“一个人不会体验到所有毒化和挤压现实中快乐的生活矛盾，而与之同时，他会收获那些构成了生活本质和魅力的所有生活中的激动，以任何人都妨碍不了的强大力量收获这些激动。由于艺术，一个跛脚或衰老的人看着跳舞的街头艺术家，体验到舞蹈带来的快乐；一个从未走出过他在北方的家的人，看着画幅，体验到来自南方自然的快乐；一个软弱、温顺的人，通过看一幅画、阅读或在剧院观看一部诗意作品，或听颂扬英雄的音乐，体会到力量和权能的快乐；一个从未怜悯过他人，也从未爱过他人的无情、冷漠的人，也能够体验到爱、怜悯所带来的快乐”（30，252—253）。

六、艺术中形式的本质和意义

意识到在艺术中满足于把事物的特征以其原本的样子简单地移

植到作品中并不可行，而且意识到在艺术中创造真正的现实想象有其困难，有关艺术匠心、技巧、**形式**的问题便摆在了托尔斯泰的面前。

在托尔斯泰看来，艺术自始至终是一项并不轻松的事业，需要艺术家付出忘我的、孜孜矻矻的劳动。

托尔斯泰认识到艺术所表现的思维形式的**独特性**是构成艺术难点的首要源头。尽管艺术家必须在作品中传达思想，表达他对所描绘的生活现象的态度，但艺术作品完全不等同于思想的简单组合，即便它们是最正确的和深刻的思想。

托尔斯泰对艺术思维独特性的理解具有非同寻常的力量，不应将艺术作品的意义归结为一系列简单的论断，无论这些论断多么有见地和正确，他在1876年4月26日写给斯特拉霍夫的信中表达了这一观点："……您对我的小说的判断是正确的，但尚不是全部，也就是说，全都正确，但您所说的东西并没有表达出我想说的全部。"(62,268)

"如果我想以文字形式说出的全部东西，打算借助小说表达出来，那么我应该去写我最初写的那部小说……。在我写的全部东西、几乎全部东西中，对我起到指导作用的是要把各种思想聚拢起来，把它们整合在一起以说出自己想说的；但是每一个思想，特别是用文字表达的思想，如果单独拿出来而没有处在整合（сцепление）状态，就会失去其意义，会被极大弱化。但整合本身不是由思想（我认为）构成的，而是由其他东西构成的，而且无论如何都不能直接用语言表达这种整合的基础，而只能通过描述形象、动作、环境等间接地用语言表达出来。"(62,269)

托尔斯泰在《波伦茨的长篇小说〈农民〉序》中阐释了同样的思想，他表示，真正的艺术作品是"……作者在其中不是通过推理……，而是通过唯一能够传达艺术内容的手段——诗意的形象，来表达他所要表达的东西……"(34,270)。

在艺术作品中，思想并非不再成其为思想，而是在保留其作为一个思想的所有意义的同时，成为一个不可分割的整体的一个要素，这个整体不再只是一个抽象的思想，也不再只通过它所包含在内容中的思想借助内容直截了当地影响人们。

因此，剧作家借助人物之口表达思想的这一优点并不能解决戏剧作品作为艺术作品的优点问题。托尔斯泰表示："可以在散文类作品、政论、箴言集中重视思想和意蕴丰饶的言语，但在艺术性的戏剧作品中则不必如此，这类作品的目的是引起人们对所呈现的东西的同情。"（35，250）在戏剧作品中，由于戏剧要素，思想与整体密不可分，而任何戏剧的条件在于"……出场人物由于为其性格所特有的行为和事件自然发展的特征而被置于与周围环境冲突的情境中，这些人物与环境斗争并在这种斗争中表现出其本质性特征"（35，237）。

弄清思想在艺术作品中的独特功能便能了解艺术家在创作过程中面临的别样困难。如果不能"直接用语言"表达"思想整合的基础"，而只能"用描述形象、动作、环境的非直接的语言"，则意味着，在每个特定情况下，艺术家要找到场景、事件、环境、表达的细微差别（布留洛夫所说的"一点点"）等的独一无二的组合，这种组合便能表达他所思考的"思想的整合（сцепление мыслей）"。

不止一次，托尔斯泰以一个伟大艺术家的真诚和坦率谈到了这项工作的难度。"你无法想象，"他在写作《战争与和平》最紧张的时候写信给费特，"对我来说，这种在我不得不播种的土地上深翻的初步工作是多么困难。不得不全面和反复思考在将来的作品、很大的作品中所有可能出现的人物的一应相关事情，要周全考虑数以百万计的可能组合，只为从中选择百万分之一，极其困难。"（61，240）

托尔斯泰知道，独具匠心的、完美的形式是克服这些困难的必要条件："为了好好说出他想说（我说的'说'是指任何思想的艺术表达）的话，艺术家必须掌握高超的技艺。而为了掌握高超技艺，艺术家必须努力工作，而且是长期工作。"

托尔斯泰要求艺术家要有匠心，并为艺术家的这种禀赋感到高兴。在高度评价画家 H. H. 格的思想构思的同时，托尔斯泰担心，技巧、形式的缺点会妨碍他的作品对人们的影响。"……只是您在技巧上,”他劝告格,“满足懂艺术的那些人就好了。如果要展出,并且要展出很大的画作,就必须考虑这一点。”(66,325)在赞赏丘特切夫和巴拉丁斯基的作品之余,他还是发现,与丘特切夫相比,巴拉丁斯基创作有其不足:“巴拉丁斯基是真正的诗人,尽管他的诗作缺少美、优雅。”(62,295)托尔斯泰把**形式美**(красота формы)列入他对真正的艺术作品应具备三个基本条件(才华除外)的定义中,把美的形式要求放在第二位,排在作者对事物的正确态度要求之后(30,7)。

托尔斯泰对莫泊桑作品中形式的质地非常欣赏,在这方面,他对小说《一生》的形式特别重视。托尔斯泰在谈到莫泊桑的小说时说:“在最初的短篇小说中便具备了优美的形式,在这里更达到了高度的完善,在我看来,还没有一个法国小说家达到过这种高度。”(30,7)

根据托尔斯泰的观点,对任何艺术作品而言,新颖性也是必不可少的特质,新颖性不仅是指所表达内容的新颖性,也是形式的新颖性,通过形式,可以把最初被发现的内容表达出来。根据 A. Б. 戈利坚韦泽尔[1]的见证,托尔斯泰如此表达了这一思想:“我认为,每个大艺术家都应创造自己的形式。如果说艺术作品的内容可以无限多样,那么其形式也应是如此。在巴黎,屠格涅夫和我从剧院回住处,不知怎么谈到了这个话题,他完全同意我的看法。我和他一起回忆了俄罗斯文学中所有出色的东西,结果发现,在这些作品中形式都是完全原创的。不必说普希金,就拿果戈理的《死魂灵》来说吧。它是什么?既不是长篇,也不是短篇。某种完全原创的东西。《猎人笔记》是屠格涅夫写过的最好的作品。陀思妥耶夫斯基的《死屋》[2],然后是鄙人的《童年》、赫尔岑的《往事与随想》,……《当代英雄》。”[3]

---

1 戈利坚韦泽尔(Александр Борисович Гольденвейзер,1875—1961),俄国和苏联钢琴家、作曲家、音乐教育家。他与托尔斯泰一家交往 15 年(1896—1910),写出了《在托尔斯泰身边》(1922)、《列夫·托尔斯泰与音乐》(1958,与古谢夫合作)等著作。

2 即《死屋手记》。

3 此语出自 A. Б. 戈利坚韦泽尔所著《在托尔斯泰身边》(Вблизи Толстого),1959,第 116 页。

但无论托尔斯泰如何重视艺术作品中形式的质地，他并不认为，艺术的主要困难——对唯一正确的、从一个作品到另一个作品不断变换的性格、环境、场景、动作的组合的发现——似乎可以仅仅通过形式、技巧的完善来达到。

不仅如此。托尔斯泰还认为，由于每件艺术作品都是一个不可分割的整体，在任何情况下都要与完全独一无二的任务相符合，而且由于思想在这一整体中不能与形象、环境、动作脱离，而思想又是整体不可分割的要素，因此，每个作品的"技巧"，就其本质而言，也正是这个作品本身，在作品内容整体特点和独一无二性上，作品跟与其交融在一起的，并且对其而言典型的表达手段、艺术整体建构的方法等不可分离。

在《安娜·卡列尼娜》中，托尔斯泰以鲜有可匹的洞察力表明了传统观点的谬误，传统观点把作品的技巧与其内在的优点即内容相对立。当拜访画家米哈伊洛夫的伪专家们称赞后者的绘画技巧时，米哈伊洛夫"突然皱起眉头"。"他常常听到'技巧'这个词，却完全不理解它是什么意思。他知道这个名词，照普通的解释，是指一种和内容完全无关的、单单是描绘的机械的能力。他常常注意到——就像在现在的称赞中一样——技巧和内在的价值是完全相反的，仿佛一件坏东西也可以描绘得很出色。他知道在除去表象的时候，为了不伤害作品本身，为了把所有的表象都除去，得多加小心，尽量在意；至于说描绘的技术——就是技巧——是并不存在的。假如他把所看到的东西向一个小孩或是厨娘展示的话，他或是她，也一定能够把自己看到的东西的表层剥去的。同时就是最富有经验和熟练的画家也不能单靠机械的才能去描绘什么，如果主题的轮廓没有预先向他显示的话。"[1]（19，42）

如果"主题的轮廓没有预先显示"，那么对不可能创造出真正的艺术作品的领会便特别有其必要性，这是因为在糟糕的或虚假的艺术作

1 此处译文出自《列夫·托尔斯泰文集》，第10卷，第615—616页。

品中，修饰的质地、外在的形式，可能并且往往比真正的艺术作品中做得更好。

在这种情况下，如何区分真正的作品和伪劣作品？对于一个真正的艺术家来说，这种区分是可以做到的，在“主题的轮廓没有给他显示出来”之前，他不可能与艺术作品产生联系。

这种对艺术作品的严格要求和对评价尺度准确无虞的敏感性便是人民所特有的看待艺术的特点。因此，未来的艺术，在托尔斯泰看来，作为由人民创造和为人民创造的艺术，如果它摈弃过于复杂的技巧——因为技巧是现代社会统治阶级独有的、非全民性的艺术典型性特点——就不会有任何影响，托尔斯泰这样认为。“艺术活动，”托尔斯泰写道，“那时所有人都能参与进来。这种活动之所以全体人民能够参与，是因为……未来的艺术不仅不需要那种复杂的技巧（那种技巧丑化了当代的艺术作品，需要耗费大量精力和时间），而且相反，它将要求明晰、平实和简洁，这些条件不是通过机械的练习，而是通过趣味的培养来获得的。”（30，180）

七、艺术应当成为全体人民的艺术

托尔斯泰并不担心他所预见的艺术走向人民性，走向明晰和平实会弱化艺术的“技巧”。托尔斯泰对人民的艺术力量、对他们的艺术趣味和分寸抱有极大的信心，他预言，在艺术蜕变成全体人民的艺术时，技巧的某种弱化不可避免，它不会对艺术的真正优点和真正力量造成任何影响。严格来说，这里谈不上任何技巧弱化的问题。只是从美学家和伪学究的要求而言，技巧有所削弱。“它无疑会被弱化，”托尔斯泰写道，“如果我们所说的技巧是目前被认作优点的艺术的复杂化；但如果我们所说的技巧是指艺术作品的明晰、优美、简明和紧凑的话，那么即如所有人民的艺术表现的那样，技巧不仅没有削弱，甚至还会得到数百倍的完善。……它之所以会得到完善是因为所有有才华的艺术家，现在藏身于人民中间，成为艺术的参与者并做出了……完善的典范，对于艺术家而言，这些典范将一如既往地成为最好的技巧流派。”（30，181）

托尔斯泰非常了解艺术，了解它的内在困难，了解它随时间发展的复杂规律。在断言艺术向全民的艺术这一最高类型过渡具有必然性的同时，他也认为，在建立于压迫基础之上的社会中，即使阻碍艺术的社会原因、阻碍艺术成为全民的艺术的原因被消除之后，也需要一定时间，才能从处在特别的并且与人民生活脱节的人们所创造的艺术中涌现出真正的人民的艺术。尚在70年代初，托尔斯泰就感觉到那时的俄罗斯文学处在衰落，甚至死亡状态——不过是带有“保证在人民性中复兴”的死亡状态。“您是否注意到，在当今的俄国诗歌界，”托尔斯泰在给斯特拉霍夫的信中说，“处在颠倒状态下的两种现象的关系：各种类型的诗歌创作——音乐、绘画、诗歌——的衰落，对各种类型的俄国民间诗歌——音乐、绘画和诗歌——研究的热衷。在我看来，这甚至不是一种衰落，而是一种保证在人民性中复兴的死亡。诗歌的最后一次浪潮——抛物线在普希金时期达到最高点，然后是莱蒙托夫，果戈理，我们这些人，然后下行。另一条路径转向对人民的研究并且已经处在上升期……谁是这种上升阶段的参与者，谁就是幸运的。我希望。”（61，274—275）

世事难料，托尔斯泰没有活到他的预言实现的时候，活到艺术走向全民的运动的可能性成为——由于我们的革命——现实的时候。

苏联各族人民的当代艺术正作为全体人民的艺术而获得发展。如果托尔斯泰为那些注定将不仅看到艺术复兴的“保证”，而且也看到民族复兴的人的幸运而快乐，那么我们，苏维埃国家的人民，也同样幸运，因为知道我们最伟大的作家预言了艺术在人民性中的这种复兴，对它送去热情的祝愿，并事先为它即将来临的时刻而感到高兴。

编后记

瓦连京·费迪南多维奇·阿斯穆斯（Валентин Фердинандович Асмус，1894—1975），苏联哲学家、哲学史家。著有《伊曼努尔·康德的哲学》（Философия Иммануила Канта，1957）、《让·雅克·卢梭》（Жан Жак Руссо，1962）、《十八世纪德国美学》（Немецкая эстетика XVIII века，1962）、《哲学和数学中的直觉问题》（Проблема интуиции в философии и математике，1963）、《伊曼努尔·康德》（Иммануил Кант，1973）、《古希腊罗马哲学》（Античная философия，1976）等作品。该文选自《文学遗产》（Литературное наследство）第69卷第1册（1961年）第83—101页。

《战争与和平》中的“和平”

作者 ［俄罗斯］谢尔盖·鲍恰罗夫
译者 刘锟

本文谈的是小说《战争与和平》中的一个词。只是关于一个词，但这个词在托尔斯泰的著作里却有着特殊的价值，这个词就是“мир”。众所周知，俄文词的意义是极其丰富的。这个词义的广度也和托尔斯泰这部著作广博的内容无比完美地融合在一起。

《战争与和平》——这个题目简单而又平缓，史诗式的平缓，纪年式的简单。就像普希金笔下的编年史家在《夜晚。神迹修道院里的静室》[1]一诗中所写：

记下来吧，不必费心粉饰
记下你在生活中所见证的一切：
战争与和平，君王的统治，
圣者的神迹……

普希金这出悲剧的话语里似乎暗含着未来托尔斯泰的书名。

战争与和平——是一切史诗最基本的普遍主题。这个题目最大程度吻合了托尔斯泰书中那种被普遍认可的“史诗精神”。它只是向

1 出自普希金悲剧《鲍里斯·戈都诺夫》第五幕。——译者注

我们讲述了一个主题和主要事件：战争与和平，而在结构上——小说主要划分为和平的章节和战争的章节，彼此穿插。

但与此同时标题的意义对我们来说又似乎是双重的，也就是其中第二个概念的意义是双重的。这已经不是像普希金所写的那样简单明了了。在普希金笔下不会产生关于“мир”一词的含义的疑问，而托尔斯泰小说的读者就会产生这样的疑问，因为小说通篇都在阐明这个问题。要知道这个词不但包含在标题里，而且也贯穿小说全文，涵括了广阔的内容并形成一个完整的意义之网。

一些研究者[1]指出了托尔斯泰本人是如何亲手写下这个书名的，并说明了为什么他能既写下“миръ”，也写下了“міръ”。托尔斯泰在世时，小说标题中这个词一直印成“міръ”，而这个词意指“没有战争”。Б. 艾兴包姆在90卷本文集的评论中讨论了作者在标题上的这种用意，并认为托尔斯泰这一偶然的拼写是用心良苦的[2]。但如果把书名和书的全文一起进行仔细研究，考察题目如何在文本中得到揭示，或者反之，标题如何从文本中生成出来（就像托尔斯泰在创作小说的过程中），——就会呈现出“мир”这一概念的各种意义之间的关系问题。这个词在书名《战争与和平》中是指没有战争、和谐、安宁和平静——就像普希金的皮缅神父所指的那样。但除了这层意义，文本中同时还大量存在这个词的其他（古老的）拼写方法：“міръ”是指“全世界”“所有人”以及一系列类似的意义。“миръ”在文本中常常表示一个与“战争”相对立的意义，而“міръ”则会用于几种不同的，有时甚至彼此矛盾的意义。本文并不奢望涵盖所有的情况，只研究托尔斯泰笔下“мир”一词如何完成它的功能以及在这一过程中《战争与和平》一书中的艺术情景是如何展开的。文本中这个词的使用上的确存

1 参见：Наумова Н. Н. Противоречия Л.Н.Толстого в романе “Война и мир”. Автореф. конд.дис.Л., 1955, 8с.; Билинкис Я.С. Мир в “Война и мир” — в его кн.: О творчестве Л.Н.Толстого. Л., 1959, С. 225–226; Зайденшнур Э.Е. “Война и мир” Л.Н.Толстого. Создание великой книги. М., 1966, С.67–68.

2 参见：Рус.лит., 1959, № 4, 223с.

在一些特别的情节，我们将对此进行研究。这篇文章只是一个片段：只涉及在最高层次形成内容上的联系（用托尔斯泰最喜欢的说法，即关联）的一些情况。《战争与和平》中的“мир”不只有着史诗的平缓和一般编年史的简洁，也具有如 K. 列昂季耶夫所说的“时代的复杂激荡”。我们在一些例证中看到了这一点。

托尔斯泰小说文本中“мир”本质上是不可译的：这个词丰富的意义和其中所包含的多维的艺术思想是不可译的。一个题目是可以翻译的（如“La guerre et la paix”，“Krieg und Frieden”），但为了表达俄语词“мир”的所有意义需要借助一系列各种外语词；我们来看法文翻译：la paix（所有表示非战争的标题中），le monde（用于一系列意义），I’ univers（用于宇宙论意义和皮埃尔的共济会理论中），la commune（农民的米尔-村社），tous ensemble（用于祈祷：“以世界向上帝祈祷”），Terrestre（世间的，мирской）[1]。意义的多重性虽然传达出来了，但却丢失了统一的超意义，或者说是构成托尔斯泰叙事史诗中那种强大意义链条的广博的意义。可以说因为不可能达到与原义一致的翻译而丧失了全书艺术思想一致性中最本质的东西。

但“мир”一词是否存在统一的意义呢？它的两个基本意义已经被区分成独立的两个词，古老正字法里也用不同的书写方式进行了强调。托尔斯泰在自己的书中也用了不同的写法。但是语言史家证明了俄语词“мир”从词源上看意义范围非常宽广，并且作为没有敌对和战争、平静、和谐、eirene[2]之义的“мир”和“世界”“宇宙”之义的“мир”这两个基本意义也是完全结合在一起的。有序的宇宙、完善的人类世界，作为内在联系的整体就是和谐、许多部分的“мир”（“和平”）。

20 世纪初梅耶[3]在研究古斯拉夫词源和词典时就指出，斯拉夫语的“миръ”一词的“和平，无战争”之义和“宇宙”之义本质上无疑是

1 参见 Leon Tolstoi. *La gurre et la paix*. Trad. D’elisabeth Guertik. (Paris, 1963).

2 希腊神话中的和平女神。——译者注

3 梅耶（Antoine Meillet，1866—1936），法国语言学家。

一致的[1]。最近托波罗夫在关于印度–伊朗神话神祇密特拉[2]的著作中证明了“мир”一词的统一意义，密特拉的功能就是神性存在和人之间的中介，通过约定把人和神联系起来，这样，人与人之间联合“成为社会结构，成为世界，也可以说，这是借用了俄罗斯社会–村社传统中的术语”[3]。据托波罗夫的研究，俄语中“мир”一词的所有主要意义在词源上都可追溯到密特拉这个神的名字。“看来，斯拉夫（包括俄罗斯）传统是唯一保留了代表宇宙完整性的印度–伊朗的密特拉形象变体的领域，它和混沌的分裂相对立，代表社会机体的统一，这个社会机体靠契约由内部产生，和外在的非自愿的联合（一种国家类型）相对立，也代表一种借助人们和天上的庇护者之间的约言把各种集体的人们联合起来的一种世界状态（友爱）”[4]

这种在一个词的意义内涵中兼有“eirene”（和平）和“космос”（宇宙）之义的现象是俄语（广而言之——斯拉夫语）“мир”独有的，在西欧语言中是没有类似情况的。“мир”一词的充分意义最好还是通过农民的“мир”——村社概念来理解：这同时也是“所有人”，小宇宙，人们的和谐共同体——是团体和协定。我们不会忘记，19 世纪俄罗斯思想和俄罗斯文学中这个概念充满了怎样的特殊含义——作为一种乌托邦思想，作为一种社会理想甚至意识形态神话，有多少希望和纲领与米尔–村社相关。

托尔斯泰的《战争与和平》正是实现了“мир”这个词在俄语中独有的全部意义。在这方面标题本身的简单、构成它的概念的极度简

1 Meillet A. *Etudes sur l'etymologie et le vocabulaire du vienx slave*, t. 2, (Paris, 1905), p.404.

2 密特拉（Митра），古波斯和吠陀教中的太阳神。

3 Топоров В.Н. Из наблюдений над этимологией слов мифологического характера. — В кн.: Этимология 1967. М., 1969, 19с.

4 Топоров В.Н. О семиотическом аспекте митраической мифологии в связи с реконструкцией некоторых представлений. — В кн. Semiotyka i struktura textu. Warszawa, s. 370.

单、其基本性、概括性和宽泛性都更加强化了其内涵的多义性。

一、我们来看《战争与和平》。尼古拉·罗斯托夫在莫斯科赋闲之后回到自己亲爱的保罗格勒团，他为和索尼娅以及赢了他 43 000 卢布的多洛霍夫之间的复杂关系而感到震惊，在不可能实现的情况下做出许诺，又突然感觉到在生活的压迫之下这种对他来说永远不容置疑的诚信准则就是一种虚假的胡说："可以杀人、偷窃，也会感到幸福。"[1] 经过这次危机以后，再次处于"军团生活的特定环境"，他感觉自己像一个躺下休息的疲惫之人。在这里他可以"好好服役并成为最好的战士和军官，也就是一个完美的人，在人世间如此艰难的事在军团里却是非常可能的"（10，125）。

托尔斯泰用斜体专门表达"在世间"（*в миру*）：修道院墙外的尘世生活，有着肉眼可见的各种各样的关系、观点、追求、目标，需要进行调整、选择和决策的无限联系之中的人类生活——是"自由尘世的混乱无序"，在罗斯托夫看来都是胡说和迷乱。在世间（*в миру*）很难成为一个完美的人，而在修道院里——对于罗斯托夫来说是在军团里——就容易些；而他作为托尔斯泰的主人公不可能不是完美的人——当然，在他自己的理解中：作为特种骠骑兵，他是一个正直、体面、光荣的骑士。

但关于如何成为完美的人这个问题，托尔斯泰的每个主人公都有自己的解决方式："皮埃尔属于那样一类人，只有当他们感觉自己完全纯净的时候才会有力量"。但皮埃尔在"世间"生活中很快被污染：砸在他头上的巨额财产，和美人海伦的婚姻——为了她陷入和多洛霍夫（尼古拉·罗斯托夫正是因他陷入危机）的冲突，最后他虽不想参加盲目的决斗，但却差点杀死对方。皮埃尔做了他本不想做的一系列不受控制的行为，致使他陷入道德的绝境，可以这样来比喻：他生命的螺丝拧坏了；什么都没有带动，一直在那个刻槽里空转。皮埃尔决斗后和妻子离婚去往彼得堡时，在托尔若克驿站时正是这样想的；他在驿站所看到的，

1 列·尼·托尔斯泰：《托尔斯泰全集（百年纪念版）》，第 10 卷，第 59 页。下文引用此版文献只标出卷数和页码。

他自己的生活和世界的历史——一起落入他思想的机器，只是在空转，但却停不下来。他看到驿站长为了索贿骗人说没有马匹。“这好还是不好？……对我来说是好事，对别的人是坏事，而对他本人来说这是没法避免的，因为他什么都没有：他说为此长官揍了他。而长官打他是因为他应该走得快一些。而我对多洛霍夫开枪也是因为我感觉自己被侮辱了。路易十六被砍头也是人们认为他是罪犯，过了一年那些处死他的人也因某种原因被处死。什么是坏，什么是好？什么应该爱，什么应该恨？为了什么活着，我又是什么？什么是生，什么是死？是什么力量在主宰着一切？这些问题没有答案，只有一点：‘你死了——一切都结束了。你死了就会知道一切，也不会再提问了。’但死是可怕的。”（10,65）

（托尔斯泰在下一部小说里，描写安娜·卡列尼娜临死前的意识混乱时，使用了同样的比喻：“螺丝断了”。）

此刻皮埃尔意识中的生活画面分散成许多孤立的事实：每个人对自己来说都是对的，驿站长欺骗军官，而军官打了驿站长，——但这个普遍的问题还是没有答案：谁对谁错？这些生活现象之间彼此如何联系起来，其中没有合理性，也没有意义，只有荒诞。在皮埃尔的判断中一切环节都是由荒诞逻辑和对别连接词“而”接合在一起，这个词只会像一环一环脱离开来一样把事情分开：“而军官打人是因为……我向多洛霍夫开枪……路易十六被处死是因为……过了一年又处死那些人……”这就是“世间”的生活图景。

这种生活是混乱无序的，最主要是道德的混乱甚至是非不分（“自由世间的混乱”）；对于尼古拉·罗斯托夫而言这个问题存在于实际道德层面：在人们中间（*в миру*）很难做一个完美的人，——皮埃尔思辨性地提出这个问题：什么是不好，什么是好？（皮埃尔和尼古拉·罗斯托夫的危机是在第二卷的第一部分和第二部分两个相邻章节中平行发生的。）

出路是有的。这个或那个“修道院”：对于罗斯托夫来说——“军团生活的确定的环境”（在草稿中直接称之为“这种骑兵连的隐居式的哲学和修道生活”——13,630），对于皮埃尔来说——就是共济会。

这是一种深邃的情景：世间生活——修道院——在小说中以不同的方式随处可见。（相反，对于玛利亚公爵小姐来说，在道德上封闭的和在日常生活上开放的“世间”之间的冲突也是如此，但相反，这冲突却要求她必须走出自己的“修道院”进入世间生活，这冲突是在父亲去世的时候产生的：“她感到，现在另一个——艰难但却能自由活动的另一个世界俘获了她，这是完全与那个从前困住她的道德的世界相对立的世界，那时她最好的安慰就是祈祷。”——11，136）因此在托尔若克，在皮埃尔完全迷失的时候，他和那个老人——仿佛上天专门派来拯救他的“生活导师”命中注定地相遇了。共济会为什么吸引他？它提出的主要目标是“个人的修正和净化。只有接近了这个目标我们才可能做到永远独立于一切外界环境”，——约瑟夫·阿列克谢耶维奇·巴兹杰耶夫，“恩人”。在一些环境里皮埃尔从来无法保持纯净；共济会团体对于达到这一目的是一种社会结构，是一个远离“世间”的封闭组织的环境，因此是“在环境之外的”。像尼古拉·罗斯托夫在军团里一样，皮埃尔认为服从是一种幸福：“他现在如此开心能摆脱自己的任性并使自己的意志服从于那些知晓不容怀疑的真理的人。”（10，78）

共济会的善功之一——是对死亡的热爱。对皮埃尔来说，在各种危机之时，死亡总是一切折磨人的问题的唯一答案：“你死了——一切就都结束了。”当然，这样的答案只能强化这些问题的不可解决性。共济会推崇对死亡的不同态度——爱它；但在加入共济会之时，当回想他的善功时皮埃尔恰恰忘记了这第七种善功，怎么也想不起来了。尽管有共济会，对皮埃尔来说对死亡的态度仍是个无法解决的问题，直到在博罗季诺战场上遇到那些士兵，然后遇到卡拉塔耶夫。

另一个马上显现出来的皮埃尔和共济会之间的分歧——是完成自我修正任务时对世间生活的态度。皮埃尔没能实现“隔绝一切环境”的自我完善。翻开托尔斯泰年轻时的日记，我们会看到，正是这个问题——自我教育和人独立于环境的自由以及在环境中——是年轻时的托尔斯泰最为关注的。托尔斯泰 17 岁时生病住进诊所，这令他非常开心：“在这里我完全是一个人，没人打扰我，没人提供服务，没有人帮助我——因此外在的一切都对我的判断和记忆没有影响，我的事业一定会有所发展。”接下来又写道：“一个人和社会分离，他就会进入到自己内心……”（46,3）所以他一出院就马上表现得“不像自己所希望的那样”：良好的规划没有完成，生活还是顺其自然。生活上必须有所改变，托尔斯泰写道：“希望这种改变不是外在环境，而是内心的结果。”（46,30）在 1847 年的日记中他又写道：“我什么时候达到过不依赖于任何外在环境的境界吗？在我看来，这是极大的完满；因为对于一个不依赖于任何外在影响的人本身就要求精神高于物质，只有这样的人才能完成自己的使命。”（46,32）年轻时的托尔斯泰是 18 世纪流行的纯粹理性主义者，但同时他又发现，不论是外在环境的世界还是内在精神的世界都存在着非理性的生命的自发力量；年轻的托尔斯泰亲身体验到 18 世纪西欧教育小说中所反映的理论问题。如果把歌德的《威廉·迈斯特的学习年代》和《战争与和平》主人公的发展道路做一下对比会非常有趣；这里是有对比的基础的。歌德的小说中养育主人公的是广阔的生活环境，人的生活由一系列偶然事件组成，是像共济会一样的罗塔里奥塔（башня Лотарио），一个掌握了存在秘密并对环境有所作用的、被选定的人的封闭团体。威廉·迈斯特进入这个团体接受生命教育；但他在这里了解到，如果“在世间”，经历过一切意外和迷失，他自然追随自己所不知道而这些被选定的人们知道的生命设定，他命运的线就掌握在这些人手里，每种偶然都是注定的，每种相遇都是天意。

我们现在不把歌德的小说与《战争与和平》作对比，只去考察托尔斯泰的作品（尤其是涉及主人公的）和教育小说问题之间进行对比的可能性。这方面我们不要忘记《战争与和平》创作前夕托尔斯泰投入其中的教育活动，应该像 18 世纪传统一样，把教育问题做广泛的、包括寓意性的理解：托尔斯泰的教育文章《中学》（Школа）超出了直义，甚至隐喻对人具有教育作用的社会（就像歌德的《威廉·迈斯特的学习年代》中的剧院是社会的隐喻一样）。

回来看皮埃尔。刚加入共济会，他就很快和这个秘密团体发生了冲突：他更加喜欢外在世界的活动，“改正人种”更加吸引他，这是共济会所反对的。皮埃尔更向往外在世界，他天性上易于服从于环境；他命中注定的事不是通过避免迷失（对他来说需要与“环境”相隔离）来完成，而是相反，即使通过了所有偶然的环境，他还是永远易受一切外在的影响。他全部心灵和思想都沉溺于这种自然力量的生活，就像陷入旋涡之中。皮埃尔是世间之人，不同于自己的好友安德烈公爵，后者是骄傲的，总是谨防自己迷失于世俗日常。皮埃尔从来不会以任何办法预防和抵抗。

二、但是共济会的经历也并非没有益处；皮埃尔从中了解到完善的世界秩序的思想，这是他迷失在“世间”的时候所看不到的。在博古恰罗沃和安德烈公爵见面时皮埃尔对安德烈所说的话中出现了用于相反意义的“мир”一词：“在世上，正是在这个世界上（皮埃尔指向地面）没有真理——都是谎言和恶；但是在宇宙中（в мире），整个宇宙都是真理的王国，我们现在是大地的孩子，而在永恒中我是整个宇宙的孩子。”（10，116）

皮埃尔的“в мире”——完全不是指“在世间”。因为意义广泛的“мир”一词在俄语里兼有大地（大地上所有的人类生活）和宇宙之义，这同一个词的第六格有两个不同的词尾：“в миру”和“в мире”——表示了“世间的”和“宇宙的”之间的重要区别。我们再看这样一个细节。皮埃尔不只说了“в мире”，而且意味深长地强调：“但是在宇宙中，整个宇宙都是真理的王国……”[1]。

在皮埃尔那里，“мир”在这个新的意义上（“весь мир”）——作为与混乱相对立的宇宙，是和“大地”（与“世间”生活相一致）相对立的。大地（Земля）和“мир”意味着对存在的两种不同层次的理解。

1 весь мир 是斯拉夫语中普遍存在的固定词组，用来指宇宙、寰宇；在 И.И. 斯列兹涅夫斯基的《古罗斯语言词典资料汇编》中对于“весь мир”这个词组举了古斯拉夫文献中的诸多例子。皮埃尔论述中的“весь мир”是不是也与这一传统相关（或许，是通过共济会而来）？我们没有足够的证据来回答这个问题；但其对意义的确认和强调的语气很能说明问题：“在宇宙里，在整个寰宇”——证明皮埃尔·别祖霍夫使用共济会语言来表达并非偶然，而是一种有意的强调。

"мир"——很多次对托尔斯泰的人物来说不只是混乱、任性和偶然游戏的人类生活的普遍联系（в миру），而是一种特殊的合理的联系，是和谐的整体，是"真理的王国"。是的，在这大地上"满是谎言和恶"，但不能把这大地视为"一切的终结"。当谈到大地，皮埃尔指向地面，说到宇宙——指的是天空。安德烈公爵在奥斯特利茨之后第一次看见这个高远的、永恒的天空，这对托尔斯泰著作中的安德烈公爵来说是一个主题，在奥斯特利茨战场上与天空联系起来的是这样的思想："除了那些我所知道的卑微以及我所不知道但却最重要的伟大的东西，没有什么东西，没有什么东西是真实可信的！"

所以，这个"мир"和世间生活相对立，就像天空和大地相对立。

在这次谈话中也出现了关于死亡的问题；安德烈公爵说，不是皮埃尔的言论，也不是"一些论据"说服了他，"而是生与死，这是最有说服力的"：亲近的人、妻子的死亡，他希望向妻子证实自己，但命运的决定却不一样。"为什么？不可能没有答案的！我相信，答案是有的……这就是说服了我的东西，——安德烈公爵说"（10，117）。这已经不是在皮埃尔的危机时刻那种使存在失去了目的和意义的令人绝望的死亡（"你死了——一切就都结束了"），而是相反，死亡正是这种促使人思考目的和意义的事件："不可能没有答案！"——如果这不是共济会热爱死亡的那种思想（虽然安德烈公爵是作品中内心最接近这一思想的主人公），但终究这是一种肯定了存在着生命意义的思想。"在宇宙中，在整个寰宇"，显然有这个问题的答案：为什么？这里安德烈公爵和皮埃尔是接近的[1]。

---

1 "安德烈因为妻子的死说出了自己对无神论的怀疑"，——在一份校对稿中，在这个情节旁边的空白处写道（13，613）。

草稿中安德烈公爵遵从皮埃尔的建议加入共济会，这是个"冷漠但又忠诚的组织"（13，705）。在最终文本中托尔斯泰放弃了这个构思，但是在《战争与和平》文本中仍留下了最初的情节方案的痕迹——在贝格的晚会上安德烈对皮埃尔说的话会令读者难以理解："你知道我们那种女式手套（他说的是发给新入会的共济会员，让他们送给所爱的女性的手套）。"（10，217）

为了在完美整体意义上体会“мир”这个词，我们看第四卷，讲述皮埃尔刚刚看到法国人射杀俘虏的场面时的状态：“自从皮埃尔看到由那些本不愿意做但他们却进行的令人恐怖的屠杀，他的心里就像一切赖以支撑的存在弹簧突然断了，一切都变成一堆无意义的尘土。虽然他还没有找到答案，但在他心里对完善世界，对人类，对上帝……的信仰都崩塌了，世界在他眼前坍塌，只剩下一些无意义的残垣。”（12，44）世界坍塌了[1]。我们知道，在托尔斯泰主人公的世界观中对于完善世界的感觉不止一次遭到质疑；射杀俘虏事件之后皮埃尔心里的这种画面尤其像我們在本世纪文学中所熟悉的灾难性情景，但是在《战争与和平》中这样的情景出现之后，这一刻因为皮埃尔和普拉东·卡拉塔耶夫的相遇而被消除和解决了，后者就像在托尔若克的别兹杰耶夫，仿佛是上天给他派来的：处于惊恐之中的皮埃尔先是根据强烈的汗臭味发现了这样一个人的存在，这味道随着他每次移动而更加强烈，后来他特别的脱鞋方式引起皮埃尔的兴趣，——这些使他不再去想毁灭的宇宙的印象，迅速把他拉回到现实生活；在这一章的最后几行“他感到，以前坍塌的世界现在有了新的美感，又有了新的坚固的基础，在他的心中升起”（12，48）。

三、托尔斯泰作品中这些新的原则随着 1812 年战争的爆发得到进一步发展。战争之初娜塔莎·罗斯托娃在教堂听到的话深深刺入她的内心（大圣礼[2]）：“我们以这个世界向主祷告。”“以整个世界，所有一切，不分阶层，没有敌意，而是以兄弟友爱联合在一起——我们要祈祷”，——娜塔莎在心里说（11，73）。

应该注意文中这一处是托尔斯泰特别多次修改过的地方之一。在

1 早期版本中这一坍塌的世界的形象在皮埃尔面对第一次危机时就出现了（决斗并和妻子离婚之后），他在和共济会员老头的谈话中说：“你说世界是由掉落下来的层层废墟构成的。这是对的，你就是这样的废墟。你怎么样？”（13，595）皮埃尔“感到，对这个老头来说世界不是不堪的一群人，不是没被真理之光照耀，而是相反，是规整而伟大的整体”（13，593）。

2 手稿中：“她听到日常圣礼的祈祷词哭了。”（14，52）

最终定稿之前娜塔莎内心对“全世界”（миром）一词的说明有多种方案；由此可见，通过娜塔莎来阐释的这个词对托尔斯泰来说有多重要：“以世界之名，所有人一样”（14,48）；“她在想，她怎样把自己与马车夫和洗衣妇的世界联系在一起”（14,52）；“以世界之名就是一切人平等，全世界平等”（16,101）。早期版本中娜塔莎去教堂发生在1812年战争开始之前，但后来托尔斯泰把这个情节移到下一部分，把它和战争爆发放在一起；这样，娜塔莎在教堂仪式中听到的“整个世界”（миром）一词就和战争形势联系起来，她就这个词展开思考（16,84）。

我们看到（在托尔斯泰对娜塔莎思想的最终演绎中），在这个集合性的概念——“миром”中两个基本意义结合起来：“所有人一起”和“没有敌意”[1]。两个基本意义的结合正是俄罗斯农民的世界——村社：这同时也是“所有人”、小宇宙和人们和谐自愿的团体。“мир”一词统一和普遍的意义在大多数其他情境下很难被注意到，因为这两个基本意义都已特殊化并且区别很大，甚至已经代表两个不同的单词，——这个统一普遍的意义正是米尔-村社。“‘мир’在这个意义上反映了在社会（空间）层面上帝和人订约的思想。在米尔-村社内，神的思想作为协定双方之一，变成某种上帝所创造的、生效的约定，并因此成为自足之物”，——托波罗夫在所引证的文献[2]中说。米尔-村社在俄罗斯谚语中是与神和真理相联系的，它不但与单独、孤立的人相对立，而且与外在的、不自由的联合相对立。

在这个意义上，托尔斯泰的《战争与和平》中“мир”一词有多少含义已经无须证明。战争呈现了这个新的、正面的现实（这已经不是

---

1 应该指出，俄罗斯圣礼的文本：“以全世界向主祈祷”——与希腊语原文中另一意义相一致：“在世界（和谐、爱）中向主祈祷”（见：Б.А. 乌斯宾斯基：《语言对宗教意识的影响》——《符号体系著作集》，第4卷，塔尔图，1969，第161页）。因此，译自希腊语原文的俄语文本是不准确的；但正是这种不准确性创造了新的聚合性概念，其内涵更丰富，并体现出对俄语词“мир”更充分的表现力。因此在娜塔莎的阐释中兼具两种意义。

2 Топоров В.Н. О Семиотическом аспекте митраической мифологии в связи с реконструкцией некоторых древних представлений. s.367.

皮埃尔从前在共济会里的那种纯粹抽象的思想，而是实实在在的人们在地上的统一），但这是一场特殊的战争，它不是由国家和它的工具——军队所主导的，而是米尔（миром）。现在这个词所采取的新的形式是一种语法上复杂的形式（名词第五格作副词，并且在这个第五格中包含了工具意义和行为方式意义）；它表达了共同的、协调一致的行为，并且“мир”同时既是行为主体又是行为工具。后面出现在祈祷词中的这个意义由皮埃尔所听到的士兵的话得到回应（包括语法上的）：“全体人民都想顶住，只有一个词——莫斯科。”这就意味着“以整个世界”（миром）。接下来在博罗季诺前夕，士兵们对着斯摩棱斯克圣母像祈祷，民兵和库图佐夫并肩战斗：“尽管有总指挥吸引所有上层军官的注意力，但志愿军和士兵们并不听他的指挥，继续祈祷。”（11，195）在这个细节中，我们看到这句话的结构中存在着米尔-村社以及那种和它相矛盾的、不相称的东西：句子的主要行为是在独立部分中的附属元素的斗争背景下进行的；形容词短语中突出的是对总指挥的关注破坏了聚合性的祈祷，但这个形容词短语前后都被副词性短语限定，人们不认可，否定“高层军官”微不足道的兴趣倾向（“什么时候？”——皮埃尔在和安德烈公爵谈话中有些责问意味地说），因此“以全世界”的这种主要行为没有被破坏；但这些人在“那个时刻”却因微不足道的利益从“全世界”脱离，娜塔莎的话：整个世界，所有人一起，不分阶层——没有完全实现。

在皮埃尔的博罗季诺印象中，对于死亡问题他获得了新的理解：“骑兵冲锋杀敌，接应伤员，一刻也没想过会发生什么，他们走过去，对伤员看上一眼。而这两万人中注定有人要死去，而他们却对我的礼帽感兴趣！好奇怪！”（11，190）这就像皮埃尔在托尔若克时的思想体系，完全被荒诞逻辑所主宰；况且借助连接词“и”和”a”的强化，生活事实之间的联系被“规避”了（“奇怪！”）。但类似的结构此时起到了完全不同的效果：就像螺丝把矛盾的事实铆在一起，成为一个链条，用来解决这个令皮埃尔震惊的谜，——士兵对死亡简朴的态度。后来皮埃尔亲眼见到了炮兵阵地上的浴血奋战。

激战之后皮埃尔的博罗季诺印象在他莫扎伊斯克具有特殊意义的梦里得到再现。(这个梦的氛围和背景:"大车店里尘世的……强烈的气味、干草味、粪肥和焦油味",以及睡去的皮埃尔看到"纯净的、布满星辰的天空":这一切都是作品中并存的大地和天空母题,和"мир"一词具有复杂的联系)。那些炮兵连里向圣母像祈祷的士兵们在梦中仿佛是完全特别的一类人,意味着"他们是淳朴的"。他们的特点是:淳朴,不惧死亡。"人只要害怕死亡,他就什么都无法把握"。体现在"所有人在一起"这句话中的那种统一继续进行了细化;1812年宽泛的统一中存在着某种内在领域,其主要内核是:"他们——是一些奇怪的,他至今难以理解的人们,在他的思想中,他们明显与其他人非常不同。"(11,290)

我们应该指出,这个梦中除了"他们"还有"恩人",他的声音仿佛说出这个梦的复杂内涵:恩人用自己的声音遮盖阿纳托利、多洛霍夫、涅斯维茨基、杰尼索夫等"诸如此类的人们"("在梦里,这些人在皮埃尔的心里也是一个清晰确定的范畴,就像那些他称为'他们'的人的范畴"——11,291),这些人存在并用自己的吼叫表达他们的,也是从前令皮埃尔感到压抑的"世间"生活的营营苟苟;恩人在说话,而**他们**淳朴、善良、坚毅的面孔围绕着他。这就是这个梦的结构。恩人在其中所占的位置说明,共济会过去和当时都没有从皮埃尔新的经验中排除。而在他最严重的精神危机之时很快发生了和普拉东·卡拉塔耶夫的相遇,就像某次和巴兹杰耶夫相遇一样。

如果说在皮埃尔的梦里**他们**是一些士兵,那么在卡拉塔耶夫那里则相反,强调了他被俘后抛却了身上的士兵特征而回到农民气质。需要特别强调的是,他是把"农民"一词作为"基督教"的意义来谈的(农民在原初意义上——指基督徒,完全接受洗礼的人)。卡拉塔耶夫对于皮埃尔是否有父母、妻子、孩子的问题特别关注,并且为他的家庭状况的不堪感到难过,这些都具有本质意义。

此前战火中炮兵高地上的**他们**在皮埃尔看来也是一种家庭:"和步兵隐蔽时的残酷性相对,这里,在高地上,人员不多,在受到封锁,和其他战壕相隔绝的情况下战斗，他们感受到的却是一种共同的、家庭般的生气。”（11，230）托尔斯泰认为有必要再一次在结构上强调这个小世界独有的隔绝性。皮埃尔全身心去观察“高地上人们之间那种像一家人（与一切其他人分隔开）一样的群体”（11，231—232）。皮埃尔在这个接纳了他（“我们的老爷”）的“家庭”中的地位也非常有趣，但这是一种玩笑式的加入，就像“士兵们对自己军旅生活中的狗、公鸡、山羊等动物”（11，231）。正是和战争的整体计划的疏离产生了一种具有农民日常生活特征的类似米尔－村社－家庭的模式，在战争高地上体现出坚定性和宁静感。由于这种“家庭性质”，高地上的士兵们把自己的战争任务完好地变成米尔（миром）；后来卡拉塔耶夫为代表的农民的“米尔”理想内涵由战争和士兵因素得到凸显[1]。在高地上皮埃尔注意力的改变是具有标志性意义的：此前他感兴趣的是全盘作战方案，右翼或左翼，关注的是全局；现在他不再看向前线也不再对那里发生的事感兴趣，而是把注意力都聚焦于高地上“像一个大家庭一样”的人们的内在关系。被俘后他的关注点进一步发生了改变。

我们记得，皮埃尔曾对安德烈公爵用共济会的语言说到过“全宇宙”，把天空和地上（全是谎言和恶）相对立；相反，现在在卡拉塔耶夫的影响下他的精神俯向“山谷”，贴近大地（卡拉塔耶夫身上所体现的一切简朴和真理都根植于其中）。在经历过被俘的折磨之后，皮埃尔发现一直寻找的东西就在脚下，于是他注目凝神，从远处进行观察。与此相似的——是对奥斯特利茨的天空的批评，对通过“理性的望远镜”寻找的远方目标的批评，在被俘时皮埃尔意识到，“上帝就是他，在这里，无处不在”，“卡拉塔耶夫的上帝比宇宙建造师共济会员所认定的上帝更加深远，不可企及”（12，205）。

1 文中还有一种表达方式体现了与战争相联系的农民村社概念：“*миродеры*”——托尔斯泰用了斜体，——谢尔巴特・吉洪这样称呼法国人；这个词在《达利词典》里（该卷出版于 1865 年）是作为来自法语词的“мародер（战乱中趁火打劫的人）”的变体。

但是在“脚下”寻找理想却伴随着视野的局限。被俘中的皮埃尔没有想过整个事情发展的进程，没想过“长远”，只看到近处的眼下的事。“他既没想到俄罗斯，也没想到战争，没想到政治，也没想到拿破仑。显然在他看来，这些都与他无关，他没有这个责任，因此也不能评判这一切”（12，99）。

和皮埃尔此时贴近大地相反，即将死去的安德烈公爵则正在远离大地；就像旁边的亲人所感受到的那样，他正在离开，去往一个“神秘的无穷的远方”。在临死之前，“一个纯粹思想的世界”控制了他，“他的目光中那种对活人来说远离整个尘世的可怕的疏离感”令人震惊。我们应该记得，他的死是因为在危险时刻骄傲之心不允许他卧倒在地，他冲着对他喊“趴下”的副官说，——“你不感到羞耻吗，长官！”——当燃着的榴弹飞旋而来时，他用一种从未有过的羡慕的目光看向草地、艾蒿、烟雾的流痕——这些大地上的形象，正是在这最后一刻，他第一次感受到这一切对他直接的吸引力。这些生活中具体的、近在身边的形象正是大地的形象，仿佛和安德烈公爵那遥远、永恒但却冰冷的天空形成对照，这个天空和死亡相关，就像文中所说，因他一生都没停止过感受死亡的存在。和皮埃尔相反，他不是属于尘世的人；就像娜塔莎所说的，对于世界来说他太出色了。

皮埃尔此时处于卡拉塔耶夫圆环的轨道内。圆环的思想和农民的米尔-村社相关，都具有社会封闭性、连环性、特殊的有限性（在卡拉塔耶夫的影响下，这在皮埃尔有限的眼界中被称为即将到来的事业）。同时圆环——也是个审美的形象，它自古以来便和可触及的完美观念相联系。圆环的思想和浮士德对远方的无尽追求、对目标的追寻相对立，和道路相矛盾（托尔斯泰主人公的精神存在形式——正是一条道路）。皮埃尔在一系列事件过程中找到了卡拉塔耶夫；“圆环”意味着安定和完结。据说皮埃尔长久地从不同方面寻找安定与和谐，即和自己的和解（мир）——寻找那种在博罗季诺战场上士兵们身上令他震撼的东西；但他“通过思想”寻找，却是通过对死亡、对失去，“通过对在卡拉塔耶夫身上明白的东西”的恐惧获得了这种内在的和谐。

我们回忆一个精彩的片段：法国哨兵不放皮埃尔向前通过边界线，此时他突然意识到，世界——森林和田野的无边无际，布满繁星的天空——"这一切都是我的，都在我心中，这就是我！""他们抓住这一切并扔到用木板隔成的仓库里！"（12，106）安德烈公爵和皮埃尔·别祖霍夫看向天空方式的不同在于：皮埃尔的精神飞向无尽的远方，他把天空和繁星联系在一起，并把它放在自己的人格深处；也就是说，法国人囚禁了谁？我，我不朽的心灵，布满繁星的天空被囚禁，——皮埃尔发出了托尔斯泰式的大笑[1]。被关在木板隔成的仓库里的宇宙、整个世界，——这当然不是作为纯粹抽象思辨、天上思想的"整个寰宇"（共济会时期的皮埃尔）。在被俘的皮埃尔的直觉中天空和大地的对立消失了，这是他的新的天和新的地。但是不要忘记，他是在哨兵不放他去道路的对面之后开始这样感受宇宙的；他需要被关在仓库里，才能感受到布满繁星的天空是自己不可分割的内在个性空间。对这个阶段的皮埃尔来说，这种他在共济会修道院里探寻已久

1 马科维茨基（Д.П.Маковицкий）的《雅斯纳亚·波利亚纳笔记》中记载了他与托尔斯泰关于被监禁 20 年的十二月党人 Г.С. 巴坚科夫的谈话。"巴坚科夫恢复了知觉，他的灵魂是自由的，他放声大笑，嘲笑沙皇监禁了它，狱卒赶紧跑过来看发生了什么事。"（《文学遗产》，90 卷本，第一部，莫斯科，1979，第 147 页。）马科维茨基记载的这次谈话发生在 1905 年，但托尔斯泰可能是在 1860 年代初听到的这个故事，当时刚开始写作关于从西伯利亚回来的十二月党人彼得·拉巴佐夫（皮埃尔·别祖霍夫）的小说《十二月党人》。

与被俘的皮埃尔的这种感受产生遥远而深刻联系的另一个人物是大司祭阿瓦库姆——他在 1669 年给沙皇阿列克谢·米哈依洛维奇的著名的第五篇呈文中有一处讲述了自己一次在暗室中所见的神迹："我躺在榻上……我的舌头变得越来越大，后来牙也变长，双手双脚变长，后来整个人都充满在天地间，后来上帝把天、地以及所有造物都放在我身体里。""看到了吗，君王？"——阿瓦库姆接着说道，"你自由掌管着俄罗斯大地，神子却因为暗室里的监禁，让天空和大地臣服于我"（《大阿祭阿瓦库姆自传以及其他作品》，莫斯科，1960，第 200 页）。很明显，托尔斯泰的主人公和 17 世纪历史人物的这种对内在自由的类似迷狂宇宙的体验的相似性表明了 17 世纪经典对《战争与和平》的直接影响（托尔斯泰是根据 1879 年出版并摘录于自己日记本的第五篇呈文了解到阿瓦库姆致沙皇的信）；这是俄罗斯历史和文学历经两个世纪的一种强大的精神和诗意的呼应。

的“独立于原始环境”的自由，却在被俘的时候获得了——他获得了内在的自由，他只是失去了外在的自由。

被俘中的皮埃尔学会了珍视最真实的生活、作为过程的存在，学会了满足于最原始的简朴的需求——享受吃的、喝的、穿的和睡眠。但作者指出，“对需求的满足——好的食物、干净、自由——现在当失去这一切，对皮埃尔来说完全是一种幸福。能自由选择做什么事，就是生活，现在当选择这样有限，对他来说却变得如此轻松，以至于他忘记了过度的舒适生活会毁掉所有需求被满足时的幸福感，而大量选择的自由，那种他生活中所拥有的教育、财富、在上流社会的地位，这种自由使选择变得无比困难，并毁掉需求本身和做事情的可能性”（12,98）。

也就是说，在被俘中找到的那种没有选择的自由还不能解决人在“世间”的自由问题，这里有许多选择，因此也很难做决定。皮埃尔的发展就像由卡拉塔耶夫、被俘的经历以及后来和娜塔莎的幸福家庭形成的一个圆环。在结尾处成立的新家庭使小说构成一个圆环。但托尔斯泰还是认为，他所写的不是长篇小说，因为他无法给自己的人物设定像婚姻或者死亡这样的已知边界。

结局中皮埃尔没有完全保持自己纯粹的、内在自由的圆满状态；他重新上路，又有了外在目标，想着各种事情的普遍秩序，又开始想着“纠正人种”，对此作者不无讽刺地说道：“此刻他仿佛觉得，他负有给整个俄罗斯社会和整个世界指明一个新方向的使命。”（12,293）结尾并没有表明皮埃尔和农民社会的接近，而神秘的共济会此时对他来说与政府的反动力量是融合在一起的：“现在皮埃尔不会原谅任何神秘主义”。卡拉塔耶夫也不会赞同他的新事业，但他会赞同皮埃尔的家庭生活；这样最终就分成了保存着优越体面的家庭小世界，和圆环重新打开成为直线的一条路，恢复了“思想世界”和无限追求的大世界。结局中却指出，“如果阿拉克切耶夫下命令他也会去杀皮埃尔”的尼古拉·罗斯托夫最接近农民的村社-米尔以及大地。于是又形成了新的矛盾的死结、新的“令人不安的复杂情况”、新的循环。在托尔斯泰那里一切都在循环运动，一切都应该是重复的。就像《十二月党人》的构思一样，皮埃尔面对的，——又是一个隐秘的组织，又是失去自由、被俘。

因此，对于托尔斯泰的著作来说，“мир”这一概念是动态变化的，并且从不同方面得到揭示，与此同时，语境中总会出现像天空和大地、生命和死亡这样的概念。本文考察的出发点是托尔斯泰文本中“мир”一词的三种形态：“в миру”“в мире（во всем мире）”和“миром”。只要我们区分出这三种形式并把这些意义编织成《战争与和平》不可见的文本，一些不易被发现的隐藏的内容就会得以揭开。这个词不同的语法意义是围绕“мир”形成的不同艺术意义的标记。因此这些区分出来的形式对于广泛的内容分析来说既是出发点也是立足点。托尔斯泰在使用这个他最喜爱的词的时候，“в миру”“в мире”和“миром”形成一个链条；只要触碰到这个链条，我们的分析就会极大地越出最初的语义。这在某种程度上就是“关键词”。每个词围绕自身形成一些完整的意义场，通过它们彼此之间的相互作用，形成一个可以容纳来自《战争与和平》全书主要内容的、内涵宽广的艺术情景。

编后记

谢尔盖·格奥尔基耶维奇·鲍恰罗夫（Сергей Георгиевич Бочаров，1929—2017），文艺学家。撰有《Л. 托尔斯泰的长篇小说〈战争与和平〉》（Роман Л. Толстого «Война и мир»，1963）、《普希金的诗学》（Поэтика Пушкина. Очерки，1974）、《艺术世界散论》（О художественных мирах，1985）、《俄罗斯文学的情节》（Сюжеты русской литературы，1999）、《文学的遗传记忆》（Генетическая память литературы，2012）、《存在物》（Вещество существования，2014）等著作。该文写作于1969年，节选自《艺术世界散论》一书的第229—248页。

托尔斯泰与浪漫主义传统

作者 ［俄罗斯］阿伦·古列维奇
译者 李新梅

列夫·托尔斯泰是作为最伟大的现实主义作家和一贯坚定的反浪漫主义者被载入文学史的。关于他对浪漫主义文学遗产的态度问题似乎只有否定答案。然而，提出“托尔斯泰与浪漫主义”这一问题却完全合情合理。因为该问题复杂且多面，可以从不同层面和角度对其进行审视。

从基本理论层面来看，我们可以说，浪漫主义和现实主义在当代文艺学中正在逐渐失去昔日那种绝对的对立范式，两大文学流派之间的关系越来越经常被描述成继承关系和内在亲缘关系。我们在此不对这一问题进行总体赘述，而仅指出对我们而言很重要的两点。

一方面，尽管现实主义以广阔的社会历史和日常生活为背景表现人物与周围环境的密切关系，但它仍将个性视为独立于环境、以各种方式与环境对立的存在。因此，浪漫主义所特有的个性与环境的悖论这一典型特征在现实主义艺术中得以保留，尽管毫无疑问是以极其有限的和变形的形式得以保留。

另一方面，正如С. Г. 博恰罗夫正确地指出，浪漫主义“将主人公和环境作为二项式放在一起，两者缺一不可。脱离环境来描写浪漫主义性格是不可想象的，因为环境既是反衬又是解释这种性格的起源和本质的潜在根基”。[1] 因此在现实主义中，尤其在其早期发展阶段，“浪漫主义手法成分以扬弃的方式存在”。[2]

批判现实主义不仅在其形成期，而且在其成熟期都得益于浪漫主义因素。当现实主义作家力求对自己生活中没有具体轮廓的理想进行直接表现时，当作家“闯入对他而言隐晦神秘、无法理性把握，也无法被现实主义地解释的现实领域”[3] 时，浪漫主义因素便大显身手。

以上两点便是现实主义和浪漫主义相互作用的基本理论前提。

从比较类型学的角度看，浪漫主义在俄罗斯文学发展中的特殊作用不容置疑。19 世纪 40 年代末之前，俄罗斯文学似乎完成了一个艺术发展周期。百年里俄罗斯文学飞速走过了从古典主义到批判现实主义的发展道路（其他国家用了数个世纪才完成这一进程），而且越来越坚定地站在现实主义立场上。在这短短的期限里，俄罗斯文学不仅掌握并改造了欧洲文学中适用于俄罗斯社会精神需求的最重要的美学理论、创作技法和艺术风格，还成功创造了具有民族和世界意义的永恒艺术珍品。

文学进程中这种前所未有的狂飙突进归根结底是由社会历史因素决定的，它之所以发生，部分是因为我们年轻的俄罗斯文学没有经历（也不可能经历）完全意义上的古典主义、感伤主义和浪漫主义。所有这些文艺思潮在俄罗斯都和相应的欧洲“经典”形式有根本不同，它们的社会历史内容和精神思想内涵在许多方面都与西欧先进国家大相径庭。

直到 19 世纪 40 年代，俄罗斯才进入社会发展的新阶段，这一阶段同西欧 18 世纪下半叶至 19 世纪初的社会发展有些类似。而这种

1 博恰罗夫：《典型人物与环境》，载《文学理论：文学史的基本问题——形象、手法和人物性格》，莫斯科：苏联科学院出版社，1962，第 407 页。

2 日尔蒙斯基：《世界文学中现实主义的形成和 19 世纪古典现实主义》，载《世界文学中的现实主义问题》，莫斯科：国立文学出版社，1959，第 449 页。

3《俄罗斯浪漫主义》，载古里亚耶夫教授主编的教科书，高等学校出版社，1974，第 228 页。

阶段类型的相似，使已经坚定地走上现实主义道路的俄罗斯文学产生回望过去时代精神遗产的诉求，也使看似早已被克服的启蒙主义、感伤主义和浪漫主义的思想和艺术观念“复兴”成为可能。

对这些伟大传统的整体把握，以及将它们同最新的文艺实践、同现实主义艺术成就和原则的整合与融汇，决定了今天我们的研究者常说的 19 世纪俄罗斯现实主义的普适性和综合性。

浪漫主义因素在这个复杂综合体中的作用极其重要。Н.Я. 别尔科夫斯基写道，俄罗斯现实主义“同浪漫主义精神毗邻。它没有止步于展示既有现实，这使它接近浪漫主义”，其独特之处在于“感受到有些过时、勉强从隐匿处显现的民族生活的无尽资源——这是一种真正的浪漫主义感受”[1]。

的确，当西方的批判现实主义在安定的社会和相对稳定的社会关系条件下逐渐发展时，19 世纪下半叶的俄罗斯正处于逐渐迫近或正在进行的社会变革之中，其历史进程具有浪漫主义情绪典型的狂飙性甚至灾难性的感觉。这种感觉在改革时期尤为强烈，当时俄国正在经历类似 18、19 世纪之交使西方世界震荡不安的社会大变动，现实本身开始显得虚幻离奇、荒诞不经、令人难以置信。延续数百年的宗法制基础崩塌，人们业已习惯的社会关系被撕裂，人与人之间的隔阂日益加深。所有这些都为浪漫主义传统独特的复兴和发展创造了内在的先决条件，开辟了新的机会。

俄罗斯社会意识形态的复杂性在于，不可能简单地重复欧洲经验，因为资产阶级文明和耀武扬威的资本主义的负面特征太过明显。俄罗斯作家不愿接受，也无法接受朝他们逼近的无法避免的未来（这一未来的必然性毋庸置疑）。他们对国内“正在形成”的全新的资本主义体制真诚而狂热的抗议也常带有浪漫主义性质，或多或少染上了浪漫主义色彩。

1 别尔科夫斯基：《论俄罗斯文学的世界意义》，列宁格勒：学术出版社，1975，第 151—152 页。

寻找另一条历史道路以建立更公正人道的社会体制的想法，对世界和人进行彻底改造的梦想，宏大的任务和极端的理想——所有这些俄罗斯现实主义成熟期的典型特征进一步强化了其固有的浪漫情调。

很自然地，几乎所有19世纪下半叶的主要作家——屠格涅夫、陀思妥耶夫斯基、冈察洛夫、涅克拉索夫和列斯科夫——都转向浪漫主义遗产，以各种方式利用其艺术经验。在这个意义上，列夫·托尔斯泰也不例外。

他从浪漫主义及浪漫主义者的导师卢梭那里继承了对西欧资本主义文明的强烈排斥，这种文明没有灵魂，重理智而缺乏情感，同人的本性相悖。这种对西欧资本主义文明的厌恶感有时甚至达到对文化全盘否定的程度。托尔斯泰同浪漫主义的接近还体现在，他认为生活"奥秘无穷"，永不衰竭，丰富多彩，充满非理性成分；他认为人的心灵复杂且矛盾，其中能容纳整个宇宙；他认为情感具有自发力，激情具有不受人的意志和理智控制的毁灭性。托尔斯泰直接呼应浪漫主义诗学的情况也毋庸置疑，浪漫主义传统对其风格形成的影响是学术文献中研究得最多的问题之一（比如Б.М. 艾兴包姆、П. С. 波波夫、Н. К. 格伊的研究成果）。

最后，我们可以谈谈作家对浪漫主义遗产直接且自觉的继承，以及浪漫主义艺术体系对其个别作品的**直接**影响——对它们的主题、诗学和创作方法的影响。这种直接影响在19世纪50年代后期和60年代初尤为典型，而正是这段时期托尔斯泰在高度紧张中形成了自己的创作意识。

* * *

若是试图用一个词来定义托尔斯泰创作的"激情"，那么这个词毫无疑问是"自然"。它比其他词更准确且更好地表达出托尔斯泰思想立场的基本含义。他正是从这一立场出发来评判人、社会和大自然。

在最初几部作品中，托尔斯泰以其一贯极其明晰的风格表达了应回归到人类存在的最初本源（已被文明发展扭曲）的观点和想法。生活的发展（无论是个体的还是整个社会的）在这些作品中被表现为逐渐脱离并最终丧失最初的天生和谐，转而陷入丑恶的不和谐状态。在托尔斯泰看来，这种堕落的极限便是丑恶的、畸形的、病态的资本主义文明及与之相应的现代文明人的个人主义意识。

原初自然和谐状态被破坏的过程在关于人的个性形成和发展的三部曲《童年》《少年》《青年》中得到透辟的审视。只有童年被描绘成人生中“一去不复返的幸福时光”。相反，精神世界的逐渐复杂化、个人主义的发展、意识的过剩，都会不可避免地引起心灵中深刻而痛苦的不和谐。

在托尔斯泰早期的其他作品中我们能看到同一主题的不同呈现。将来自人民的军官、士兵、农民等普通人诗意化（这些人的灵魂中仍保留有牢固的“自然”宗法道德基础），强调普通人在道德上优于彻头彻尾虚假的上流社会——这是托尔斯泰军事题材短篇小说的永恒主题之一。《台球房记分员笔记》讲述了一个人在空虚无聊、无所事事的彼得堡上流社会的影响下的道德堕落，讲述了在上流社会熏染下恶的因子对主人公内在“自然”的纯洁无邪状态的胜利。稍后写成的《卢塞恩》以毫不留情的力量揭露了资本主义文明及其虚假的平等和残暴法则与人类社会生活的“自然”法则之间的对立。

当然，自然与文明的二元对立本身不能被认为是浪漫主义特有的，它起源于启蒙运动和感伤主义时代，与卢梭的思想有着密切的联系。对于托尔斯泰来说，浪漫主义意识是一种纯粹的个人主义意识，是人为的、不自然的，因此是异己的，甚至令人反感。浪漫主义意识还预设了相应的由文学范例提供的行为模式，这种行为模式矫揉造作，是精神上的“假面舞会”。比如在《袭击》中，作家以毫不掩饰的讽刺描绘了罗森克兰茨中尉的形象：“他属于我们那些深受马尔林斯基和莱蒙托夫小说影响的青年军官、勇敢骑士之类的人。”[1] 在托尔斯泰的

---

1 本文中对托尔斯泰中短篇小说的直接引用均采用人民文学出版社 2020 年 3 月版《列夫·托尔斯泰中短篇小说选》（草婴译）。——译者注

其他作品中也经常可以看到对浪漫主义的攻击。

然而，从19世纪50年代中期开始，托尔斯泰对浪漫主义的态度变得更加复杂。对当时的托尔斯泰而言，最重要的是实施他制订的人生计划，其总体目标是个人（然后是整个社会）的道德更新和精神重生，从而回归过去丧失的和谐，回归“自然状态下”原初的喜乐。而且这项任务有两个层面。在心理层面，要求人自我净化，即摆脱由不自然的社会生活加诸个人原初本性之上的一切肤浅的、人为的、虚假的东西。在社会层面，要求亲近普通人民，“朴素化”，完美的状态甚至是与宗法制农民大众融为一体，或者至少要意识到同他们融合的必要性。

托尔斯泰大体上确立了道德自我完善的方案，然而，他还未能看到通向既定目标的道路，于是进行了紧张而执着的探索。目的与手段之间令人痛苦的割裂，理想与实现理想的可能性之间的差距，促使作家转向浪漫主义的艺术经验，对浪漫主义的思想美学和发现进行重新审视和检验。

同浪漫主义者一样，托尔斯泰当时准备探索在现实之外、在当代社会日常生活之外的某些特殊领域、非常规情况和不同寻常的条件下展现自己理想的可能性。在19世纪50年代中期到60年代初的作品中，他几乎逐一思考并“演练”了所有方案，尝试了所有典型的浪漫主义展现理想的方式。

为了同毫无意义、平淡无奇的当代生活形成对照，他时而描绘并不久远的过去和那时实至名归的侠义人物（《两个骠骑兵》，1856），时而描绘自然之美和艺术的神奇力量（《卢塞恩》，1857），时而表现癫狂天才的艺术禀赋（《阿尔贝特》，1858）。聂赫留朵夫渴望开始新的生活，成为像伊利亚·杜特洛夫那样的农民和矫健的马车夫，这种半自觉的愿望如同一个浪漫的幻想、一个白日梦（《一个地主的早晨》，1856）。最后，在历时十年于1862年底完成的《哥萨克》中，托尔斯泰不仅将读者带入浪漫主义作家所钟爱的异域情调中，而且直接借用了浪漫主义长诗的情节语境。

这部中篇小说仿佛对托尔斯泰整个早期创作进行了总结，是作家浪漫主义探索的高潮。本文将重点对其进行分析。正是在《哥萨克》中，作家对浪漫主义传统和原则的吸收和采用表现得尤为明显。

* * *

毫无疑问，即便在高加索文本中，托尔斯泰也不曾有一刻站在浪漫主义立场上。他对这一既吸引他又遭他排斥的文学思潮的双重态度在《哥萨克》中得到全部保留。托尔斯泰转向描绘浪漫主义者钟爱的“异域情调”环境、采用浪漫主义传统的情节框架（原始宗法制世界中的欧洲人）的同时，试图立即摆脱习以为常的浪漫主义模式，以自己的方式进行重构。

从作品的最初几页开始，作家就对中心人物彻底地去浪漫化，不断地抛弃浪漫主义作家惯用的主人公前往高加索的动机。

与百无聊赖、满怀忧郁、厌倦人生的浪漫主义人物不同的是，奥列宁被描绘成一个正常且健康的年轻人，精力充沛，热爱生活。在他的命运和性格中，在他过去作为莫斯科平常少年的生活中，没有什么神秘莫测的成分。若是借用莱蒙托夫的形象来说，他根本不是一颗“早熟的瘦果”。他没有“灵魂早衰”的危险——照普希金的说法，“灵魂早衰”是高加索俘虏形象体现的整整一代人的特征。

奥列宁只是试图摆出“什么也不相信，什么也不承认”的心灰意冷的个人主义英雄的姿态。然而，这种姿态与他真正的精神状态完全不相符。“虽然他不相信什么，也不承认什么，”作家如此进行“反浪漫主义”评论，“他却不是一个阴郁、乏味、爱唱高调的青年；正好相反，他总是热情洋溢。”奥列宁在自己的灵魂中真切地感受到“无所不能的青春活力”的存在，他很幸福，也很爱自己，“因为他对自己只抱着美好的期望，还从来没有失望过”。

奥列宁也还没来得及对人失望。他不与社会为敌，不鄙视身边的人，也没有人驱逐或迫害他。他一点儿也不感到孤独、被人排斥或是误解，而这是浪漫主义主人公的特性。"'我喜欢他们！十分喜欢！他们真好！真可爱！'他反复说，并且很想哭。"奥列宁怀着如此柔和喜悦的心情离开莫斯科，他回忆起留在那里的朋友和熟人。他们在奥列宁动身前"不约而同地格外喜欢他，并且像在忏悔或者临终之前那样饶恕他"。

浪漫主义作品的主人公呈现在读者面前的形象通常是淡漠冷酷、心力交瘁、饱受激情的折磨、因其"邪恶的毒药"日益憔悴，就如普希金笔下的俘虏一样。悲剧的单恋几乎是他们逃离社会的最常见原因。恰恰相反，可以用描绘连斯基的诗句来描绘奥列宁："他的心地依然纯洁无瑕"。他暂时只感受过转瞬即逝的、浅薄的恋情，还没体验过真正的激情，还没真正地爱过。

最后，托尔斯泰还彻底废弃了主人公缺乏自由的主题，而这一直是浪漫主义人物同社会疏离的主要原因。相反，托尔斯泰竭力强调，奥列宁被赋予绝对自由，这正是浪漫主义者们难以遏制的梦想和狂热追求的目标："从十八岁起，奥列宁就过着自由自在的生活——这样的自由生活，只有 40 年代有钱而从小丧失父母的俄罗斯青年才能享受。对他来说，既没有肉体上的枷锁，也没有精神上的枷锁；他想干什么就能干什么，他什么也不缺少，也没有什么东西束缚他。家庭、祖国、信仰、贫穷，对他都是不存在的。"

这就是托尔斯泰反浪漫主义的悖论所在，即自由根本没给奥列宁带来幸福。相反，自由成为许多错误和内心混乱的根源，导致他痛苦地意识到生活被"搞得乱糟糟的"。他认为，突然动身去往高加索应该能帮助他解开迷误和矛盾的纠缠，帮助他摆脱所处的道德僵局。总之，在高加索之行中，奥列宁不是在寻找自由，而是在寻找**从自由中摆脱出来的救赎**。浪漫主义作品的原初情况在《哥萨克》中被颠倒过来了。[1]

1 托尔斯泰在《哥萨克》中无疑也借鉴了 19 世纪 40—50 年代的社会心理小说，后者致力于描绘浪漫主义主人公直接的后继者即多余人的命运。请参阅：Б. 艾兴包姆《关于散文》，列宁格勒：文艺出版社，1969，第 161—163 页；С. 罗扎诺娃《托尔斯泰和赫尔岑》，莫斯科：文艺出版社，1972，第 208—215 页。

然而，托尔斯泰未能完全摆脱浪漫主义传统的影响。无论作家如何强调奥列宁的普通和平凡，他身上都有一些明显特征使他接近浪漫主义文学主人公。当然，奥列宁并不是浪漫主义者所理解的“天才个性”，也不具备“崇高天性”。但他人格超凡，精神世界丰富，最重要的是对生活不满足，不与环境同流合污。

和具有浪漫主义气质的人物一样，奥列宁对日常生活的平庸感到极度厌恶，他害怕陷入日常琐事的泥潭，不想为了它们牺牲自己的自由。在经历多次不同的恋爱后，他“决不让他的任何冲动发展到妨碍自由的地步。不论迷恋什么，只要预感到将引起操劳和斗争（跟生活的微小斗争），他就立刻本能地摆脱掉那种感情或事情，以恢复自身的自由。就这样，他开始他的社交活动、公事、家务、音乐（他一度想献身的事业）和跟女人的恋爱（他不相信真有这样的事）”。

毫无疑问，最能体现奥列宁非同寻常的独特性以及让周围人费解的是他突然的、表面上毫无理由的高加索之行。即使在他最亲密的朋友看来，这也很古怪，几乎是癫狂之举。但即使在高加索地区，奥列宁也独来独往。就像难以适应莫斯科上流社会一样，奥列宁同样难以适应哥萨克军官普通的、“早就有了一种固定方式”的陈规生活。军官们立刻感觉到他是异己，而“他避免同村里的军官们交际，也不同他们过同样的生活”。托尔斯泰解释说，这种特殊的立场源于奥列宁天性的根本特点：“他的生活总是与众不同，他总是本能地厌恶平凡的道路。在这里，他也不遵循高加索军官陈腐的生活方式。”

的确，奥列宁从不算计日常琐碎的利益，对官位和奖赏漠不关心，他完全沉浸在大自然的美之中，沉浸在对玛丽雅娜的感情中。他忙于思索生活意义和道德完善的问题。这一切都体现了他的细腻精神，与浪漫主义作品的主人公非常接近。

精神的纯洁，对人和生活的信任，天真，高尚，直率等特征，都使奥列宁部分地像浪漫主义主人公——只是像“前浪漫主义”发展阶段的浪漫主义主人公，那时他“还有着信仰，还有着爱憎”[1]（莱蒙托夫）。毕竟，失望是希望落空的结果，是先前天真和谐的世界观的崩塌（这个过程通常没有包括在浪漫主义作家的叙述中）。因此，奥列宁更接近浪漫主义文学中“纯洁的灵魂”（чистые души），而不是“强大的天性”（сильные натуры）。

浪漫主义和反浪漫主义倾向也同样错综复杂地交织在对另一个原初二律背反体的描绘中，即主人公身处其中并与之打交道的“自然环境”。

浪漫主义者首先强调环境的不同寻常，将其描绘为一种在社会生活和日常生活中都不同于欧洲的特殊生活方式，描绘为一种独特的文化类型。作家们对它的态度可能大相径庭：或批判（如拜伦），或同情（如普希金），或兴奋（如莱蒙托夫）。与此同时，异域风情、壮丽的自然、遥远的国度，以及人民多彩多姿的生活，衬托出中心人物的独特性。主人公超越自身所处的环境，来到一个同他一样不同寻常的世界。

在托尔斯泰的中篇小说中，情况有所不同。哥萨克人的生活看似不同寻常，但其惊人之处恰恰在于它的平凡，澄澈且原初的自然性，完美的道德，以及与大自然的和谐相融。

《哥萨克》中的大自然不仅仅是一个背景，而且是一种强大的力量，它决定了主人公所处的“自然”世界的整个结构。在高加索地区，山脉给奥列宁留下了第一印象，也是最强烈的印象。山脉纯洁、高傲，具有难以接近的美，它们宁静的壮美成为作品的主题，并获得了象征意义。

在托尔斯泰的描绘中，高加索风景远非异域风情，也完全没有浪漫主义者所说的地方性风味。它们震撼人心的不是不同寻常、骤然而生的独特效果，不是鲜妍明媚的色彩，而是少女般的清新和丰富的

1 此处采用人民文学出版社 2021 年 7 月版《莱蒙托夫诗选》（余振、顾蕴璞译）。——译者注

内在力量。呈现在我们面前的是自然本身，是自然原初的面貌，它未经任何扭曲，最大限度地展现自身的潜能。据Я. С.比林基斯的观察，托尔斯泰“既没有描写雪崩，也没有描写山间的溪流”，而是“描绘黄昏、日落和黎明这些自然界中时时处处都在发生的现象。但在托尔斯泰笔下，大自然的呈现是自由的，她不受人类的奴役，也不为恶劣气候所苦”。[1]

即使是酷暑、闷热、蚊虫繁多等并不诗意的细节，也丝毫没有削弱南方大自然的魅力。它那原始而天然的力量几乎让打猎时误入林间的奥列宁深深着迷：“成千上万的蚊蚋跟那茂盛稠密的野生植物，跟那满树林的飞禽走兽，跟那郁郁苍苍的草木，跟那芬芳闷热的空气，跟那从捷列克河各处渗透过来、在低垂的枝叶下汩汩作响的浑浊溪流是那么协调，以致他原来觉得可怕和难受的东西，现在都变得可爱了。”

哥萨克人的生活也是这个强盛美丽的王国中不可或缺的组成部分，这种生活遵循自然规律，无条件地服从自然力庄严永恒的循环，与农业劳动的自然循环紧密相关。一切非同寻常、具有异国情调的元素再次全部从哥萨克人的生活中去除了。

奥列宁先前在前往高加索途中那些关于“阿玛拉特老爷、契尔克斯女人、崇山峻岭、悬崖峭壁、可怕的激流和种种危险”的浪漫幻想，现在看起来就像幼稚的胡话。他很快就明白了文学传统观念的幼稚以及与现实的脱钩。哥萨克人的生活向他展示了人类生存的典范，以最纯粹的方式表达出永恒不变的存在基础。“这里根本没有什么毡斗篷、悬崖、阿玛拉特老爷、英雄或者恶棍。”他想，“人们像大自然一样生活：死亡，诞生，结合，又是诞生，斗争，吃，喝，欢乐，又是死亡，除了大自然赋予太阳、青草、野兽和树木的那些条件之外，就没有别的条件了。他们没有别的规律……”

1 Я.С. 比林基斯：《托尔斯泰创作研究（随笔）》，列宁格勒：苏联作家出版社，1959，第139页。

小说正是按照这种观点描绘了哥萨克人的日常生活，即劳动人民最平凡的生活。准备食物，照顾牲畜，收割庄稼，休息过节——所有这些在任何一个地方，任何一个俄罗斯村庄，任何一个山村，都有可能发生，也确确实实正在发生。但在哥萨克村庄里，这种全人类普遍的本质以其自然、原始、未经扭曲的面貌呈现。它直接展现出来，没有掩饰繁重的劳动、农奴制、阶级偏见、社会不平等、穷奢极欲的上层与赤贫的底层之间可憎的对比等不利情况。[1]

正如在浪漫主义者那里“自然”环境的独特性和异国情调对应着中心人物的独特性和非同寻常，哥萨克世界的平凡之美对应着奥列宁的正常、心理健康，以及潜藏在他本性深处的对“自然”的渴望。

但托尔斯泰对哥萨克的描绘也表现出近似浪漫主义的特征。可以在叙述过程中发现，“自然之子”天然和谐的生活不受文明影响，不受社会法则约束，这也是一种神话，一种无法实现的乌托邦理想。无论作家在创作过程中如何含糊其词，仍然无法完全掩盖哥萨克日常生活中与这种理想格格不入的特征。因此，不得不将这一理想置于过去，于是这部高加索小说变得如同一首挽歌，咏叹着美好但已一去不复返的时代。托尔斯泰的梦想近乎浪漫主义幻想，他创造的理想世界与当代平庸现实对立，不论在空间还是时间上都与后者相去甚远。

《哥萨克》中的耶罗施卡大叔是作为过往传奇岁月活生生的“残余”出场的，“团里人人都知道他英勇的往事”。对私有财产的厌恶，对不断增长的商业利益的严厉谴责，对年轻一代哥萨克的蔑视态度，都是他议论和训导的常见主题。“时势不同了，你们不是那样的人，你们这种哥萨克都是窝囊废。”他这样结束同鲁卡沙的谈话。他无法理解，当班长强行要走鲁卡沙从死去的山匪身上解下的枪时，鲁卡沙为什么舍

1 在上述提及的专著中，比林斯基阐释了托尔斯泰在创作《哥萨克》时是如何对哥萨克村社生活中的现实矛盾和困境进行美化并避而不谈的。参见 Я.С. 比林基斯：《托尔斯泰创作研究（随笔）》，第 177—178 页。

不得；如果没有钱买马，为什么不从诺盖人那里偷。耶罗施卡回忆起自己拿偷来的马匹换了一瓶伏特加或一件斗篷的场景，并认为这种慷慨是自然而然的行为规范。“你要有所作为，这得做个骑士，别当庄稼人。”他这样训导鲁卡沙。他把自己树为榜样：“耶罗施卡大叔挺老实，什么也不会舍不得的。就由于这缘故，我在车臣尼亚到处有朋友。”

这样一来，哥萨克世界的精神团结问题也被纳入小说之中。

由于数百年来的生活准则依然牢固，哥萨克精神道德总体上确实是统一的整体。布尔索夫完全正确地指出了托尔斯泰的史诗叙事基础：“在《哥萨克》中，人民的生活方式被升华到真正诗意的高度。哥萨克人民同大自然和劳动始终保持着永不间断的联系，另一方面，他们没有阶级和等级之分，在自治基础上独自捍卫自己的自由和独立。托尔斯泰将这种生活方式作为一个不可分割的整体来歌颂，从中不能去除任何一个特征，即便是最不利于人民的特征。”[1]

需要补充的是，紧密的精神团结以及深刻的、非理性的、“无意识的”相互理解是哥萨克社群成员的显著特征。这些品质在小说的最后部分表现得尤为明晰。由此可见，这篇高加索小说中折射出接近于浪漫主义的“有机的集体”观念，这与浪漫主义中叛逆的个人主义意识相对立。

在这方面，《哥萨克》同莱蒙托夫的长诗《逃亡者》《童僧》以及果戈理的《塔拉斯·布尔巴》相近。然而，托尔斯泰对宗法制下自由自在的哥萨克人的理想化并不具有英雄主义式的公民热情。与莱蒙托夫和果戈理相比，他所描绘的普通大众较少“被理想化”。托尔斯泰笔下的哥萨克群体更加自发，建立在“自然”原生态基础上。正是其“原始性”和“前公民性”令读者着迷。托尔斯泰在日记中指出，哥萨克的优点在于“像圣经传说一样充满野性和纯真”（47，146）[2]。

---

1 布尔索夫：《列夫·托尔斯泰：思想求索与创作手法（1847—1862）》，莫斯科：国立文学出版社，1960，第 357 页。

2 此处前一数字 47 为《托尔斯泰全集（90 卷本）》中的卷别，后一数字 146 为该卷页码，下文此类注释不再另行说明。——译者注但哥萨克的道德异质性同样明显，这是一些新变化导致的，它们撼动了惯有生活的基础。的确，在开始庸俗化的背景下，小说的主人公们在村民中看起来像是例外。

除了耶罗施卡外，这些例外中当然还包括鲁卡沙，他对“英勇的往事”依然葆有兴趣，热切地倾听着经验丰富的老哥萨克耶罗施卡讲述他那光荣的过往。难怪老人“喜欢鲁卡沙。他瞧不起年轻一代的哥萨克，唯有鲁卡沙例外”。鲁卡沙秘密杀死车臣人，并在小说结尾巧妙地领导了一场临时组织的军事勘察，——这些并非偶然。另一个例外毫无疑问是玛丽雅娜，她凭借自己的精神力量和纯洁无瑕的完美道德在年轻的哥萨克女子中脱颖而出，尤其胜过她的朋友乌斯金卡，后者为了金钱和礼物随时准备与来访的军官调情。

因此，小说主要人物奥列宁、鲁卡沙、玛丽雅娜和耶罗施卡大叔之间的关系，是以某种方式超越环境、不随波逐流的人之间的关系。根据 Б. М. 艾兴包姆的观察，这种关系类似于普希金的《茨冈》中的人物关系[1]。的确，《茨冈》中呈现了俄罗斯浪漫主义长诗，尤其是普希金南方长诗中常见的情况，即“自然”的宗法制环境总是被描绘成道德环境的对立面，而主角总是那些与周围环境格格不入的非同寻常之人[2]。

众所周知，托尔斯泰正是以《茨冈》这部浪漫主义长诗典范作为导向，并以此为出发点创作《哥萨克》的。在惊叹普希金作品的同时（“茨冈人第一次如此迷人”47，79），托尔斯泰同时敏锐地觉察到有必要同普希金进行论辩，发展并深化他的主题。“没有思想就不能写作，”他在日记（1857 年 8 月 18 日）中写道，“任何环境中都有善，任何地方

---

1 “必须注意到，《哥萨克》同《茨冈》之间的特殊联系在于，三个人物（玛丽雅娜、鲁卡沙和奥列宁）之间的关系同普希金笔下的角色金斐拉、茨冈人和阿乐哥类似，人物间的这种关系构成情节基础，并引出某种普遍性的结论。在这种对照中，耶罗施卡看起来是必要的第四个角色，是与“老茨冈人”截然相反、形成讽刺性模仿的人物。（艾兴包姆：《列夫·托尔斯泰，第一卷：50 年代》，列宁格勒：激浪出版社，1928，第 332—333 页）

2 本人的论文《从〈高加索的俘虏〉到〈茨冈〉》中阐释了普希金浪漫主义长诗中人物和环境的关系。（《普希金的世界》，莫斯科：苏联作家出版社，1974）

都有同样的激情，野性状态很好——这些思想还不够。”（47，152）

实际上，浪漫主义和非浪漫主义因素在《哥萨克》中复杂的相互作用，不仅源于作家本人对浪漫主义传统的双重态度，还源于俄罗斯浪漫主义内在的矛盾性。俄罗斯浪漫主义与西欧浪漫主义有着本质不同，其自身包含着明显的反浪漫主义倾向。这些倾向同托尔斯泰特别契合。

首先是对中心人物及与之相对的异域环境的比较性评价。在拜伦的浪漫主义长诗中，主人公既超越他所逃离的欧洲资本主义社会，又高居东方专制宗法制之上。他对周围的一切都怀有敌意，感到自己与整个世界格格不入。因此，骄傲的、叛逆的、悲剧的、孤独的非凡个性中唯一的真理就是其对生活的立场，这也是作家本人观点的表达。

因为拜伦主人公的情绪稳定，性格刚毅明确，内心清醒。读者与这些人物相遇时，“他们的精神世界业已形成”。他们的精神成长过程已成为过去，且每部小说对此都只是零星提及或语焉不详地暗示。长诗的情节发生在主人公的叛逆特质、孤独精神以及内在独特性形成之后[1]。

在所有这些方面，俄罗斯浪漫主义作家坚决地同拜伦分道扬镳，因为他们的个人主义精神要弱得多，他们有时甚至反个人主义。在他们的作品中（首先当然是普希金的南方长诗），个人主义的主人公失去了主导地位和“审美霸权”[2]，反而受到作者的评判。他有时会暴露出自己生活立场的弱点、精神和道德的局限性乃至不可靠性。因此，真理不再被中心人物所垄断，他的观点同作者的观点实际上并不等同[3]。

1 Г. М. 弗里德兰德：《世界文学中长诗体裁演进史上的普希金 1820 年代长诗（普希金和拜伦长诗中叙述结构和人物形象分析）》，选自《普希金：研究与材料》，第 7 卷《普希金和世界文学》，列宁格勒：学术出版社，1974，第 106 页。

2 参见：В. Г. 日尔蒙斯基：《拜伦和普希金：浪漫主义长诗的历史》，列宁格勒：学界出版社（Academia），1924，第 168 页。

3 参见：Г. М. 弗里德兰德，《世界文学中长诗体裁演进史上的普希金 1820 年代长诗（普希金和拜伦长诗中叙述结构和人物形象分析）》，第 108—109 页。

与拜伦东方长诗的主人公不同，浪漫主义诗人普希金笔下的主人公经历了一定的精神演化。与大自然和普通人的交流、对他眼中新生活方式的观察，以及他所经历的震撼和考验——所有这些都（至少部分地）改变了主人公的内心世界和信念。叙述中心不再是一个内心坚定不移的人，主人公是一个已经经历或正在经历人生新的里程碑的人物，因此在精神上不断发展、变化（或者至少，他原先形成的最初的人生观受到了动摇）。[1]

总而言之，俄罗斯浪漫主义长诗的中心人物不再是拜伦笔下那种受作者无条件钦佩的非凡个性。其呈现在读者面前的面貌有所不同，不再那么高蹈出尘，作者对他的态度也更加复杂[2]。但另一方面，俄罗斯浪漫主义者怀着更大的同情心描绘同主人公对立的宗法制“自然”环境，并将其理想化为集中了众多道德优点（这些道德优点是欧洲文明和城市文化所不具备的）、自由、诗意、多彩多姿、充满鲜明个性和澎湃激情的世界[3]。

托尔斯泰顺应了俄罗斯浪漫主义的这一趋势，并坚定地对其进行深化和发展，可以说将其推向了极致。在他的小说中，对个人主义的主人公和自然人的比较评价与拜伦截然相反。在他笔下，“自然人”的灵魂体现了生活规范，而驯服于文明世界的主人公的意识是一种精神异常，是一种需要治疗的道德疾病。人物精神演化的过程，以及这一过程中发生的内在心灵变化，被置于叙事的中心，并受到更深入的

1 参见：Г. М. 弗里德兰德，《世界文学中长诗体裁演进史上的普希金 1820 年代长诗（普希金和拜伦长诗中叙述结构和人物形象分析）》，第 112 页。

2 俄罗斯浪漫主义长诗的中心人物的独特性问题在 Ю. В. 曼的最新研究《俄罗斯浪漫主义诗学》（莫斯科：学术出版社，1976）中得到详尽的阐述，见《浪漫主义长诗的冲突结构》一章。

3 Ю. М. 洛特曼认为，这种对宗法制民间生活的解释与将人民视作没有个性、任凭摆布的大众的浪漫主义理解不一致，而是同启蒙思想对俄罗斯浪漫主义的影响相关（参见洛特曼《1830 年代俄罗斯文学中托尔斯泰思潮的源头》，载《塔尔图国立大学学报》，119 期（《俄罗斯和斯拉夫语文学方向的著作》，V），塔尔图：1962，第 35—36 页，第 48 页等）。

心理分析。

托尔斯泰揭示了这一过程特别的复杂性，即一个被文明异化的人在新环境的影响下很难回归自己的本性、回归正常的人类生存状态。托尔斯泰特有的主题正是由此开始彰显。这一主题便是个性的道德革新，也就是恢复过往、回归原初天然的生命本原。“托尔斯泰似乎在寻找人身上的任何一切，除了新的东西，” С. Г. 博恰洛夫正确地指出，“相反，他呼吁原始的、永恒的、自然的东西，这种东西潜藏在每个人的灵魂深处，被表面的质层遮蔽、掩盖，人们已经忘记了它，但每个人都能在人生的危机时刻突然‘回想’起来……”[1]

这样一来，浪漫主义典型的情节语境（面对自然的人，置身于未开化民族中的欧洲人）充满了特立独行的托尔斯泰式内容。[2]

托尔斯泰对道德革新过程进行了细致的研究。这一过程的困难性首先在于主人公精神生活的复杂性（在作者看来，与自然规范相去甚远的文化意识是极度扭曲的）。另一方面，托尔斯泰的“自然”概念本身就很复杂，至少是模棱两可的。

的确，在作家为人的精神复活而制订的计划中，人有可能上升到道德完美的两个层次，需要经历两个连续的阶段。

第一阶段的任务在于同壮丽而野性的大自然，以及似乎与大自然浑融一体的宗法制村社融合在一起，忘我地融汇到这种集体生活中。奥列宁在莫斯科享有无限的自由，而只有在这里，在哥萨克村庄，他才明白：这种自由是虚幻的、臆想的；真正的自由在于摆脱文明的束缚。

在去往高加索的途中，奥列宁就产生了“一种跟过去一刀两断的

---

1 С. Г. 博恰罗夫：《托尔斯泰和对人的新认识：心灵辩证法》，载《文学和新人》，莫斯科：苏联科学院出版社，1963，第 230 页。

2 事实上，托尔斯泰的这些思想在源头上也可以追溯到俄罗斯浪漫主义传统，再强调一下，该传统受到启蒙思想的影响。正如 Ю. М. 洛特曼所展示的那样，《童僧》的作者莱蒙托夫相信：“只需剥除一个人的社会属性，他‘童稚’的，也就是美丽的人性就会显露出来。”（文献同上，第 42 页）

新鲜感”：“人们越粗野，文明的迹象越少，他觉得越自在。”而在村社里度过一段不长的时间后，“他同旧生活一刀两断了”，感到心情“很舒畅”。接下来就是上面已经提到的情节高潮（奥列宁在森林里打猎），此时主人公的意识发生了决定性的转折。

正是在这一刻，他特别强烈地感受到自己与周围世界的统一，体验到了“一种没来由的幸福和博爱的奇特感情”。“我德米特里·奥列宁，一个与众不同的人物”，这种想法现在在他看来很奇怪，甚至是荒谬的。似乎他不比森林里成群的蚊子中的任何一只更有权利这么想：“他恍然大悟，他根本不是什么俄罗斯贵族，不是莫斯科社交场中的人物，也不是某某人和某某人的亲戚朋友，他只是一只蚊子，一只野鸡，一只鹿，跟此刻生活在他周围的那些东西一模一样。”评论上述场景时，И. А. 布宁深刻地指出：“这种失去‘独特性’的追求和随之产生的隐秘的喜悦是托尔斯泰的主要特征。”[1]

但奥列宁体验的不仅仅是失去“独特性”的喜悦以及同周围生命世界的浑融——按照丘特切夫的表述：“让我尝尝毁灭的滋味，与浅寐的世界融为一体！”同耶罗施卡大叔（自发的多神教世界观的活化身）的谈话，赋予了他道德原则和明确的思想。

耶罗施卡大叔与众不同的是，他对世间万物怀着惊人的、真诚的爱：他既爱鸟兽、蝴蝶，也爱他人，无论他们的信仰、民族和社会地位如何。“我跟什么人都交朋友；”他对奥列宁说，“是鞑靼人，就交个鞑靼朋友；是亚美尼亚人，就交个亚美尼亚朋友；是士兵，就交个士兵朋友；是军官，就交个军官朋友。什么人我都不在乎，只要能喝酒就行。”

在耶罗施卡眼中，人首先是自然的存在，应当像鸟兽一样自由。“就拿野兽来作比方吧，”他试图说服奥列宁，“它可以在鞑靼人的芦苇丛里过活，也可以在我们的芦苇丛里过活。走到哪儿，哪儿就是家。上帝给你什么，就吃什么。”反之亦然：对他来说，一头猪是和人平等的、同等重要的生物。“再说，你想杀死它，它却想活在树林子里玩儿

---

1 И. А. 布宁：《布宁文集（共九卷）》（第九卷），莫斯科：文艺出版社，1967，第 31 页。

呢。你有你的道理，它也有它的道理。它是猪，可并不比你差，它也是上帝创造的啊。”

这就是为什么任何合乎自然的愿望对耶罗施卡大叔来说都是正常的，合情合理且具有美感（“上帝创造的一切都是给人享受的。什么罪孽也没有”）。他坚决地拒斥一切道德宗教上的清规戒律，认为它们都是“神父们”毫无意义的胡诌，充满伪善。

正是对自然性、自发性和自由地服从于永恒不变的存在法则的说教，使耶罗施卡在某种程度上接近于普希金长诗中的老茨冈人。但老茨冈人同时还是宗法制朴素道德和个人美德的化身，是茨冈民族的良心。在长诗结尾，他代表整个村社对凶手做出严厉判决，这并非偶然。在宣扬爱情自由并为之辩护的同时，他仍然保持对玛丽乌拉的忠贞。

耶罗施卡在生活中没有道德上的任何障碍、禁令和限制，不知美德和邪恶之间的区别。他在任何事情上都看不到罪，也不怕死后的惩罚（人一死，“坟上长出青草来，这就完了”）。他不认为醉酒、盗窃、通奸乃至谋杀是可耻的。他在当地作为头号酒徒和小偷而闻名，并以此为荣，把自己称作骑士和好汉。

此外，耶罗施卡大叔还是一个慷慨、热情、富有同情心的人。作为老一辈代表，他比青年人更大程度上保留了天然而纯真的善良。但这些是**个人品质**，而不是**道德原则**。例如，他尽管同情那个被鲁卡沙杀死的车臣人，但无论如何不会谴责鲁卡沙的行为；他可能会可怜被自己射伤的野兽，但这不会令他放弃打猎这门手艺。

就像老茨冈人的话语一样，耶罗施卡的见解也可以被称为“人民的声音”。他只是更明晰地表达出哥萨克村民不知不觉或半自觉中遵循的那些生活准则和道德规范。例如，值得注意的是，在车臣人遇害后，无论是鲁卡沙还是他的同伴，都没有感到丝毫遗憾或悔恨（顺便说一句，也没有感到任何军事爱国主义情绪）。对他们来说，杀死的山匪只是猎物，就和鹿或野猪一样。因此，哥萨克的这种未经文明开化的道德对托尔斯泰来说不可接受，违背了基督教道德中积极行善和爱邻人的观念。

在写给 A. A. 托尔斯塔娅的一封信中，托尔斯泰评注自己的小说《三死》时特别解释说："老车夫死得很平静，正是因为他不是基督徒。他信奉别的宗教，尽管他生前按习俗完成了基督教仪式；他的宗教是大自然，他生活在大自然中。他亲自砍树，种黑麦，收割，宰羊，看着小羊出生，孩子们出生，老人们死去。他深知这条规律，从来没有像地主婆那样刻意去回避，而是直面规律。"（60,265）在托尔斯泰眼中，哥萨克们以及他们的"思想导师"耶罗施卡大叔也是这样的"非基督徒"，他们也只是"按照习俗"才完成宗教仪式。

与此同时，对作家本人而言，自然性的最高形式当然是道德法则的自然性，即为他人行善的一贯追求，托尔斯泰认为这是每个人与生俱来的。为善服务、克己牺牲的壮举构成托尔斯泰道德理想的基础和精髓。这一理想似乎与哥萨克村民的生活方式完全对立。

呈现在我们面前的似乎是作家思想中显而易见的矛盾，及其道德哲学理念中显然的不自恰。根据 M. 格尔申宗的说法，托尔斯泰"深受这种二元性的折磨——一方面他本能地倾心于不受理智和良心约束的大自然，另一方面他的本性中又有对道德法则的需要"[1]。

然而，在托尔斯泰本人看来，自然性的这两种形式绝不是相互排斥的。相反，它们密切相关。对他来说，大自然是"宗教的传播者"（60,294）。他认为，原始多神教自发的自然性是迈向基督教道德的自然性、迈向克己和道德义务的一个步骤，而且是必要且不可或缺的步骤。这是理解托尔斯泰道德哲学的关键，也是解开其显见的矛盾和悖论的关键。

是的，哥萨克自然而然、无意识地生活着，就像对道德一无所知的大自然一样。但他们也远离利己主义，即完全的以自我为中心和个人自我意识的极度膨胀，正是它们给文明人带来痛苦和折磨。这就是为什么沉浸在大自然的自发性生命形态中，以及与之相关的对"自我"的弃绝、"独特性"的丧失，对托尔斯泰来说似乎是一种"净化"，是通

1 M. 格尔申宗：《屠格涅夫的梦想和思想》，莫斯科：作家出版社，1919，第 145 页。

往崇高道德理想的中间环节。只有停止思考自身的人，才能思考他人。只有像耶罗施卡大叔那样“纯粹”的、不需要任何私利的人，才能为他人服务。

文明世界的反自然生活、天然自发的自然性以及道德法则的自然性——这三种因素、三种状态的相互关系以及它们在托尔斯泰道德价值尺度上的等级地位，在这部小说中不止一次提到的关键场景（狩猎时的林间休息）中得到清楚的揭示。

值得注意的是，正是在与大自然完全融合的那一刻，奥列宁特别厌恶地回忆起他以前在莫斯科的生活：“他觉得他是个要求过多的自私自利的人，事实上他并不需要什么。”清楚地意识到自己不需要任何东西后，主人公进入了全新的道德境界，他开始思考他人的幸福：“他心里豁然开朗。‘幸福，哦，对了，’他自言自语，‘幸福就在于为别人而生活。’”接着托尔斯泰一再强调这两个道德真理之间密不可分的联系：“一个人既然自己不需要什么，”他不断地想，“又为什么不为别人而活呢？”

摆在我们面前的是托尔斯泰道德哲学的主要悖论之一。在追求道德完美的过程中，人需要解决奥列宁用下列表述提出的问题：“不管我是什么，是一只跟别的动物一样的动物（到头来只有青草会在上面长出，此外就什么也没有了），或者是一具带有一点灵性的躯壳，我总得以最好的方式生活下去。”根据作家的想法，解决方法如下：为了同上帝相像，使躯体中具备些微神性，首先必须忘记自己，忘记自己的特殊性，感觉自己是“一只跟别的动物一样的动物”，是芸芸众生中的一员。这就是托尔斯泰的道德价值体系。

托尔斯泰的道德哲学同他的一切思想一样，总是具有直接的实践导向。它确立了在何种条件下人有可能只为他人谋福利。作家深信，对善的渴望不可能仅仅是理论和理性决定的结果，它必须来自灵魂的最深处，成为心灵自然而然的鲜活的需要。如果“心灵没有发出自己的声音”，那么“有意行善是可耻的”（60，294）。托尔斯泰认为，另一个条件，同时也是另一个困难之处在于，理解身边人的真正需求和忧虑，明白他们本人将什么视为人生的福祉。为此，必须理解他们的世界观，学会从他们的角度看待事物，设身处地为他们着想，这再次意味着要忘我。

因此在托尔斯泰看来，积极的善是一个难题，他笔下的主人公时不时地在这个问题上遇挫。

为什么捷列索夫拯救阿尔贝特的尝试没有成功？是的，这是因为需要改变的不是阿尔贝特，而是他本人，捷列索夫，需要改变自己并意识到：艺术家眼中人生的幸福和他自己对幸福的理解远非一回事。

为什么聂赫留朵夫想让农奴幸福的一切努力都注定会失败？为什么他的善行没有获得他们的同情、信任和尊重？这同样是因为《一个地主的早晨》中的主人公为周围人的幸福而生活的决定是纯粹理性的，这个决定并没有植根于他的本性深处。与其说他是真的在行善，不如说他是在装腔作势地做好事。难怪主人公会因为自己的崇高行为感到尴尬和窘迫。

对此 П. П. 格罗莫夫指出："聂赫留朵夫之所以感到痛苦，是因为他'闯入'了别人的生活，并且在不了解其经济和精神特点的情况下，试图按自己的方式对其进行重新安排。"[1] 事实上，聂赫留朵夫对农民来说仍然是个外人，他想接近并改变他们的生活，但这种尝试可以说是由外而内的，而非自内向外。在托尔斯泰看来，这样的道路不可避免地注定要失败。

而作品结尾处出现的抒情幻想也并非巧合——聂赫留朵夫梦想成为像伊里亚·杜特洛夫那样矫健的车夫，也就是说，不再做他自己。托尔斯泰认为，转变成另一个人，抛弃自我，将自身融入人民生活的大海中，是通向真正美德、也就是自然的道德法则的必经之路。

奥列宁是托尔斯泰笔下第一个意识到这种道德重生之路的必要性的主人公。但他还是未能通过这条道路。格尔申宗指出，奥列宁

---

1 П. П. 格罗莫夫：《列夫·托尔斯泰风格研究：心灵辩证法的形成》，列宁格勒：文艺出版社，1971，第 268 页。

"在善中寻求幸福"的决定只是一种"理性的活动",而非"内心的声音"[1]。事实上,在追求为他人福祉而生活时,奥列宁比《一个地主的早晨》的主人公还要天真,还要无助。这完全可以理解,因为他矫揉造作的笨拙善举,只会引起哥萨克的困惑;他送马给鲁卡沙,只会增加村民对他的防备和不信任。

奥列宁未能提升到通往道德完美的前一个阶段,他没能变得像哥萨克一样纯朴自然,融入他们美妙的、有机的、和谐的生活,尽管他由衷地钦佩他们,羡慕鲁卡沙,梦想娶一位哥萨克女子,梦想从事体力劳动。他对玛丽雅娜怀有真挚而深沉的感情。然而,他无法重新建构自己的内心世界,使自己站在普通人的角度,感受那根将村民联结成一体的无形之线。

奥列宁和先前一样,仍然是一个完全沉浸在自我中的人,他的精神气质与哥萨克人迥异。他在离开前不久写的一封信中,将自己描述成一个"精神堕落、心灵懦弱的人","复杂、混乱、丑恶的过去"的牺牲品。的确,普通人的寻常与自然在他看来仍然是一个遥不可及的梦。

小说末尾出现的危急情况,使哥萨克人彼此更加团结的同时,明确无情地揭示了他们与作品主人公之间无法抹去的界限。尽管在与山匪的冲突中哥萨克队伍人数很少,但士官生奥列宁依旧只是袖手旁观。他无法对村民中普遍的不安感同身受,也无法分担玛丽雅娜为受了致命伤的鲁卡沙恸哭的痛苦。他依然独立于这一切而存在,身处哥萨克世界的事务、忧虑、悲伤和欢乐之外。而村社的人们也排斥他,坚决不承认他是自己人。

因此,奥列宁仅仅站在通往"简朴"和自然性的道路的起点,他的道德重生历程才刚刚开始。

对主人公精神演变的详细艺术关照,对他经历的一切犹豫、怀疑和挫折的深入心理分析,占据了托尔斯泰高加索小说的中心位置,因此我们可以大体上将其视为一部现实主义作品。然而,尽管《哥萨克》

---

1 M. 格尔申宗:《屠格涅夫的梦想和思想》,第 145 页。

具有反浪漫主义的论战性，小说的思想和艺术结构中可以看到不少接近浪漫主义的特征。这种与浪漫主义传统的联系在最后几章以及结尾处的场景中表现得尤为明显。

正是在小说结尾，奥列宁才获得了悲观失望的浪漫主义主人公的特征，而在小说开头他显然不具备这种特征。他越是钦佩哥萨克人淳朴、健康、自然的生活，就越发反感与憎恶被自己抛诸身后的空虚、做作、伪善的上流社会。反常的是，主人公对社会的失望可以说是在整个情节结束后才产生。与浪漫主义作品中的人物不同的是，他先是从上流社会逃离到高加索，然后才领悟到上流社会所有的丑恶与不堪。

“你们这些人是多么可憎而又可怜！你们不懂得什么叫幸福，什么叫生活！”奥列宁在临行前的信中愤怒地谴责已经与他格格不入的上流社会风气。“我一想到在我面前的，不是我的小屋、我的树林、我的爱情，”他顺着思路继续写下去，“而是那些客厅，那些搽着香油的头发里装着假发的女人，那些装腔作势卖弄风情的嘴唇，那些包在衣衫里的虚弱丑陋的四肢，那种言不由衷的所谓客厅闲谈——一想到这些，我就觉得极其嫌恶。……幸福——就是跟自然相处，欣赏自然美景，跟自然谈心。”

奥列宁激情澎湃的剖白，让人联想起阿乐哥有关“窒闷城市的不自由”的著名独白。它清晰地表明，小说开篇主人公与环境的半自觉对立，逐渐演化为有意识的、尖锐的、浪漫主义式的激烈冲突。

奥列宁先前从未爱过，如今终于体验到对一个女子真正的激情。对他来说，这个女子已成为他的新理想的化身。这是一种绝望的单恋。奥列宁感情的理想主义和超乎个人的特质，无疑也与浪漫主义的影响有关。

正如Ю. В. 曼所言：“爱情的浪漫主义体验，简而言之，在于对其理想价值的极端化提升。心爱的女子被歌颂——这样说还不够。应当说，她被神化了，因为在诗人眼中她代表至高的实体性存在力量。”而在奥列宁眼中，这种存在的至高力量的化身就是哥萨克女子玛丽雅娜。“也许我是通过她而爱大自然，我爱的是大自然一切美的化身；

但这不是出于我的本意，而是一种自然的力量通过我在爱她，上帝创造的整个世界、整个大自然把这种爱注进我的心灵，并且吩咐说：‘爱她！’……因为爱她，我才觉得自己是上帝创造的整个幸福世界的不可分割的一部分。”信中写道。也正因此，女主人公的冷漠对奥列宁来说无异于一场人生大劫，成为他精神崩溃的象征。

但最为重要的当然是《哥萨克》的结局部分对主人公毫无出路的悲惨命运的描写。奥列宁对世俗上流社会日益疏远，与此同时，他对于他所热爱的哥萨克人来说依然是个异己存在。尽管他希望能够用“爱的网”“抓住”他们，他得到的只有鲁卡沙的敌意、玛丽雅娜的漠然、耶罗施卡大叔的冷淡。从这个意义上说，小说的最后一幕意味深长。当主人公离开村庄时：“奥列宁回头望了一下。耶罗施卡大叔正在跟玛丽雅娜说话，显然是在谈他自己的事；不论老头儿，还是玛丽雅娜，谁也没有瞧他。”

被哥萨克拒之门外、不被接纳的奥列宁的孤独，与被吉卜赛人驱逐的阿乐哥的孤独相似。同普希金笔下的主人公一样，普通人自由自然的生活是奥列宁可望而不可即的。

一个文明人不可能逃离自身，不可能克服复杂的精神、矛盾的内心和个人主义，无忧无虑、满怀欢欣地融入普通人的自由生活——这就是这篇高加索小说最重要的思想道德结论。这部小说显然与普希金的《茨冈》的最终结论相呼应。

《哥萨克》在坚实的现实主义基础上添加了鲜明的浪漫主义色彩，为托尔斯泰这部早期创作中的杰作赋予了与众不同的特色和魅力。

* * *

《哥萨克》的思想和艺术成果，特别是其中复苏的浪漫主义传统，对托尔斯泰——《战争与和平》和《安娜·卡列尼娜》的作者——来说是至关重要且具有现实意义的，特别是因为在完成这部高加索小说后，托尔斯泰立即开始着手创作史诗巨著《战争与和平》。

正如我们所见，《哥萨克》在作家创作发展中的重要意义在于，这部小说的主人公第一次清楚地意识到与自身所处环境决裂的必然性，第一次意识到应当进行内在世界的更新、净化和“简化”，这是道德完善之路重要且必不可少的一步。这条道路，以及克服自身的过程都极其复杂与艰辛，即使是非凡人物也难以承受。

另一方面，为了这个过程能够开始，主人公必须远离日常生活的常规条件，处于新的特殊环境中，必须接触到普通人民的“共同生活”，即宗法制农民的生活世界。换句话说，《哥萨克》中第一次出现了这种情境，它为作家后来的两部最伟大的作品奠定了基础。

自然，在创作发展的新阶段，托尔斯泰需要一个精神和道德潜力都更高的主人公，而不是那个失败的奥列宁。他需要赋予主人公非凡且鲜明的个性，使其与周围环境形成更鲜明的对比，保持更明显的疏离。的确，在托尔斯泰笔下的所有人物中，安德烈·博尔孔斯基和皮埃尔·别祖霍夫都以他们精神生活的强度和道德求索的广度脱颖而出。

但越是这种个性鲜明、独一无二的人物，其内省精神和自我分析能力越强，其意识更容易为文化和文明的“罪孽”所累，因而也就更难克服自身、战胜“自我意识”、忘我地融入人民大众生活的海洋。

主人公内在的复杂性和克服这种复杂性的愿望——这两极之间不可避免产生的张力促进了心理分析手法的进一步发展。托尔斯泰的“心灵辩证法”在《战争与和平》中表现得淋漓尽致，这绝非偶然。[1]

然而，托尔斯泰并未寄希望于人物自身的力量，即使是像安德烈和皮埃尔这样不同寻常的重要人物。这就是为什么对他来说继续寻找特殊情景如此重要，这将有助于人物在道德层面战胜自我。在史诗性长篇小说《战争与和平》中，这种情景正是 1812 年卫国战争，这场战争孕育了“和平”——在与外国奴役者的斗争中产生的精神团结和

1 参见：С. Г. 博恰罗夫：《托尔斯泰和对人的新认识》，第 302—303 页。

民族道德共同体。

作品中核心人物追求最高理想和目标的精神特质，对非同寻常的社会历史状况的描述，对与当代生活论辩式对立的英雄主义历史的追溯——所有这一切都表明《战争与和平》与《哥萨克》的艺术经验、与整个浪漫主义传统相联系。

即使在题材上乍一看与《战争与和平》形成鲜明对比的《安娜·卡列尼娜》中，也能明显感受到源于《哥萨克》的浪漫主义激情[1]。实际上，小说描绘的人与人之间相互隔绝、个人主义式的孤独悲剧，在托尔斯泰看来似乎并非不可避免。

托尔斯泰认为，在农奴制改革后的时代，在古老基础迅速瓦解之际，"当一切都颠倒过来，而且刚刚开始形成的时候"[2]，正在出现一种特殊而奇异的社会历史状况，为俄罗斯社会提供了多种可能性，开辟了向前发展的不同道路。

在托尔斯泰看来，其中一条可能的道路（也是最有前景的一条）是地主在经济和精神道德上同劳动人民及其"自然的生活"相接近，作家认为这也是一种革命。他借列文之口说，这将是一场"不流血的革命，但也是最伟大的革命，先从我们小小的一县开始，然后及于一省，然后及于俄国，以至遍及全世界"。

就像在《战争与和平》中一样，非同寻常的境遇使托尔斯泰笔下的主人公在道德新生和生命意义求索的艰难道路上最终找到走出僵局的办法，并逃离充满迷误、怀疑和危机的迷宫。

因此，主人公对道德完善的不懈追求（只有通过与环境"疏离"、接近人民的"共同生活"才有可能实现这种道德完善），有利于实现这类追求的特殊社会环境（哥萨克村社古老的宗法制生活方式、1812 年民族解放战争、具有决定意义的社会转型和新型人际关系成形的时

1 浪漫主义传统对《安娜·卡列尼娜》艺术体系的其他影响参见：Б. 艾兴包姆：《七十年代的列夫·托尔斯泰》，列宁格勒：文艺出版社，1974，第 177—190 页。

2 此处译文出自周扬、谢素台译：《安娜·卡列尼娜》，人民文学出版社 2020 年版，下同。

期）——所有这些都使《哥萨克》与《战争与和平》、《安娜·卡列尼娜》之间的关联显而易见，使得我们在这部高加索小说中仿佛看到了托尔斯泰两部伟大小说的雏形。

因此可以认为，浪漫主义传统在托尔斯泰19世纪50年代的作品中得到了明确的呈现，在《哥萨克》中表现得最为淋漓尽致，一直到70年代末（托尔斯泰世界观和创作的激烈变动期）也没有丧失在作家作品中的重要意义。而对其之后的命运考察，将有待于进一步的研究。

编后记

阿伦·雅科夫列维奇·古列维奇（Арон Яковлевич Гуревич，1924—2006），中世纪史史学家、文学学者。该文节选自马申斯基（Семен Иосифович Машинский，1914—1978）所编论文集《在托尔斯泰的世界里》（В мире Толстого，1978）第104—133页。

托尔斯泰与千年俄罗斯文学传统

作者 ［俄罗斯］德米特里·利哈乔夫
译者 王盈

在我们的意识里，列夫·托尔斯泰的名字通常都与代表对他固有认知的特定修饰语相伴出现，比如他是巨匠、伟人、巨人。把他框定在新时期俄罗斯文学某个阶段的狭窄边界里会令他显得局促，因此在编写任何一部新时代俄罗斯文学史的时候都不可避免出现一个问题：应当把他写到哪些章节，纳入哪个十年甚或二十年？出现这个问题固然是因为托尔斯泰在世时间很长并且著作颇丰，但绝非仅仅如此，因为无论就其深刻不朽的风格，还是伦理世界观和道德事业涵盖的广度而言，托尔斯泰都是俄罗斯文学的巨人。他仿佛超拔于自己的时代。他不仅体现了他所处时代的文化特质，而且体现了整个俄罗斯，包括古代俄罗斯的文化元素。这些古代俄罗斯元素甚至表现在他的外表、穿着方式（特别是在年老的时候）、个人举止、对骑马和对体力劳动的热爱中，表现在他向其同时代的俄罗斯农民阶层的靠近，而农民是俄罗斯千年文化传统最坚定的承载者。

几乎所有致力于托尔斯泰对历史事件进行艺术诠释的研究，都首先分析托尔斯泰在《战争与和平》历史哲学插话中表露的观点。这里托尔斯泰仿佛是在用艺术形式实现自己的观点，这些观点是根据资料来源、历史研究和历史哲学论著发展起来的。在《战争与和平》第四卷出版后很快出现这种倾向。人们将这部小说视为历史研究。

亚·维特默责怪托尔斯泰不够博学。马·波格丹诺维奇指摘托尔斯泰"粗枝大叶"。对《战争与和平》的研究形成这样一个传统，以1812年战争参加者的回忆为背景（叶尔莫洛夫、齐恰戈夫、贝尼格森等人），以关于这场战争的历史著作为背景（威尔逊、贝尔纳迪、波格丹诺维奇、米哈伊洛夫斯基-丹尼列夫斯基等人），以及一系列的历史哲学著作。

这一传统在一定程度上甚至流传至我们同时代的文学理论家，他们似乎忘记了在他们面前的是文艺作品，而不是历史著作。首先是托尔斯泰的历史观，其次是这些观点如何以艺术形式得到体现——这就是大多数关于《战争与和平》中如何反映历史的研究展开的次序。

但是艺术家并不会像学者一样解释历史。托尔斯泰的历史论断，更确切地说是超越了其艺术历史观的上层建筑，而不是其基础。这一上层建筑又具备一个不应被剥离的重要艺术功能。历史论述强化了《战争与和平》的碑铭主义特征，类似于古代俄罗斯编年史作者讲述中的离题插叙。与编年史作者一样，这些历史论述在《战争与和平》中与实际情况有所不同，在某种程度上有内在矛盾，他们提醒读者注意，编年史作者不由自主地开始道德教诲。编年史作者的这些插叙针对某个特定的场合出现，但不是整体上理解全部历史进程。

鲍·米·艾兴包姆是首个将托尔斯泰与编年史作者相提并论的人[1]，但是他发现二者的相似之处是独特的不连贯叙述，继伊·彼·叶廖明[2]之后，他认为不连贯叙述是编年史独有的。

然而古代罗斯编年史作者是按照自己的方式连贯讲述过去发生的事情。的确，在某些情况下，当事实触碰到他的宗教观点时，他就仿佛爆发布道的激情，开始谈论"上帝的惩罚"，只是对一小部分他讲述的内容做出意识形态的解释。

1 参见鲍·米·艾兴包姆：《十九世纪文学编年史风格特征》，见《古俄罗斯著作分册》，第14卷，莫斯科-列宁格勒：1958，第545—550页；关于列·尼·托尔斯泰历史观的矛盾性请参见：以·伯林，《刺猬与狐狸》，纽约：年代不详。

2 伊·彼·叶廖明：《往年纪事》，列宁格勒：1947。

托尔斯泰作为一个艺术家，也作为一个编年史讲述者，比一个有历史感的道德家广阔得多。但是托尔斯泰对历史的论述有重要的艺术功能，强调了艺术阐述的意义，赋予小说他所需要的编年史思索。

研究者对托尔斯泰在《战争与和平》中哲学插叙所阐述的观点有着非常浓厚的兴趣，不过这些观点与《战争与和平》中他对历史的艺术看法并无直接关联。

我不否认那些分析托尔斯泰历史观的文章中所有高明、深刻和博学的内容，但是我首先想把注意力放在作家对历史事件——那些最大和最小的历史事件的艺术看法上，这些事件不符合托尔斯泰同时代历史学家和哲学家的历史观念，但其基础是广阔的古俄罗斯根基。

托尔斯泰如何看待历史事件，对这个问题的回答比他如何在自己的插叙中阐释历史事件复杂得多。托尔斯泰的历史观在很大程度上取决于俄罗斯文学几个世纪的传统，其中描绘了敌人的入侵、战争、将军和普通士兵的壮举。正是在这一点上，他不是赫尔德或博克尔的简单追随者，而是一位民族艺术家，一个巨人，我们现在和过去都这样认为。

在着手实现自己的创作意图时，托尔斯泰最初打算写的不是家庭小说，而是关于 1812 年战争的小说[1]，要在其中表现人民对历史事件的看法。[2]这就是为什么在开始实现自己的构思之前他会对俄罗斯整部历史感兴趣。为了将 1812 年历史主要作为俄罗斯历史去理解，他必须找到对于整个俄罗斯历史而言最典型的特征，即人民看待历史的观点。因而他用一个月时间阅读了卡拉姆津的全部著作。[3]

1 埃·叶·扎伊登什努尔：《托尔斯泰的〈战争与和平〉：一部伟大著作的创作》，莫斯科：1966 年版，第 12 页。

2 索·安·托尔斯塔娅记下了托尔斯泰在 1877 年 3 月 3 日说过的话："为了作品能写好，就应该热爱其中主要的思想。因此，在《安娜·卡列尼娜》中我喜欢思考家庭问题，由于 1812 年战争的缘故，在《战争与和平》中喜欢人民的思想……"。见《索菲亚·安德烈耶芙娜·托尔斯塔娅日记（1860—1891）》，莫斯科：1928，第 37 页。

3 列·尼·托尔斯泰：《托尔斯泰全集（90 卷本）》，第 46 卷，第 200—209 页。下文中同一版本引用仅给出卷册和页码。

他能从卡拉姆津那里读出怎样的俄罗斯历史的“民间”观点呢？似乎读不出来，但他的确读出来并体现在了自己的长篇小说中。

问题在于，卡拉姆津忠实地讲述了史料来源。经由卡拉姆津的《俄罗斯国家历史》，托尔斯泰了解了编年史和历史军事小说。值得注意的是，《战争与和平》的观点是 13 至 17 世纪俄罗斯军事小说的扩展概念。不是从 11 和 12 世纪，而是从 13 世纪开始。

俄罗斯历史的道德观念是在拔都入侵后才在古代俄罗斯历史文献中形成的。

在俄罗斯文学最初的几个世纪，11 世纪最早的俄罗斯编年史，以及在其中反映的历史民间传说中，俄罗斯大公在俄罗斯土地以外的远征——奥列格、伊戈尔、斯维亚托斯拉夫的远征都被英雄化了，尤其突出的是弗拉基米尔·斯维亚托斯拉维奇的多次征讨。早期编年史汇编的编撰者甚至在大公们的特别序言中指责自己的同时代人“贪婪”，并且把他们和古代大公们进行比较，那些大公没有用各种罚金罚款压榨人们为自己聚敛大量钱财，而是通过远征他国来供养自己和侍从们。不论是编年史，还是军事小说都逐渐转向描述防御战争，而非侵略战争。问题不仅在于远征异地越来越少，而防御战争更频繁，还有道德方面的原因。正在形成关于历史、战争和战役的高度伦理化的观念。在俄罗斯文学中越来越频繁地描述勇敢战士的英勇牺牲，他们保卫俄罗斯国土，而不是进攻其他国家。

《伊戈尔远征记》就处在由英勇类型向另一种类型转变的边缘。伊戈尔和他的将士们保卫着俄罗斯国土，但是在保卫的同时，也发兵远征，在波洛韦茨人的土地上作战。伊戈尔被打败，同时不论是《远征记》还是在编年史里，他的道德正义都受到质疑。远征设定的目标是防御，但仍然征讨到罗斯境外，是进攻的讨伐，其目的是到达远在黑海岸边的特穆托罗坎。

只有到了 18 世纪，所有重要的军事小说都描写俄罗斯土地上的防御战役，并形成战争道德法则。《战争与和平》中体现的正是这一道德法则。

请注意下面这种情况。这部小说道德胜利这部分的历史内容终结于俄罗斯境内,小说结尾没有一个事件发生在俄罗斯国土之外。《战争与和平》中没有写到莱比锡民族会战,也没有写攻占巴黎。这一点通过库图佐夫死于俄罗斯边境附近而得到强调。这是一个后面"不再被需要"的人民英雄。托尔斯泰注意到在真实历史事件中人民防御战的观念。

而托尔斯泰并不喜欢《伊戈尔远征记》……关于进攻和深入异国境内的想法,还有这部纯粹标签式的作品中全部的情绪都令他感到格格不入。不过我不赞同托尔斯泰的观点。《远征记》曾经一直是也仍然是俄罗斯文学的伟大作品,但是托尔斯泰有自己对历史事件的看法,也有自己不同于《伊戈尔远征记》作者的创作方法。

我们再回到13至18世纪军事小说的话题。俄罗斯古代文学中人物的性格和形象主要取决于他的社会地位及其在事件中的作用——伦理作用。来犯之敌,入侵者,不可能善良谦逊。因此古俄罗斯的史学家不必准确地了解拔都、比尔盖尔、托尔吉尔斯·克努特松、马格努斯、马迈、脱脱迷失汗、塔梅尔兰、埃迪盖、斯特凡·巴托里或者其他任何一个入侵罗斯领土的敌人:仅凭他入侵这一行为,他自然就是傲慢自负的,只会说些响亮而空洞的话。入侵敌人的形象仅由其入侵行为决定。相反,祖国保卫者将永远是谦逊的,他会在远征出兵前祈祷,因为他期待来自上天的帮助,但首先是因为他确信自己是对的。事实上,道德真理就在他这一边。

几乎在每一种情况下,进犯罗斯的敌人都会"傲气冲天","重兵出征","大受称颂",召集多个民族前来征讨(拔都与多个民族一同攻打罗斯,比尔盖尔、马格努斯、斯特凡·巴托里等人也是)。

我们发现壮士歌中也是同样的情形。比如,率大军进攻罗斯的卡林狗皇帝……

他集结了军队,
四面八方绵延百里。

为何大地母亲不屈服，
为何没有闪出道路。
马匹汗气蒸腾令日月黯淡，
世上光明不见。[1]

比较一下《伊帕季耶夫编年史》中拔都攻打到基辅城下时的描写："战车隆隆，战船喧嚷，战马鸣啸 / 嘶鸣，震耳欲聋。"

我知晓读者的想法：但是拿破仑确实过于自信，的确率领 12 国联军（12 种语言）攻打俄罗斯。是的，在我的认知中《战争与和平》里拿破仑的形象与历史形象很接近，而拿破仑的军队的确庞大。但即使是俄罗斯军事小说也不虚构，只是在现实中加以选择并从艺术上做出必要的突出强调……托尔斯泰也做出选择。首先，他想让拿破仑和亚历山大形成对照[2]，但他很快确信，根据他所选择的人民观点的规律，这是不可能的，于是他选择了库图佐夫。

关于库图佐夫如何抵抗拿破仑，以及他如何同时符合俄罗斯军事小说的伦理概念，可以写的内容很多。

这种伦理模式是如此遵循传统，挪用到托尔斯泰的小说中有时显得有点天真。在遇到哥萨克拉夫鲁什卡之后，"拿破仑策马前行，梦想着他魂牵梦萦的莫斯科"。《战争与和平》中拿破仑这一天真的梦想使他与俄罗斯军事小说中的侵略者产生了相似之处，同时就像木版画一样，而且是民间木版画，依据传统的民间伦理模式。侵略者妄想轻而易举攻下城市，占领国家，获取丰富的战利品。

但对胜利而言只需要道德正确。它是编年史哲学的基础，也是壮士歌历史观点的基础。在最终胜利中，总有一个看不见的傻瓜伊万努什卡，"瘦瘦的波坦纽什卡，跛脚的波坦纽什卡"。在俄国历史上

1《俄罗斯古代诗歌》，基尔沙 · 丹尼洛夫整理，莫斯科–列宁格勒：1958，第 166 页。

2 埃 · 叶 · 扎伊登什努尔：《托尔斯泰的〈战争与和平〉：一部伟大著作的创作》，第 12—15 页。1865 年 3 月 19 日托尔斯泰在日记中写下构思："想写一部亚历山大和拿破仑的心理故事。"（第 48 卷，第 60—61 页）

取得胜利的不仅有公鸡一样喊叫的苏沃洛夫（苏沃洛夫需要像公鸡一样喊叫是为了用这种方式给士兵必胜的信心；他就像个傻瓜，对傻瓜而言，这也是种幸福）或者不够强壮的老库图佐夫（他作为苏沃洛夫军事学院的代表人物，也有公鸡一样的喊叫声），取得胜利的还有丝毫不引人注目、相貌平平的图申、科诺夫尼岑、多赫图罗夫。读者第一次读到图申时，他正和“膀大腰圆的一号炮手”在一起：“身材矮小、背有点驼的军官图申在炮架上绊了一下，向前跑去，他没有发现将军，只顾用一只小手搭着凉棚瞭望。‘再加两俄分，那就正好。’他用尖细的声音叫道，竭力使他的声音具有雄赳赳的气势，而这种气势又和他的身体不相称。‘二号，’他尖叫道，‘给我狠狠地打，梅德维杰夫！’”[1]（第9卷，第219页）接下来托尔斯泰继续坚持强化图申的特征。图申“用他那细弱、乏力的声音吆喝着”。而这一幕的背景是，“士兵大都是漂亮小伙子（他们比自己的长官高两头，肩宽一倍，在炮兵连里总是这样）”（第9卷，第233页）。

我们发现，十分谦虚、身材矮小的多赫图罗夫，“哪里情况危急，哪里就有他坐镇指挥。”（第12卷，第107页）接下来是关于多赫图罗夫及其重要性的大段论述。另一位不起眼的英雄是科诺夫尼岑，仿佛仅仅出于礼貌才把他列入所谓1812年的英雄人物。科诺夫尼岑被认为是“才能和知识都很有限的人”。是傻瓜伊万努什卡！

在一种情况下，《战争与和平》中尤为明显的是丰功伟绩的传统。19世纪的俄罗斯人非常熟悉下诺夫哥罗德的民兵1611年在库兹马·米宁的呼吁下为解救莫斯科和俄罗斯倾囊捐助的场景：“我们想援助莫斯科公国，因此我们不吝惜自己的财产，没有任何不舍，我们卖掉院落，抵押妻子儿女！”罗斯托夫一家在撤离莫斯科前夕，离开位于波瓦尔街的住宅时抛下自己的财产，把自家的大车和敞篷马车都让给伤员，这一幕令人不禁想起米宁的呼吁。

1 本文中《战争与和平》译文均出自上海译文出版社2006年版《列夫·托尔斯泰文集》（娄自良译）。——译者注为了加强《战争与和平》同俄罗斯军事小说道德模式的对比，让我们来关注一些细节。奥斯特利茨战场上取胜之后，拿破仑欣赏他以为倒地而死的安德烈·博尔孔斯基公爵，拿破仑说："死得漂亮。"这里与卡拉姆津忠实讲述的《梁赞毁灭的故事》相似，拔都钦佩被打死的叶夫帕季·科洛夫拉特，说"要是我手下有这样的士兵，我会情不自禁扶住他"。

让我们留意另一处细节。在古俄罗斯对战役的描写中，如果所写的不是敌人攻打城市，而是野外战斗，那么光明、天空和太阳的象征意义就总是起到重要作用。请回想一下《伊戈尔远征记》中俄军出征的场面；后来天空和太阳又在亚历山大·涅夫斯基和德米特里·顿斯科伊的战役描写中起到重要作用。把这些描写与奥斯特利茨战役，尤其是博罗季诺战场的天空和太阳的象征对照一下。描写太阳用了多少笔墨啊……托尔斯泰在勾勒博罗季诺战场轮廓时指出："太阳在身后偏左的地方升起，法国人正对太阳"，而在小说中托尔斯泰赋予这一现实象征意义："光芒四射的太阳升起来了，斜斜的阳光直接照在拿破仑的脸上……"[1]

明媚的阳光，没有雾也没有乌云，这是描写博罗季诺战役的主线。托尔斯泰在讲述皮埃尔·别祖霍夫的感受时，尤为频繁地提到太阳。

当皮埃尔在会战当日清晨走出农舍时，"户外明朗、凉爽、有露水，心情为之一爽。太阳刚刚冲破遮蔽它的乌云，一半被乌云遮住的阳光越过街道对面的屋顶投射在满是露水的大路的尘埃上、房屋的墙壁

---

1 埃·叶·扎伊登什努尔：《托尔斯泰的〈战争与和平〉：一部伟大著作的创作》，第365页。托尔斯泰在1867年9月25—26日到过博罗季诺战场。正如埃·叶·扎伊登什努尔所指出的，从某种程度上来看，太阳的内容是托尔斯泰从伊·拉多日茨基那里借用来的（《一个炮兵的行军日记（1812至1816年）》，莫斯科，1835），见《托尔斯泰的〈战争与和平〉：一部伟大著作的创作》，第364页。本文收入文集时，叶·瓦·尼古拉耶娃所写的具有同样视角的有趣文章《列·尼·托尔斯泰的史诗长篇小说〈战争与和平〉中古俄罗斯文学的特征》（载《古罗斯文学》，莫斯科，1979，第96—113页）问世。

上、围墙的窗户上和皮埃尔的站在农舍旁的马匹身上”（第 11 卷，第 225 页）。而后面在很多地方也出现了关于太阳的讲述，突出描写“处处闪烁着晨曦的光芒”。尽管最后一个句子很美，但总的来说，即便在对太阳的描写中也没有美景，“晨曦的光芒”更具修辞性，而非直观感受，具体描写占主导，是该人物——此时即皮埃尔·别祖霍夫所选的统一视角。皮埃尔·别祖霍夫被用来缩小视野观看战役宏大的场面。我们知道在古代罗斯小型艺术作品中，尤其是在 16 世纪编年史汇编的插图中有其他这类缩小视野的手法，将部分行动隐藏在用作挡箭牌的云梯后面，云梯后出现军队、信使，公爵的院落，等等。作者的视角，或者他笔下人物的视角，往往是为作者效力的，这是独特的光束，将发生事件的某个角落凸显出来。区别在于，中世纪的小型艺术作品叙事者能做到极为精练地叙事，而现实主义手法从主线叙事倾向于细节和局部，啰唆得多，并且从根本上与缩小视野的意图相矛盾。我们发现在中世纪文学和绘画中，缩小描绘画面的同时会保持画面内容丰富和规模宏大，而在现实主义手法中，在放大细节时的缩小画面则仿佛落入艺术手法的股掌之中……

在小说结尾对库图佐夫的描写中，托尔斯泰写道：“库图佐夫从来不谈什么四千年来的历史从金字塔上看着，不谈他对祖国的奉献，不谈他打算完成或已经完成的工作，总之，根本不谈他自己，他不摆老资格，总是表现为最平常和最普通的人，讲一些最平常和最普通的事务。”（第 12 卷，第 183 页）

然后：“一切行动都没有丝毫退路，都指向由三件事组成的同一目标：（1）集中一切力量抵抗法国人，（2）打败他们，（3）把他们赶出俄国，同时尽可能减轻人民和军队的苦难。”

他，就是那个行动迟缓的库图佐夫，他的座右铭是耐心和时间是果断行动的敌人，他打出的博罗季诺会战，极为隆重地表现备战。就是他，那个库图佐夫，在奥斯特利茨战役开战前预言将要战败，而在博罗季诺，尽管将军们都确定必败，尽管赢得战役胜利后撤退的例子在历史上闻所未闻，他还是反对众人而坚持己见，直到临死前仍然坚信，博罗季诺会战必胜。在整个撤退过程中只有他独自一人坚持不打毫无益处的战役，不该开始新战争，不该越过俄罗斯国境。

现在，只要不给大众的活动设定十几个人头脑中的目标，就很容易理解事件的意义，因为整个事件及其后果就摆在我们面前。

但是这个老人，一个与大家意见向左的人，如何能够如此准确地看透事件中人民意志的重要性，并且在自己全部行动中从未违背？

他对当前发生事件的意义具有非凡的洞察力，其源泉就蕴藏在人民自身的纯洁和人民的力量中。

正是认可他身上这种感受，人民才违背沙皇意愿，以如此奇怪的方式选择了他这个不受欢迎的老人，使他成为人民战争的代表。也正是这种感受让他站到全人类的顶尖高度，他作为统帅，从这个制高点出发，不是为了全力以赴杀害和消灭人，而是为了拯救和怜悯人。

这位朴素、谦虚，因而真正威严伟岸的人物，不可能平铺在历史创造的那种虚假的欧洲英雄形象中，假装是人类的统治者。

对奴仆而言不可能存在伟人，因为奴仆对伟大有自己的观念（第12卷，第185—186页）。

关于库图佐夫顽强地单独行动的想法，托尔斯泰重复了好几次。

在个人的意志里没有历史的必然性。当俄国人的行动是由个别人的利己主义、职位升迁动机决定的时候，这些动机即使是相同的，也不能汇成一股共同的历史力量。相反，当人们思考祖国利益的时候，他们不仅在愿望的总数上成为历史决定性的力量，甚至在像库图佐夫那样孤独的时候也是如此。托尔斯泰的这一思想的基础是看待历史的伦理观，这种观点完全是“古俄罗斯的”。这种对历史的看法，就它所包含的最高真理而言，是一种独特的中世纪“伦理乐观主义”。因此，对于托尔斯泰来说，心中无意识不自觉地保留着古代俄罗斯编年史和历史著作的规律：“上帝不是力量所在，而是真理所在。”在现代语言中，它的意思是：正义获胜。并且正义的胜利不总是外在的，但总是道德的。这就是托尔斯泰关于谁在博罗季诺会战中获胜的论断基础。根据人类约定的法则，退却的人是被打败的。俄国人在博罗季诺会战后第二天就撤退了，但他们在道义上取得了胜利，这比撤退更为重要。

某些研究托尔斯泰历史观点的研究者觉得，他似乎是宿命论者，但事实上他并不是。对人民真理的信仰支配着库图佐夫的行动。但是，一旦我们转向拿破仑和他的行动，就不可能有任何宿命论，哪怕是与宿命论有一点点相似之处。拿破仑的入侵并不是宿命论决定的。他以自我为中心采取行动，他自己被自己性格的偶然性所支配，有时甚至只是极端任性妄为，故作姿态。

在确定防御者和进攻者行动的因果关系的区别时，也有着民间对此事件的看法。在军事小说中对俄罗斯的侵略是由敌军统帅的意志决定，由于他的好大喜功、任意妄为而进行的。对俄国人来说，受到侵略的内在原因是俄罗斯大公们的谎言，他们之间的内讧，他们对真理的背离。外敌得以驱逐是因为真理在人民这边。

对于俄国军事小说而言，有些规则支配着非正义的侵略者的行为，而另一些规则因保卫自己祖国的防御者而存在。

正是这种哲学构成了他描绘拿破仑入侵和最终被驱逐事件的历史基础。历史规律对于所有人而言，无论进攻者还是防御者都是一致的，在托尔斯泰所读的任何一部历史哲学著作中都没有也不可能提到这一点。

《战争与和平》这部 19 世纪独特的“军事小说”中的肖像描摹，是一个道德历史框架，具有民族传统特点，没有它作为基础，列夫·托尔斯泰最初理想中的民族史诗就不可能创作完成。

我们可以滔滔不绝地谈论其他与古代俄罗斯文学的相似之处，这些相似点至今没有引起人们的注意。它们散见于托尔斯泰的不同作品中：意象、象征、道德和伦理判断。

比如说，蜡烛的意象指人的命运、生命。安娜将要投身火车车轮之下时，她的死亡通过熄灭的蜡烛得到表现。关于这个意象人们的说法很多。曾经认为这个意象平淡无奇。但这个意象并非陈旧平常，而是有其传统的。它出现在公元 1288 年的《伊帕季耶夫编年史》中，描写弗拉基米尔·瓦西里科维奇·沃伦斯基大公之死,还出现在莫斯科大公的教会文献中("蜡烛不会熄灭",也就是说,"氏族不会随着大公死去而停止继承和存在")。

这些情节模式和道德模式,托尔斯泰主题体现的传统特征,解决冲突和解决道德问题的传统方式,也许是因为人们很少注意到,俄罗斯文学本身在其存在的前七个世纪还鲜为人知,而研究主要是通过书籍进行。

我们仍然清楚地区分了托尔斯泰的艺术真实和古代俄罗斯军事小说的艺术真实。这里不可能有混杂和完全统一。区别何在?正如我们将在后面看到的,这种区别又会变成一种深刻的相似性,这种相似性在作品的"光照表面"上看似不明显、不清晰,也许对于托尔斯泰的作品本身来说也是不清晰的,但当我们从俄罗斯文学千年发展的高度来观察它时,它是清晰可见的。

我只举一个例子,来说明托尔斯泰的艺术方法和古俄罗斯文学艺术方法的区别。众所周知,在战斗之前进行祷告,通常是向一个显灵的圣像祷告,在行军出发前大公骑马去教堂膜拜圣物,圣像从城里运出来,被抬到部队中。在敌军进攻前抬着圣像绕着被围攻的城墙一周,等等。这是一种习俗。这一习俗在博罗季诺战役前也得到了遵守:斯摩棱斯克圣母像与俄罗斯军队同在。托尔斯泰对此非常重视。只是古俄罗斯的描述中规中矩,从不涉及细节。

但在《战争与和平》中这些细节通过一个祈祷结束的场景反映出来:"祈祷结束后,库图佐夫走到圣像前,沉重地跪地叩首,他想站起来了,却由于身体沉重、虚弱,好久也站不起来。他那白发苍苍的头颅因为吃力而微微扭动。他终于站起来了,孩子般天真地噘着嘴唇亲吻圣像,又以手触地深深地鞠躬。将军们都仿效他的模样;然后军官以及他们身后的士兵和民兵们也都彼此拥挤着,脚步杂沓、喘着粗气互相碰撞着、神情激动地照着样儿做了起来。"(第 11 卷,第 195 页)

我不止一次地写过古俄罗斯文学中所谓的"文学伦理"。这种现象在所有古代俄罗斯文学作品中都是极为典型的。文学作品中的每一种现象都有其适当的表现形式。以某种方式进入文学作品的现象本身,如果它们值得成为文学作品的对象,也可以在伦理上被允许进入文学作品。并非所有被古代俄罗斯作家所看到和赖以生活的东西,都会成为或可能成为他的创作主题,被纳入艺术作品。这就是为什么我们对古代俄罗斯的生活知之甚少——他们如何过日常的生活——因为日常生活无法引起编年史家、圣人生活的作者或历史和日常故事作者的兴趣。古俄罗斯文学基本上是对历史现实中值得注意的现象的一种仪式性的装扮。

文学伦理在古代俄罗斯一直是作家关心的对象。因此,文学伦理在很大程度上取决于生活中的伦理,取决于封建制度中特殊的、增强的仪式感。一个角色(如果是正面人物)在一部文学作品中表现出他"应该"表现的行为,同时作者寻找"应该使用"的词来描述他"应该表现"的行为。

这是根基,是文学的素材。但在这里,古代俄罗斯文学另一个同样强大的现象开始生效:"形式的羞怯",即与文学伦理做斗争的渴望,对规范和既定体裁进行破坏的渴望。

在俄国历史现实中,文学如果仅局限于这种仪式性的装扮,把自己的观察领域主要框定于"上层"人和现象上,就决不会占有如此特殊的地位。在古代俄罗斯文学中,作家不断地与文学伦理进行斗争,与他们在古代俄罗斯理解中的文学性进行斗争。文学仪式性特征不断从内部分裂。于是,公文写作形式、活生生的观察、俗语以及现实主义元素等其他内容纷纷闯入文学。我们可以在阿法纳西·尼基京的《三海行记》中看到这场争斗的个别高潮。尼基京似乎远离了《圣地行记》这类体裁的激昂情绪,创造了独特的"反行记",这是一个关于非基督教国家普通人的简单故事,然而,却以深切的同情呈现给读者。我们可以在17世纪大众化讽刺作品中看到这场斗争,这些作品模仿了公文和文学体裁的形式:"医书"、"嫁妆清单"、法院诉讼程序、教堂礼拜、祈祷——所有这些都用习以为常的"程式"表现(即公文处理中应该采用的习惯用语)。所有类型的文学和公文"程式"都受到嘲笑。

文学，更广泛地说，写作作为一个整体都在试图摆脱固定形式和体裁的束缚。这场反对“文学伦理”的斗争中的最高级别也是最有才华的表现之一是大司祭阿瓦库姆的天才作品。阿瓦库姆是一个斗士，不仅为真理而战，而且与一切外在形式的暴力开战。因此，他打破各种陈规侃侃而谈，力求采用“自己的母语俄语”，使其作品充满坦率和真诚。

列夫·托尔斯泰在同形形色色的、礼仪性的、仪式性的现象做斗争的过程中，在很大程度上继续着这场把真理从受到束缚的形式中解放出来的斗争。他对战争的描绘是反对传统文学形式的斗争，他对英雄主义的描绘似乎剥夺了英雄主义的英雄形式，他对理解历史真正驱动力的渴望是从占主导地位的历史观念中解放出来的愿望。在托尔斯泰这里没有任何形式可言。库图佐夫指挥战争不是靠命令，而是对事件的态度，不是去部署，也不是军事会议，而只是偶尔把自己伪装成一个“说话客气的人”（例如在见到海伦时）。他不按应有的方式祈祷，和士兵交谈时也不像军队指挥官讲话应该有的样子。

托尔斯泰笔下所有反面人物都遵循礼仪，而所有正面人物都破坏礼仪。古罗斯文学了解自己主人公行为的礼仪，托尔斯泰也了解。古罗斯文学竭力使正面人物遵循这一礼仪，但实质上不可能实现这一点，因为艺术性需要现实的元素，需要对生活状况的观察。托尔斯泰不希望自己的主人公遵循上流社会的礼仪。这也正是其小说角色心理的主要冲突。托尔斯泰最后几部主要小说，不论是《安娜·卡列尼娜》还是《复活》，在细节和主要内容上都体现了这种争斗。

对文学礼仪的反叛囊括了列夫·托尔斯泰的全部创作，不仅出现在他大胆提出“谁该向谁学习”的问题，是他作为作家向乡下的孩子学习，或是孩子们向他学习，而且还出现在他反对整个文学传统的时刻，他感觉这一传统的顶峰是莎士比亚，而自己与之比肩。他反对一切礼仪和礼仪之美，不仅在作品风格方面，似乎以暴露语言表现手法的方式刻意使风格变得粗糙，而且在他的人物行为中也是如此。

在托尔斯泰的风格中具有典型特征的是言语周期，话语仿佛在中间被打断，而另一半话语则与之前相反或矛盾，有时是对前文的解释或揭示。这让读者迫不及待地期待下一半表述，以推翻前面内容。

“列文好久没有到俱乐部来了，自从他离开大学，住在莫斯科，进入社交界以来，一直没来过。他记得俱乐部，记得里面的种种设备，但当年俱乐部留给他的印象已消失了。（下面是这个周期。——德·利哈乔夫注）直到马车驶进半圆形的院子，他下了马车，走上台阶，那个佩肩带的门房悄悄地拉开门，向他鞠躬的时候；直到他在门厅里看见一大堆套鞋和外套（大家认为在楼下脱掉套鞋比穿着上楼省事）；直到他听见通报他上楼的神秘铃声，沿着缓斜的楼梯上去，看见楼梯口的雕像，又在楼上房门口看见第三个熟识的门房，穿着俱乐部制服，老态龙钟，不急不慢地打开门，打量着他这位客人时（此处是周期的转折。——德·利哈乔夫注），——直到这时，俱乐部的印象，那种悠闲、舒适和华丽的印象，才重新浮上他的脑海。”（《安娜·卡列尼娜》第七部，第7章）

这里有一个周期的两部分：第一部分内容更多，用于描写行动的外部环境；第二部分则很简短，用来揭示外部现象的内容。

甚至《复活》最著名的开头也是这样安排的：“尽管好几十万人聚居在一小块地方，竭力把土地糟蹋得面目全非……在城市里，春天毕竟还是春天。”

在二者相互对照的基础上，托尔斯泰对主人公行为的心理分析也在很大程度上建立起来。

在整个俄罗斯文学中，有一个主题特别吸引俄罗斯作家，这就是死亡主题。古代俄罗斯文学给我们带来了一些关于死亡的详细而精彩的描述。弗拉基米尔·瓦西里科维奇·沃伦斯基公爵的死，德米特里·克拉斯内公爵的死，帕夫努季·博罗夫斯基的死，莫斯科大公瓦西里三世的死——都是古代俄罗斯文学最优秀的篇章。很典型的是，这些死亡都发生在路途中，放弃过去，放弃日常和生活方式，如果你愿意的话，也放弃礼仪。死亡始于离开习惯了的一切。在途中阿法纳西·尼基京死去。无畏的真理探索者阿瓦库姆在自己无尽的漂泊中被迫停下，被投入尘世的监牢，死于火中。在路途中彼得为救普通渔民而去世，这样的普通人在其他场合下，在他建造彼得堡、并用他的改革摧毁了旧俄罗斯时，被成千上万地送往另一个世界。“坐在雪橇上”，其实无论如何解释这个用法，也是在路上，创作了独一无二的道德《训诫》的国家统治者弗拉基米尔·莫诺马赫走向死亡。

从一地辗转另一地，瓦西里三世（16 世纪）将要去世时不许妻子来到跟前。弗拉基米尔·瓦西里科维奇（13 世纪）则相反，允许妻子在他死后随心所欲地做任何事情：“我不会从棺材里起身查看，谁会按照我的生活做些什么。”这也是以自己的方式拒绝妻子，虽然拒绝的是他所爱的妻子——“可爱的奥尔加”，他如此称呼她。

死亡是对构成肉体生命的一切外在事物皆是空的认识，是对生活习惯的永别和分离，是为实现内在自我而不满足于外在自我。19 世纪俄罗斯文学承袭了这个远非传统（甚至是反传统）的传统。很多时候，不仅在文学中，而且在日常生活中，俄罗斯人离开家在途中死去，他们抛弃家庭，首当其冲的是抛弃象征某种稳定的家庭日常生活的妻子。

托尔斯泰在其精彩的中篇小说《伊万·伊里奇之死》中以俄罗斯的宏大气魄提出了死亡主题。伊万·伊里奇临终时感到与妻子和女儿疏远……

有鉴于此，托尔斯泰本人的死亡正是一部宏大而深刻的民族史诗。托尔斯泰离开了习以为常的生活，离开了在雅斯纳亚·波利亚纳他周围的一切。他的确死在路上，在火车站。他不允许自己的妻子来到跟前，他的妻子不仅是雅斯纳亚·波利亚纳，而且是整个俄罗斯日常生活的稳定象征。这是一头狮子的死亡，在他死前离开他的巢穴，从字面意义上真正离开人间。

普希金就这样离开了自己可怕的讲究礼仪的生活，来到黑溪边，到了上流社会花花公子丹特士的枪口下，丹特士是一个风度翩翩的人，他试图与上流社会的一位女士建立“良好的关系”——正是伏伦斯基的上流社会庸俗的母亲为儿子梦寐以求的那种关系。

普希金的命运和托尔斯泰的命运有许多共同之处，这还有待文学研究者和文化研究者揭示。普希金离开莫伊卡河上的家时还相对年轻，但也许是因为他的冲突更深地隐藏在他的灵魂中，因此更具自我毁灭性。托尔斯泰出走时已是老人，他毕生都在远离自己，远离周围僵化的讲求礼仪的日常生活，无论是在社会道德方面还是在文学领域都如此。但是，当他离开这一切时，在他与一切因循守旧的伟大斗争中，他也远离了他自己，离开了深植于他内心的托尔斯泰主义，离开了他周围的家人。离开后，他靠近了自我。他毫无保留地表达了自己。

普希金去黑溪是一次离开，此时他仍然无法自洽，无法与世俗教育相融。我们不能为此责怪他，因为托尔斯泰在普希金这个年纪还离不开自己的家。为此，他必须度过漫长的斗争生涯。

我在开头谈到托尔斯泰时说过，托尔斯泰首先让我们想到他是一个巨人，一个顶天立地的勇士。在他生命的最后时刻，他让人想起了老哥萨克伊利亚·穆罗梅茨。他年岁已高，但从来没有失去他勇士的力量，他的死亡也如壮士歌《勇士之死》所写，死于他自己也参与开战的战斗中。勇士们将敌人击倒在地，但每次击打敌人力量都会加倍。托尔斯泰创造了一个已然僵化的托尔斯泰主义之后，又远离了它。

托尔斯泰主义是托尔斯泰的固化，它导致停顿，它栖身在托尔斯泰内心。

请看看列夫·托尔斯泰，托尔斯泰·穆罗梅茨的脸。这张脸很有俄罗斯特点。正是在他的面容上反映出某种精神，使他成为千年俄罗斯文化的代表。

雕塑家埃尔贾塑造了胡须卷曲的托尔斯泰。这是一种内心活动的象征，是一种仿佛从自身生长出来的活动。这是他炽热的良心活动的象征，他的良心不能容忍任何停顿和僵化。假设托尔斯泰能够康复，他也不会留在他的阿斯塔波沃站。他会走向更远的地方，因为他需要远离一切可能让他停下来的东西。对他来说，人生中没有车站和逗留，他是一个漂泊者，不论就其天性，还是其写作和道德追求而言，他都是典型的俄罗斯漂泊者。

编后记

德米特里·谢尔盖耶维奇·利哈乔夫(Дмитрий Сергеевич Лихачёв,1906—1999),俄罗斯科学院院士、俄罗斯科学院俄罗斯文学研究所研究员、艺术学家、语文学家、文化学者。著有《古罗斯文学中的人》《十至十七世纪俄罗斯文学的发展:时代与风格》《古代俄罗斯文学诗学》《文本学:基于十至十七世纪俄罗斯文学的材料》《十一至十七世纪俄罗斯文学》《文学·现实·文学》等。本文节选自其参编的《俄罗斯与格鲁吉亚中世纪文学》(Русская и грузинская средневековые литературы,1979)一书的第5—19页。

第二辑

美英德奥法日部分

托尔斯泰的哲学

作者　[美国] 威廉·迪恩·豪威尔斯
译者　徐嘉妮
译校　陈豪

创作之外，列夫·托尔斯泰的生活似乎贫乏得有些不尽如人意。作品中，他以一种饱满的姿态展现自己。这种饱满可以解释为是一种不吐不快的焦虑，仿佛任何隐瞒都会让良知感到不诚。然而，我们了解他人的基础信息，诸如日期和地点这类事实，对托尔斯泰而言却无关紧要，它们不会被用来塑造他笔下的那些智者和君子。

托尔斯泰是贵族后裔，其祖先可追溯至彼得大帝的同道好友皮奥特·托尔斯泰伯爵。1828 年，托尔斯泰出生在图拉附近的雅斯纳亚·波利亚纳，并一生栖身于此。他的父母在他童年时期就撒手人寰，留下他和其他兄弟姐妹。他们由在喀山的母亲家里的亲戚照料。托尔斯泰进过大学，但没拿到学位。他后来回到雅斯纳亚·波利亚纳，并在那里一直过着隐修生活，直至 1851 年。之后，他参军并在高加索和克里米亚服役，目睹了大大小小的战争。最后，他以师级军衔退役，前往圣彼得堡投身文学事业，在那里功成名就。农奴解放后，托尔斯泰回到自家庄园，以言传身教和著书立说的方式让那些刚被解放的农奴真正适应自由。

托尔斯泰从这些穷苦民众身上学到的要远超他教给他们的。他对生活的真切体验源于他将自己融入穷人中的努力。他在莫斯科娶了一个德国医生的女儿，这位令人钦佩的女人对这位理想不断变化的理想主义分子不离不弃，让他有了家庭，也有了孩子，但家庭的忧虑和欢乐都不足以使他远离绝望。他在军事、文学和社交方面取得的成就都加深了他的绝望，而这种绝望从道德意识产生的最初时刻就开始压迫他。

托尔斯泰从劳作和贫困中得到的智慧是：生命本身不会产生意义和幸福，除非为他人而活；劳作的穷苦民众在不知不觉中以一种不情愿的方式展示着这个道理，但这无关紧要。托尔斯泰意识到，他们常常不由自主地走上了正确道路，他们的不情愿或无知并不会让恩赐抛弃他们，而他和所有像他这样的人却不得其道。他发现，穷人们能单纯耐心地对待疾病和苦难，并且在他们将死时，同样能这般对待死亡。对穷苦人来说，生活不是难题。生活沉重又艰难，却没有嘲笑或讥讽他们。生活本身没有恶意，不含讽刺。他相信他在穷人身上看到的幸福光辉首先来自劳动。

所以，他开始用自己的双手实现救赎。在他的哲学中，他把劳动放在首位，在摇摆不定中，他始终坚持这点。曾经有一段时间，他认为必须毁灭自己，战争和文学带来的荣耀满足不了他，甚至妻子和孩子的爱也不能安抚他，没有什么能减轻难以忍受的重负。但劳动使他得以休憩，他尝到了那些通过服务他人而不断牺牲的人才能收获的幸福。

他必须每天努力劳作，否则心死就会开始，他相信每个人都必须如此。但是，劳作能让生活变得可以一过并充满意义，那是因为有某种信仰支撑。为此，托尔斯泰开始翻阅《圣经》。从耶稣基督的教诲中，他了解到他不仅不能杀人，而且不能憎恨或轻视他人。他不光要保持自己的贞洁，而且要警惕自己的思想不被腐蚀。他不能背弃自我，也不能诅咒别人。他自己不能作恶，却也管不了别人作恶。如果他自己的实践正是对这些原则的否定，他就不能因此否定这些原则的正确性。如果我们现在拥有的文明都是对这些原则的否定，那么文明——只要它建立在战争、自负、奢靡、咒骂、判决和惩罚之上——就都是错误和虚伪的。在他看来，科学是徒劳的，因为它没能改善大部分普通人的生活。美术就其对激情的吸引而言似乎更为徒劳。那些机械艺术及其名下的各种发明在这位苦苦寻求天堂的先知看来毫无意义。无论头衔、荣誉、财富，法庭、法官、刽子手，民族、军队、战斗，还是文化、欢愉、娱乐，所有这些他都视为邪恶或虚妄。

托尔斯泰的哲学和福音书的信条可相提并论，皆因他的哲学可以从耶稣的教诲中找到根据。在我们中间，有些违背他信条的人指责他在实践基督的教义时竟超越了基督。有人责问他过去沉浸于一种声色犬马的生活，自然是希望让每个人回归贫穷、沉闷和丑恶的生活来弥补曾经的罪孽。为他辩护不是我的工作，但对于这种指向他的愤怒，我只想提醒读者，托尔斯泰向世界的坦白是如此自由充分。在宣扬所感悟到的真理时，他并未声称自己观点绝对正确，也未对任何人进行道德绑架，更未试图定义他人行为。如果说他用自己最尊崇的耶稣及其他圣人的教诲来对读者进行某种道德规训的话，那也是因为读者的灵魂本来就认同那些教条。如果人们的灵魂表示拒绝，那也不过是人们自救世主和圣人来到世上以来一直在做的事。对此，托尔斯泰既不赞扬，也不批评。

我相信没有一个真诚之人会拒绝托尔斯泰的坦诚，这种坦诚在福音之外树立了一种权威。一个人如果愿意简单而真实地与我们对话，他便能让我们为之折服。恰恰是这一点使我们在面对《我的忏悔》《我的宗教》《生活》《怎么办》等著作时束手无策。在托尔斯泰作品的伦理品质前，我们无所适从。我们可以提醒自己他并不像他宣称的那样是不可改变的。在关于来世是否存在这个关键问题上，他后来似乎倾向于信仰它的存在，尽管起初他认为这种信仰是一种野蛮的迷信。我们可以公正地说，他没有过过真正匮乏的生活。恐惧以匮乏之名出现，他的妻子要让他远离欲望以及对欲望的恐惧。可以说，他制鞋的技艺比那些徒劳的嘲弄更糟。它可能剥夺了一些可怜的鞋匠通过制作和出售鞋子来谋生的机会，而托尔斯泰伯爵只是用它来避免精神上的匮乏。在这些事上，我们应该要有清楚的认识。尽管我们应当承认他没有真正放弃社会地位，囿于他所处的经济舒适圈中，这并不是他的错。我们理应看到在这个问题上最重要的是意志。如果仁义不再顾及它可能造成的伤害,那么世界上就不再会有慈善了。我们应该明白,托尔斯泰对不朽信仰的皈依是他无私劳动的产物。他以前对不朽观是抱有怀疑的,现在他已摆脱了野心、虚荣和奢靡的影响。其实他早已发现,每当我们相爱时,真理就会自行显现,但他仍需通过行动来使之显现,去感受无私劳动给生命带来的丰富意义,去了解其意义并不局限于死亡。

然而,或许托尔斯泰的主要目的是要让大众意识到宗教和基督是为现世、而非来世服务。他憎恨那些将神圣正义的实现推迟至另一个世界的人。不过,这些人大可安慰自己,他对无私劳动的建议几乎被所有人鄙视。天国以他的道德原则为准入条件的可能性很小,所有为进入天国而祈祷的人都无须对此恐惧。但不管怎样,他为追求正义生活所做的努力不能被遗忘。即使我们会刻薄地认为他只是在装腔作势,这也是本世纪以来最令人印象深刻的景象。他从一开始就向他的读者带去了基督的福音。除了对基督意志近乎刻板的追随,他和其他基督徒并无不同。然而,即便这点,他也非第一个。其他人自愿辛勤劳作,憎恶战争,承受苦难,但没有一个人在拥有他这般耀眼的天赋和辉煌的地位后,依然愿意低下头颅,套上苦难的枷锁。我们必先承认托尔斯泰是有史以来最伟大的人物之一,然后才能衡量他到底舍弃了多少。他天赋异禀、高贵富有、举世闻名,受到人们的敬重与追捧,而他却尽力把自己变成一个贫穷的、无人问津的下里巴人。他确实在努力与最卑贱的人共患难。只要成功了,他就认为这一切都是快乐的。他对约束他人意志的顾虑使他的自我牺牲最终变得可笑。但在我看来,哪怕从最严格意义上衡量,这与其说是一种自我牺牲,不如说是一种悲天悯人的胸怀。这种悲天悯人的胸怀是他在小说中经常展现的。与他塑造的卡列宁类似,托尔斯泰察觉到,自己如果选择遗忘就注定被人耻笑,于是选择宽恕。托尔斯泰允许家人保留其财富,因为他害怕迫使他们走上不经选择的正义之路,这种害怕在他坚定的安全感和优越感中显得荒谬,但我们不能说他不该有此担忧。他的宿命中包含着一个不得不吸取的教训。从中我们了解到我们身处的这个时代中，人与人之间的关系如此紧密，人类的每一次进步都必须考虑整个社会，即使是自我放弃也不能以牺牲他人自由的选择为代价。

伦理和美学原则通常可以分开谈论，但对艺术家来说，它们之间几乎没有分野。在托尔斯泰看来，它们甚至一开始就已重合。在他开始从事写作时，现实主义小说毫无疑问已在俄国扎根。果戈理从浪漫主义迷雾中找到了光明之路，而屠格涅夫大大完善了现实主义的写作手法，对人物的微妙分析成了戏剧创作的精髓。后来托尔斯泰崭露头角，现实主义小说就不再只关乎手法问题了。对屠格涅夫而言，当小说追求和制造的效果最能体现伦理价值时，这一过程就会显现出臻于完美的美学效果。而在托尔斯泰那里，事物的意义是如此重要，真理带来的愉悦竟没有被艺术技巧限制。在他那个时代，小说一直是生活的骄傲，它愉悦了这个世界，也受这个世界的支配。他用人类的良知取代艺术的观念，尽管我惊讶于托尔斯泰作品中的真理，但我对其中的爱更感到惊奇。在这里，我第一次发现人类良知照见了最真实的生活图景。而我曾错误地告诉自己在艺术问题上那些良知是无足轻重的，也是苍白无力的。在这些杰作面前，我对自己人性中的最高本能感到恐惧和羞愧，觉得它们既市侩又低俗。当我站在这位大师跟前时，他告诉我不要恐慌，也不要羞耻，要用良知评判他的作品，因为他从事写作的目的是宣扬良知。在托尔斯泰的伦理学中，我常常感到一种冷酷，几乎是一种傲慢（这个词说得太多了）。但在他的美学中，我从未有过这种感觉。在他手里，一个迄今都被视为无德的领域散发出天堂般的芬芳。我在他的作品中找不到那些卑劣而残酷的谎言——那些谎言使我们相信，通过激情、天才或英雄主义，有时错误也可能是正确的。到处都是真相那严肃高贵的面孔，它一直注视我，我知道在我将死时我必须面对它。但还有远胜于它的东西，绝对还有。这就是真理存在之前就有的爱，没有爱就没有真理，而且如果有最后的审判日，爱将必定带来神圣的正义。

在托尔斯泰那些想象力丰富的作品中，人性的展示带来了艺术所无法企及的恩赐。它不仅仅涉及穷人和苦难之人，还延伸至富人和高傲人群的范畴，并且不排斥有罪之人。在《安娜·卡列尼娜》之前，已经有很多关于通奸的故事，几乎所有伟大的非英语小说的框架都建立在此论点上，但《安娜·卡列尼娜》第一次讲出了关于通奸的全部真相。托尔斯泰在谈到莫泊桑小说时说，真相永远不可能不道德，而我觉得他的作品绝对是合乎道德的。在《克莱采奏鸣曲》中，基督教世界被注入了败坏的道德，但所有的猥琐和恐怖都在净化中变得健康。这部大戏的逻辑并不是说婚姻是错误的——尽管托尔斯泰本人也赞同这些结论——而只是说由欲望挑起的、在闲散和奢靡中滋生的淫乱的婚姻是错的。关于此事，我们也许还没有从他那里得到最后的意见，他也许还会把婚姻看作人类必然的推论，就像他把永生看作人类必然的推论一样。但不管他最后怎么想，在我看来，他对那本小说的看法是一个巨大的错误，与他哲学上的和谐格格不入。

更让人吃惊的是，我们在托尔斯泰身上感受到最多的就是这种和谐——一种整体性。在他对文明的质疑中，他不能承认责任分散的说法，他不允许王子、法官或士兵逃避他们所作所为的后果，他也拒绝在自己身上做出艺术家与人的区分。我已不止一次说过，他的伦理学和美学是不可分割的整体，而这正是他艺术的生命力所在。其艺术所展现的绝不是那种为存在而存在的冰冷技巧，也不满足于用成功的光辉来使人折服。它们总在爱中寻求真理，只有这时真理才会显露出来。如果说托尔斯泰是有史以来最富有想象力的作家，皆因他在写作时本着仁慈精神，且不否认自己与艺术的共生关系。在这一点上，他超越了所有作家。

至于他作品涉及的范围，也难以衡量。因为它几乎包含了人类所有的动机和行为，从高尚到邪恶，从高级到低级，俄国的广阔天地在他的展示下竟无一处未被触及的角落。它的主要关注始终是艺术的固有主题——爱、激情与死亡。这些主题被处理得如此真诚和简单，对艺术来说几乎是全新的，它们如此醒目，就像从未被触及过一样。

直到我们读到《哥萨克》,看到奥列宁身上具有的善良冲动,我们才意识到爱是多么容易被小说轻视,被激情忽视。我们怀着一种恐惧和颤抖的心情,发现自己身处这种为他人奉献的愿望中,仿佛这可能会成为某种庸俗的感伤。但它却在托尔斯泰的作品里一再出现:《童年》、《少年》和《青年》中记录的模糊愿望;《安娜·卡列尼娜》中丈夫想要原谅妻子外遇时的自我牺牲与羞愧耻辱;《伊万·伊里奇之死》中农人对病人的善意;《战争与和平》中安德烈·博尔孔斯基公爵对阿纳托尔·库拉金的怜悯忍耐。前者在痛苦中意识到身边那个躺在外科手术台上的人就是夺走自己未婚妻纯真爱情的恶棍。《主人与雇工》中主人的奉献已达到意识与身份的融合。在任何时候,爱都无法为我们最初犹疑时的退缩而辩护。它与雨果小说中的那种戏剧性张力相去甚远。爱的答案靠敦促或征求都得不来。爱是所有美好行为背后的动机,它就是人性本身——坦诚以待,心无旁骛。

在托尔斯泰的作品中,爱——行善事、做善人的这种愿望,无论我们怎样排斥或否认都留存在内心深处。托尔斯泰的作品总拿爱与激情对比,以证明短暂易逝的后者只有与前者相结合才能长久。多数小说家展示了激情本身的重要性——仿佛它的剧烈是一种价值,它的消逝是一种美感,它的实现是天堂,它的落空是覆灭。但在托尔斯泰那里,我们几乎是第一次发现,激情只是一种条件,它与幸福几乎毫无关系。其他小说家把恋人们描绘成被激情所迫而沉溺于自私的快乐,或者沉溺于自私的痛苦,但他向我们展示了他们只会因为激情而与世界其他地方更紧密地联系在一起。托尔斯泰向我们表明,恋人们只是更多地被激情束缚。事实上,激情在婚姻中终结,回归了人性,于是又有了一个新的开始,而这一过程和恋人自己毫无关系。

这样的爱并没有失去神秘感,而是恰恰相反。托尔斯泰对爱的神秘之美和超凡力量做了充分肯定。它对娜塔莎——那个纯洁、善良、聪明的女孩——施予的力量让她陷于蒙蔽和迷惑,她必须奋不顾身,甚至用暴力才从这种毁灭中逃离出来。而在安娜·卡列尼娜身上——那个慈爱的母亲、真诚的朋友和顺从的妻子——这种力量以一种我不知道如何比拟的生动性展现出来。多莉和她不忠诚的丈夫在一起的悲惨遭遇,凯蒂在列文的陪伴下的幸福都不是纯粹的。在所有激情事件中,我们都能察觉到作者对其暂时性的认识。这一点也许在安德烈·博尔孔斯基公爵弥留之际表现得最为突出。他原谅了娜塔莎对爱情的背叛,最后她对他来说轻如云烟,仿佛她早已成功将自己托付给了阿纳托尔·库拉金。按照先前的理论,生前把恋人结合在一起的激情在死后也会使他们更加贴近彼此,但我们看到,事实并非如此。

我们必须向这位伟大的大师学习,他总对真理保持谦卑。激情包含着生与死,但它本身只是生与死的先决条件。没有它,两者都将不存,但它不可能超越后两者,激情必须受制于生死规律。除了在托尔斯泰小说中,激情那美丽而高贵的阶段从未受到如此迷人而虔诚的研究,托尔斯泰是带着一颗真诚严肃之心对待它的。至于激情阴暗、丑陋和自私的一面,托尔斯泰的描绘也远比其他人精妙,似乎只有他才能赋予激情以神圣性,仿佛一切都源自他的体验。在上述两种情况下,他都没有试图把激情和人性相分离,而是让激情同时融入人性的最底层和最高层。

他对激情和死亡有着精深的研究,他的天赋也让他热衷此事,他在《战争与和平》中经常这样做。在《安娜·卡列尼娜》中,激情与死亡的统一可以说是故事的原则和主题。在《伊万·伊里奇之死》中,婚姻中无用的激情是精神不洁的一部分,这个可悲的世俗之人就在这种肮脏中走进坟墓。在《克莱采奏鸣曲》中,谋杀源自激情。而在《黑暗的势力》中,激情是最肮脏的邪恶源泉。我想,让托尔斯泰对人类社会感到最厌恶的一点是,在所有来自激情的罪过中,他认为人要负主要责任,正是他们对激情的放纵造成了这样严重的过错。目前,我回想起一个女人——海伦公爵小姐,托尔斯泰谴责了她身上同样的罪恶。即使是海伦公爵小姐,他也让读者感觉到她的罪恶几乎是被动的,而且是受人类社会的胁迫使然。托尔斯泰总能公正地对待妇女天性,他对她们进行讽刺时也不乏怜悯或宽恕。他把安娜·卡列尼娜从激情中带向了死亡,但对她的性别给予了温柔的宽容,承认女性气质是绝对的纯洁和善良。

他比任何其他作家都更乐意为我们解开生活的谜团。他劝告我们激情不可能给我们带来任何个体层面的幸福。任何人都不可能拥有自私的快乐,除非以剥夺他人快乐为代价。但无私的快乐却有无限的空间容纳。他也用同样的钥匙解开了死亡的奥秘。他极力想象死亡不外乎是一种自我放弃的强烈情感,以至于他在没有证据的情况下说服了理性。读者始终牢记,在他所描绘的地球上的最后时刻,正是这种彻底的放弃使人们得以聆听天堂的第一曲福音。在他精湛的文本中,没有什么比生与死的边缘场景对我们的影响更奇妙的了,在那里,他的视野似乎穿透了另一个世界的藩篱。他一次又一次地来到这一边缘地带,仿佛锻炼这种预知能力对他来说极具魅力,就像我们从以下场景中感受到的巨大吸引力一样:安德烈公爵的弥留时刻,安娜·卡列尼娜最后的悲痛时刻,世俗的伊万·伊里奇的成功自绝,《塞瓦斯托波尔故事集》中垂死的士兵的幻想和随之而来的破灭,《主人和雇工》中无耻的商人为他的仆人付出生命的强烈情感。所有这些,也许还有其他我没有想到的都被同一个信念所限定。它被如此强烈地传达给世人,好似一个已被证实的事实。

对于一个在处理重大事务方面如此优秀的人,我们只有在思考之后才能问自己,他是否和小人物一样善于处理小事。而让我还不确定的是托尔斯泰是不是一个幽默的作家。我倾向于是,而且他的幽默是自带的,不是刻意为之的。一个对生活有如此强烈感受的人,不论其内心有多痛苦,总禁不住通过展现生活的堕落来揭示其丑陋。我认为,他书中充斥着无奈的滑稽人物,例如《安娜·卡列尼娜》中的奥布伦斯基,多莉的那个无用的、不称职丈夫,他们都很值得品鉴。再比如《战争与和平》中的老罗斯托夫伯爵,他是令人难忘的破产者,可悲又可笑,就如同第一部小说中的列文和第二部小说中的皮埃尔·别祖霍夫。托尔斯泰的讽刺聚焦人性的虚妄和扭曲,不带丝毫恶意和不仁,但同样有效且不失真实。例如，尼古拉·罗斯托夫在竭力要除掉他的法国人面前飞奔，难以相信他们竟然要伤害一个像他这般善良的人。在《波利库什卡》中，当一些上流社会的老爷走近时，在农民尸体旁围观的两个农人竟要缩入自己身体，使自己变得尽可能小，因为他们意识到自己身上有谷仓场的气味。这就是我们在顶级幽默大师那里才能找到的幽默感。至于悲情，即所谓的幽默的必然结果，我自认在读托尔斯泰之前，几乎不明白它可能具有的表象。据我所知，文学作品中所展现的悲情场景，没有能与描述安娜·卡列尼娜在抛弃丈夫后偷看年幼儿子的段落相提并论的。

我提到的几个例子或许能说明一些问题。但对于托尔斯泰，我的阐释几乎没有深入到任何方面，目前仍有许多空白需要填补。即便再举很多例子，这种感觉也未必能消除。就像很多作家热爱自然，他们在作品里对有关事实进行记载和颂扬，但在托尔斯泰的作品中，自然就像人性一样天然存在：简单、纯粹、自发。我们头顶蓝天，脚踩绿地，呼吸新鲜空气，四季更替。这一切都很真实，可触可感。其中的快乐显然与围绕它展开的故事一样不加修饰，而且这与人类的真实发展史相比，也无更多雕饰感。托尔斯泰在《战争与和平》中处理虚构人物命运所秉持的精神和采用的方式，就与对待真实人物的命运一样。就这点而言，别祖霍夫和拿破仑两个人物都是真实的。

另外，谈到托尔斯泰的写作手法，几乎无话可聊。他显然无甚技巧，除了想把他的所思所想简单而清楚地摆在读者面前外，并无其他目的。关于风格，似乎也没什么可说的。不过在这一点上，由于我只读过他的译本，所以没有百分百把握。或许他的俄语版本有着非常鲜明的风格，但如果是这样的话，我不知道如何将它体现在各个译本中。无论如何，只有当你问自己它是什么时，你才会意识到它的缺失。他的作品中充满了托尔斯泰的烙印——他的信念和经验——但他并没有像其他大师那样把他的个人品质内化到措辞里。确实，要想模仿托尔斯泰的文学作品，就如同模仿他的生活方式一样困难，或许只能等待一个千年一遇的继承人。

编后记

威廉·迪恩·豪威尔斯（William Dean Howells，1837—1920），19世纪美国现实主义小说家、剧作家和文学评论家。他还是一位基督教社会主义者，其政治观念和文学思想都受到了托尔斯泰的影响。他的评论也让后者在美国声名鹊起。本文选自其所著《批评与小说》，纽约大学出版社1965年出版，第167—178页。

托尔斯泰或陀思妥耶夫斯基（节选）

作者　［美国］乔治·斯坦纳
译者　严忠志

托尔斯泰的小说提出了文学形式理论中的一个古老问题——多重情节或分离中心。在这个问题上，技巧再次将人们的注意力引向作品在形而上学——或者至少说哲学——层面上的隐含意义。尽管许多批评托尔斯泰的人和恼怒的读者对此表示异议，托尔斯泰小说的双重情节或者三重情节确实是其艺术的基本要素，而不是风格混乱或自我放纵的表现。在1877年写给托尔斯泰的信函中，斯特拉霍夫以鄙视的笔触谈及“这样的批评者……他认为，你应该仅仅展现安娜·卡列尼娜这一个人物，难以理解你为什么要刻画列文这样的角色”。斯特拉霍夫所说的这位批评者可能对这部作品不甚了了，但是托尔斯泰采用这种方式的理由并不像斯特拉霍夫想象的这么清楚。

从一开始，托尔斯泰就试图将《安娜·卡列尼娜》的叙事分量分散在两个主要情节上；我们看到，在他对小说名称的选择过程中，存在着意味深长的双重性。托尔斯泰先后考虑了《两桩婚事》和《两对伉俪》，这两个书名的意思反映在早期草稿中——安娜离婚之后嫁给了伏伦斯基，反映在从两组对比角度探索婚姻性质这个基本目的上。最初，托尔斯泰并不明确知道，应该如何以最佳方式，将第二情节与安娜的故事有机结合起来。在最初构思中，列文（这个角色先后以奥丁斯特耶夫和列文这两个名字出现）是伏伦斯基的朋友。后来，通过对素材的探究(我们可以在草稿中见到相关的有趣细节),托尔斯泰逐步发现了情景,发现读者认为具有有机整体性和必然性的情节线索。另外,在写作《安娜·卡列尼娜》的过程中,托尔斯泰还探讨了大众教育问题。有一段时期,写作这本小说的工作使他心生反感。

正如燕卜荪和其他批评家已经指出的,双重情节是一种复杂的手法,能够以若干方式产生作用。作家可以用它来概括特定理念,通过给人反复出现或者具有普通性的感觉,从而强化某种见解——观众或者读者可能回避这样的见解,认为它只适用于一个超乎寻常的情况。我们在《李尔王》中可以见到这样的情形,剧中使用的双重情节传达了恐惧、淫乱行为和背叛这样的普遍性。它阻止读者在心理上反对李尔面对的命运的独特性。这部戏剧中有些因素显示,莎士比亚对双重情节的处理并非驾轻就熟,但是内心有某种强制性冲动,去重复表达自己的感悟,使这种感悟得以被强化。

双重情节是艺术家用来表达讽刺的传统手段。莎士比亚的《亨利四世》说明了这两种用法:它对素材进行概括,以便形成拼图效果,构成整个国家和历史时期的图像;两条主要情节以反讽方式被并置起来;剧中的人物和优点在呈不同角度放置的两面镜子中反映出来;英雄主义出现在舒兹伯利与盖兹山这两个场景之间。

最后,双重情节或者多重情节有助于强化场景气氛,有助于再现现实的盘根错节的复杂性。在《尤利西斯》中,读者看到一个深奥、微妙的例子:对叙事焦点和意识的划分传达出现代大都会中一天之内出现的生活的密集性和多样性。

在《安娜·卡列尼娜》中,双重情节在各个方面发挥作用。这部小说是一本探讨婚姻生理学的著作,深入探讨的力度超过了巴尔扎克的作品。托尔斯泰处理题材的权威性源于这一事实:他分别描写了三桩婚姻,假如他像巴尔扎克那样,仅仅详细讨论一个家庭的婚姻,所提论点的成熟性就会大打折扣。《安娜·卡列尼娜》阐述了托尔斯泰关于教育的某些理论;斯特拉霍夫使他确信,即便最开明的教师也会发现,涉及安娜儿子的那些章节展示了“教育理论的重要提示”。多重情节使这本小说得以承载论战和抽象化的重负。相比之下，狄更斯的某些“标题”小说给人卖弄辞藻、平淡无味的印象，正是因为这些作品的虚构部分受到限制太多，结果无法吸收社会论战的精华，无法对它们进行戏剧化处理。

安娜和伏伦斯基、基蒂和列文这两对夫妇之间的矛盾是托尔斯泰传达意义所借助的主要手段。两对夫妇之间的对比，两个故事的并置，这两个因素浓缩了作品的道德观。这里采用了贺加斯[1]式平行展现的版画手法，对比了有道德的婚姻与放肆不羁的婚姻或职业生涯。但是，作家以更加微妙的方式，控制了明暗之间的比例：安娜高尚的心灵是不可破坏的；在小说结尾，列文走上一条非常艰难的道路。这正是讽刺与反讽之间的区别。托尔斯泰并非意在讽刺；与之相比，正如《布瓦尔与佩库歇》所显示的，福楼拜几乎止步于此。

再则，双重情节——或者多重情节——的第三个作用是，通过使作品构思复杂密实、参差不齐，从而提示作品的真实性，这一点在托尔斯泰小说中达到的效果最为突出。人们常常说，与狄更斯、巴尔扎克或者陀思妥耶夫斯基相比，托尔斯泰是一位更具“古典特征”的作家。其原因在于，托尔斯泰并不像前三位那样，依赖情节机制，依赖意外邂逅，依赖丢失的信件或者突然降临的暴风雨。在托尔斯泰小说的叙事中，事件顺理成章地出现，并不借助 19 世纪其他小说作者坦然依赖的那类巧合的帮助。不过，这种说法仅仅在某种程度上是正确的。与陀思妥耶夫斯基或者狄更斯相比，托尔斯泰受到当时流行的情节剧技巧的影响要小许多。与巴尔扎克或者亨利·詹姆斯相比，在托尔斯泰的故事中，复杂性所起的作用在一定程度上要小一些。可是，就情节而言，托尔斯泰作品带有的不可能性也不相上下。与大仲马或者尤金·苏类似，托尔斯泰也常常喜欢使用不大可能出现的偶然事件来编造重大场景。在《战争与和平》和《安娜·卡列尼娜》这两部作品中，偶然相遇、及时出走和牵强巧合起到了重要作用。整个《复活》全部

1 威廉·贺加斯（1697—1764），英国画家和雕刻家。

基于纯粹的偶然因素——聂赫留朵夫认出了玛丝洛娃，他碰巧成为玛丝洛娃一案的陪审团成员。在1877年秋季，圣彼得堡的一个名叫A.F. 孔尼的官员给托尔斯泰讲述了这件事情，不幸的女主角名叫罗萨里·奥尼。尽管如此，“确有其事”这一事实并未改变这部小说带有的不大可能的情节剧性质。

托尔斯泰使用了詹姆斯所说的小说手段，这见于主要情景，见于情节的插曲时段中。安德烈公爵在暴风雨中突然重新现身童山；此时他妻子正在分娩；在莫斯科大撤退中，他与娜塔莎重逢；罗斯托夫碰巧去了博古恰罗沃，结果遇到了玛丽亚公爵小姐；当着安娜和她丈夫的面，伏伦斯基跌了一跤。这些情节都略显牵强附会，类似于二三流作家使用的活动天窗或者偷听到的谈话这类手法。那么，两者之间的差别是什么？托尔斯泰的叙事手法是否给人内在协调一致的自然感觉呢？这个问题的答案在于多重情节的效果中，在于托尔斯泰刻意回避形式简洁性这一做法中。

在《战争与和平》和《安娜·卡列尼娜》中，存在着许多叙事线索，它们常常互相交织，形成一张密集的筛网。在这样的结构中，小说必须使用的偶然巧合和人为之点失去棱角，最后被视为可能出现的东西。关于太阳系起源的某些理论假定，太空中的物质具有“必然密度”，从而使创造性碰撞成为可能。托尔斯泰使用的分离情节产生这样的密度，小说家借助它表达了令人惊叹不已的生活幻觉和处于不断摩擦状态之中的现实幻觉。因此，托尔斯泰的小说情节跌宕起伏，各色人物出现在变化多端的情景中，而且时间跨度非常巨大。他们肯定会偶然相遇，会相互作用，会经历那些在现实中不大可能出现的碰撞。如果这样的事情出现在其他艺术媒介中，受众可能觉得难以接受。

在《战争与和平》中，读者可以看到几十处偶然冲突。它们肯定是小说家使用的情节构成方法的组成部分，但是托尔斯泰的“太空”中不乏生活的真实，读者可以接受它们。例如，在恐慌逃离博罗季诺时，皮埃尔来到跨越科洛恰河的大桥上，愤怒的士兵命令他不要进入交火区域：“皮埃尔跑向右侧，出人意料地遇到了雷夫斯基手下他认识的一名副官。”读者接受这一事实，其原因在于，读者已经与皮埃尔相处了很长时间，在许多场合都见过皮埃尔，读者自己也在小说前面的章节中见过这名副官。不久，安德烈公爵受伤，被送到手术帐篷中，旁边的一名男子接受了腿部截肢手术，他正是阿纳托利·库拉金。有人可能会提出质疑，在整个后防线上，当时有成千上万的人涌进帐篷，接受手术，怎么就这么凑巧呢？托尔斯泰把这种不可能性转化为叙事的某种元素，这既是故事发展必不可少的组成部分，而且同时本身又具有令人信服的地方：

> “对，是他。没错，不知何故，我遭遇痛苦时总是看到他。”安德烈公爵心里说，尚未完全理解出现在自己眼前的情景。“这个人与我的童年，与我的生活究竟有什么联系？”他问自己，却没有找到答案。突然，他的脑海里冒出一个全新的、出人意料的回忆，它来自充满爱意的纯真童年王国。他想起了与娜塔莎在1810年那次舞会上初次见面的情形……他想起了自己与这名男子之间的联系。这名男子两眼肿胀，泪珠滚落，注视着自己，那时的情景一一浮现出来，他心里非常高兴，不禁涌起对这个男子的无限怜悯和爱意。

在安德烈公爵的脑海里，逐渐出现了一个回忆过程，这在读者的脑海里引起类似的反响。这里提到和娜塔莎初次参加舞会的情景，将读者带到小说的前面部分，把各种各样的主题汇入一种协调一致的记忆之中。首先进入安德烈公爵的意识的联想不是库拉金所干的坏事，而是娜塔莎的美貌。这一回忆让安德烈公爵感动不已，因此产生了对库拉金的爱怜之意，产生了对上帝之道的认识，找到了自己内心的平静。

这种心理层面的描述具有很大的说服力和重要意义，它让读者忘记了小说实际情景带有的不大可能出现的情节剧特征。

在托尔斯泰的小说中，情节平行发展，互相交织，形成筛网结构，这就需要刻画众多的人物，有的人物所起的作用肯定是次要的，出现的时间是短暂的。然而，即使最微不足道的角色也不乏明显的人性特征。读者难以完全忘记《战争与和平》中的任何一个人物，甚至地位最卑微的仆人也不例外。谁能忘记玛丽亚·德米特里耶夫娜的"大个子男仆"加布里埃尔？谁能忘记老米哈伊尔？谁能忘记普洛科菲——那个"力大无比、能够从后面举起马车"的人？谁能忘记那个在尼古拉·罗斯托夫战后回家时坐在大厅里做拖鞋的人？在作品中，托尔斯泰从来不会以匿名或者孤立方式提及任何角色，角色无论大小，全都拥有历史的崇高性。在为巴格拉基翁准备宴席的过程中，伊利亚·罗斯托夫伯爵说："去看一看拉斯古尔亚——伊帕特卡认识的那个车夫——然后找吉卜赛人伊利乌什卡。在沃洛夫伯爵举行的舞会上，那个人穿着白色哥萨克式上衣跳舞，你记得吗？"如果这个句子没有提及伊利乌什卡，就会失去托尔斯泰特有的那种笔触——这里提到的那个吉卜赛人仅仅在小说中间接出现，而且是轻轻地一笔带过。但是，这个角色在作品中也拥有完整的生命，读者意识到，他穿着白色哥萨克式上衣，在其他的舞会上露过面。

给予小角色专有名称，对他们在小说中露面之前的生活有所介绍，这种技巧看似非常简单，但是取得的效果却不可小觑。托尔斯泰的艺术富于人文主义特征，它没有把人变为动物，变为寓言、讽刺、喜剧或者自然主义小说为了实现自身目的而提及的呆滞对象。托尔斯泰尊重人的完整性，不愿让它沦为纯粹的工具，甚至在虚构中也是如此。普鲁斯特采用的方式提供了一个具有启迪性的对比：在普鲁斯特的世界中，小人物常常无名无姓，他们在字面和隐喻两个层面上都被用作工具。例如，在《女逃亡者》中，叙事者召了两名洗衣女工进入妓院，要她们做爱，详细观察她们的每个反应，以便以想象的方式，重现女同性恋者阿尔伯婷过去的生活。据我所知，在现代文学中，很少有这种残酷无情的例子。但是，令人觉得恐怖的不是两个姑娘的反应，而是叙事者表现出来的窥淫癖，这体现在让两个妇女无名无姓的方式上，体现在让她们变为被剥夺了隐私和内在价值的玩物的做法上。这本小说的叙事者非常冷漠。他评论说，这两个东西"无法——顺便说一句——为我提供任何信息；她们并不知道阿尔伯婷是谁。”托尔斯泰不可能写出这样的句子，这一点足以凸显他的高明之处。

从根本上讲，托尔斯泰采用的方式更加具有说服力。读者相信并且乐意看到活生生的伊利亚·罗斯托夫伯爵、他的车夫、沃洛夫伯爵和吉卜赛舞女伊利乌什卡。与之相比，《女逃亡者》中的两名洗衣女工缺乏实感，人格遭到贬低，作者用令人恐怖的冷漠笔触，影响了整个场景。读者面临被带入发笑状态或者怀疑状态的危险。与《圣经》中的亚当类似，托尔斯泰为见到的东西一一命名，他的想象力不可能让它们死气沉沉，它们在读者眼中是鲜活的东西。

托尔斯泰的小说表现出了活力，这一点不仅是通过各种情节之间相互交织的密实结构来实现的，而且还在于作者并不刻意追求结构修饰和简洁的做法。在托尔斯泰的主要作品中，“结尾”方式自有独到之处，与《傲慢与偏见》、《荒凉山庄》或者《包法利夫人》迥然不同。我们不应将它视为一根慢慢散开的线条，而是看作一条奔腾向前、消失在我们视线之外的河流。托尔斯泰是小说作者之中的智者赫拉克利特。

《安娜·卡列尼娜》应以什么方式结尾呢？这个问题让与托尔斯泰同时代的人深感兴趣。这本小说最早的提纲和草稿说明，在安娜自杀之后，作者本来还要写类似后记之类的东西。但是，当托尔斯泰完成小说第七部时，俄土战争于 1877 年 4 月爆发，这给予作者灵感，让他写出了读者现在看到的小说结尾。在初稿中，第八部严厉谴责俄国在那次战争中的态度，严厉谴责慷慨给予塞尔维亚人和黑山人的虚假感伤言行，严厉谴责了独裁统治政权旨在提高战争热情而散布谎言的行为，严厉谴责了富人们捐资购买子弹或者在大肆吹嘘的事业中屠杀他人的假基督教精神。托尔斯泰将小说情节线索纳入了当时的宣传檄文（托尔斯泰对此持强烈反对态度）。

读者再次在一个火车站台上见到伏伦斯基；但是他这次正要奔赴前线。在他的庄园里，列文正在痛苦探索，寻觅走向新生的道路，对生活有了新的理解。于是，小说的争论主题和心理主题发生碰撞。列文、科兹内舍夫和卡塔瓦索夫三人就时事进行了争论。列文阐述了托尔斯泰的论点:战争是一种骗局,是独裁统治者强加在无知民众头上的东西。就辩论而言,他哥哥的演说技巧稍胜一筹。这只不过使他确信,他必须找到自己的道德准则,寻求自己的心路历程,不去理会他可能在知识阶层和上流社会人士中引起的讥讽和嘲笑。这时,暴风雨就要来临,列文和他的客人们急忙往家里跑去。暴风雨开始了,列文发现基蒂和她的儿子还在室外。("偶发事件,"巴尔扎克说,"是世上最高明的小说家。")他冲了出去,发现母子俩在酸橙树下躲避,平安无事。恐惧和宽慰让他从诡辩争论中解脱出来,重归自然和家人关爱的世界。这本小说在田园牧歌的氛围中结束,使人茅塞顿开,初见启示。但是,这仅仅是开始而已,其原因在于,对列文在凝视平静夜色的过程中给自己提出的问题,列文或者托尔斯泰那时都不知道适当的答案。与歌德的《浮士德》的结尾类似,在《安娜·卡列尼娜》中,救赎全在于个人进行的尝试。

当时,《安娜·卡列尼娜》第八部的反战言论给人们留下了非常强烈的印象。尽管托尔斯泰在后来的两个版本中淡化了初稿中的反战色彩,卡特科夫还是拒绝在连载该小说的《俄罗斯信使》上刊发它们。结果,他仅仅写了一则简略的编者手记,介绍了故事情节。

在小说中,两个情节表达了托尔斯泰的和平主义观点,一个是关于"绅士志愿者"的表述,另一个是在庄园中进行的上述争论,它们是作者对沙皇统治进行批判的较早见解,一直引起人们的较大兴趣。不过,更有意思的是,小说最后几章给读者带来启迪,帮助人们理解小说结构的整体。将宏大的整体主题引入私人生活圈子的做法——司汤达将它称为"音乐会上射出的子弹"——并不仅仅用在《安娜·卡列尼娜》这一部作品之中,类似的例子还有《娜娜》的结尾,还有《魔山》的后记。读者在这一作品中发现,汉斯·卡斯特罗普出现在西线战场。值得注意的是这一事实:当托尔斯泰创作这本小说的结尾时,该作品的八分之七已经写就并且刊登出来了。某些批评家认为这样做肯定是败笔;他们觉得,《安娜·卡列尼娜》的最后一部表明,作为改良者和小册子撰写人的托尔斯泰战胜了作为艺术家的托尔斯泰。

我认为,情况并非如此。想象出来的角色是否具有活力?角色是否超越作品,超越其创作者的道德观,在外部世界中以神秘方式获得自己的生命?对这一点的最严格的检测在于,角色是否能够随着时间的变化不断成长,在变化的场景中保留自身协调一致的个性特征。如果我们将奥德修斯放在但丁笔下的地狱中,或者放在乔伊斯笔下的都柏林,我们将会看到,尽管奥德修斯脱离了我们称为神话的对文明的想象活动和回忆,他依旧保持自己原来的基本性格。作家是如何将这种生命力的萌芽植入所创造的人物的?这是一个谜。但是,伏伦斯基和列文显然具有这种生命力。他们既属于所在的时代,又超越所在的时代。

伏伦斯基走向战场,这是某种英雄主义和自我牺牲行为。但是,它显示了托尔斯泰对俄土战争的观点,伏伦斯基的行为给读者留下的印象是,这是又一个冲动之举,本质上是欠缺思考的。这种屈服于内心冲动的行为正是小说展现的主要悲剧。对列文来说,那场战争是促使他进行自我审视的刺激物之一,推动他明确地抛弃流行的道德准则,从而为接受托尔斯泰式基督教做好准备。

由此可见,《安娜·卡列尼娜》的第八部带有事先没有预谋的争论和论战意图,并不是依附于小说主要结构的附件。它扩展和厘清小说的主要结构。小说中的人物对这种新氛围做出回应,他们的做法类似于人们面对“真实生活”中环境变化时所采用的方式。在托尔斯泰的大厦中,有许许多多宅第,在这些宅第中同样可以见到作为小说家和说教者的托尔斯泰的身影。出现这种现象的唯一原因是,托尔斯泰不断巩固自己的至上地位,并不理会形式特征更强的构思准则。他并没有尝试去获得彻底的对称性,而这样的对称性以奇妙方式贯穿于亨利·詹姆斯的《使节》,贯穿于具有自行闭合特征的《包法利夫人》——在这样的对称性中,任何添加或删减都会起到损毁作用。托尔斯泰完全可以写出《安娜·卡列尼娜》的第九部,描述伏伦斯基如何努力寻找,以便为婚姻赎罪,或者描述列文如何开始自己的新生活。

实际上，从情节上看，托尔斯泰在1878年秋天动笔写作的《忏悔录》正是从《安娜·卡列尼娜》的结尾开始的。或者更准确地说，正是从《安娜·卡列尼娜》的中断处开始的。

《复活》的最后一段是更明确的例子，它很好地显示了托尔斯泰小说所欠缺的大幕闭合。这样做获得的效果是提供一种具有生命的延续性，单本叙事标记出一个短暂、人为的切片：

> 对聂赫留朵夫来说，那个夜晚是新的存在的开始。这并不是因为他采纳了不同的生活方式，而是因为从那之后，他遇到的一切对他来说具有完全不同的意义。未来将会显示，他生活之中的这个新阶段将会如何结束。

托尔斯泰在1899年12月16日写下了这些文字；不久，他开始撰写《我们时代的奴隶制》。从非常真实的意义上说，聂赫留朵夫的故事得以延续。

在创作《战争与和平》的过程中，托尔斯泰不断改变构思、重点和意图，这一点已经广为人知。法国学者皮埃尔·帕斯卡是这样评价这部作品的：

> 它首先是一部构筑在战争框架之内的家庭小说，其次是一部历史小说，最后是一首具有哲学倾向的诗歌。这部作品首先描绘了贵族的生活，然后展现了一部民族史诗。它在长达四至五年的时间中以连载形式刊载，作者其间进行了多次微调和重大改动，然而并不十分确定，这样的重大改动是否必要。后来，作品恢复了原稿的风貌，但是却没有小说家的直接参与。总的来说，这部作品其实没有完成。

无论从是否为最终版本，还是从是否详尽无遗地论述主题的角度看，这部作品都没有完成。这部作品有两个内容丰富的后记，一个附录，这一点给人的印象是，托尔斯泰面对的创作能量非常巨大，甚至《战争与和平》这样的鸿篇巨制也不足以包容它们。他在附录中宣称：“这不是小说，甚至不是诗歌，更不是编年史。《战争与和平》是作者希望看到的东西，能够以它现有的形式进行表达。如果它是作者预先假定的，如果没有这样的先例，这样的说法可能漠视艺术创作的传统手法形式，可能显得冒昧。”据此，托尔斯泰列举了《死魂灵》和《死屋手记》，将它们作为无法被严格划归入小说的例子。托尔斯泰认为，果戈理的作品仅仅作为片段留存于世，陀思妥耶夫斯基的作品其实是自传。尽管他提供的辩词稍欠诚实，他提出的断言却显然是有道理的。《战争与和平》具有经久不衰的神奇魅力，这一点主要在于作品的鸿篇巨制具有的规模，在于它“漠视艺术创作的传统手法形式”。它包括一组小说、一本历史著作、一种教条式哲学，一本关于战争性质的专著。最后，想象生活形成的压力释放出来，素材的活力得以展现，它们的强大力量使《战争与和平》这部作品出现扩展，形成了作为一部新小说开头的第一则后记，接着又形成旨在构成托尔斯泰的历史哲学的第二则后记，最后形成读来就像自传序言的附录。

这些后记在托尔斯泰的小说创作实践中起到了什么作用？对这个问题的探讨尚嫌不足。以赛亚·伯林以精彩的语言指出，托尔斯泰在第二则后记中思考了历史必然性的原因和意义。他谈到了托尔斯泰的文学观与哲学体系之间的内在矛盾，为理解这部作品的整体架构提供了具有启迪的洞见。在描写战争场面时，托尔斯泰采用了“马赛克”技巧，借助细节的碎片，形成整体构图，其做法与这一信念保持一致：军事行动是单个动作累积而成的东西，这种集合体无法量度，无法控制。此外，我们还看到，这本小说如何以直接方式被构思为对官方历史记载的一种反驳。

然而，我在这里直接关注的东西与此不同。《战争与和平》看似结构松散，更准确地说，看似缺乏肯定的结尾，这种做法以强有力的方式，有利于读者形成这一感觉：自己看到的这一本书尽管是虚构的，但是确实体现了丰富的生活，它像最强烈的个人经历一样，逐步形成自己的回忆。从这个角度看，第一篇后记所起的作用最为重要。

许多读者已经发现，这一篇后记令人沮丧，甚至使人反感。它的最初几章是关于拿破仑时代的历史性质的论文。实际使用的“七年已经过去了”这个句子可能是后来添加的，其目的在于将历史分析与小说中的事件联系起来。托尔斯泰一直希望，在《战争与和平》的结尾明确表达他对“欧洲人大规模从西到东、然后从东到西的迁徙”的看法，表达他对历史哲学领域中“偶发事件”和“天才”所起作用的看法。但是，在第四章之后，他中断了这一做法，恢复了虚构性叙事。关于正史的论点放到了第二篇后记之中。这是为什么呢？是出于某种追求逼真性的冲动？是出于在文学人物生活中让时间发挥作用的愿望？托尔斯泰是否不愿意与他创作的人物分开，不愿意与对他的精神产生巨大吸引力的角色分开？对于这些问题，我们只能猜测。1869 年 5 月，托尔斯泰在写给诗人费特的信件中提到，《战争与和平》的后记并不是“信手拈来的杜撰”，而是“自己的肺腑之言”。我们可以证明的一点是，他在后记中倾注了大量精力，花费了大量思考。这些局部意义上的结尾起到了很好的效果，类似于贝多芬交响乐作品中较长的乐章结尾部，是针对沉寂的反抗之举。

编后记

乔治·斯坦纳（George Steiner，1929—2020）是一位法裔美国文学批评家，曾任教于普林斯顿大学、剑桥大学和哈佛大学等世界知名高校。他对于托尔斯泰和陀思妥耶夫斯基的比较研究基于历史、传记和哲学等多个维度，对俄罗斯文学中的一些共性特征做出了极富洞察力的挖掘。本文节选自乔治·斯坦纳：《托尔斯泰或陀思妥耶夫斯基》，严忠志译，浙江大学出版社，2015，第 84—94 页。

论《战争与和平》

作者 ［美国］哈罗德·布鲁姆
译者 陈豪

一

作为自莎士比亚以来最具现实表现力的作家，托尔斯泰在他的代表性创作实践中把两种不相容的艺术力量捏合到了一起。第一种力量以《伊利亚特》的作者为代表，另一种力量的代表是亚伯拉罕、约伯、约瑟夫、摩西以及《创世记》《出埃及记》等故事的最初讲述者。或许是因为更欣赏荷马和耶和华，他对莎士比亚提出了异常严苛的批评。其他莎士比亚的读者一定不会觉得《哈姆雷特》《麦克白》《李尔王》乏味且令人反感。为什么托尔斯泰能接受《伊利亚特》的道德，而非《哈姆雷特》的道德，这是一个难解之谜。因为哈姆雷特与约瑟夫和《撒母耳记》里大卫的共同点比他与阿喀琉斯或赫克托耳的共同点要多。我猜想托尔斯泰从莎士比亚作品中学到太多，以至于想逃避他所欠下的债务。安德烈要比拜伦勋爵急躁许多，甚至在喜剧表现方面，皮埃尔所映现的也是莎士比亚的自然主义，而非荷马或《圣经》的自然主义。如果你笔下人物的转变不是出于经验，而是缘于对自我与经验关系做出的反思，那么你就是莎士比亚模仿论的另一个继承人，即使你坚持认为你的现实感是基于道德，而莎士比亚不是。

莎士比亚和托尔斯泰的共同点是《圣经》而非《伊利亚特》。最让托尔斯泰感到冒犯的莎士比亚戏剧应该是《特洛勒斯与克瑞西达》。啊！《李尔王》的名声较为糟糕，而令人惊讶的是，只有福斯塔夫还能打动托尔斯泰。不过，最伟大作家之间的影响可能非常奇怪。亨利·詹姆斯在1908年写作时把《战争与和平》与萨克雷的《新来的人们》以及大仲马的《三个火枪手》联系在一起，因为所有这些都是“大而松散的怪物，带有……偶然和任意的奇怪元素”。二十年前，詹姆斯把托尔斯泰视为“一个能把整个人类生活这个伟大主题驾驭好的怪物！——就像驾驭一头大象的目的，不是为牵引一节车厢，而是整辆马车”。詹姆斯对“一种绝对有预谋的艺术”提出的要求似乎与托尔斯泰臭名昭著的论战“什么是艺术”相抵牾。但其实，这只是一种错觉。即便通过翻译，托尔斯泰仍然是一位超越詹姆斯艺术成就的作家，就像荷马之于维吉尔，莎士比亚之于本·琼森。《战争与和平》中人物的塑造体现出了权威性和对现实模仿的高超技巧。能达到同样高度的只有很少一些作家，如荷马、圣经作者、但丁、乔叟、莎士比亚、塞万提斯，或许还有普鲁斯特。菲利普·拉夫曾令人难忘地评论：“身处托尔斯泰天气里的批评家们欣喜若狂。”这里的“天气”一词用得最好。《战争与和平》如同宇宙一般也有天气，却无人愿意承认托尔斯泰同高度浪漫主义者或陀思妥耶夫斯基一样创造了一个异类世界。人们在托尔斯泰创造的天地里受难死去，快乐生活，而不是在一个虚构世界里。

马克思主义批评家卢卡奇不情愿地承认，托尔斯泰在某些时刻已突破至“一个明显分化、具体和存在的世界，如果它能够扩展为一个整体，将完全无法进入小说的范畴，而是需要一个新的艺术创作的形式，新的史诗形式”。卢卡奇否认托尔斯泰可以完全做到这一点，但他的意识形态使他对托尔斯泰不够慷慨：像《哈吉·穆拉特》这样的短篇小说当然就是这样一个整体，一千三百页的《战争与和平》在如此长的篇幅中却不可能实现绝对的整体，但也给我们制造了“一个明显不同的、具体的、存在的世界”。托尔斯泰做了一个19世纪的小说家不应该做的事。他揭示了我们日常现实的各个方面，如果不是他先于我们看到这些，那么我们就永远看不到。狄更斯和巴尔扎克描绘了我们渴望融入现实的非凡幻想。也许托尔斯泰无法忍受这点，但他确实很像莎士比亚。他试图说服我们做好对自然精华部分的模仿已绰绰有余。

莎士比亚经得起无穷分析，部分原因是他的修辞技艺几乎是无限的。托尔斯泰不常被分析，因为他的修辞被赋予了一种浑然天成的效果。你必须考虑托尔斯泰笔下决定论和自由意志之间的平衡，因为他坚持认为这是你的本职工作，但你也被他的叙事力量以及人物说话思考模式的必然性所左右，质疑情节结构或故事中的个别声音形象。如果詹姆斯、福楼拜和乔伊斯三人一起被认为是小说家的原型，那么托尔斯泰似乎是另一个更大、更重要的存在，我们对这种存在还没有命名。卢卡奇无疑是正确的，他坚持认为“伟大的史诗是一种与历史时刻息息相关的形式”，而那个时刻既不是托尔斯泰的，也不是我们的。

二

加里斯·琼斯强调，《战争与和平》与其说是托尔斯泰相关的单一叙事，不如说是一个由许多叙事组成的网络。对我们来说，就好像我们每个人都像安德烈一样冷静接受。也许这就是安德烈在小说中的主要作用，即成为托尔斯泰式读者的理想榜样，就像皮埃尔最终成为理想的托尔斯泰式讲故事的人一样。以赛亚·伯林和马丁·普莱斯都阐明了托尔斯泰笔下的英雄们如何通过接受“事物的永恒关系和人类生活的普遍结构”而获得平静。如果这不足以描述第十五卷皮埃尔的转变，原因是托尔斯泰具有超自然力量，而不能归咎于批评者有弱点。托尔斯泰描述了皮埃尔和娜塔莎在玛丽亚公爵小姐家的会面，当皮埃尔获释后回到莫斯科，随后又生病康复。批评家该如何传达这种认知上的智慧或表现这种克制又难以抗拒的悲情呢？皮埃尔意识到玛丽亚公爵小姐哀悼的同伴是娜塔莎，而他爱上了娜塔莎。很难想象在这一点上有谁会比托尔斯泰展现出更为精妙的艺术手法：

在一间点着蜡烛的相当低的房间里，公爵小姐坐着，另一个身穿黑衣的人和她在一起。皮埃尔记得，公爵小姐总是有一些女伴，但她们是什么人，是什么样子，他从来不知道，也不记得。"这一定是她的同伴之一。"他想，瞥了一眼穿黑裙的女士。

公爵小姐迅速起身迎接他，伸出手。"是的，"她说，看着他在亲吻她的手后变了的脸，"所以我们又见面了。他经常在最后谈到你。"她继续说，把目光从皮埃尔转向她同伴，羞怯让他一时吃惊。

"我很高兴获悉你平安。这是我们很长时间以来收到的第一条好消息。"

公爵小姐又转头看了看她的同伴，神情更加不安，正要补充什么，但皮埃尔打断了她。

"想象一下——我对他一无所知！"他说，"我以为他被杀了。我所知道的都是从别人那里听到的。"

皮埃尔说得很快，很激动。他看了一眼同伴的脸，看见她用殷勤的目光注视着他，就像人们谈话时常有的那样，不知怎的，他觉得这个穿黑衣服的同伴是个善良、优秀的人，不会妨碍他和玛丽亚公爵小姐畅谈。

但当他提到罗斯托夫一家时，公爵小姐的脸上更加尴尬了。她又迅速把视线从皮埃尔的脸上转向了黑裙女子的脸，说道："你真不认识她吗？"

皮埃尔又看了看同伴那张苍白而娇嫩的脸，有一双黑色的眼睛和一张奇特的嘴巴，他身边的一个久已被人遗忘的、非常可爱的人，从她那专注的眼睛里望着他。

"不，这不可能！"他想，"这张严肃、瘦削、苍白的脸看起来老了许多！不可能是她。这只会让我想起她。"但就在这时，玛丽亚公爵小姐说："娜塔莎！"经过艰难和紧张的努力，就像打开一扇铰链已生锈的门一样,她的脸上露出了微笑,从那扇打开的门里飘出一股香味,使皮埃尔感到一种他早已忘记的、甚至没有想到过的幸福的气息——在这个时刻尤其如此。它浸透了他,抓住了他,把他完全包围了。当她微笑的时候,已经不可能再有怀疑了,那就是娜塔莎,他爱她。

就其本身而言,它极其简单、直接、现实。就像这样,在它的整个背景下,在它背后隐藏着小说的巨大力量,绝对是一种有预谋的艺术。在这个核心时刻,当我们和皮埃尔一起了解到他生命的秘密和意义时,任何小说艺术,甚至是普鲁斯特的小说,也不能超越托尔斯泰的作品。“伟大的艺术作品之所以伟大,只是因为它们对每个人来说都是可理解的。”这个坚定的托尔斯泰式原则在这个时刻当然得到了支持。但我们不能忘记,李尔王和格洛斯特的对话,一个疯了,一个瞎了,不是每个人都能理解,而且触及了艺术的极限,就连托尔斯泰本人也无法做到。悲哀的是,托尔斯泰不能或不愿容纳《李尔王》《麦克白》《哈姆雷特》中的超越性和非凡性,却没有抵制《圣经》中约瑟夫和他的兄弟们的故事,或阿喀琉斯和赫克托耳的争斗。托尔斯泰对莎士比亚的否定,无论多么扭曲,可能是后者的表现力所能获得的最令人生畏的敬意。

编后记

哈罗德·布鲁姆(Harold Bloom,1930—2019),美国文学评论家,任教于耶鲁大学,被认为是英语世界最具声望的文学批评家。布鲁姆运用比较文学的方法将托尔斯泰纳入到西方经典作家的行列中,对托尔斯泰的国际化做出了重要贡献。本文节选自其所著《史诗》,切尔西出版社2005年出版,第182—186页。

《安娜·卡列尼娜》：预言的辩证法

作者 ［美国］大卫·H. 斯图尔特
译者 徐嘉妮
译校 陈豪

《安娜·卡列尼娜》最令人印象深刻的地方在于它能将读者的想象力从文字层的叙述中拽出，并将其予以概括。这种概括具有神话气质，难以言表。提及陀思妥耶夫斯基或梅尔维尔，人们很快会想到他们对事物象征意义的喜爱。而在托尔斯泰笔下，事物则试图回避这种象征意义：它们努力保持其作为经验实体的“事物性”。比方说，陀思妥耶夫斯基笔下的人物通常只是半个人，拥有基督或撒旦的灵魂。而莫比·迪克显然也只是半头鲸，另一半是邪恶或某种自然原则。但安娜·卡列尼娜绝对是完整的自我。像托尔斯泰笔下几乎所有人物一样，她具有多面性。她的真实自我隐藏着，使人们难以界定她到底是19 世纪俄国女士的“典型”，是现代女性的“象征”，还是夏娃或莉莉丝的“原型”。

完成这样的转换非常困难。只有读者的想象力完全沉浸在托尔斯泰刻画的繁复细节的魅力中时，他创造的无比浩瀚的经验现实世界才存在。一旦读者的想象与托尔斯泰关于现实的幻想交融，幻想世界那难以置信的密度及规模，就会使想象力逐渐意识到这一现实的重大意义。打个比方：托尔斯泰为我们创造了一轮过于庞大明亮的太阳，起初我们被它吸引前来，但只有经过缓慢而自然的过渡，我们的眼睛才能适应这样的环境，捕捉到太阳投射出的光亮。

我认为,《安娜·卡列尼娜》的力量恰恰在于概括性视角的延迟,在于托尔斯泰使我们的想象力穿行于事物及其意义——物质和形而上——之间的巨大鸿沟中。托尔斯泰比任何作家都更能使我们深入了解宇宙万物,并向我们展示其更伟大的意义所在。他的太阳是最大最明亮的,因此它的光亮覆盖了更宽广的区域,更深入地渗入未知领域阴暗的边缘。

因此,我们正在追寻两个答案:第一,托尔斯泰抑制想象的方法,并在特定细节的累积压力上升后推动概括的进行;第二,上述方法带来的关于小说意义的陈述。换句话说,我们寻求的是一种与托尔斯泰的卓越表现相称的对《安娜·卡列尼娜》的批判方法,一种能使我们清晰表达出许多读者都能感觉到但很少有评论家详细评论的可怕预言的方法。

至此一个方法论上的难点随之产生:人们无法确定是要强调托尔斯泰独特的"道德观",尤其是在他皈依宗教之后——托尔斯泰坚持认为这是使一部伟大作品具有连贯性和说服力的唯一因素,还是专注于形式方面,他在撰写《安娜·卡列尼娜》时就频繁聚焦于此。托尔斯泰认为作者的思想以及道德关系对内容非常重要,而文学涉及经验的性质,因此无视这一坚持无疑是愚蠢的。任何分析研究最终都必须将其纳入考虑范畴,只不过从形式着手将会大有裨益。

在一封给 N.N. 斯特拉霍夫的信(1876 年 4 月 23 日)中,托尔斯泰建议批评家们"放弃对思想的无意义探索,要不断引导读者进入构成艺术本质的无尽关联的迷宫,并走向构成这些关联的基础规则"。

两年后(1878 年 1 月 27 日),托尔斯泰回应了 S.A. 拉钦斯基友好但严正的批评——关于《安娜·卡列尼娜》在"建筑学上"是不健全的说辞:

> 我不认同您对《安娜·卡列尼娜》的看法。我恰恰为小说的建筑学感到骄傲——拱门的连接可以说是天衣无缝。我致力以求的正是这个效果。建筑物的衔接(svyaz,字面意思是"纽带""相互连接",托尔斯泰在画掉"统一"一词后用 edinstvo 代替)

并不靠情节或人物之间的关系（交往），而是依靠一种内在的联系。相信我，我并不厌恶批评，特别是您的意见总是让我感到无比荣幸。但恐怕您只是粗略地浏览了这部小说，并没有关注其内在内容。我不会和那些说着“这首奏鸣曲想要表达什么”的人争论；但如果您要谈论这部小说中存在不充分的连续性，我必须指出，您并没有真正找到它的所在，或者我们对“连续性”有不同的理解。我所说的使作品引人注目的这种连续性——它确实存在——您会发现它的。

这里的难点在于探寻托尔斯泰所说的“拱顶石”“联系”“内在内容”各指什么。拉钦斯基曾把《安娜·卡列尼娜》比作一根“绳子”，并且反对把两条情节线索的简单缠绕看作一种实现统一性的方法——或许这对弄清楚上述问题有所帮助。托尔斯泰明确指出他的小说并不是仅仅靠两个缠绕在一起的情节联结起来的，而是通过看不见的黏合剂，或者按照他展示的建筑结构那样，通过一些整体的设计规则。我们或许看不到拱顶石，但无疑会感受到它在拱门之上的存在。

然而，这些概念过于模糊，人们能对这些“错综复杂的联系”进行一定程度的猜测。在托尔斯泰眼中，《安娜·卡列尼娜》显然具有统一性，而正是这些联系赋予了它这一特质。令人吃惊的是，托尔斯泰特意把情节和人物关系排除在确定小说秩序的依据之外，但它们似乎极为重要，所涉及的内容远远超过两个主要情节。就让我用图表来说明吧：

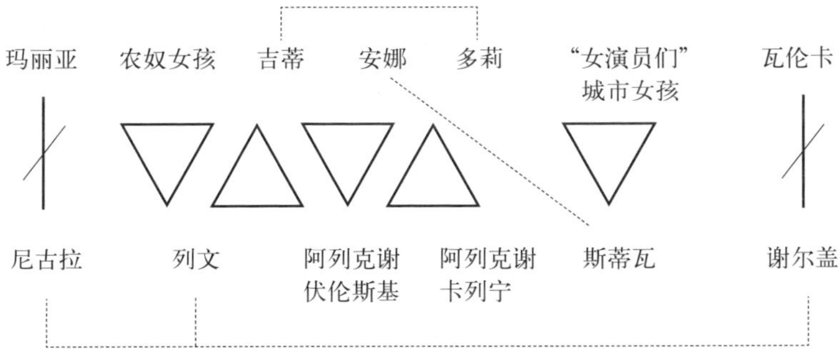

你只需记住《傲慢与偏见》中具有可比性的简化平行系统，就能认识到托尔斯泰的情节的复杂性，以及通过色彩的“淡化”而在居于中心位置的女主人公两侧所产生的非凡平衡感或比例感。当然，我们或许能通过改变图表来发现其他模式。比方说，多莉与斯蒂瓦这条情节线可以看作两个故事主线之间的一个过渡。然而，这些关于血缘、交往、通奸和婚姻的联系——无论如何安排——尽管是小说的构成要素，我们也必须予以忽视。接着我们要怎么做呢？隐藏着的内在的联系是什么？解答这一问题的关键又在哪？

我计划用三种方式来探寻这个由无数个体联系构成的普遍统一体：我将试着用小说中的语言来描述我们的体验，在参与行动和“了解”主角的过程中获得的间接体验，以及小说中的思想、价值观带给我们的认知体验。

I

托尔斯泰的风格通过三种方式传达了从具体到一般的运动。这一风格看似简单，诱哄人们轻率地宣称它的“透明性”。实则不然。就拿托尔斯泰描述安娜堕落的那一章举例。在这个简短的章节中，他非常注意语言运用，这一点可以从连载版本和首版（收录于《托尔斯泰全集》俄罗斯千禧年版，第十八卷，496 页）之间所做的三处修改中清楚地看出，但最明显的文风证据是第三段，在加内特的译本中这样写道：“但他（伏伦斯基）说得越大声，她就愈低地垂下她那曾经骄傲快乐、现在羞愧难当的头，她弓着背，从沙发上跌落到地板上，落在他的脚边。要不是他抱着她，她早就倒在地毯上了。”如果我们把实词“脚”和“地毯”算进去，这个并不突出的回指例子中有十个单词表示“向下”或“低”。[1] 这段话的重要意义在于在词汇、句法和节奏方面，托尔斯泰似

1 在俄语中，由于介词前缀的原因，只有八个单词表示“向下”或“低”。有趣（转下页）

乎有意加强了降格感和“堕落”感。他在出版版本中添加了一句连载版本中没有的短句后，就匆忙展示了以上几行文字，使这一事件具有了共情性：“看着他，她有一种生理上的反感，什么也说不出了。”安娜在下一段落中亲吻了伏伦斯基的手，这种伊阿古式的坚持让我们的共情反应更加强烈。此外，还有由被抢劫谋杀的尸体呈现出的极具冲击力的图像，以及在章节结尾，安娜梦见自己同时被她丈夫们——两个阿列克谢爱抚。以上种种都加强了我们的共情反应。换言之，这一章节的力量不仅源于托尔斯泰构思的方式，还源于文体的表现力。在文体的表现中，富有诗意的修辞手法有助于激活读者的许多思维领域，并以这种方式将此反应扩散至更广泛、普遍的经验领域。不过这个过程颇为缓慢：它需要阅读和记忆的双重加持。

另一个促使读者意识从具体提升到一般化的例子，发生在列文对死亡的某次沉思之前（第八部，第十一章）：

> 他站在凉爽的谷仓里，新茅草屋顶架着刚剥落树皮的白杨木横梁，榛枝的叶子交织其上，依然散发着香气。他透过那扇敞开的门，凝视着打谷时旋转嬉戏的干燥尘埃；注视着阳光下的打谷场草地和从谷仓里搬来的新鲜稻草；然后望着头顶斑点、胸脯洁白的燕子，它们在屋檐下飞来飞去，叽叽喳喳地叫着，拍动着翅膀，停歇在大门的缝隙里；最后他看着在昏暗的谷仓里忙碌的农民，产生了奇怪的想法。
>
> “为什么这一切都在进行呢？”他想。“为什么我站在这里，命令他们工作？他们为了什么而忙碌？是想在我面前展示他们的激情？我的老朋友，老玛特罗娜为了什么而操劳？（着火的房梁砸到她身上后，我救治了她）”他想着，看着那个正在耙麦粒的

（接上页）的是，在我比较过的五个译本中，只有加内特的版本恰当地体现了托尔斯泰的修辞手法。我之所以使用这个版本，不仅是因为它大体准确——除了名字的音译有一些出入，还因为它带有 19 世纪的味道。当代的一些译者可能犯了一个错误：他们把托尔斯泰的语言转换成了 20 世纪更生动活泼的惯用语。

瘦削的老妇人，她光着被太阳晒黑的脚在高低不平的粗糙地面上痛苦地走动。“她很快会恢复体力，但或许今天某个时刻、明天或十年后她将长眠，人们会埋葬她。她和那个穿着红夹克的聪明女孩都不会留下任何东西，尽管这女孩会用那种巧妙、轻柔的动作把麦粒从外壳里抖出来。他们很快也会埋葬这女孩和这匹花斑马。”他想着，望着一直拉着坠在身后的车轮，因沉重而气喘吁吁的马。“人们会埋葬她和打谷人费奥多尔。费奥多尔卷曲的胡子上满是糠秕，衬衫的肩膀处撕裂了——人们也会埋葬他。他正解开捆绳，下达指令，朝妇女们喊话，并迅速把皮带套在转动的轮子上。而且，不单单是他们——人们也会将我埋葬，我也不会留下任何东西。人究竟为什么而活着呢？”

在这两段中，事物之间的关系（通过大量介词表现出来，托尔斯泰使用介词的频率堪比圣保罗）以及列文观察事物的顺序看上去异乎寻常：从无生命的尘土到充满生机的草地，再到鲜活的鸟，最后到有意识、目的性强的人类。通过这一节节递进的次序，我们从单纯的观察跨越到了认识层面。可以说，重要的不是我们对场景和人物的见证，而是我们从中获得的体验。（我在此借用了乔治·卢卡奇的《现实主义问题》中关于叙述和描述、引导和描述之间的区别。[1]）在托尔斯泰的作品中，我们之所以能体验事件，是因为这些事件只有通过参与其中的角色才会发生。事件的意义来自人物在自身生活的丰富发展以及整个社会生活中所代表的意义。这是所谓的叙述。另一方面，在福楼拜的作品中（卢卡奇将《包法利夫人》中的农业展览与《安娜·卡列尼娜》的赛马相比较），事件的发生在人物的生活中只是巧合。爱玛只是观察事件而不参与其中，因此事件的意义与其个性无关。但这样做的结果是让读者也成了观察者，而非参与者。因此，对我们来说，爱玛

1 György Lukács, *Probleme Des Realismus* (Berlin: Aufbau-Verlag,1955), pp. 104, 107–108.

和鲁道夫成了“画中的斑点”,所有人物都变成了供我们观察的一排画作。这就是所谓的描述。

但是,一旦我们跟随列文的视角,从尘埃上升到人类,我们与他的意识都将准备好迎接他的形而上问题:“为什么这一切都在进行?为什么我站在这里,命令他们工作?他们为了什么而忙碌……?”我们对他头脑中发生的自然转换也毫不惊讶:既然已经观察了尘埃和人,那么现在就来进行思考。人类、鸟和草都终将死去。“而且……人们也会将我埋葬,我也不会留下任何东西。人究竟为什么而活着呢?”——同样,所有的结果都需要时间来落实。

第三个从具体到普遍的转换通过托尔斯泰从叙述向抽象评论的转变实现,这一过程直接但常常出人意料且突然。例如这个场景:列文在干草堆上休息,看着一对年轻夫妇结束了一天的工作,听着农民们唱着一首他们的歌(第三部,第十二章):

> 那些因为干草和他争吵得最激烈的农民中,有些曾被他粗暴地对待过,有些曾试图欺骗他。这些农民都会好脾气地问候他,但显然不是这样的,他们对他并不是没有任何怨恨或懊恼,也存有曾试图欺骗他的记忆。所以这些都淹没在了快乐的共同劳动之海中。上帝赐给我们时间和力量,而我们把它们都奉献给劳动,劳动本身就是回报。我们为谁劳动?劳动的果实又是什么呢?这些都是无关紧要的思考。

有两点立刻攫取了读者的注意力:首先,无论列文的想法有多么吸引人,它本质上是错误的。对于农民来说,谁得到了他们的劳动成果以及收获了什么,这些问题绝不是“无关紧要的思考”。其次,在小说后文中,列文的思想有了很大转变,他意识到“农民坚信地主的唯一目的是榨干他们”。

然而,给读者留下最深刻印象的可能并非列文的错误观念,而是意义层面的突然转变。同所有优秀现实主义作家一样,托尔斯泰致力于以适当细节描述自然环境中的非人为事件,以及这一事件和环境在主人公心目中的特殊性质。这里既有内在现实主义,也有外在现实主义,而且两者似乎都是纯粹的经验主义。然而,在没有发生中断或停顿的情况下,小说的节奏发生了变化,变得合乎《圣经》。我们的视野也发生了变化,就好像有人突然把放大镜放在我们眼前,说道:“上帝赐给我们时间和力量。”一方面,托尔斯泰显然把上帝与一群农民和一个躺在干草堆上的人放到了同一个现实维度中。上帝的存在如此明显和自然,读者的眼睛甚至不会因为重新聚焦的压力而感到不适。另一方面,我们能立刻感受到意识受到的极大冲击。虽然我们已经很好适应了托尔斯泰所展现的现实的重量和密度,但超自然的侵入使我们意识到了存在本身的复杂性和不可理解性。在托尔斯泰笔下,存在貌似明显且自然,但依然难以捉摸。可以说,托尔斯泰为我们扫除了视野中的障碍物,或许让我们首次相信能够真正且完整地审视所有生命——尘埃、人和神。但是,清扫这一行为本身将整体纳入了单一范围,使得遥远的黑暗和角落的阴影更加醒目。

这三个段落展现了不同的文体效果,我们可以将其归类为言语的、句法的和可靠的。这些段落不仅具有托尔斯泰道德观的特色,同时具备了文体上的独创性。如果没有这种独创性,就无法传达其愿景。换句话说,托尔斯泰的风格——批评家们常常错误地将其视为“简单的”——尽管不可见,但成了不可或缺的媒介,一种布朗运动,不断为它提供活力。他的风格本身带有一种连续性,将小说中多样、散漫的内容结合在一起。它成为一种普遍、可靠的绝对准则,在这种绝对准则中,感官受到刺激,随后得到满足;思维被激发,开始有逻辑地飞翔,或者被敦促与悖论和解。这就是我们会沉迷于托尔斯泰的虚幻世界的原因:他平实、可靠的风格使我们全身心沉浸其中。

II

不过,托尔斯泰写的是散文而非诗歌。因此,我们对事件和人物的直接体验不会受其风格干扰。同所有文学作品一样，小说是言语化的经验，但言语表达必须处于次要地位。《安娜·卡列尼娜》的统一性就体现在人物经历发展的先后次序上。

在读者的替代性经验方面，托尔斯泰采用另一种手段延迟了读者认识特定事物的完整意义时间。这涉及他对人物的呈现。《安娜·卡列尼娜》的一个特别之处在于，随着情节发展，我们对主要人物的态度会发生变化。但这并不是一个"自然增长"的发展态势，而是一个摇摆不定的过程。安娜第一次背叛她丈夫时，她惹人厌烦，而卡列宁是个正派严谨的绅士；后来，他是一个介于法利赛人和基督徒之间的可鄙之徒，而她惹人怜悯：尽管她是个自私的女人，但受尽折磨，被恶意围绕。而列文时而无趣笨拙时而又极度机敏。

这种奇特现象之所以存在是因为《安娜·卡列尼娜》对读者提出了苛刻的要求。大多数时候，人们可以自在地审视作家笔下的人物，看着他们如何实现自我，即在所处环境的限制下，简单地（如简·奥斯汀的作品）或复杂地（如莎士比亚的作品）发掘自己人格的新生潜力。人们会钦佩伊阿古是邪恶的完美化身，但绝不会喜爱他；或许有人不喜欢奥赛罗，但绝不会鄙视他。我们之所以对一些人物爱恨交加（例如在陀思妥耶夫斯基的作品中），皆因他们是善恶的统一体。问题是，在这些情况下，我们对人物的评价通常不会变化不定，否则我们会去指责作家反复无常。例如，萨克雷显然希望读者在读《名利场》的过程中爱上阿米莉亚，最后再厌弃她。实际上，除了以迷糊、自负的女孩形象出现时，她在大部分时间里都令人难以忍受。随着萨克雷的想法（或重点）发生改变，我们的想法也因为阿米莉亚展现出的两面性而改变。通常情况下，我们不喜欢这种变动，除非像在亨利·詹姆斯的书中那样，由于视角的限制而对角色产生误解，需要进一步的揣摩。书中的人物前后一致时，我们对他们的看法也是一致的。

在《安娜·卡列尼娜》中，我们的态度老是摇摆不定：安娜与多莉相处的日子，在意大利的时光，分娩濒临死亡的那一刻，陪伴儿子时，以及在歌剧院的浮光中，她惹人喜爱。而当她面对吉蒂时，和伏伦斯基在俄国时，与她的丈夫相对时，以及很多其他的场景中，她惹人厌烦。这使我们意识到必须不断修正对她的评价——不是像莎士比亚那样“修改”、“延展”或“修饰”，而是一次又一次地彻底颠覆。当然，这就是现实中评价他人的方式。每个人都不是一成不变的，他们交替展现出相反的一面。贫穷或灾难可能会将一个人“定格”在一条道路上，例如致残事故或导致更多罪恶发生的犯罪行为。但很少会出现不可改变的评价。没有人可以被完全理解，即使在回顾一个逝者的生平时，也不可能具有文学作品主角的前后一致性。奥赛罗的形象尽管复杂丰满，但我们有把握相当完美地猜出他生活中的驱动力，主要基调和禀赋——因为他比任何有着安全感的自由人都简单得多。那么凯撒呢？莎士比亚笔下的凯撒是可被理解、令人心生好感的，普鲁塔克展示出的凯撒也是如此，更不用说凯撒本人展现的自我了。但这些都是构想。我们深知自己没有也不可能真正了解凯撒，就像我们对兄弟或自我的了解一样。正因生命之水在一刻不停地渗入和涌出，我们像蒙田一样，不断被自我所震惊、娱乐或打击。如果某种逻辑似乎显现在一个人的生命脉络中，我们知道这充其量只是一个粗略的近似物，远远不能展现出个人隐秘的复杂性。

托尔斯泰传达出这种变化、逆转、流动的感觉所用的力量，是连人物伪装大师约瑟夫·康拉德都无法比拟的。人们会产生与他相应的阅读和反馈方式：做出假设，提出断言，撤回假设；发挥想象，坚持想法，调整想法，也就是相信、评估和修改。这个过程会一直持续。那么，我们对安娜·卡列尼娜这个人物的统一性的认识是否会比对一些现实中的女性的认识更少？小说是否就是不成熟的“玩意儿”，算不上艺术？恰恰相反，托尔斯泰艺术的伟大之处正是在于他再现了我们认识和定义真实人物的过程。而这个过程是如此摇摆不定，充满矛盾，阻止我们进行任何绝对的评价。在掌握了更多细节后，我们进入了更全面、复杂的一般化世界，杜绝了最终结论性判断的产生。当然，这是托尔斯泰特意为之，他承认一般化会给变坏的人物增加某些好品质，反之亦然。可以说，陀思妥耶夫斯基把人物视为某种激情或思想的体现，托尔斯泰则视之为难以捉摸，具有无限可塑性的有机体。

除了再现我们了解他人的过程外，托尔斯泰还利用“典型人物”来达到更广泛的意义。有时他以传统方式塑造典型人物，有时则通过独特的原创方法。例如，对我们来说，尼古拉·伊万诺维奇·斯维亚茨基是一个无可挑剔的人，但总觉得他不可信赖。我认为，他是另一个斯维德里盖洛夫：总是戴着地方长官帽，却从不公布自己的罪行。我们几乎把斯维亚茨基当作一个真实的个体，然而托尔斯泰如此自如地从具体的经验层面上升到一般的意义，使得斯维亚茨基在不失去个人身份的情况下，不知不觉地成为一个普遍的社会典型人物和预言性的象征（第三部，第二十六章）。

> 斯维亚茨基是一个极其先进的人。他鄙视贵族，认为广大贵族因为胆小，只敢暗中支持农奴制。他眼中的俄国是一个破败的国家，颇具土耳其风格。俄国政府太过糟糕，他甚至不允许自己郑重批评它的所作所为，而他自己是该政府的一员，还是一名贵族模范执法官，驾车出行时，总要戴上带花形帽章和红绶带的官帽。他认为只有在国外的生活才算过得去，一有机会就出国住。同时他还在俄国施行了复杂的农业改良制度，并以极大的兴趣关注国内的大小事件。在他的心目中，俄国农民介于猿猴和人类之间的过渡阶段，在地方议会中，没有人愿意和农民握手和听取他们的意见。他个人既不信奉上帝也不相信魔鬼，但非常关心神职人员的壮大和收入维持问题，还特别费心地维护村庄里的教堂。
>
> 在妇女问题上，他极力主张妇女完全自由，特别强调劳动自由。但他与妻子的生活倒是与此不大符合。他们没有孩子，夫妻恩爱，人人称美。而且他安排他妻子生活的方方面面，尽可能让她的时间都在愉快中度过，只需做个富太太，享受他的努力成果。

斯维亚茨基或许是旧俄国文化正在消亡的最可靠的迹象。无论是反抗者（列文的弟弟）还是怪人（列文自己）都没能如此清楚地揭示出这种垂死的文化。虽然斯维亚茨基预见了即将到来的灭亡，但仍过着掩盖其绝望的模范生活。因此，这个人物作为一个社会象征被敏锐地构思出来，不过作为一个文学建构并不算特别有趣。

如果说斯维亚茨基是明显的典型人物，那么同样作为典型人物的安娜·卡列尼娜则稍显隐晦。这个女人，来自19世纪的俄国，有一个颇有地位但冷酷无情的丈夫，因此受够了冷落，和一个健壮的士兵在卧室里厮混。不过谁在乎呢？除少数专家外，今天没有人关心旧俄国，更没有人关心旧俄国或其他地方的优雅真实的女士。除了少数虔诚的基督徒，没有人关心谁和安娜·卡列尼娜上床、睡多久、为什么睡、影响是什么。福楼拜十分明白，暗地里萨克雷也清楚，可以通过营造冷漠感和保持读者与人物的距离感来达到文学效果。我们对爱玛·包法利和贝基·夏普的态度可能是喜爱和鄙夷并存，但缺乏尊重。爱玛最后怎么样了？她死得很凄惨，可怜的姑娘，但她还是死了好。那木偶人贝基呢？她被体贴地藏在巴斯、贝尔格莱维亚，或者如果你愿意的话，在盒子里也行。谁在乎呢？反正福楼拜和萨克雷一定不在意。

但安娜的堕落与她们不同，或许在现代文学中是独一无二的：在小说讲述的数以千计的通奸故事中，安娜的故事最值得关注并且有预示性，它使我们不再只是无动于衷地微笑。自《失乐园》中的夏娃犯下原罪以来，再没有比女性的堕落更可怕的了。在小说第二部第十章和第十一章之间，安娜的堕落开始了，托尔斯泰在其中插入了寥寥几个但非常重要的时间节点。（例如，列文久久握住垂死的弟弟的手不放时，还有安娜向多莉透露她不愿生孩子的那一刻。）为什么托尔斯泰给这个女人的堕落赋予的意义比刻板印象中的更具说服力？他是如何给崇尚劳伦斯风格的读者留下深刻印象的，尽管没有让他们达到五体投地的地步？

为了解答这些问题，我们需得了解以下五个评论。第一，很明显安娜·卡列尼娜是一位女士。她初次登场时，满怀骄傲，身上散发着自由的非凡气质，带有一种难得的纯洁与成熟的结合。这种结合来自体验所决定的世俗知识，以及天生聪慧的调和。当她协助修复她哥哥的婚姻关系时，我们确实能看到这一点。但她身上同时存在一个缺陷，或者说是一个弱点：安娜的心也有它自己的骨架。正如她所说的，这导致丈夫对她不满，也无法将这种不满升华——在构成她生活的社会魅力的旋涡中，她仍然感受到肉体的原始冲动。并且她依然想在漂亮女孩面前测试自己的魅力，以得到最鲜活的年轻人的垂青。她之所以保持淑女风范，是因为下列原因：她将这种自然的原始骚动称为“骨架”。她知道这让她对吉蒂很残忍，她还没傻到把社会礼节、家庭责任和个人荣誉的要求置于持续的激素躁动之下。但后来她迟疑了。她开始做出让步，身边的朋友从思想严肃的人变成了聚集在贝西·特韦尔斯科伊晚会上的时髦浪荡子。我们再次看到了堕落前的安娜，她被激情所困之时，曾试图摆脱自己，但发现自己无力挣脱，便告诉伏伦斯基，“爱”这个词对她的意义超出了他所能理解的范围——它几乎是一种恳求，让他试着去理解他得到了什么，让他自己配得上她，但他只是吻着她碰过的手掌离开。堕落来临的那一刻着实令人震惊，安娜·卡列尼娜的光辉形象在一瞬间崩塌了。她屈从于自私的、个人的满足，让自己的纯洁天性出现了裂口。

第二，无论安娜的天性中的裂痕多么严重，如果仅仅把它看作一个孤立的事实，那么就会缺乏应有的维度。她对欲望的屈服同样使婚姻制度出现裂缝。托尔斯泰（完全不亚于萨克雷或福楼拜）清楚地看到，婚姻并非家庭生活的结束而是开始。19 世纪的婚姻制度就像一座坚实的纪念碑，矗立在维多利亚女王的王座上，但他发现现下的婚姻制度完全不同。就像中世纪的教堂或陈腐的古国一样，婚姻是极其脆弱的，完全依赖于不稳定的意志——任性的，永远离心离德的男男女女时时刻刻重申着承诺。它在个人满足和感激的满足中飘摇地发展着。托尔斯泰以多种方式告诉我们，维持和延续这种平衡需要耗费巨大的意志力。

“幸福的家庭”具有不可估量的重要性。奥伯朗斯基家族是“放荡不羁的”，所以安娜有一种几乎是遗传性的放纵倾向，从她能抵挡住多久诱惑就可以衡量出她受到了多少规训，但她的哥哥却一下子向诱惑投降。伏伦斯基因为他母亲的影响而极其脆弱。阿列克谢·卡列宁是个孤儿,他不时对自己的出身进行深思,这让他非常痛苦。舍尔巴茨基一家似乎是健康家庭生活的典范,但却有点极端。大自然本身也犯了错误,过度使用了女性元素,所以舍尔巴茨基一家几乎用她们的女性声音和女性气质压制了列文。就连柯兹内舍夫家,即列文同父异母兄弟的母家,也不知何故渴望这种状态。而正如我们从尼古拉的混乱生活中看到的那样,提供最终标准的列文家(即托尔斯泰家)也存在缺陷。

不管我们思考的是家庭还是个人,标准的概念本身,对它的需求以及对规范的不断探索和试验,都像巨大的结构之梁一样贯穿小说。安娜本身就是一根至关重要的横梁。当她断裂时,整个结构都在颤抖,故而催生了居民们狂热的修复活动。这种崩塌的危险以另一种方式表现在吉蒂和列文的强烈醋意上,他们疯狂修复以保证自己和婚姻的完整性。爱情婚姻关系的介入者必须被暴力驱逐,正如列文将愚蠢的维斯洛夫斯基驱逐出波克罗夫斯科那样,也如同吉蒂对列文的日记或他对安娜的迷恋所表现出的愤慨。

当婚姻稳定时,双方都能保持其应有尊严和冷静,而婚姻一旦出现裂痕,整个有机组织就会出现混乱。托尔斯泰将其归因于婚姻的极度脆弱,这种意义很大程度是生物学上的。这让人们想起威廉·贝克关于受侵害后的基本器官的行为描述:

> 低温下的生命系统以储存在其结构中的特殊化学物质为燃料,在其自身新陈代谢的过程中产生热量……多细胞生物体和细胞的亚细胞结构的创伤,都是通过看不见的编织过程来修复的,这些过程至今仍然不被人类所理解。外来物质的入侵受到生物系统的抵制:细菌被血源性结构吞噬……或者被抗体灭活,抗体是由生命体产生的体液,本身并没有生命。化学反应中和毒素,异物被隔离在外。外部危险总会被抵御:要么通过自控的身体运动,如飞行,或不自愿的快速反射动作;要么通过一系列不可思议的武器,包括电鳗电、蛇毒、荆棘、爪子、臭气和牙齿。所有内外

部因素，只要倾向于扰乱有机体的平静，不论多么微妙，它们对膜的渗透性、热力学平衡、粘滞性或其他方面的影响，都会触发同样精妙的生命系统的抵制。生理学公理似乎是合理的，它认为每一种生命现象都不是一种行动，而是一种恢复**现状**的反应，因此荷马·史密斯把细胞称为“一个以自我为中心的舒适机器”。这是一个内环境稳定的例子——每当受到干扰时，有机体机器都会努力恢复其平衡状态。[1]

从某种意义上说，《安娜·卡列尼娜》是对人类在婚姻制度方面的稳态行为的研究。事实上，尽管使用生物学术语来描述社会或心理现象有一定的危险，但人们其实不得不应用稳态原理看待《安娜·卡列尼娜》中的许多事情。[2] 我将在下一节再谈这个问题。

第三，对安娜自身的贬低，以及对家庭和婚姻的侮辱加深了她的堕落。当我们把它看作社会本身断裂的范例时，它就有了更深远的意义。在爱情和婚姻关系中，个人乃至整个社会有机体都岌岌可危。托尔斯泰明智地看到，婚姻的“裂变”会引发连锁反应，牵连到其他社会结构。破坏婚姻不仅意味着破坏了俄国贵族根深蒂固的传统，而且打破了一种古老的人类模式。在第二部第十章和第十一章之间的平静期中，人类生活的所有耻辱和苦难突然在我们的脑海中闪过，令我们意识到真正的沉寂和空虚。弥尔顿记录了这种空虚感，不过是在神学层面而非社会意义上。第一块多米诺骨牌已然倾倒，连锁反应必然

1 William S. Beck, *Modern Science and the Nature of Life* (New York: Harcourt and Brace, 1957), pp. 246–247. 生物学家最近用更准确的“homeokinesis”（均等分裂）取代“homeostasis”（内环境稳定）。

2 在《那么我们应该怎么办》中，托尔斯泰嘲笑孔德将“有机体”和人类作类比。孔德“被门尼涅斯·阿格里帕很久以前表达的古老思想所打动，即人类社会甚至全部人类可以被视为一个整体，即一个有机体，每个人类可以被视为各个器官的细胞，而每个器官都有其明确的功能，为整个有机体服务。这个想法使孔德大受启发，甚至在此基础上构建了一个哲学理论。他着迷于这个理论，完全忘记了他的出发点只是一个不错的小小类比，适用于寓言故事，但完全不适合作为科学的基础”。

会随之而来："地球感受到了伤痛，大自然在她的宝座上 / 对着生灵叹息，发出悲哀的信号 / 一切都已失去了。"在托尔斯泰那里，社会是撕裂的。

为了传达出这种感觉，他首先建立了有序稳定的社会总体结构。前三十五页介绍了所有的城市阶层，随着小说视角转向乡村，它们与乡村阶级的对应关系也迅速建立起来。但是，小说中很快就出现了衰败的预兆——不仅是斯蒂瓦玩弄女性的恶行，还有国家经济的恶化以及乡绅的贫困化。崛起的商人阶级不择手段圈钱，而乡绅们由于自己的无能被不断掠夺财富。社会可以容忍安分的酒色之徒，但当他因罪孽而被推入颠覆所有道德要求的商业企业和金融圈时，他就会迷失方向，而社会也会随之受到侵蚀。不仅如此，托尔斯泰还创造了贫困的农民和悲惨的工人那模糊而固定的意象，这主要体现在那个衣衫褴褛的修车工身上，他从火车投下的阴影中窥视，在梦境和幻觉中愧疚地扰乱权势。此外，贵族们对荒谬冥想的痴迷有一种疾病式的爆发：他们把暴发户朱尔斯·兰道臆想成了伯爵贝祖博夫，一个先知；托尔斯泰构想的这个古怪的名字（贝祖博夫的字面意思是"没有牙齿"）完全表现了所描述现象的严重性。社会这张大网的线断裂得如此之快，就算知道安娜与每条线都息息相关，人们也几乎看不见任何一条。一方面，社会对安娜的驱逐使她成为社会的受害者，因此，从某种意义上说，她的灵魂早已死去了；另一方面，她的死亡是她对社会的谴责，标志着社会的致命弱点。

第四，也许是最不祥的迹象，即安娜的破碎预示着更大问题的产生。那正是列文对"美好、淳朴的农村生活"的着迷，这种生活具有一种野性的生命力和满足。但这根本行不通，安娜非常清楚这一点，甚至列文偶尔也会看清。而最重要的是，托尔斯泰和读者从头到尾都知道这一点。诚然，我们幻想带着哑铃和镰刀，进驻贵族的庄园，在牧场上读书、唱歌，体会收获的喜悦。但早已为时已晚：庄园变成了房产项目，牧场变成了封闭的"工厂式农场"或垃圾场。对托尔斯泰来说，一切都已经太晚了。它不能治愈他所描述的农村经济的萎靡不振。并且它不能阻止而只能推迟社会性自杀，而这种社会性自杀早有预示：贝祖博夫的蒙蔽主义，斯蒂瓦对森林的售卖，以及伏伦斯基自愿前往塞尔维亚参战。它甚至还不能延缓个人死亡。列文的哥哥尼古拉渴望死亡，伏伦斯基两次自杀未遂，安娜卧轨自杀，列文思索死亡的意义，甚至连吉蒂也处于自杀的边缘。

尽管很多同时代批评家坚持将托尔斯泰对生命和“道成肉身”的兴趣与陀思妥耶夫斯基对死亡的关注相比，认为《安娜·卡列尼娜》充满死亡气息，并为作品中对自杀的痴迷所激荡。大约读到小说一半时我们才完全意识到社会性死亡的主题，这个几乎令人疯狂的主题迅速席卷了人物角色和我们，直到对安娜来说，自杀本身已远远不够了：她想要毁坏自己，留下一具残缺不全的尸体，作为对自己和世界的惩罚。可以肯定的是，托尔斯泰旨在实现一种比例和平衡，因此他对自杀倾向的描写总是与人的自我保护的本能形成对照。然而，我们不能低估小说中道德的影响力，或者说是吸引力，也可以说是安娜的道德错误所投射下的阴影。

第五，我们可以看到，这部小说的核心人物不是陀思妥耶夫斯基笔下心怀罪恶的男人，恰恰是一个女人，她被指责不履行社会加注在女人身上的种种义务。这带来一个非常重大的问题：这个女人怎么能释放出这么多 19 世纪小说家的巨大能量，例如福楼拜和萨克雷（仅举两个具有托尔斯泰的体量和气质的人）？托尔斯泰又为什么要选择女性？当然有以下原因：女性读者的增加，一个特殊的女性有闲阶层的发展，女性解放运动的兴起，女性与她们职业化的伴侣以及孩子由于资本主义黄金机遇的诱惑而产生的疏远，女性的功能性和身份在一个城市化和科学导向的社会中的逐渐丧失。毫无疑问，所有这些都从根本上促成了过去一个半世纪中女性生活的巨大裂痕。但这些是老生常谈的、传统的答案。

托尔斯泰既不是法国人也不是英国人，在半封建的俄国，这一切对他来说有什么意义呢？我将用一个夸张的类比来解释。正如莎士比亚来自某些方面落后于欧洲的英格兰，他仍能够在这条巨大分界线上占据一席之地，俯瞰中世纪和现代文化。因此，来自刚刚开始追赶欧洲脚步的俄国的托尔斯泰，同样能够占据一席之地，看到我们称之为“现代”的文明（包括中世纪的残余）和仍然在理解范围之外的东西，即一种仍需自我认同的文化。放眼全球，不管是“革命者”、存在主义者、共产主义者还是其他人，来自“落后”的国家的人尤其接近真理，但还是没人能做出明确的解释。就像莎士比亚在两种文化之间摇摆不定一样，托尔斯泰似乎也从与过早腐朽的金融资本主义相结合的传统农村，走向了某种普遍的集体主义。他游走于现代世界中两个争夺支持的集体之间。一方面，基于对集体或“集体无意识”的本能顺从，出现了一种逆行的理想。这是一种对集体安全的非理性的渴望，但现代个人主义和理性主义反而将人和人孤立起来，使他们脱离了“有机”机构。而且这就是陀思妥耶夫斯基、劳伦斯或福克纳所颂扬的理想——但如果没有尼采笔下的超人，这个理想就会显得遥不可及。另一方面，有一种进步的、建立世界性的人类友谊的理想。它是一种理性的承诺，旨在通过有意识组织的合作活动来消解个人的孤独。过去和未来的两极是托尔斯泰思考当代生活的视点。对这两个时代的思考让他意识到其中现实的巨大空间和多样性。莎士比亚也有这种意识，因此也有这种多样性。

如果这个类比可行，那么我们可以想象，在莎士比亚的两部最可怕的悲剧中，邪恶女性的特殊意义——我指的是贡纳莉、里根和麦克白夫人。而在一个与此完全不同的环境中，安娜颠覆天性的程度并不亚于她们。虽然她生下了孩子，但因为与丈夫贫瘠的爱拒绝了母亲的身份。作为传统文化价值观的载体，女性必须向年轻人传达这些价值观，但安娜却舍弃了母亲的责任，然后，极具讽刺意味的是，她还要为孩子们写下教育性质的书籍。我认为，至少在西方（俄国当然也属于西方），当女人失去了她作为文化传承者的角色时，她所在的社会就死去了。

D.H. 劳伦斯认为，托尔斯泰应以最快的速度毁灭安娜，因为她是一个叛逆的女孩（对劳伦斯来说她只是一个健康的女人），而出人意料的是，托尔斯泰的耐心和同情心让他的上帝之手迟迟不忍落下。托尔斯泰构建的意义远远超出了劳伦斯的拯救计划，即通过两个个体的统一来实现救赎。整个社会，也许人类本身都处于危险之中，而在这里，一个悲惨的女人却对此视而不见，她用鸦片麻痹自己，哀叹自己宝贵的个性，最后以决绝的方式自杀，危及了整个社会。

将安娜·卡列尼娜与铁轮连接起来的交会点，很可能仍是我们这个时代的伟大启示之一。安娜没有制造这列火车，但她默许了它的存在，并与它合谋以达到目的。夏娃也同样没有制造智慧之树。也许唤起特殊恐惧的根源不仅在于安娜遭遇灾难的场景，还在于声音：铁皮火车在铁轨上隆隆地行进，伴随着长而尖的啸叫声；在它们旁边，一个衣衫褴褛的男人恍若在梦中一样无言地挪动；在它们之下，安娜无声地躺着。无论恐惧的来源如何，毫无疑问，托尔斯泰为我们提供了机械时代女性的毁灭和自杀性倾向最有力的体验。正如伦德伯格和法纳姆在《现代女性，丢失的性》中所展现的那样："女权主义"将性、婚姻、生育本身作为"男权"制度进行攻击。"避孕和堕胎被广泛宣传为将妇女从生育的'奴役'中解放出来的手段。构成妇女运动哲学的深层的自杀性毁灭，以前从未……被注意到。"[1]

在注意到赋予了安娜的人生重大意义的五种方式之后，我们发现回答"她代表了什么"这个问题十分有难度。她不像斯维亚茨基和许多次要人物那样是一个典型，而是一个象征。而作为一个象征，她不能通过任何对等关系转化为单一的品质，而是多种品质。她与卡拉马佐夫兄弟是完全不同的。比如说，他们可以很容易地被转化为抽象的特征（自信、顺从和多疑）。当然，这些处理是非常巧妙的。在安娜作为个体的堕落中，我们看到了"淑女"的消亡，婚姻和家庭制度的断裂，社会的解体，"自然"作为人类的避难所或其"文明问题"的替代物的封锁，以及对女性气质缺陷的指责。我们对她的态度在爱与恨之间摇摆不定，这使我们迟迟不能对她做出全面评价，因此，对

1 Ferdinand Lundberg and Marynia F. Farnham, *Modern Woman: The Lost Sex* (New York: Harper & Brothers, 1947), p. 12.

安娜和她周围一切事物之间具有无数联系的认识，推翻了所有标准，再次使评判变得不可能。谁会对女人妄下定论呢？对此从没有任何评价标准。谁能精确估算一个复杂的社会的衰落？这样的评价标准可太多了。那么，谁又能对安娜说出小说的题记“伸冤在我，我必报应”？答案是，只有托尔斯泰和上帝有这样的资格。托尔斯泰将安娜置于人类的大背景下，我们无法与她脱离。评判她，正如对人性暂时和相对的评价。因而，我们在阅读《安娜·卡列尼娜》时对人物和事件的替代性体验，就像对其风格的体验一样，在我们的头脑中再现了构建和猜想现实的过程。小说中人物和事件是传达意义的中心，如同同心圆式的波纹，荡起的涟漪不断向外扩散。

III

到目前为止，我并没有试图找出支撑托尔斯泰拱门的拱顶石或其设计原则。相反，我描述了他工作的媒介，所堆砌的砖石的独特颜色和纹理。我还注意到，托尔斯泰精心装饰和雕刻的拱门中的各个部分具有的某些特性，使它们之间紧密结合，只有在其相邻部分才会显露各部分的意义。安娜，像所有的主角一样被认为与小说中的一切都有数不清的无形联系。换句话说，《安娜·卡列尼娜》是由一种风格和一组人物构成的。它们是恒常不变的，而我们关注的是，托尔斯泰为了传达更深刻的意义而采取的处理手法。因此，我们的注意力必须从托尔斯泰对砖石的处理转向支配和启发他建成大厦的原则。

在《安娜·卡列尼娜》中存在着一种无处不在的秩序感。我们从社会和个人的基本“规范”的概念中看到了这一点—— R.P. 布莱克默在他关于《安娜·卡列尼娜》的文章中称之为“节奏”[1]。就像赛马一

1 R. P. Blackmur, “Anna Karenina: The Dialectic of Incarnation,” *Kenyon Review*, xii (Summer 1950): 433–456.

样，社会有自己的行事准则、程序和节奏；如果个人不希望伤害自己或他人，他就必须“跟上节奏”。伏伦斯基在赛马过程中一时失去了节奏，坠马倒地，他的母马也因此背部骨折。因此，根据布莱克默先生的说法，他也杀死了安娜。实际上，这里展现的是小说中的一种秩序的混乱。安娜作为社会中的一个巨大的结构梁，提供着稳定和秩序，但她断裂了。不过这只是秩序的偏离，而不是秩序本身的消失。人们据以规范自己生活的道德准则也是如此。吉蒂的母亲和她的圈子被这样的问题困扰：当传统道德感被打破时，如何建立健康婚姻？伏伦斯基、卡列宁、列文，几乎所有人物都有正确的道德观，但在经受更严峻的考验时，他们的道德观都变得支离破碎——庞大的政府体系和宗教系统在我们眼前解体。事实上，在托尔斯泰的世界里，似乎有一个十分不合时宜的原则，即历史和变迁的大门，早在人们做好准备之前就无情关闭了。例如，农奴制的废除虽然迟缓，却还是让地主阶级毫无准备；列文过早地结婚，过早成为父亲，过早面对死亡。当太阳最终消失的时候，谁又会提前做好准备呢？

在小说的情节设置中也展示了秩序稳定的一面，这一点在本文的开头就有图示。我们目睹了可怕的正义首先扭断安娜骄傲的脖子，然后将其置于铁轮之下倾轧。让我们以托尔斯泰自然循环的视角来继续观察它。福楼拜让爱玛·包法利死于一个贫瘠颓丧的春天，而托尔斯泰（也许同样悲观）则在五月的艳阳下杀死了安娜——但在这一讽刺的情景之后，第八部中的夏季大暴雨净化了整个世界，自然而然地展现了列文孩子洗澡的场景——一种世俗的浸泡，一场在文学中无与伦比的功利主义的洗礼。托尔斯泰不仅借助了自然界的秩序，而且还利用了它的均衡比例和对称性，我将在接下来描述自然在小说中的意义时加以说明。

托尔斯泰的创作本身深刻体现了秩序的存在。这一点太过明显，有时甚至会被忽略。小说宏大的篇幅和体量激发了人们的兴趣，但可能会导致对一个简单事实的忽略：《安娜·卡列尼娜》不仅气势恢宏，而且以有序易懂的单元展开。读者越是深入其中，就越能频繁体会它内在的模式和设计，不过必须花费大量时间才能清楚领会并衡量这些模式和设计。正如爱因斯坦一样，托尔斯泰的宏大规模也具有时间维度。这两人在追求宏大设计的道路上都走得很远，他们打破世俗细节，并让事物在感官的普遍世界里旋转起来。然而，爱因斯坦的相对论公式就像《安娜·卡列尼娜》一样，是一种经验的排序，是一个创造性的设计，只有将流逝的时间一并纳入考虑才能揭示其意义。

但托尔斯泰的世界有什么品质呢？如果秩序是它的基本理念，那么关怀就是它的基本品质。这就是统一性的第二个来源。秩序和关怀是仅有的两大原则，让托尔斯泰可以在此基础上建立这样一个庞大统一体。人们很容易猜测，《安娜·卡列尼娜》的题记是托尔斯泰本人语录，但用上帝的语言表述出来："伸冤在我，我必报应，主耶和华如此说。"[1] 这一假设的原因是，托尔斯泰的宇宙在性质和数量上是如此包容，几乎都可以与上帝创造的宇宙相媲美了。正如上帝记录每只麻雀的死亡，托尔斯泰也关怀着每只松鸡和沙锥鸟的逝去。创造行为从来都不是冷漠无情的，托尔斯泰关切每种生物，它们在庞大的存在链中都有自己的位置。而这种天意的关怀赋予万物以尊严。这只叫洛斯卡的狗，比大多数 20 世纪的文学主角更有尊严：他们的宇宙十分冷血，而她所在的宇宙却在关怀她。

罗曼·罗兰写道："笼罩在安娜·卡列尼娜头上的死亡……不再像《战争与和平》中那样，是一种克里希纳式的，凶残但安详，代表着帝国的命运，而是一种疯狂的爱情，是'维纳斯本身！'。"[2] 死亡阴影笼罩了整本小说。罗兰更喜欢《战争与和平》中散发出青春诗意的爱情。因此，当他发觉爱情在《安娜·卡列尼娜》中变得"肉欲而专横"时惊愕不已，认为它颇具维纳斯的精神。但我认为，《安娜·卡列尼娜》几乎完全是男性化的：其精神是众神之神——朱庇特的。我们目

---

1 正如 N.K. 古兹教授所表明的那样，这段题记的起源很奇怪。托尔斯泰在第五稿中开始使用引言，这句话第一次以缩写形式出现，显然是他在阅读叔本华所著的《作为意志和思想的世界》的德文本时摘录的。后来他把这句话改成了教会斯拉夫语。

2 Romain Rolland, *Vie de Tolstoi* (Paris: Librarie Hachette, 1928), p.75.

睹了主角诞生和死亡的惊人速度。这似乎毫无意义,但朱庇特的意志仍在其中闪耀。人们被迫回到“调和的语言”这一古老教义,来描述我们在托尔斯泰世界中所感受到的完全的无私和上帝般的关怀——如果这怜悯并不致命的话。而且我们得注意不能把“关怀”与人类的仁慈和同情混为一谈。当然,这些品质都存在于托尔斯泰的宇宙中,只是被一个更大的价值涵盖了。

那么,我们对于《安娜·卡列尼娜》的创作者——“关切的秩序者”——的看法和信仰,让阅读时的动态悬浮状态变得可以接受。托尔斯泰的平实风格暗示了一种和解情绪,将读者从字面意义带入象征意义,因此“作者的存在”使我们确信,有一个统一体包罗了所有特定人物和机构的瓦解和混乱。托尔斯泰和弥尔顿一样,在人们有可能相信真实的宇宙实际上拥有古典或中世纪学问所认为的那样清晰的设计后,就立志构建一个有序、完整的宇宙。因此托尔斯泰是“古典的”。正如弥尔顿的作品是西方文明的独特秩序理念在西欧的最后展现,托尔斯泰的作品也是该文明向东推进达到的最后终点。他具有希腊学者的那种对称性,马修·阿诺德曾将其定义为“为了高尚地设想一个宏大的整体结果而严格规划细节”。另一方面,他是“现代的”,就像歌德的《浮士德》一样:他们对无限经验具有共同的欲求和容纳力。

在《安娜·卡列尼娜》中,如果我们确信在小说范围内它的创造者,它的“上帝”是稳固的,他所设定的秩序和价值定义在他的世界中占绝对统治地位,那么对秩序和关怀作为小说构建原则的这一认识就会使我们的分析变得更加完整。然而在这里,我们面临着一个处于小说核心的极端困境。《安娜·卡列尼娜》通过其人物思想,更重要的是,通过对自然的处理,最终提出了对宇宙中秩序和关怀的存在的怀疑。弥尔顿通过对信仰意志的盲目断言,为造物主做了迟来的见证。托尔斯泰也做了同样的见证,但却发现了一种带有腐蚀性和毁灭性的怀疑,它嘲笑所有的秩序——无论是在作品内部还是外部。因而在他宏大的古典秩序观的中心,躺着一个空洞的核心。

托尔斯泰在创作《安娜·卡列尼娜》时慢慢发觉,一个艺术家在创作行为中的天真快乐、他对现实图景的天然信任以及他对融合“自然”过程的本能渴望，最终都可能威胁到创作行为本身。这皆因他发现了自然的超人属性，自然景象否定了价值观，并清除了一切人类因素。如果秩序和关切支撑着托尔斯泰在混沌现实中建造的巨大拱门，那么当所有的价值观消失，人们只剩下对事实本身的信仰时，又有什么能阻止它们的崩溃呢？无论艺术的拱门有多高大恢宏，当它把自己置于未知的对立面，用秩序和光明来挑战黑暗时，难道它不是稚拙的，对宇宙之眼来说只是徒劳的闪烁吗？人工雕琢的艺术（对抗普遍混乱的模式）怎么会比对人为设计的婚姻（对抗社会混乱的模式）更可靠有效？以上都是托尔斯泰越来越意识到的问题。

从他自己在70年代的生活以及《安娜·卡列尼娜》中都可以看到这点。在这些年里，正如N.N.古谢夫的《编年史》所显示的那样，他的行为模式极其不稳定。他先是致力于小说创作，后来投身于教育，之后又放弃一切去南俄狩猎、骑马探险。他的阅读书目似乎在疯狂的神秘主义和刻板的唯物主义之间来回交替。他的信件同样充满了关于创作的喜悦或痛苦的表述以及关于死亡，特别是自杀的抱怨。这几年里，死亡也困扰着他的家庭。此外，那个时代的公众人物——沙皇亚历山大二世就是一个活生生的通奸例子，他无视公众批评，破坏了公共道德规范。因此，难怪《安娜·卡列尼娜》如此有力地记录了对社会和自然界意义的探索，以及在宇宙中寻找人类理智可安放之地的尝试。可以说，托尔斯泰自己也被逼到了精神错乱和自杀的边缘。

作为一个城市女孩，安娜很少在“自然”环境中出现。她和伏伦斯基甚至把沃兹维申科改造成了一座城市宫殿——其中有各种最先进的现代化设备。（这个地名本身在俄语中意味着躁动，与波克罗夫斯科代表的平静形成对比。）尽管她很少直接与自然接触，但自然仍是她周围世界的一部分。如果没有关于刈草和狩猎的场景的记忆，人们就无法回想起这部小说或它的女主人公。不管她对自然有多忽视，这依然证明了她与所处环境的亲密关系。她就像富有的美国人一样，部分财富来自玻利维亚农民的血汗，而他们的存在几乎被无视。因此，当清算日来临时，五月燥热的天空中高挂着一轮烈阳，正为安娜的毁灭蓄力——对此我们并不感到惊讶。撒旦也是在中午杀死夏娃的。可以肯定的是，正如安娜在盛大舞会上的“自然”卷发所象征的那样，她试图抛弃矫揉造作的人工雕琢，回到最佳的自然状态，其实，除了人工的雕饰之外，自然也必须做一些润色工作。正如我们在第八部中看到的，暴雨使生命复苏，自然总是拥有最终的发言权。它能修复、留存——仿佛保持稳态是它唯一的工作原理。

但这并不是故事的全部。在死亡与再生的循环中，在地球生物的自然循环中，存在着托尔斯泰的独特宇宙，它那无限时空的宏大概念在文学作品中无与伦比，而在文学之外只有数学家能与之匹敌，但是数学家们通常无法传达出这种概念的性质。例如，我猜想爱因斯坦实际上设想了一个具有道德和空间——时间维度的宇宙，如同托尔斯泰构建的世界那样。不过至少他证明了在弯曲时空的外围，有一种敬畏感、恐怖感以及质量感。但他的数字无论如何也无法传达这些感觉——至少对我来说——或许数学家拥有我无法感知的视界。

该如何描述托尔斯泰世界的这种终极品质？这种品质在某种程度上必须保持其不可言说性，因为它甚至远远胜过哈代的宇宙观或E.M. 福斯特在《印度之行》中的宇宙“布姆”。于是我们进入了一个危险地带，即康德本体论的精神腹地，在此我们必须不断坚持立场，以免从艰难的理性之路滑落到温热的信仰之海中。

大多数评论家都认为文学作品中存在着被称为原型、神性或神话的各种品质。肯尼斯·伯克曾经将术语“渐强”与人类的思维习惯联系起来，类似于身体坠落的加速度、风暴的周期、性行为的过程以及谷物的成熟：“艺术作品惯用高潮安排，因为人脑有一种明显的潜在可能性被这种安排吸引或取悦。”[1] 这至少是一个开端，尽管它对托尔斯泰

1 Kenneth Burke, *Counter-Statement* (Los Altos: Hermes, 1953), pp. 45–46.

的评价并不完全公正，因为它局限于文学作品中经验的线性概念而非同心概念，而且还受限于认知头脑与认知经验的分离。我认为，人们必须把思想的节律与更粗略的类似行为相联系，例如坠落的身体、性行为或谷物。我们在原子里就像一颗麦粒，只是因为基因的不同分布运动才有了区别。事实上，我们的精神与身体是一体的，身体也同样会思考。生物学家已经证明，和脸颊一样，内脏器官会因羞愧而脸红，因恐惧而苍白，谁知道在柔软的灰色细胞中会共感产生什么激烈的红白交替？但在这里，我们发现自己漂浮在莱布尼茨潜在的无所不知的单子之中。

让我们通过“渐强”方式来接近这个神圣的世界，这一方法将我们从具体带入普遍化的世界，并通过普遍化串联起来的阶梯达到神话的终极抽象。托尔斯泰在《安娜·卡列尼娜》中搭建了许多渐强情境，有时一部就有两到三个。举几个简单例子：在赛马会中，弗鲁-弗鲁的倒地为高潮部分，或者是安娜以及她的社交圈中的事件发展，以赛马为高潮。每一种情况下的渐强以及两者之间的同心关系使每一序列相互促进和融合。也就是说，为奖品而进行的赛马是为了安全和幸福而开展的社会竞赛的象征。对赛马的紧张预期以及由此产生的神经和体力的过度消耗，一直延伸到广泛的婚姻和社会竞争中，而这正是这一竞争的表现。

更具冲击力的当数刈草场景。从字面上看，只不过一个男人拿着镰刀带领众人刈草。但我们马上开始察觉到意义的同心性——这个男人是俄国地主，而其他人是农民。因此，存在一种社会张力，即以个人和群体为代表的社会阶层之间的冲突。据此，可以马上推测出（a）一种俄国的历史现象和（b）一种世界性的现象，它专门适用于处于某个经济和社会历史阶段的国家，并普遍适用于所有社会，即使是高度工业化和城市化的社会，依然保留着农业生活的残余。在进一步阅读的过程中，一旦我们发觉刈草的特殊节奏将所有刈草者结合成一个集合体，并且该集合体的性质由用这些工具的收割过程决定时，一个新的意义便开始显现出来。此外，富有韵律的割草过程将人先与土壤和植被相联系，建立起了一种单一剥削关系。它将他们与太阳的节奏联系在一起，他们被天光所支配——日升日落，紧接着是朦胧的月光与星光，预示着劳动告一段落。它还将他们与四季的分点节律联系在一起。在刈草场景中，列文挥舞着镰刀，其弧度和节奏由下列因素决定：工具的形状，刈草者的身体素质，植物的种类以及任务的性质。这种镰刀的摆动与"球体的和谐运动"相呼应并相融合。宇宙的倾斜和起伏皆在列文的刀刃上流转，在他思想的回应中发出回响，而感受到自我在某个庞大进程中的共情参与后，它们反过来在他的生命中留下了有序的刺痛感。心灵的细胞和宇宙的原子融合了。

在《安娜·卡列尼娜》中，上述场景可以称之为"基本渐强"，也就是一个在短时间内实现的渐强，其本身是完整的、令人满意的，但直到我们读完小说，能把这一场景放到合适的一环，才发现它掩藏着的现实。还有一些渐强跨越了三部或四部小说：季节的缓慢变更、妊娠周期或求爱、结婚、离婚的周期等。上述例子中，各自的侧重点不同：自然，社会和机构，以及人物的心理演变。但是，正如我们所看到的，在每个例子中，通常蕴含了以上所有方面：安娜的堕落和毁灭与社会的衰败以及歪曲的自然交织在一起。

如果这些只是部分渐强，那么，庞大到涵盖整部书卷的又是什么？我认为，读者对《安娜·卡列尼娜》回溯经验的认知主要由三件事构成：(1) 安娜的堕落和列文的成长并行不悖；(2) 社会衰落和道德衰败的包围式外扩，即使足够缓慢，依然使隐隐闪烁着希望微光的第八部蒙上灰暗，以及 (3) 笼罩在前两部分中的我称之为虚无的神话：可以肯定的是，所有生命，所有能量的消耗，所有由神圣关怀所点化的有序宇宙，都缺乏终点，因此到达了一个源起的空白。我们无法前进。既不能从这个模式中推断出目标，也不能推断其原因。"在无限的时间、物质和空间里，形成了一个气泡有机体，存在了一段时间就破裂了，而这个气泡就是我。"这就是列文对虚无的理解。

然而，从这一虚无中产生了预言性的宣告，近一个世纪后，这一宣告依然与现代哲学接轨。只有意志和道德保留了意义的性状，剥离了所有超自然主义以及元物理内容，只在实践中思索。生命“具有善的积极意义，我有能力将其付诸实践”。

对于列文来说（其实是对当时的托尔斯泰来说），小说的这一结论基于一个现已不再可行的宇宙假设，即相对于固定的地球子午线，天体运动一直并且将保持恒定。而我们现在构想的是一个永远在扩张和保持多样化的宇宙，其自然法则可能会发生演变。因此，列文的唯一正确性受到了质疑。但这并不能否定托尔斯泰的预言，它反而证实了一个存在主义的假设，即当人类所有的思想构造都消失后，仍然存在着物质运动以及能量感。换言之，就思想而言，还存在着意志力（列文的“力量”）。作为一种能量模式，其特殊属性是回溯，其特殊功能是通过选择将思想与周围的一切融合起来。

思想是以意志为前提的。思想是大自然出于神秘原因制造出的一面镜子，而意志是它的能量来源。有时意志会让这面镜子疯狂地扭曲事物，但有时又会相当准确地反映映照物的形状和运动。不同的选择会通往不同的方向。一方面，思想可能会寻求对现实混乱的“自然模仿”。它有时通过懒惰，有时则通过对本能行为的故意屈服，将其“自然”（即无意识）的存在与它认为同样无意识的、非理性的自然行为联系起来。这就是安娜·卡列尼娜的思考方式，我们认为这十分糟糕——除了那些被说服的浪漫主义者。另一方面，选择可能涉及所谓的“非自然模仿”，即意志的意图和努力，通过同时考察自身的本性和外在的另一本性来适应必然性。这就是列文的方法，我们称之为好的方法，因为它带来了产出而不是消耗。这也是所有正确的学科思考方式——科学以及人文科学，因为除了人类的永恒努力之外，还有什么能够创造出一种场论，使两大变量（思想的运动物质和非思想的运动物质）结合在一起呢？反映物和被反映物相互欺骗却又相互需要。有责任感的诗人并不亚于缜密的科学家，他以被放逐者的身份将所有热忱用于调整镜子的不同部分，并试图保持长时间的调整状态，以便观察每个部分产生的图像，然后以一种严格的标准进行计算和查验。

对于安娜和列文的意义，我似乎颠覆了其传统解读。人们通常认为，与不自然和人为的事物相比，托尔斯泰更喜欢“自然”和无雕饰的事物。列文和安娜拥有自然天性，不可能像柯兹内舍夫或卡列宁那样始终保持理性，因此在他眼中是好的。安娜的毁灭归咎于这个非自然的罪恶社会，它挫败了她的自然天性，而列文的相对成功则归功于以下事实：他向往自然的田园环境，而这个环境与他的天性相得益彰。

这样的解读看似合理，但却过于浅显了。除了对天性的呼吁，托尔斯泰还倡议一种自然逻辑的回归——特别体现在列文身上。列文当然有过体验（他的哑铃、老茧和汗水就是证明）；但他也在思考——就像一个形而上学者或小孩子，他提出了所有不可能回答的问题。他对理性主义的排斥不是对纯粹本能的认可，而是对获得理性根源的不断尝试。否认托尔斯泰具有理性，恰恰是误解了他的一半观点，从而破坏了他的对称性。在托尔斯泰的上帝视角中，安娜被审判是因为她的理性总是在关键时刻失灵。她将未受约束的自然思想推回到自己的主观牢房，本能和激情吞噬了理性，理性立即被歪曲成一种充满破坏性和仇恨的力量，任意向四周散发怨恨。在托尔斯泰眼中，激情总是危险的，弥尔顿和莎士比亚的想法也是如此。但正如理性从属于本能具有致命性一样，完全从属于理性的本能，如卡列宁的本能也极具灾难性。而列文则被平衡和比例所救赎。不过无思考型人物（例如吉蒂或伏伦斯基）一般不存在这个问题，因此他们不像在思考中挣扎的安娜或列文那样令人着迷。

但是，列文被真正拯救了吗？或者说，在小说的庞大体系中，他获得的救赎是否只是暂时的偶然事件？在见证了《安娜·卡列尼娜》的高潮部分之后，我们最后的问题是：安娜在爱情中寻找意义的斗争，以及列文在家庭幸福、秩序和真理中找寻意义的斗争，它们的最终结果是什么？这一切努力和痛苦的目的是什么？答案是消耗！本质上的、不可避免的消耗。正是在这里，我们达到了托尔斯泰视野的高度，并且（毫不意外地）发现，它包含了科学和文学都可以理解的真理，只要我们能正确理解它们各自的术语。

科学家从热力学定律、熵、物质实体或组别的角度思考问题，这些实体或组别虽然不会消失，但会发生变化。因此，对他们来说，“消耗”这个词是一个同义反复，意味着转化。另一方面，文学将自然法则转换为人文观点，并描述了通过物质或能量转化而成的事物价值，同时还表明了事物的必然消逝性。对生物学家或物理学家来说，这是“必然的”；而对作家来说，这是“牺牲性的”。我认为这两个词是同义词，托尔斯泰把它们联系起来，以解决他关于生与死的痛苦疑问。最终，生命和死亡融为一体。对科学家而言，这是一个普遍而乏味的事实。对小说家而言，这是一个关于人类的悲剧性事实。矛盾的是，源起的空白也具有质量。

在我看来，虚无主义在文学中从未有如此深刻的表达，尽管我不愿意追随以赛亚·伯林或 T. G. 马萨里克，并且承认托尔斯泰与德·迈斯特或波别多诺斯托夫之间的密切关系。在完成这部小说后，托尔斯泰的“精神危机”使他意志消沉，因此他的表现有时确实证实了以上关系。但在《安娜·卡列尼娜》中，虚无主义，即空虚感，虽然看似极具破坏性，其实并不疯狂。索福克勒斯和弥尔顿都“于巨大的深渊中沉思”。但索福克勒斯，正如其作品的结构所示，至少还具有一种逻辑，也许是有害的，也许是无用的；而在弥尔顿的作品中则有一种骇人的天意。秩序的确实回归甚至让莎士比亚在《李尔王》中也最终退却，埃德加将忍受并见证成熟规则的产生。但在《安娜·卡列尼娜》中，毁灭是唯一的真理。它甚至超越了秩序和关怀。托尔斯泰式的奇迹就在于此：毁灭在某种程度上最为重要，不是在原则上或其预言性上，而是在纯粹的物理意义上。身体和思想都有尊严。但作为实体的附属功能，思想本身缺乏说服力。万物皆在运动——这就是唯一的预言。那么，列文被真正拯救了吗？这个问题的答案是：列文活着！存在才是救赎的根本基础。虽然列文终将死去，但因为他曾活着，他的毁灭意义非凡，他的逝去是一种牺牲。

因此，托尔斯泰在神话层面（或通过 W.T. 史泰思所说的“经验性的非感知概念”)[1]传达的就是牺牲性的消耗感。只有安娜美丽的头颅在铁轮下幸存;只有知识分子的出色思想在经济决定论的铁律下留存下来;只有思想(道德驱动的意志)在上帝死亡后仍能存活。在《安娜·卡列尼娜》中,所以美、真、善都会走向灭亡。它们如若以旧的形式复活则困难重重,而某种普遍意义上的品质和价值观的重生似乎是必须的,尽管这可能难以定义。

作为这一文学盛宴的品味者,我们思考着小说中很少流露出的品质,即“崇高”,康德将其定义为“无界”,它超越了“形式”和“比例”的美感。对大多数读者而言,这种“无界”仅仅包括自然、生死循环,或托尔斯泰创造出的宇宙本身。他们只看到了什么呢?那就是我在这篇文章开头所提到的托尔斯泰的太阳。但“无界”远远超出了这一概念,延伸到不受制约的周边黑暗中。那里遍布空虚、消耗感以及对创造本身的否定。

托尔斯泰的《安娜·卡列尼娜》在文学中独树一帜,足以与20世纪的科学论文相媲美:它创造出虚无感,不是为了驱散它,也不是为了在虚无面前做出挑衅的创造性姿态,而是为了让我们与虚无和解,让我们适应不确定性,驱逐绝对准则和因它们而生的信念。因此,托尔斯泰不只是古典的,而且还是后基督教世界的预言家。这并不是说他摒弃了全部信仰或所有真理和价值观。而是像爱因斯坦一样,他似乎准备接受相对真理和偶然绝对。我想,他在用标尺“绝对地”测量人的身高时没有问题,但在测量银河系的距离时却无法下定论。托尔斯泰坚持使用旧标尺。他明白,为了社会的发展,放荡的女人和男人必须受到惩罚。他还认为,“坏”是一个含糊不清的词,它不仅使判断变得困难,还使惩罚难以落实。最后他还发觉,在虚无面前,坏的概念和善一样荒谬,因为虚无的唯一法则是运动、消耗或牺牲,这完全取决于个人的观点。但它丝毫不影响列文的善恶意愿,他可以且必须这样

1 W. T. Stace, *The Meaning of Beauty* (London: Richards & Toulmin, 1929), pp. 5–6, 162, 164.

做。它所做的是抑制列文的欲望，即坚持他所希望的善或恶的普遍有效性。

以上就是托尔斯泰与陀思妥耶夫斯基的视角如此不同的原因所在。特别是在完成《罪与罚》之后，陀思妥耶夫斯基经常对活生生的人避而远之，倾向于将思想和本质戏剧化，致力于处理信念的冲突。其结果是为形式辩证法增添了活力，但也相应失去了即时性和相关性。毫无疑问，正如J. 米德尔顿·默里对陀思妥耶夫斯基的评价那样，在研究“形而上的淫秽”[1]以及精神潜能方面存在着一种特殊的恐惧：一旦思想打破了它的束缚，就会失去与其他思想的联系，也就是与社会的联系。但这样一来，一切都变成了学院派的，假设性的，将遵从尼采或奥威尔的结构排序。由此看来，正如陀思妥耶夫斯基对《安娜·卡列尼娜》的误读所表明的那样，理智与疯狂只有一步之遥——陀思妥耶夫斯基想谋杀土耳其人，部分原因是为了报复列文的和平主义。

托尔斯泰以事实为依据，以经验为基础，因此他的工作具有相关性和即时性，极大地增加了他思考的力量。他秉持不确定性，而非绝对信念，并且总是对大众一致认定的观点保持怀疑。正因如此，在《安娜·卡列尼娜》中，他能够比其他作家都更长久地拉开特殊和普遍之间的差距。当其他人弥合鸿沟，找到真理时，他却延迟两者结合的时间，直到虚无介入。他无法赋予虚无价值，但在文学中，他首次让虚无变得可以接受。不过不能排除虚无本身就具有重大价值的可能。对托尔斯泰来说，虚无在他的时代远远不能解决问题，但这是后续历史留给我们的全部遗产，用于面对一个发展过快以至于无法理解的世界。我们的现实世界，就像托尔斯泰的虚幻世界一样，揭示了一种渐进的多样性，这种多样性在不妨碍意志和行动的情况下，麻痹了判断力——这就是人们对秩序产生普遍愤怒的缘由。

---

1 J. Middleton Murry, *Fyodor Dostoevsky: A Critical Study* (London: Martin Secker, 1916), p. 36.

因此，拱顶石，或者更确切地说，连续性原则是现实本身的稳态性质——运动中的物质寻求一种平衡。具体的细节，在它们的繁复和飘忽中蜂拥而至，通过人类关怀所驱动的秩序归因，努力争取只有意识才能赋予它们的意义。这是对现实本身的精确复制，但由于其相反目标是消耗和遗忘，使得这一复制品的创造变得荒谬。《安娜·卡列尼娜》背后的抽象真实源于对宇宙的消耗和人类的牺牲合二为一的戏剧化。其背后的历史真相则源自托尔斯泰为了发现当下意义，而拥抱过去和未来所做的努力：正如秩序和关怀原则是托尔斯泰在西方文明中所继承的全部遗产的表达，牺牲性消耗原则也传达了他对于20世纪的可怕预言。

于密歇根大学
安娜堡

编后记

大卫·H. 斯图尔特（David H. Stewart，1926—2009），美国密西根大学教授，研究领域为俄罗斯文学，主要研究兴趣为托尔斯泰、巴赫金和什克罗夫斯基等作家。本文发表于《美国现代语言学协会会刊》1964年第3期，第266—282页。

托尔斯泰在欧洲文学中的地位

作者　［英国］爱德华·加内特
译者　林辰
译校　刘苏周

在俄罗斯人眼中，托尔斯泰作为现代俄罗斯的伟大作家的意义，几乎不可能因为他对象征着现代世界精神动荡的欧洲的非凡意义而得到加强。然而，伟大的作家往往都与每个时代的趋势和全世界思想的变化紧密相连，以致俄罗斯就不能把托尔斯泰的意义仅留给自己，就像德国不能把歌德的意义仅留给自己一样。诚然，作为伟大的小说家，托尔斯泰一直沉浸在半封建的现代俄罗斯的特殊世界中，这个世界对西欧来说是陌生的，但《安娜·卡列尼娜》和《战争与和平》的创作者面对现代世界的分析精神，比同时代任何其他伟大作家的精神都更能代表这一时代的前景。

在《威廉·迈斯特的学习时代》和《复活》中，现代生活的细节以惊人的数量汹涌地席卷而来。自从歌德为“现代精神的觉醒”而大声疾呼以来，“将现代欧洲从旧的常规中解放出来”已经过去了一个世纪。一个世纪的解放、科学、怀疑和不断冲击，改变并不断推动着欧洲的发展，而且甚至就像歌德一百年前所代表的欧洲新智慧对旧制度、常规和教条等束缚的胜利一样（马修·阿诺德也持此观点），托尔斯泰也代表欧洲灵魂对旧文明的常规和教条的胜利。然而，正如我们现在将展示的，托尔斯泰的特殊现代性在于，他对现代生活的探索分析受到现代科学精神的启发。在他与科学和进步的斗争中，他对欧洲的非凡魅力在于，在所有伟大的当代作家中，他最接近于证明和实现现代人的生活是什么。在所有对文明人的思想、情感和行动进行分析的作家之中，他丝毫不对欧洲世界复杂的日常生活进行理想化、美化和扭曲描述。托尔斯泰带着明显的道德偏见，在其狂热的寻求真理的宗教气质的驱动下，他在生活图景中构建了一个更真实的整体，一个较少受到艺术家个人限制的人类世界，比本世纪任何作家的世界都更神秘地放置在巨大的变化和流动中。就包含整个民族的生活而言，《战争与和平》和《安娜·卡列尼娜》比歌德、拜伦、斯科特、维克多·雨果、巴尔扎克、狄更斯、萨克雷、莫泊桑或任何我们能想到的后世作家笔下的世界都要优越。在这些伟大的世界里，整个俄国社会的物质环境、精神面貌、情感愿望和道德准则都被他的艺术再现了出来，仿佛是变化着的生活的强大狡猾的幻影。不仅如此，托尔斯泰对生活的分析更能揭示我们这个时代的主要思想潮流，提出更深层的问题，并探索更多未被触及的思想领域。

正是由于托尔斯泰对灵魂生活的热情追求，这位伟大的俄国作家才高高耸立于我们的时代之上。对精神真理的渴求使他探究当代生活，审视所有的现代性的理念和表象，深入到我们这个复杂社会中各个阶层的人的秘密思想和情感中。随着现代性在我们极其复杂的文明中以越来越复杂的形式发展，他的作品充满了几乎所有现代性的思考与感受、信仰与磨难、希望与恐惧的本质。然而，人性始终是人类灵魂的呼吁。托尔斯泰是现代世界的呼吁，是人类良知反抗盲目进步的命运的呐喊。在科学视野下，人类生活中的一切都有可能：牺牲无辜的人是为了有罪之人的进步；压迫和残害弱者，以便强者可以战胜他们；在统治阶级的指令下演变出新的农奴阶级。所有这一切都在 19 世纪完成了且不仅仅是在俄国。托尔斯泰的杰出之处在于，他的一生比其他任何伟大的艺术家都更多地将两种相互矛盾的观点结合了起来。他用他的艺术融合了科学，指出了人类在各个世纪被压力所迫、盲目而不负责任地向前发展，他将灵魂对人类世俗命运的抗议与现代科学融合在一起。现代科学导致一代又一代人走上了无休止的邪恶道路。

让我们以托尔斯泰对战争的处理为例，来说明这位伟大的艺术家如何象征着我们的时代，如何标志着现代人在自我意识方面的进步，并创造一种更接近于现实生活的表现方法。我们只需将托尔斯泰的《塞瓦斯托波尔故事集》与其他欧洲作家关于战争的文献相比较就会发现，只有托尔斯泰实现了真正的战争，其他作家们则理想化了战争："《塞瓦斯托波尔故事集》让我们看到了战争的方方面面：战争是肮脏的，也是光荣的，是日常工作生活中的泥泞和荣耀，是虚荣、疾病、辛劳、愚蠢、爱国主义和非人的痛苦。托尔斯泰敏锐地分析战争的景象和声音对各种典型人物的影响，并通过对这些人的行为、思想和情感的特殊评价，获得了《塞瓦斯托波尔故事集》的复杂效果。他对这些人的行动、思想和情感，对他们的勇气、利他主义和面对死亡时的冷漠表现进行了特别评价。事实上，他揭开了对杀人的光荣职业进行美化的传统面纱，敏锐地分析普通人的麻木不仁和漠不关心，普通人对最糟糕的战争现实说："我感到如此这般，也做了如此这般；但我根本不知道其他成千上万人在痛苦中的感受。"因此，《塞瓦斯托波尔故事集》虽极其简短，却是具有非凡价值的现代战争心理学文献，因为它把一代又一代文学家、浪漫诗人和严肃的历史学家忙于在人类的书架上堆积起来的对战争戏剧性的颂扬都简单地放到了棺材里，因为它们不符合生活规律。

因此，托尔斯泰在19世纪文学中的地位，并不像伏尔泰在18世纪的地位那样固定和确定。这两位作家都以令人惊叹的完整方式为我们集中展示了各自分析生活的方法，通过17和18世纪的理性主义和19世纪的科学与人道主义，为我们塑造了现代世界。现代世界的所有运动、所有问题、所有猜测、所有激动、所有精神，以及现代科学在三四代人的时间里为我们匆匆建立起来的巨大物质主义文明都凝结在托尔斯泰的著作中。他是现代人灵魂的缩影，他时而毫不畏惧、时而又惊慌失措地凝视着人类进步带来的各种新的因果关系，凝视着人类生命面对大自然时的廉价与脆弱。因此，托尔斯泰代表了现代人的灵魂在与科学接触时的惊恐。现代科学首次摧毁了过去时代的形式主义、迷信和教条之后，越来越多地指向对人类生活的审视和改善。托尔斯泰的作品始终充溢着人类的热情，与传统宗教、教条以及社会对思想的固化进行着不间断的斗争。托尔斯泰的作品让人们更能察觉到自身的行为，向社会展示真正的动机和感受，而非假装——这就是这位伟大的小说家描写俄罗斯生活的目的。托尔斯泰在艺术上的现实主义象征着我们对事实世界、自然法则的研究，这种研究不但没有失去精神性，而且给精神生活带来了巨大的收获。因此，与其他大陆文学流派的现实主义相比，俄罗斯伟大小说的现实主义更符合现代趋势和前景。托尔斯泰不仅是俄语世界的良知，还应该被视为现代世界的灵魂。他用对人类的热爱取代被科学日益摧毁的古老宗教。在这个意义上，托尔斯泰将作为现代世界的良知鼎立于欧洲文学之中。

编后记

爱德华·加内特（Edward Garnett，1868—1937），英国批评家、传记作家和随笔作家。本文主要论述了托尔斯泰所代表的现代性及其在欧洲文学中的重要作用，节选自其所著《列夫·托尔斯泰：批评的遗产》，劳特利奇出版社1978年出版，第397—401页。

托尔斯泰戏剧在巴黎、柏林和伦敦

作者　[英国]加瑞夫·琼斯
译者　林辰
译校　刘苏周

在伟大小说光芒的掩映下，托尔斯泰于 1864 年至 1910 年间先后创作的八部戏剧并未给自己赢得杰出戏剧家的美誉。这些剧本是一个庞杂的集合，从嘲笑当时进步知识分子的两部滑稽喜剧《一个受传染的家庭》（1864）和《虚无主义者》（1866），到抨击烈性酒的罪恶和赞美人类善良的两幕道德小品《万恶之源》（1910）。另外两部内容更丰富的说教剧《活尸》和《光黑暗中发亮》创作于 20 世纪初期，却在他去世后才得以出版。那些在 1860 年代未能出版的剧本虽说多少存在舞台艺术方面的不足，但已然显露出独特的价值，让人能预见其中一部戏剧很快会在俄罗斯剧目中赢得一席之地。这部戏剧就是《教育的果实》（1889）。和《虚无主义者》一样，该剧被设计为在一个漫长的冬夜从托尔斯泰位于雅斯纳亚·波利亚纳的乡村庄园转移家人和朋友的冒险故事。这出戏的矛头指向醉心于“圣灵论”的莫斯科上流社会，他们的自负心理被三个从各省赶来急于从缺席地主那里购买土地的农民戳破。此时，托尔斯泰的戏剧手法更为明确。他设计了一个大团圆结局，让淘气的女仆塔尼娅欺骗她的主人，使得主人在一场被操纵的圣灵会上签售了土地。1889 年 12 月 30 日，《教育的果实》在雅斯纳亚·波利亚纳首演后，在图拉公开上演，并于 1891 年由开启导演生涯的年轻的斯坦尼斯拉夫斯基在莫斯科制作完成。

除了对当代俄罗斯社会各阶层的敏锐观察外，这些戏剧并没有预示托尔斯泰会写出19世纪戏剧中一部最有影响力的戏剧。这就是早于《教育的果实》仅三年写就的《黑暗的势力》，两部戏在构思和效果上大不相同。《黑暗的势力》根据真实事件改编而成，是一部具有托尔斯泰天才印记的戏剧。他塑造了一个生动朴实的人物画廊，尽管被性和暴力的黑暗力量所控制，他们却能引起人们对人类状况的同情和怜悯。邪恶的主要煽动者是马特廖娜，她被比作麦克白夫人；然而，托尔斯泰传达的不是她的伟大，而是她那老生常谈的恶行。马特廖娜看到了她的好色儿子尼基塔晋升的机会。尼基塔与他那位身体抱恙的主人的妻子阿尼西娅有染，便鼓励阿尼西娅把丈夫毒死，这样他就可以和尼基塔顺利结婚了。尼基塔随后又勾引了阿尼西娅十六岁的继女阿库林娜，并将他们结合后刚出生的婴儿压死了。在最后一幕阿库林娜被强行包办的婚礼中，尼基塔感到内疚，不想活了，便在一群聚集的农民面前坦白了自己的罪行。相比于农民生活中令人沮丧的道德缺乏，尼基塔心中那微弱的良知光芒还没有完全熄灭。在他与醉醺醺的辍学者米特里奇的接触中，可以看出他真正的人性。《黑暗的势力》中的道德责任是通过尼基塔的父亲阿基姆传达的。不过，托尔斯泰并没有把他变成说教式的传声筒，他塑造了一个令人印象深刻但不善言辞的人。阿基姆磕磕巴巴的话语只能摸索着表达与生俱来的道德和社会正义感。正是在阿基姆半推半就的声明和阻止邪恶行为的尝试的共同作用下，才有了最后一幕中宽容的父亲形象，阿基姆最终接受尼基塔的忏悔并宣布上帝宽恕了他。

该剧创作时，托尔斯泰放弃了纯文学，并将精力转向宣传他的道德改革思想。因此，中介出版社于1887年3月出版了该剧，这次出版受托尔斯泰启发，由其弟子切尔特科夫管理，致力于在普通人中以廉价版本传播道德文学。切尔特科夫被托尔斯泰对农民生活的理论所吸引，他通过在上流社会的积极游说，成功地转移了审查机构的注意力。《黑暗的势力》一经出版，立即获得了成功，几个月内就印刷了十多万册不同版本。然而，该剧的上演计划却屡屡受挫。尽管沙皇亚历山大三世在1月27日阅读该剧时深受感动并表示赞同，但东正教圣会的检察官贝多诺斯蒂夫的强烈干预还是阻止了这部悲剧的上演。由于《黑暗的势力》残酷地描绘了俄罗斯农民生活中丑陋的原始主义及其所催生的暴力、贪婪和猖獗的性欲，它不得不等到1895年才得以在俄罗斯首次上演。

与此同时，远在巴黎的自由剧院发现了托尔斯泰戏剧的价值。有人向该剧院的创立者安德烈·安托万建议说，托尔斯泰的戏剧适合安托万新近在巴黎创建的自由剧院——一个致力于非正统剧目和表演风格的私人俱乐部剧场。自由剧院的另一个活跃成员奥斯卡·门特聂耳——他自己的文学尝试就涉及巴黎的黑社会——承诺与俄罗斯移民记者艾萨克-帕夫洛夫斯基合作，制作一个法语版本。安托万的直觉被证明是正确的。1888年2月10日，自由剧院的法语版《黑暗的势力》全球首演成功，这对于安托万的自由剧院以及整个法国戏剧来说都是一个重要的里程碑[1]。托尔斯泰的戏剧对欧洲戏剧的影响是其作者无法预见的，当然也并非有意为之。在巴黎，它冲破了法国长期以来对外国戏剧的抵制，并帮助安托万继续推行非正统剧目的表演，将当代其他国籍的剧作家——易卜生、斯特林堡、豪普特曼等——通通介绍给迄今一直只关注本国的巴黎剧迷们。让巴黎观众着迷的是，安托万成功地在他的舞台上以野蛮的现实主义手法再现了俄罗斯农村的视觉形象。当时法国领先的俄罗斯文化解释者欧仁-梅尔基奥·德·沃圭对该剧所反映的日常的俄罗斯场景和服装大加赞赏，但认为这部剧丝毫没有法国戏剧中固有的滑稽剧的色彩。如果不是因为有了自由剧院，这部被法国戏剧机构判定为完全不符合法国人口味的《黑暗的势力》不大可能在巴黎上演。正如迈尼根公爵在迈尼根公司1886年于德国首次演出易卜生的《鬼魂》遭到体面的德国公民抵制时所发现的那样，1880年代的欧洲大众反对令人痛苦的自然主义就

1 Neil Carruthers, "The Paris Premi`ere of Tolstoy's Vlast't'my (The Power of Darkness)," *New Zealand Slavonic Journal* (1987): 81–92.

像任何国家反对审查制度一样激烈。

为了改变此种心态，规避审查制度，柏林的进步批评家和作家在安托万的自由剧院的启发下，于 1889 年决定成立自由之家，其不定期的演出仅限于俱乐部成员观看。这种方式就能够规避对公开演出的任何禁令。自由剧院不仅在俱乐部剧院的结构上效仿安托万，而且在继易卜生的《群鬼》和格哈特·霍普特曼的《日出之前》后，于 1890 年 1 月将遭禁的《黑暗的势力》作为首批剧目之一搬上舞台。如同在巴黎一样，自由剧院的《黑暗的势力》与易卜生和豪普特曼的作品一起，证明了自然主义戏剧的戏剧性。而在此之前，这些自然主义戏剧往往被戏剧机构认为是不适合上演的。……

自由剧院的上演剧目改变了公众对自然主义戏剧的态度，并促成了官方审查的放松。《黑暗的势力》在巴黎和柏林成功上演的消息在俄国立即得到了赞赏，毫无疑问，在欧洲各国首都赢得知识界的尊重是说服俄国当局在 1895 年放松对托尔斯泰戏剧的禁令的一个因素。当然，声望的影响是相互的。托尔斯泰本人作为作家和思想家的巨大声誉也被法国自由剧院和德国自由之家利用，以加强观众对自然主义新戏剧的认可。

法德在作品《黑暗的势力》中对舞台现实主义的主张被俄罗斯剧院所吸收。1895 年 11 月，莫斯科马利剧院上演该剧时，其设计师和导演被派往雅斯纳亚·波利亚纳征求作者托尔斯泰的意见。托尔斯泰规定，在描绘图拉地区的环境时，舞台道具应该符合民族特征。为了确保其真实性，他的女儿们还帮助他们挑选了当地农民的服装和家庭用具，以确保真实性。在斯坦尼斯拉夫斯基进一步的努力下，莫斯科艺术剧院 1902 年的剧目创造出了一个真正的农村。他和他的设计师们不仅在图拉地区花了两个星期的时间研究当地的建筑、习俗和仪式，收集“服装、衬衫、羊皮夹克、陶器和家庭用具”，而且还把一对老夫妇带回莫斯科，作为农民现实的活范例。斯坦尼斯拉夫斯基甚至想让老太太扮演马特廖娜的角色。这种极端现实主义扰乱了其他演员的排练，最终迫使他减少老太太的戏份，只用留声机录了她唱的一段民歌。后来，斯坦尼斯拉夫斯基在他的自传中承认，这部剧太过热衷于真实性，即“赤裸裸的现实主义”。戏剧核心的精神黑暗并没有表现出来：“民族性扼杀了演员和戏剧本身。”[1]

《黑暗的势力》最初在俄罗斯国内被禁，后来又被曲解，尽管阻力重重，但该剧和托尔斯泰的戏剧理念仍在国外产生了巨大影响。伦敦舞台是 20 世纪最严厉的试验场。受严格审查制度的束缚，以及经理制度的支配——迎合观众对娱乐性的追求，世纪之交的伦敦舞台仍然对创新无动于衷。在其欧洲大陆推广者的支持下，托尔斯泰的戏剧被用来松绑审查制度。通过改编和内化、而非全盘吸收的方式，托尔斯泰的戏剧在伦敦戏剧经验中留下了它的印记。

虽然在俄罗斯确立了地位，托尔斯泰在伦敦舞台上仍遭到排斥。即便是该剧在巴黎上演之际，英国舞台的审查制度也没有放松，反而变得更加严格。易卜生的翻译和推广者威廉·阿切尔（William Archer）认为 1885 年是英国审查制度的分水岭。审查制度主要关注的是对政治和《圣经》引用的恰当性，以及来自法国的有伤风化的改编，当时的收紧是为了应对剧作家日趋强烈的处理社会和道德问题的呼声[2]。萧伯纳在 1895 年 3 月 2 日为“已故审查员斯迈思·皮戈特”写讣告时，抨击了审查制度的原则。在列举因审查而遭扼杀的剧本实例时，他反问道：“托尔斯泰的《黑暗的势力》在此地的遭遇会在其他地方上演吗？……托尔斯泰作为现代戏剧家的典范，与莎士比亚和伟大的希腊戏剧家齐名，但在皮戈特先生面前却没有机会。”[3] 托尔斯泰对伦敦舞台的贡献之一是他代表了那些现代剧作家，对他们来说，舞台是讨论道德和社会的天生的论坛。作为一位伟大的作家，托尔斯泰的声望，就像在巴黎和柏林一样，被用来解放剧院，打破了官方审查机构对此类创新的抵制。

---

1 K. S. Stanislavskii, *Moia zhizn' v iskusstve* (Moscow: Iskusstvo, 1962), p. 318.

2 John Russell Stephens, *The Profession of the Playwright: British Theatre 1800–1900* (Cambridge: Cambridge University Press, 1992), p. 181.

3 Bernard Shaw, *Our Theatres in the Nineties* (London: Constable, 1932), vol. I, p. 52.

编后记

加瑞夫·琼斯(W. Gareth Jones,1936—),威尔士大学俄罗斯学教授,英国当代著名俄罗斯文学译介家和批评家。译文为选译,主要截取了对托尔斯泰戏剧作品的概述,以及对他的重要戏剧《黑暗的势力》在欧洲德法等国被接受的经过及其影响。全文收录于《剑桥托尔斯泰指南》,剑桥大学出版社 2002 年出版,第 142—158 页。

战争中的法国人：论《战争与和平》对敌军的再现

作者 ［英国］艾伦·福勒斯特
译者 马特

与其他小说一样，《战争与和平》是小说作者技巧和想象力的产物，但是托尔斯泰对自己作品的看法囊括了道德和政治维度，这个维度所追求的不仅是创造性或文学上的杰出。它当然也采用了许多西欧小说的惯例，但在托尔斯泰看来，这是"作者想要并且能够以现行表达方式进行表达的内容"。他在别处甚至更加坚定地说道："这不是一部小说，也不是一首长诗，更不是一部编年史。"在他写作的时期，俄国历史小说已经失去了大部分此前掌控的地位，尤其是在19世纪30年代时，历史小说在文学经典中享有特殊的地位。丹·昂古利耶诺认为历史小说曾短暂地成为了"占据统治地位的散文类型"，以至于"'小说'和'历史小说'两个术语已经成了同义词。"[1] 然而，至19世纪40年代，公众品味发生了改变，历史小说家趋向于把国家的过去笼罩在阴影中并且在其中布满传奇英雄，这使得这个文学类型名誉扫地。对很多批评家来说，历史小说已经失去了反映能力，并且被认为可能只适合放松消遣和作为儿童读物。只有在19世纪60年代作家开始试图对过去和现在进行比较时，这一文学类型才重新建立起此前的部分权威。[2]

1 Dan Ungurianu, *Plotting History: The Russian Historical Novel in the Imperial Age* (Madison, 2007), p.13.

2 Ibid., p.55.

托尔斯泰计划使《战争与和平》以编年体的形式给予日常事件一定的重视，这些日常的世俗细节集体构成了人类经验，莉莎·克纳普称之为一种“发展方向是被经验和时间所决定的叙述”[1]。他被军事生活和武装争斗所吸引，探索士兵的内心状态，尤其是军官的心理，军官与托尔斯泰来自同一阶级和社会背景，面临着来自战争的挑战和不确定性的考验。作为一个年轻人，托尔斯泰仰慕战场上士兵的雷厉风行和无所畏惧，这是青年人的精力和体力[2]。托尔斯泰的观察及其赋予角色的情感中带有强烈的自传色彩，即他个人在克里米亚战争中战斗时所体验到的感觉：他理解军官阶级的价值观，就像他也具有战争临近所引起的共同的骄傲和恐惧。他正是将这一理解带到了对自己所塑造的军人角色的分析中。托尔斯泰的主要关注点是战争经历，包括军人和平民两方面，他所关心的是诠释现在的情势。他曾经想将《战争与和平》作为计划中的“十二月党人运动三部曲”的第一部，在其中他将会“让我的男女主角们经历 1805 年、1807 年、1812 年、1825 年以及 1856 年的历史事件”[3]，并将这些危机时刻编织入一幅可以点亮俄国人心灵的图景之中。他描写了士兵们眼中的其他士兵、军事训练、所受痛苦及使用的兵法。他暗示称，这些事物在从一场战争至另一场战争的时间跨度内大多保持不变[4]。

当然，托尔斯泰并没有完全依靠两个世代之后的克里米亚战争中的个人经验，无论这给他留下了多么鲜活的印象。因为在这时，拿破仑战争和吞噬莫斯科的大火也已经以写作和图片的形式深刻地印在了俄国人的集体记忆中，而俄国人对拿破仑入侵的抵抗就像西班牙起义运动和德

---

1 Liza Knapp, “The Development of Style and Theme in Tolstoy,” in *The Cambridge Companion to Tolstoy*, ed. Donna Tussing Orwin (Cambridge,2002), p.162.

2 Orwin, *Leo Tolstoy*, p. 78.

3 Kathryn B. Feuer, *Tolstoy and the Genesis of War and Peace*, ed. Robin Feuer Miller and Donna Tussing Orwin (Ithaca, 1996), p.14.

4 Patricia Carden, “The Recuperative Powers of Memory: Tolstoy's *War and Peace*,” in Bloom, *Leo Tolstoy's War and Peace,* p.107.

国解放战争一样，已经成为传说，被大量用于过多的政治目的[1]。我们知道托尔斯泰是怎样贪婪地阅读关于拿破仑战争的书籍的——尤其是1812年战争参与者所写的回忆录——以便使自己的叙述增加精确度和生动性。他研究了两军的战略、拿破仑和亚历山大一世的战术方法，或许还研究了克劳塞维茨关于战争实践的观点，以便可以宣称自己对拿破仑战场的理解超越了1812年战争参与者的预期。托尔斯泰不是一位历史学家，但是他试图利用历史加深自己对战争的理解，丰富自己所再现的战士的精神和士气。他可以利用小说家所享有的一切许可把处于战争中心的真实参与者的思想注入到自己所创作的虚拟人物的口中和心中。

这类交叉引用有其内在危险，尤其因为比起相应的拿破仑一方，1856年的军官更有文化，也更多地被民族主义和浪漫主义理想所影响。克里米亚战争的本质也有所不同：这场战争跨越了两个战争季，并不是高速推进的。在塞瓦斯托波尔围城期间，双方僵持曾长达数月，这时俄法两国士兵交好，共享食物和饮水，一起唱歌，用手语进行交流[2]。在1812年很少有这样的时刻。但是法国军官对俄国军官所表达的尊重，以及双方用共同语言——法语交流的能力在这两场战争中都是常见的。故而，很多法国士兵无疑具有文化优越感，他们一直认为自己是自由的人，是法国大革命传统中的平民战士，他们现在对战的国家的军队则是封建主义的受害者和农奴制度的产物。但是，正如祖阿夫士兵路易斯·诺瓦在回忆录中所记录的那样，他们因自己是拥有权利的公民的骄傲感并未使他们与俄国人敌对；这在他们与英国盟军的对比中也许有所显露。诺瓦厌恶英国军队中施行的残忍殴打，他认为，如果英国有征兵制度，而且富裕群体的儿子有义务服役的话，这样的虐待肯定会被废除。“这些体罚情景令我们感到恶心”，他说道，“这让我们想起1789年革命在建立起普遍征兵制度后便废除了军队中的鞭刑。”[3] 对其

1 Adam Zamoyski, *1812: Napoleon's Fatal March on Moscow* (London, 2004), xv.

2 Orlando Figes, *Crimea: The Last Crusade* (London,2010), p.409.

3 Ibid., p.178.

他人的熟知——无论是俄国人还是英国人——协助法国士兵巩固了自我认同感。

如果我们认真选择，历史平行结构可以帮助历史学家和其他人重建他们未曾亲历的内心世界，而且由于所用资料的本质所限，这种接近只能达到非常不完美的程度。托尔斯泰毫不犹豫地利用了这些平行结构，他在《五月的塞瓦斯托波尔》末尾处一段经常被引用的话中宣称，自己所写的是比小说更加客观的作品。“对于我故事中的主角，我用全部身心去爱他，尝试去描绘他的所有美丽，他在过去、现在和未来都是最完美的，而这个主角就是真实。”安德鲁·沃卓特曾问道：“这意味着什么？”他的答案是，托尔斯泰试图利用个体生活的微小细节来接近真相——一种“深层描述”——并且也“努力达到普遍性”，从特殊性中获取普遍经验[1]。他相信，虚拟人物和自传事件的交织使他可以宣称自己的作品具有权威性，与单纯的讲述故事分属不同的类型。

然而，托尔斯泰的历史观并不直接，在分析他人的行动和价值观时，他表达了自己对人类心理和善恶的观点。他的视野带有明显的基督教色彩，人类与上帝之间的距离被用于衡量人类精神的邪恶程度。自由思想是他的作品的核心：“持续不断的迷人活力是希望的源泉。”[2] 在他的人物分析和战争讨论中，这两条线索是互补的。《战争与和平》关注俄国精神和俄国民族品质，托尔斯泰对这二者抱有极大的热情，但是书中也有对战争中屠杀和挥霍的反感之情。他拒绝像19世纪的民族主义者一样感到愉悦，后者将其看作对抗拿破仑的自由之战，是俄国人民自由团结起来保卫自己的国家；托尔斯泰倾向于认为拿破仑的失败源于其自身的失误和法军的内爆，正如他选择较少将战场描写为睿智战术的运用场所，而是作为毫无顾忌的屠杀及混乱发生的场景。对一些身为1812年战争老兵的俄国军官而言，托尔斯

1 Leo Tolstoy, *The Cossacks* and Other Stories, trans. And ed. David McDuff and Paul Foote (London, 2006), p.255. Andrew Wachtel, “History and Autobiography in Tolstoy” in Orwin, *Companion to Tolstoy*, pp.176－177.

2 Jeff Love, *The Overcoming of History in War and Peace* (Amsterdam, 2004), p.183.

泰过多地拆解了他们认为自己与之有利害关系的浪漫主义神话。和彼得·维尔岑斯基公爵一样——他是俄国文化界具有影响力的战争幸存者——他们指责托尔斯泰犯有历史破坏罪，是“历史的谋杀者”之一[1]。

《战争与和平》中对邪恶心理的重复提及必然会影响托尔斯泰对军队的看法。因为在战争中，士兵的所作所为很容易与邪恶等同：他们进行劫掠，他们掠夺平民，他们杀人并会因此得到嘉奖。和乔安娜·伯克的近作一样，在对军事地点的描写中，托尔斯泰对杀戮行为的强调和对死亡痛苦的强调是一样的[2]。毕竟，士兵享有这样的权利，无须在杀人时承担在文明社会中杀人会受到的处罚，但是这种权利仅适用于特定范畴：施行这种杀戮时必须身穿军装并且是在军事纪律或暴力中针对确定身份的军事敌手。托尔斯泰和卢梭等法国启蒙时代的作家一致认为，人类被驱向邪恶并非自然，而是因为被赋予了相同的思想资质和机体能量——他们将之定义为“力量”(force)——这是一种自然状态，既不是道德的也不是不道德的。在军事领域内格外重视力量，因为力量在保全士兵性命和保卫战友安全方面起着关键作用。托尔斯泰提出了三种不同的士兵类型：温顺型——会成为服从上司的士兵；天生领袖型；以及铤而走险型——这一类士兵在战场上会做出不计后果的鲁莽之事[3]。他把战争表现为人的自然状态的一部分，会释放出空前的力量。他相信，战斗越激烈，军队越能展现出无畏的能量。托尔斯泰正是围绕着这些本身高度意识形态化的概念建构起自己对战争的宏大叙事[4]。

与大多数19世纪俄国知识分子一样，托尔斯泰将1812年看作吞

---

1 Dan Ungurianu, *Plotting History: The Russian Historical Novel in the Imperial Age*, p.109.

2 Joanna Bourke, *An Intimate History of Killing: Face-to-Face Killing in Twentieth Century Warfare* (London,1999), pp.13–43.

3 Donna Tussing Orwin, *Consequences of Consciousness: Turgenev, Dostoevsky, and Tolstoy* (Stanford, 2007), p.161.

4 Donna Tussing Orwin, *Tolstoy's Art and Thought 1847–1880* (Princeton,1993), p.113.

噬俄国民众的史诗性悲剧。他的观点将会引起1812年战争的一段不朽神话，即这次胜利可以被归因于“地理、气候以及机遇”的力量，以及俄国民众抵抗的顽强精神。这种观点削弱了个体的影响，使拿破仑不必为之后发生的可怕屠杀承担个人责任。托尔斯泰总结称，俄国的战略是“即兴发挥与偶然因素的结合”[1]。但是，这并不会使他对军官的刻画以及对其战争经历的分析贬值。托尔斯泰所提供的是对此时此刻的感性和情感以及人类经历本质的敏锐观察，他作为一名小说家和军队军官可谓是从事这项工作的理想人选。

莫斯科战役参与者的著作在很大程度上证实了托尔斯泰在《战争与和平》中所展现的敌军画面。当然，托尔斯泰广泛阅读过关于战争的回忆录文学。他掌握很多第一手的俄国回忆录资料以及一部分法国回忆录资料，他很看重那些在战争中经历过军事行动的人的观点。有趣的是，这些经验经常是国际性的，因为正如我们所见，托尔斯泰赋予其笔下俄国人物的很多观点和价值观也为法国方面的敌军所共享。也许这并不会使我们吃惊，因为尽管作为小说家的托尔斯泰不被客观观念所限定，可以自由驾驭自己的想象，他也提供了很多可以供那一时期的历史学家参考的内容。当然，我们不会依靠托尔斯泰获取关于战役或双方军队下达指令的精确细节，但这并不是他的关注点所在。托尔斯泰最擅长处理的是战争的人性方面，以及战争中士兵所感受到的骄傲与荣誉、痛苦与同情。在这方面他创作了一幅内容丰富而且极为可信的图景，并在俄国人和法国人中都引起了共鸣。

1 Dominic Lieven, *Russia against Napoleon. The Battle for Europe 1807–1814* (London, 2009), pp.10–11.

编后记

艾伦·福勒斯特(Alan Forrest,1945—),英国约克大学历史学教授,主要从事法国大革命和拿破仑时期的历史研究。本文选自McPeak, Rick and Donna Tussing Orwin. *Tolstoy On War: Narrative Art and Historical Truth in "War and Peace"*. 1 ed. Cornell University Press, 2012. pp. 59-73。在本文中,艾伦通过分析托尔斯泰写作素材的可靠性,探究了托尔斯泰的战争哲学和历史观。本文译文选自(美)里克·麦克皮克、(加)多纳·塔辛·奥文编著,马特译,《托尔斯泰论战争》,经济科学出版社2013年版,第88—92页。

托尔斯泰：形象与问题

作者 [德国]凯特·汉伯格
译者 张硕
译校 张佳玲

引言

这位创作了《战争与和平》和《安娜·卡列尼娜》的伟大作家，作为爱的福音教义的传道者，作为道德家、和平主义者和上帝的追寻者，却并不总是那么令人信服。特别是从文学艺术的角度来看，托尔斯泰的伦理宗教信仰常被视为与他的真正本性和使命相悖，对他天赋的艺术性造成了一种强制破坏。屠格涅夫在1883年临终前写道："我的朋友，俄罗斯伟大的作家，请您回到文学创作中去吧。"这仿佛是一个垂死之人的最后请求。在20世纪初，年轻的作家马克西姆·高尔基曾经与托尔斯泰有过接触。他在宝贵的回忆录中记录了大量的观察，勾勒出了一个伟大的、虽然存在问题但却充满魅力的异教徒以及"主人"的形象，对他来说，基督教道德和文明人性本质上是陌生的。值得一提的是，高尔基提供了一些有趣的逸事，这些逸事在基督教道德的庄严外衣之下，闪现出这位作家的真正本质。比如，有一次两个穿着华丽的骑兵经过他身边，一开始他对兵役表现出一贯的反感——"像用棍棒训练出来的动物！"——但随后却被他们吸引，说出热情的言辞："多美啊！就像古罗马人一样！这种力量，这种美！啊，我的上帝，真是伟大啊，人是美的！”[1]还有一个关于野兔的故事，当野兔跳到他面前时，唤醒了他的猎人本能：“他像一个老猎手一样欢呼着。然后他睁大眼睛看着我，露出了一种无法形容的聪明人的笑容。”[2]在高尔基的书中，有一个意味深长的观察，即这位外表看起来舒适民主、留着胡须、穿着民主式的皱巴巴的衬衫、双手粗糙的俄国老爷、庄园主、贵族和大主教，是如何突然出现，把过于亲密的恼人访客拒之门外，以致“他们因难以忍受的寒冷而鼻子冻得发青”。“他有着主人气派，”高尔基说，“那正是奴仆们需要的。当这些人唤起了托尔斯泰身上的那个主人时，他就会轻松自如地站起，把他们都按倒在地，以至于他们简直都蜷缩成了一团”。[3]但对高尔基来说，这些特质都是创造原力的反映和折射，其神性不在于基督教中的爱之神，而在于一种神秘的、创造性的——本质上是“虚无主义”的天性，托尔斯泰的艺术天赋正来源于此，正如屠格涅夫所写的：“这种禀赋源自一切的来源之处。”……

第二章　自然生命理念

第一节　托尔斯泰的艺术性

……

只有在《战争与和平》中，托尔斯泰才达到了叙事大师的巅峰，进入了世界文学殿堂。这意味着，这部伟大作品中不再有缺乏张力的瞬间，不再存在单纯描写性的图像与情节特征。这些细节，构成了作品开放式的形式。在这里没有超脱于事件之外、其内心体验与这个事件本身无关的道德英雄。在这里，无数人物形象中的每一位都在活着、经历着、行动着、遭受着，交织在事件中，交织在无尽展开的生活中。

---

1 Maxim Gorki, *Ges. Werke XIII: Erinnerungen an Zeitgenossen* (Berlin: Suhrkamp, 1928), p. 36.

2 Ibid., p. 65.

3 Ibid., p. 56.

在此意义上，不论是在托尔斯泰的创作中，还是在世界文学中，《战争与和平》都是无与伦比的。

……

我们将创作这种独特开放式的大型小说的写作方法原则称为“去中心化”原则。其特点在于，中心人物不像传统叙事中惯常的那样穿过各种环境、人物和客体领域，一切都是基于他们的体验，通过他们的眼睛所见来呈现的。相反，在开放式小说中，故事素材分布在不同的生活领域，每个领域都有一个特定的群体。当然，这些群体与儒勒·罗曼的“一体主义”不同，在技术和方法意义上是完全孤立的。他们部分地通过亲属和朋友进行接触与联系，就像生活带来了这些关系、巧合和情境，人们借此相遇，共同生活一段时间，然后再次分开。但关键是，在这部小说中，就像在现实中，每个人都是他自己生活的中心，他的生活可能会与其他人的生活接触或产生交集，但并不一定非得如此。因此，《战争与和平》中并没有一个真正的中心人物，围绕其展开所有事件、人物和问题。安德烈公爵、皮埃尔·别祖霍夫、尼古拉·罗斯托夫、娜塔莎或玛丽亚公爵小姐都不是这部小说的“主人公”。作者时而陪伴着这个人，时而陪伴着另一个人，以及无数其他人在他们的人生道路上走一段路，然后再让他们暂时退到背景中去。例如，当我们和年轻的尼古拉·罗斯托夫伯爵在他的兵团或在他父亲的庄园中猎狼时，我们参与了他的爱情故事和其他生活问题，这段时间我们几乎忘记了其他人和他们的命运，直到其中一个人再次进入小说舞台的前景，在一段时间内成为我们兴趣的中心。因为这部小说的主题不是一个特定的行动，也不是一个特殊的问题，而是不多不少的一段生活——俄国人、俄国和俄罗斯民族的生活，尤其是他们的上层阶级，在一个特定的历史时期，在战争与和平中，在他们的家园、总部和外交官的内阁中，在舞会、狩猎和战场上，在他们最私人的命运和为祖国事务的付出中。

正是这种去中心化技术创造出了一种未完成的、无限的、不断前进的错觉，而这正是生活的本质。小说并不以某个最终事件结束，如死亡、毁灭或者订婚。相反，在一个人死后——即使他像安德烈公爵一样留下如此深刻而痛苦的痕迹——对于留下的人来说，生活仍在继续，娜塔莎找到了新的幸福。经济破产后，就像罗斯托夫伯爵那样重建，皮埃尔和娜塔莎、尼古拉和玛丽亚的故事也不是以订婚这样的浪漫快乐为结局，而是以日常家庭生活的画面来告终。可以想象，在平稳的时间流逝中，这种生活会持续到他们去世。去中心化技术允许人们毫不费力地从一个环境过渡到另一个环境，从一个人或一群人过渡到另一个人或另一群人，仿佛消除了艺术的框架，或者至少是艺术技巧的框架——在这由生活、人、事件和体验构成的海洋中，除了生活本身的结构和规律，似乎没有其他结构，也没有其他规律。

……

然而，有关安娜·卡列尼娜的情节并不构成整部小说的全部内容。列文和吉蒂的故事也占据了相当大的篇幅——深入观察后我们会发现，这部作品在某种程度上再次展现了一种不自觉的开放式形式。当然，有人可能会提出异议，认为列文的情节被设计为与安娜的情节相对比的平行情节，即合法的幸福婚姻与导向堕落的非法结合形成对比，以道德为导向、信仰上帝的列文与被恶魔般的爱情自然之力所支配的通奸者形成对比。但是，仔细观察就会发现，这种对比处处都存在不协调。除此之外，从整部小说的特点和生活领域出发，我们可以得出结论，这种道德主义与托尔斯泰相去甚远——他在作品开头引用了圣经中“伸冤在我”一句作为题词，这并非毫无原因。如果我们将列文-吉蒂的情节理解为托尔斯泰对“生活”无意识驱动的塑造，就能更深入地理解托尔斯泰的本质。虽然伏伦斯基和安娜与托尔斯泰自己的生活和生活问题无关，但列文和吉蒂的形象却是他自己的血肉和精神。众所周知，他在这对夫妇身上描绘了自己的婚姻及其部分前史。通过列文的情节，托尔斯泰将自己的生活融入了《安娜·卡列尼娜》这部小说，这里再次体现了自传式元素对开放式形式的作用：这种形式被认为是对真实再现自然生活的渴望的艺术反映。

从形式上看，列文的故事与《战争与和平》中的人物和人物群体的情况相似。与安娜和伏伦斯基的生活形成鲜明对比，列文的生活没有经历戏剧性的高潮事件，在小说结束时，我们必须认为它仍在持续。列文与吉蒂·谢尔巴茨基的订婚发生在小说的前半部分，尽管经历了一些困难，但这并非结局。尽管偶尔会有一些小波折，但这段婚姻仍然在市民生活中进行，因此也是在那个时代自然生活的平稳流逝，直到某个自然的终点。

至于列文的道德、宗教和社会问题，在小说结尾时，他从一个朴实的农民口中得到了某种回答，即人应该为自己的灵魂而活，想着上帝，这意味着要去爱他人。但我们不能说这种认识对列文产生了任何决定性、改变生活的力量，或者在这种情境下，这种认识被描绘得非常明显。因为——托尔斯泰在这里不自觉地表现出对真实生活和现实的洞察力——生活不会轻易改变，即使我们获得了关于生活的决定性认识。这不是戏剧性的，也不是抒情诗意的，而是自然而然的，当列文试图向吉蒂敞开心扉时——“她懂得，”他想，“她知道我在想什么”——吉蒂毫无顾虑地以平淡的要求打断了他，要看看客房里的谢尔盖·伊万诺维奇是否一切都好。是的，列文的生活将继续像以前一样。尽管他意识到生活的意义在于对他人的爱，但他仍会像以前一样对马车夫伊万发火，像以前一样与人争吵，甚至感到与他们，包括他的小妻子之间存在隔阂。列文的故事就这样结束了，整部小说以它为结尾，而不是以安娜的死亡或其余波——伏伦斯基内心崩溃后前往塞尔维亚参战——为结尾，这似乎并非巧合。因为以列文未完成的人生故事作为结尾，小说也获得了无限性的一面，或者说是相同的，未来的一面——因为所有的生命，只要它是生命，就通过未来获得其意义。我们可以说，在《安娜·卡列尼娜》中，开放式形式的自然形成原则，也以一种修正的方式生效了。

在《安娜·卡列尼娜》中，故事同样呈现出去中心化的特点。谢尔巴茨基-列文、卡列宁和奥布隆斯基三个家族团体仅通过偶然的亲属关系相连，就像自然生活一样。每个家族都生活在自己的圈子里，忙于应对自身的生活问题：卡列宁家族忙于婚外情，奥布隆斯基家族忙于处理经济问题和婚姻关系，谢尔巴茨基家族忙于吉蒂的婚姻，而列文作为这个家族的女婿，忙于应对他的农业问题和良心问题。正如在《战争与和平》中一样，读者时而陪伴着一个家族，时而陪伴着另一个家族。这些家族及其相关人物之间除了亲情和友情关系外，没有其他的联系，也就是说，他们没有被放置在一个情节统一体中。每个家族都可以为一部自己的小说提供素材。如果这部小说以安娜·卡列尼娜的故事命名，那可能是因为这个故事是其中最具戏剧性和轰动性的一个。总之，与《战争与和平》一样，《安娜·卡列尼娜》保留了自然生活的方面，并通过开放式形式和去中心化技术呈现出来。这种自然生活只有在少数情况下才会出现戏剧性的情节，把人们从寻常的生存中拉扯出来。

我们试图从托尔斯泰对真实性的认识和表现欲望中理解和推导出他独特的、与传统小说风格不同的方法和技巧。幻想是自然或自然生命的镜子，天才并非创新，而是再现和描绘——这种美学“模仿理论”，尽管它本身也无法表达生命的本质，却是托尔斯泰艺术中健康的自然主义的根源。

……

在托尔斯泰的长篇和中篇小说中，再也找不到 19 世纪流行的叙事和文体形式，也没有像当时最著名的俄国小说家屠格涅夫的那种典型的、有点做作的框架故事（德国的台奥多尔·施托姆也很擅长这种故事）。托尔斯泰的作品从不制造像屠格涅夫的《初恋》中那样不自然的情景，客人突然被邀请在晚宴上讲述他们的初恋故事，或者像在屠格涅夫的另一篇小说《安德烈·科洛索夫》中那样，讲述他们遇到的最奇怪的人物。

这种浪漫化的技巧是 19 世纪中叶的特征，这些夸张的、构造出来的情景，在托尔斯泰的作品中都找不到。这表明了他的风格感和风格意志中“自然主义”的自然性。当他阅读普希金以“客人聚集在伯爵 L 的乡间别墅里”这句话开头的小说时，他激动地喊道：“多美啊，多简单！单刀直入。就得这样开头。普希金是我的老师。”他甚至被这些平淡的话所激励，开始写《安娜·卡列尼娜》的第一章。“同一晚上，”托尔斯泰伯爵夫人说，“他写下了这个小说的开头句子‘奥布隆斯基家里一切都混乱了’”——这句话和普希金小说中的句子一样平淡，但从中发展出了这部小说的巨大而真实的生活画面，使它保持了永恒的新鲜感。

……

第二节　历史生活

《战争与和平》的主题是自然生命的理念的说法似乎太过笼统，不够确切。首先，可以反驳小说的“主题”绝非某种“理念”。它呈现了一个最具体、形象、宏大的画面，刻画了一个非常特定的历史时期——1805年至1812年俄奥的拿破仑战争时期。这幅画面里充满了各种人物形象，每个人物都具有极强的个性、饱满的生命和内在真实性，都呈现了世界文学中永不凋零的个性与命运。这部小说所具有的荷马式风格，高尔基的报道，以及频繁被引用的托尔斯泰本人的话“没有虚假的谦虚——正如《伊利亚特》”等事实，都说明了这部小说并非在刻画一个理念。即使从经常伴随着小说情节（将在下文更详细地讨论）的对俄法战争的战略性解读中，也无法认识到为什么恰恰是这场特殊的战争使我们可能为小说最终是关于生命理念这一论点辩护。

……

托尔斯泰认为，历史最终是一个唯一的、被决定了的整体，其中没有自由行动，因为每个事件都已经被无数先前或同期的事件所引导和决定。因此，历史被定义为“人类无意识的群体生活”。对于托尔斯泰来说，这个观点是对历史的最终解释，因为人类的知性无法理解所有决定性因素的总体。

然而，历史这个概念的二义性，即历史作为历史学和历史作为正在发生的生活，或更确切地说是已经发生的生活之间的意义差异，是托尔斯泰历史哲学的基础。正如托尔斯泰试图通过战争的例子证明，真正发生的事情并不符合历史学家对事件的理论解释一样，他也反对通常的观点，即可以根据亚历山大或拿破仑据以行事的“民族荣誉”“自由”“平等”“进步”等“概念、理念或者计划”来解释真正发生的历史生活。“那么所有与这些概念方向相反的人的行动又该如何解释？这些行动将不存在，生活将不存在，什么都没有发生。”因此，托尔斯泰认为，将历史生活归纳为概念，并用启发性的思想甚至是一个“终极目标”来代替由无数巧合所决定的历史人物的行动，从而代替历史本身的进程，这是对历史生活的歪曲。终极目标或许存在，过去的时代就引入了上帝来解释历史，但对于我们来说，这是无法理解的。只有当我们把自己限制在解释现有事实本身时，我们才会接近历史生活的真相。

……

鉴于托尔斯泰后来的“好战和平主义”立场，尤为重要的是，在《战争与和平》中，战争绝不会作为一种反社会、反人类的应该被反对的因素出现和讨论，而是作为一种事实，作为民族生活的必然，必须以最好的方式，也就是最勇敢的方式来处理。安德烈公爵曾称战争是人类生活中最丑恶的行为，有那么一刻，于他而言，战争似乎是某种极其无意义的事，人们聚集在一起相互残杀，然后举行感恩礼拜，感谢自己杀了那么多人。“上帝怎样从天上看他们、听他们啊！”但他仍然认为战争，不仅仅是 1809 年这场特定的战争，而是所有战争，都是“可怕的必然”，都需要被“严肃认真地对待”。他不允许将战争降格到“懒汉与轻浮之辈喜爱的消遣”，而是要将战争提升为道德生活的一部分，就像普鲁东所说的那样。在某种程度上，战争作为一种生活现象、作为民族“运动”的不可否认的必要性体现在了安德烈公爵身上。他不仅用头脑参与战争中的外交和战略问题，还作为一名现役军官在战场上冒着生命危险，并最终失去了生命。

这部历史小说的历史意义在于，历史被纳入且从属于自然生活的整体结构之中。最终，正是这一意义使这部庞大的、如同生活本身一样丰富无尽的作品自然地发展出其结构，并在其表达中获得了上文提到的“开放式形式”。在这里，博罗金诺战役并不比娜塔莎的第一次舞会和尼古拉·罗斯托夫猎狼更为重要，库图佐夫元帅的作战会议并不比皮埃尔·别祖霍夫的继承故事更为重要，莫斯科大火没有在人们的生活中留下比安德烈公爵之死或普拉东·卡拉塔耶夫的平静生活和死亡更深的烙印。这就是这部小说提供的视角，它基于一个事实，即人类最私密的、对于历史而言无足轻重的生活和经历，在构成上与具有历史重要性的事件，即已成为历史学研究的对象的事件，是平等的。

第三节　教育理论

在托尔斯泰的生命理念以文学形式大放异彩的十年里，他在实践和理论上对教育问题进行了探讨。对他来说，在雅斯纳亚·波利亚纳建立的村庄学校意味着“他的整个人生、他的修道院、他的教堂”（1862 年 8 月 7 日致托尔斯泰伯爵夫人）。教育工作本身就是生命理念的另一种表现形式。

托尔斯泰亲自带着几名助手给雅斯纳亚·波利亚纳的农家子弟授课，他所依据的原则并非崭新之物，这些原则自卢梭把蒙田和洛克的思想纳入自己的教育体系以来，就一直对旨在打破僵化过时的教育方法和学校形式的改革产生促进作用。托尔斯泰受到卢梭的强烈影响，这是众所周知的。每一份传记都记录了他十八岁时的言论，即卢梭的《新爱洛伊丝》给他留下“巨大”印象，《忏悔录》和《爱弥儿》则留下“非常大”的印象。毫无疑问，托尔斯泰对于研究和理解人类存在的自然现象和条件的渴望，受到了卢梭的本质形式和思想形式的启发与满足。对于《忏悔录》中毫不留情的自我分析者，同样真诚的《童年》《少年》《青年》的作者必然感到亲近。他试图通过这部作品自我观察，描写并解释儿童的心灵生活，因此他不可能忽略《爱弥儿》，更何况卢梭教育理论的基本思想正是为托尔斯泰的思想指明了方向的“对生活的直接参与”。

……

托尔斯泰的教育理论和实践以及他的社会思想和行动与卢梭不同的地方在于,他更密切地与由俄罗斯农民所代表的人民的实际生活相关联。对于托尔斯泰来说,卢梭式的"自然"抽象概念被他所熟悉的人民——雅斯纳亚·波利亚纳的农民——的生动存在所取代。他认为,改善这些农民的生活条件是他作为一个地主最重要的责任,就像《一个地主的早晨》中的聂赫留朵夫公爵一样。农民是他教育活动和理论的材料,这不是说他为了教育目的而向村里的孩子们授课,而是说,这种授课、这所学校的建立都是实践的首要问题。与卢梭不同,他不需要特意准备环境来创造教育工作所着手的"自然人",不需要将教育对象从其环境,即卢梭的文明社会中人为地分离出来。因为他的学生所来自的环境,正好提供了卢梭必须从理论上创造的自然条件。因此,托尔斯泰的教育理论一方面在现实和实际经验上优于卢梭的理论;另一方面,这种仅限于农村孩子的经验也自然意味着在面对启蒙哲学家一般意义上的人的观念时受到了限制,启蒙哲学家的教育对象既不是贵族和市民,也不是农民,而是一般意义上的人。卢梭在《爱弥儿》中说:"我们必须把我们的学生看作抽象的人……在从事他父母的职业以前,大自然就已经叫他认识人生了……从我的门下出去,他既不是文官,也不是武人,也不是僧侣;他首先是人。"托尔斯泰认为,自然人与农民是一致的,而农民又代表了人民,与市民相对。因此,他的起点发生了转移,但同时,他所教授的东西具有原始的真实与生命力,他的教育理论和史诗艺术以及历史哲学一样成了自然生命理念的表达。

……

在托尔斯泰的教育理论、艺术观和历史哲学中,自然生命的理念是其本性所固有的意识立场的表达,这种意识立场对准了人类生存的"直接现实"和"真理"。实际上,教育理论在托尔斯泰世界观中的意义和地位甚至比另外两种表现形式更加突出。通过与社会问题的联系,托尔斯泰的教育理论表明社会问题是"托尔斯泰式生存"的基石。在他的生命理念中,它是真正的、最强大的根源,可以说,它并不需要后来的宗教基础。

第四节　艺术理论

……与自然主义的真实概念密切相关的是已融入托尔斯泰艺术观中的社会学观点，这也是它与托尔斯泰教育理论的交会点。

早在1851年的青年日记中，他就表达了追求自然和艺术的可理解性与为人民服务的追求之间的紧密关系。他认为“一切著作要想写好，必须……从作者的心灵中唱出来……多数是有高度修养的作者，人民大众不明白……人民大众有自己的美好的、无法模仿的文学……不需要高级文学，也不存在高级文学”。后来，他进一步明确表示，文学只应该传达那些“让俄罗斯农民、中国人、非洲人、儿童、老人、受过教育和未受过教育的人都可以理解的”情感。他认为《圣经》中的约瑟夫传说主题和情节都很简单，就是这种文学的模板，而《堂吉诃德》和《大卫·科波菲尔》则表达了那些只有少数有必要教育背景的人才能理解的独特情感。他强调基督教的主题，如邻人爱、兄弟情、上帝的统一，应该成为文学和所有艺术的对象，因为基督教本质上应该涵盖整个人类（而不仅仅像希腊、犹太等其他宗教只涵盖一个民族）。在此意义上，基督教应该成为人类通用的理解基础。因此，托尔斯泰在中世纪的普世教会中看到了关于一种普遍的民间艺术的实现。“中世纪的艺术家们具有和人民群众相同的感情基础，即信奉同一种宗教，把自己所体验到的感情和心境表达在建筑、雕刻、绘画、音乐、诗歌和戏剧中，他们是真正的艺术家，他们的活动是以当时人所能达到的、全民共有的最高深的理解为基础的，……为全民共有的真正的艺术。”至今仍决定着我们艺术概念的非民间艺术，是在文艺复兴时期富人和受教育阶层摆脱了教会与宗教束缚后才产生的——这种艺术是糟糕的艺术。

托尔斯泰要求艺术成为一种手段，将人们不分阶层地团结在普遍人类的情感中，而不是成为他们分裂的表达，甚至加深他们的分裂，这一点并没有错。然而值得注意的是，他并没有想到，通过对大众的启蒙与教育，可以在很大程度上消除分裂的界限，并为他们在思想和精神文化上开拓此前无法涉及的领域，就像丹麦民众高等学校创始人格伦特维 1844 年所提出的那样。在托尔斯泰看来，这种文化本身是有产阶级的产物，因此不仅本身不好，而且还进一步提升了有产阶级的享乐生活。相反，他认为要在人民中找到一种艺术。这种艺术是所有人都能理解的、基于自然情感的，因此它必须是宗教性的，因为宗教是这种普遍可理解的情感世界的源泉。

托尔斯泰反对一种非民间艺术的艺术，并拒绝称之为艺术，这是他反对市民社会斗争的一部分，正如他的教育理论正以另一种方式参与斗争。然而，无论是教育理论还是艺术理论，其根源都在于托尔斯泰的自然生命理念。在他面临“危机”之前的时期，社会体验也被安置在这一理念之中。

……

终章　托尔斯泰与当下

托尔斯泰对陀思妥耶夫斯基的态度反映了当代俄罗斯对这两位俄国文学巨匠的态度，这绝非巧合。在对陀思妥耶夫斯基作品的否定上，当代俄罗斯批评界与托尔斯泰存在一些共同之处。这也解释了为什么在苏联时期，托尔斯泰的官方地位高于陀思妥耶夫斯基。

乍一看，这或许有些令人惊讶。陀思妥耶夫斯基虽然出身（较低的）贵族，却生活在近乎无产阶级的环境中，善于揣摩大城市人的心理，亲历了沙皇政权的恐怖，似乎应该比“悔罪的贵族庄园主”托尔斯泰更接近新俄罗斯人的精神和心灵。实际上，只需要对托尔斯泰主义有一定了解，就能理解为何托尔斯泰既不能参与 1905 年的革命运动，也不能被十二年后完成革命（也就是托尔斯泰去世七年后）的领导者所接受。这些领导者与托尔斯泰主义的冲突颇具趣味，值得更详细地探讨，特别是他们的消极立场，从中可以推断和认识到为什么托尔斯泰仍被视为新俄罗斯精神的代表。

列宁其实一直深深地钦佩并热爱托尔斯泰的艺术才能——“这是一个巨人！他是多么伟大的人啊！您看，尊敬的先生，他是一位艺术家”，他曾指着书桌上的一卷《战争与和平》向高尔基说道，想要再次阅读其中的狩猎场景。但是，他也说过：“您知道他身上的什么东西更令人惊讶吗？他的农民嗓音，他的农民思维？他身上有一个真正的农民。在这位伯爵之前，文学中没有真正的农民。”列宁将他在托尔斯泰的革命观念中所发现的矛盾和不足之处，特别归因于他的“农民思维”。与普列汉诺夫相比，列宁的判断更具历史性，因此也更温和。他将托尔斯泰看作“俄国革命的镜子”，而从农民革命的角度来看，“他显然不理解”这场革命。列宁说：“作为俄国千百万农民在俄国资产阶级革命快要到来的时候的思想和情绪的表现者，托尔斯泰是伟大的。托尔斯泰富于独创性，因为他的全部观点，总的来说，恰恰表现了我国革命是农民资产阶级革命的特点。”列宁称之为资产阶级革命，因为尽管农民阶层力图摧毁所有旧的土地所有形式，推翻官方教会和地主阶级，并建立自由平等的小农民公社来取代警察和阶级国家，但他们仍然不自觉地以宗法制的方式来处理这个问题：这种公社应当是什么样子，以及通过什么手段和措施来建立这个公社？农民阶层缺乏革命斗志，他们“哭泣、祈祷、空谈和梦想，写请愿书和派‘请愿代表’。这真是完全符合列夫·尼古拉耶维奇·托尔斯泰的精神！”。列宁不仅认为托尔斯泰是这个缺乏斗志的农民阶层的代表，而且也认为他的非抵抗主义理论是1905年革命失败的罪魁祸首。

这个观点就是列宁和普列汉诺夫等人拒绝托尔斯泰主义并将其视为有害的主要原因。在一篇极具讽刺意味的论文《概念的混淆（列·尼·托尔斯泰的学说）》中，普列汉诺夫以比列宁更加尖锐和激烈的辩证法，指出了“不以武力对抗邪恶”这一观念完全脱离外在和内在生活的现实且缺乏固有的逻辑。他将托尔斯泰的生活与观念的矛盾归因于其强烈的基督教二元论，即“灵魂”和“肉体”、永恒和暂时，或者用黑格尔的术语来说，意识和存在之间的绝对分离。然而，意识独立于外部条件的唯心主义观念显然与辩证唯物主义相对，而后者是科学社会主义的哲学基础。普列汉诺夫指出："社会主义知道灵魂是肉体的机能，永恒只存在于暂时之中，意识独立于存在的解释意味着意识对存在的控制是不可能的和可有可无的。"普列汉诺夫以令人钦佩的逻辑敏锐性表明，托尔斯泰的唯心主义立场如何导致他对外在生活条件的消极被动和寂静主义，以及剥削者的资产阶级社会是如何因此可以向托尔斯泰主义"俯首称臣"，而不必担心革命骚乱，并以这种姿态展示自己良好的一面。普列汉诺夫站在他的立场上正确地指出："因为宣布内心世界独立于外部世界，就等于宣布人对他周围外部条件有计划的影响，即意识对存在的监督，是可有可无的。"普列汉诺夫甚至认为，托尔斯泰的唯心主义不仅是他寂静主义的根源，而且它还要为托尔斯泰无意识的对压迫者的支持立场负责。例如，在农民解放过程中，他更关心的是贵族地主的良心，而非受苦的农民。普列汉诺夫还建立了唯心主义作为一种形而上学的个体主义与托尔斯泰的贵族保守主义之间的社会学联系，即使在托尔斯泰开始在道德上谴责贵族时，他仍对剥削者而非被剥削者感兴趣。

这无疑是普列汉诺夫经过辩证思考得出的尖锐结论。但就与自身救赎有关的社会伦理方面而言，普列汉诺夫的论述与我们通过《论生命》一文对托尔斯泰思想的分析是一致的。托尔斯泰的这部作品比其他任何作品都更深刻地揭示了"灵魂与肉体利益"（普列汉诺夫语）这种唯心主义二元论的存在论出发点，而这正是他晚年寂静主义的基础。在此处，邻人爱的原则被构建为一个衍生的、间接的原则，其唯一功能是克服死亡恐惧，作为一种"理性思维的原则"，只关注灵魂的救赎，而不关注外在生活的福祉。这当然不是托尔斯泰的本意，但他在这种存在意义上建立的思考的结果是这样的：不抵抗的消极原则与本质上积极的爱的原则变得相一致。普列汉诺夫有理由否定托尔斯泰作为"人生导师"的角色，他引用了托尔斯泰在《致工人》中的一些话，这些话显示出他与革命社会主义的对立，并且连贯回溯到了托尔斯泰思想的源头。“对人类最有害的思想，就是认为他们的困境的原因不在于他们自己，而在于外部条件。只要一个人（或人类社会）自以为自己所受的苦难是外部条件的结果，并把他的全部力量和注意力放在改变这些外部条件上，那么灾难只会愈演愈烈。相反，只要一个人或人类社会真诚地反省自己，追问他所遭受的困难的根源，就会很快发现原因，而且这种原因会很快自行消失。”

……

俄国革命的第一批领导者与托尔斯泰主义之间的尖锐对立发生在苏联成立之前七到十年的战斗岁月中。在他们的观点中，托尔斯泰主义中特有的反革命成分在其形象、本质和意愿的整体表现面前退居次要位置。当今俄罗斯对托尔斯泰的评价不仅本身是积极的，而且是基于比政治和社会教义更深层次的精神原因，证据就是一开始提到的官方文学批评对陀思妥耶夫斯基的否定。或者更确切地说，这种否定揭示了为什么托尔斯泰作为与陀思妥耶夫斯基完全对立的精神，比后者更贴近当代俄罗斯。因此，这里将简要介绍一下陀思妥耶夫斯基被“废黜”的情况。

在1947年12月24日的《文学报》上，俄罗斯著名评论家叶尔米洛夫在一篇名为《陀思妥耶夫斯基和我们的批评家》的文章中指责陀思妥耶夫斯基没有相信人类的理性和意志，而是完全把人类生命的存在和意义建立在对上帝的恐惧和宗教束缚之上。但更关键的是，陀思妥耶夫斯基之所以被排斥，恰恰是因为他用深邃的心理洞察力来理解人性，这使他在西欧人眼中成了精神分析认知的先驱和无与伦比的描绘者，因为“他的主观心理学方法，与现实主义传统的区分如此之鲜明，为后来的颓废主义者铺平了道路”。陀思妥耶夫斯基将恶视作潜在于人类灵魂的根源弊病之一（即“恶魔”），使得他远离了任何“社会”问题的讨论，以至于“他无法被安全地带入新俄罗斯”。现在，这种对待陀思妥耶夫斯基的态度得到了赫尔施伯格的支持。作为一位深入了解俄罗斯国情和文学的专家，他编纂了一部从古至今的俄罗斯文化和文学文献选集（题为“俄罗斯的智慧”），并作了非常有趣的评论。虽然与上文引述的观点不同，他对陀思妥耶夫斯基的心理深度持肯定甚至是崇敬赞美的态度，但他仍不得不拒绝陀思妥耶夫斯基，因为“这个绝望的、有着原始恐惧的深刻的灵魂研究者非但没有展示清晰与自由的精神，梳理他笔下混沌的世界，反而成了阻碍。他的回答是对沙皇和占统治地位的希腊东正教会的谦卑屈服”。[1] 相比之下，托尔斯泰则被视为伟大的、广泛描绘的史诗作家，他笔下的风景、环境和身体具有生动的可见性，他描写人类的灵魂，而不是像陀思妥耶夫斯基那样解剖人类的灵魂——总之，他是“朝向精神与清晰精神的向导”，这是因为他是一位清醒的现实主义观察家，而不仅因为“他是伟大的持异论者，是沙皇奴役和农奴制的控诉者和反叛者”。

伟大的自然主义者以敏锐的洞察力观察着人类生活中的事物，并以最高的真实性对其进行描述，理性主义道德家试图不以任何神秘来掩盖生活和思想的真相，以使自己更容易解决这些问题，今日的俄罗斯自认为兼具这两种特质。从内在本质、精神形态的角度来看，历史条件消失了。资产阶级时代的本质特征和经验条件参与了这种精神形态的形成，这也变得无关紧要。在历史的远景中，个人问题也变得无关紧要了，正如我们的描述所揭示的那样。列宁和普列汉诺夫对托尔斯泰的宗教形而上学以及由此而来的寂静主义产生了反感，而我们的特写镜头揭示了托尔斯泰是如何以及出于什么原因，将这种形而上学从他最初理性主义的真实伦理中抽离出来。当然，从长远来看，由于这种寂静主义形而上学的强制性和人为性，作为托尔斯泰学说的永久遗产而载入人类社会发展史册的不是这种形而上学，而是其最初的伦理-社会行动主义。因为即使他的伦理学——他自认为是某种特殊的基督教伦理学——忽略了内在生活和个人灵魂的问题，它仍然包含了一些指导人类大众生活和群体生活的准则。这些准则指向的目标

1 Max Hirschberg, *Die Weisheit Russlands* (Stockholm: Neuer Verlag, 1947), p. 107.

无论在今天看来多么乌托邦，都一直被认为是社会发展的终点，并为人所憧憬。从这一角度来看，托尔斯泰的意愿无疑与共产主义不谋而合。新俄罗斯的支持者、美国人赛瑞尔·K. 格罗写道："共产主义的基础是这一正确思想，即人不是为自己服务的，而是为邻人。"托尔斯泰的教义纯粹地表达了这一理念，未受到任何现实的遮蔽。

编后记

凯特·汉伯格（Käte Hamburger，1896—1992），德国日耳曼学家、哲学家，其文学理论代表作为《诗的逻辑》。本文节选自其所著《托尔斯泰：形象与问题》，梵登霍克–鲁普雷希特出版社 1963 年出版。

托尔斯泰：一部导论

作者 [德国]威廉·莱滕鲍尔
译者 张佳玲

导言

……托尔斯泰在文学创作初期就展现出与俄国现实主义的其他重要作家截然不同的特殊地位。与屠格涅夫、冈察洛夫、陀思妥耶夫斯基以及戏剧家亚历山大·奥斯特洛夫斯基等人不同,他不属于自然派。在大约1845年至1850年的短暂时期内,与自然派关系密切的作家优先采用了果戈理的某些文体原则,并假定应用这些原则能够在艺术上再现自然主义意义上的现实。主人公通常是下级公务员,在他生活的各个领域,包括社会生活和家庭生活中,他往往是一个怪人,一个梦想家。约在1850年至1890年间,随着感伤主义形式的融入,随着与法国文学并行的博爱倾向的流行以及全新的文体方法的渗透,俄国艺术逐渐转向一种被称为俄国艺术现实主义的潮流。

因此,讨论托尔斯泰的出发点与19世纪下半叶大多数知名作家都不同。他在文体、体裁选择、主题、阐释方面独树一帜,抵制主要从社会学视角出发的批评标准,尤其反对始终赋予主题及其解释以现实性意义的要求,而这也导致了他60年代初在雅斯纳亚·波利亚纳庄园的"内心流亡"。……

一

托尔斯泰的第一次文学尝试源于日记，是一次不完整的尝试。写作时间大约可以追溯到1851年3月。紧接着，他开始创作中篇小说《童年》。如今名为《昨天的故事》的小说是《童年》的前身；从某种意义上说，它已经包含了作家后来艺术作品的基本特征。它是这么开头的：

> 我写昨天的故事并非因为昨天是什么了不起的、或者说是非常出色的日子，而是因为很久以来我就想讲讲一天里的内心生活。唯有上帝知道，一天之中，我们内心要产生多少各式各样有趣的印象和由这些印象所引起的思想——尽管它们朦胧不清，却都能为我们的心灵所理解。
>
> 要是能把它们全都叙述出来，不仅可以方便地读给自己听，别人也可以像我一样阅读我所写的东西，这就会是一本非常有教益而又引人入胜的书，而且会是一本用天下所有的墨水儿都写不完、集所有的印刷工人都印不了的书。[1]

什克洛夫斯基注意到，《昨天的故事》“试图揭露主人公的内心生活，同时尽量减少外部事件的影响。结果，托尔斯泰既将宏大的外部事件纳入叙述，同时也揭露了内心世界”。[2]除了在这部早期作品中已经显现出的自我观察的倾向之外，他使用的“不可能”的修辞手段也令人印象深刻（“所有的墨水儿……”），从其本质上来说十分接近夸张。

……

1 除《昨天的故事》之外，本篇所有托尔斯泰作品的译文均引自人民文学出版社2000年出版的《列夫·托尔斯泰文集》。《昨天的故事》译文引自贵州人民出版社1990年出版的《世界心理小说名著选（俄苏部分）》。

2 V. Šklovskij, *Povesti o proze* (Moscow: Khudlit Moskva, 1966), p. 273.

《童年》《少年》《青年》三部曲可能是一部自传，叙述者在其中讲述了自己的一生；但这部青年回忆录之所以独特，是因为它不是严格意义上的自传。年轻的主人公是尼古连卡·伊尔捷尼耶夫，不是托尔斯泰本人，叙述者也不是青年伊尔捷尼耶夫，而是年长的、成年的伊尔捷尼耶夫。此外，这些事件，即传记与自传的材料，只是通过一个寓言非常松散地连接在一起，它们更侧重描绘男孩从十岁到十六岁的成长过程。因此，在三部曲中，我们听到的是一个唯一的叙述者的声音。"同时，我们总是清楚知道，我们涉及的是男孩尼古连卡或少年尼古连卡的感知，还是在处理同一人物成年后的视角。"[1]

青年尼古连卡身上出现的分析性倾向可看作自传中一种有效的文学手法。叙述者让孩子说话，让孩子的世界出现，但在他叙述的那一刻，他已不再是孩子了。[2] 正如兹威尔斯所言，三部曲中的描写之所以吸引人，正是因为托尔斯泰以一种无与伦比的艺术方式运用了文学手法，将孩子的世界呈现给读者。

……

关于外国作家对托尔斯泰造成的影响，存在不同看法。托尔斯泰自己在回忆录中宣称，创作《童年》时，他深受斯特恩的虚构游记《感伤之旅》和特普费的短篇小说《我叔叔的书房》的影响。丘普里纳不愿意接受艾兴包姆等人所声称的来自斯特恩、特普费、卢梭以及狄更斯的影响，或者说至少认为这些影响非常有限。鉴于托尔斯泰的独创性，她的判断可能是正确的。

……

艾兴包姆在其关于青年托尔斯泰的著作中，以充分理由指出了三部曲的显著特点：十岁男孩视角下突出的细节描写，以及一般化和概括

1 Ja. Bilinkis, "U načal novogo chudožestvennogo soznanija (Roždenie tolstovskoj trilogii)," *Voprosy literatury* (1966): 87.

2 A. F. Zweers, *Grown-up Narrator and Childlike Hero: An Analysis of the Literary Devices Employed in Tolstoy's Trilogy Childhood, Boyhood and Youth* (Paris: Den Haag-Paris, 1971), p. 60.

化的倾向;在《童年》中,这两种手法相互平衡。然而,随着托尔斯泰不得不越来越多地关注尼古连卡的个性,他开始更多地概括。因此,在某种意义上,《童年》是一部自成一体的作品,而非整体的一部分。然而,这只能在非常有限的范围内得到认同,因为细节描写和概括不能与托尔斯泰使用的其他文学手法分开来评价。[1] 因此,年长的伊尔捷尼耶夫的任务正是借助对往日的详细描述来回顾他的童年和青年时代,同时找到从细节到一般性思想的过渡,这个过渡实际上是无缝衔接的。

……

二

托尔斯泰在写作《童年》时,已经构思了一些文学计划,其中包括《高加索来信》,以及短篇小说《袭击》,后者的创作始于 1852 年 5 月,终于 11 月的“战争纪事”。早在几十年前,作为遥远的异国,高加索就与乌克兰并列成为俄国文学的诗意境地之一。它一再成为诗歌、短篇以及长篇小说的背景,而这其中许多作品都以一种紧张的抒情风格和引人入胜的语言为特征。19 世纪 50 年代,这些作品是与概要和“记录”相对的,后者更像是一种具有报告性质的通信。例如,《袭击》中的罗森克兰茨中尉,就是背离了通俗文学长期传统的一个例子。小说副标题“一个志愿兵讲的故事”已经透露了叙述者的身份。托尔斯泰在笔记中写道,他选择了一名志愿兵,“是为了激发一种侧面的视角——有权就勇敢、战争意义等进行非职业军事性的‘概括’,有权关注细节,也有权描写无关紧要之事”。

这里指向了一种对于托尔斯泰一系列作品都很重要的手法:陌生化。志愿兵,即非职业军人,“从侧面”对军事问题做出判断。他的判断将不同于职业军人的判断,因而存在美学魅力与道德教育的可

1 Zweers, *Grown-up Narrator and Childlike Hero.*

能性。

……

小说《伐木》中，是军官博尔霍夫负责以冷静的言辞驱散了传统文学的浪漫想象迷雾：

“既然您这样不喜欢高加索，”我说，“您又为什么要到高加索来服役呢？”

“原因您是知道的，”他十分坦白地说，“是听信了传说的缘故。对于高加索，俄罗斯不是有非常奇怪的传说吗，说什么是任何不幸人的一个福地。”

“是的，这话有八九分对，”我说，“我们大部分人……”

“但是到头来，”他打断我的话，“我们所有听信了传说来到高加索的人，都完全失算了，我根本看不出因为情场失意或者败家破业，为什么偏要到高加索来服役，就不到喀山或者卡卢加去。”

这段对话服务于性格刻画，而非情节的延续。显然，不仅是个体之间，而且在军官和士兵之间也产生了对比。对于观察的叙述者而言，战斗中的致命伤甚至使受害者的形象产生了新的特征，即他接受死亡的方式。

……

《台球房记分员笔记》叙事技巧的新意在于将陌生化手法与特定的文体元素相结合。相对于自己在台球桌旁服务的“先生们”，台球房记分员是一个局外人。他们向他展示了一个陌生的世界，当他们说法语时，他听不懂，重要的事情他也没听到。然而，重要的不仅是他叙事的内容，还有他讲述的方式，即用一种接近下层民众的语言来叙述。俄罗斯文学评论界用“skaz”这个难以翻译的术语来形容这种叙事风格。

台球房记分员对新来的年轻人聂赫留朵夫的行为越来越感到困惑。他显然很富有，沉溺于打台球的激情，甚至还和台球房记分员打球。聂赫留朵夫出身于富有的名门望族,由于善良和无定的性格走向了死亡。他亲手结束了自己的生命,留下了一封信,与台球房记分员通俗的说话方式相反,这封信是用规范语言写的,他在信中自我控诉。这封信的开头是:

> 凡是人生在世所希望有的,上帝都给我了:财富,名声,智慧,抱负。但我想寻欢作乐,把我身上一切好的东西都糟蹋了。
>
> 我并没有败坏名誉,没有倒运,没有犯任何罪,可我的所作所为比这更坏:我毁了自己的感情,自己的智慧,自己的青春。

三

在《五月的塞瓦斯托波尔》中,正如艾兴包姆指出的,已经出现了一种不同的文体结构,即叙述者不再是一名向导,而是一个利用了修辞表达可能性的演说者。十六章中的第一章以慷慨激昂的文体为特征;这些句子有些过长,以一种庄严的语言书写,这使得该章与接下来主要是虚构的叙述文本区分开来。它是这么开头的:

> 自从塞瓦斯托波尔的棱堡打出第一发呼啸着的炮弹,炸起了敌人工事上的泥土以来,六个月已经过去了;而且从那个时候起,成千上万颗榴弹、炮弹和枪弹不断地从棱堡飞到堑壕,从堑壕飞到棱堡,而死神也不断地在双方的上空翱翔。已经有成千上万的人的自尊心受到了凌辱,成千上万的人得到了满足,趾高气扬,成千上万的人长眠在死神的怀抱里。

鉴于第一部分描述所表达的信任和希望的情绪,到了第一章结尾的第二部分,听到"战争要么只是疯狂,要么是人们犯下这种疯狂时不应被视为理性生物"的言论,人们会不胜惊讶。

……

短篇小说《暴风雪》的美学魅力首先在于现实和梦境对比的方式。十一章中的第六章以“在我的头脑中，回忆和想象分外迅速地纷至沓来”开头。紧接着出现了一个梦中情节，这个情节在闪耀的阳光下，在可爱的夏日风景中，在众人的见证下发生；当然，整件事不是田园诗，它被死亡景象所笼罩：一个农民溺水身亡。呼啸的暴风雪、刺骨的寒夜、在雪地荒漠中几近冻死的人们的无望，形成了一种难以想象的强烈对比，而这种反差强烈的情境是一种有效的艺术手段。

四

在短篇小说《两个骠骑兵》中，两个相对独立的故事组合在一起，因而仿佛形成了一种对比。表面上，它们的联系松散而外在，实际上，第一个故事（第一章至第八章）的主角年轻的骠骑兵军官图尔宾伯爵引出了第二个故事中主角的父亲，他在二十年后才出现，也是一名骠骑兵军官。……

五

……《家庭幸福》中含有针对乔治·桑的爱情小说和妇女解放捍卫者的暗中论战。如果说托尔斯泰容许蒲鲁东和米什莱等人的著作对自己施加影响——蒲鲁东可能为主题选择提供了动力，米什莱则提供了素材，也许对故事情节的构思也有助益——那么与其他情况一样，他依靠的是西方自由主义新闻学；他打算以此来反对那些在俄国自由主义报刊中出现的他无法认可的思想。在俄国，后来很有影响力的批评家亚历山大·瓦西里耶维奇·德鲁日宁开启了关于妇女问题的文学讨论。他第一部专门讨论这一主题的小说《波林卡·萨克斯》

取得了巨大成功，小说强调了妇女享有情感自由的权利，与乔治·桑的小说《雅克》有着明显关联。

和三部曲、高加索故事以及《塞瓦斯托波尔故事集》相比，《家庭幸福》走了另一条路。诚然，这部小说展现了托尔思泰一直保持的一些观点，而且这些观点在之后的《黑暗的势力》和《复活》中还会出现，比如关于“大世界”的腐败影响，农村生活相对城市生活的优点，父权制家庭秩序的理想，以及作者展现女主人公心灵的成长成熟、家庭关系兴旺的方式，但人们还是能认识到他对女性心理惊人的共情能力。托尔斯泰本人在作品问世后极不满意也是可以解释的。正如格奥尔基·瓦西里耶维奇·契切林所指出的，叙述者周围的抒情风景类似于屠格涅夫的风景，女性心灵体验的规模以及她与爱人的关系在很大程度上也是以屠格涅夫为蓝本的。恰恰是女性的诗之精神成为连接屠格涅夫小说和托尔斯泰作品之间的纽带。然而，《家庭幸福》的内容并不如屠格涅夫的时代小说那样广阔。社会主题在这部作品中几乎完全缺失了，而这在《一个地主的早晨》中曾是如此重要。

……

屠格涅夫的抒情风景在《家庭幸福》中仍然存在，在《哥萨克》中却消失了。在托尔斯泰的风景中，外物“描写”和内心“表达”之间的界限被扬弃了。他的风景图像在很大程度上以一种直接的、有时是象征性的方式融入情节本身，成为了情节的一部分，但又是通过主人公的心理来实现的。在风景描画中，自然界中的生命及其在人类灵魂中的反映过程已经融为一体，不可分割。这种描绘方式的一个典型例子就是奥列宁斯第一次看到高加索山脉时多次重复的“但是山”。

第三十三章几乎完全是这位年轻贵族的内心独白，独白以书信形式写成，但这封信一直留在他身边，从信中可以推断，他与玛丽亚娜第一次会面已过去了三个月。在尖锐抨击了自己所属的社会圈子之后，他痛苦地反思了自己与玛丽亚娜的关系，她是第一次也是唯一一次在他心中唤起了真爱感觉的人。但当他试图用思想去把握这种感觉时，这种感觉却被抽象化了：

> 也许我爱她是爱自然，爱自然界一切美的化身；但是我没有自己的意志，仿佛有一种不可抗拒的自然力量通过我来爱她；整个上帝的世界，整个自然界把这种爱情嵌入我的灵魂，而且说：爱她吧。

爱在这里已经被定义为一种基本力量，定义为盲目意志的表达，这是令人惊讶的，因为托尔斯泰最早要到 1868 年才可能接触到叔本华，他在《安娜·卡列尼娜》中明显采用了叔本华关于爱之本质的观点。

每个叙事艺术作品本身就是一个停顿于自身的世界。至少在托尔斯泰 60 和 70 年代的作品中，这些诗意世界中呈现出不同的领域，这些领域在一部短篇或长篇小说中彼此区分开来，比如把一个人生活中的现在与过去截然分开。这种主题特征在《哥萨克》中清晰可辨。哥萨克是一片特殊的区域，它与高加索壮丽的自然风景融为一体；这是现实生活中的一片限定区域，奥列宁对其逐渐适应，但从未完全融入其中。他认为自己已经永远离开的另一片领域，另一个世界，另一个俄罗斯、大城市、上层社会仿佛对他有着无可辩驳的权利，而他熟识的一位莫斯科年轻军官闯入了他在哥萨克定居点的幸福而孤独的新生活，提醒着他这一切。在最后一章中，老哥萨克叶罗什卡在斥责俄国医官时感叹道："你们那儿全是假的。"奥列宁对此并不反驳。"他非常同意老汉的话，他所生活过的和他现在要回去的那个社会中的一切都是假的。"……

六

……通常认为《波利库什卡》是托尔斯泰首次纯史诗的尝试，这部作品缺乏《家庭幸福》中仍然明显的感伤抒情风格。1863 年 1 月 3 日，托尔斯泰突然在日记中写道："对我来说，史诗体裁是唯一合乎自然的。"格罗莫夫提请人们注意，这个故事中的所有人物都是从外部描写的，也就是说，从他们的行动、行为中描写出来的；他们的内心没有透露给读者，也不是从某位叙述者的角度讲述的。格罗莫夫将这种叙述方式称为“行为的辩证法”。……

七

……托尔斯泰在1862年的一篇文章中对“套叠长句”做出了否定判断，认为这首先不利于思想的清晰；但后来，出于艺术创作的意愿，他自己又创造了在其他俄国文学作品中十分罕见的复杂句法结构。前面已经谈过《两个骠骑兵》和《十二月党人》中的套叠长句。在《战争与和平》中，它们的功能稍有变化，主要在于揭示矛盾，假定时间的统一性，并展现完全的清晰性。根据契切林研究中包含的谢尔盖·米哈伊洛维奇·索洛维约夫的研究，托尔斯泰的长句结合了非比寻常的完美性、准确性、严格结构与音乐的统一性，语气强弱在其中得到了清晰表达。俄国方面，卡拉姆津是托尔斯泰的榜样，而在非俄国作家中，蒙田显然是一位榜样，托尔斯泰十分欣赏蒙田，反复阅读他的作品。在套叠长句的帮助下，托尔斯泰成功地将极其精确的细节描写（屠格涅夫当时认为这是彻头彻尾的“短视”）与宏大史诗全景的非凡远见结合起来。……

八

……《安娜·卡列尼娜》中牝马佛洛佛洛的死亡也是小说中的象征之一，马之死可以归因于伏伦斯基赛马时不可原谅的笨拙。卡列宁在看台上注视着安娜，注意到她在伏伦斯基倒下时的绝望。在随后与丈夫的对峙中，安娜放弃了所有考量，表白了她对伏伦斯基的爱。情节由此进入一个新阶段。

伏伦斯基在梦中看到了安娜的身影，同时也看到了一个又小又脏的农民弯下腰，突然说起了奇怪的法语单词。不久之后，安娜告诉他自己很久以前做过的一个梦，在梦中，她也看到了一个胡须蓬乱的农民；他吓了她一跳，弯着腰，俯在袋子上，用手在那里面搜索着，并喃喃自语："Il faut le battre le fer, le broyer, le pétrir"（应当打铁，捣碎它，搓捏它）。她在梦中还被告知，自己将死于分娩。在她清醒时，她曾见到过一个矮小、阴森森的男人形象。他可以被解释为在安娜和伏伦斯基的恋情中出现的，最终使他们相互憎恨的"恶灵"。

光明象征着生命，黑暗则代表着死亡。安娜感觉自己拥有丰富的肉体和精神力量，这表现在她眼睛的光彩上。在她与伏伦斯基初遇的描述中，有这样一句话："她故意地竭力隐藏住她眼睛里的光辉，但它却违反她的意志在隐约可辨的微笑里闪烁着。"描述安娜自杀时，出现了熄灭的蜡烛这一象征；艾兴包姆指出了这个细节，他认为《安娜·卡列尼娜》有别于《战争与和平》的艺术象征主义原则在小说的结构和细节中都得到了体现。对安娜最后时刻的描写也包含了那个阴森森的男人的形象。第七部的结尾如下：

> "上帝，饶恕我的一切！"她说，感觉到无法挣扎……一个正在铁轨上干活的矮小的农民，咕噜了句什么。那支蜡烛，她曾借着它的烛光浏览过充满了苦难、虚伪、悲哀和罪恶的书籍，比以往更加明亮地闪烁起来，为她照亮了隐藏在黑暗中的一切，哔剥响起来，开始昏暗下去，永远熄灭了。

如果说布施正确地将象征和象征性事件——正如蜡烛燃烧又熄灭的比喻——视为解读《安娜·卡列尼娜》的重要依据，那么他同时也希望将那些不起眼的主题和风格象征纳入其中，这些象征乍看可能被误认为是现实主义细节："灵巧的、神奇的小手""轻盈的、果断的步伐"……从某些眼睛活动中可以察觉到表达的象征意义。安娜的嫂子多莉意识到了这一点：

……不知为什么她突然回忆起安娜眯缝起眼睛的奇怪的新习惯。而且她想起了，恰恰是一接触到生活中深埋在心底的问题的时候，安娜就眯缝起眼睛。“好像她眯着眼睛不肯正视生活，好不看见一切事实哩。”多莉凝思。

托尔斯泰将安娜和伏伦斯基之间的爱情关系描述为一种真正的、伟大的激情，这是受到了叔本华的影响。叔本华在“性爱的形而上学”中认为，性本能的压倒性力量与个人生命意志的本能同样强烈，甚至往往比之更为强烈，并认为两个人之间的爱情关系是原始意志的爆发。[1]值得思考的是，安娜和伏伦斯基之间的关系几乎总是被描述为激情而非爱情。

……

托尔斯泰 1869 年 8 月 30 日致信诗人费特，热情地谈及了叔本华。从《安娜·卡列尼娜》以及后来的作品中都可以看出，这位哲学家对托尔斯泰的影响是多方面的。例如，小说第五部中，安娜和伏伦斯基与俄罗斯画家米哈伊洛夫的谈话中所提出的关于艺术家本性的观点，就可以追溯到叔本华的影响。伏伦斯基在绘画方面只具业余才能，与之相对，米哈伊洛夫是一位真正的艺术家。还应指出的是，列文在小说过程中的精神发展与叔本华对理性主义的批判是相关的。

关于对“伸冤在我，我必报应”（《旧约·申命记》32：35 以及《罗马书》12：19）这句格言的争议性解释，艾兴包姆说，对于以叔本华伦理学为基础的托尔斯泰而言，安娜和伏伦斯基之所以有罪，是因为他们被狭义的“原始意志”所引导，在此意义上成为激情和利己主义的奴仆。在生命面前，在“永恒审判”面前，他们是有罪的。布施的论点很有吸引力，他认为安娜自己——而非激情本身，也不是社会——要为她的堕落承担罪责；安娜放任由自己被生命意志所驱使，而不是从精神上

---

1 L. Müller, “Der Sinn der Liebe und der Sinn des Lebens. Der ideologische Plan der Anna Karerina,” *Zeitschrift für slavische Philologie* 21 (1951): 28f.

引导这种意志，为了满足生命意志，她越来越屈从于谎言和欺骗的“恶灵”，最终屈从于斗争和报复的“恶灵”。在苏联的文学研究中，沿着社会主义现实主义确定的方向，出现了“社会问题小说”的说法，将列文和“大世界的社会”视作安娜与伏伦斯基的爱情之间不可逾越的障碍。《安娜·卡列尼娜》中或许有社会批判，但这并不是主题。……

九

……当然，这种倾向揭示了传道者与叙事艺术家的努力之间的冲突，最近有人试图通过“叙事神学”的概念来解决这个问题。当神学家默茨认为“如果没有以叙事方式表达宗教经验的可能性，本身应被视为凝结成公式的叙事的传统神学概念和教条，将变得空洞且无意义”，并且引证 J. P. 黑贝尔、马丁·布伯以及布莱希特这些文学的历史叙述者，那么他也可以将托尔斯泰放入这个系列。托尔斯泰作为宗教教育者以及叙事者，在多大程度上符合适用的要求，这个问题只能通过讨论个别作品来回答。

生活状况方面，托尔斯泰试图满足与内心皈依有关的要求，即放弃奢侈和优越感，追求朴素甚至到贫困的程度，追求自然。他想放弃一切在他看来服务于个人舒适的东西。他是俄罗斯最早使用自行车替代马车的人之一。他并不回避体力劳动。他遵循严格的素食饮食，并相信这能使他在晚年保持生气和健康。长文《第一步》写于 1891 年，是为霍华德·威廉斯所著《饮食伦理》一书俄译本所作的序。

……

《伊万·伊里奇之死》这部中篇小说因其文体结构在托尔斯泰的艺术作品中也占有突出地位。这尤其要归功于小说中的重复手法以及用抽象名词指代非具体事物的方式。小说第三章中描述了主人公认为自己体验到的“愉快”，但实际上这种愉快是虚假的，因为它是建立在野心、虚荣心，特别是玩惠斯特牌的乐趣之上的。“愉快”这个词重复了六次。"'盲肠！肾，'他自言自语道，'问题不在盲肠，也不在肾，而是一个生与……死的问题。'"（第八章）在一个章节（第七章）中，"谎言"一词重复出现的频率之高，以至于它深深地烙印在读者脑海中。重复造成的单调印象与小说同名主人公乏味且荒谬的生活相呼应。抽象名词被证明具有着特殊意义，相同或类似的词语紧随其后；"疏远"与"孤独""孤立"相伴随。……

十

……在对《复活》中两个主要人物的刻画上，有两个方法很突出。聂赫留朵夫的内心生活是按照作者早期作品中描写意识的方式来描绘的，而卡秋莎·马斯洛娃的内心体验则不是通过"心灵辩证法"，即内心独白、梦境或回忆来揭示。她的灵魂生活大多体现在外在形象、行动和"场景"中。托尔斯泰自己在回顾中所作的相关表述放在这里再合适不过了。他在1899年5月5日写给契尔特科夫的信中表示，"对我来讲，重要的是在场景中表现出来的灵魂生活"。马斯洛娃试图在火车站见到聂赫留朵夫，告诉他自己怀孕了，但未果，这个情节令人印象深刻。她的绝望在一段简短的内心独白中表达出来，叙述者补充道："从那天起，在她身上开始发生一种精神上的变化，由于这种变化她才成为现在这样的人。"

从本质上来讲，托尔斯泰对聂赫留朵夫的描写方式自始至终都是相同的，但对马斯洛娃经历的描述以一种戏剧独有的方式占据了更多篇幅。……

十一

……与托尔斯泰在政治、社会和宗教领域的论著不同，他的艺术理论直到20世纪都有相当大的影响。这既是一种激励，也是一种挑战。托尔斯泰要求艺术作品是普遍可理解的，要对人的生活产生影响，与此同时，他认为所谓颓废派和象征派对当代文学的评价只属于上层社会的小圈子，这些观点在新一代"进步人士"中找到了强烈共鸣，对苏联时期文学的审美，特别是对社会主义现实主义的理论基础具有重要意义。这些相似之处和类比揭示了那些负责创立这一文学方向理论的人的目标甚至思维方式与托尔斯泰意图之间的相似性。[1]然而，托尔斯泰的写作同时也是，或者说也许更多是对彼得大帝之前俄国宗教文化精神的迟来的转向。此外，他拒绝现代性、城市化以及俄国资本主义的发展，认为作家必须把自己置于道德层面，而苏联的理论家则要求从社会政治立场出发。

……

引人深思的是，托尔斯泰在最后一部重要的叙事作品《哈吉穆拉特》以及最后一部戏剧《活尸》中，显然没有遵照当时人们的期望，以宗教标准塑造主人公。同样值得注意的是，《教育的果实》这出剧本的基调出奇欢快。最后，在未竟之作《光在黑暗中发亮》中，主人公在结尾处对其所选择的道路的正确性产生了挥之不去的疑虑。

由此，托尔斯泰在为争取道德在艺术中的主导地位而进行的斗争中并未走到尽头，他仍然是一个探索者；据说，他在临终前最后说道："探索，永远探索！"在努力实现自己艺术计划的过程中，他从这种张力中发展出了多样的风格。这种多样性首先表现在从长篇小说中充满艺术性的套叠长句再到民间故事中人为使用简单语言的转变。出于这种张力，托尔斯泰往往超越当时的文学规范，借鉴旧体裁或民间文学。在审美领域，这意味着发展与运动。因此，在近六十年的作家生涯中，他始终身处文学生活的流变之中，在此期间，他从未落后于文学发展进程。

1 G. Zekulin, "Les résonances de Qu'est-ce que l'Art? Dans la théorie littéraire soviétique," *Tolstoï aujourd'hui* (1980): 305-311.

编后记

威廉·莱滕鲍尔(Wilhelm Lettenbauer,1907—1984),德国斯拉夫学学者,1962年至1975年任弗莱堡大学教授。主要研究方向为教会斯拉夫语、斯拉夫各民族文学以及俄罗斯思想史,尤其对托尔斯泰和陀思妥耶夫斯基的研究多有贡献。著有《俄罗斯文学史》《莫斯科:第三罗马》等。本文节选自其所著《托尔斯泰:一部导论》,阿耳忒弥斯出版社1984年出版。

托尔斯泰的现实主义单子论：以《童年》及其他作品为例

作者 ［德国］拉乌尔·埃舍尔曼
译者 张佳玲

一、托尔斯泰的现实主义单子论

我认为，将冗长且细节处多有矛盾的托尔斯泰学说与多元论等同起来可能太过轻率。我相信我能够表明，尽管存在种种矛盾，托尔斯泰仍是一位一元论者，他的学说与实践构成了对一种基本的形而上学立场的补充。这种形而上学遵循一种不合时代但绝非不为人知的思想传统，它通过莱布尼茨的单子论在西方哲学中演进。然而，托尔斯泰的一元论不是某种被强加的东西，它不会分散和干扰这位天才模仿者。相反，它是一部性能卓越的精神机器，驱动着他的模仿实践，并在条件允许的情况下提供了形而上学方面的支持和保障。这种保障之所以不会顺利，一方面是因为托尔斯泰学说要求普遍性，另一方面，在19世纪的认识论背景下复兴源自巴洛克时期的前批判哲学，不可避免会产生矛盾。尽管托尔斯泰对单子论学说的重建有悖于当时的学院哲学，但在类型学上，它可以被理解和描述为一种连贯的形而上学。

……

因此，对于18世纪末至19世纪初的思想家而言，单子论与其说是一个具有约束力的形而上学体系，不如说是一种隐喻来源，借助这些隐喻，人们可以追求莱布尼茨本人在认识论上也无法设想的哲学目标。处理单子论时出现了两种基本倾向：拟人化和时间化。弗·施勒格尔与威廉·冯·洪堡等德国人文主义者对莱布尼茨的阐释代表着第一种倾向。人文主义者有意识地借鉴莱布尼茨的实体与力的学说，以主张个人在观念论的类型与等级面前的绝对价值："力（之于人文主义者）表明了全新的关于'人'的观点，因为它作为自我开始的能力，包含着自发、主动、创造性与自主。"[1] 个人的力被视作不可探问的隐德莱希，它不再是在单子链的机械论画布上展开，而是在人类对普遍修养的追求中展开。类似的情况也发生在莱布尼茨的其他设想中，这些设想在形而上学的伪装之下初看令人感到相当陌生。于是，从"每个单子反映自身整体"这一命题可以得出"人是宇宙的构成性要素"；人性现在应当去除"所有偶然的特殊性"，"以充实的整体"出现。[2] 同样，著名的单子无窗论也被转化为从根本上否定"他律"的论据。[3] 卢梭的表述更尖锐，他的前反思、自主的"自然人"设想对托尔斯泰产生了很大影响。半形而上学、半隐喻地使用莱布尼茨的原则，不仅在 18 世纪末至 19 世纪初的话语中是一种通行做法，而且在修养哲学和教育学的领域内也很常见，而这对于向托尔斯泰的传承至关重要。

……

18 世纪与 19 世纪初典型的对单子论基础的拟人化和时间化处理，同样适用于托尔斯泰。不同的是，托尔斯泰后期才回溯到"充实性的形而上学"，并顽强坚持这种形而上学中的机械论、空间性和敌视反思的方面。托尔斯泰对新兴现代性的反应不仅是道德伦理上的，也是形而上学的。通过诉诸具有前现代印记的激进一元论理性学说，他试图一举否定整个启蒙传统（康德与观念论）及从中产生的哲学反思模式（黑格尔与谢林）。反讽的是，托尔斯泰这种复归的形而上学本身已

---

1 C. Menze, *Leibniz und die neuhumanistische Theorie der Bildung des Menschen* (Opladen: Westdeutscher Verlag, 1980), p. 12.

2 Ibid., p. 13.

3 Ibid., p. 19.

经被它所要抵制的现代症状无可救药地攫住。因为与牢牢扎根在古典时代知识型的莱布尼茨不同,托尔斯泰无法假装表象——物通过词实现的对人类意识的中介——由自我完成。在莱布尼茨那里甚至没有出现的“中介”这一认识论问题,却贯穿了托尔斯泰的整个学说和实践。故此,托尔斯泰思想中的矛盾与其说是心理上的,不如说是形而上学的。这些矛盾的产生主要是因为托尔斯泰试图在现代事实的基础之上重建一种前现代的认识论。这种现实主义单子论可以概括为以下八点。

1. 部分回归到前批判哲学,单子论的心理学化。……

2. 主体作为整体之部分。……

3. 道德心理学。……性为托尔斯泰带来了不小的道德哲学问题,性将单子一分为二,同时向之注入错误意识(即“他者”取代了“一”)。由此,性——尤其是女性的性——获得了实体性、二元性的特征,而这严重威胁到了托尔斯泰学说的统一结构(莱布尼茨的原初单子没有性征或许并非偶然)。……

4. 主体无窗。……

5. 前定和谐与对进步的怀疑。……托尔斯泰对所有发展的激进怀疑不仅表现为一种心理倾向或政治态度,同时也是形而上学支配的一种结果。……

6. 空间性的统治地位。……

7. 对因果性与陌生化的感知。……

8. 神学与神正论。……托尔斯泰的神学植根于一种类基督教的理性学说,直接影响其为上帝的辩护(神正论)与行动伦理学。

……

二、作为现实主义单子论的《童年》

基本上,可以说有两个问题域反复挑战着托尔斯泰应用的形而上学。一方面是莱布尼茨古典单子论中的固有问题：欲望、反思、理性、无窗视角、展开。由此衍生出的论题、特征与情境使现代读者感到不安，读者尽管觉察到了隐藏的形而上关联，却永远无法正确把握这种关联。研究工作能够正确释义这种形而上学的部分面向，却无法在整体中领会它。另一方面，托尔斯泰面对的问题并不源自古典单子论，而是在 19 世纪的认识论背景中产生的：叙事再现、历史性、心理学化、性状态等。托尔斯泰的文学作品本质上是一种将古典单子论的原则与现实主义的主题与技巧相结合的吊诡尝试。这也是对其形而上学基础的整体理解并不能提供解读托尔斯泰作品的万能钥匙的原因。然而，对这种形而上学更为确切的认识能够使大量看似无关联的细节与表达变得更易理解，并且终结把托尔斯泰视为多元论者、实用主义者或神学家的一厢情愿的想法。

……

总结

与其把托尔斯泰思想中的矛盾归因于——当然存在的——心理上的摇摆，不如回溯到单子论发展史上业已出现的静态诠释与动态诠释之间的差异。静态诠释强调数法、前定和谐以及单子的绝对离散性；动态诠释则强调单子在时间中的发展能力。两种变体都为托尔斯泰所用。静态变体在普拉东·卡拉塔耶夫这个寂静主义的神秘人物身上或“历史的微分”这一设想中找到了理想表达。相对的，动态变体使托尔斯泰——可以说作为狐狸——得以描写皮埃尔这样复杂善变的角色，或者如拿破仑战争一般宏大的历史事件（借助诸如“孩童”与“麇集”这样的反范畴，托尔斯泰试图在单子的静态与实时的动态之间实现调解）。总体上讲，历史性、动力学、反思能力这些现代原则之于托尔斯泰并非福音，而是必须不惜一切代价防止其蔓延的形而上学的灾祸。就此而言，他对自身文学实践的不安是合乎逻辑的。一旦他自己的学说或表达实践受到他所描绘的动力学和反思的“感染”，那也是值得谴责的。不言自明的是，托尔斯泰的自然-自动的理性拒绝对于自身历史或形而上学立场的任何反思。于是，尽管单子论的形而上学贯穿了自己的毕生创作直至最微小的细节，托尔斯泰却对其不置一词，甚至未将其形式化。给人的印象是，他的话语避开了任何形而上学或精神史的归类，他的学说应当完全透明地飘浮于它所传达的内容的背景之下。托尔斯泰的思想之所以能够如此长久地抵御外部的系统化，是因为“充实性的形而上学”与莱布尼茨的单子论在传统上声誉不佳（甚至洛夫乔伊也评价说：“存在之链观念的历史……是一部失败的历史”[1]）。直到最近，充实性思想得到积极评价之后，才有可能对托尔斯泰的形而上学进行历史化理解。由此观之，托尔斯泰的学说似乎是一种提坦巨人般的尝试，欲在17世纪晚期乐观主义形而上学的意义上，扭转现代的以历史性与人类学为指向的认识型。于他而言，一种机械论-自然的或者自发的理性在神所赋予的充实日常中占据主导，只有通过排除反思与批判的判断力才能激活这种理性。这种排除在很大程度上需要精心运用表现技法才可实现，因而在托尔斯泰的创作中是一个无解的矛盾。然而，托尔斯泰以其不可见的形而上学制造的摩擦面也是极富创造性的——即使通常几乎不是原创者意义上的创造。那单子论本身呢？19世纪末，托尔斯泰长期默默耕耘的单子论被一位同时代俄国诗人接过，并再度明确提出。这位诗人名叫勃留索夫，他的单子如今是不透明的符号。……

1 A. Lovejoy, *The Great Chain of Being: A Study of the History of an Idea* (Cambridge: Mass, 1964), p. 228.

编后记

拉乌尔·埃舍尔曼(Raoul Eshelman,1956—),德国慕尼黑大学斯拉夫语文学教授,主要研究方向为俄罗斯和捷克的现代主义与后现代主义、当代俄罗斯文学和捷克文学。著有《尼古拉斯·古米廖夫与新古典主义现代主义》《早期苏联后现代主义》《表演主义:或后现代主义的终结》以及《信仰的回归:关于文化中的表演主义转向》。本文发表于《斯拉夫语文学》第59卷第2期(2000年),第347—378页。

作为“现实”和“真实”生命代表的主人与雇工

作者 ［德国］尼娜·伯克纳
译者 孟小果

托尔斯泰在他的短篇小说《主人与雇工》（1895）中描写了富有的地主瓦西里·安德烈伊奇·布列胡诺夫和他的仆人尼基塔·斯捷潘内奇如何不顾暴风雪，乘雪橇前往戈里亚奇金林，以便能够在其他利益相关方到达之前廉价购买一片林子的故事。当他们迷路时，布列胡诺夫意识到，他需要依靠他的雇工才能在暴风雪中回到固定线路，他没有向尼基塔发号施令，而是听从他的指示。当二人面临被冻死的威胁时，布列胡诺夫终于发现“真正的”幸福并不在于物质需求的满足，而在于“为他人的幸福而努力”。他知道自己一定会死，于是躺在雇工身上，用自己的身体温暖他，就这样他救了雇工的命。

尼基塔和布列胡诺夫分别作为“真实”和“现实”生活的代表，首先体现在他们的生活方式上——对工作和财产的态度。经济富足是布列胡诺夫生命中唯一的“意义、快乐和骄傲”，甚至面对死亡他也只会想到“他已经挣了多少钱以及他还能挣多少钱”。他的贪婪只会让两个人惹上麻烦。金钱在小说中并不是交易手段，而是“奴役”农民的工具。布列胡诺夫首先将尼基塔看作“廉价劳动力”，给他发工钱“不付清，而是零敲碎打地给，况且给的多半不是现钱，而是自己柜台上的高价商品”。尼基塔的妻子为了一点现金和一些食物向布列胡诺夫表示感谢，“其实，按最贱的价格算，瓦西里·安德烈伊奇至少还欠她丈夫二十卢布呢”。

与瓦西里·安德烈伊奇不同，尼基塔看穿了利己主义，他富有同情心，由于勤奋、灵敏、诚实和“工作中坚持不懈”，得到周边的人认可。尽管这个雇工知道自己被主人欺骗了，但他还是承诺将像对待“亲生父亲”一样为他服务。即使违背自己的意愿，他也会遵照主人的指示，他并不觉得这些指示是负担，而是把它们看作一种乐趣，就这样他“心甘情愿地愉快地”执行所有的命令。托尔斯泰认为工作是“生活的必要条件”。只有那些自己工作，而不是让他人为自己工作的人才能“真正”快乐，这在小说中不仅体现在雇工身上，也体现在“渴望运动”的马匹穆乔蒂吉身上。

布列胡诺夫不懂人与人之间的爱，他称他的儿子总想继承遗产，他和妻子说话就像跟“经销商和客户”说话一样“矫揉造作”。面对死亡，布列胡诺夫认为只有自己值得活下去，尼基塔的生死对他“无所谓”。布列胡诺夫唯一担心的是，其他人可能会让他为尼基塔的死负责。相比之下，尼基塔的行为特点是博爱，这体现在他的友好态度中，这位雇工出于“善意的礼貌”为每位谈话者准备了“一句好话”。面对布列胡诺夫的小儿子他也表现得很热情，他让他拉了一小段距离的雪橇，这让孩子很高兴。他的博爱也表现在同情心和无私奉献上——尽管被主人和妻子马尔法背叛和羞辱，但他依然觉得自己有义务为两人的幸福负责。面对困境他首先想到的不是自己，而是他的主人，他知道“人们在这样的生活中不想死去，与我们的生活完全不同……”。

在与自然和死亡的关系上，尼基塔与他的主人相反。在伴随着暴风雪的旅途中，他并没有感到害怕，他几乎是“愉快地”意识到雪橇偏离了路线，根据风向他知道了他们要行驶的方向，根据从雪中伸展出的马铃薯药草他认出自己是在萨哈罗夫马铃薯田里，根据树叶的形状他可以识别出被吹来的叶子是柳叶，从而得出附近有定居点的结论。当主人和仆人意识到他们不得不在外面过夜时，他知道如何在雪橇上放置“紧急标志”，因为“老人们就是这样教我们的”。尽管尼基塔知道这个晚上他可能会死，但他依然表现得很镇定。尼基塔一方面知道在可能到来的死亡面前他无能为力，另一方面死亡对他而言似乎并不“特别令人不快，因为一生之中他都在不停地为别人服务”，而这已经“让他感到厌倦”，他不害怕死亡。尼基塔知道“真实”的生活不会以“现实”的死亡结束。

相比之下，布列胡诺夫则与大自然很疏远。由于没有方向感，所以他得让雇工带领他穿过暴风雪，他不知道自己应该把雪橇往哪个方向驾驶。虽然热爱动物的尼基塔知道他可以相信驮马的本能，但布列胡诺夫只相信自己，他没有让种马独自找固定的道路，而是开始指挥它——一种让主人和雇工迷路的错误做法。因为布列胡诺夫不能与自然和谐相处，由于“过度意识到自己的个性因而想要拼命地抓住生活”，因此死亡对他而言是件很难的事。当他想到人类的生命只包括从出生到死亡的这段时间，一种对死亡的极度恐惧忽然向他袭来，这种极度恐惧表现为精神和身体的不安。“他的思想就像磨轮一样在脑袋里转动”，他在雪橇上好几次坐起身来，“转身，把自己裹起来，再躺下”。在骑上马之前他试图通过服用享乐品来抑制自己对死亡的恐惧，同时希望可以找到一个居住点并安全到达。和尼基塔一样，他也开始祈祷，当尼基塔希望以此获得信心和力量时，布列胡诺夫却把祈祷行为看作交易。布列胡诺夫在死亡面前突然意识到他不能指望圣尼古拉的救赎。布列胡诺夫最终屈服于被托尔斯泰称为上帝的“理性法则”。

托尔斯泰的小说是在他研究叔本华哲学之后出现的。在19世纪80年代初的“宗教转向”之后，他在理论著作中发展了一种废除统治和奴役的观点。作为一切的基本力量，托尔斯泰假设了善的理性原则，这一原则在个体身上得以具体化，他称之为上帝。在此基础上，他认为主体的精神在其肉体死亡后会重新回归到神圣精神的原始统一。主体的“现实”生命只能持续很短的时间，因此不能与他的“真实”生命等同。大多数人错误地认为，除了他们的身体并不存在其他生命，他们相互斗争是因为他们无条件地肯定自己的个性。然而主体的人生使命是服从“理性法则”，为此主体必须克服利己主义，直到他在仁爱友好原则的指导下放弃自己。对托尔斯泰来说，这是主体唯一理智的行为。

托尔斯泰在小说《主人与雇工》中阐述了他的哲学立场。与斯特林堡笔下的人物一样，这些人物与其说是某个社会阶层的代表，不如说他们是思想的载体。社会差异被呈现为道德对立，当布列胡诺夫努力满足他的“现实”欲望时，尼基塔则遵循“真实”生活的规律。然而，当布列胡诺夫面对死亡时，他认识到自己以前的理想是错误的。他能够感觉到尼基塔和他是神的意志的不同客体。他知道自己死后将继续作为尼基塔活着，于是出于仁慈他屈服了——成为牺牲者对他来说是一种至高无上的快乐。

托尔斯泰希望通过他的艺术带来意识的改变。人们应该意识到，只有当他们为彼此服务时，他们才能变得“真正”快乐。为了使艺术在这层意义上具有道德和教育效果，它必须向所有读者揭示“关于人类灵魂的真相”，并在他们身上唤起仁爱的感觉，无论他们的国籍、种族、信仰或教育水平如何。小说中形成鲜明对比的人物形象、灵活多变的内聚焦叙事视角和迷路、挨冻、入睡以及苏醒主题都服务于托尔斯泰的这一目标。通过刻画对立的人物形象，读者被传达了一种“善与恶的宗教意识”，可变的内聚焦使读者能够理解人物的感受和内心立场，读者能够在情感上参与被讲述的事件，描述变得生动形象。然而托尔斯泰是否真的成功地以及他能够在多大程度上成功地在读者心中唤起想要的感受，这应该是接受研究和情绪研究的研究对象。

编后记

尼娜·伯克纳（Nina Birkner，1976—　），德国耶拿大学日耳曼语言文学教授，研究方向为戏剧。本文节选自其所著《启蒙运动以来文学话语中的主人与仆人：相互依存规则的建构》，德古意特出版社2016年出版，第271—300页。

文学之战：托尔斯泰与镜头之眼

作者　［奥地利］阿格·A. 汉森-洛夫
译者　张硕
译校　张佳玲

1. 透过皮埃尔的眼镜：远视的近视

托尔斯泰在以“五月的塞瓦斯托波尔”为题的克里米亚战争报道中，通过将战争中的渴望／死亡的虚无升华为文学手法，揭示了战争的疯狂。可以说，在炸弹的标志下，同质的时空结构瞬间被击碎，意识也随之支离破碎，失去了线性和透视，形成了一个陌生的表面。在这一表面中，物体世界逐渐隐没，就像慢镜头中下落的士兵一样，随后被算作“阵亡者”。

……

多年以后，在《战争与和平》的天鹅之歌中，同样的场景一次又一次上演，它们多声部地奏着“死亡之歌”，将阵亡英雄置于，或者更准确地说，是将他们“迁移”到通过慢镜头形成的超越时间的编舞形式中。

……

因此，那些“追随者，一些军事理论家，他们相信有一门军事科学，这种科学有其不变法则，如运动战、迂回战等”[1]。被战争撕裂的不仅是人的身体，还有时间的连续性，这种无序的混乱状态严重挑战着叙事

1 参见德国 DTV 出版社 2002 年版《战争与和平》（W. 贝根格伦德译）第 843 页。

散文的传统时间机制。在紧急情况下,所有试图通过总参谋部掌控时间的努力都惨遭失败,因为时间的晶体透视及其可叙述性会分解成最微小的瞬间。托尔斯泰的作品风格是平稳延续的,而在陀思妥耶夫斯基的作品中,我们看到的是急剧的断裂,犹如电影一般。这种断裂以近乎狂喜的姿态将结局从时间的框架里弹射出来,又仿佛断头台,让故事与人物的命运瞬间终结。

与可控的时间连续体的粉碎相对应的是空间的类似分解,这形成了关键时刻完全陷入雾中的零散印象:"雾是那么浓, ……十步开外就什么也看不见。"[1] 这是对奥斯特利茨即将开战时的描述,小尼古拉·罗斯托夫完全无法解释战争的这种抽象征兆。事后被宣布为"来自上层"的卓越计划,消失在行动和记忆残余的碎片化混沌之中,它的无计划性必须用另一种语言来翻译——最好是"自然"的语言。雾气将任何符号意义的消失可视化,在托尔斯泰的作品中,这预示着死神和爱神的地带。

或者——不时在社交场景中——将热烈讨论着的人物置于"静默场景"之后的磨砂玻璃中,从而使语言交流本身从表面上看就显得十分荒谬。这也是托尔斯泰作品中的"前电影"技术之一,预示了几十年后出现的摄影技术。

托尔斯泰笔下著名的博罗季诺战役场景甚至更接近于电影视角,尽管这些场景并没有采用他所鄙视的全景式表现手法(我们今天仍可在战场纪念馆中欣赏到这种手法)。更确切地说,这恰恰是一个相反的视角,是从近视的皮埃尔极为有限的视野中汇集的感知碎片的透视蒙太奇,他作为无知的局外人和平民在战场上游荡("不是,我随便看看"[2]),通过他有限的视野暴露了现实的整齐划一。

皮埃尔的问题"阵地在哪儿?"[3] 无法根据地理坐标来回答;答案更

1 参见德国 DTV 出版社 2002 年版《战争与和平》(W. 贝根格伦德译)第 356 页。

2 同上,第 1015 页。

3 同上,第 1011 页。

多的是由许多知觉碎片组成的，这些碎片让人感觉到高度动态和复杂的视角，而这往往也是一个不归点。我们听到皮埃尔问一个军官："请问，前面是什么村子？""是布尔金诺吧？"军官回答道[1]，这样一来，世界历史的主题就缩减为一种"错听"。

2. 在"嘭！"和"砰！"之间：爆炸性的干涉

在某些地方，听觉和视觉（例如从皮埃尔的角度）的跨媒介特征经历了惊人的"前电影"式强化：一方面，陌生化视角（局外人）扭曲和分解了战场空间；另一方面，外部事件的时间推进和人物内心的感知过程也在叙事中得到了充分展现。

实际上，这是一种干涉，更确切地说，是一种时间转移，即一个视觉上记录的声源（一发炮弹的烟雾）首先映入眼帘（"嘭！"），而由于距离的关系，听者稍后才能听到它沉闷的声音"砰！"：在视觉标记的"嘭！"和延迟到达的"砰！"之间，炮声作为视听表演，在其矛盾的"美"中，被跨媒介地呈现出来，而射弹产生的灾难性、毁灭性的冲击力——它撕碎了士兵的肢体和生命——仍然被排除在这种美学表现之外。

……

为了与现实主义的创作动机保持一致，小说对战争器械的声音进行了拟声再现，这些器械"编配"着视觉事件，从而突出了场景的戏剧性特征——包括体验的自我（皮埃尔）和参与其中的视听接受者的旁观立场。

库图佐夫的拖延战术在这里又一次出现在类似的跨媒介干涉中，它在虚构和语言符号层面触发了视听"立体声"的效果，不仅超越了三维场景的模拟，还让人感觉到了四维世界。当然，这发生在头脑中，而不是眼中，发生在心理-存在的时空体中，成为一种体验。战争艺术承诺"生存"，而艺术战争则以"超越生命"为顶点，这种超越需要通过"生命体验"的显见形式，更确切地说，通过"真正及有效的现实"才有

---

1 参见《战争与和平》（W. 贝根格伦德译）第1013页。

可能达成。

拿破仑战略的中心视角意味着单一视角的小说类型已经过时，因为它们催生了“战争小说”，这些小说在“明暗绘画”的灾难性意义上陷入“影子媒介”和地下世界：这已经是图像神学家对虚构艺术及其英雄化叙事的陈旧指控，因为虚构艺术与喜讯及其想象中的证据相抵触。它实际上是一种“死亡写作”，与真正的“传记”——生命写作——相对立。

……

所有这一切都得益于“碎片化”的（电影）技术，分析性的现实主义将该技术应用于所有感官印象及其媒介传达：表现手法被分析性地呈现出来，感知效果实现了模拟场景的合成（美学）对象以及现实片段的上演。它们的存在既是跨媒介的戏剧表现，同时也是生存、社交、组织交流行为的互动舞台。在浪漫主义美学以及后现实主义和象征主义美学中，对通感的兴趣往往是纲领性的，与感知美学的相关性较小，这种通感（综合）的兴趣从符号转移到指称功能，从而转移到一种持续不断处于“新生状态”的感知现实，其目的是将一种跨媒介场景的“死亡状态”扩展到“入殓”。

空间的分离创造了差异，将视听通感的混合体溶解为“烟雾”，将战场装饰成间接的剧场雷鸣。在这里，对非艺术场景（战斗）进行媒介戏剧化，也是为了从道德上消除通常附着在战斗场景上的“虚假意识”：它们所表现的勇敢和英雄主义的虚假激情充满矫揉造作，被归咎于虚假的艺术。

“战争艺术”是一种技艺，它由权力的技术人员（拿破仑或亚历山大）付诸实施；它是一个美学事件，它将自己表现为它本来想要代表的东西：一台机械化和纪律化的死亡或杀戮机器，这台机器在生物化和媒介化方面显露其“真实本质”。但是，只有将其戏剧性从歌剧和戏剧中解放出来，并转移到当代“历史小说”这一悖论媒介中时，我们才能认识到这一点。

只有这样，“战争之母”的真正伦理才能从虚假美学、从“万物之父”的父权世界中崛起：战争艺术转化为一场对抗虚假文学的艺术战争，而虚假文学是所有战争虚假性的罪魁祸首。或者，就像维克多·什克洛夫斯基谈到第一次世界大战时所证明的那样，对于每个最终受到托尔斯泰陌生化美学影响的人而言，战争与战争的罪恶源于感知过程的僵化——“自动化吞噬了物品、服装、家具、女人以及战争的恐怖”。

3. 一种“战争诗学”——文学游击战术

后来文学研究中的前卫派警告不要在无休止的一系列民族英雄事迹中穷尽自己的“将军的文学史”，这不无道理。什克洛夫斯基、艾兴包姆或蒂尼亚诺夫并非只关注文学中的小兵们，而是赞同托尔斯泰关于历史规律的无政府主义观点，即认为历史规律不是由元帅和拿破仑决定的，而是由偶然情况和集体心态所支配的。

在这种情况下，不仅要从前卫的角度，还要从后卫的角度来看待战斗。换句话说，要了解补给情况、后方的运输路线、部队之间的通信故障，以及周围庄园和农庄的所有可能情况。

后卫美学为托尔斯泰构建起前卫的视角，从而提出“战争”是“万物之父”。然而，与此同时，为了让儿子们活下去，这个父亲必须被杀死和去英雄化。在某种程度上，《战争与和平》中的俄军指挥官预见到了大英雄主义以及历史小说中相关陈规的崩溃。通过他，对宏大叙事及极权主义主张的怀疑被“散播”开来，分割成无数细节，这种怀疑为现代叙述开辟了道路。小说本身成为一个联想和印象的“战场”，这些联想和印象作为残片填满了战争与和平的场景。

俄军指挥官库图佐夫实际上是一个反叛的将领，他领导了——或者更准确地说，不领导——一场颠覆性的行动。库图佐夫的英雄主义不在于行动，而在于行动的反面：“‘还来得及，大人，’库图佐夫打着哈欠说，‘来得及！’[1]”通过用“我在等待，陛下”[2]这一言论反驳沙皇，

1 参见《战争与和平》（W. 贝根格伦德译）第363页。

2 同上，第364页。

库图佐夫不仅挑衅了他的最高统帅，也对其统治——以及拿破仑的统治——提出了质疑："正是因此我才没有开始，陛下，正是因为我们不是阅兵。"[1] 库图佐夫坦言，因为"没有比忍耐和时间这两个战士更强的了。这两位什么都能完成，可是顾问们不肯听这个，困难就在这里"[2]，这也是托尔斯泰自己要求的能力，尽管他是通过安德烈公爵之口表述出来的："只有静观事件趋向的能力"，这种趋向被证明是"事件的必然过程"[3]。

……

《战争与和平》后半部分大量出现的历史哲学段落通常被视为令人不适的附加物，但它们实际上以一种高度现实的方式，将托尔斯泰关于人物在历史中的作用和游击战术的思想与现代叙述的本质联系在一起。在战争和写作中，都是看似不重要的事情支配着主要的事情；主要行动和国家行动被证明都是边缘的，被过度高估。拿破仑恰恰体现了伟大领袖的狂妄。他声称在计划一场战役或制定一项战略，而实际上，这是一个纯粹的幌子。战争和历史上伟大的群众运动一样，都是无法计划的，它们与其说是文化现象，不如说是自然现象。这正是拖延天才库图佐夫的巨大优势，他用"焦土政策"对抗英雄般的征服者拿破仑，用平坦无尽且最终致命的"俄罗斯的广袤"来反抗科西嘉人雄心勃勃的历史设想。正是这种恶魔般的地理环境，最终导致了纳粹德国的失败。

……

回到托尔斯泰的战争哲学，他已将之提升到诗学层面：1812 年的俄国游击队战士正是采用了从西班牙引进的游击战术以及高加索山地部落的游击战术。他们发动了一场违反所有规则的战争，并赋予其"人民战争"的特征。

---

1 参见《战争与和平》（W. 贝根格伦德译）第 365 页。

2 同上，第 992 页。

3 同上，第 993 页。

……

这里也存在一种理论化时常常出现的悖论性愿望,即试图以理论方式宣布理论无法解决问题,也就是要从内部废除理论。但是,这在观念管理方面造成了双重问题:一方面,需要批判错误观念,另一方面,整个理论都被视为误导的,因为它们无法真正反映事物本质,只不过是投射和猜测。总之,“事情都发展得与人们预料的不同”[1],所以基本上,先前提出的意见不会比事后已经知道事件过程才提出的意见更好或更坏。

就像拿破仑在计划征服俄国时没有一个总体计划一样,沙皇亚历山大也并没有计划将法国人引入国内,从而将“焦土政策”原则提升为一种有意识的战略,像事后所假定的那样。从沙皇的角度来看,这种“战略”根本不是计划好的:只有库图佐夫出于千百种原因,试图转危为机,让敌人的中央指挥部陷入自己预设的局势之中。托尔斯泰刻意用简洁的措辞表达了这一认识:“拿破仑继续前进,我们后退,结果是拿破仑必然失败。”[2]

托尔斯泰所主张的是“我们这些后代人看来, ——我们没有史学家”所具有的“清醒的常识头脑”,[3] 当然,这种理解的独创性并不来自普通人的共同认知,而是来自那些并非在事后、而是在“历史的现在时”中出现的规律。掌握着权力的人支配着“历史的现在时”,因为“国王是历史的奴隶。历史,就是人类不自觉的、共同的群体生活,它把国王每时每刻的生活都用来当作达到自己目的的工具”。[4]

从英雄生活到群体生活,从英雄史观中的高峰降至“千万小原因”的低谷[5],这些原因成为人们命运的缘由,也为小说家提供了生活文本或者说纹理,它们必须遵循一种基本的“地理学”写作结构。因此,托

1 参见《战争与和平》(W. 贝根格伦德译)第 911 页。

2 同上,第 914 页。

3 同上,第 804 页。

4 同上,第 807 页。

5 同上。

尔斯泰笔下的俄罗斯“从本质上”避开了单纯的历史解读，而是代之以一个巨大的“游戏空间”，像吞噬大军一样吞噬了伟大事件和英雄壮举。

……

4. 阿喀琉斯与乌龟：托尔斯泰的历史相对论

在生与死、诞生与死去、厄洛斯与塔纳托斯等事件的最大压力下，托尔斯泰的时间概念呈现出一种奇特的、陌生的聚合状态：时间在慢镜头中，最大限度地被延迟，缓慢地碎裂成其最小的组成部分。这既适用于个人及其（潜在的）结局，也适用于世界历史，后者的指针只是缓慢地向前移动：这就是托尔斯泰的历史相对论。

……

托尔斯泰详细讨论了芝诺反对“多”的论点，根据定义，“多”缺乏“同时小又大”的能力。“因为没有什么东西能成为有大小的‘一’，因为如果它有部分，它就不能成为‘一’。”[1] 同样适用于芝诺的“奔跑距离或分割悖论”，这一命题的高潮是“无限序列无法被贯穿，因为它永远不会‘结束’[2]”。因此，如果阿喀琉斯想要追上乌龟，他总是太晚了，因为当他到达想追上乌龟的那个位置时，它已经爬得更远了。

当然，芝诺的悖论已经被反驳千百次了，因为他只证明了当我们只瞄准我们刚刚看到的位置时，我们无法达到目标，这是我们早已从苏格拉底处知道的毁灭性反驳。[3] 如果阿喀琉斯在奔跑时将他预先计算的乌龟未来的位置设为目标，那么他就会在这个位置追上乌龟，从而战胜芝诺。托尔斯泰的批评主要针对芝诺关于阿喀琉斯和乌龟分别进行“连续运动”的假设，就像我们无法通过将运动分解为更小的

1 P. Hughes and G. Brecht, *Die Scheinwelt des Paradoxons. Eine kommentierte Anthologie in Wort und Bild* (Vieweg: Braunschweig, 1978), p. 20.

2 Ibid., p. 22.

3 Ibid., p. 24f.

单个片段来解决问题一样。

……

托尔斯泰不再深入探讨这个数学理论，而是专注于纠正（芝诺的）错误的可能性，这种错误是“当人们观察单个运动片段时而非关联中的连续运动时，人类理智必须犯下的”。[1]

同样，从这个角度来看，历史的“运动规律”也是如此，它源于“无数人的意愿”，并“连续发生”。因此，（历史学的）主要错误在于，将任意事件从关联中分离出来，并将其放入一个看似符合逻辑的顺序中，而这一顺序会唤起因果关系的印象。但是，托尔斯泰在他的叙述艺术中试图避免这种做法，即遵循传统——与历史编纂并无不同——将一系列事件串联成叙事主题的动机，并因此构建出对一个本质上“无意义”事件的任意意义赋予。

许多历史书写者也遵循同样的前提，即将个人意愿解释为宏大历史进程的原因。托尔斯泰显然极力反对这种假说，而这也对他的小说主人公的自我意识提出了严峻考验。

这样一来，“历史学所得出的每一个结论……就会像尘埃一样消失无踪”[2]，于是对于托尔斯泰来说，问题在于一个“历史小说”的作者如何避免这种情况——他在广泛的理论论述中始终回避得出一个结论。但他在叙述实践中，却总是敞开大门，乐于进行这样的实验。为了不随意割裂事件的个别部分和细节，叙述者必须采用一种技巧，这种技巧——不同于理论探讨——可以在某种程度上用文学或叙事手段“在媒介中”解决诗学中棘手而基本的关键问题，从而宣告叙述艺术的哥白尼式转变。在历史写作方面，托尔斯泰提出了一种历史的微分方程，解开（解决）了芝诺悖论，并提供了有关哲学所无法完成之事的一种预感：一种摆脱了鸟瞰视角的空中楼阁和井底之蛙视角的文学。

……

1 参见《战争与和平》（W. 贝根格伦德译）第 1090 页。

2 同上，第 1091 页。

5. 伏伦斯基的跌落——以慢镜头呈现

陀思妥耶夫斯基在“爆炸”概念中上演的是狂喜，往往也是丑闻，他们被歇斯底里化，并表现为革命——在他笔下，一切总是“突然”和“匆忙”前进（也就是快进）。而在托尔斯泰笔下，这些过程是逐步、缓慢，以慢镜头呈现——对，在慢镜头下。

《安娜・卡列尼娜》中安娜的爱人惨遭失败的赛马场景是托尔斯泰放慢速度技巧的一个精彩例子。这里不仅涉及两个动作的同步（也就是骑手们的追赶和超越），而且涉及叙事摄影技术的问题，这种技术能够与马力相匹敌，并将运动之谜捕捉为“运动图像”，正如一个世纪后德勒兹在其基于爱森斯坦电影哲学的著作中所展示的那样。

在这个惊险的赛马场景中，伏伦斯基既是追赶者又是被追赶者，既是肇事者也是受害者，他骑着自己最喜欢的马“佛洛佛洛”走向毁灭。这匹马几乎具有人的特质——归根结底是安娜・卡列尼娜的特质，因为“它是那些似乎只是因为嘴的机械结构限制而无法说话的生灵之一”。

……

6. 安德烈公爵的幻灯机——一种死亡媒介

托尔斯泰原初的电影媒介是幻灯机，在当时缺乏电影媒介的情况下，它充当了投影机或叙事幻灯片放映机的角色。幻觉状态——比如在安德烈公爵身处奥斯特利茨战役中或他受致命伤的前夕——在托尔斯泰那里经常被视觉化，崇高、天国和超验之物被揭示为某种在字面上或媒介意义上的“投影”：预言家的前瞻性被简化为投影机的投影，这种投影技术显示出了迄今为止的“虚假意识”和不真实生活所具有的“陌生”“冷漠”“疏离”“人工”的特征。

……

7. 在慢镜头下死去

1857 年，托尔斯泰在巴黎目睹了一次公开处决，比陀思妥耶夫斯基经历的模拟处决早了十多年。托尔斯泰也为这种可怕的场景着迷，但与陀思妥耶夫斯基不同的是，他在此感受到了“无意义感”。与陀思妥耶夫斯基不同，托尔斯泰感兴趣的是死亡中的“死去”，即感知和价值观在终极的绝对性面前逐渐转变的缓慢过程。

在托尔斯泰的《战争与和平》中，我们发现这种过程性在安德烈公爵的死去中表现得淋漓尽致，这种过程性是对所有生命原则的根本异化，他逐渐理解了伟大的“它”的临近，并以此为契机，回溯性地找到了与生命的根本新关系。从这个意义上讲，死去和死亡的视角是人类所能采取的最激进的异化立场。

这就使得小说家必须将内外部的时间经验相结合，从而解决叙事上的悖论，使“流去”和“流动”成为可经验的状态。在此意义上，托尔斯泰小说同时击败了赫拉克利特的前辩证观点，即“一切皆流”，以及20世纪亨利·柏格森提出的克服线性时间的“绵延”观点（它在托尔斯泰一代人后的普鲁斯特或纳博科夫的时代小说中开辟了新纪元）。像托尔斯泰一样，他们寻找“时间的纹理”（纳博科夫在《战争与和平》之后一个世纪出版的他的小说《阿达》中如是说），像托尔斯泰一样，他们是前辩证世界观的信奉者，在这种世界观中，所有“潮流”都会被“逆流”所抵消，和平会被战争所抵消，而根据赫拉克利特的说法，战争是“万物之父”。因此，在托尔斯泰的小说《战争与和平》中，标题中无法测量与不可估量的对立两极通过“与”这个连接词成为一个整体。这个“与”不仅连接了“万物之父”和人类之“母”，也展现了“死”和“生”之间的对立和差异，后者在面对绵延的终点时，将自己定位为一种巨大的“延异”。

……

8. 一块空白的投影屏幕

这部小说中最具启发性的战争场景之一以一种革命性的方式将历史学上的宏观视角与人物内外感知之间的微观转变联系起来。我们见到了娜塔莎的哥哥，热衷于战争的年轻英雄尼古拉·罗斯托夫，他在一场大战前夜骑马穿过雾气笼罩的前线，不断地从清醒状态闯入梦境。

……

9. 火车站的结局——电影断片

安娜·卡列尼娜在火车站的结局，正如托尔斯泰自己1910年在阿斯塔波沃火车站的死亡一样，是19世纪散文，尤其是古典现实主义的叙事原型。在安娜和她的作者身上，到达和离开的地点都成了那些过渡仪式的关键点，这些仪式似乎不仅指导着现代小说艺术，也指导着其作者的传记神话。众所周知，托尔斯泰一直在考虑逃离噩梦般狭小的家庭圈子，远走高飞，但他只到了一个省级小站，在那里，媒体、狂热的追随者和手足无措的家人很快就追上了他。作为交通工具和文学主题，铁路世界深深扎根于俄罗斯的生活散文中，从一开始就是人们经常讨论的现代性及其技术挑战的象征。托尔斯泰在这种铁路中心化的现象中看到的，与他之前在拿破仑和理性主义的法国中看到的一样，不仅是对（乡村）空间的威胁，也是对“存在与时间”的警示，更准确地说是对真正的时间经验的警示。铁路世界消灭了真正的“自由时间”，它将时态整体线性化、空间化和计时化，从而毁灭性地干扰了灵魂的自然状态。当然，托尔斯泰对火车站和火车主题的示范性引入并没有被读者忽视；陀思妥耶夫斯基的“火车散文”也是如此，小说《白痴》的开场和托尔斯泰后来的《克莱采奏鸣曲》具有相同的叙事效果，像俄罗斯文学中的许多生活文本一样，它们都是“在一列火车上”展开叙述的。

……

安娜·卡列尼娜死前所经历的光也是一种照亮的媒介，过去的生活被浓缩为一个瞬间，呈现在内心之眼前，但随后取而代之的是吞噬一切的黑暗。黑暗—光明—黑暗。过去生活的黑暗，在光照的“转瞬间”中被照亮，随后又陷入另一个完全不同维度的黑暗之中。托尔斯泰两次判处我们女主角的死亡：一次是肉体上的死亡，另一次则是以形而上学的残酷决断判定其灵魂上的毁灭。这不仅严重违背了小说人物的自决权,也是对小说读者的残忍背叛,读者以此方式“被撵出门外”。甚至包法利夫人的情况都没有那么糟糕,虽然她比安娜·卡列尼娜更令人反感,事实上,她的爱情波折,甚至整个女性特质,充满了整部小说,尽管愈来愈暗淡。

当然,熄灭的仅仅是那个“过去的”,即失败的、有罪的生命,还是整个生命本身——没有彼岸的前景?如果我们专注于前者,就会失去后者:文字、条幅、书籍。因为熄灭的不是整个生命之光,而是一根蜡烛的光,它就像生命本身一样不可避免地走向终结。但我们并不会因此面对上帝的绝对黑暗,而只是面对着“死去”的昏厥,它标志着死亡的终结,也就是“虚假生命”的终结。

因此,这最后的信息并没有使读者免于对这一切做出自己的思考,并且——这里有蔷薇,就在这里跳舞罢——跳进一个没有文学、没有纸张、没有那么多言语的生命中去。这几乎是不可想象的,即使对于托尔斯泰本人也是如此,他因此成了最后一个小说家。在他身后,洪水滔天:当托尔斯泰终于迎来他的“大站”之时,20 世纪早已到来,而其早就位于电影镜头之下了。

编后记

阿格·A. 汉森-洛夫(Aage A. Hansen-Löve,1947—),奥地利斯拉夫学者、文学理论家,奥地利科学院院士,研究方向为斯拉夫语言文学、媒介理论、文化研究。主要代表作有《俄国形式主义:从陌生化原则对其发展进行方法论重建》《俄国象征主义:恶魔与神话诗学的范式》《俄国象征主义:神话诗学的系统与发展》《从前天到后天:俄国现代派文字和视觉艺术中的新原始主义》。本文收录于《维也纳斯拉夫年鉴》总第 69 卷(2012 年),第 347—383 页。

评《安娜·卡列尼娜》

作者　［法国］阿兰

译者　王祎慈

当人们提醒我到了庆祝托尔斯泰诞辰之时，我正在阅读《战争与和平》，可能已经是第十遍了。我不再是开始时的犹豫不决；我已经敞开；任由自己经受巨大的起伏，在这些起伏中，一切都是平等的。我就像一个神，真实地看待物和人，而不是从某一视角。因为在这本《圣经》中不止一次提到，人的计划不是事件产生的原因；更多的是，我们看到了事件。当谈到关于《安娜·卡列尼娜》我最想写的内容时，我想到的是完全不同的、在此之前我从未注意到的内容。虽然我很乐意说这始终是同一部小说，是同样的政治、爱情和死亡游戏，但这种期望是错误的。只需要阅读，就会明白为什么。在《战争与和平》中，组成物被溶解了，一切都被简化为元素。这一点在别祖霍夫的思想中相当明显，他的思想总是陷入混乱；但我只想以娜塔莎疯狂的私奔为例，幸运的是，它没有受到任何影响，但这一情节显现出了一种没有任何思想的野蛮本性。我现在对战争的影响有了更好的体会，因为我经历了战争。这些家庭流离失所，乘货车逃亡，场面狼藉；思想和激情同样如此。我明白，在这个令人疲倦、遭受践踏的世界上，安娜悲剧性的冒险是不可能的。命运从外部降临，悲剧是另一种类型的。但与伏伦斯基、卡列宁、列文生活的世界相反，《战争与和平》是一个多么秩序井然的世界！大自然给了他们活动的空间。他们有选择权。他们不停地制造事件。这种观点可能令人不太愉快，因为它让人注意到一个事实，即个人创造了自己的命运。当我说这种观点令人不太愉快时，我的意思并非说小说不那么令人愉悦。只有批评家才会在阅读时赞赏或责备；读者位于一个纯粹观赏、漠不关心的位置；这就是伟大作品在读者身上产生的力量；也正是因此，作品才能被称为伟大。这里不再有坏和好，有趣和无聊；一切都是存在的构成，就像在一个世界中。没有人问为什么卡列宁的耳朵是尖的。他就是如此。

我并未期待理解这一伟大的秘密。然而，在平庸的小说中确实出现了消极的条件，人物的计划和感情没有与宇宙和政治的必然性交织在一起；这些人物被世界所牵制、由世界所承载的情况不够明晰。相反，《幽谷百合》向我们表明历史事件会在很大程度上改变情感的路径；在《战争与和平》中更为明显，感情因一种外在的必然性而成熟，这种外在的必然性促成了相遇、曲折、结局。这并不改变人物性格。安德烈公爵、老公爵、库图佐夫，他们是鳄鱼性情的人物，被严重地局限，排斥所有外部行动。我们的朋友别祖霍夫，他看似变了，其实只是解脱了；他的本性通过事件冲突来显现；我们越来越认识到他没有改变。但也请注意，他们是由结构而不是由思想来定义的。让我们好好看看这里。安德烈公爵、皮埃尔·别祖霍夫，还有列文，他们身上有令人惊讶的特征。他们给自己提出宏大的问题，就像所有人一样。但这些既不是老生常谈，也不是教条；而是自然的想法，与肉体相对立。而且，这些思想家几乎不前进，一旦我们与他们一起思考，我们也没有前进。在这些珍贵的教训中，我们每个人都感受到了一种阻力，这是罕见的，并找到一种几乎无法表达的怀疑和解决问题的方式。在《战争与和平》这个被解构、原子化的世界中，尽管大众胜于个人，但很明显老生常谈毫无用处。不可战胜的天性造就了大众的运动。如此，思想发挥作用。但是哪些思想呢？我想举一个例子，这个例子对我来说非常好，因为我每次都会遇到这个问题。撤退到莫斯科城外，焚毁城市，法国人灾难性的撤退，所有这些都是通过俄罗斯情感的觉醒和奇妙的协调而成功。所以我们在这里有共同的想法,这些是伟大的思想吗?完全不是。托尔斯泰总是不厌其烦地告诉我们,爱国者的伟大思想未产生任何影响;相反,那些只考虑自己安全的人,那些回来掠夺的农民,那些以各自方式设下埋伏的游击队员,正是这些思想家达成了协议,进行了防御,取得了胜利。杰尼索夫、多洛霍夫,以及与他们一起的残暴农民士兵很少想到国家;他们打仗就像打猎一样,但他们就是国家本身。我们以为即将通过思想发现一种政治,尽管实际上并没有思想;人们只有碰撞,而没有前进。这个例子有助于我理解列文,在一个组成更优、更加稳定的社会秩序中,他仍是以一种粗鲁的方式维持和平。列文教育水平良好,能很好地理性思考,与此对比就会更加令人震惊;他也在自身的形式中找到了某些不透明因素和阻力。他天真地试图将自己的想法接近他人的想法;但他从未做到,这是最初的失望。但更令人惊讶的是,在这些以协议和行动为目的的农村理事会中,这个善于交际和思考的人发现完全没有发现什么有用的东西,似乎共同的想法注定无果,不论它多么合理。相反,列文和他的农民,他们每个人身上都有朴素的想法,关于生活,关于胜利,甚至关于狡猾和逃跑,这些想法中带有天然的冲突,但它们是促成一些事的唯一机会。这种精神令人顽强抵抗、难以言说,它很好地表达了每个人的本性,因此,一个阶级或一个民族的共同精神是真实存在且活跃的。这里隐藏着列文最终崇敬的“善”。

昨天,我听到列文的另一位朋友发表观点,因为列文在世界各地有很多朋友,另一位朋友说:“我不理解列文,因为我不明白他为什么成为一个神秘主义者;这不是我们这里的惯常方式;这是斯拉夫风格。”这是一种我完全没有的感觉。我在陀思妥耶夫斯基和高尔基身上强烈地感受到了陌生;在托尔斯泰和列文身上则完全没有。所有这些我试图总结的坚定的思想、石器时代的思想,对我来说都很陌生,但所有真实、深刻的思想都是如此。我强烈地感觉到有一种天然的神秘感;我在我真实的想法、计划中找到了这种神秘感。我绝对相信，这种不可战胜的自由在我和每个人身上都是好的；我相信，我们从别人那里模仿的一切都是坏的，要拯救所有人，或者仅仅是帮助他们，真正的方法是自我拯救或自我帮助，最后还要相信自己，正如聂赫留朵夫所说；我也知道，坚持这一点是“善”。斯宾诺莎有时唤醒了这种狂野的想法；柏拉图更甚。这是神秘的，因为在必然性的观念下，我们的理智不停地通过依赖和外部关系来解释生命；但用信仰来解释只会更好。而且我要补充，这种信仰完全没有对象；对象总是另一个字眼，即对抗者。这足以表明，我在这里没有发现特定的俄罗斯元素。

外部观念、政治秩序、委员会、谈判、权力、服从，这是卡列宁生活和呼吸的世界。也许我们可以说，外部关系造就了利己主义，正如我们在莫里哀笔下的阿尔冈身上看到的那样，他依赖一切，恐惧一切。根据我瞥见的这种神秘主义价值观，这里没有什么可爱慕的；人类完全没有找到这个难以制服的兄弟，每个人都感谢他不为别人改变自己。相反，在这里，最深的情感只会使人蔑视其他；这违背一切理智。卡列宁应得如此。但他所有的美德中都有不足，即讽刺；这个特点被展现到了极致。讽刺标志着一个人按照惯例成为一个存在，一个为了其他人的存在；恩典是缺失的；信仰是缺失的。当然，托尔斯泰在这里只是一个观察者和画家；要说在卡列宁身上看到某种政客的身影也不为过，也许是管理者。管理是列文在这个世界上最鄙视的，因为它抽象、易导致分裂，用虚假的协议结束虚假的分歧。

我通过这种方式接近了故事的主角，即人类自身之外的人道主义世界，人类世界被称为世界，但其根本却是机械的。安娜陷入其中，就像陷阱中的鸟儿。卡列宁则类似钳子。每一种价值都在扇动翅膀，想要逃离。从这方面看，安娜是无辜的、伟大的。但她忽略了自己；她不相信自己。因为，一方面，她属于这个世界，不知道如何鄙视世界。但另一方面，这也解释了这种奴役，我在她身上看到了一种内在的不足，一种对自我内在控制的放弃，一种宿命论，一种对自身的预言，一种对自己的恐惧。这里我们看到了浪漫主义情感的核心。诚然，所有时代都存在浪漫主义情感，但在某些阶段，它更受偏爱。这种爱完全没有动力，缺乏的是信仰。不论读者认同的是别祖霍夫还是列文。我的意思不是信仰不再相信外部秩序或其现行状态下的义务；我的意思不是信仰本应维持它曾经的位置。管理的伟大奥秘在于，人不会失去自我，但也不会自我拯救。爱在这里应当按照它在我们面前的呈现来看待，就像一种自然力量、一股激流、一阵飓风、一场海上风暴，人首先会被卷入其中，但我们应自救，就像奥德修斯一样。信仰的作用是与内心对话，就像希腊英雄一样："加油，我的内心"。根据这另一种宗教，必须要拯救的是灵魂，意见几乎不重要。安娜相信自己，因此她总是绝对相信伏伦斯基，她会怎么做呢？我不知道。让我们跟随费利西泰·德·图希，她最后到修道院终其天年；但这是一种借助死亡的解决方式，尽管人们仍接受愉快地思考另一种方式，那就是祈祷。也许更坚定、更内在的信仰会走向更完美的爱，即柏拉图式的爱，如果不能缓和人的所有痛苦，它能够反思自己的不足。在这种情况下，一个女人也有可能绑架她的儿子，以工作为生，并且在自由的指引下，承担她所爱之人的幸福。信仰无所不能，所需要的只是足够的爱。

但在这里，在这种轻快但令人生畏的美中，爱完全是它在所有事物中最初的样子，是通过存在使得幸福涌至而来。在伏伦斯基身上也是同样的情况。应特别注意的是这种奇迹完全不会穷尽。存在总是能抚慰一切，并完美调和。这解释了安娜的一举一动和整个故事。让我们在这个骄傲的灵魂中追随这种陶醉的效果。对这种令人振奋、无尽的快乐进行痛苦的反思；突然看到的效果；放弃；在缺席的情况下，一种绝对的恐怖。浪漫主义的感觉在于把自己看作自然界的一种力量；崇高由此闪现，与事物的和解由此开始，美丽从此加倍。由此开始，所有的幸福都是可能的，所有的不幸也是可能的，就像恩培多克勒和老普林尼在埃特纳火山极限边缘之时。但更好的情况是自身就是火山。这时，人们必须像奥德修斯一样立于海浪之上，瞭望、航行、自救。也许我们只是因为宿命论的想法而死亡，这种想法总是潜伏着。尽管如此，在坠落的极端边缘，我们应该期望的时候，这种想法无一例外地使我们沉沦。注意“宿命的”这个词的双重含义。可能只有上述的一部悲剧。但在这一强大叙事中，我们必须跟随源自这种恶魔般思考的思想和行动。在伏伦斯基缺席的情况下，她怕自己会恨他；她担心的只是这个。由于这种爱一直停留在自然的层面上，所以缺少仁慈，也就是对他人的信仰。他者也随后被看作一种自然力量；因此，幸福被简化为存在这一事实。因此，怀疑是绝对的；它诞生于缺席，它局限于此，在这里跌跌撞撞。这是冒犯，并且知道自己将会冒犯。在这个层面上，也就是情感（另一个美丽的词）的层面上，我们开始实际地思考斯宾诺莎的定义。“爱是一种伴随外部动机的欢乐”。“恨是一种伴随外部动机的悲伤”。通过前者我们理解了安娜爱的是在场的伏伦斯基；通过后者我们明白她恨的是不在场的伏伦斯基。在这里每个人都能学到爱是应该引导的，并且一旦爱显现出来就应该掌握它。相反，经验被机械运动放大后沦为了绝望。绝望的底部是注定的不幸。最终的行动由此而来。

我们完全没有结束；因为撰写关于这部小说的内容就是在思考中重读它。我想再指出一个在伟大的作品之上的天才笔触，这个特点在连续存在的世界和连续的天空下自然出现，而非被刻意找寻到。因为机制从未离开过我们，正是机制完成了故事。想想《大卫·科波菲尔》，或者更进一步，怀着“这是一本伟大著作”的想法重读这本著作。海洋是这里的主角；风暴在雅茅斯上空缓缓升起，最后吞噬了那个不想得到宽恕的人。这种情感的画面不是通过刻意找寻而来，而是在一致的认知下产生，它与思想价值等同甚至比思想更有价值。易卜生是制造这些反响的大师，但他要寻找这些反响。在我们的《安娜·卡列尼娜》中，我注意到类似的预感，进站的火车，被轧死的人，梦中出现的提着灯笼的庄稼汉，一切已经被瞥见。人们可能想说，这些画面是微小的，是从我们易逝的情感机制中提取的；但我们不能这样说。为什么？因为是盲目且非人道的人类世界造成了这一悲剧，人类世界应该了解它。而这台平静的机器让我们回到了卡列宁的机械灵魂，他是这些事情的安排者。

编后记

阿兰（Émile-Auguste Chartier，1868—1951），法国哲学家、评论家与随笔作家，以宣扬和坚持和平主义以及知识分子的独立性著称，常从哲学与思想角度解读托尔斯泰的作品。本文发表于《欧洲》第67期（1928年），第512—520页。

托尔斯泰与铁路

作者 ［法国］艾梅·迪皮伊
译者 王祎慈

一、铁路的发现

似乎托尔斯泰在第一次出国旅行时就体验了铁路，这位杰出的俄国作家对这种运输方式的兴趣是别出心裁且持久的，他的国家幅员辽阔，但迟迟没有发展这种运输方式。[1]

在这次西欧发现之旅（1857 年 1 月 29 日至 8 月 11 日）中[2]，他在乘坐邮车抵达华沙后，偶然注意到一些“美丽的风景”，但他对人的兴趣要大于对物的兴趣，于是在经过兰斯韦堡时，他指出在车厢里遇到了“一个喝醉的皮埃蒙特人”，以及“一个红棕色头发的检票员，他眼睛很大，带着嘲弄的目光”；之后，在瑞士，他遇到“一所学校的男孩和女孩，他们在教师的带领下游玩。在邻近的车厢中都是逍遥狂欢的法国人。一个令人陶醉的月夜……”他就这样“愉快地旅行到伯尔尼；每个人都睡着了；我透过车门看，发现自己处于一种快乐的心境中，我知道我不能更好了……”几天后：“……四点起床，为乘火车做好准

1 虽然圣彼得堡—莫斯科线在 1847 年建成，但十三年后，俄国的铁路长度只有 1 500 千米（1859 年法国铁路长度为 16 300 千米）。

2 托尔斯泰花了十一天时间从莫斯科到巴黎，他先乘邮车到华沙，再从华沙乘火车到巴黎。

备。起初，我的邻居是个英国人，似乎是名咖啡馆服务生，还有一名旅行推销员。之后是银行家奥吉耶，他是法国人，曾住在巴黎；我和他一起到了巴登……”（7 月 24 日）。8 月 8 日：“早早到了车站。在什切青，混乱，骚动……遇到了普希钦。还有俄罗斯人：莱维茨基、柯兹洛夫、莫德维诺夫夫妇。同样的无聊！[1] 只有莫德维诺夫是热情的。夜晚，颠簸不止……”

显然，日记中的这几条记录如果能稍加充实则会更好。但它们表明，即便作为外国人，这个二十八岁的男孩也远非对几个小时路程中的同伴漠不关心。毕竟，同时期福楼拜自己的《文集》也几乎没有更加雄厚。同时，在国外的铁路上，托尔斯泰发现，铁路尽管“喧闹”[2]，却使他心情愉悦，使他在不知不觉中变得和蔼、陷入遐想，之后他再次使用“铁路”的场景——或是次要或是主要情节，它们不仅被作为背景，更是他至少三部伟大小说的发生地点。

二、《安娜 · 卡列尼娜》：在卧轨自杀的征兆下

最初是 1877 年的《安娜 · 卡列尼娜》。我们可能记得，正是在莫斯科的彼得堡车站，年轻的军官伏伦斯基在等待母亲之时遇到了他的朋友奥勃朗斯基公爵，他自己也在“会见一个漂亮的女人”[3]。

“你这是以小人之心度君子之腹！我是来接我的亲妹妹安娜的。”

1 关于在车厢中遇到俄罗斯人，参见陀思妥耶夫斯基《一个作家的日记》：“如果一个俄罗斯人在车厢中与你对话，他总是以一种秘密、友好的语气开始，但很快你就会看到他身上产生了一种不信任感，这种不信任感很快就会通过一些尖刻的嘲讽，甚至是粗鲁的举动公开表现出来，不论他的受教育水平如何……。”这就是为什么陀思妥耶夫斯基说他“在俄罗斯，不喜欢在车厢中聊天……在国外，情况则完全不同……”。

2 “7 月 21 日。……晚间，我的车厢——十分糟糕！——喧闹不止。”托尔斯泰在经过沙夫豪森的时候写道。

3 本节引文出自人民文学出版社 2020 年出版的《安娜 · 卡列尼娜》（草婴译本）。——译者注

“哦，是卡列宁夫人吗？”

“你大概认识她吧？”

“好像见过。”

过了一会儿，客车进站了，“乘客一个个往下跳”，其中包括伏伦斯基伯爵夫人，一位“黑眼睛、卷发的干瘪老太太”，机缘巧合她和卡列尼娜夫人在同一个车厢中，伏伦斯基“目不转睛地瞧着她”，直到安娜“迈着矫健而又轻盈的步子”快活地同伯爵夫人告别。

“您瞧，伯爵夫人，您见到了儿子，我见到了哥哥，我的故事全讲完了，再没有什么可讲的了。”她带着荡漾在嘴唇和眼睛之间的微笑，把右手伸给伏伦斯基。但站台上刚刚发生的事故（“一个看路工，不知是喝醉了酒，还是由于严寒蒙住耳朵，没有听见火车倒车，竟被轧死了。”）耽搁了旅客和前来送行的亲友的离开。这突然的死亡震惊了所有人；尤其是卡列尼娜夫人，她将这看作某种“凶兆”——她也向她惊讶的哥哥承认了。

而且，自从那次会面后，安娜不停地想着她哥哥的这位“小军官”朋友。第二天晚上，当她在贴身女仆老安奴施卡的陪伴下，离开莫斯科去彼得堡与她的丈夫会合时，她还在想着他。她对这个年轻人想得太多，因而在她不安的灵魂中产生了“悔恨，或者至少是一种混乱”的感觉。在暴风雪夜疾驰的列车非但没有驱散这种感觉，反而增加它阴险的魅力。噩梦从那时产生，一直伴随着在暴风雪夜行进的列车。然而，当她在列车停站时来到站台，一个身影出现在离她两步远的地方，挡住了路灯闪烁的光线。她看了看他，认出了是伏伦斯基。

“他举起一只手放在帽檐旁，又向她鞠了一躬，问她有没有什么事，他能不能为她效劳。她好一阵什么也没回答，凝神地望着他。尽管他站在阴影里，她却看见，或者说她自以为看见他脸部和眼睛的表情。这就是昨天那么打动她心弦的那种又恭敬又狂喜的表情。她不必问他怎么会来到这里。这一点她知道得那么确切，就像他对她说：他来到这里，是因为她在这里。”

“我不知道您也来了。您来做什么呀？

“我来做什么吗？您很清楚，我来到这里，是因为您在这里；我没有别的办法。”

但她“仅仅感到一种不安，一种热切，一种兴奋的激动”，她回到了车厢。然而，随着“火车驶近了彼得堡，种种琐事的思想立刻涌上她的心头”。当她到达时，她的丈夫也在那里，迫切地与她相见。但在他的脸上，一个细节突然震惊了卡列尼娜夫人：

“哎呀，我的天！他的耳朵怎么变成这个样子了？”她望着他那冷冰冰的、一本正经的脸，他的大耳朵撑住了圆礼帽的边缘。

伏伦斯基在告辞前跑来问候卡列尼娜夫人。

“伏伦斯基伯爵”，安娜介绍说。

“噢！我们好像认识？”卡列宁非常惊讶，向年轻人伸出手。接着卡列宁又对安娜说：“你同母亲一起去莫斯科，却同儿子一起回来。”

简短的问候后，这对夫妇离开了。就这样，这位年轻军官和部领导妻子之间的第一幕爱情结束了。这是一次在站台上无意识开始的冒险，几个小时后，“冒险”在另一个站台上开启。

然而，在这段注定短暂的关系结束时，象征着幸福和预定论的火车将成为《安娜·卡列尼娜》中悲剧的载体。而且，书中的女主人公意识到，不可能离婚，甚至不可能留住伏伦斯基：“他爱我，现在我对他很重要；他当然爱我，但尤其令他自豪的是赢得了我……”她终于认命了：“我们都注定要受苦……”但是，由于这种痛苦变得无法忍受，她从家里跑到车站，却不知道自己要去哪里：

“她突然想起她同伏伦斯基初次相逢那天被火车轧死的人，她明白了她应该怎么办。她敏捷地从水塔那里沿着台阶走到铁轨边，在擦身而过的火车旁站住了。她察看着车厢的底部、螺旋推进器、链条和慢慢滚过来的第一节车厢的巨大铁轮，竭力用肉眼测出前后轮之间的距离。”

“那里！”她自言自语，望望车厢的阴影，望望撒在枕木上的沙土和煤灰，“那里，倒在正中心，我要惩罚他，摆脱一切人，也摆脱我自己！”

接下来是一个凄美的段落，作者以令人叹为观止的细节描述了这次卧轨自杀：习惯性的手势和无意识的动作，理性在坚持，之后倾覆：她有时间害怕……最后是被永恒所听到的伟大死亡之声。

在被“一个冷酷无情的庞然大物撞到脑袋，从她背上轧过”之前，她曾“觉得无力挣扎”，我们认为所听到的是安娜的最后请求：“上帝呀，饶恕我的一切吧！”这个可怕结局的场景一直萦绕在伏伦斯基心头，这就是为什么在本书的最后部分，这一场景再次出现——既是幻象也是危险——就像一个悔恨，在最后的站台上。绝望的伏伦斯基加入了支持塞尔维亚人的俄土战争，托尔斯泰则向我们展示了在察里津车站，处在唱着《光荣属于我们的沙皇》志愿者之中的军官。但他的面庞因痛苦而变得苍老，远远没有分享这种喜悦，而是站在一边。他“凝视着那沿铁轨缓慢而平稳地滚过来的煤水车的车轮”。

三、《克莱采奏鸣曲》，抑或火车上的忏悔

我们可以看到，铁路在《安娜·卡列尼娜》中发挥了重要作用。在《克莱采奏鸣曲》中，铁路的作用同样至关重要，尽管性质不同。叙述者描述了一个拥挤的车厢，他登上这节车厢已经两天了，里面有各种旅行者（人们会写：乘客，在这无限延展的列车上，有时是整整几个星期，在俄罗斯广袤的空间里感觉十分单调，海洋的概念自然取代了陆地的概念）。在看似无休止的时间里，他们不得不忍受火车，一些人尽力与同伴相处，甚至当一些喋喋不休的人把这些近乎睡着的人吵醒时他们也很高兴。

这就是由流动者构成的小团体——虽然存在时间短暂，但经常有成员更新——的情况，在这个团体中产生了一种团结，尽管它会引起

讨论，讨论从一个受欢迎的谈话主题中引起，这是一种消遣性的思想交流。在旅途中的某个时刻，一位年轻的职员和一个老商人向众人提出了这个受欢迎的话题——可能是为了打发时间——女性的话题，从婚姻和夫妻幸福出发。一位“抽烟的太太”和她的熟人即刻加入了讨论，她的熟人非常健谈（我们后来知道他是律师），他们两人教育水平较高，能够捍卫“只有爱情才能使婚姻变得更圣洁”[1]的观点，然而传统的老商人对他们以及那个对这一问题感兴趣的青年进行反驳，说到“在婚姻问题上，我们离欧洲人的观念还很远”。

然而在这次辩论中，“一位先生动作紧张，一直独自待在一边，一双眼睛炯炯有神，目光迅速地忽而瞧瞧这个，忽而瞧瞧那个，他一头鬓发都已花白，一路上都避开其他旅客，不同人家交谈”。

然而，到了晚上，当车厢里的一些人离开后，这个似乎被邻座的谈话所激怒的人，利用他几乎与叙述者独处的机会，释放了他长期以来压制的感情。在讨论中的某一时刻，他简单地插话：“我叫波兹德内舍夫，我杀了我妻子。”这显然引起了人们的震惊，并使车厢里泛起一阵寒意。太太和律师换到了另一节车厢。在随后的车站，旅客们上车，安顿下来，对周围漠不关心，之后开始睡觉。

叙述者很好奇，他同邻座喝了几杯很浓的茶，自愿地听着这段长长的忏悔，从未打断他，直到天亮才结束，而火车在“铁轨的噪声中”继续行进……

四、火车——《复活》的原动力

最后，在《复活》中，我们知道在经历了一个非常放荡的青年时期后，聂赫留朵夫公爵为了弥补在以前的情人卡捷琳娜身上犯下的

1 本节引文出自外文出版社 1997 年出版的《克莱采奏鸣曲》（草婴译本）。——译者注

过错[1]——她是一名妓女，被陪审团不公正地判处到西伯利亚服苦役，聂赫留朵夫公爵也是陪审团的一员——他决心陪她回到西伯利亚并娶她。

托尔斯泰首先描述了囚犯列队：

“站台上有几个送行的人，但押解兵不准他们接近车厢。押解兵今天特别操心。……在手续没有办完以前，不准聂赫留朵夫和其他人接近车厢。不过聂赫留朵夫还是获得许可走近车厢……车厢总共十八节，除了长官坐的那一节以外，节节车厢都被犯人挤得满满的。聂赫留朵夫走过那些车厢窗口，留神听听里面在干什么。每节车厢里都是一片镣铐声、忙乱声、说话声……聂赫留朵夫走过所有男犯的车厢，来到女犯车厢旁边。聂赫留朵夫的脸凑近铁窗，引起了她们的注意。靠窗几个女人住了口，向他凑过去。玛丝洛娃只穿一件短袄，没有包头巾，坐在对面窗口。”[2]

聂赫留朵夫能与玛丝洛娃交谈几句，告诉她他会乘下一班火车陪她一起去流放犯关押营，他将暂时离开以便之后在下诺夫哥罗德站与她重逢，之后他回到站台和姐姐告别，向她解释自己的决定：

“她不愿接受我的牺牲，（但）我现在决心跟她去，她走到哪儿，我跟到哪儿。我还要尽我的力量帮助她，来减轻她的痛苦。”

而且，为了更好地对卡秋莎的处境感同身受，聂赫留朵夫公爵乘坐三等车，车厢拥挤不堪，闷热得叫人喘不过气，气味恶臭。到达一站时，与他相识的柯察金公爵和公爵夫人“在毕恭毕敬的列车员和脚夫的簇拥下，走出车站。这时，一队穿着树皮鞋，背着羊皮袄的工人来到了聂赫留朵夫的车厢。此外，他们似乎准备走到天涯海角，坐到人家吩咐他们坐的任何地方，哪怕是坐到钉子上也行”。——“你们闯到哪儿去，鬼东西！就在这儿找个位子坐下！”另一个列车员迎着他们走来，嚷道。

1 作为一名妓女，卡捷琳娜（卡秋莎）被称作玛丝洛娃。

2 本节引文出自人民文学出版社 2020 年出版的《复活》（草婴译本）。——译者注民众的生活与真正盛大的世界如此遥远，后者奢华而闲散，前者充满琐碎和悲苦的忧虑，从这次与民众的接触中，聂赫留朵夫感觉“他好像一个旅行家，发现了一个陌生而美丽的新世界，为此感到兴高采烈”。让我们记住，这个世界由于火车才显现出来，因而火车是《复活》的原动力。

五、从“社会新闻”到“作品”

因此，通过这最重要的三部作品，托尔斯泰从 1877 年到 1899 年（包括《克莱采奏鸣曲》，1889）显示了他对铁路的浓厚兴趣。他年轻时在欧洲旅行时熟悉了这种新的交通方式，它对作者的感官和精神产生了永不消退的影响。

事实上，在很大程度上，不正是铁路使托尔斯泰决定要构思和写作《安娜·卡列尼娜》，这个以卧轨自杀为结局的长篇爱情故事吗？但我们知道，作者写下这一结局的灵感来自一个类似的事件，该事件发生在作品出版的五年前，即 1872 年 1 月，在距离雅斯纳亚·波利亚纳几俄里之处。一位名叫“安娜·斯捷潘诺芙娜·皮罗戈娃的女性在被她的情人比比科夫——隔壁的庄园主以及托尔斯泰的朋友——抛弃后，跳到了一辆货物火车下面。列夫·尼古拉耶维奇看到了她，她颅骨暴露，身体裸露，肢体撕裂（在火车站大楼里）。这种印象非常可怕，而且深深地印在了他脑海中”[1]。很明显，除了名字之外，这两个安娜没有任何共同之处。但话虽如此，火车的感觉却是相似的：火车的外观感觉——一个钢铁怪物，一个可怕的机械，快如闪电（铁路以胜利的姿态出现的时代）；危险的火车的感觉，对于任何在停止却仍颤动的机车的可怖阴影下转身、不警惕的人来说都是不人道的；最后，火车再次启动的感觉，火车继续行驶，没有偏离

1 参见七星文库系列《安娜·卡列尼娜》的注释。

一毫米，它的路线严格地被限制在两根坚硬的铁轨之间，诚然这象征着一种力量，但却是一种盲目的力量，能够像碾碎麦秆一样轧死一个人，正如它能使人毫无阻碍、快速地到达目的地一样。在这里，《安娜·卡列尼娜》的作者产生一个想法，由于铁路这一象征，这一想法赋予了爱情冒险以意义：安娜曾经以为可以看到闪耀幸福之光的火车——因为年轻而有魅力的伏伦斯基登上了这列火车，事实上却是她不幸命运的载体和标志。在这次会面中，火车看似满载着诺言，但在莫斯科站的列车组成员突然遭遇意外，这难道不是火车给她的一个严重警告吗？这就是为什么在她的理智和意志摇摆不定的绝望时刻，安娜在不知不觉中听从了火车的召唤，明白她必须做什么。

从一则取材于现实的铁路社会新闻中，作者提取了——这是受作者想象力的推动——即便不能说是一个主题，至少也是一个主旨观点，一个他希望给《安娜·卡列尼娜》读者的有力建议。《复活》的"作者注释"也告诉我们，在关于载着流放者前往西伯利亚的火车的描述中，1980年初，在莫斯科，有一批犯人从布狄斯基监狱被押送到下城火车站，一天里就有五名犯人中暑死亡。

然而，是《克莱采奏鸣曲》让我们更好地看到火车发挥的重要作用。因为，在这里，如果没有火车，这样的故事似乎是不可能的，为了绝对忠于长时间秘密谈话这一独有"题材"，这个叙述需要一个车厢，在这里，在数小时的漫长时间中，一个人将他的灵魂交给另一个人。然而，关于这一秘密的忏悔，列夫·托尔斯泰伯爵夫人在她自己的《日记》第一卷中告诉我们以下内容：

1890年12月28日。"昨天，列夫·尼……在客厅里和廖瓦谈到他在构思《克莱采奏鸣曲》时，想要寻找并创造一种故事形式。打算创造一种真正的故事的想法，是受到了安德烈耶夫·布尔拉克这位演员的启发。他对廖瓦奇卡讲，有一次，他在火车上听到一位先生告诉她由于妻子变心而造成的不幸。列夫·尼……在作品中利用了这个情节。”[1]

自此，小说中的一切都得到了解释：首先，在心平气和的乘客中，当他们谈论婚姻时，那个头发灰白、面容憔悴、神情紧张的男子[2]的奇怪态度。之后，在夜间聊天时，这个人产生的不可抗拒的需求，要不停地与这个在他看来值得接受他忏悔的同行者交谈。最后，忏悔结束时，这位“叙述者”的行为，他已经没有什么可说的了，“背过身去，在座位上躺下来，不知是睡着了还是假装睡着”。黎明时分，讲述者想在到达目的地后与这位“假装睡着的人”告别。但他“叫醒”的是一个无动于衷的人，一个“陌生人”，他同意握手，但只说了一句非常托尔斯泰式的话：“嗯，请别见怪”，他用这句话结束了他的故事。这个故事，或者说举动，在火车之外的其他地方都不大可能发生，因为在火车上与在其他地方不同——大家都知道——为了打发时间，人们会毫不犹豫地把自己的全部生活讲给一个随和的陌生人，可能正是因为对方是陌生人。火车上的默契，再加上偶然且短暂的相遇，火车单调的运动，夜晚的帮助和不眠的时间，只有这些才能自然地让作家发现他为《克莱采奏鸣曲》所寻找的“形式”。欧仁·梅尔基奥·德·伏格认为[3]，他“在叙述从乡下到莫斯科的最普通的旅行时，数着车轮的圈数，不让我们错过一个路人，一个路标”，演员布尔拉克的建议起了神奇的作用；马上，作家终于“看到”了氛围，“感觉”到一部正在酝酿的作品的节奏，突然，它成型了。一部心理分析、人性和叙述笔调十分协调的作品。

1 托尔斯泰娅：《托尔斯泰夫人日记》，谷启珍等译，鹭江出版社，2006，第 111 页。

2 此外，在他叙述中的一个时刻，这位波兹德内歇夫解释他紧张的原因（“我害怕，害怕火车”）：正是在车厢里，他产生了谋杀的冲动，当时他正从旅途中匆匆返回，希望给恋人们一个惊喜。

3 参见欧仁·梅尔基奥·德·伏格：《俄国小说论》。“请看安娜·卡列尼娜的第一次烦恼之图景，在莫斯科和彼得堡间旅途的夜晚。她在车厢门口看到了伏伦斯基，她猜到了他跟着她：梦开始了……而托尔斯泰，按照他固定的方式，清晰地描绘了这一梦境之外的所有事物……”

六、“偏远的小站”抑或托尔斯泰最终找到和平

因此，铁路在托尔斯泰的小说中的“存在”是无可争议的。然而，尽管托尔斯泰对铁路和俄罗斯铁路有一定的了解，甚至对有关铁路的事物有不容置疑的直觉，但他不得不证明，在他漫长生命的最后几周、之后是几天、最后是几小时内，铁路将发挥奇特的戏剧性作用，甚至比在他书中的作用还要重要。

众所周知，1910 年 10 月底，这位八十来岁的作家决定永远离开他心爱的雅斯纳亚·波利亚纳，尽管他十分舍不得。为了躲避他妻子必将会开始的寻找他悄悄离去。陪同他的是马科维茨基，他的医生和朋友。事实上，在“焦躁的匆忙状态下”，两个人发现自己“来到了公路上”，老人不知道他的终极出走究竟会将他引向何处。“去哪里？最远能去哪里？”他问马科维茨基[1]。马科维茨基很为难，他提出到比萨拉比亚隐居，那里活跃着一个托尔斯泰社群；但这要考虑到通信的困难和火车的缓慢！在此期间，逃亡者将到奥普塔修道院寻求庇护；他们自愿登上“一列混合列车，只有一节三等车厢，挤满了乘客：自由的感觉真好！”。列夫·尼古拉耶维奇说道：“(然而) 我们的车厢是我在俄罗斯遇到过最糟糕、最狭窄的……”虽然非常疲惫，但托尔斯泰必须不时地到站台上呼吸一下新鲜空气，然后回来参与到旅客的谈话中，其中包括一名“通过捍卫科学来反对列夫·尼古拉耶维奇的体校学生”。

我们终于到达了奥普塔，托尔斯泰在他的笔记本上又做了一些记录：“经过戈尔巴乔沃后，我们乘三等车，车厢里满是工人，尽管他们的谈话我听得很不完整，但这次旅程非常有教益。”

这是一个非常不稳定的避风港，因为三天后，受妻子仍在追踪他这一想法的困扰，他不得不再次离开，向着目的地前进——他最喜欢

1 参见马科维茨基对列夫和索菲亚·托尔斯泰的《日记》的注释。

的女儿亚历山德拉·托尔斯泰娅[1]告诉我们,她设法加入了他们——

要是获得了护照,我们就去往保加利亚,不然就是高加索。在火车上,我父亲很快就被认出来了。他在火车上的消息像点燃导火线一样传播开来。工作人员照顾得非常周到。他们为我们提供了一个特殊的隔间,帮我为父亲准备了燕麦片,并站在门外,拦住讨厌的人。

然而,这位老人因发烧而颤抖,虽然"蜷缩在毛料衣服中,但仍轻轻地呻吟"。而火车继续前进,"一如既往"。

在第一站,我跑去找热水。杜尚建议我在茶水中加酒。但颤抖并没有停止……很快,我们不得不面对事实;旅程无法继续了。晚上8点左右,火车进入了一个名为阿斯塔波沃的明亮车站。我们决定在那里下车。杜尚去找站长,希望他能帮我们找地方住。小镇上没有旅馆。站长把他自己的住处提供给我们。我们搀着父亲,穿过小站的大厅,走在一群好奇的人中间。人们在我父亲面前脱帽,向他问候。他几乎没有站起来,而是试图举起手,将手放在帽子上来进行回应……

在站长室,经过紧急护理后,老人似乎恢复了一些体力,此前在一次昏厥后他就陷入了睡眠。那晚的情况很好。而且,尽管他身体很弱,好幻想的托尔斯泰还是想回到火车上!最后,他放弃了。同时,政治警察已将垂死的作家在阿斯塔波沃车站的消息通知政府,媒体已经在"用电报轰炸奥佐林"了。于是托尔斯泰全家和全世界都知道了这一事件。托尔斯泰伯爵夫人立即乘专列前往阿斯塔波沃,在列夫·尼古拉耶维奇去世的四天前,她和孩子到了那里。但"成千上万"俄罗斯人,男男女女,也从莫斯科赶来,在听到托尔斯泰去世的消息后,经常整列车的人都在扎谢卡站下车,这里临近托尔斯泰的埋葬地……

托尔斯泰切断了所有与家庭和社会的关系,逃离家庭和社会,选择沉默和匿名失踪,但最后却被所有亲人见证,喧嚣的摄影师和记者大军也冲进梁赞政府深处的小火车站,他能想象到这种矛盾的结局吗?但对于这位充满矛盾的作家来说,他遭受的痛苦或许比我们想

1 Alexandra Tolstoï, *Léon Toltoï, mon père* (Paris: Amiot Dumont, 1956).

象的少，通过神秘的信息，他已预感到实际上结局会是如何，普遍的关注、广泛的宣传以及……铁路的促进作用，会使结局引起轰动、场面壮观[1]。

编后记

艾梅·迪皮伊（Aimé Dupuy，1888—1976），法国文学理论家，曾从19世纪西方工业文明发展的角度研究托尔斯泰的作品。本文发表于《欧洲》第379期（1960年），第222—232页。

1 在这方面，比较托尔斯泰和契诃夫的公开葬礼并非没有意义。当契诃夫在巴登维勒去世时，亨利·特罗亚在1960年1月的《历史》期刊上写道，他的遗体由一节绿色车厢运至莫斯科，车门上用粗大字体写着："牡蛎！"一部分人群聚集在一起准备迎接他的遗体，但却错误地跟随了从中国东北带回的凯勒将军的遗体。事实上，许多人无法理解为什么契诃夫会在军乐声中下葬，但毫不吝啬的当局受到了人们称赞。实际上，作家的棺材吊在一辆灵车上，谦卑地走向墓地，只有一支人数很少的队伍伴它。当这一误解为公众所知时，大家都认为是作者的错。契诃夫的葬礼应该会是契诃夫喜欢写作的短篇小说题材。这是他最后的作品，可能也是最奇怪、最悲伤的作品。

拿破仑面前的托尔斯泰

作者 [法国]米歇尔·奥库丘里耶
译者 王祎慈

在构思《战争与和平》时，托尔斯泰不太可能在最初就给拿破仑这个人物留下如此大的空间。恰恰相反，这似乎是最初构想扩展后的结果。在这本我们熟知的小说中，这种扩展体现在详尽的描写中，但若这种详尽的描写完全是事先考虑好的，也许就不会那么引人注目了。小说的前两卷向我们展示了托尔斯泰最初想做的事：这当然包括描绘1805—1812年的历史画卷，也包括透过虚构人物看到一些景象，这些虚构人物是当时俄罗斯贵族的代表。真实事件和人物只有出现在虚构人物的视界中时才会被提及。

这就是拿破仑在《战争与和平》前两卷中的地位。他属于小说的历史视野，而不是小说本身。诚然，在这种视野中，他的分量是巨大的：在构成《战争与和平》第一层图景的人物身份中，对拿破仑的态度定义了几个即将出场的人物。我们还记得小说的开篇："哦，公爵，热那亚和卢卡，如今成了波拿巴家的领地了"[1]，太后的女官安娜·舍列尔在迎接来赴晚会的华西里公爵时，说了上面这番话。基调已定：我们从一开始就被引入了1805年资产阶级沙龙的氛围中，当时的拿破仑

1 本文的引文、人名、地名采用人民文学出版社2015年出版的《战争与和平》（刘辽逸译本）。——译者注

还被称作“布纳帕特”,他闪电般、气势汹汹的崛起是沙龙中所有对话的核心。

这种间接的呈现方式对拿破仑有利。可能对安娜·舍列尔来说他是“反基督者”,而对于微不足道的朱莉·卡拉金娜来说,他是“毁灭欧洲安宁的科西嘉怪物”。讲法语是当时上流社会的惯常,仅仅是这些语句是用法语表达的这一事实就足以消除它们的一切意义:这些语句只是从讽刺的角度描绘了使用法语的人物。在安娜·舍列尔的沙龙中,当谈到拿破仑时,甚至昂吉安公爵遭暗杀也不再是反对拿破仑的理由,因为他和一段有趣的逸事一起被提及。老博尔孔斯基公爵的讽刺也是如此,对他来说,“拿破仑只是一个可悲、弱小的法国人,他之所以成功,只是因为没有苏沃洛夫或波将金来反对他”。这种刻薄的说辞却用来反过来针对这位易怒、对宫廷持批判态度的老贵族,对他来说,“所有的当代人物都是孩子,他们甚至不了解军事艺术和统治艺术的基本常识”。

更接近客观事实的是老罗斯托夫伯爵,他说:“拿破仑转移了所有人的注意力。每个人都开始思考一名中尉如何成为皇帝。”他想到了他的两个儿子,小尼古拉,甚至是小彼佳,他们只梦想着制服和战斗。他这句话也适用于小说中的两个主要人物,即判断力最强的人,尽管是以不同的方式。皮埃尔·别祖霍夫和安德烈·博尔孔斯基,一个充满笨拙的热情,另一个更加谨慎、冷静,在安娜·舍列尔的沙龙中,他们是“科西嘉怪物”的维护者;皮埃尔·别祖霍夫不顾他人的普遍谴责,甚至在昂吉安公爵遭暗杀这一事件中看到了灵魂的伟大,因为他认为这是出于国家利益,而且拿破仑也不惧怕承担历史责任。他认为拿破仑既是革命的代表,也是革命的驯服者,拿破仑将“自己置于革命之上,他抑制了革命的流弊,同时保留革命带来的进步,即所有公民一律平等、保护言论和新闻自由”。我们看到,别祖霍夫的波拿巴主义只是其对公共利益的热情的首要表现,这种热情将使他成为共济会成员,之后成为十二月党人。博尔孔斯基的感情更加复杂、矛盾:拿破仑的命运唤起了他作为一个野心家的羡慕之情,他梦想在奥斯特利茨前夕也能拥有“自己的土伦”。拿破仑既是他希望打败的敌人、他羡慕其成功的对手，同时也是他暗暗希望能够获得胜利的英雄典范。

因此，拿破仑的神话——主要以共和主义和浪漫主义两种形式展现，是《战争与和平》中两位主人公性格中的基本要素。对这个神话的检验，它与现实的冲突——这将使神话归于虚无，将是他们内心演化的一个决定性阶段。拿破仑在安德烈·博尔孔斯基的精神命运中起到了重要作用，拿破仑在小说中出现首先是受到这种作用的推动。

拿破仑“身穿出征意大利时穿的蓝色军大衣”，“消瘦的面庞”，“炯炯有神的双眼”，托尔斯泰描绘的奥斯特利茨会战清晨时的拿破仑仍是激发安德烈公爵想象力的传奇英雄。最初的草稿中曾多次指出拿破仑是“帅气的”。在终稿中，这个形容词只保留了一次，而且只用于皇帝“雪白的双手”。托尔斯泰进一步指出，他“身体很好、快活、精力充沛，在这种愉快的情绪下，一切都有可能，一切都会成功”，“在他冰冷的面庞上有一种特别的情绪，即应得的幸福感且充满自信，这是在一个恋爱中、十分幸福的年轻男孩脸上人们能够看到的”。雪白的手、冷淡、自信，这仍是一些中性的细节，至少不具有在几页之后、不同的背景所赋予的贬义。

我们将在奥斯特利茨战役之日的晚上再次看到拿破仑。他走过散落着死伤人员的战场。我们将通过奄奄一息的安德烈公爵的眼睛再次看到他。在某种启示中，他突然领悟到了迄今为止生命中的虚荣：“他知道那是拿破仑，他的英雄，但在那一刻，他的灵魂和那被轻云划过的无尽天空之间发生了难以言说的事情，与此相比，拿破仑显得如此渺小，如此微不足道。”而且，作者进一步写道：“此时，所有吸引拿破仑的事情对他来说都是如此的微不足道，拿破仑胜利后显露出虚荣和喜悦的平庸情感，与他所看到和了解的这高远、公正、善美的天空相比，他的英雄本人显得如此的渺小……”不断重复的形容词“小”将拿破仑的形象固定在我们眼前，与此同时，“平庸”“低级”等同义词将身体上的“小”转移到道德层面。最后，安德烈·博尔孔斯基目光中流露出一些细节，最后一句话最终明确了这些细节的价值和意义：“拿破仑身材矮小，他的目光冷漠、狭隘，因别人的不幸而高兴。”

这仍是一种完全主观的形象，它首先表达了安德烈的思想状态，在这个极致的时刻，他接受无限带来的启示。然而，人物的品格和庄严的时刻给他的判断打上了客观真实的烙印。在这里，我们看到了作者如何艺术地为论战者铺路：在不影响他作为编年史作者的公正性的前提下，托尔斯泰促使我们接受他自己笔下的拿破仑形象。

之后在蒂尔西特会面时，作者利用尼古拉·罗斯托夫使我们朝这个方向继续前进。事实上，作者正是通过他的眼睛使我们看到这样一个场景：拿破仑在亚历山大一世的陪同下，检阅了普列奥布拉任斯基营，并授予其中一名士兵荣誉军团勋章。人物的细节更加精确，姿态描绘得更具特点：“盯住皇帝（亚历山大）”“声音尖锐、一字一顿地说”，之后更进一步“每个音节都说得很清楚”；此时拿破仑乘机脱下白净小手上的手套，把它撕破扔在地上，拿破仑看也不看就拿起他身后的勋章，像魔术一样，把十字勋章往拉扎列夫的胸口一按，“仿佛他知道勋章会粘在拉扎列夫的胸口”（勋章果然粘住了）；“饱满、白净的小手”从此成为拿破仑肖像中不变的特征。这种肖像的细节选择暴露了骑士（“拿破仑在马上坐得不稳，姿势也不好看”）、有些粗野的士兵（“令人不快的做作微笑”）的批判观点，尤其是忠诚且正统绅士的敌意目光，新贵拿破仑在面对亚历山大一世这位合法君主时所表现出的自信令他们深感震惊。拿破仑的形象再一次受到心理因素的影响，因此是主观的。但托尔斯泰在这里又一次进行了双面描写：在注意到罗斯托夫成见的同时，我们还看到了——除了对自我感到满意和对他人的不幸漠不关心，一个人傲慢的自信，对他来说，一切都是成功的，因为他一刻也不怀疑自己会成功。

通过讨论 1812 年的事情，托尔斯泰将探究法国战败的深层原因，并逐渐分析一般历史事件的最终动机。小说本身夹杂着对军事行动的分析，同时也是历史哲学视角的论述。因此，使用历史资料的意义发生了变化：托尔斯泰只是一直在搜集文献，但历史资料本身已成了论战的对象，在这种情况下，拿破仑的个性自然成了辩论的焦点。

“我沉浸在拿破仑和亚历山大的故事中。”1866年3月托尔斯泰在完成小说第二卷时指出，“此刻，一想到要描述亚历山大和拿破仑这两个传奇人物故事中的心理史，我就感到一阵喜悦，认为自己能做一件伟大的事情。所有的卑鄙、措辞、疯狂、周围人和他们自己的一切矛盾……”

他想创作的真的是以两位皇帝为主人公的独立小说吗？不管怎样，这部“小说”最终被《战争与和平》的第二卷所吸纳，拿破仑这个人物在其中获得了独立的存在，不再需要安德烈·博尔孔斯基或尼古拉·罗斯托夫作为中介才能出现在舞台上。他将出现在俄国战役的关键时刻：我们将在入侵俄罗斯时看到他，他以冷漠的目光迎接游过尼曼河的波兰枪骑兵的狂热崇拜，然后，在亚历山大的特使面前，任凭自己大发雷霆，从而决定进军俄罗斯；我们在博罗季诺战役之前、之中、之后看到他，他被他的朝臣和元帅所包围；之后，在进入莫斯科的那一刻，我们看到没有俄罗斯的特权贵族在迎接他，与失望相比他更多的是感到惊讶。

托尔斯泰写道：“在我的书中，关于历史人物的行为和言论，我丝毫没有虚构，我只是使用了现有的材料。”

但托尔斯泰是作为一个小说家使用它们的，他更多依靠的是自己的直觉，而不是历史学家或回忆录作者的证言，因为这些总被认为是不真实、盲目的。一个有拿破仑出现的场景提供了有意义的例证：根据梯也尔的叙述，皇帝在匿名审问了一个年轻的哥萨克囚犯后被认出，囚犯还表现出惊讶的钦佩。托尔斯泰用“事实”反驳了这位法国历史学家的叙述：这个天真的天才青年不是别人，正是酗酒、狡猾的拉夫鲁什卡——尼古拉·罗斯托夫（不应忘记这是一个虚构人物）的勤务兵，而拿破仑则被他虚假的洞察力和伪装的震惊所蒙蔽。这一幕强化了拿破仑和他谄媚者的自大、盲目，达到了讽刺的地步。但最重要的是，这个场景阐明了一种矛盾的反转：在这里，虚构成为“现实”，历史学家的谎言正是因这一现实而被揭穿。我们在梯也尔、米哈伊洛夫斯基–丹尼列夫斯基、波格丹诺维奇和狄宝赛的作品中发现了有拿破仑出现的场景细节。但这些细节被重构、重新解释，“根据事实而非历史文献”[1]，当然，事实也是托尔斯泰用拿破仑的个性塑造出的形象。

因为托尔斯泰主意已定，十分固执。1857年，托尔斯泰在参观荣军院后指出这是“神化一名罪犯——一名可怕的罪犯”。几个月后，在日内瓦，他第一次阅读了《圣赫勒拿回忆录》。而后在1865年3月他表示：“谎言和伟大之所以存在只是因为其规模庞大，一旦与之相关的事业萎缩，一切都将失去意义。”在《战争与和平》发表二十五年后，小说家埃特尔曾追忆本书中的拿破仑，他写道：

“不，我没有改变观点，甚至可以说我坚持自己的观点。在没有穷尽这个人物阴暗、可怕的方面之前，你不会找到他好的一面。最有价值的资料是《圣赫勒拿回忆录》，以及他医生的笔记[2]。吹嘘他的伟大是徒劳的，他大腹便便的外表令人怜悯，戴着帽子，他在岛上无所事事地走来走去，只靠对过去近乎伟大的回忆活着，既十分令人可怜又让人厌恶。这是一本一直让我感到非常激动的读物，我非常后悔没有研究他的这段生活。在他生命的最后几年里，他以伟大为筹码但目睹了它的无力，道德上也几乎完全破产，这段时间以及他的死亡应当是他的传记中非常重要、分量很大的一部分……”

圣赫勒拿岛上的拿破仑已俨然是放逐者形象，它平息了普希金的不满情绪[3]，但在托尔斯泰身上却激发出了一种近乎身体上的排斥。托尔斯泰在其中看到了道德上的畸形，一种绝对的、终极的、无法纠正的谎言，一种即使在死亡面前也无法向真理之光开放的固有不足。这似乎可以解释为何他在《战争与和平》中不懈努力以颠覆其偶像形象。

他对俄国战役的分析旨在摧毁拿破仑军事天才的传说。向莫斯

---

1 托尔斯泰在《战争与和平》序言的草稿中写道：“我担心，描述1812年的著名人物会迫使我向历史文献接近，而非走向真相。”

2 O'Moara, *Napoleon in Exile or a Voice from St. Helena* (London: J. M'Creery for W. Simpkin and R. Marshall,1822).

3 参见普希金的诗篇《拿破仑》。

科进军?“对于法国人来说,尽管拿破仑经验丰富,且有所谓的军事天赋,但所有的努力都是为了在夏天结束前到达莫斯科,即将使法国人溃败的事情……”撤退?“让最娴熟的战略家设想一下,假设拿破仑的目的是把他的军队引向毁灭,那么另一个系列的行动,若它以一种同样有效、可靠、独立于俄国军队可能采取的任何行动的方式进行,对法国军队带来的损失会比拿破仑更彻底”。但托尔斯泰的目的不是将拿破仑描绘成一个无能的人。对于将博罗季诺战役的失败归咎于皇帝失误的历史学家,他做出如下回答:

“拿破仑在博罗季诺完成了他作为权力代表者的作用,甚至将这一作用发挥得比在其他战役中更出色。他没有做任何不利于战役进展的事情;他赞同最合理的意见;他没有使事情复杂化,没有自相矛盾,没有恐惧或逃离战场,而是凭借他强大的分寸感和丰富的战争经验平静而有尊严地发挥了他作为事实领袖的作用。”

这种赞美具有误导性:以这种方式为拿破仑的失败开脱,就等于否认了他的成功之处。因为“指导战争的不是拿破仑,因为他的部署丝毫没有得到执行,而且在战役中,他不知道眼前发生了什么……拿破仑只相信一切都按他的意志行事”。

因此,对拿破仑军事活动的分析致使历史人物作用被泛化:

“皇帝是历史的奴隶……在历史事件中,所谓的伟人只是命名事件的标签,而且正如同标签,他们与事件的联系微乎其微。每一次在他们看来是自由的行动,在历史的意义上都是非自主的,而且是与历史的一般进程相联、由永恒来决定的。”

用拿破仑的特殊命运来论证历史决定论是矛盾的。但托尔斯泰不惧怕悖论。他认为所选案例的难度给论证带来了更重要的意义。尤其,他认为道德的论据在拿破仑所展现的超人伦理面前一文不值:扳倒偶像的唯一方法是表明他不是历史的创造者,而是历史随意使用的工具。

有拿破仑出现的场景支持了这一论点。如与巴拉舍夫的会面,巴拉舍夫受亚历山大一世派遣,试图与拿破仑达成最后的和解,但这场会面使拿破仑做出入侵俄罗斯的决定，这似乎是征服者一时愤怒的结果，他由于权力过大而失去了所有的自控能力：

“他讲话的引言显然是为了强调他的优势立场，并且表明不管怎样他接受谈判。但他说得越多，就越不能控制自己的话语。现在他讲话的唯一目的显然是为了炫耀自己、伤害亚历山大，即做他在会面之初最不想做的事。”

因此，他的成功以及周围人狂热的敬仰使他习惯于认为“‘好’不是指‘好的事物’，而是他头脑中闪现的思路”，拿破仑不过是一个迷失方向的傀儡，任由自己陷入自身天才般演技设下的陷阱。一旦成功开始离他而去，他就失去信心，犹豫不决，听从最早收到的建议，错误和失误不断累积，优柔寡断或不合时宜的决定毁掉了一切：在博罗季诺战役中，“面对他的军队，他扮演的是一名医生的角色，而这名医生的所做仅限于用药物制造麻烦”。库图佐夫知道他只是神意的工具，战役的主要进程都是在没有他的情况下进行的：他的优势即在此。

然而，这些场景并不只是为了阐明历史学家和哲学家的理论观点。作者还对人物身上具体的、物质的、可感知的真相怀有特殊的感觉，并以此来观察他们。雪白的小手，敏捷的动作，左小腿的紧张抽动，托尔斯泰从拉斯加斯伯爵的书中获得了这些细节，并将其巧妙运用，以赋予他所描绘的场景以有形的真实性，这正是他所追求的。但这些细节最重要的作用是将传奇英雄带回到人的尺度。他的“圆滚滚”的肚子，“丰满的大腿”，“短腿”，“白胖的脖子”，“年轻而饱满的面庞”，“凸起的腹部和胸部”，来会见巴拉舍夫的人突然变成一个“四十来岁、被悉心照顾的人”。“去神化”的意图在拿破仑洗澡的场景中更为明显。在这里，有一种明显的前进：这个场景取自拉斯加斯的叙述，圣赫勒拿的酷热和悠闲使这一场景显得合理。但在托尔斯泰的笔下，这一场景被置于博罗季诺战役的前夜，它强调了这位“四十来岁的人”的舒适习惯。尤其是通过暴露拿破仑的生活场景，托尔斯泰进一步使拿破仑走向普通人。

我们对拿破仑的最后印象是，他带着惊恐和诧异注视着博罗季诺的杀戮，“面色蜡黄、面颊肿胀、身体沉重、眼睛浑浊、鼻子发红、声音嘶哑”，与“去神化”的精神一脉相承，这完全是一个因感冒而不适的平凡人形象。然而，这个失望的、疲惫的、虚弱的人并不像托尔斯泰的抨击所暗示的那样可憎。也许正是因为他已经变得太接近普通人了，除了怜悯之外，无法激发任何情感。托尔斯泰没有否认这一点：“一种个人的、人道的情感战胜了生活中的虚假幻影，长时间以来他一直在这种幻影下。他亲身经历了在战场上看到的痛苦和死亡。”托尔斯泰这位神像破坏者无法不攻击拿破仑这位偶像；但无论拿破仑对托尔斯泰来说多么可憎，作为小说家，托尔斯泰若要接近他则必须使他的形象仁慈化。

日内瓦，1969 年 2 月

编后记

米歇尔·奥库丘里耶（Michel Aucouturier，1933—2017），法国文学理论家、索邦大学教授、“列夫·托尔斯泰之友”协会首任秘书长以及《列夫·托尔斯泰研究手册》首任主编，也是当代法国托尔斯泰研究的集大成者，常从心理分析、历史哲学、俄罗斯思想史以及马克思主义文学批评等角度展开研究。本文发表于《欧洲》第 480 期（1969 年），第 191—198 页。

托尔斯泰小说中女主人公的精神世界

作者 ［法国］玛丽·塞蒙
译者 王祎慈

艺术……是人类的精神官能之一。
（托尔斯泰：《日记》，1890 年 7 月 6 日）

作为小说家，托尔斯泰的特点是通过艺术寻找上帝。他看待笔下人物的方式就像"珍贵的珍珠"的倔强追寻者——他们直到生命的最后一刻都在寻找珍珠。"这种目光直击灵魂……在每个灵魂中都看到上帝。"对于如罗曼·罗兰的西方人来说，这种目光是一种启示。

主人公的精神世界是作品的核心，反映了作者思想逐渐演进的过程。女主人公的精神世界乍一看是一个微小的主题，对于托尔斯泰来说也很陌生，因此直到 1880 年它才引起托尔斯泰的兴趣：直觉性、不合逻辑的女性精神世界将会给他男性化、理性主义的世界观带来何种补充？众所周知，年轻的托尔斯泰向往纯净的圣母，他把一切都押在了婚姻上。他想找到的不仅是幸福，更是救赎。我们也了解他之后的失望，这是不可避免的！我们记住了这位老人厌恶女性的立场是明确的，他宣称"宗教良知……很难被妇女所接受"。[1] 但这并不是大危机之前的小说——《战争与和平》和《安娜·卡列尼娜》——所隐含的内容，我

1 参见 1892 年 5 月 1 日托尔斯泰写给德聂罗莫的信。

们将把这些小说称为充分平衡的小说。我们将专门谈论作者最喜欢的女主人公和一些“女性典范”,安娜·卡列尼娜被排除在这种“典范”之外,她是在这个浪漫的世界中托尔斯泰唯一使之冒险反叛的人物。在这篇短文中,我们将不涉及一个关键点,我们已经在其他地方讨论了这个问题,即揭示了生、死、爱之圣洁性的女性视角。我们将关注托尔斯泰在日常生活和人际关系中从女性精神品质中的发现,他的人际关系受特殊的宗教态度制约,这种宗教态度自发地将世界与上帝相联系,并通过将人际关系阐释为精神语言从而超越了伦理和心理概念。

作者忠实地描述了生活,俄罗斯贵族在其中发现了一种既定的宗教——东正教,女主人公扎根于这种传统,她们并没有想与之抗争,而是遵守其规则、保存其传统,将其作为一种要传承的遗产。在《安娜·卡列尼娜》之前,他一直尊重这一遗产(19 世纪 70 年代后,托尔斯泰本人变得非常虔诚),并通过他最喜欢的女性角色的生活来验证其真实性。

最受欢迎的女主人公总是源自俄罗斯东正教,她们是传统的守护者,贵族女性和乳娘[1]之间的默契与亲密使她们与男主人公相比更接近人民。男主人公正是在俄罗斯东正教中寻找女性。除了托尔斯泰的斯拉夫主义——斯拉夫主义总是将俄罗斯东正教的信仰者与圣彼得堡人相对立,后者喜欢虔敬主义、雷德斯托克主义[2]、通灵主义等,这些在 19 世纪 70 年代非常流行——在对女性精神生活的描述中我们应当去审视她们的宗教行为——祈祷对女主人公和农民来说都一样自然,但若不论在教会还是私下,祈祷所隐藏的都只是平常的习惯,那又该做何理解呢?这种信仰在生活中、在作品中如何体现?

1 玛丽亚公爵小姐与乳娘在莉扎·博尔孔斯卡娅分娩时一同祈祷的默契;玛丽亚与她的“上帝的子民”之间的默契;吉蒂与阿加菲娅·米哈伊洛夫娜、多莉与马特廖娜·菲利莫诺夫娜之间的默契。

2 得名于雷德斯托克勋爵,1874 年他首次访问圣彼得堡,当地贵族开始了一次福音觉醒运动。——译者注托尔斯泰和他的女主人公一样，厌恶“善行”和女施主的慈善[1]；她们谨慎的日常生活对于观察着她们的周围人尤其是作为作者的“第二自我”的主人公来说都是一种见证。她们的精神特质从未被描绘，而是根据肖像画家托尔斯泰的动态手法适时显现出来。对于像索尼娅（《战争与和平》）、华仑加（《安娜·卡列尼娜》）这样“不结果的花”[2]，以及莉迪亚·伊万诺夫娜和施塔尔夫人（《安娜·卡列尼娜》）这样无性或歇斯底里的女性——她们宣扬美德和不依附于教堂的异教，托尔斯泰用性、生育力予以反对，在正常的女性身份下，这使她们的精神天赋得以绽放。仔细阅读这两部伟大的小说，我们可以得出以下结论：情欲产生了爱欲。这一论点非常有争议，老托尔斯泰本人在《日记》[3]中也激烈地提出反对。

情欲并不总是以其真名出现，但它是托尔斯泰全部作品的基础。它是“被抑制的生命之火”，使得吉蒂如此迷人，也是“不结果的花”的华仑加所缺乏的，它是一种“剩余”，是过剩的内敛活力[4]——女主人公身上的这一特征正是作者所欣赏的。这种“过剩”——一种无意识的情欲，当它的表达过于清晰时道德家会惊恐地拒绝——带来了心灵的丰富，使娜塔莎面对索尼娅、吉蒂面对华仑加时有了一种精神上而非道德上的优越感；华仑加“按规矩”实践美德，并且正如作者所展现的，与爱一个男人相比，在爱同类时她并没有更加真诚。情欲和爱欲是同一“生命力”两种可能的表现，包括忏悔者圣马克西穆斯在内的一些教父所谓的性也是如此；升华后的性使修士“醉心于

---

1 参见安娜·卡列尼娜与莉迪亚·伊万诺夫娜，以及小说第二部分的情节。在第二部分，吉蒂爱上了虔诚的施塔尔夫人，试图模仿她的养女华仑加小姐，扮演慈善的修女，但最后发现这一切都是“伪装”。

2 此处借用《战争与和平》中娜塔莎对索尼娅的描述（《战争与和平》尾声，第一部，8）。关于索尼娅，娜塔莎引用《福音书》补充道：“凡有的，还要加给他；没有的，连他所有的，也要夺过来。”（《马太福音》25：29）。

3《日记》，1895年6月4日。

4 参见《战争与和平》中的娜塔莎、《安娜·卡列尼娜》中的吉蒂和安娜。

上帝”，而非被阉割！托尔斯泰自己也在不知不觉中“醉心于上帝”，他是受到了这种“生命力”的启发，在他的艺术中，这种生命力赞扬地球之美，在宇宙的诗篇中歌颂造物主。但他潜在的清教主义试图战胜并毁坏这一原则。然而，直到1880年，他的女主人公（在《安娜・卡列尼娜》之后，他把她们赶出了他的小说世界）在精神上是富足的，因为她们拥有这种“剩余”。与母腹的生育力，甚至是潜在的生育力相对应的是一种精神上的富足，充分平衡的伟大小说中描绘女性命运即是精神的富足，在这些小说中，富足与贫瘠是系统性对立。但是，由于害怕罪恶的情欲，理论家——他们往往是艺术家的敌人，会急于颂扬因情欲而受挫的母性，这种母性严守戒律和道德，忘记了小说家从最强烈的禁忌中解放出来的品性预测了人类的灵魂：“情与爱，肉体之爱与母性、夫妻之爱与邻里之爱、最后是与上帝之爱间的深刻联系。”

托尔斯泰女主角的魅力来自这种“生命力”。更妙的是，她的宗教意识常常在她深层的女性气质产生巨变时被唤醒。婚姻幸福是一种严重的倒退，因为此时的女性气质需要将诞生于自身的爱神圣化；娜塔莎在与库拉金的疯狂恋情后经历了一次真正的逆转[1]；吉蒂开始寻找“最重要的东西”，正如她在因爱情失败而生病后所说的一样。如果说寻觅男性角色首先通过智力，那么寻觅女性角色从一开始就是在艰难中前行。在这一点上，她们让人想起民间故事中的女主人公，她们或因失去了心爱的人，或因未能辨认出心爱的人，就像娜塔莎或吉蒂，于是开始象征性地朝圣，前往在遥远的地方的虚幻的启蒙国度。不论在现实还是虚幻中，第一个受到考验的是爱，她们必须经受痛苦才能获得真理。与小说中一样，托尔斯泰的女主

1 在草稿中，对这一方面的强调比在终稿中更加突出。娜塔莎不停地重复着大斋期时诵读的圣耶福列木的忏悔祷告：“这些祷告词从未离开娜塔莎的灵魂。……带着喜悦和恐惧，她意识到了人类所有的罪恶，回忆起了自己不好的行为，她流着泪恳求宽恕，却不敢奢望。”

人公在她们的包里带着“三双铁鞋”“三块铁块般的圣餐面包”等，她们同样热爱禁欲主义，以期看清爱人的真面目，并在他身上寻得真爱。

障碍随着人们深入“遥远的地方”而增加，因此在这个小说世界中，在爱的考验之后，是死亡的考验，这是体现真正的女性特征，即母性所必需的。娜塔莎、玛丽亚·博尔孔斯卡娅、吉蒂必须在死亡面前成为母亲，即使她们还没有生下孩子。母亲与垂死之人在一起，也与那些遭受痛苦的人在一起。玛丽亚公爵小姐和娜塔莎相继在此时成为母亲。对于玛丽亚公爵小姐来说这个人是她那令人生畏的父亲；安德烈失踪的消息使她父亲不知所措，这在托尔斯泰笔下是一个令人难忘的时刻，他成了一个弱小的孩子，尽管他很悲痛，但他的基督教女儿通过向他传达内在的力量来保护他；对于娜塔莎来说这个人是她的母亲，她的儿子在战争中牺牲。玛丽亚的母性怜悯源自基督教，而娜塔莎的怜悯是本能的，几乎是异教的。她正是在自己的肉体中经历了彼嘉的死亡[1]和罗斯托夫伯爵夫人的痛苦。在母亲失去孩子这一令人痛心的主题上，作者叠加了女儿对母亲展现的母性温柔，这将母亲从深渊中救出。整个故事是由一个叙述者讲述的，他看着娜塔莎像一个小孩子一样用相拥的身体和令人心安的声音保护着她的母亲，[2]这种在自我撕裂中“召唤生命”[3]的行为明显是母性的。作者对母性的描绘从未像在这些时刻一样有力，此时的母性没有任何占有欲，达到了最纯粹的程度。女主人公的精神天职正是存在于这种绝对的母性中。之后，不幸的是，这一使命在道德家的教条下平庸化，道德家将其简化为肉体赋予女性做母亲的必要性；在他的小说中，女性形象逐渐变坏，丢失了她们最有力的时刻。因为在这位完全平衡的作家中，对绝对母性的赞颂不是道德上

1 “突然像有一股电流击穿娜塔莎的全身。她的心猛地受到一次强烈的冲击。她感到一阵剧痛，身上仿佛有样东西碎裂，她要死了。”（《战争与和平》第四卷，第四部，2）

2 同上。

3 同上。

的，而是精神上的。这种母性并非源自一种理论，而是在人物的基本特征显现时，受人物的启发从而动态迸发出来。这还不是后来所宣传的、女性无权躲避的绝对命令，而是她自己的恩典。在写作《安娜·卡列尼娜》时，托尔斯泰给费特写道："母性的心，神性在人间卓绝的表现。"[1]

爱情和死亡是人类命运的两个关键点，对女主人公来说，它们并不是经常引起悲观情绪的哲学冥想主题，她以存在的方式来面对它们。她的母腹是生命之源，给了她对生命的信仰，她必须将这种信仰传递给男性，之后信仰才得以实现，就像通过绽放女性特质以真正成为女性一样。对危机前的作家来说，这就是夫妻间必不可少的、重要的互补性。

这种"绝对的母性"使女性比男性更强大，并衍生出其他的一切。同情，并不是只出现在最戏剧性的时刻，它是女主人公的标志；同情还是一种对他人的关注，这种关注使女主人公成为一名优秀的对话者，可以说同情是托尔斯泰描绘的19世纪俄罗斯女性的魅力。在这一方面，陶丽比其他任何人都更有天赋。凭借"母性习惯"，她敢于直面受到屈辱后冷酷的心灵，方式是将其打碎。只有她知道如何让她的妹妹吉蒂说话和哭泣，如何与可憎、冷酷的卡列宁建立联系，她切实的关心打破了他的外壳；在她设法摘下的面具下，她看到了这个伤痕累累的人的面庞，没有人想了解他的痛苦，甚至是读者。达丽雅·亚历山德洛夫娜和阿列克谢·亚历山德罗维奇之间开始了真正的对话，后者的"舌头不由自主地松开"，讲出了他的痛苦。基督的宽恕对于主人公来说如此困难，以至于他的骄傲、社会准则迫使他进行报复，但女性却一直建议他寻求基督的宽恕。陶丽对宣扬她自己默默实践的东西感到羞愧，怯生生地向卡列宁建议不可能的福音宽恕："爱那些恨您的人"，达丽雅·亚历山德洛夫娜尴尬地

1 参见1873年11月18日托尔斯泰写给费特的信。

喃喃说道。在阿纳托里·库拉金冒犯了安德烈公爵后，针对玛丽亚公爵小姐的建议，他反驳道："这是女人的美德。一个男人不应该也不能忘记、原谅。"基督教的视角是矛盾的，所有的价值都被颠覆了，社会通过奴役女性鼓励她们践行福音的戒律，但却使男性绕过了这些戒律。对男性来说，通过宽恕的修行实现真正内在的解放是更难达到的。安德烈·博尔孔斯基在直面死亡后才理解了他妹妹女性的、基督教的语言。宽恕是一种"女性的美德"，但却是一种痛苦的美德，正如玛丽亚和陶丽的命运所展现的。

男主人公是战士、充满激情的猎人、不安于现状的上帝追求者，而女主人公则能够平息冲突。获得这种调节能力的前提是女主人公未被激情控制，或者成功克服了激情，这种能力既体现在安娜身上，她使陶丽平静下来，也体现在陶丽身上，她之后成为小说中的人物安抚者。从标题就能得知《战争与和平》将战争场景与普通生活进行了对照，但不仅如此，小说还使灵魂的内在冲突与其平静形成对比。玛丽亚公爵小姐就是和平本身的象征。她缓解了父子间的冲突，以英勇的不抵抗精神反对好战的老博尔孔斯基公爵。但尤其是对他的兄弟——一个永远的精神流浪者而言，她代表了他在动荡之后认识到的基督般的和平。

这些最受欢迎的女主角都是调解者，她们有一种精神上的方法来应对复杂的人际关系。正如男性逻辑及其语言对她们而言是陌生的，道德也不在她们的考虑范畴内。无论她们是像娜塔莎那样出于本能，还是像玛丽亚一样因为是完美的基督徒，公平和正义的概念在她们眼中都不存在。娜塔莎对皮埃尔·别祖霍夫来说是低于逻辑和道德规范的；她将他带到"一个光明的世界，那里没有是或非，只有使人眷恋的美和爱"。至于玛丽亚公爵小姐，她有意识地跨越了道德概念划定的狭窄界限。她知道"我们没有权利惩罚人"，因此也无权审判。正义、不公正，这些词对她来说是荒谬的。在这个意义上，两者在严格意义上都是非道德的，遵循的是纯粹的精神传统，因此有助于拓宽这部史诗般小说的形而上视野，影响男性角色，使作者暂时摆脱道德的束缚。她们不做评判，而是与每个人会面，看到他们的独特之处。与男主人公相比，女主人公更多地继承了托尔斯泰本人——这位最具个性的作家的天赋。当安娜问她的嫂子如何看待她的通奸者的处境时，陶丽回答道："我没有什么想法……我一向都很喜欢你；我觉得要喜欢一个人，就该喜欢他这个实在的人，而不是喜欢凭空想象中的人。"在强调这种态度的精神意义时，作者让安娜说："如果你有罪过，那这些罪过会因为你来到这里、说过这些话而得到原谅。"陶丽自己在道德上无可指摘，但在她朋友安娜的情况上采取了完全非道德的观点。在去往伏伦斯基庄园的马车上，她突然发现自己随着在旅途中的冥想开始羡慕她的嫂子（女性的心理得以保全！），梦想着激情和情人，甚至想从手提包里掏出一面镜子，但车夫的存在使她不敢这么做。这是一个了不起的发现，它突出的不是"美德"（与作者一样，女主人公拒绝这个词），而是绝对不评判知道并说着自己不道德的人，如陶丽、玛丽亚——她面对着被阿纳托里吸引的布莉恩小姐，而像薇拉·罗斯托夫这样"不结果的花"则声明自己不会有罪孽。这种非道德主义从根本上将最受欢迎的女主人公与"贤惠"的女性区分开来。非道德主义将她们人性化。它将她们归入会犯错误的人中，她们的美德因此成为真正的福音，否则没有缺陷的美德将无法忍受，甚至是不可信的。这些贤德的女主人公将带有缺陷。然而，尽管她们中的一些人具有不可否认的优越性——玛丽亚·博尔孔斯卡娅优于她的兄弟，之后又优于她的丈夫，陶丽优于安娜和斯吉邦·奥勃朗斯基，但她们并没有被塑造为优越的角色。这从根本上将托尔斯泰与他同时代的屠格涅夫和冈察洛夫区分开来，他们笔下的女主人公明显都是"优越的女性"。托尔斯泰的小说中没有优雅、浪漫的天使，没有空灵的生物，甚至她们中最虔诚的基督徒都排斥神秘主义[1]。没有圣洁的交际花；我们今天喜欢提及的东方宗教中圣妓和女祭司的形象，或陀

1 参见《战争与和平》第一卷第一部中玛丽亚公爵小姐的信。

思妥耶夫斯基笔下生活困苦的女性拯救者、救赎者在托尔斯泰这里都不存在，他断然拒绝让这种类型的女性进入他的小说世界。像神秘的宗教一样，他拒绝神秘的卖淫行为。在福音派的女性原型中，他保留了马大，不想要马利亚，根据基督，马利亚“选择了唯一必要的东西”。这种选择非常具有代表性。与托尔斯泰从基督教中保留的东西不谋而合——不是超越，而是实际的教导，不是罪孽，而是正义，就像他笔下所有莫斯科的老贵族一样，如玛丽亚·阿赫罗西莫娃、别洛娃（《战争与和平》）和米雅赫基公爵夫人（《安娜·卡列尼娜》），托尔斯泰将她们安排在女主人公周围，作为“东正教公寓”的发起人。但“东正教公寓”恰恰充满了精神及其直觉的矛盾，有时与伦理相悖，就像生命与理性相悖一样。

作者是否意识到了女主人公的这种“非道德主义”？他是否有意这样做？似乎他更像一个完美的观察者，他将自己看到的俄罗斯女性形象描绘出来：不由自主地受到“基督教环境”的制约。然而，在俄罗斯，基督教并没有像罗马天主教或新教国家那样，给其信徒贴上道德僵化的标签。“救赎的经世”高于道德，这是一种细致、非教条的态度。生命精神的概念超越、取代了伦理概念。在活人的生存问题面前[1]，所有严守教规的律令都消逝了。然而，在托尔斯泰本人看来，宗教思想家处于典型的俄罗斯自由主义精神的对立面，作者在不知不觉中再现了这种自由主义精神。在我们看来，女主人公的不道德很大程度上源于俄罗斯东正教。

然而，在托尔斯泰的世界中，有一个原则是这种非道德主义的异教翻版，即被提升至伦理基础高度的本能。理性与本能之间的对立类似于众所周知的自然与文明间的对立。本能既不合逻辑，也不合道

1 例如，教会有时允许离婚，甚至允许宗教形式的再婚（为此有一种特殊的仪式，其中充满忏悔的痕迹），认为“在某些情况下，婚姻生活已不具有神圣的意义，只不过是一种永久的亵渎，甚至会走到灵魂堕落的地步。……共同财产得到保护，个人利益却受到威胁”。参见 P. Evdokimov, *Sacrement de l'amour* (Paris: L'Epi, 1962), p. 263.

德，然而托尔斯泰却将其设为道德信条，难道这种本能不属于非道德吗？因此可以说，女性精神生活的这一特点既是俄罗斯式的，也是托尔斯泰式的。

托尔斯泰在娜塔莎·罗斯托娃这个人物身上放大了本能，正如早年他对耶罗施卡这个人物的塑造一样。“哥萨克人”启发文明人“返璞归真”，《战争与和平》的女主人公象征着若要在本质上成为一名女性，女性就必须保留生命力，能够跨越一切障碍——教育、原初环境、社会、理性障碍的生命力。这种非逻辑和非理性的力量不受成见和习俗的约束，它致使我们回到生命及其奥秘的矛盾、杂乱状态，即这种力量所破译出的本质。原始人将纯洁与非道德主义结合在一起，依本能行事的女性高于道德和理性。娜塔莎是陷入基督教文明中的异教女性化身，基督教文明非但没有淡化这种异教，反而通过赋予精神意义而丰富了它。作者忠于“灵魂辩证法”的原则，将她描绘成一个自私但完全面向他人的女性，她感性但高度精神化。年轻时托尔斯泰的精神唯物主义是一种对立物的动态结合，只有在这个世界上看到了另一个世界的伟大诗人才能实现这种结合，这种物质和精神的强大综合超越并解决了身体和精神的痛苦对立，这一艺术家与生俱来的天赋在娜塔莎身上得到了体现。她的才华是托尔斯泰的天资那遥远而女性化的回声，让女孩直接感知了由精神激发的物质世界。对于注视她的男性来说，她是美，是将他们带到“精神生活的光明区域”的人，是复活、改变和喧闹的动力，就像她在安德烈·博尔孔斯基的生活中象征的春天一样，是“生活的信念，生活的乐趣”。这种“生动的生命”来自异教，但它可能是最具基督教特征的存在方式，接受地球是造物主的礼物，造物主“看到这一切是好的”。

他在最爱的人身上发现了充裕的本能，托尔斯泰认为这是女性精神生活的基础。吉蒂的这种天性不甚明显，更加循规蹈矩，她从虔诚的施塔尔夫人那里，在“至今一直沉沦其中的本能生活”之外的宗教中，寻求“最重要的东西”。重要的是，在这个情节中，作者让她拒绝本能，目的是最后她能凭直觉再次找回本能。博尔孔斯基家族一向非常理性，在所有最有教养的人中，玛丽亚公爵小姐就属于这种完全理性主义的一类人。托尔斯泰将使她趋向这种根本的女性气质，以完善她的精神体验。他将使她遇到娜塔莎，娜塔莎将用自己对宇宙自发的、形而上的理解感染她；他将使她离开自己的“修道院”。因为托尔斯泰的女主人公总是经历过“尘世烦恼”，之后通过婚姻来获得拯救。托尔斯泰从未为她选择修道生活或“流浪”这种边缘的、更冒险的志业，但玛丽对这种生活怀念不已。然而，尽管列夫·尼古拉耶维奇本人的内心一直在挣扎，他不也一直“属于这个世界”吗？在一个基督教贫乏、女性“本能地”保持着传统的社会里，他是上帝的世俗赞颂者。

因此，为了成为一个真正意义上的女性，女主人公必须能依本能行事，若本能已经丢失，则需要将其找回。事实上，这种模糊而神秘的无意识是否与“绝对的母性”相关？根据托尔斯泰的说法，“绝对的母性”是女主人公内在生活的轴心。但最高的母性是唤醒生命灵魂的母性。尽管是间接地，但吉蒂还是从根本上参与了列文的精神重生。在《战争与和平》中，两位女主人公都是灵魂的唤醒者，每个人都有自己的方式。这一宏伟画幅上有两个光源，两束光辉，一个是娜塔莎所化身的美，另一个是完全内化的生命，由“温柔的丑公爵小姐”那“非常美丽、聪明和善良的目光”所揭示，正如罗曼·罗兰所说。她的目光不断地将生命的心理因素转到精神层面，将一切，不论自己或是他人，都与上帝联系在一起。这种见证唤醒了灵魂。谁不从她那里获益？她的侄子，她的父亲，她“像母鸡一样”保护的“上帝的子民”，这位持不可知论者的兄弟，她耐心地在他的灵魂中播撒上帝的福音。精神上的母性是托尔斯泰在女性身上期待的基本天赋。即使在危机过后，当厌女情绪变得严重时，也是女性使老人遭受重创的灵魂得以重生：帕申卡很卑微，但在她“绝对的母性”面前，谢尔基神父低头了，这位牧师、精神导师在黑暗中的关键时刻需要这种母性。

最后，有一种许多19世纪的俄罗斯作家所赞美的女性品质，即忠诚。在精神层面上，忠诚不是伪装，不是边咬牙切齿边支持对方的假爱。忠诚伴随着清醒，它像一个人一样，以尊重的态度接受了不符合或不再符合她的爱情观念的人，或是亵渎了爱情的人。它爱朴实无华，就像陶丽，把她的温柔给了这个“令人厌恶、可怜、亲爱的丈夫”。“因为这就是忠诚，即在自己身上最终接受一个有限而真实的人，人们选择这个人不是为了自我颂扬，也不是将其作为‘沉思的对象’，而是当作自己身边一个无可比拟、自主的存在，是要求主动的爱。”[1] 丹尼·德·鲁日蒙这一异常深刻的定义在很大程度上涵盖了托尔斯泰女主人公对他人在精神上的看法，不论对方是男性或女性：“一个无可比拟的、自主的存在”，一个人们对其表示怜悯的人，因为我们无权判断。如果说在宗教思想中，托尔斯泰是客观的，但作为作家，在与其笔下想象人物的关系中，他是高度主观的。而当他看着笔下的人物互相对视时，他赋予女性对对方的尊重要多于男性。

女主人公更像是一个养育者，而非沉思者，她是一个“普通”的正统女性，没有任何特别的闪光点。她被安排在作品的第二层面，但与主人公并肩出现，她暗示了他的道路。对于危机前，甚至是19世纪90年代的作家来说，这种扎根于俄罗斯基督教传统的精神生活的见证表现在他的女性角色看待众生的方式上，以及在他“看到上帝”的地方。玛丽亚公爵小姐这种“清晰的”见证占主导地位，启发了整部作品。正是它构建了托尔斯泰笔下的女性形象。他的“永恒的女性”是那个与他相似，但又不完全相同的灵魂：他在女性身上的理想反映，他发光的身份；或者说——这位死去的母亲，在他的一生中，他在每个女性身上都在寻找这位母亲的形象。对女性升华的灵感正是来源于此，女性之后将成为一种道德要求。托尔斯泰的另

1 Denis de Rougemont, *l'Amour et l'Occident* (Paris: Union Geéneéerale d'Editions, 1971), p. 241.

一面——异教徒——反映在娜塔莎身上。矛盾的是，正是在这里，她呈现出最正统的一面。但这个女孩的俄罗斯气质在很大程度上不是来自她的东方基督教吗，在东方基督教中，地球和人类的复活与易容——对生命的信仰——或许比其他地方更加突出？娜塔莎象征着“生命原则”，这对于女性的精神富足来说不可或缺，与贫瘠相对。她是情欲，女性心灵中的母性使命刻在这里。

对托尔斯泰来说，母性是女性的恩典、天赋和活力，是“世界的救赎”。[1] 女性的精神生活受母性的制约和启发，植根于一个完全的肉体[2]原则，其中情欲并非不存在。从根本上说，母性是唯物主义的。它的第一个原则，即本能的模糊之处——情欲和母性——引发了对世界和生命的神圣理解，在这里，物质并没有掩盖精神，相反，物质揭示精神。女性的这种物质性并未使托尔斯泰这位充分平衡的抽象家感到消极。恰恰相反。难道他不是让伏伦斯基，这个缺乏远见卓识的人物，说出了对陶丽的看法：“我看她这人很善良，但有点庸俗”[3]，而年轻的野心家谢普霍夫斯科依则宣称：“女人总是比男人更讲究物质。我们把恋爱看得很伟大，她们却总是很实际。”[4]

对于充分平衡的作家来说，这就是与男性相比她的优势：女性自然地将物质与精神结合起来。她不将这二者看作令人悲痛的矛盾，因

1 参见列夫·托尔斯泰作品《那么我们应该怎么办》。

2 在最近的一部作品中——《经由母性从本体论到伦理学》，哲学教授埃德米·莫蒂尼-库伦女士阐述了一种与托尔斯泰的直觉非常接近的观点，并提出一种“完全源自女性主义的”本体论和伦理学，其根基是“肉体”。该书作者特别强调了托尔斯泰女主人公身上让我们印象深刻的一点，即对他人的尊重，这激发了其他所有的美德，对于女主人公来说，这来自怀孕女性的经验，她怀着一个享有优待的生命——即将降生的孩子。这种存在的确定性之后被扩展到所有人身上，通过无可置疑的人类行为：语言、目光、“尊重的态度”。与托尔斯泰的不同在于，该书作者认为这种女性独有的态度在做母亲之前就已刻在她身上，正如我们所看到的。有趣的是，如今托尔斯泰遇到了由一位女哲学家系统化的理论。

3 参见《安娜·卡列尼娜》第六部，24。

4 参见《安娜·卡列尼娜》第三部，21。

为作者认为，她神秘的创造性肉体给她注入了精神生活的基础。因此，在这个诗意的世界里，升华的女性代表着物质和精神这对悖论被克服，它们和谐地结合、调和——也就是真正的基督教。对从理性主义枷锁中解放出来的形而上艺术家来说，完美的女性通过将物质精神化来净化物质。对于艺术家忧虑的问题，她通过传递对圣物和圣事的直觉来进行回应。正如改观的自然向他展示了上帝（《青年》《哥萨克人》），女性向他揭示了他精神生活中的天国。他从她那里通过"慈爱"[1]以等待赎罪、救赎、净化，在赞美她的作品中，作者喜悦地迎接她的信息。

与男主人公的经历相比，女主人公的经历没有那么艰险，它们是普通基督徒非常简单的命运，接受道成肉身的非凡好消息。道成肉身是复活与显圣容的担保，这些女性已经通过日常祈祷、福音话语、教会的圣礼生活以及作家引导她们走向的"对生活的信仰"来区分复活与显圣容。这难道不是女性"唯物主义"的深刻含义吗？它从根本上辨别存在的圣洁与事物的圣洁。"人类的天职是在物质中、通过物质来展现精神。在这个意义上，基督徒是唯一真正的唯物主义者"，一位当代东正教僧侣写道[2]。托尔斯泰颂扬了女主人公真正的正统观念，在一定程度上将其与她们的俄罗斯特性相混淆，俄罗斯特性的宗教根源显而易见。只要作者爱他的女主人公，她们对传统主义宗教的"考验"就是积极的。之后出现了对爱情的怨恨，将女性拉下神坛，1881 年的皈依，拒绝建立在精神物质主义原则上的艺术。然后是布道。托尔斯泰的宗教接近他自己曾经所嘲笑的——"不结果的花"的虔诚主义以及她们对"美德"[3]的崇拜……这表明女性在托尔斯泰的辩证法中的重要性，其中东方基督教中出现的"圣经唯物主义"和"精神是肉体之

1 参见《安娜・卡列尼娜》第一部，10。

2 Archimandrite Kallistos Ware, *The Orthodox Way* (London: Oxford, Mowbrays, 1979), p.64.

3 在《安娜・卡列尼娜》的初稿中，施塔尔夫人和华仑加的虔诚受到了作者的青睐，这难道不重要吗？

敌”的悲剧性二元论相互冲突。

托尔斯托的艺术有一个分析上的缺陷——对于以交响乐形式来品味的读者来说,它主要的优势在于:其各个组成部分是不可分割的。它拒绝被解析,它的排列是巧妙的。若说我们没有讨论女性肖像画的艺术,那是因为这个简短研究的目的只是为了区分精神和心理。托尔斯泰女主人公的这一方面有些古板,但只要我们将其与作者构建女性肖像的其他特征一起考虑,“流动的”、有活力的、诱人的、动人的、精神的(两种意义上的),这一方面的古板就自然而然地得到了纠正与缓和。

编后记

玛丽·塞蒙(Marie Sémon,1929—2020),当代法国托尔斯泰研究领域学者、巴黎第十大学教授,常从托尔斯泰笔下女性人物的心理视角入手开展研究,研究成果于1985年获得“法兰西学院奖”。本文发表于《斯拉夫研究》第54期(1982年),第205—214页。

愤怒的托尔斯泰

作者 ［日本］广津和郎

译者 陈凌虹

托尔斯泰在《我们的宗教》中讲述了自己加入宗教的最初认识。正如在《战争与和平》中，为了从根本上批判拿破仑的俄罗斯远征，他对拿破仑个人以及当时俄法军队的战术进行了深入研究，甚至超越了研究者。因此，他以同样的钻研精神和热情，更以惊人的敬畏之心，重新审视古《圣经》的注解和教会等对基督的戒律所做的解释。托尔斯泰对基督五戒的研究和解释，从根本上修正了以往的错误解释，即为了适应社会制度而有意曲解或无视其真意的教会以及注解者等所做出的解释。关于这一点，很多人都应该感谢托尔斯泰，特别是他认为“不轻易发怒”的“轻易”是后来的注解人妥协后加入的，5 世纪以前的《圣经》中并没有。他还指出“非以奸故而出妻，是使之淫也”，翻译有误，更正为“非以奸故而出妻，除放荡罪外，是使之淫也”，这些都可认为是托尔斯泰的丰功伟绩。但是，

(一) 不可发怒。

(二) 不可奸淫。

(三) 不可发誓。

(四) 不可以恶抗恶。

(五) 不可做他人的敌人。

为何在这五戒中，托尔斯泰最看重第四戒“不可以恶抗恶”呢？

我不敢说精通《圣经》，在此亦无意探讨《圣经》，因为面对托尔斯泰探讨《圣经》令人惭愧。然而，《圣经》知识的多寡另当别论，当我们将五戒视为独立的真理时，我并不认为第四条“不可以恶抗恶”是最重要的，而认为第一条“不可发怒”才是最根本最重要的。

托尔斯泰说自己没有理解第一条“不可发怒”的意思，在正确理解第四条“不可以恶抗恶”后才理解了不可发怒，即第一条的解释是附随于第四条的。

这样是否可行？我抱有疑问。

关于第四条“不可以恶抗恶”，托尔斯泰是这样解释的：“如果真要消除世界上的恶，所有人都必须不抵抗恶，恶就自然消灭了。”这种解释简洁明了，然而，难道只有在这一解释的延长线上才能解释“不可发怒”吗？

我们先来看看托尔斯泰是怎么解释“不可发怒”的：

> 应该保护所有人以及和平，任何情况下不可视发怒为正当，不可视人无价值或愚昧。不可自己发怒，亦不可以怒对人，行无谓之事。如他人对自己发怒，即使此怒火没有缘由，也应立即熄灭怒火，此为世上消除敌意之正道。如有人对你示以敌意，应立即调整，这可以帮你避免陷入不利的境地。（加藤直士日译）

但这样的解释难道不是和“不可以恶抗恶”完全一样吗？

我认为第一条“不可发怒”中包含更积极的意思。和“不可以恶抗恶”一样，不仅是保证个人和个人之间、个人和社会之间以及人类之间的和平的戒律，更是属于内心的戒律。换言之，即“个人”与“神”之间的关系。因为“发怒”最容易损伤我们灵魂的成长和神给予个人的生命力。发怒在损伤他人前，先损伤了自己，导致个人的生命走向非自然状态。我们在发怒时，静下心来反省一下，会发现这一事实极为明显。因此，发怒不仅伤害他人，还使我们从神那里获得的性情变得不自然不合理，从而消耗自己的生命力。同时，也是对“神”、对“无限”的冒犯。

因此，不可发怒是最重要的，必须放在第一。

“然而我们告诉你，凡事无故（这里的无故正如托尔斯泰所指出的那样，应该省略）对兄弟发怒者不可审判，认为兄弟愚昧者不可集议，狂妄者应用地狱之火烤干。”基督的训诫揭示人与人之间的利害得失，如将其解释为“不可发怒”，则损害其深义。这是面对一般人而做出的浅显易懂的解释，其真意更为深刻。发怒首先会扭曲发怒者本人的生活进程，必须首先规戒。这和佛家所谓“怒使智者乱”相同。

我认为“不可发怒”和第三条“不可发誓”，不仅是对个人与他者关系的劝诫，更是对个人和神之间关系的劝诫。个人和神，即个人和个人内心的关系。

对于第三条“不可发誓”，托尔斯泰也和“不可发怒”一样，朝着“不可以恶抗恶”的方向去解释。他认为审判、军队、强权等现今代表恶的社会组织，常常迫使个人发誓，意欲强固不良社会系统。也就是说，宣誓助长了恶。因此，基督说“不可发誓”并以此劝诫。

这种解释即使是对的，但也忽视了重要的东西。因为这不仅仅是外部的事情，更是个人和其内心世界之间的问题，即个人与神之间的问题。即所谓“发誓”就是扰乱人内心发展的事情，换言之，发誓是劝诫不要冒犯神。不仅因为强权等邪恶组织滥用宣誓，更因为宣誓本身就是对神的僭越。因为这是个人用有限的意识来对神的无限加以限定。托尔斯泰也提及此点，但他过于重视社会对于宣誓的滥用，导致他仅仅提及，甚或遗漏了此点。

我认为，在上述意义上，“不可发怒”“不可发誓”是五条戒律中最重要和最根本的，它们并不附属于第四条“不可以恶抗恶”，而是比这更根本和基础的东西。只有在充分理解这一基本戒律之后，第四条“不可以恶抗恶”和第五条“不可做他人的敌人”才能被解释。这是因为第四和第五条戒律是针对外部的教诲，而第一和第三条是针对内部的教诲。前者要求个人的相对谦卑，后者则要求个人的绝对谦卑。强调第一、第三和强调第四、第五的结果有很大不同。在托尔斯泰的《我的宗教》中，他对第一、第三的解释过于简单，忽略了其重要性。出于这个原因，他把一切都解释为第四条“不可以恶抗恶”的延伸。

此处所谓对第一和第三条戒律的忽略，应该主要针对第一条“不可发怒”来讲。那么，这样的观点给托尔斯泰的一生带来了怎样的影响？

这正是我要讨论的问题。

拿破仑和库图佐夫

托尔斯泰有一篇文章题为《无为》，是对左拉和小仲马的现代文明批评的进一步批判。首先简单介绍一下左拉的理论。左拉说他和他那个时代的人一直并正在努力通过科学给生活带来高贵，然而实际上青年们宣布科学破产并渴望信仰，就像把一块旧石头从地下搬出来一样。青年们在世纪末的苦难旋涡中对上帝的渴望是可以理解的，但这是他们无能为力、无所作为的结果。因此，左拉认为他们应该尽可能地努力工作，无论做什么，他们应该通过努力工作找到幸福和心灵的平静。

针对左拉的看法，托尔斯泰反问道：“那么，到底该做什么工作？”在如今错误的制度下，工作几乎是在“助长邪恶”。因此，像左拉那样一味劝告人们要工作，是丝毫不能让人们找到生活真谛的。

接着，我们看看小仲马的理论。

和左拉一样，小仲马也感受到了这个时代的恐怖。然而，他知道问题不可能通过像左拉所说的那样简单粗暴地通过工作来解决。他说，即使在这个可怕的时代，也必须相信人类在地球上建立起博爱王国的时刻迟早要到来。他说军队的恶性事件虽然本身不好，但它只是人类走向完美过程中的一个小插曲，最终也可能在人类的兄弟情谊中发挥一些作用。然而，小仲马的结论是：即使在这个时代，我们也决不能强行进行某些改革，强制比坏制度更坏。

与批判左拉相反，托尔斯泰对小仲马的智慧表示赞赏，因为小仲马预言有一天地球上会出现一个博爱王国。

然而，他忽略了小仲马的最后一句话，即强制比坏制度更坏。小仲马的智慧就体现在这句话里，他虽然相信“无限”，但他知道不能通过人类的强制力做任何事情。不仅如此，他还知道强制是对“无限”的干扰，会使人类脱离命运的正轨。

忽略了小仲马最关键想法的托尔斯泰向小仲马反问道：“如果爱他人是可能的，或者爱他人是人类固有的天性，为何几千年来没有找到获得幸福的方法？”这个问题，小仲马已经回答了，即“强制比坏制度更坏”，实际这是对托尔斯泰最好的还击。因为这是上帝的旨意，只有上帝才能回答。个人无法控制时间的进程，只能以绝对谦卑的态度寻求上帝的旨意。

托尔斯泰自己回答了向小仲马提出的问题：在恶的制度下，所有人都应该选择无为，而不是工作。这几乎是一种命令和强制。他对着全人类呼唤：所有人，你们都应该停下工作，反思你们为何而活。这种呼唤包含了他的紧迫感，面对现代文明可怕诅咒的紧迫感。不可否认，托尔斯泰的呼唤在我们心中产生了巨大的共鸣。但是，这种呼唤不能强加于人，实现它需要非常人性化的措施，需要沉默而非喊叫，需要怜悯而非义愤填膺，需要耐心和对神的绝对谦卑。

诅咒终究是对神的亵渎。虽然呼唤“选择一切无为”，但是一旦脱离工作片刻，这可怕的时代也会让很多人瞬间饿死。哪怕只有一个人成为受害者，那也是对上帝的僭越。

通过托尔斯泰作品中的人物来探究这一真理，就更有意思了。

如果你读过《战争与和平》，一定会想起拿破仑与库图佐夫两个对照鲜明的人物，托尔斯泰通过他们展示了“无限”与个人的关系。托尔斯泰试图说明拿破仑的战术并没有导致法军的胜利或失败。按照历史学家的说法，拿破仑的感冒导致了法军的失败。换句话说，是感冒把俄罗斯帝国从破灭中拯救了出来。这是极不合理的。托尔斯泰利用这个反论力图说明时间的运行不由个人支配。按照托尔斯泰的研究,则可认为拿破仑的战术没有被部下采用。拿破仑听完前线战况的报告后发布了新的命令,而当这些命令到达前线时,前线的情况已经发生了变化。因此,托尔斯泰认为正是少尉、中尉等小部队的指挥官根据变化及时下达命令,左右了法军的命运。而使他们发出如此及时命令的正是时间的力量,即"无限"的意志。换句话说,拿破仑只相信自己的力量,不相信"时间的力量",即"无限的力量"。但托尔斯泰并不喜欢拿破仑。

另一方面,俄国将军库图佐夫被描绘成一个与拿破仑完全相反的人物。库图佐夫总能看到"无限"的力量,不相信个人力量能对其产生影响。战况会议召开时,当年轻的工作人员在讨论各种战术时,库图佐夫在睡觉。会议结束时,他终于醒了过来说:"已经结束了?"他看起来是一个老弱无能之人。他的态度激怒了年轻人,并受到强烈攻击。但他却很冷静地认为,起决定性作用的不是个人的战术战略,而是命运的力量如何作用于整个俄国军队。他所下的命令全是"撤退"。但托尔斯泰喜欢库图佐夫。

果然,正如库图佐夫所认为的那样,法军在莫斯科遭受了致命一击。相信自己的一方最终输给了相信命运的一方。在此,有趣的是,俄军在村庄里掠夺财物,年轻的指挥官们认为这种违反人性的行为必须受到严厉惩罚。而库图佐夫并没有大惊小怪,反而示之以冷静。因为他相信"时间"力量总是在自然行进。

托尔斯泰在《战争与和平》中向我们展示了这一真理。但托尔斯泰本人呢?他像拿破仑还是像库图佐夫?

生是为死而做的准备吗?

《伊万·伊里奇之死》是一部震撼人心的作品,令人恐惧。托尔斯泰塑造了伊万·伊里奇这个生长在现代社会制度中的无可非议的普通意义上的好人,但他不知何为道德、何为神,从而不自觉地犯了错。

作者赤裸裸地、残酷地揭示现代文明破坏了人类的真生命，真生命在现代社会制度下已经被削弱，人们过着毫无意义的生活却不自知，浪费着宝贵的生命。托尔斯泰作为现代文明的解剖者和诅咒者，用他的力量、真诚和犀利，像磨芥末粉一样擦拭着读者的良心。

然而，对于托尔斯泰，无论是伊万·伊里奇还是其他人，都不重要。他已经放弃将作品人物视为个体的想法。托尔斯泰的目标是现代文明。伊万·伊里奇只是一个工具。伊万·伊里奇从一开始就已经死亡，活着的只有托尔斯泰的生命力和意志，即朝着诅咒的方向前进的托尔斯泰的理性所教导的生命力和意志。

那么结论是什么呢？

伊万·伊里奇临死时，面对死亡的痛苦，才终于意识到自己一直生活在错误之中，并感受到真生命的曙光。在那一刻，死亡对他来说不再是一件可怕的事，而是托尔斯泰意义上的“救赎”。

一个拥有安静的灵魂的主人，尽管心里受到可怕的打击，仍能够坦然做出批评，在托尔斯泰的理性所引导的生命力和意志力与面临死亡才能找到真生命的消极解释之间，换言之，在作者的生命力和作者想要解释的东西之间，存在着一种尴尬和不可原谅的矛盾。惊慌失措的人将因托尔斯泰的打击而感到沮丧。托尔斯泰继续用暴力，将这些被现代文明诅咒毒气吓破胆的抑郁的灵魂拽入结论，而不做任何批评。在苦闷、惊叹、恐怖、绝望中，他们走向托尔斯泰暗示的方向，跪拜着询问是否能看到救赎的曙光。正是这些惊慌失措的人，在有了转机后，认为这就是托尔斯泰艺术真髓的作用。

再以《主人与雇工》为例。这是一个动人的故事，没有出现《伊万·伊里奇之死》中的诅咒毒气。我们可以安静地读到最后，平静地思考主与仆的命运。比起《伊万·伊里奇之死》，托尔斯泰的表达更加直截了当，更贴近读者心理。然而，这里也提出了同样的想法和结论。

主人公瓦西里·安德烈伊奇和伊万·伊里奇一样，在临终前看到了真生命的曙光。他忘记自己也面临死亡，拯救了同样面临死亡的尼基塔，从而牺牲了自己，在兄弟爱的欢乐中死去。相反，尼基塔在他谦逊的生活中，从生命的一开始就沐浴在真生命的曙光中。因此，死亡对他来说既不痛苦也不可怕。他想尽快离开肉体的牢笼，使灵魂获得自由。也就是说，他想死。然而他的主人救了他，他没有死，又活了二十年。但最后，他一直在等待的死亡，他的“救赎”终于来了。

> 如果我死了，我可以减轻儿子媳妇的负担，随着岁月的流逝，我为了愈来愈明白和仰慕的那个世界，离开这个我已经厌倦了的世界。这一次，实现死亡的他睁开眼睛时，那个世界好坏与否，他失望与否，是否找到一直期待的东西，我们不久就会明白吧。（福士幸次郎日译）

作为一篇动人的故事，我很喜欢该作。然而，当我思考作者想通过这个故事说明什么道理时，和《伊万·伊里奇之死》的结论一样，我难以苟同。

《伊万·伊里奇之死》和《主人与雇工》所表达的思想在托尔斯泰的文章和思想中随处可见。“我们的真生活不是眼前这个外在的物质生活，而是我们内在的精神生活。我们看到的生活只是为内部生活服务的踏脚板，只在某些时候被需要，当我们目标达成时，就不再需要，踏脚板将成为障碍。”（《人生论》）

“人的真正幸福不论是什么，我们都必须放弃动物的幸福。放弃动物的幸福是人生的准则。人如果不能按照自己的理智自由地放弃，则当他的肉体面临死亡时，将被强制放弃。那时，他将无法忍受痛苦，只要求一件事：摆脱将要毁灭的自我意识的痛苦，进入新的生活状态。”（《人生论》）

“我们被疾病所困扰，但疾病是生命中不可或缺的获得幸福的条件。只有疾病（疾病当然不是唯一的条件，但它是所有人共通的条件）才能使我们为死亡做好准备。……我们受疾病困扰，意味着我们没有过自然的生活，也就是说，我们没有同时过暂时的生活和永恒的生活，而只是在暂时的生活中混日子。”（《日记》）

而任何人都将迎来死亡，迎来“救赎”，迎来“受到祝福的死”。托尔斯泰继续说：“认为人生是动物性的人这样问道：‘那么个体性为何而存在？’‘反对真生活之启示的个人意识因何而被赋予？’或许可以由一个动物提出的关于其生命的问题来回答，即‘为了达成目的，我必须战斗。但为何物质及其规律（机械、物理、化学等）会存在？’‘如果实现动物生命是我的使命，为何还会有障碍？’”

托尔斯泰对此做出解释：“动物为了生存而与物质的规律抗争并服从于它，但这并不是动物实现其目的过程中的障碍，而是一种材料。动物只有在顺从物质及其规律的情况下才能生存，人生也如此。人类所具有的应该遵循其理性的动物人格，不是获得幸福的障碍，而是获得幸福的材料。”（以上引文参照三浦关造、升曙梦、相马御风三人的日语翻译）

那么死亡呢？死亡是对材料的放弃。没有材料，我们如何能获得幸福？根据托尔斯泰的说法，当物质不再被需要时，死亡就会到来。然后，失去物质的某种东西即灵魂可以自由地前行。说到这里，我就无法理解了。物质存在的阶段可以理解，但如果灵魂可以独自前行，为何还需要物质呢？外部的存在是为了内部，但没有外部怎会有内部？内部和外部如非一体，又怎可能一分为二？死后，灵魂仍然存在并继续向幸福迈进。如何迈进？——实际上我并没有资格批评这种思想，因为我活在当下，不可能知道死后的事。是的，正如托尔斯泰在《主人与雇工》的结尾处所说，我们“不久就会明白”，然而，不是现在。

我只是想知道，托尔斯泰如何经历他的“死亡”，经历像《主人与雇工》里的尼基塔那样的、对托尔斯泰来说是“救赎”的“得到祝福的死”，死后走向完美道路上的托尔斯泰的灵魂是否仍在前行。如果知道这一点，就能明白托尔斯泰关于死亡的思想价值和意义。但死人没有舌头，托尔斯泰从未说过这一点，我们只能猜测。

即使在临终前，托尔斯泰仍抽泣道：“地球上仍有数以百万计的不幸的人在受苦，你们为何还要考虑我？”这是一个可怕的事实，紧紧地抓住了我们的心。任何人听到这些话，不仅托尔斯泰的崇拜者，包括诋毁者和诽谤者都不能不被感动、不能不对托尔斯泰产生尊敬。

但是，这并非解释托尔斯泰经历“死亡”瞬间时心情的关键，也回答不了托尔斯泰是如何经历死亡的。因为在他陈述思想和他死去之间存在时间差。(我也意识到自己正在写一些恐怖的事。)

比起这段话，比起阿尔志跋绥夫的《托尔斯泰论》，我更看重托尔斯泰在那之后即临死瞬间所讲的话。这是让人恐惧的一段话，托尔斯泰的崇拜者最好别看。

据说托尔斯泰进入永眠前坐起来，又虚弱地躺下说：“不，已经结束了。”然后死去。

“不，已经结束了。”这句话包含着怎样的意味？如果“不，已经结束了。”是托尔斯泰感知到期待已久的死亡的发声，那么他应该说出与之不同的话语，抑或泰然自若，发出认清死亡即生之终结这一事实的话语。为何要另外加上表示否定的“不”呢？这是不是一种绝望的呼声，表示托尔斯泰对于生的执着和留念仍然如熊熊烈火，却不得不认清死亡即生之终结这一事实呢？如果是这样，那么托尔斯泰则变成了世间最不幸的人。看到托尔斯泰生前的苦闷而崇拜托尔斯泰的人自不用说，从托尔斯泰的痛苦认清一个有限的、偏执的理性是如何折磨和挤压一个接近无限的、伟大的生命力的矛盾和悲剧的人，也同样会希望托尔斯泰能够平静地经历死亡。然而，托尔斯泰最后的话语是“不，已经结束了。”，世上恐怕再也找不到如此不幸的人了。

如果他泰然自若地说“就这样结束了。”，他生前所有的努力和教导将会永生。但他却说了“不，已经结束了。”，这个“不”意味着什么？“不”这个字从根底上颠覆了他生前的全部教义。

关于托尔斯泰的死，我在此不再多言。

我只需要谈论托尔斯泰生前对于“死亡”的看法就足够了。托尔斯泰宝贵人生的全部都成了“死亡的准备”。我不想谈论“死”，不愿意谈论“死”，但却必须谈论“死”。我想要获得的是能够坦然认识死亡的精神力。此精神力并不能通过为死亡而做的准备获得，而要通过活着获取。在此，我和托尔斯泰的看法截然相反。对于托尔斯泰来说，用活着去为死亡做准备的理想人物是《主人与雇工》中的尼基塔。他原谅妻子的不忠，一味地祈祷能够早日死去并获得灵魂的救赎。我们想象一下，如果世界上充满了尼基塔这样的人会怎样？会给我们带来欢乐吗？只会感到无趣吧。如此无力的人生，我们一天也不想过。所有人都盼望死亡，这样的人生无法想象。

但拥有人类最强大生命力的托尔斯泰却把拥有人类最弱小生命力的尼基塔视为理想，这一事实对于视人类思想生活为演戏的人和满足于科学地阐述人类思想史的人来说，都很有趣。然而，有趣归有趣，它却是一个严重的错误。

自我实现和不和谐

罗曼·罗兰认为托尔斯泰的愤怒就是冷静。认同此说法的人和罗曼·罗兰一样，也认同托尔斯泰晚年的不和谐。将托尔斯泰看作普通人进行解剖，认为构成其斗争的元素是“灵魂和肉体的斗争”，由此发现乐趣的人（这样的看法既无害亦无益，可谓最安全）一定认为托尔斯泰的不和谐是一出庄严的悲剧。

罗曼·罗兰认为托尔斯泰的不和谐是无法沉溺于自我满足的托尔斯泰“走向完美道路上的动态标志”。自我满足当然不好。人若自我满足就会停滞不前。罗曼·罗兰说的没错。但不和谐是什么？这并非罗曼·罗兰说的“走向完美道路上的动态标志”，而是走向完美道路上碰壁的标志。不仅罗曼·罗兰，托尔斯泰自己也误解了不和谐。用痛苦标志人类正走向完美、痛苦才是最好，这一认识体现了他的误解。一定程度上的确可以这么理解，但与痛苦相伴的还有快乐。伴随快乐的痛苦是不会不和谐的，不和谐意味着快乐的缺失。

按照罗曼·罗兰对托尔斯泰的解释，完美是绝对无法到达的境界。托尔斯泰也这样说过，我们前进，向着完美前进，我们走在通向完美的道路上。我们到达一个目的地，之后还有新的目的地。因此，我们一刻也不能停歇。这句话没错,但认同不和谐这一事实正好透露了他认为走向完美的“道路”是有时效性的。一直否定“时间”的托尔斯泰再次明确地认可有时效性的“道路”,认为朝着距离自己尚遥远的完美,顺着时间,一步一步脚踏实地地前行,就会出现“死亡”这个问题,“死后的生”亦被预想并成为问题。托尔斯泰的厌世观由此而来。

托尔斯泰说“现在”,且总使用“现在”一词。他苦口婆心地宣传当下的宗教意识就是全部。然而他却没有“现在”,没有宗教体验,只有不和谐。他还忘记探寻不和谐从何而来。他没有否定不和谐,而是认可了不和谐。于是“现在”消失了,不和谐被他解释为走向完美道路上的动态标志。由此,他又将返回到未来的完美,又一次需要“时间”,需要假想“死”和“死后”。——这就是托尔斯泰在晚年循环往复的,即总在不断脱离“现在”的快乐的不和谐。如果由此进行推测,托尔斯泰在死亡的瞬间应该产生了阿尔志跋绥夫解释的想象。

托尔斯泰蔑视自我,但他从未明确地解释过自我。托尔斯泰认为,自我的幸福总是只意味着物质的幸福,物质的自我幸福到达破坏精神的自我幸福的程度时就会变坏。但是,托尔斯泰在否定物质自我的同时,也否定了精神自我。似乎托尔斯泰只要听到自我这个词,就会立马否定它。

然而,实际上,他明知精神自我是唯一的“现在”的体验者,却装作不知道。托尔斯泰将享受“现在”的快乐的人视为自我满足者,甚至将佛陀和叔本华也算在内。他设置自我以外的目标,又不得不在这个目标和自我之间设置时间距离,因此常常感到焦虑,为距离感到痛苦,感到烦躁。他认为没有烦躁的人不能称为宗教家。

“不抗恶”“要爱敌”最终都必须脱离快乐才有立脚之地。

真正能够走向完美的人,其跨出的每一步都是快乐。不和谐是向着完美前进的体现。

这种误解从何而来?如前所述,可以归因于托尔斯泰进入宗教自觉的第一步,即过于从外部来解释基督的五戒。虽然他极力强调“内部”和“精神”,但结果他只理解了“外部”、“物质”和“肉体”。他不断重复指出走向完美的人必须放弃自我,但他的理性最终认可了“发怒”。“发怒”是最好的扰乱自我精神生命力的方法。比起物质的幸福,“发怒”才会迅速削弱精神生命力,甚至让人有可能同时拥有肉体的幸福和灵魂的幸福。但是“发怒”不仅损伤人的灵魂,也损伤人的肉体。人一旦发怒,神会立刻远离其灵魂和肉体。

托尔斯泰的理性并未教会他这个最重要的道理。因此,托尔斯泰的理性试图解释神,却总解释了相反的东西。

《伊万·伊里奇之死》教会我们什么?《克莱采奏鸣曲》教会我们什么?它们在概括地说明“无爱之处亦无恨”,能将恨视为爱的人一定能从这两篇作品中体会到托尔斯泰的爱。他们不仅对其批判现代文明的犀利感到佩服,还会认为诅咒的毒气也是爱的表现。然而,不论出于何种动机,恨就是恨。恨与爱相对,还可以吞噬爱。

我们首先会问:其动机中的爱缘何表现为恨?“因为托尔斯泰认为现代文明是错误的,即现代文明是邪恶的。”这样回答的人是谦逊的,但和明确认为托尔斯泰的尊贵灵魂被现代文明所吞噬了一样,这是一个不尊重托尔斯泰的回答,是对人类灵性的侮辱,亦是助长出现更多小托尔斯泰的极其危险的观点。“因为现代文明是邪恶的”——这样的论断会被不断地复制,诅咒的毒气亦会不断地被释放出来。

虽说如此,我亦不否定现代文明是邪恶的,也不认为现代的各项制度是完美的。这是另一个问题。

我们可以看看托尔斯泰和屠格涅夫之间的论争。托尔斯泰的崇拜者对于两者的论争,选择站在托尔斯泰一边。托尔斯泰对于屠格涅夫的思想和态度产生不快或许理所当然。但表达不快的托尔斯泰却成为憎恨和毒素集中爆发的体现。

温和善良的屠格涅夫的冷静被托尔斯泰的恶意侮辱不断骚扰着。如上文所说,不断骚扰是托尔斯泰的欲望所在。最终,引发了众所周知的决斗。一度激动的屠格涅夫再度回归冷静,拒绝决斗,向托尔斯泰道歉。道歉引发部分人诽谤屠格涅夫不如托尔斯泰有人性,认为准备决斗的托尔斯泰很了不起。也有有名的日本评论家认为“如果屠格涅夫不拒绝决斗而导致决斗发生，我们将获得更多的经验教训和乐趣吧。想到这就觉得极为可惜”，并指责屠格涅夫的懦弱。这是两三年前的事，想必这位评论家如今已经改变想法了。

有心人大概已经发现了托尔斯泰毒素的萌芽。年轻的托尔斯泰从高加索来到彼得堡，与众多文学家交往的经历，我们可以从格里戈罗维奇、罗曼·罗兰以及其他人的记述中了解。罗曼·罗兰认为托尔斯泰与屠格涅夫、格里戈罗维奇等人的合影中表现出来的庄严以及自视较高的态度，是其道德观的体现并给予赞赏。我们却由此看到了托尔斯泰到了最后也舍不得丢弃的傲慢，看到蚕食托尔斯泰晚年的毒素。

《安娜·卡列尼娜》和《战争与和平》标志着托尔斯泰艺术的成熟，其中也多少可见同样的毒素，但这并未损害托尔斯泰的美好，反而更增强了其艺术的复杂性和广阔性，与艺术的世界融为一体。（这是艺术的宝贵所在）

然而这种毒素在托尔斯泰晚年以强有力的姿态征服了他。他在《我的宗教》中探讨基督在山上的五戒时，应该对此毒素深有感触。如前文所述，五戒中最重要的是第一条“不可发怒”。托尔斯泰研究基督的五戒后，不仅没有不再发怒，反而更加点燃了他的怒火，毒素熊熊燃烧，他发现了“不抗恶”，又燃起了怒火。

创作《伊万·伊里奇之死》《克莱采奏鸣曲》时，毒素终于达到顶点。据托尔斯泰的日记可知，他相信《克莱采奏鸣曲》可以给人生带来裨益。该作暴露了现代文明的虚伪，特别是婚姻生活的虚伪，并提出质疑，在此意义上可谓有所裨益。但是，比起这点裨益，该作更多地给人生带来了焦躁。对于拥有平静灵魂的人来说，《克莱采奏鸣曲》算不了什么，只是一个令人恐惧的、烦躁的、无聊的故事。然而对于因无法控制焦躁而烦恼的人来说，小说不仅不能成为镇痛剂，反而会成为类似胡椒的刺激物。

借用梅列日科夫斯基对托尔斯泰日记的评价，即“在伤口上撒盐”。是的，对于读完《克莱采奏鸣曲》后，反省自己不能那么没有思考的谦逊而迟钝的人来说，这部作品也许是有效的。（这样的人有时候也需要“发怒”,因为他的灵魂因为没有受到刺激而保持沉睡。)然而,对于过度夸大自己莫须有的罪名、一味努力反省的人,这部作品的影响就有些奇怪,好似因读了托尔斯泰的素食论而为自己吃牛肉感到羞愧一样奇怪。

焦躁和认识不足

托尔斯泰在日记里这样写道:“……我彻夜不眠。心脏一直很痛。……父啊,救救我吧。昨天,我出门看到八十岁的阿基姆,看到外出也没有外套的亚雷米切夫的妻子,以及丈夫冻死后没人收割裸麦而饿死婴儿的玛利亚。特罗菲姆和哈里亚夫卡则是死了丈夫、妻子和孩子的。然而我们还在解剖贝多芬。我祈祷神将我从这种生活中释放。现在再一次祈祷在痛苦中呼喊。我混乱、郁闷,无法自拔。我憎恨自己的生活。”(中村白叶日译)

在这个短短的片段中,我们看到了托尔斯泰的真实一面。“然而我们还在解剖贝多芬。”——为农夫的悲惨境遇洒下泪水的托尔斯泰又因为这一句话而使神离他而去。

农夫的悲惨是农夫的悲惨,贝多芬的解剖是贝多芬的解剖,那么托尔斯泰呢?托尔斯泰为其间的差距而生气,成为忘记首先要挖开河床再打根基的桥下的桩子。在应该避免的愤怒上,进一步解释应该赞美的愤怒,以此来为托尔斯泰进行辩护的论者也不能否认,托尔斯泰的愤怒并不应该被赞美,这不过是他因认识不足而产生的歇斯底里。

托尔斯泰在日记中还这样记述:“人类是神的机器。……我如今则领悟到这个机器不是为人类,而为神而存在。人应该做的就是不扰乱自己的秩序。这和斧头任何时候都必须磨得闪闪发光一样。”的确如此。

“我为激昂兴奋和深重矛盾带来的恐怖而感到痛苦。于是,我向神祈祷。——祈祷。并不期待应验,但仍祈祷。‘主呀,帮帮我,让我从这种状态中解脱。请帮帮我。’我如此祈祷,然后起身来到房间的一角，突然问自己，你是要让步吗？必须让步。神——我心中的神伸出了援手。我心情变得愉快并下了决心，顺从神的安排。这种安排总存在于我们身边。我们在难过的时候总能投身于这种安排中。”（升曙梦日译）

是的，神的安排总存在于我们的左右，我们任何时候都能走入其中。阻碍我们的是现代文明制度？或是自身内部的毒素？对什么让步？何谓“不仅仅是疾病，不愉快、幻灭感、悲哀等都有助于我们顺利脱离现世、转换到新生活”？（升曙梦日译）

托尔斯泰年轻时说过：“不可能有肥胖的艺术家。”虽然此言针对的是屠格涅夫等其他作家，但对于托尔斯泰自己，真正的艺术家总在为世界上的不幸、跳梁的小丑而愤怒、焦虑、憔悴。这种想法陪伴了他的一生。除了折磨肉体的感受外，他没能找到生活的意义。他是一个苦行僧式的现实主义者，在他眼里，缺乏物质的人是不幸的人，拥有物质的人是幸福的人。一边说着宗教可以让人体会无限与自身的关系，另一边却不依托此思想，而根据物质的幸与不幸来评判人，即有钱人都是坏人，穷人都是好人。——作为一个物质的感受者，他当然只能看到人生之恶。

于是，从厌世主义中自然产生出想转换到来世的要求。健康是罪恶的，离健康越远越好。正如痛苦是好的一样，疾病、不愉快、悲哀等也是好的。——在《我的宗教》中约定好的“坟墓这边的乌托邦”终究必须到达“坟墓的那一边”才能实现。在“坟墓这边”约定“乌托邦”的时候，托尔斯泰和我们是有关系的。但是谈论“坟墓的那一边”时，则和我们完全断绝了联系。逝去的就让它逝去。我会记住他是《战争与和平》、《安娜·卡列尼娜》、《哥萨克》以及《复活》的作者，并永远尊敬他。

至此，我必须搁笔，不再谈论这些不成体系的感想了。

那么，托尔斯泰的一生教给了我们什么？至少，教给了我什么？托尔斯泰从神那里获得了人类最强大的生命力，并用不到百分之十的理性去引导这种生命力。当如一头大象般强大的生命力想要穿过理性教导的如同针毡的真理世界时,他感到焦躁而痛苦。——生命力本身是盲目的。

我从托尔斯泰身上学到了神的宽大胸怀。并非托尔斯泰这样教导,而是因为我看到人类以有限的意识去尝试和挑战,但最终神总是沉默不语。我只能跪拜于神的强大之下。

导致托尔斯泰之不幸的有可能是基督,但基督无罪。

我尊敬并崇拜托尔斯泰的伟大。但伟大不能为人指路。如果托尔斯泰的生命力是一百,那么我们的、至少是我的生命力不过是一。一百的生命力也无法将一的生命力变成十。因为生命力是神赐予我们的。以十的生命力获得十的成长的人,或者以二十的生命力获得二十的成长的人,才能真正给拥有一或者二的生命力的、如你我这样的人指路。

1916 年 12 月

编后记

广津和郎(広津和郎,1891—1968),日本近现代小说家、评论家,著名作家广津柳浪之子。他是 1916 年 9 月创刊的《托尔斯泰研究》的主要撰稿人,发表过《艺术家时代和宗教家时代》(1 卷 1 号)、《托尔斯泰和契诃夫》(1 卷 4 号)、《愤怒的托尔斯泰》(2 卷 2 号)、《如何看待托翁》(2 卷 7 号)、《重读〈战争与和平〉》(2 卷 10 号)等文章。本文选自其所著《作者的感想》,聚英阁出版社 1920 年出版,第 160—171 页。

关于托尔斯泰

作者 ［日本］正宗白鸟
译者 庹雯靓
译校 陈凌虹

前不久，我在翻找某书册时，不经意间找出了一本名为《人间》的旧杂志，便随意翻阅起来。我细细翻看，不禁想到在自己几十年的创作生涯里，应该有许多杂志问世又停刊了吧。正这么想着，思绪不经意间被田中纯翻译的高尔基的《回忆托尔斯泰》一文吸引。高尔基的洞察力着实敏锐，他的见解不落于学术研究者、职业评论家那样常见的套路，非常高深独特，我对此深感钦慕。由于田中氏的译作并不完整，我便找来英译全文重读一遍。

“托尔斯泰的文学世界里有着太多唤起我心中近似于憎恨之情的东西。并且这份憎恨，以要击垮灵魂的沉重向我压来。托尔斯泰那不寻常的复杂个性、几乎无异于丑陋的怪物般的现象……他是伟大的。我强烈感受到他一面在叙述，一面在叙述的对岸缄默不语。也就是说，有很多东西甚至没被写进日记里去。他缄默不语，往后也不准备向谁述说，但时不时地，‘某些东西’会如暗示一般从他的谈话中流露出来。……我感到那似乎是一种‘否定所有肯定’的思想。是从难以消解的无边绝望、前人也不曾体会过的刻骨铭心的孤独的土壤中孕育而生的最为危险的虚无主义。我不止一次这么想过，于灵魂深处，他自始至终是对群众毫不关心的人。……在他眼中，群众如若蚊蝇，群众的活动就像是一出滑稽可笑的悲剧。……他在孤独的边境上，全神贯注地紧紧凝视着‘最本质的东西’——死亡的内核。”高尔基清楚且犀利地评价托尔斯泰。

高尔基还写下了和托尔斯泰、契诃夫会面时三人之间的有趣闲谈。托尔斯泰说：“我这一生之所以很少有过得幸福的时候，是因为我从来没有为自己活过，也做不到为自己而活；是因为我始终为自己的骄矜、为在世的别人而活着。”高尔基和契诃夫两人在回去的路上讨论了这番话。在高尔基看来，托尔斯泰“就像在讨要自己并不需要的东西一般，为了民众殚精竭虑。他就是喜欢强加于人”。

“除了少数几位，俄罗斯的宗教家都是些冷漠无情的人。因为他们心中缺乏积极向上的信仰。当我尝试写《底层》的卢卡老人时，只是因为我想创作这样的老人形象。这位老人对‘所有的出路’很感兴趣，其余众人却不然。只有避无可避时他才同他们交流。他之所以安慰他们，不过是想远离纷争罢了……”高尔基也对自己笔下的角色卢卡老人进行了说明。

总之，这篇回忆散文从头到尾都以丰富的暗示谈论了人生和文学，十分有趣。文章不仅仅停留于将托尔斯泰视作人道主义者或圣人而向他顶礼膜拜，还简略地捕捉到了这位怪物般人物的核心。

十几年前，我把梅列日科夫斯基的著名评论反复读了两遍，觉得自己算是理解了俄罗斯两大作家笔下的人物形象和艺术特点。不过，这篇评论固然是一篇独一无二的趣味性评论，但为了按照作者的意图成文，两人顺着过于有意的编排被全方位地对立了起来。评论也是创作，这一点能通过梅列日科夫斯基和勃兰兑斯的文学理论得到证明。正如近代小说家选取市井人物为原型进行创作，这些优秀的评论家也以古今文人为原型，按自己的喜好勾勒出文豪形象。

所以，无论怎么论述托尔斯泰的自我，梅列日科夫斯基和高尔基的论文都是截然不同的。前者是学者所著的正统研究，而后者则充满了现实性和天才般的观察。

关于托尔斯泰，高尔基这样说：“他就像在讨要自己并不需要的东西一般，为了民众殚精竭虑。他就是喜欢强加于人，强求他们读书，强求他们行走，强求他们成为素食主义者，强求他们爱护百姓，强求他们相信列夫·托尔斯泰对宗教的理性思索即为不朽之真理。对民众来说，必要的是绝不能让他们感到满足和愉悦，这之后放任他们举足前行便可。将民众置于和平之中吧。直面‘本质’这一无底之穴时人会感到绵延不绝的、痛苦的，甚至有时是愉快的孤独，就将他们置于这份孤独之中吧。”

若自古以来的圣人、贤人与天才都向民众讨要自己并不需要的东西，那么我们是否就无法识破潜藏在他们内心的秘密呢？即便是宣称某某主义的人，或许也在向民众讨要着自己并不需要的某物。万幸，头脑简单的民众会追随而去。……

我手头现有日语版的《大托尔斯泰传》第一卷、切特科夫的《晚年的托尔斯泰》、阿尔志跋绥夫的《托尔斯泰论》（内含题为《作者的感想》的随想集）及《黑暗的势力》。我一一读过，眼前浮现出怪物托尔斯泰的面影。

阿尔志跋绥夫也不是梅列日科夫斯基那样的正统学者。他将自己的心置于托尔斯泰的世界，以自己的风格进行阅读。“托尔斯泰活了八十三岁，却像只活过三日的人那样死去。……托尔斯泰生来便拥有人类能想到的所有才能，却又如最后的行乞者那般不幸。”

有意思的是，阿尔志跋绥夫在托尔斯泰逝去后，便肆无忌惮地对这位文豪发表自己的看法，结果招致了枪林弹雨般的谩骂和嘲笑。其原因在于，在托尔斯泰这座神圣的殿堂前，阿尔志跋绥夫有意摆出了一副离经叛道的姿态。这一点我们可从夏目漱石的情况来推断。夏目漱石去世不久后，对其创作人物和作品的评论中每每出现任何一点批评的声音，都遭到了其盲目崇拜者气势汹汹的驳斥。

我读过托尔斯泰不少著作，认为没有任何一个作家能与其匹敌——他的作品之中包含了人生百态。“所有人”都能“在作品中找到自己的一部分，或者说，在托尔斯泰的一部分里找到自己的全部人生”。莎士比亚是无法与之相比的，因为他只会写概念的、套路的人生世相。比起杰出的客观诗人莎翁，反倒是主观作家托翁的作品所呈现出的人生更加深刻、复杂和千姿百态，这真叫人觉得不可思议。托尔斯泰受欧洲社会常识的影响，崇拜耶稣，虔诚地信仰基督教，但信仰宗教之于他，就如溺水者拼命去抓住漂在水中的一根芦苇，其实对他并没有什么帮助。读罢《晚年的托尔斯泰》，我清楚地认识到了这一点。两千年来的封建迷信早已被破除，如今回望历史便能明白，托尔斯泰是耶稣无法相比的，托尔斯泰是肉身之躯，是有着深邃智慧的人。崇奉被称为神的超越人类的存在，坚信神子即为耶稣，过去那些信仰旧宗教的人先暂且不论；这些早已破除旧宗教的现代人——我是说，理应未被基督教国家天生的盲信所染指的日本国民——比起肉身的托尔斯泰竟将耶稣更看作人，这些现代人是有多么不知分寸。耶稣死时不才三十出头吗？与历经八十余年大风大浪的托尔斯泰相比，谁有着更丰富的人生体验，自然不言而喻。当然，单从年龄参考比较是不行的，不过托尔斯泰“拥有人类能想到的所有才能”，在天赋方面，和耶稣、和历史上的任何人相比都毫不逊色。

既然事实胜于雄辩，那就来比较比较托尔斯泰全集和四福音书吧，看看究竟是谁的作品内容更丰富、更能成为人生书目。托尔斯泰所皈依的只是他空想中的福音书。就如后世的诗人以希腊神话为原型尝试诗歌创作，托尔斯泰也只是把耶稣和原始的宗教故事当作素材随心所欲地使用，尝试创作出属于自己的杰作。孔子不也借尧舜吟咏自己的所思所感吗？

耶稣生性聪颖，所以他的演说能够打动人心。但这也是因为说教本来就很容易，并非一件难事。耶稣不过是在荒野经历了很短一段时期的考验，托尔斯泰却是在人间历经了八十年之久的试炼。耶稣告谕光明，托尔斯泰则借口说和笔头，写一些看似光明的东西。实际上，他的所有作品甚至他的一生都在让我们听见那些黑暗之中的呻吟。前者的光明是只存在于童话里的光明，后者的黑暗却是在大地和人心深处卷起旋涡的现实中的黑暗。

因此，我想和阿尔志跋绥夫一样试图这样总结：“既然如此，这位巨人究竟怎样活过？究竟在谁之名下活过？又究竟怎样死去呢？可以说，如果这位巨人的生活不具有任何伟大之处、意义及目的，那像我们这样渺小贫瘠的生活又能让人期待什么呢？”

托尔斯泰凭借他渊博丰富的学识、波澜壮阔的生活、明快勇敢的理智，度过了八十年的人生试炼，却在生命最后揭晓自己的这段人生毫无意义，这向我们传达了多么无助的信息啊！

《晚年的托尔斯泰》极其生动地写出了这位痛苦不堪的文豪是如何经受接连不断的苦难的。这有点像曲亭马琴为他年老的妻子所烦恼。马琴在他的作品中一边说法讲授人伦五常之道，一边又为那些美满家庭假象下的生活烦恼所扰。托尔斯泰也是如此，一边向人民宣扬原始宗教的教旨，教他们“左脸被打了的话那就再献上右脸吧”，一边又因老迈且痴癫的妻子而饱受折磨。他的崇拜者们说，托尔斯泰想放弃财产所有权和版权，但却因贪婪的妻子从中阻碍而未能实现，因而这位老文豪的内心始终未能得到宁静。但我却觉得就算实现了这种形式上的愿望，他的内心也无法获得安宁。只要出现一种不满，别的不满也一定会相继在他心上筑巢的。而且，就算是妻子索菲亚·安德烈耶芙娜从中作梗，但她操持着加上孙子、曾孙有二十八人之多的大家族，为了家族不成为托尔斯泰那不切实际的想法的牺牲品，为了避免落入失去财产的贫困窘境而极力反抗，这不是人之常情的一件事吗？

也有人拿着斯特林堡的《死亡之舞》夸大其词，但这种人不曾知晓过男女之间的本质吧。斯特林堡理应写托尔斯泰夫妇晚年时两人之间的阴影，就连托尔斯泰离家出走前的日记和他书斋中的抄录，都比《死亡之舞》更能传达那凄惨的境遇。

托尔斯泰的妻子常年以看守监视囚犯般的态度对待他。托尔斯泰既无法避开她的视线自由创作，也无法同好友自由交谈。她甚至不容许他在深夜冥想，为此，会在夜间透过卧室的门缝偷看。……托尔斯泰的妻子不仅会在丈夫面前提出各种要求和愿望，并且，如果丈夫拒绝她，她就会将那些要求和愿望化作行动，即便违背托尔斯泰的意愿也要试图使他服从自己。为了达到这个目的，她装疯卖傻，以自杀相逼，佯装要喝毒药或已经喝了毒药的样子，雨雪天半裸着身子待在外面，或半夜冲出家门。……事情至此，家人们告诫她这样做只会害死丈夫，却不料她不以为意，声称“那个人的灵魂于我已经死了很长时间了，他的肉体将落得什么下场都与我无关”。家人们接着质问如果托尔斯泰真的死了那她打算怎么办，她则做出了这样的回应：“那我就去意大利。我还没去过那儿呢。”

从同床共枕数十载的妻子口中说出这样无情的话，可谓锥心刺骨，终于使这位绝世文豪下定了最后的决心。尽管他担心追寻和平的离家出逃会被妻子发现，担心自己就算离了家也会走错路，掉入灌木丛，挂在枝杈上，或一头撞在树上摔倒在地……他因想到妻子的追踪而害怕得发抖。

关于这次举世闻名的“离家出走”，《晚年的托尔斯泰》一书为这位文豪做出了虔诚的解释。书中认定他犹如仙人倍受魔女折磨一般被妻子折磨的这段经历不容置疑，但我却觉得托尔斯泰既不是诚笃的神仙也不是圣人。托尔斯泰在日记里这样写道：“整天都感到愁闷不已。到了傍晚，这份心情软化了内心——使它渴求爱抚渴求爱情。我就像孩童那般渴求着，渴求谁能爱我，想埋进这样慈爱的人胸前放声大哭，得到这个人温柔的抚慰。然而，能够让我这样去到身边的人，究竟在这个世界的何处呢？”尽管托尔斯泰有着二十多位儿孙，受到世界的尊敬和爱慕，但他仍然感到深深的孤独和寂寞，痛苦不堪。放弃财产所有权、信仰四福音书，这些都只不过是软弱的他试图忘却寂寞的一场梦罢了。

生而为人、生而为超凡艺术家的托尔斯泰，我对此有着无比浓厚的兴趣，反倒并未被他的思想本身吸引多少。

纵观《安娜・卡列尼娜》《战争与和平》《克莱采奏鸣曲》及托尔斯泰的其他作品，它们都以最巧妙的技法生动描写了人性和世间百态。十几年前，我第一次读《安娜・卡列尼娜》，当读到伏伦斯基初见安娜的场景时，我无比震撼于那精妙的描写。从此，每当我读托尔斯泰的作品，我都感到自己正仰望着这位古今中外都无人能及的作家。不过，他的戏剧作品远不及他的小说那般精彩，就连他最出彩的剧本《黑暗的势力》也是如此。

无论是之前勘弥的演出，还是这次筑地小剧场的演出，都给人这种印象，恐怕也和演员并不精湛的演技有关吧。

尽管作为托尔斯泰的所谓转型之作，字里行间的说教和道德意味挥之不去，但托尔斯泰出众的艺术才华最终还是没能让这部作品成为一出单纯的道德剧。尼基塔既是俄罗斯这片土地上的农民，也是托尔斯泰的影子。随着尼基塔的悔悟，人类灵魂深处的光明呼之欲出，一如《忏悔录》《我的宗教》同样反映出托尔斯泰已身处光明之境，达到了大彻大悟的境界。但托尔斯泰到最后依然因为烦闷、孤独和空想而痛苦不已。《黑暗的势力》也是一样，它留给我们的印象依旧是黑暗的强大力量，难以消除的本能的跋扈。尽管是恶有恶报善有善报的欢喜结局，但它就像鹤屋南北的脚本一样阴惨而令人悚然。民众通过高尔基的文章也意识到，他们照单接受故事表面的情节发展，领悟出其中的教诲和希望，但这糖果的甜味其实是托尔斯泰有意让他们尝到的。

尼基塔是托尔斯泰内心的投射，由此我推想阿尼西娅恐怕就是他的妻子索菲亚·安德烈耶芙娜的影子。常年誊写丈夫的原稿，不断监视丈夫的一言一行，这样的她也被纳入创作的素材里，其影子被托尔斯泰鲜明地写进了故事中。若她没有察觉到这点可就太有意思了。据说马琴就屡次在作品中写过他那不够贤惠的妻子百婆。在这个问题上，现代的小说家们可就实在是过于诚实和愚笨了。

四福音书是由耶稣的弟子执笔而成的简洁的传记，而比留柯夫的《列夫·尼古拉耶维奇·托尔斯泰传》则是浩瀚详尽的人物传记，由原久一郎氏翻译介绍到日本。此译作导致我们失去了对传记人物的想象余地。无论耶稣还是孔子，如果他们毕生的言行都像托尔斯泰传这样被详细记录下来，曝光于白日之下，流露出种种人性，想必也会失去作为神子圣人的高洁吧。

无论忠实的弟子比留柯夫再怎么细致、如实、有条理地捕捉并记录托翁的举手投足，他也终究无法捕捉到托翁内心深处的秘密。不过，作为芸芸众生的人生之路的参考，它还是比《圣经》里的耶稣传更能让我们体悟伟人的真实之处，更充满趣味。

编后记

正宗白鸟（正宗白鳥，1879—1962），日本近现代小说家、评论家、剧作家。他是日本自然主义派作家的代表性人物，发表了许多以对生活的怀疑主义和虚无主义为主题的作品，亦撰写了诸多作家论、回忆录、剧作、文学评论等，1950年获得“文化勋章”。本文为发表于《中央公论》第41卷第7号（1926年）。

托尔斯泰杂感

作者　[日本]武者小路实笃
译者　刘孟琦
译校　陈凌虹

今年是托尔斯泰的百年诞辰。托尔斯泰逝世距今已十八年。在这十八年间,托尔斯泰曾忧虑的事情一次又一次地发生了:第一次世界大战、俄国十月革命、大量被波及的牺牲者……

我们总是觉得托尔斯泰的部分文字太过极端,那是因为在这些可怕的事情来临之前,他早已有所预感。

我会在接下来想要撰写的《托尔斯泰传》中翔实地记述托尔斯泰的故事。

而本篇我将试着碎片化地记录一些关于托尔斯泰的感想。

毋庸置疑,托尔斯泰作为一名小说家,是世界一流小说家中的一流。但是关于这一点,我如今却没有十足的信心。提起托尔斯泰的作品,我脑海中总会浮现出《卢塞恩》《克莱采奏鸣曲》,以及他的童话集等等。而关于《战争与和平》《安娜·卡列尼娜》《复活》,我表达不出任何观点。《战争与和平》我只读过一点,其他的两部著作则是在很久之前读的。虽然阅读之时既有敬意又有感慨,但因为是在二十年前读的,健忘的我已记不清了。

不过,我仍然记得在阅读《黑暗的势力》《活尸》《光在黑暗中发亮》等他的优秀剧作之时的感动。尤其是《黑暗的势力》,放在世界的剧作中来看,也是一部无可比拟的、令人感动的骇世惊俗之作。

然而，关于《黑暗的势力》如今我已记不清了，只能发表评论。

提起托尔斯泰，我的脑海中立刻浮现的不是一位作家，而是一个活生生的人。可以说，没有人能够像他一样，如此诚实，如此认真地、毫不避讳地在人生中挣扎，并苦于试图找到解决问题的正确答案。

在苦恼于老、病、死这一点上，托尔斯泰可以与佛陀相提并论，而在解决该问题上他又与耶稣的教谕相一致。

但与佛陀和耶稣相比，托尔斯泰又充满无数的人性弱点。可以说只有在这一点上，托尔斯泰和我们是相似的。

托尔斯泰有许多让人们敬佩的地方，从不扭曲真理是他最大的特点。

大多数人都为了谋求自己的便利而创造真理，为了自己能够安居而模糊真理。因为他们想编出一套说辞，从而肯定自己。

托尔斯泰绝不会扭曲真理，不会为了自己的生活那样做。

此事说起来容易做起来难。

这是只有身处绝境的人才能做到的事情，因为无论怎样含混真理也无法得到拯救。

此外，很少有人能够像他这样直率地表达自己的信念与感受。假如全世界的人都犯了错，那么他也会毫无顾忌地、直白地指出错误。

只能说，在他身上我真正感受到了人类的意志，从这样的意志中不会萌生出权威或权力。

他不会为了使他人的生活正当化而扭曲真理，因此不能按照他的要求生活下去的人终究会离他而去，形骸放浪。

但是，他所说的却是真实的。因为，我们不可能随随便便地就正确地发挥出生命的价值。

然而，从他的文字中可以得知，他认为肉体是一切罪恶的根源，他所追求的便是舍弃肉体。

《托尔斯泰福音书》中尤其对此有明确的叙述。

耶稣又对他们说："假使你们想要获得灵魂的生命却不愿舍

弃肉体的生命，则你们便得不到生命。只有那些为了灵魂舍弃肉体的人们才可以成为我们之中的一员。”

这并非谎言，虽说发挥灵魂的价值是很有必要的，但舍弃肉体并不是主要方式。不舍弃肉体，灵魂便无法存在，在这样特殊的情况下，我们必须舍弃肉体。

托尔斯泰把肉体看得过于重要。事实上，大概所有的罪恶都源于肉体。但是过于否定肉体，则会否定创造人类的造物主的意识。

让生命与肉体一同存在的造物主，首先希望所有人类的肉体生存下去，而不是只让灵魂存续。

只是，因为人人皆是肉体，人人都过于看重自己的肉体，而忽视他人的肉体。由此罪便诞生了。

肉体归属于个人。人类容易变成利己主义者，过于疏忽其他的因素，过于考虑自己。因此，人若拥有灵魂，便可以抑制自己肉体的欲望，要求自己给予其他的肉体合理生存的余地。

过于轻视自己的肉体，以及抱有强烈的罪恶感，这两种倾向在所有低等的宗教家、道德家中都很常见。虽然托尔斯泰的教谕精神没有错，但我不得不承认，托尔斯泰否认肉体的倾向有些过分。

世间存在这样的人也许是件好事。但没有被彻底否定的肉体也许会引起反动，最终会将精神击溃，也可能随意使人堕落。

请同样尊重你的肉体。只有尊重自己的肉体才能尊重他人的肉体，从而能够尊重灵魂。

然而事实上，当肉体不承担发挥灵魂的作用这一任务时，肉体就无法被拯救。

所以，“为了在灵魂中生存而抹杀肉体，通过这样的方式人类便可以得到救赎”，这样的说法是可行的。

人类的肉体必定会消亡。灵魂的作用必定会感化人类的内心，让人类完成自己的使命。

事实上，发挥灵魂作用的人会得到救赎，让灵魂沉睡的人，尤其是让灵魂窒息的人则不会得到救赎。

因为这思想上的微小差异，我才没有成为托尔斯泰思想的信奉者。

但是，人类的价值便在于发挥灵魂的作用。

不仅存在于亲邻之爱中，还包括无论身在何处都能忠实地履行自己的使命，以及发挥文学艺术的价值。

我和托尔斯泰的想法相左，但我之所以敬佩托尔斯泰是因为他在发挥灵魂的作用这方面属实抱有非常严谨认真的态度。因此，当我在阅读托尔斯泰的作品时灵魂也被唤醒。

道理归道理，想法归想法。事实上，如果不努力发挥灵魂的作用、不采取任何行动的话，你就像一个提出改进建议但拒不执行的人。那样的人，他的田野中产出的大米一定十分干瘪，且几乎不能让他人饱腹。

当我们不能像托尔斯泰那样更高效地发挥灵魂的作用之时，无论我们有多少出色的想法，在托尔斯泰面前我们都不得不表示深深的敬意。

在《托尔斯泰福音书》中，他还曾写下这样一段话：

> 那之后，耶稣派遣他所选中的弟子们前往各地之时，耶稣曾言："去宣扬灵魂的生命吧。然而为了这样做，首先要排除一切肉欲。你们不可携带任何私人物品，要通过伤害、患难、苦痛而开悟。迷恋肉体生命的人会让你们感到不快，让你们备受折磨，让你们痛苦万分。但是前方依旧无所畏惧，因为如果你们在履行父亲的圣旨之时，获得了灵魂的生命，那么无论是什么人都不能将此生命从你们之中掠夺而去。"

的确如此。宗教家这类工作性质特别的人，正需要如此的决心。

然而，想成为宗教家的人十分稀少。人们没有可以予以希冀的宗教家。

并且宗教家最好是那些特别的人，其他的人应时常被此类宗教家洗涤心灵。

我们的理想不是让所有的人变得空无一物，也不是让他们遭受迫害，我们不否定一切肉欲，只是让人们不被病态的肉欲所奴役，从而可以平稳度过一生。

在当今社会如果有诸多此类的宗教家则是一件好事。然而能成为这样宗教家的人属实不常有。

也许耶稣曾信奉过地狱极乐。但托尔斯泰却并非如此。

因此托尔斯泰过于畏惧现世中会让自己家族变得不幸的事物。他几乎不曾离家出走过，在离家出走之时早已来不及揭示真理，他的出走是为了寻求一个能够安心离世的地方。并且据说那时他甚至带着医生。

他不相信来世、不相信最后的审判，但我认为那些试图在灵魂和爱中生存的人，在战胜世俗之爱上的能力往往会十分软弱。在我看来托尔斯泰就是在此方面软弱的人。托尔斯泰的信奉者也不会乐于看到托尔斯泰的信奉者们在现世中遭受迫害。

这件事在《光在黑暗中发亮》中也有所提及：

> 自己怎样都无所谓。但我可以牺牲家人以及他人的生命吗？你明白吗？

据说，托尔斯泰的夫人曾说，如果托尔斯泰要离家出走，那么她便自杀，因此托尔斯泰才没能够离家出走。

这对于不相信来世的托尔斯泰而言也是可以理解的。

如果害怕给他人带来现世的不幸被视为懦弱的话，那么托尔斯泰便是懦弱的。

面对几百万人被杀害的情况也无动于衷的人，不能称之为勇者。

向往美好的世界，但又想完全避免牺牲者的出现。嘲笑这一心愿的人无法理解托尔斯泰的认真。

托尔斯泰的信奉者不会引发俄国革命，这是事实。然而通过托尔斯泰的作品获得生命价值的人、至少明白如何真正生活的人、对人生还没感到绝望的人，还有几十万、几百万。

至少还有很多人真心喜欢托尔斯泰那类人的生活方式。我想在日本就有几万人。

毋庸置疑，对我们而言“面包”是非常重要的。

但是触及内心的平和、内心的喜悦、生命的本真也是相当重要的。曾经感受过一次的人便无法再次接受虚情假意。

要摘取托尔斯泰的文字的话，则不胜枚举。

在《暴力法则与爱的法则》的序言中，托尔斯泰写道：

> 我之所以不得不撰写这篇文章，有以下理由：将基督教的人们从可怕的肉体的受难中解放出来，尤其是将他们从不断堕落的颓废精神中解放出来，这是我唯一懂得的事情。因此行将就木的我不能保持沉默。（外山楢夫译）

托尔斯泰晚年的作品描写的都是对全人类命运给予关心的人无法坐视不管的故事。有温情的人们都会对他的热情以及对人类的关爱表示敬佩。

他个人的不幸让人不禁动恻隐之心，实在是让人揪心不已。

古今中外，没有人能够像他一样认真执着。这一点也一直打动着我。我有时觉得他可以不那么啰唆地反复强调，但是托尔斯泰那份不得不说的认真态度和他的用心良苦，都令我十分钦佩。

当我们不能依靠理性或良心采取行动之时，也不要否定、轻视理性或良心的声音。如果没有这样做，我们的行动就失去了支撑点。托尔斯泰真可谓是代表人类的良心和理性的男人。不管是当我们不能如愿，亦或如愿生活之时，都绝不可轻视托尔斯泰的声音。

且不论政治家和那些可以将超个人生活嫁接到他人身上的人，不可否认，那些有自己的头脑、自己的心灵，立根于人类之上独立的人都会被托尔斯泰的话所打动。

我对如此认真地考虑人类的生命及命运的托尔斯泰心怀感激。

世人已经理解了间谍和死刑执行人的可悲地位。且对宪兵、警官,以及在某种程度上对军人的地位也逐步理解。但是,他们不能理解法官、元老院议员、大臣……以及革命的指导者以及革命参与者的地位。……他们也是同样的卑贱,有着作为人类的本性的、不自然的恐怖之处。

所有的人,特别是年轻人必须理解下面这件事:用暴力让他人的生活服从你们的意志,或者只是让他们服从指令,这都不仅是幼稚、迷信,还是荼毒灵魂的罪恶、恶行。

请你们明白,人类的幸福只存在于他们的团结之中,并且这种团结不会因暴力而瓦解。团结并不意味着每个人只对团结进行思考,只有在思考如何实现人生的法则时,才能实现团结。只有爱的最高法则对于万人而言才是平等的,才能团结全人类。(摘选自《暴力法则与爱的法则》)

从这些文字中可以窥见托尔斯泰思想中的一面,由此可知俄国统治阶级的人为什么会厌恶托尔斯泰。

但托尔斯泰会向带着权威和温情的人,向人类中的一员发话。

摘选托尔斯泰的文字便会停不下来,下面这些贬低俄国革命的话也饶有趣味。

那么诸位,手握权力的诸位,你们效仿欧洲自古以来压制革命的案例,你们明显想要将五千人、一万人,或者三万人绞杀或射杀。的确,诸位的目的就在于此吧。但是在套索、绞首架、间谍、来福枪等杀人手段及监狱之外,还存在着比绞首架和监狱更加强有力的精神力量。因为,此前诸位捆绑在墓穴旁或绞杀或射杀的人们会记住,他们同样拥有父亲、兄弟、妻子、姐妹、友人、同志。即使用刑罚杀戮将他们投入墓穴可以使诸位得到解放，那些他们亲近的人，甚至陌生人，他们的数量也会比诸位杀害并埋葬在土中的人数多一倍，同时又会多产生一倍数量愤慨的敌人。诸位会因你们的罪恶将这份憎恨放大到十倍，这会让诸位变得越来越危险。

他还写道：使用暴力、忍受罪恶，对谁会有益处，又对谁有损害呢？人人皆不解。但人人皆知爱是祝福。对于人类的一员——我而言，爱就是祝福。然而对于人类而言我的爱要更加浓烈。

比起了解对托尔斯泰本人众说纷纭的评价，阅读托尔斯泰的只言片语更能了解托尔斯泰本人。

他深刻理解基督教的精神，并知道他要发挥这种精神解救众人。但是他又不相信耶稣的箴言，只有耶稣讲述真实之时，他才会相信耶稣。

我们应该听从人类的本心吗？

听从人类的本心是不必要的吗？

似乎有一部分的人轻视着人类的本心。

迷信科学，却又轻视着如今科学无法解释的人类的本心。

但思想更加先进的人们一定会认为否定人类的本心是种可耻的行为。

对否认自己是人类这一行为感到羞耻的人们，会倾听人类本心的喊叫，也会倾听自己本心的声音。

通过托尔斯泰这一个人，人类的本心开始呼号。我们的本心都不能产生共鸣的时候，触碰一个人的本心的喜悦之情就足以让我们体会到人类的本心了。托尔斯泰所说的并非谎言。从我们的共同点出发，可呼唤出诸多言语。

因此我们才会感动。

谎言与常识，习惯与随性，巨人在沉睡中的人们中从本心发出呐喊，我们不能轻视他的真心。

利己主义者、野心和憎恶不被祝福。为一己私利随意利用他人生命的人也不被祝福。

以正确的姿态热爱自己的本来的生命以及他人的本来的生命，这样的人会被祝福。

爱敌者所向无敌。

托尔斯泰是世间被最多人的本心所爱之人，又是发自本心爱人之人。

他是一位想要成为忠实于人类本来生命之人，又在某种程度上已经如愿以偿之人。

也许没有人像他一样，能强有力地敲开尚未失去人类本心之人的门扉。

在近代也没有能与之匹敌的人，我想这么说也不足为过。

编后记

武者小路实笃（1885—1976），日本近现代诗人、小说家、剧作家。创刊《白桦》，是“白桦派”的代表作家。深受托尔斯泰影响，主张人道主义，开展“新村运动”。1951年获得“文化勋章”。本文选自武者小路实笃：「トルストイ雑感」，『大調和』2(9)，春秋社，1928年9月。

关于托尔斯泰的《复活》

作者 ［日］小泉八云
译者 刘孟琦
译校 陈凌虹

在开始某本书的讲义之前，为了打破单调，我们来谈论一下眼下世界中备受热议的、令人惊叹的一部作品。除了介绍作家的特殊讲义外，我有时会针对现如今文学界的重大事件——至少是让人认为有重大道德意义或者社会意义的事进行谈论，我相信这是我的义务。诸位在接受大学教育期间，应该养成关注文学界并对其加以合理的预想和判断的习惯。未来的情况是受如今的事件影响形成的，至少在文学界中是如此。

此前，我详细介绍了任何改革者——再加上一切拥有新思想的人——所遭遇的困难。拥有新思想的人总是会遇到困难。同时，当他们想回归一些虽然古老却不符合时代思想或社会现存倾向的真理时，也会遇到困难。托尔斯泰伯爵便是后者。

我想谈谈他晚年时期的作品。希望诸位能牢记，托尔斯泰是继屠格涅夫之后另一位代表俄国最高文学艺术水平的人物。并且我认为，托尔斯泰或许比屠格涅夫更伟大。说到俄国文学，虽说数量不多，但质量不逊色于任何其他国家的文学，甚至在法国文学面前也毫不逊色。这并不意味着俄国文人都是像法国文人那般注重形式的大家，他们达不到那种程度。但在描写人生、激发读者最佳情绪的技巧上，无人可与他们相比。

众所周知，托尔斯泰伯爵晚年的作品充满了宗教色彩。他创造了一种属于自己的基督教。可以说那是一种基督教与现实生活互为适应的、充满了诗意的宗教。诸位知道，现在俄国的基督教有诸多宗派，数量之多甚至给政府带来了困扰，严重程度远超上个世纪英国和美国贵格会成员给各自国家政府造成的困扰。诸位都知道俄国政府是怎样的政府。因此在俄国，若有人公然自称为非军国主义者，此行为对其本人的意义也不言而喻。即使如此，俄国每年依旧有数千人向政府放言，并甘于接受惩罚。实际上，政府除了惩罚他们也别无他法。数千人被放逐到国外，但宗派的数量却不断增加。这就是诸位了解到的关于俄国新兴基督教的概念，然而这只是极小的概念。我要谈论的这位勇敢的作家，虽对刚才所说的特殊宗教心怀同情，但并不属于该宗教，他自成一派。为了帮助从他父亲那一代就成为奴隶的农民们，他奉献了所有的财产。之后，他为了将稿费投入到慈善事业而写书。当他开始要放弃文学的时候，伟大的屠格涅夫为了俄国的文学，写信请求托尔斯泰回到小说的创作之路上。因为托尔斯泰有一种超越屠格涅夫、超越近代任何作家的能力——编剧的能力，赋予一本书的上百个人物真正思考、行动、言语的能力。但是他那时没有听取这高尚的忠告。那之后他主要创作了阐述道德事实的短篇小说。但是现在，他的确又重返小说的写作之路。因为他有想要表达的东西，最终写出了令人震撼的佳作。我不认为他最后的作品比他年轻时创作的小说出色，但我想说这是他迄今为止的作品中最惊世骇俗又最让人感动的作品之一。能和这部作品相媲美的，在这个世纪之中也好，在这个世纪之外也罢，尚未出现。从某种意义上来说，诸位可以把它看作一部宗教小说。但这本和教养、教理丝毫不相关的宗教小说，只是讲述了高尚的观念给作恶的人带来了心理上的影响。“宗教性”这个词只是被附加在道德上的情感，即宗教这一意义上。写完该书后，托尔斯泰伯爵作为神的亵渎者、不信者，作为被剥夺死后信徒特权的人，作为灵魂不被祝福的人，被俄国正教会判处破门之罪。诸位，要知道在俄国，至少文学会受到风俗上的检阅和宗教上的干涉，绝对没有自由可言。但实际上托尔斯泰伯爵书中的罪行，只是偶然比基督教更具有基督教色彩。试图改良基督教和攻击基督教，在社会上是同样危险的行为。

这部小说的主题是什么呢？一位俄国贵族在大学时代，不计后果地诱惑了母亲家的一位女佣，并使她怀孕。之后以自己的贵族身份，认为赠送一百卢布便足够补偿女佣。此后几年，他未与女佣见面。其间，他尽情作乐、潇洒生活，沦为凡夫俗子般利己主义的薄情人。一天，他作为陪审员被传唤到刑事法庭。一个娼妇因想谋财而害命，有投毒的嫌疑，法庭让男主人公裁决娼妇是否有罪。女人非常美丽，并且她的容貌立即引起了年轻贵族的注意。令人震惊的是，他发现她就是几年前在母亲家曾经诱惑过的女人。是他害她没能成为一位幸福的母亲，却成为他如今所见的样子。法院错误判刑，但因俄国刑事裁判制度相当不完备，他没能保释女人。无罪的她被流放到了西伯利亚。

听完判决宣告后，他突然明白自己败坏的道德给一位少女带来了多么严重的后果，即无论是肉体还是精神，一个人的一生完全被破坏了。自己会做出这种事，只是为了利己主义的快乐，那么有什么办法可以弥补他的过错呢？

有一个办法可以让他多少补偿她。他是地位高贵的贵族，她是有杀人嫌疑的娼妓，即便如此他也认为他道德上的义务便是和她一起前往西伯利亚，和她结婚，让她成为善良的妇女，奉献他的一生。

诸位之中，对于尚未读过这本书的人而言，这听起来令人难以相信。从社会层面来看，在19世纪，出于丝毫不被同情的道德，贵族主动贬低自己，这想想就十分愚蠢可笑。在这个国家，这样的故事是十分不合常理的，但欧洲的读者丝毫不这么认为。实际上，现在仍然有人记得古怪的英国贵族中也有很多人做过类似的事。他们高尚而极具同情心，因为承认自己的过去带来的后果而感到悔恨，同时，他们也是该作所描写的积极意义上的教徒，才能做到小说中所描写的那样。虽说善良的人可以做出任何牺牲，但是如果诸位读这部小说，尤其读在许多方面都比英语译本更加出色的法语译本，就会发现故事具有真实性的另一个理由。我认为，这不仅仅是一部小说，事实上它还是一部个人生活经验的记录。作者写书不靠凭空想象，他所描绘的故事都源于他的所见所感，他告诉了我们他亲身经历的过失以及他为了弥补过失所付诸的努力。

这本书第一章众多精妙的语句中，有这样一句：任何人都会伤害他人，欲进行补偿之前，伤害的范围会扩大到什么地步呢，我们不得而知。小说中的年轻贵族从一开始遇到这件事，然后理解这件事后惊异于此事的深刻性。渴望从善的确是一件好事，但这件事没有想象中的那么简单。前往女人的所在地，对她说“抱歉，请你原谅我。嫁给我吧，我有钱有势，可以保护你，给你带来幸福”，这看上去是一件很简单的事情。但是他在这么做的时候，便察觉到他在与整个社会、整个法律进行斗争。诱惑女人的时候，他还没有意识到，自己就是恃强凌弱的大型社会机构的一部分。所有的诱惑者都通过奸计，助长实际社会中残酷的野兽般的力量。他在为社会的利己主义毒瘤工作，社会又助长他的不良气焰。之后，他把牺牲者们推向沉痛的绝望、不幸的沉默和无尽的黑暗，然后再将他们压垮。但并不存在帮助弥补不公正的行为。当他想这样做的时候，社会会以道德的名义，以常识的名义阻挠他。于是，对社会而言，他就是敌人，是白痴，是不被普通人所尊敬的人。

那位贵族想要将女人从她的不幸中拯救出来，这一行为只会被世间所嘲笑。法律会阻挠他，他的朋友会把他看作无耻的玷污该阶层的人并蔑视他。看似乐于帮助他的官员们，也丝毫不会理解他的出发点。只有同情他的人，会认为他是被肉欲所驱使。对他而言，要经常忍受各种各样的误解就需要勇气。在他最特殊的境遇之下，在最特殊的场合，他不得不忍受各种各样的误解。他去找监狱的工作人员，不得不向他们说明自己想与有杀人嫌疑的女人结婚。他又不得不有辱门庭般地告诉他们自己的身份——公爵。他又不得不和监狱里的囚徒与重犯一起前往流放之地，在可怕的境遇中听天由命。他不得不忍受各种各样的侮辱。他所做的一切都是为了她，然而最终他却被她狠狠地侮辱。她谩骂他、嘲笑他、拒绝他的帮助。他唯一的希望，只是用忍耐和友好缓和她的憎恨。因此他跟着她前往西伯利亚。实际上他可以帮她撤回判决，让她出狱。但她拒绝了他的求婚，要和其他男人结婚。这就是本书概要。书中关于形形色色人物情绪的解析、只因一己私欲所带来的后果，以及改过自新的艰难，这些不可思议的例证都描写得精彩绝伦。小说中有上百个人物，这些人物都栩栩如生，十分真实。因为人物描写过于真实，甚至读者都忘记小说是用俄语撰写的。无论在哪个国家，人类的性格都是相通的。假如托尔斯泰着手剧本创作的话，我想他一定会成为一名伟大的剧作家。

这本书中的文学事实就是这些。惹怒教会和其文学性毫无关系。作者描述了一种教义，真正的基督教的教义，即从前基督教徒所认为的人类的爱之教义，与因为某种理由形成的俄国的现代教养上及政治上的基督教相反，因此而惹怒了教会。毋庸置疑，检阅官从一开始就企图在书中找到可以给作者判处破门罪的理由。因为托尔斯泰被宣告有破门之罪的主要原因是，他在书中写了“耶稣‘只是人类’”等类似的话。虽然这就是检阅官所认为的教义上的理由，但托尔斯泰被憎恨的理由不仅此一点，还关系到非常重大的事件。那就是作者在书中表示，教会这一大型机关，在维护正义的同时，也习惯于庇护不端行为，教会的上流人士，在行使教会最重要的义务的时候，往往表现出对政治的冷漠。托尔斯泰这种不满的态度正是他被判罪的主要原因。最终，比起其他的方式，判处破门之罪的方式实际上最符合作者的目的。

然而，关于这本惊世骇俗的著作，诸位需注意，我作为斯宾塞的学生，有义务告诉诸位，书中某些关于社会的论断，是经不起科学验证的。关于这一点，这部作品的确有不足之处。例如，在社会所有阶级中实现同胞之爱——废除监狱、废除刑法，根据现代社会的实际情况来看，这些是不可能实现的事情。在这本书中，我们可以随处发现可疑的、令人惊叹的真理。例如，托尔斯泰认为人生中最大的不幸，不是因为同情、因为爱，而是因为利益动机接近他人。按照作者所说，如果各位爱某人，只因爱而接近对方的话便不会变得不幸。然而假如诸位和对方交往后，对其没有爱，进行没有爱的交易，那么最终将会带来可怕的不幸。这听起来很美好，而且其中蕴涵着许多真理。然而这绝不是全部的真理。现代人的性质，在无论是宗教、教育、法律，又或者是其他各种手段的影响下，不会以此作为人生的信条。因此这本书里充满既伟大又令人迷惑的文字。我特别指出的缺点是书中过于高尚的部分，但这丝毫不会成为影响该作品的瑕疵。不接受这些教谕的人也好，看到这些教谕不禁微笑的人也好，这本书以一种非常高尚的方式，让人们思考最值得认真思考的问题。

编后记

小泉八云(1850—1904)，英国文学研究者、小说家，英文名为Lafcadio Hearn。他出生于希腊，曾在美国担任报社记者，1890年来到日本，与小泉节结婚并入日本籍。1896年任东京帝国大学讲师，讲授英国文学。他喜爱日本和日本文化，并介绍给世界，用英语创作了诸多日本印象记、散文、传说等。本文节选自小泉八云:「トルストイの『復活』について」,『文学論』,田部隆次訳,興風館,1946年，第176—186頁。

托尔斯泰的《卢塞恩》——与西欧的第一次相遇

作者 [日]柳富子
译者 陈凌虹

一

托尔斯泰的《卢塞恩》写于1857年7月，是作家根据他第一次到西欧旅行时在瑞士的一次意外经历所写的。

托尔斯泰以第一人称的“我”为主人公创作这部作品，坦率地吐露了自己的心情和想法。从这个意义上来说，这是探索当时的托尔斯泰在旅行中关心什么、如何思考和行动的重要线索。但由于该作是小品文，虽然曾有学者做过解读，但并非作品论，尚未得到充分探讨。

本文在探寻托尔斯泰从怎样的视角看待和表现西欧的同时，还将阐明托尔斯泰心中的西欧，即内在化的西欧，并结合他创作该篇前逗留西欧期间的见闻和思考，深入探讨这部作品。

众所周知，这部作品是在明治二十二年（1889）由森鸥外从德译本翻译介绍到日本的，最初以《瑞西馆听歌》的名称刊载于《读卖新闻》（11月6日—1月29日），明治二十五年（1892）以《瑞西馆》为名收录于《水沫集》。

笔者在此不打算重述小说内容，为了叙述方便，仅作简单介绍。

正如小说副标题“聂赫留朵夫公爵日记摘录”所示，主人公“我”是一位俄罗斯贵族。“我”到达卢塞恩，投宿于当地一流的瑞士酒店。

它位于横跨四州的湖畔，是古老的州府，也是瑞士首屈一指的风景名胜，世界各地的游客络绎不绝。临湖山水之美令“我”“眼花缭乱”，让“我”的灵魂颤抖。饭后散步回家的路上，突然听到令人怀念的美妙音乐的“我”，不由自主地被那音色的回响所吸引。一个身材矮小、衣衫褴褛的男人弹奏出的吉他和声，温柔的旋律，让“我”感受到美与诗的流淌，并沉醉在琴声和歌声中。音乐结束后，流浪乐师向酒店大厅里听音乐的客人们乞求礼金，然而大家对此完全没有反应。第三次，音乐师的声音微弱得几乎听不见，面对一分钱也不给的人们，“我”怀着感谢的心情给了几个硬币。

乐师接过钱后悄然离去，但主人公的心情并没有平复，他跟在这位音乐师后面，把他带回了宾馆，在大厅里请他喝葡萄酒。一看到寒酸的客人就领到普通大厅的服务生的歧视令他生气，他气冲冲地让人把他领到高级大厅，引来了英国富人们的皱眉，即带着寒酸的客人坐在英国人身边，英国人被这番骚扰吓得当场离去。

如此看来，显然是年轻正义的俄国贵族托尔斯泰对英国富人阶级的冷漠感到愤怒，并向这位乐师表达了自己的怜悯和关心。

然而，作者塑造“直情径行、多情多恨”的主人公“我”，其目的并不仅仅在于此。

所谓“我”，既是与故事发展相关的当事人，也承担着在故事发生之前，像摄像头一样去捕捉和呈现这异国风景胜地的时空和人的作用。

例如，我们来看看下面这个段落。

> 豪华的五层楼瑞士旅馆不久前刚落成，矗立在湖畔，那里从前有一座有顶的弯曲木桥，桥梁上雕有圣像，桥堍有座小教堂。如今英国人大量涌到，为了满足他们的需要，迎合他们的趣味，并靠了他们的金钱，拆毁了那座旧桥，新筑了一条笔直的花岗石湖滨街，街上盖了一排四四方方的五层楼房子，房子前面种了两行菩提树，都用支柱撑着，菩提树中间照例安放着漆成绿色的长凳。

这是个散步的好地方，头戴瑞士草帽的英国淑女和身穿坚实而舒适衣服的英国绅士在这里来回踱步，欣赏着他们的杰作。这样的街道、房屋、菩提树和英国人，在别处也许令人赏心悦目，但在这儿，在这庄严得出奇而又和谐得难以形容的大自然中，可不是那么回事。[1]

摄像头捕捉的视角，自然带有批评的眼光。湖畔古香古色的风貌转变为近现代的景观，其理由被作者揶揄为英国人的"蜂拥而至"。俄国贵族的笔触背后包含着对英国人的辛辣批判：工业革命后，英国成为世界经济的霸主，凭着自己的兴趣和财力改造他国的自然景观，并自以为是地行走于其中。

大厅里的晚餐情景是这样的：

七点半，侍者来通知我吃晚饭。底层富丽堂皇的大厅里摆着两张长桌，至少可坐一百人。客人默默地聚拢来，大约用了三分钟时间，只听得女宾衣服的窸窣声、轻轻的脚步声以及同殷勤体面的侍者的悄悄说话声。最后，全部位子都被绅士淑女们占据了。他们个个穿戴得十分漂亮，甚至阔绰，而且异常整洁。这里也像瑞士其他地方一样，旅客多半是英国人，因此公共餐桌上的主要特点是严格遵守礼节：大家都彬彬有礼，不随便交谈，并非由于高傲，而是觉得彼此不需要亲近，人人都单独陶醉在舒服和愉快的环境中。四面八方都是雪白的花边、雪白的硬领、雪白的真牙和假牙、雪白的脸和手。不过，所有的脸——其中也有很漂亮的——只有一种表情，那就是只满足于个人的幸福，对周围与己无涉的东西一概漠不关心。而戴着宝石戒指和半截手套的白手，只是用来理理领子，切切牛肉，斟斟美酒而已。从他们的一举一

1 引文参看列夫托尔斯泰著、草婴译：《列夫托尔斯泰中短篇小说选》，人民文学出版社 2020 年版。后同。

动中看不出丝毫内心活动。家人之间也只偶尔低声交谈几句，说哪道菜或哪种酒味道好，里奇山的景色有多美。有些单身的男女旅客默默地坐在一起，谁也不看谁一眼。

作者想从餐桌光景中鲜明地呈现英国富人阶级装聋作哑、漠不关心的本质，甚至可以用“执拗”来形容。而且，白色的最高级形容词“雪白的”反复出现，凸显了有闲阶级的奢华，而穷人的脏衣服亦像底片一样浮现在读者脑海中。

上述情景得到足够的铺陈后，作者描写了与之相对的法国人的气质。

我们在巴黎的公寓生活就完全不同。在那儿，我们二十个人，国籍不同，职业不同，性格不同，但在法国人爱好社交的风气影响下，大家坐在一起吃饭，毫无拘束，十分愉快。在那儿，大家从餐桌这一头谈到那一头，还常常夹些俏皮话和双关语，尽管说得语无伦次，但都是共同的语言。在那儿，谁也不在乎会产生什么后果，心里想什么，嘴里就说什么。在那儿，我们有我们的哲学家，有我们的辩论家，有我们的俏皮鬼，有我们的常被取笑的倒霉蛋，一切都是共有的。

1857 年（安政四年）1 月 29 日，托尔斯泰从俄国出发，于 2 月 21 日抵达巴黎，他将自己在巴黎期间的观察和体验巧妙地融入了小说中。与富于社交性、更加自由、开放、灵活的法国气质相对照，英国人在人际关系上的僵化性和以自我为中心的封闭性被凸显了出来。

的确，这种对英国人的辛辣描写是一个伏笔，即前文所叙述核心故事时已经提及的，讽刺在阳台上欣赏流浪乐师演奏的美妙音乐，却不愿意给一点礼金的非人性态度。但是，这已经超出伏笔的意味，或者说是一种超越即兴的一次性印象的、洞见本质的英国及英国人观。

由此，我们有必要在下一章探究托尔斯泰心中的英国形象。

二

在写这部作品之前，托尔斯泰对英国或者英国人有何种认识或者印象呢？

首先，让我们根据托尔斯泰的日记来寻找线索。

1844 年，托尔斯泰进入喀山大学学习，1847 年（19 岁），在就读法科二年级时，他告诉自己英语是必要的。

在 4 月 7 日的一节中，他写道："以前从未写过日记，因为没有任何益处。现在正在研究自己的能力进度，或许可以通过日记来判断进度的过程。……这一周我该做些什么呢？学习英语、拉丁语、罗马法律、法规。也就是把《维克菲尔德的牧师》［英国诗人、历史学家奥利弗·高威尔德·史密斯（1728—1774）的小说］中的单词全背下来，通读一遍。……"（90 卷全集，第 46 卷，第 29 页）

4 月 17 日，"今后两年在乡下生活的目的"的第三条是"学习语言，法、俄、德、英、意各语及拉丁语"（同上，第 31 页）。

1847 年 4 月，托尔斯泰从喀山大学中途退学，回到故乡雅斯纳亚·波利亚纳。

藤沼在论文中[1]，认为托尔斯泰 1851 年 3 月 24 日构思的《昨天的事》"虽是未完结的不成功之作"，亦"可视为其第一号习作"（第 86 页），是其"认真的创作活动"（第 86 页）。

正好在这个时期，托尔斯泰在 3 月 23 日的日记中写道："进行明确的翻译"（90 卷全集，第 46 卷，第 54 页），第二天写道："翻译一些有助于记忆力和文体发展的文章"（第 55 页），即斯特恩的《伤感之旅》。7 月 2 日，"四点到八点翻译"（第 62 页）。1851 年 8 月 10 日，他还评价道："我喜欢的作家斯特恩在讲述和理性地描述方面有着出

1 藤沼贵：《列夫·托尔斯泰——从大学中退到高加索之行》（《欧洲文学研究》第 9 号，1965）。

色的才能,但即便如此,抽离也令人感到沉闷。”1852 年 3 月 20 日、21 日、24 日,4 月 7 日、13 日仍然在翻译斯特恩。

同年 4 月 14 日,他在日记中写道:“读斯特恩,令人着迷”(第 110 页),当天还读了 *Histoire d'Angleterre* 的第一部(第 111 页),读了英国历史学家、哲学家戴维・休姆的《英国史》法译本。6 月 11 日,“读休姆的‘历史’卡尔一世。对哲学的最完美诠释就是历史”(第 123 页)。

同年 9 月 2 日,他又写道:“‘戴维・科帕菲尔德’多么有魅力啊!”(第 140 页)。据说托尔斯泰在雅斯纳亚・波利亚纳的书房里挂着狄更斯的肖像(第 403 页)。

我并非想用这些内容上难以确认的片段推导出当时托尔斯泰心中的英国形象,关于当时俄国人如何认识英国、托尔斯泰周围人的英国观、托尔斯泰在文学沙龙所听说的英国知识等问题,都需要再做讨论,但在此可以确认的是,他一直在关注着英国。

关于斯特恩和托尔斯泰的关系,已有研究指出托尔斯泰有可能从斯特恩那里学到了《童年》中的课题,即“切入人的情感”的方法论。[1]

比起斯特恩,更能抓住年轻的托尔斯泰的心的,是狄更斯。

在讲述 19 世纪中叶的俄罗斯如何接受狄更斯的著作时[2],卡塔尔斯基写道:“在完成《童年》最终稿之前,托尔斯泰就知道《大卫・科波菲尔》的存在,这一点毋庸置疑。他想用原文来阅读这部长篇小说。”(第 288 页)并引用了下面这封信:“1853 年 11 月 26 日,史塔罗格拉特科夫斯卡娅在给哥哥谢尔盖的信中写道:‘如果有机会,或者如果有机会去莫斯科,请给我买狄更斯的英文小说《大卫・科波菲尔》,还有我书架上的萨德勒的英语词典。’”(第 288 页)虽然无从得知她读的是否为英文本,但卡塔尔斯基还是提供了一个旁证。据说,作家埃尔帕切夫斯基年轻时曾被托尔斯泰问到哪位作家或作品对他影响

1 藤沼贵:《斯坦与托尔斯泰》,《日本俄罗斯文学研究会报》第 9 号,1966。

2《狄更斯在俄罗斯》。

最大，他提到了狄更斯。于是托尔斯泰说："你也是狄更斯吗？——饶有兴趣地问——你读的是俄译本吗？这是英文本根本无法与之相媲美的……这位作家对我产生了极大的影响。"（第 288 页）

对比《童年》和《大卫·科波菲尔》，确实可以发现苏联的许多研究者所指出的：从两位作家身上可以感受到"整体语调和风格的相似，叙事方法的相近"[1]（第 290 页）。

特别是年幼的主人公因各自的母亲去世而没能见最后一面，向一直忠实地侍奉母亲的两名仆人询问情况的场景，以及对少年们悲伤内心活动的不可思议的、独特的描写都很相似。对于后者，作者引用原作的文章进行对比，证明托尔斯泰创作时的确在思考狄更斯。

狄更斯文学的特征之一，是作者对穷人的温暖目光和对冷酷的有钱人的愤怒形成了鲜明对比。而且，通过他对生活的细致描写，我们可以清晰了解工业革命后英国政治、经济的运行机制。虽说这种简明易懂的描写方式是其通俗性的来源，但我想强调的是，通过熟读这部作品，托尔斯泰对当时英国社会的金钱支配一切的制度、强者压迫弱者的现实，比通过报纸杂志有了更加切实和深刻的理解。例如，大卫被继父默德斯通送到昆尼翁处当学徒，这种以低廉的工资长时间奴役未成年人的情况，正象征着英国的社会现实。

或者说，这种印象在托尔斯泰心中已经内化，并沉入了意识的深处，但值得注意的是，他对英国的关心在西欧旅行时也一直在延续。

1857 年 1 月 29 日，托尔斯泰乘马车从莫斯科前往波兰，然后乘列车于 2 月 21 日到达巴黎。2 月 24 日写道："英语教师来了。"（90 卷全集，第 47 卷，第 114 页）接着 2 月 25 日又说："老师们一上午上了很多课，我就没那么勤奋了。"（第 114 页）可知托尔斯泰在学英语和意大利语。

2 月 26 日，"9 点起床，一直感到疲劳，刚开始准备学习英语，老师就来了"（第 11 页）。2 月 27 日，上午到下午 2 点学意大利语。2 月

1《狄更斯在俄罗斯》。

28 日，虽然英语老师来了，但“和他上课不顺利，拒绝了”（第 115 页）。

托尔斯泰从小就跟随德国人学德语、法国人学法语，因此精通德语和法语，但是英语和意大利语，即便能读懂，也应该不会说。从这个意义上可以理解他刚到这里就对这门课表现出的热情和焦躁，但他似乎和英语老师相处不太好，自从拒绝了这位老师之后，就再也没有继续上英语课的迹象。

但是，比起语言课，更值得注意的是 4 月 30 日“读到英国人对中国挑起的恶性事件，并与英国老人讨论此事”（第 125 页）。

根据注释（第 47 卷，第 48 页）可知，1856 年秋，在航行于广东珠江的英籍船上，中国当局以走私鸦片的罪名逮捕了数名中国人。英国驻广州领事巴夏礼和在中国海域指挥英国舰队的塞缪尔提督认为这是对英国的羞辱，但并未从中国当局获得赔偿。10 月 6 日，英国舰队炮击毫无防备的广东，登陆后肆意掠夺这座城市，杀害居民，强奸妇女，无恶不作。1857 年 3 月 6 日，格拉德斯通和科布登在国会发表演说，针对中国问题，批评帕默斯顿政府的政策，攻击巴夏礼和塞缪尔的非法暴行。但是，在野党的这种攻击并没有妨碍政府在中国继续实施强硬政策。

如果参照英国历史[1]做一些补充的话，1856 年 10 月 8 日，中国士兵闯入停泊在广东珠江的“亚罗”号，扯下悬挂的英国国旗，以海盗嫌疑绑架了十二名中国船员。“亚罗”号虽然是中国人的船，但因为是香港籍船，所以挂着英国国旗，但当时船籍已过期。

遗憾的是，托尔斯泰在巴黎通过什么报纸和杂志了解“亚罗”号事件的详细经过已不得而知，但可以肯定的是，在写《卢塞恩》之前，“亚罗”号事件作为一个“可憎的事件”，在这位作家的英国印象中留下了阴影。事实上，在《卢塞恩》的后半部分出现的“我”的冥想中，

1 村冈健次、木畑洋一编：《英国史（第 3 卷：近现代）》，山川出版社，1992，第 168 页。另外，托尔斯泰全集注释的事件日期是 1856 年 10 月 6 日，而这份文献注释为 10 月 8 日，有两天的偏差，前者应为排版错误。

虽然只是提及此事件，但却显示出严厉的批判态度。

托尔斯泰对国际政治的关注，与其说是出于对外国的人道主义感情，不如说是源于自己参加克里米亚战争、经历祖国失败的残酷体验。对于已经将塞瓦斯托波尔被英法联军包围、攻陷的情景写成小说的这位作家来说，不可能不在意列强的动向。

第三天，即 1857 年 5 月 2 日，他在克拉朗时的记录里写道："英国人都读过莎士比亚、拜伦、狄更斯。现在所有的人都在唱歌、玩耍、去教会，都是有家庭的。但这些都是生活的简便活法，不是内心世界的需求——他们的内心世界还在沉睡。"(205 页) 这与前面提到的"亚罗"号事件不同，大概托尔斯泰感受到了现代英国人内心世界的空虚。当然，这种感想是斯拉夫人常有的，来自斯拉夫的血统……。

托尔斯泰在《卢塞恩》中对英国的纠缠，其长期积累的思考在偶发事件的刺激下一举被燃点的可能性是很大的。

当然，讨论托尔斯泰心中的英国形象的同时，也有必要考察其心中的法国和瑞士。

三

我所说的"内在"或"内在化"，指深入精神内部的血肉化的东西。

众所周知，托尔斯泰爱读斯坦纳、狄更斯，尤其对卢梭情有独钟，从 14 岁到 21 岁，托尔斯泰读了《告白》《爱弥儿》《新爱洛伊丝》，并深受其影响。[1]

---

1 藤沼贵：《卢梭与托尔斯泰》，《比较文学年志》第 5 号，早稻田大学比较文学研究室，1969。虽然这篇论文的考察范围仅限于 1853 年以前，但剔除了一般使用的资料（1891 年 10 月 25 日托尔斯泰写给雷德雷的信），进行了严密的论述。该信因其回忆性和创作性，确实有不准确之处，但笔者在此关注的是如何读《卢塞恩》，亦会参考比利留科夫《托尔斯泰传》中的回忆。甚至，我认为这篇论文中所引用的托尔斯泰对卢梭的论述是极其重要的，从反面印证了托尔斯泰回忆的可信性。

他的日记表明，在1852年执笔《童年》期间，他还在不断地重读卢梭。6月29日阅读《爱弥儿》第四篇《萨瓦省牧师的信仰自白》（第46卷，第111页），7月8日阅读《自白》（第133页）。7月15日，他发表了感想："读了卢梭（《自白》），我感到他在教养和才能方面比我高太多，但另一方面，他对自己的尊重、不屈不挠和分辨能力又比我差太多。"（第134页）

翌年，即1853年7月8日，他又重读《萨瓦省牧师的信仰自白》，感怀写道："读了这本书，我就会像往常一样，产生无数认真的、高度的思想。是的，我最大的不幸是过度理性了……。（略）无法向自己证明神的存在，找不到一个实质上的证据，抽象的概念被认为是多余的。——理解包含着玄机的绝妙秩序的世界的永恒存在，比理解创造它的存在要容易得多。人类对幸福的身心两方面的渴望，是领悟生命奥秘的唯一途径。"（第167页）

正在西欧旅行的托尔斯泰与屠格涅夫于1857年3月9日从巴黎前往第戎，并于3月14日返回巴黎。众所周知，卢梭面对第戎学院的征文题目"科学与艺术的复兴，将会污染道德，还是净化道德？"写下论文《论科学与艺术》（1750）并因此声名大振。托尔斯泰的日记和笔记中都没有提到第戎和卢梭，但在《自白》第八卷[1]中详细记录了当时的情况，可以认为托尔斯泰读完后觉得没必要再记录。托尔斯泰在巴黎度过一个半月后，于4月10日搬到日内瓦，在《新爱洛伊丝》的女主人公朱丽住过的克拉朗停留两个月。

翻开《新爱洛伊丝》[2]，其中有一段描写圣·普栾被伏尔玛夫妇接受并被带到庭院的场景。

> 说到这里时，我产生了一阵想象，使他们笑了。我便对他们说道："我设想一个巴黎或者伦敦的有钱人，他成了这所房屋的主

---

1 卢梭：《自白》，柔原武夫译，筑摩书房，世界文学大系22，1979。

2 卢梭：《新爱洛伊丝》，安士正夫译，岩波文库，1986。

人，并随身带了一个建筑师，他给建筑师很高的工资来破坏大自然。他将以怎样的蔑视进入这简单和平庸的地方！他将以怎样的藐视拉掉所有这些破烂的东西！他将采取的美丽的直线！那些漂亮的小径他将使之穿过！那些好看的鹅掌，那些像阳伞、像扇子的美丽的树木！那些雕得很好的漂亮的栅栏！那些画得好、弄得很方正、扭得好的美丽的绿树棚！那英国细草的、圆形的、方形的、凹形的、椭圆形的漂亮的草坪！那些切削成龙、塔、滑稽人像和各种妖魔的美丽的瓶架！那些紫铜的优美的盘子，那些石头的美丽的水果，他将用以装饰他的花园！……"德·伏尔玛尔先生说道："当这一切实现之后，他将做成一个非常美的地方，人们不会上那儿去，而且人们总是急急忙忙地从那儿出来去寻找田野；是个悲惨的地方，那儿人们不会去散步，可是人们为了去散步而要从那里经过；与其去田野散步，我常常急于回到这儿来散步。"[1]

卢梭在这里想说的是，无论英国和法国的有钱人如何尽显人工之美，也达不到自然的精妙协调。

我在第一章中引用了托尔斯泰描述瑞士美丽的自然景观被英国人改造，破坏了自然和谐的情景。托尔斯泰在《卢塞恩》开篇颇具讽刺意味地描绘这番景象，如考虑他已经读过《新爱洛伊丝》，则可认为他受到卢梭的影响，或者也可以说两者对于自然的理解不谋而合。

无论如何，对托尔斯泰来说，法国和瑞士不仅是对他产生巨大影响的作家卢梭的渊源之地，更重要的是，他在《卢塞恩》中植入了卢梭的影子。

当然，法国和瑞士的意义并不仅仅在于卢梭。

与地处欧洲边境的专制主义的祖国相比，这些国家对托尔斯泰来说确实是先进的、文明的、自由的、富于知识刺激的异乡，因此托尔斯

1 引文参见卢梭著：《新爱洛伊丝》，伊信译，北京：商务印书馆 2011 年版。

泰在巴黎期间非常活跃，神经紧绷地吸收知识。

顺便一提，据2月28日的日记可知，他去索邦听了讲座，评价道："浅薄，普林尼有过人的机智"。(第47卷，第115页)注释说从对普林尼的提及推测，讲座人有可能是当时在索邦教授罗马文学的尼扎尔(Desire Nisard，1806—1888)(第418页)。3月5日，同样在索邦，托尔斯泰做了一些关于圣马克·吉拉尔登(St. Marc Girardin，1801—1873)的戏剧历史的笔记，3月6日去了法国科莱日。关于波德里雅尔(Henri-leon Baudrillard，1821—1894)的讲义，他评价道："准确，简洁"(第116页)，并评价弗兰克(Adolphe Franck，1809—1893)的讲义"富于知性和诚实，但其宗教性难以理解"(第116页)。前者从1850年开始在法兰西大学讲授政治经济，后者是哲学家，讲授自然法和国际法(第442页)。

4月18日，托尔斯泰读了瑞士的历史和宪法，4月19日读了法国史，4月26日读了革命史，也读了很多文学作品。比如巴尔扎克的《贝蒂表妹》，4月10日、11日、12日连续读该书。托尔斯泰应该知道该作为巴尔扎克代表作之一，1850年去世的巴尔扎克在法国依然享有盛名。4月15日读《人间喜剧》序文，4月20日读小仲马的作品，与《茶花女》异曲同工，是当时畅销的小说。[1]

同时，托尔斯泰还在法国大剧院和蒙马特街五号的瓦里埃特剧院等处欣赏了多场戏剧和歌剧，并留下记录。

尽管如此，他并没有把这一切当作"旅行者都会做的事""完全平凡的境界""没有独特的计划""贪婪的态度"(第488页)[2]，而是于4月6日，在巴黎亲眼目睹了犯人在断头台被处死的情景，而强调这种"强烈冲击"的观点确实有其必然性和说服力。目睹死刑后的第二天，他离开了巴黎，二十年后，他仍然"懊悔"地回想起这一情景，他坦言自己"全身心地领悟到""带着自我的我"来判断事物。

---

1 关于《茶花女》，受教于小林路易教授。

2 藤沼贵：《列夫·托尔斯泰的西欧之旅——关于其原因的一个考察》，《俄国·西欧·日本》，1976，第479—496页。

如何定义托尔斯泰西欧之旅的意义？从旅行前托尔斯泰的问题意识来推断，死刑和卢塞恩的流浪乐师事件其实就是“艺术与道德”（第493页）的关系。毫无疑问，《阿尔贝特》和《卢塞恩》两篇作品都在探讨艺术的力量。

如果把焦点集中在《卢塞恩》这部作品上，就像在与卢梭的关联中提到的那样，我认为在巴黎的印象、体验和知识的积累，在某种意义上是不可忽视的。例如，在与乐师的对话中，有如下段落：

> “……根据这儿的共和国法律，他们不让你唱，可是在意大利，你到处都可以唱，谁也不会说一句话。在这儿，他们高兴让你唱，就让你唱；不高兴，就叫你坐牢。”
>
> “哦，真有这样的事吗？”
>
> “是的。要是他们警告过你一次，而你还要唱，他们就会叫你坐牢。我已坐过三个月牢了。”他笑着说，仿佛这是一个非常愉快的回忆。
>
> “哦，这真是太可怕了！”我说，“这究竟是为什么呀？”
>
> “这是根据他们共和国的新法律，”他兴奋起来，继续说，“他们不肯想想，也得让穷人活下去。我要不是得了残疾，我也愿意工作。至于我唱唱歌，那又会损害什么人？……共和国法律究竟算什么呀？要是这样，那我们还要共和国干什么呀？

这位乐师补充说：“我们宁可要自然法。”

前文已经提及托尔斯泰读过瑞士历史和瑞士宪法。他在《卢塞恩》中说：“这不是虚构，而是确凿无疑的事实。”“这件事当代历史学家应该用不可磨灭的如火如荼的文字记录下来。”但就算事件本身是真实的，其中的细节到底有多少是真的，多少是虚构的，我们不得而知。

假设这段对话是真实的，那么对瑞士法律抱有兴趣的托尔斯泰就能从对方那里具体了解法律的实施方式；如果是虚构的，我们似乎可以这么解释，即熟悉共和国法律的托尔斯泰精心设计了这段对话，用于批判瑞士的法律。

继续往后读，托尔斯泰在小说的后半段加入“我”的冥想：“为什么这种惨无人道的事不可能发生在德国、法国或者意大利的任何一个乡村，而发生在这儿，在这高度文明、自由和平等的地方，发生在这最文明国家的最文明旅游者集中的地方？为什么这些又有教养又讲人道的绅士淑女一般也能讲讲公道，做些善事，如今面对一个不幸的人，却缺乏人类的同情心呢？”由此可见作者对瑞士早有相当的了解。

但是，“我”的逻辑，再往后就完全逆转了。指责别人的“我”意识到，自己也应该对羞辱服务生、蛮横对待守门人等行为负责。“一个人想积极解决各种问题，因而被投入善恶、事件、思想和矛盾的永远动荡的海洋，这真是不幸而可怜。”“人们总是在这永远运动着的善恶混杂的无边海洋里进行分类，在想象中划分这海洋的界线，并指望海洋真的会一分为二，仿佛不可能从不同的观点、不同的方面做出其他无数种分法似的。不错，多少世纪来人们不断进行着新的分类，虽然已过去了许多世纪，今后还会有许多世纪到来。文明是善，野蛮是恶；自由是善，奴役是恶。正是这种虚假的知识扑灭了人性中最本能最幸福的对善的要求。”

解剖完自己智性上的意识，回到自然状态的“我”在沉思中这样说：“允许和规定这些矛盾同时存在的上帝，真是无限仁慈无限睿智！可是你这渺小的虫子竟胆大妄为，胆敢探索上帝的法则和上帝的意旨，只有你才觉得存在着矛盾。”

托尔斯泰没有使用既存之“神”（бог）一词，在此也没有必要使用这个词。但他在愤怒地表示“应该用不可磨灭的如火如荼的文字记录下来”后，在冥想中发出搅乱世界的声音，作为小说来说，这种打破常规、缺乏连贯性的做法令人触目惊心。然而，敢于通过如此的表达，让自己直面充满矛盾的混沌人生的力量，绝非《卢塞恩》所独有。巴尔扎克的《贝蒂表妹》亦充满了金钱欲、爱欲、妒忌、阴谋等各种情感。在另一层意义上，这些情感比目睹断头台死刑受到的冲击还要强烈，促使我们思考潜藏在人性中的善与恶。同时，旅行前的战争体验、与阿尔谢尼耶娃的恋爱失败、试图解放的农奴对他的不信任等，让托尔斯泰的此次旅行伴随着各种矛盾的心情。以此事件为契机，他客观地看待自己并对混沌示以容忍，在我看来，与其说是突然的感伤，不如说是作者经过多年的思索，从灵魂深处自然流露的结果。这让我们想起卢梭《萨瓦省牧师的信仰自白》所体现的世界观，二者非常相似。

编后记

柳富子（1932—　），早稻田大学教授，1963年毕业于该校研究生院俄罗斯文学研究科，获博士学位，著有《托尔斯泰和日本》（『トルストイと日本』，早稲田大学出版部，1998年），是日本当代研究托尔斯泰的代表性学者。

本文选自柳富子：「トルストイの『ルツエルン』——西欧との最初の出会い」（发表于《日本比较文学年志》28号，1992年），『トルストイと日本』，早稲田大学出版部，1998年，333—353頁。

托尔斯泰的个性

作者 ［日］藤沼贵

译者 隋源远

一

列夫·托尔斯泰活了82岁，其中有近60年进行着文学创作。就像所有作家一样，他漫长的生活和创作是一个连续不间断的过程。《战争与和平》是他整个四十年人生的产物，而《安娜·卡列尼娜》则与《忏悔录》紧密相连。无论他的生活有多么丰富多彩，其中都没有出现本质性的突变，也不存在以某个时间节点为边界的两个不同的托尔斯泰。然而，我们仍然可以将托尔斯泰生活中的事件，或是某个蓄积已久的变化浮出水面的时期，作为其创作生涯的分界点。然后，以这些分界点为标识来考察其漫长而曲折的创作道路。

第一个分界点在1847年4月——当时18岁的托尔斯泰从喀山大学退学，回到了他的家乡雅斯纳亚·波利亚纳。在托尔斯泰丰富的人生经历中，这次大学辍学可能显得微不足道。然而，它却有着令人意外的重大意义。这是因为这一行为包含着托尔斯泰当时最大的热情和决心——不仅决定了他作为一名作家的人生道路，还包含着不容忽视的、有助于理解其个性的重要信息。

1847年3月，在导致他从大学退学的住院期间，托尔斯泰开始写日记。在第一天——3月17日——他写道："在这里我完全是独处，没有人打搅，没有人侍候，没有人帮忙，因此我的理智和记忆也就不受外界的任何影响，我的行动也非成熟起来不可。独处对于生活在人群中的人是有益的，交往对于不生活在人群中的人也同样有益。人一旦脱离人群，进入自己的内心，理性立刻会摘下他那副歪曲一切的本来面目的有色眼镜，他对事物的看法也清楚了，他甚至会诧异，为什么以前他竟然没有看到这一切。”

长期以来，托尔斯泰对常识、传统智慧和既定秩序感到怀疑。从1847年1月起，他就一直在努力建构自己的生活方式，在医院的孤独经历，让他获得了回顾自己的人生，并将脱离外界影响的自己与周围环境进行对照的机会。而当开始这样的沉思时，他立刻感到，对周围普遍认同的生活的不信任加深了，而这也越来越坚定其构筑自己独特的生活方式的信念。同样是在3月17日的日记中，他写道：“不规矩的生活并不像上流社会大多数人所说的那样是年轻幼稚的结果，而是灵魂的早期堕落所致。……”

然而，也就是在住院期间，曾经是差生的托尔斯泰对学问产生了浓厚的兴趣。他开始从事梅耶教授交给他的研究项目——“孟德斯鸠《论法的精神》与叶卡捷琳娜二世《训令》的比较”。这个课题令人意外地吸引了托尔斯泰的兴趣。从3月18日开始的大约十天里，他的大部分日记都是关于这项研究的——在3月19日他写道：“一种对学问的热情开始在我身上出现。”然而不久“奇怪的事情”就发生了，这种热情并没有让托尔斯泰走上大学生活的安定轨道，相反还把他拉离了出来。当时发生的事情，托尔斯泰本人是这样向皮鲁科夫描述的：“不管这样说有多奇怪，对《训令》和孟德斯鸠《论法的精神》（这本书至今仍在我身边）的研究为我开辟了一个独立的智力劳动的新领域，但在这件事情上，包含各种各样要求的大学不仅无助于开拓它，反而还成为阻碍。”[1] 哪怕是想要沿着自己的兴趣着手研究大学指定的课题，托尔斯泰也发现自己无法适应外部世界的各种约束。

1 比留科夫：《列夫·尼古拉耶维奇·托尔斯泰传》（第三版），第一卷，1923，第56页。

就这样，托尔斯泰在这次住院期间或是之后不久，开始认为自己不仅有义务为自身设定目标和准则，甚至还要为自己提供教育和训练的场所和手段。恰好在这期间，他获得了属于自己的遗产，成为雅斯纳亚·波利亚纳的庄园和农奴主的托尔斯泰在出院后，毫无留恋地抛弃了大学、社交界和都市生活，回到了家乡。我们不清楚托尔斯泰本人在多大程度上意识到这一决定的重大意义，也不清楚他在多大程度上意识到这条道路的艰辛。然而，这种从大学辍学回家的行为意味着他把自己的"理性"看得比社会习俗和既定秩序更为重要，他没有选择享受和平的生活，而是选择了奋斗和"孤独"的生活。

然而，这里的描述可以从不同方面进行解释。如果我们强调对现存秩序的拒绝这一点，就可以把托尔斯泰视为一个具有某种社会意识的革新者；如果我们强调他依靠自己而不是外部事物这一点，则他将成为一个彻底的个人主义者或是一个将自我置于一切之上的浪漫主义者；而如果我们强调的是"孤独"这一点，那托尔斯泰就会成为一个"在漆黑的夜里行走在峭壁小路之上"的人。但如果试图从回到雅斯纳亚·波利亚纳的托尔斯泰身上找到一种反抗的逻辑、自我的赞美，或是背负着阴影的悲壮，则只能收获徒劳。为了清除所有这些误解与徒劳，我们必须更进一步，去厘清托尔斯泰所仰赖的"理性"和他所经历的"孤独"的含义。

上文引用的 3 月 17 日的日记还包括以下内容："只要理性继续起作用，它就会指出你的使命何在，并且给你规定一些准则，让你带着这些准则勇敢地走向人群。一切适合理性这个人类秉有的最重要的能力的，同样也适合存在着的一切。个人的理性是一切存在物的一个部分。部分不可能打乱整体的秩序，而整体却能够扼杀部分。因此你要使自己的理性适合整体，适合一切的源，而不是适合部分，不是适合人群。这样你的理性就能够与整体合流，而人群作为一个部分，也就不致影响你了。"这些话实在太含糊了，乍一看似乎是矛盾的。一方面，托尔斯泰认为理性是一种完成的东西，一种高高在上的东西，一种赋予人使命和准则的东西；另一方面，他又认为理性是一种必须被提升的东西，一种必须服从于更高的东西的东西。事实上，我们在这里得到的并不是一个结构清晰的想法。相反，它表达的是一个不在乎矛盾和暧昧的年轻人所怀有的一种模糊的信念——可以说是一种类似于情绪的东西。然而，这种模糊的情绪不能被归结为矛盾或混乱。相反，托尔斯泰的个性似乎在这本日记的字里行间得到了生动的表达。之所以这样说，是因为托尔斯泰自我的双重性在这些话中得到了表达。

托尔斯泰所思考的理性，正如日记中所说的那样，是一种人类的能力。列夫·尼古拉耶维奇的理性，不过是列夫·尼古拉耶维奇体内的一种能力。但另一方面，正如日记模糊的表达所暗示的那样，托尔斯泰所指的人类理性又不是仅仅停留在个人能力范围内的东西，而是与普遍性相关的，能够且必须相联的存在。"列夫·尼古拉耶维奇的理性在列夫·尼古拉耶维奇体内。但如果我们进一步深挖，就能够超越列夫·尼古拉耶维奇个人而到达所有人共有的、普遍的理性"——托尔斯泰模糊的情绪表达，可以通过这种方式来解释。

没有反抗的理论、缺乏同志、抛弃大学生活而选择回到家乡的托尔斯泰，在某种意义上成了孤独的一个人，开始走自己的路。但正如没有个人自我的绝对化一样，这里也不存在绝望般的孤独。至少，从托尔斯泰自己的意识来看，他回到农村是为了超越、克服被诱惑和虚伪所束缚的个人生活，摆脱只有表面关系的社会的孤独，换句话说，通过回归自身，他在生命的底部找到了强大的力量。放弃学业回老家的行为，在当时的常识看来几乎是荒谬的，如果托尔斯泰没有感受到这股力量，应该也不会做出这样的选择吧。

这种不相信外部事物，转向自己，在自己的根底感受到某种普遍性的东西，而不是停留在个人框架内的特点，不仅是托尔斯泰此时的特点，而且贯穿了他的一生。无论他在这一点上受到多少批评和攻击，托尔斯泰一生都无法脱离这种感受和思考方式——它们有时被称为理性或良心，有时被称为生命力，但意思几乎是一样的，不仅如此，就连托尔斯泰的上帝也不例外。由于托尔斯泰本人在这个时候没有使用“上帝”这个词，所以我们没有必要说“托尔斯泰在住院生活的孤独中遇到了上帝”或“托尔斯泰站在上帝的意识上藐视大学”。但托尔斯泰很快就开始祈祷的上帝，以及他在《忏悔录》之后所主张的上帝，与他在 1847 年春天隐约感到的普遍理性在本质上是一样的。对托尔斯泰来说，上帝是不是客观存在的并不重要。他后来甚至追随康德，拒绝证明上帝的存在。[1] 托尔斯泰的上帝不是一个客观现实，而是一种主观意识，它不是在自身之外发现的，而是在自身的根底感受到的。与其说托尔斯泰相信上帝的存在，不如说他因为相信自己，所以承认了上帝的存在[2]。

如果我们把托尔斯泰的这种感知方式视为不可理喻，或是不接受“自我底部存在的、具有普遍性的存在”这种饶舌的东西，那么托尔斯泰就会被视为一个嘴上说信仰和上帝，实际上并不相信除他自己之外的任何东西的虚无主义者。例如，高尔基就曾这样想象：“我坚信，除了他（托尔斯泰）所说的一切，还有许多事情他一直——甚至在他的日记中——保持沉默，他可能永远不会向任何人透露。这种东西只在他的谈话中偶尔出现，而且只是以暗示的形式……在我看来，是一种包含着否定一切信念的东西——换句话说，在我看来，这是一种最深刻、最痛苦的虚无主义，它生长在没有任何东西可以看透的无限绝望的土壤上，包含着在此之前从未有人体验过的孤独……”。[3]

试图摆脱大众舆论束缚，把握托尔斯泰真实面目的高尔基确实犀利地捕捉到了托尔斯泰的一个侧面。几乎没有什么东西是托尔斯泰会毫不怀疑地接受的。如果他的“信仰”——甚至这也多次受到怀疑——只是他自己的感觉，那么除了自己的感觉，他还会相信什么就很值得怀疑了。即使是他那有时会遭人指责的、对人心之善良的信念，也是基于他对人性底层的某种普遍性存在的认识。然

1 列·尼·托尔斯泰：《忏悔录》第 12 章。

2 同上。

3《同时代人回忆托尔斯泰》，第 2 卷，1955，第 403 页。

而，我们从他的人生或是作品中却找不到任何可以被断定为虚无主义的东西，这，是否又像高尔基所解释的那样，是托尔斯泰刻意保持着伪善的沉默的结果呢——即使仅考虑《忏悔录》这一部作品，这种想象也太不自然了。无论托尔斯泰的“信仰”是否妥当，即使从高尔基的角度来看，托尔斯泰只相信他的感官，我们都能看到，源自托尔斯泰内心的理性、良知、生命感和上帝，都仿佛一直站在高处一般制约、引导和支撑着他。拥有了这样的力量，托尔斯泰就不可能堕入虚无主义。

高尔基把托尔斯泰看作一个虚无主义者，简单地说，只是因为他没能理解托尔斯泰。但这不是高尔基的错，因为托尔斯泰也没能真正理解高尔基。他对高尔基说：“你天生是个信徒，没有上帝你是做不到的，你很快就会意识到这一点。”[1] 托尔斯泰认为，对人民的爱也好，对人类的信任也罢，都需要有某种绝对的，类似于上帝的东西做后盾，他也将这种思维方式强加到高尔基身上。托尔斯泰没有意识到，高尔基能够将人类、民众自身作为信仰的对象，并从他们的发展和进步中感受到类似于永恒的东西。在两位作家之间，存在着一种不容易理解的差异，即使可以理解，他们也不可能同意对方的观点。

二

那么，托尔斯泰的个性是从何而来的呢？

这在一定程度上当然与托尔斯泰生活的社会环境有关。如前文所引，托尔斯泰在认真从事大学研究的课题时，却感到大学反而成为了阻碍。从这一点已经可以在一定程度上推断出，哪怕托尔斯泰试图在自己之外寻找到普遍性，结果也可能只会让他感到幻灭。“十八岁时的奥列宁是彻底自由的。这是从小就与父母分离的 40 年代的俄

1《同时代人回忆托尔斯泰》，第 2 卷，1955，第 423 页。

罗斯富裕青年才能体会到的东西……他可以做任何事情，他不需要任何东西，没有任何东西能阻止他。他没有家庭，没有祖国，没有信仰，也没有不足。”在《哥萨克》的第二章中，托尔斯泰这样写道。摆在他面前的是“自由”——与家庭、祖国和信仰切割分离的“完全的自由”。但是，不用说，这样的“完全的自由”终究不过是一种无可倚靠的孤独。正如我们已经看到的那样，此时的托尔斯泰转向自我关注，而这其中也包含着摆脱这种孤独的意图。

强调托尔斯泰的个性与周围社会的这种联系，并解释说托尔斯泰的所有个性都是在俄罗斯上流社会中诞生的，这并非不可能。但是，即使这种解释以最为巧妙的方式展开——它也无法成为一个正确的解答。这是因为，显而易见，这样一个社会也孕育出了无数与托尔斯泰不同的人格。例如，托尔斯泰本人与他的兄弟谢尔盖、德米特里都出生于同一个家庭，在相同的环境中长大，上了同一所大学，而且几乎是同龄人。[1]然而，他们三个人所走的道路却非常不同，在许多情况下，他们甚至是完全相反的。要是托尔斯泰身上没有潜藏着的其作为托尔斯泰本人的特征，这种三者互不相同的现实，又该如何解释呢？

就这一点而言，我们似乎不能忽视列宁的文章，它将托尔斯泰的思想与从农奴解放到第一次革命时期的历史现实相关联并加以阐释。然而，我在这里所关注的不是托尔斯泰的思想，而只是他早期的个性，如果要以 1861 年农奴解放后的时期为起点来讨论托尔斯泰在 1848 年的个性——即使它基本上一直伴随着他的一生——那就会变得毫无意义。为什么谢尔盖、德米特里和列夫三个人会有如此不同的个性呢——这个问题在这些论文中，仍然没有得到回答。至少在此刻，我们只能承认这样一个事实：几乎相同的环境也可以孕育出完全不同的个性。

关于各种作品和思想家对托尔斯泰的“影响”，也可以得出类似的结论。托尔斯泰上大学时，最爱读且最受感动的是卢梭的作品。

1 列夫出生于 1828 年，德米特里出生于 1827 年，谢尔盖出生于 1826 年。

他对卢梭的强烈热情几乎可以说是异常的。正如托尔斯泰自己所回忆的,“从 15 岁起,卢梭就是我的老师。卢梭和福音书对我的生活产生了最强烈和最有益的影响”[1],“当我 15 岁时,我没有在胸前佩戴十字架,取而代之的,是印有卢梭画像的吊坠”[2]。拿出这些例子,并举出前面引用的 1847 年 3 月 17 日的日记与卢梭的《萨瓦省牧师的信仰自白》之间的相似之处,就不难证明卢梭对托尔斯泰的“影响”。然而,在讨论一般的影响关系时所需要的慎重,在这里显得尤为重要。阅读卢梭并不是托尔斯泰周围的流行风潮,托尔斯泰也没有因为任何特殊的原因而必须阅读卢梭,更不是因为托尔斯泰的书架上除了卢梭就没有其他书籍,托尔斯泰只是在自己丰富的读书生活中,选择了卢梭的作品作为他最喜欢的阅读对象。讨论卢梭对托尔斯泰的影响,远不如讨论普希金对莱蒙托夫的影响或果戈理对陀思妥耶夫斯基的影响来得合理。此外,托尔斯泰本人并不总是认同卢梭,他对卢梭的疑问也以疑问的方式保留了下来。如果将前述的日记解释为受卢梭影响的结果,那么其中没有一个词提及上帝这一点就会让人觉得不可思议。

在反复阅读卢梭的过程中,托尔斯泰一定受到了影响,也将自己的想法融入其中,并发现了自己所没有的东西。然而,总的来说,认为托尔斯泰在卢梭身上发现的是一些他所熟悉的东西,或是事先就潜藏在身上的东西受卢梭的启发而被发现,是更为合理的。“(卢梭的)许多文字读起来就仿佛是我自己写的一样熟悉而亲近。”[3] 托尔斯泰的这句话,理应被视为包含有超过修辞本身的深刻意义。

如果是这样的话,那么在这里也一定存在着某些“托尔斯泰本身潜藏的东西”。如果人们试图通过分析各种资料,或是追踪托尔斯泰的家族系谱来进一步解答这个问题,那么很有可能只会事倍功半,也

1 1905 年 3 月 7 日,寄给贝 · 布皮埃的信。

2 比留科夫:《列夫 · 尼古拉耶维奇 · 托尔斯泰传》,第 1 卷,第 124 页。

3 同上。

许只能提出一些诸如“托尔斯泰的内向只源于他的外表”之类的零碎而多少有点可笑的结论。人的个性从何而来——这个问题虽然并不神秘，但却似乎包含着一些非常难以理解的东西。因此，我们在这里，只能搬出资质这一常识性的概念。如第一章所述，托尔斯泰的个性并非不受外部影响，而是在中世纪和 20 世纪的社会主义制度中都没有出现过的现代精神的一种形式，但其中大部分特征只能解释为本人资质的产物。

当然，我也并不想在这里压缩资质这个词本就已十分模糊的范畴，但或许更值得关注的，是这种几乎只能被描述为资质的作家个性，是在怎样的场合以怎样的方式表现出来，又在怎样的状况下以怎样的方式发展这一问题。

三

毫无疑问，探究托尔斯泰个性的发展和变化是一件过于重大的工作。在这里，我们姑且止步于探讨其早期的作品特征与他个性之间的联系。然而，在我们深入研究托尔斯泰的创作活动之前，我们必须指出他“资质”的另一个侧面。

正如第一章所讨论的，托尔斯泰并不相信外在的东西，而是将自己根底所感受到的具有普遍性的东西作为自己的支撑。然而，在托尔斯泰的个例中，这并不意味着他脱离了现实。在他身上存在着一些超越了前文所讨论的特质的资质，这种特质，夸张一点说只能被解释为体质。他不轻易相信外在的东西，也不将现实的，或者说相对的东西作为自己的支柱，与之相反，他会不由自主地将自己内心深处对普遍性存在的意识与现实相关联，并在其中追究自己的现实定位。如果周围的社交圈让他幻灭，他只会在更广阔的世界，另一个社会中继续他的追求，而永远不会放弃现实本身。

从大学辍学到 1851 年春天的高加索之行，托尔斯泰过着焦虑和动荡的生活——即使只是一个短暂的期间——好几次都坠入向既有秩序和常识妥协的情绪中。例如,在 1849 年 2 月 13 日写给他弟弟谢尔盖的信中,他写道:“你不能靠思想和哲学生活。你必须积极地生活,也就是说,你必须成为一个讲求实践的人。”在 1850 年 12 月 8 日的日记中,他写道:“我不再构筑空中楼阁,制订一些任何人力也无法执行的计划。而对信念的这种转变最为重要的是,我再也不指望单凭自己的理智就能达到什么,再也不轻视所有的人都采取的形式了。以前一切普通的东西在我看来似乎都是配不上我的。现在相反,我几乎不承认任何一种信念是好的、对的,除非我看到这种信念被人付诸实行,而且是被许多人付诸实行了……我怎么会不经任何检验,不先付诸实行,就让自己的理智随意活动啊!总而言之,简单一句话,我胡闹够了,现在老了。……”这些情绪似乎是各种原因造成的,而托尔斯泰对现实的依恋可能构成了部分原因。然而,不需要过多的证据,我们仍可以从辍学和返回祖国的行为中看到——虽然其中也包含前文所描述的特征——明确的现实关怀。

这些资质,加上前文提到的那些特征,使托尔斯泰无法成为一个所谓的实用主义者,但也无法成为书房里的哲学家或寺院里的宗教人士。即使在他的晚年,托尔斯泰也没有区分宗教和实践道德,可以说,他试图将上帝带到人间。如果人们从托尔斯泰的布道中——在听出“谁都可以成为上帝”这种声音之后——得出“晚年的托尔斯泰正在努力让自己变成上帝”这样极端的结论,也不能算是对托尔斯泰的侮辱。他所成就的一面是一个强调实践的道德家,另一面——这也是艺术天分和创作欲望之类令人费解的资质发挥作用的地方——则是一个作家,而且是一个拥有独特现实主义特质的作家。

如果我们把托尔斯泰的现实主义视为一种既有的文学技巧,就没有必要说它是独一无二的。然而,当我们研究它是如何产生的,并看到它与托尔斯泰的个性之间的联系时,托尔斯泰的现实主义就会显示出非常独特的性格。

当托尔斯泰寻求自己的精神支柱时,他没有求助于外在的事物,而是求助于自己。这一点，就托尔斯泰积累知识和创造思想的方法来看也是一样。托尔斯泰不轻易相信任何所谓的客观真理，除非他能亲自验证。托尔斯泰年轻时，曾被他的朋友们讽刺说："让托尔斯泰自己去发现地中海吧。"这些品质使托尔斯泰不可能不成为一个作家，但当他开始写作时，他更是几乎有意识地回到了知识和意识形态的原点——所谓的无知。在这个意义上，托尔斯泰显然是一个怀疑主义的人。但在这里，他对现实的兴趣也是显而易见的，他没有退缩到自我中，也没有陷入虚无主义。从无知的立场出发，托尔斯泰首先依靠自己的眼睛和手，依靠本能的感觉和直觉，开始感知现实。

由于这个原因，早期的托尔斯泰并没有通过智力，更没有通过先入为主的观念来整理、引导进入他脑中的各种印象。他接受无序是无序、矛盾是矛盾的印象，并试图表达它们。托尔斯泰的早期作品，如《青年》，充满了许多微细的描写，甚至会给人以杂乱无章的印象，而《两个骠骑兵》之前的几乎所有托尔斯泰的作品，都不是拥有固定情节的所谓典型小说，而是以描写为主的特写（ocherk）风格，原因就在于此。这不是因为他的艺术不成熟，而是因为他认识方法的特殊性。即使是在他早期偶有的情节性较强的作品中，实际上他也把主要的精力放在描绘而不是情节性的叙事上。在《两个骠骑兵》之前，最富有情节性的作品是《八月的塞瓦斯托波尔》，但也正是《八月的塞瓦斯托波尔》最清楚地显示了托尔斯泰对情节性的漠视。小说的主人公科泽尔佐夫兄弟在前往前线的途中偶然一起到达塞瓦斯托波尔，在分开后不久，他们就在同一天同时被法国军队击毙。然而从情节上来看，哥哥米哈伊尔在与弟弟分开后只过了一晚就遭到了敌人的袭击，而弟弟弗拉基米尔却在要塞和堡垒中各待了一个晚上才被同一个敌人袭击。更重要的是，这个情节上的错误并不是作品的主要缺陷，大多数读者会在毫无察觉的情况下忽略它[1]。这不仅表明托尔

1 古谢夫在《列夫·尼古拉耶维奇·托尔斯泰》（1954）中指出，第一个注意到这个问题的，是维·斯列斯涅夫斯基。参见《托尔斯泰全集》第4卷，1932，第394页。

斯泰对情节不感兴趣，还表明情节在他的早期作品中并没有发挥重要作用。

当看到托尔斯泰微细的描写和敏锐的现实主义在他的第一部作品《童年》中出现，并感觉这种描写过于丰富以至于有些杂乱无章的时候，我们会这样思考：如果这些不同的印象是由知性，甚至是由某种思想组织起来的，然后用托尔斯泰出色的现实主义表达出来，他的作品会更加出色，但由于知性没有起作用，也没有某种思想来统摄，所以托尔斯泰的现实主义的力量被削弱了。然而，如前所述，考虑到托尔斯泰的现实主义是他独特的认知方式的反映，不得不承认这样的期望或要求对此刻的托尔斯泰来说是不可能实现的。

为了避免这种无用的期望，如果在这里重新给托尔斯泰的现实主义下一个定义，那就是——归纳性。换句话说，托尔斯泰的现实主义是一种探索和认识现实的方法，它不是建立在某种思想或是其他什么特定的基础之上，而是建立在对自己所确定的东西逐一进行积累的基础上，以达到某种结果为目的。在一些情况下，对象已经被艺术以外的手段所认识，其本质也得到了阐明，现实主义仅仅被用作表达它的一种手段，换句话说，被作为一种文学技巧。也存在这样一种情况，作家站在一个基础，例如思想的基础之上，演绎性地表现现实时，将现实主义作为一种方法来使用，并使之反映在文学创作之中。举例而言，让我们回顾一下高尔基的《母亲》的开头："在那儿，工厂正睁开几十只油腻的方形眼睛，照亮泥泞的道路，摆出一副冷漠自信的样子等着他们……工厂从它石头般的胸膛里，将这些人抛掷出来，好像投扔无用的矿渣一样……工厂吞食整整一天的时光，机器从人们的筋骨里榨取了它所需要的力量。"当然，我在这里并不试图评价每一种现实主义，或者简单地说，每一种现实主义都有其优点和缺点，但无论如何，托尔斯泰的——至少是他早期的——现实主义和《母亲》的现实主义是不同的，这必须要加以区别。

托尔斯泰现实主义的本质大约如上所述，但还有一个特征需要补充。在前面的解释中，托尔斯泰的现实主义可能会被理解为一种类似于镜子的，只是被动描绘现实的产物。但事实上，托尔斯泰是在以托尔斯泰式的方式来追求本质，从某种意义上来说，对观察的对象也施加着影响。不止如此，以文学创作为手段，敏锐地接近隐藏在现象背后的本质，或者至少是努力实现这一目的，正是托尔斯泰的手法。作为一个非哲学意义上的现实主义者——唯物主义者——的托尔斯泰不仅不满足于反映现象，甚至不愿意无条件地相信存在本身，而是深入到人类与事实的深处，刨根问底地追寻着本质。然而，在这个过程中，托尔斯泰对本能和直觉的利用，要远远超过对概念思维或科学知识的依赖。60 年代的批评家德鲁日宁已经精辟地指出了这一点："有时你可能会说，某人的大腿显示出这个人想去印度旅行。"[1] 托尔斯泰的现实主义是一种探索方法，它比任何其他作家的现实主义都更加锐利和严格，作为一种文学方法——不管在本质上有什么差异——能够成为所有现实主义作家的典范，这一点如果离开了刚才所描述的特征，就很难得到合理的解释。

在托尔斯泰的作品中，除了我们已经讨论过的细致描写——用托尔斯泰的术语来说就是细致——之外，还有一种与之形成鲜明对照的手法——"表达作者自己的想法和情绪，与作品的主要情节没有直接关系"——用托尔斯泰自己的话来说，就是概括[2]。乍一看，两者似乎并没有什么内在联系，甚至是相互对立的。例如，在托尔斯泰的第二部小说《袭击》的第六章中有这样一段细致入微的描写："只有在队伍中，我才能听到重炮的闷响、刺刀碰撞的碎裂声、轻柔的谈话声、马匹的鼻息声。马脚下的露水湿草的味道，地面上微弱的水汽，以及两边开阔的地平线，让我们觉得我们是在一片宽阔的草地上前进。"但紧跟着的，就是概括："难道人们在这美丽的世界上，在这无垠的星空下生活，会感到挤得慌吗？难道在这迷人的大自然中，人的心里能够留存

1 比留科夫：《列夫·尼古拉耶维奇·托尔斯泰传》，第 1 卷，第 131 页。

2 "细致"，原文为"メーロチノスーチ"，释为"克明な描写"。"表达作者自己的想法和情绪，与作品的主要情节没有直接关系"，原文日语词为"アトストゥプレーニエ"。"概括"原文为"ゲネラリザーツィヤ（概括）"。

愤恨、复仇或者非把同胞灭绝不可的欲望吗？人的心里一切不善良的东西，在接触到大自然，这最直接地体现了美和善的大自然的时候，似乎都应该荡然无存啊。”[1]

如果我们试图把托尔斯泰早期的概括看作细致，即细致描写的成果，那么我们只会从中感受到一个奇妙的跳跃。托尔斯泰的概括，并不具有作者在作品中遵循剧情发展而自然得出结论的特征。它更像是一种因某种契机而被意外触发的“想起”。此外，它不是作为一种用来凸显描写的生动性，或拯救描述的单调性而使用的文学手法，而更像是托尔斯泰自身思维和认知方式的特殊性的产物。这是因为从托尔斯泰所有的自传性主人公——尼古拉尼卡、奥列宁、好几个涅夫留朵夫、皮埃尔——身上都能找到类似于“想起”的方法，而且这些手法都出现在因某种契机而仿佛意外想起一般地抓住了能够支撑其人生的、具有根本性的东西的时刻。《哥萨克》的主人公奥列宁躺在森林的一个空地上，沉浸在各种回忆中时，“突然觉得好像有一个新的世界向他敞开”，而且，几乎是唐突地发现了“幸福就是为他人而活”这一“在他看来是新的真理”这一情节就是一个很好的例子。

这样一来，我们就会发现，作为托尔斯泰早期作品特征的概括也与其个性有关。正如在现实生活中，托尔斯泰会以回归自我的方式来探究现实一样，在他的作品中，他也试图用自己的感官把握现实而不接受任何先入为主的观念或惯例的影响。另一方面，托尔斯泰从自身深处感受到了一种支撑和引导着他的具有普遍性的“存在”。而这不仅不构成与其强烈的追寻精神的矛盾，反而作为一种力量的源泉，支撑着这种追寻。出现在托尔斯泰早期作品中的概括，无非是托尔斯泰对这种“存在”的认知方式——也就是前面所说的“想起”——的如实反映罢了。

1 列·尼·托尔斯泰：《哥萨克》第 20 章。

编后记

藤沼贵（1931—2012），早稻田大学名誉教授，日本战后托尔斯泰研究的代表人物，作为翻译家，先后翻译了《安娜·卡列尼娜》《战争与和平》《复活》（合译）等托尔斯泰作品。评传《托尔斯泰》（『トルストイ』，第三文明社，2009年）被视为其托学研究的集大成。本文选自藤沼贵：《与托尔斯泰共生》（『トルストイと生きる』），春風社，2013年版，第157—174頁。

“外国文学学术史研究”书目

第一、第二辑

《塞万提斯学术史研究》
《塞万提斯研究文集》
《雨果学术史研究》
《雨果研究文集》
《歌德学术史研究》
《歌德研究文集》
《左拉学术史研究》
《左拉研究文集》
《海明威学术史研究》
《海明威研究文集》
《庞德学术史研究》
《庞德研究文集》
《肖洛霍夫学术史研究》
《肖洛霍夫研究文集》
《普希金学术史研究》
《普希金研究文集》
《康拉德学术史研究》
《康拉德研究文集》
《高尔基学术史研究》
《高尔基研究文集》
《哈代学术史研究》
《哈代研究文集》
《贝娄学术史研究》
《贝娄研究文集》
《狄更斯学术史研究》
《狄更斯研究文集》
《芥川龙之介学术史研究》
《芥川龙之介研究文集》
《菲茨杰拉德学术史研究》
《菲茨杰拉德研究文集》
《茨维塔耶娃学术史研究》
《茨维塔耶娃研究文集》

第三辑

《乔叟学术史研究》
《乔叟研究文集》
《简·奥斯丁学术史研究》
《简·奥斯丁研究文集》
《希伯来经典学术史研究》
《希伯来经典研究文集》
《泰戈尔学术史研究》
《泰戈尔研究文集》
《普鲁斯特学术史研究》
《普鲁斯特研究文集》
《陀思妥耶夫斯基研究文集》

第四辑

《〈一千零一夜〉学术史研究》
《〈一千零一夜〉研究文集》
《巴尔扎克学术史研究》
《巴尔扎克研究文集》
《列夫·托尔斯泰学术史研究》
《列夫·托尔斯泰研究文集》